7-0.1

K

MånPocket

fr B

D0839061

AGNETA PLEIJEL

Lord Nevermore

MånPocket

Omslag av Johanna Möller
© Agneta Pleijel 2000
Norstedts Förlag, Stockholm

Alla likheter mellan personer, länder, orter och händelser i
verkligheten och i romanen Lord Nevermore
är tillfälliga och imaginära.

Författaren

www.manpocket.com

Denna MånPocket är utgiven enligt överenskommelse
med Norstedts Förlag, Stockholm

Tryckt i Danmark hos
Nørhaven a/s 2001

ISBN 91-7643-759-0

"Prophet!" said I, "thing of evil! – prophet still, if bird or devil! –
Whether Tempter sent, or whether tempest tossed thee here ashore,
Desolate, yet all undaunted, on this desert land enchanted –
On this home by horror haunted – tell me truly, I implore –
Is there – is there balm in Gilead? – tell me – tell me, I implore!"
    Quoth the Raven, "Nevermore."

                                    (ur "The Raven" av Edgar Allan Poe)

    Du profet och leviatan, kanske fågel, kanske satan,
    slungad hit av mänskohatarn eller stormens raseri,
    säg min arma själ som lider, som besegrad ännu strider,
    i vars spår förtvivlan skrider – säg vad änden månde bli?
    Finns i Gilead ännu balsam, finns ett hopp att varda fri?
        Korpen svarade: Förbi!

                                    (tolkning av Viktor Rydberg)

Första delen

Jag ska nu berätta för er om två vänner, Bron och Stas, och det bara
för att jag fått lust. Var börjar vi? Här, på en gata i Tatrabergen.
Bronisław är nyss fyllda trettio, bär runda glasögon, har mörkt bakåt-
struket hår, är en tankfull ung man, inte helt utan fåfänga. Han räd-
dar sig upp på trottoaren undan en knattrande bil vars hjul stänker
lervälling. Dessa ljud! Denna oavlåtliga rörelse i materien. Det är en
morgon i kurorten Zakopane. Himlen liknar insidan av ett grytlock.
Fukten dryper längs husgavlarna. Det droppar från träden. Bruna och
glänsande vattenpussar har bildats på olämpliga ställen på gatan.
Han putsar med näsduken bort imman från sina glasögon i hopp om
att världen ska klarna. Det gör den inte. De höga bergskammarna
runt staden är försvunna bakom mjuka ridåer av böljande regn.

Han suckar och fortsätter uppför backen.

I det gula huset vid gatans krön spelar musiklärarinnan i Zakopane
på sin spinett. Instrumentet är en förfinad spindel bland grova möbler
av trä, *l'art nouveau à la Zakopane*. De bildade skikten som flyttat hit
har med förtjusning upptäckt böndernas stil och gjort den till sin.
Husjungfrun, hon har runda kinder och en barnslig liten grop vid vart
finger, knixar och ber Bron stiga in. Spindeln lyfter sina smäckra ben
till tonerna och dansar bortkommet bland allt det rustika. Bron
skymtar genom dörröppningen den lilla musicerande kvinnan. Hus-
jungfrun går före honom in i den fuktiga salongen. Hon gör en gest
mot en klumpig karmstol fylld av hemvävda och färgglada kuddar
och lägger pekfingret mot mun. Bron följer henne med blicken när
hon lämnar rummet. Strax ovanom sätet bär hon en vit förklädes-
rosett.

Den guppar. Bron klär av henne. Det går fort. Nu bär hon inget an-
nat än denna vita rosett som vippar, guppar och gungar ovanför de

9

runda skinkorna. Han sluter ögonen. Han lyssnar till de droppande tonerna och de mjuka brutna ackorden, svallvågor vid en avlägsen strand. Musiklärarinnan, fru Wicz, är hustru till Zakopanes världsberömde målare, herr Wicz, som avbildar naturen så naturtroget att betraktaren får en stöt för bröstet. Fru Wicz sveper in sig i tonerna som i en regnkappa. Den blir längre och längre. Snart når den henne till fotknölarna. Hon trasslar in sig. Hon kämpar och strider och får svårt att sköta pedalerna, till slut ger hon upp. Hon lyfter händerna från klaviaturen. Spindeln ger ifrån sig en blöt suck. Nu hörs inget mer än risslandet och strilandet av vatten över takpannorna och porlandet i stuprören. Fru Wicz sitter stilla.

Hon vänder blicken mot de våta fönsterrutorna.

Fukten drar genom rummet, fin och mjuk som jungfruhår. Bronisław öppnar långsamt sina ögon. Allt är uppblött, upplöst, fuktigt, och immigt. Regnet har mjukat upp allt, till och med luften. Alla tankar som genomkorsar världen har blötts upp, fått oskarpa kanter och kan inte längre hålla formen. Bronisław ser upp mot taket. Han vet inte vad fru Wicz vill honom. Hon har bett honom att komma, och vad önskar hon? Han hostar lätt för att göra vännens mor uppmärksam på hans närvaro.

Fru Wicz flyger upp från pianostolen som champagnekorken ur en flaska. Hon snubblar ivrigt mot honom i sin långa kappa. Hon drar hans huvud mot sitt bröst. Hon kysser hans kinder. Hon klappar om honom. Hon håller fast honom. Hennes händer finns överallt och hennes andedräkt gör på nytt hans glasögon immiga. Bronisław vadar på botten av en sjö.

Han försöker få av sig glasögonen för att torka av dem. Hans rörelser är långsamma och sega som under starkt tryck. Han får inte fatt i sina egna händer, hennes är ständigt i vägen. Till slut lyckas han. Han håller glasögonen utom räckhåll för fru Wicz medan han letar efter sin näsduk i bröstfickan.

Då släpper äntligen fru Wicz honom och ler vänligt.

Vilken blöt vår vi har, herr Bronisław.

Ja sannerligen, svarar Bronisław. Han blinkar.

Han putsar sina glasögon. Han förnimmer mycket starkt ett hot. Han vet inte varifrån det kommer. Allt är som det ska. Handeln i kejsardömet blomstrar. Kunskapens gränser vidgas. Freud har funnit oidipuskomplexet och därmed mänsklighetens steg från natur till kultur. Och Bronisław har fått bidrag från Brittiska Sällskapet för Vetenskaplig Utveckling för sina etnografiska studier i Australien och på Nya Guinea.

Han håller glasögonen framför sig och ser genom dem fru Wicz. Hon är liten och suddig. När han fått på glasögonen är hon skarp och sammanhållen. Hennes blick tränger genom vätan som en vass strålkastare. Han bugar och trycker fast glasögonen över näsroten. Fru Wicz spankulerar runt på mattan, hennes korta armar svänger energiskt, hon samlar sig. Hon stannar till och vänder sig mot honom.

Jag har fått en idé, säger hon.

Ja? svarar Bronisław. Han bugar på nytt.

Ni ska ta med er Stanisław till Söderhavet, säger fru Wicz.

Det skulle göra honom gott med luftombyte. Han skulle finna nya motiv för sin pensel. Han skulle få förströelse. Han skulle glömma sin kärlekssorg. Och ni skulle få assistans på era färder in i det okända. Ni skulle ha någon att byta tankar med där bland de vilda folken. Han skulle kunna teckna av infödingarna åt er. Herr Wicz och jag vill bidra till hans färdkostnader. Han skulle bistå er i er vetenskap. Ni skulle vara hans väg till själslig hälsa.

Hon väntar inte på Bronisławs svar.

Hon ställer sig på tå och fattar hans ansikte mellan sina händer och kysser hans kinder. Han känner sitt huvud lyfta från nacken. Det seglar iväg som en ballong och studsar mellan väggarna och tavlorna och fönsterrutorna och dunsar mot de många skinnbanden i bokhyllan. Han är yr och huvudlös. Han vill springa efter sitt huvud och trycka fast det mellan skuldrorna men han kan inte.

Fru Wicz håller fast hans händer mellan sina små och våta och musikaliska.

Inte bara det utforskade utan också det outforskade växer. Ju större ordning som upprättas bland tingen, desto vidsträcktare blir också kaos. Vetenskapsmännen kan inte längre räkna med Gud som ordningens upprätthållare. Somliga hävdar att evolutionen följer matematikens lagar. Det som är matematiskt möjligt uppstår. Det som inte är matematiskt möjligt uppstår icke. Det omöjliga kallar de för under och mirakler.

Slumpen finns visserligen, som alltid.

Men slumpen är inget mirakel. Den skakar om i de givna mönstren och därefter vidtar logiken på nytt. Bronisław känner sig upprorisk mot logiken. Nej, snarare mot motsättningen mellan logiken och kaos. Han vill vara empiriker. Han vill samla fakta och lägga samman dem och långsamt bygga hypoteser och pröva dem. Han söker människan i hennes ursprungligaste form men han misstänker att den mänskliga logiken inte överallt är densamma. Vill mannen i alla samhällen sticka kniven i sin pappa och lägra sin mamma? Doktor Freud hävdar det. Men vad *är* mannen?

Enligt doktor Freud i Wien är mannen en neurasteniker på besök hos doktor Freud i Wien. Bronisławs inre uppreser sig. Evolutionens vägar är många och trassliga. Den europeiske mannen lider kanske av oidipuskomplex, önskar döda sin far och åtrår i lönndom modersskötet. Har det i så fall format Europa, dess krig, dess melankoliska själ, dess dödsdrift och destruktiva drömmar? Och varför tog fästmön livet av sig?

Inte hans fästmö men Stanisławs. Fast Bronisław bara har träffat henne flyktigt minns han henne som en rödhårig hetär med gnistrande ögon. En vulkan på gränsen till utbrott. Sådana är Stanisławs kvinnor. Men är det verkligen fästmön han minns, eller är det porträttet som Stas målade? Vad ser vi med egna ögon, och vad påverkas vi av de andra att tro att vi ser?

Detta är en tanke som får Bronisław att stanna till mitt i backen på vägen från fru Wicz. Han låter blicken glida över landskapet. Draperierna av fint regn döljer bergen. Tatras klippor framträder bara fläckvis genom regnrevorna, mörkt gröna och blå. Färgerna framträder och upplöses igen. Allt skiftar och böljar och ändrar form. Hur skulle pappa Wicz avbilda fenomenet? Stanisławs far, målaren som är sin sons läromästare, målar inte det föränderliga och skiftande, han målar det verkliga.

Naturen sådan den är. Historien sådan den var.

Så tydligt som på herr Wicz tavlor har betraktaren aldrig förut upplevt verkligheten. Den framträder grässtrå för grässtrå och löv för löv. Riddaren på hästen bär en blänkande rustning över brynjan där varje länk är synlig. I bondkvinnans sjal som hon sveper runt axlarna framträder varje skrynkla och veck när hon lyfter sitt ansikte mot hjälten.

Så uppenbaras det starka och det svaga. Mannen och kvinnan. Fäderneslandets ära. Kanske är detta så oryggligt synliga i själva verket ohyggligt lögnaktigt?

Min förljugne far målar inte det han ser, utan det han vill se, säger Stas i vännernas lag. Så var finna kunskapens grund?

Fästmön dog. Det är ovedersägligt.

Hon sköt sig invid ett klipputsprång i Tatra.

Guds vägar är outgrundliga, heter det.

Och ändå har allt en förklaring. Filosofin som söker den yttersta grunden sönderdelar allt och till slut sig själv, och var ska människan finna fäste för tanken? Varför tog kvinnan livet av sig? Vad *är* kvinnan? Enligt doktor Freud finns ingen plats för kvinnan i kulturen. Hon är en sorts tomrum som mannen passerar på sin väg mot sig själv. Kvinnan är ofattbar. I grunden obegriplig.

Kanske är hon naturen, den rest av natur som återstår i kulturen.

Men vilken natur tar sitt eget liv?

Porträttet som Stanisław målade av sin fästmö var överdrivet och hysteriskt. Hårmassorna över pannan slingrade ormlikt. Över den vita huden flimrade oroliga skuggor. Längs klänningstyget strömmade brinnande lava. Jag målar, säger Stas, den rena formen. Bronisław står stilla i backen. Vätan drar med sig doftstråk av frän harts, av pinjeträd, av tung lera, av blöta gravar där döda kungar utan drömmar vilar sedan århundraden.

Hjältar, stridsmän och klanhövdingar.

Detta är Europa. Han ska lämna Europa.

Anropad, mer än så: besvuren av sin vän Stanisławs omtänksamma mamma lät han sig nära nog bedövas av hennes läppars hektiska böner. I sista stund lyckades han sätta stopp för det.

Han drar ett djupt andetag. Han vänder ansiktet mot himlen. Han känner sig för ett ögonblick tanklös och lycklig. Snart är han på väg bort och han avser att stanna borta mycket länge. Han öppnar munnen och gapar. Regnet sipprar in under tungan och fyller hans svalg med sälta. Han vet att han inte vet hur vännens fästmö såg ut. Han minns vagt något känsligt och ömtåligt. Porträttet som Stas målade minns han däremot. En fantasi. En febrig mardröm. Hur ska man tolka den? Kanske som mannens fruktan för kvinnan. Eller som Europas fruktan för sitt eget underliga tomrum?

Detta vill han inte dra med sig till andra sidan jordklotet.

En velociped med stort framhjul susar förbi honom och upplöses i en kaskad av glänsande strimmor. Bronisław stänger munnen och stryker med pekfingret över läpparna som om han förseglar dem. Nej, han tänker inte dra med sig Stas på sitt första fältarbete i tropikerna, det som han fått bidrag av engelsmännen till och som ska inleda hans vetenskapliga karriär.

Han trycker till hatten på huvudet och går vidare.

Det skymmer. Nere i staden skymtar det svaga ljuset från Morskie Oko, havets öga. Inte sjön utan krogen. Den bär sitt namn efter den runda och bottenlösa sjö som med sin dunkla blick får Zakopane-borna att tro att de äger hemliga och underjordiska havsförbindelser. Och varför inte?

En flimrande lykta omvärvd av vattendroppar leder honom in.

Han slår vätan av hatten och rocken i hallen. Han stryker regnet ur sin tunna mustasch. Han fortsätter in i den – som det visar sig – tomma lokalen. Stanisław är inte där. Är hos någon kvinna. I ateljén. Någonstans. Inte här. Lika gott. Bronisław ska nästa morgon lämna Zakopane med tåget. Han är hungrig och törstig. De dukade borden står uppställda som inför anfall från arméer. Ur fonden frigör sig kyparen, Metusalem, snart hundra. Han släpar sin insektsskugga efter sig. Den ser ut att kunna lyfta från tapeten och fladdra bort. Bronisław har gjort sig förtjänt av vila och vederkvickelse.

Nej, svarade han mamma Wicz.

Jag beklagar tusen gånger, men det är ogenomförbart.

Det arbete jag har att utföra kräver ensamhet.

Fru Wicz släppte då hans händer.

Hon ville inte vara påstridig. Hon hade bara fått denna idé. Det var för att den älskade sonen skulle komma på andra tankar efter fäst-möns död, efter sin egen sjukdom, i sin stora och rastlösa sorg. I Söderhavet måste man väl komma på andra tankar. Kommer inte ni, herr Bronisław, på nya tankar när ni befinner er bland vänner som älskar er? Hennes ögon brann av en vit eld. När Bronisław med blick-en i väggen envist fortsatte att skaka på huvudet slocknade hennes blick. Något vreds om i hans hjärta.

Det är svårt för en man att gå emot en kvinna.

Han måste nu hämta sig. Han måste få äta och dricka.

Kyparen anvisar honom med en sirlig handrörelse ett bord. Han väljer ett annat. Metusalem rycker på axlarna. Hans trötta ögon är rödkantade och vattenfyllda. Han kravlar iväg efter matsedeln. Gardinen fladdrar till. Bronisław ser ut genom fönstret. Ute är det mörkt. Små flimrande ljus rör sig som ett pärlband uppe i bergen. En procession av herdar? Ett tåg av döda andar? På nytt tycks det honom som om hans huvud svävade bort från honom utan styrsel. Han fångar det och trycker ner det mellan skuldrorna. Han håller fast det. Inte bara Stanisławs mor, också Stanisław har denna inverkan på honom. Ja, också i sin frånvaro.

En svävning, en flykt och en glidande yrsel.

Relationernas funktioner måste gå att kartlägga.

Man måste resa långt bort för att kunna komma till klarhet om sina egna. Ja, för att kunna urskilja det som är egenartat i det vanda nät av relationer som man är fångad av. Man måste se det som ter sig normalt och allmängiltigt och omöjligt att ändra i ljuset av det annorlunda och främmande. Först då kan man – kanske – genomskåda Europa och sig själv.

Man måste då vara ensam. Inte dra Europa med sig in i tältet, babblande och pladdrande, sömnlöst fyllande luften med rusiga infall, som Staś. Människan formas i familjen. Europas utveckling är familjernas. Han måste bort från alltsammans och från Staś. Utan Stanisław skulle Bronisław inte ha blivit den han är. Vem är Bronisław ensam? I samma ögonblick som kyparen lägger matsedeln på duken framför honom blir han varse den andra gästen i lokalen. En kvinna. Han känner igen henne.

En väninna till Stanisław.

Bronisław har mött henne på en tillställning någon gång. Ja, han har dansat tango med denna kvinna en sommarkväll på en veranda. För flera år sedan. I ett annat liv. Nu sitter hon halvt dold av pelaren i andra änden av lokalen. Hon röker en cigarrett i ett långt munstycke. Hon bär en röd hatt en smula kokett på sned över det mörka håret. Hon betraktar honom.

Han reser sig till hälften och bugar med handen mot hjärtat.

Ja, hon känner igen honom. Hon ler mot honom.

Vad *är* kvinnan? Vad gör denna kvinna här? Ensam, utan sällskap, rökande, halvt dold, likväl synlig, med ett vinglas framför sig, upprörande ensam och frestande allena.

I porträtten som Stas har målat avslöjas konstnärens karaktär.

Men – man måste här vara uppriktig – ofta även den avbildades. Stanisław har flera gånger valt Bronisław som motiv. I porträtten syns envisheten. Tankeskärpan och revoltlustan. Smickrande drag. Men också något annat, vad? På en av kolteckningarna sitter Bronisław med en halsduk kastad om halsen tryckt mot en vägg av grova timmerstockar. Han ser lamslagen ut.

Hans händer är instoppade i alltför stora fingervantar. De stickade fingrarna slokar och liknar sorgsna kaninöron. Det är kallt och de har nyss haft ett våldsamt gräl. Ja, om kunskapens grund. Stas har skrattat ut honom. Bronisław har inte hämtat sig ännu. Han stirrar. Han blänger. Hans läppar är slutna. Han vill inte skrattas ut och inte heller bli avbildad.

Men Stanisław gör som han vill.

Stas har porträtterat hela Zakopane, de grönögda flickorna och de vithyllta onklarna, och halva Kraków, de berusade målarna och de geniala vetenskapsmännen, och deras fruar som ibland varit Stas älskarinnor, och de små bleka och intelligenta flickorna som är fruarnas döttrar. Han har porträtterat vampyrerna och sumphönorna, brandmännen och skomakarna, semiterna och psykoanalytikerna, de beundrade sångerskorna och de inskränkta tandläkarna. Han porträtterar en värld. En inre, säger han.

Också filosofin finns där. Och de kommande krigen.

Naturligtvis har han målat sin far, pappa Wicz, den berömde naturmålaren, vars ende son han är. Och fru Wicz, den älskade mamman till den ende sonen. Och många gånger sig själv, med demoniska ögonbryn och krökta läppar. En djävul förklädd till gamäng. Hastiga linjer, snabba rörelser.

Hellre avbilda ett kålhuvud väl än Sokrates huvud illa, hävdade pappa Wicz och lät hämta ett kålhuvud och placerade det framför sonen. Varsågod.

Konsten är ett hantverk. Konsten är likheten med objektet.

Konsten är ren form, svarar Stas, och har inget med yttre likhet att göra. Formen är elden bakom askan. Den är blåsten genom tingen.

Den är kraften som förvandlar materien. Den är ekvivalensen mellan livet och döden. Ren form är det ovidkommandes besegrare, det tillfälligas övervinnare, bestigaren av intigheten och älskaren av kaos.

Och Bronisław har hållit med honom, omtumlad av vännens ord.

Han har många gånger tagit vännens parti mot pappa Wicz. I enrum. När Stas i sin ensamhet har känt sig nedslagen, oduglig och misslyckad, har Bronisław tröstat honom och uppmanat honom att följa sin egen väg vart den än kan föra honom. Men Stanisławs kaos hör inte hemma i antropologin, som är studiet av människan ur en något annorlunda vinkel. Vilken?

Det är vad denna forskningsresa ska utvisa.

Det är inte intigheten som ska bestigas utan verkliga berg.

Kvinnan har flyttat över till Bronisławs bord. Han har bett henne att göra det, det var för att slippa aftonens ensamhet. Hon nickade och lämnade sitt bord och slog sig ner vid hans, till synes utan förvåning. Hon heter Irena. Hennes röst är en smula hes. Hon är inte ung, snarare i hans egen ålder, kanske redan en bit över trettio. Hennes mun är mjuk. Det finns en liten mörk skuggning ovanför överläppen. Hennes ögon är svarta. Varför tog Stanisławs fästmö sitt liv?

Vad vill egentligen kvinnan, fröken Irena?

Hon rycker stilla på axlarna och låter blicken glida ut genom fönstret. Därute är det becksvart. Inga flimrande ljus. Han låter blicken vila på hennes vita blus vars krage bildar en lustig liten klocka som halsen stiger upp ur som blomstjälken ur en vas. Irena är lärarinna i matematik. Hon undervisar fabrikörernas och läkarnas söner i algebra och ekvationer i Zakopane. Hon är en modern kvinna, självförsörjande och ogift.

Hon har känt den döda fästmön ganska väl. Men hon vet inte vad hon ska svara på Bronisławs fråga. Slutligen vänder hon blicken mot honom och frågar vad han själv tror om kärleken mellan mannen och kvinnan. Är den överhuvudtaget möjlig?

Jag hoppas det, svarar Bronisław enkelt.

Stanisław är en mycket nervös människa, säger Irena.

Det vet Bronisław.

Han har en kvinnas själ, säger Irena. Bronisław svarar inte. Stanisław är så känslig och så oerhört begåvad, det är därför han är så olycklig, tillägger hon. Om Stanisław olyckor vet Bronisław allt. Han vill få reda på sådant som han inte känner till. Han vill veta vad kvinnan är – och vem hon själv tycker sig vara – i kulturen. Kanske en löjlig fråga, men han får mod att ställa den till Irena. Han avser inte den döda fästmön, förklarar han.

Han syftar inte heller på Irena. Utan kvinnan *per se*. Irena skrattar åt honom men han envisas. De dricker mer vin. Han ber henne säga vad kärleken är. Då drar Irena ett djupt andetag och funderar länge.

Mannen och kvinnan söker ju varandra, säger hon.

Det är väl oundvikligt, säger hon och skrattar.

Hur börjar kärleken? frågar Bronisław.

Blicken är kärlekens föderska, svarar Irena. Sen följer förnimmandet. Huden i handflatan. Sen huden i alla lemmarna. De älskande vill nå längre. Innanför huden. De tränger in i varandra. Inte bara mannen i kvinnan, det vore en felsyn, också kvinnan i mannen. Det är en besatthet, ett vanvett. Det är som att dyka ner i Morskie Oko efter sin egen spegelbild.

Bronisław lyssnar med hakan i handflatorna.

Han känner upprördheten stiga i sig. Detta är det kärlekens vansinne han själv har levt i med Toskia. Irena påminner om henne, kvinnan som Bronisław nyss har brutit upp från när han lämnade London School of Economics. Irena uttrycker tankar som han själv har tänkt. Dem vill han resa långt för att slippa undan.

Kärleken vill få oss att smälta samman med den andre, säger Irena med sin hesa röst. Det gäller för mannen men också för kvinnan. Och vattenytan brister och spegelbilden blir otydlig, och man faller mot botten och är nära att drunkna. Kärleken leder till döden. Man får välja vems.

Antingen kärlekens. Eller sin egen.

Hon tystnar.

Ett sällskap berusade herrar sitter nu vid andra väggen och larmar. Irena tittar ner i bordet. Bronisław förnimmer vinden under hennes hud, den stora blåsten. Han vill säga emot henne men han saknar ord. Han fyller på hennes glas. Hon har plockat sönder vinkorken och lägger nu ut små korksmulor i slingrande mönster på bordet. Hennes naglar blänker.

Herrarna vid pelaren kallar högröstat på Metusalem.

Bronisław ser på nytt Toskia under gatlyktan på Blackfriar Bridge, hennes mörka ögon, hennes vrede. Han skulle vilja lägga sin hand över Irenas. Han skulle vilja delta i pusslet med korksmulorna. Han avstår. Men när hon inte säger mer kan han inte vara tyst längre.

Fröken Irena, säger han mjukt.

Kvinnorna vill ju ha sin frihet. I London drar suffragetterna genom gatorna. De önskar en förnuftigare ordning. Somliga menar att när kvinnorna har vunnit sin frihet blir också kärleken möjlig. En annan kärlek. En som inte leder till döden. Tror ni att det kan finnas en sån kärlek, fröken Irena?

Då ser Irena på honom. Blicken är utan botten som Morskie Oko. Kniven vrids om så att Bronisław får svårt att andas.

Genom trånga passager, förbi djupa klyftor, genom hålrum och grottor där gnomerna bor får man pressa sig fram, man vet inte hur länge det går, kanske luften inte räcker, kanske kvävs man. Osynliga fladdermöss skriker och piper där i bergets tunnlar. Detta är den ohyggliga vägen mot kärleken. Att nå fram skulle vara ett under och ett mirakel. Vägen spärras av den bestående ordningens väktare. De bär uniformer och sablar. De har kavalleri och kanoner. Likväl måste man ta sig fram mot friheten och kärleken.

Mannen genom kvinnan. Kvinnan genom mannen. De förtryckta genom förtryckarna. Allt genom allt. Det beståendes mönster måste skakas om. För kärlekens skull. För frihetens. Därför bröt han upp från Toskia. Smärtan över förlusten skakar honom. Den är som en skakning ur jorden. Ett uppdrag har lagts på hans axlar: han måste förändra sig själv. Han visste det när han lämnade London. Men hur ska det kunna ske.

Denna omöjliga förbindelse med Toskia.

Denna kärlekens förtärande plåga.

När han skiljs från Irena, det är utanför den präktiga patriciervillan där hon, matematiklärarinnan, hyr rum på övervåningen, känner han ännu av skakningen ur jordens inre. Men Irenas blick liknar inte längre Toskias. Ögonblicket av förväxling är över. Irenas ögon är tankspridda.

Hon önskar honom lycka till på resan.

Nyss ville Bronisław falla ner mellan hennes lår och gråta, det var
när hon såg på honom över bordet med Toskias blick. Han övervann
frestelsen. Han är utmattad. Han måste få sova. Irena lägger sin hand
helt lätt mot hans rockslag när de ska skiljas. Han tar den och vänder
på den och kysser hennes handflata. Därefter släpper han handen.
Han lyfter på hatten.

Han är färdig med Zakopane.

Gud eller någon annan har återfört honom till hans egen väg som är
nykterhetens. Han ska återfå sitt förstånd. Han ska förvandlas. Han
ska till slut finna kärleken. Ett farväl återstår, det svåraste, till mo-
dern. Han längtar redan tillbaka till henne och den mörka våningen i
Kraków för att avsluta också detta. Han är tacksam mot Irena för
hennes frånvarande vänlighets skull. Han står kvar vid grinden me-
dan hon går mot huset. Men just när hon ska gå in ändrar hon sig.
Hon springer tillbaka mot honom med hastiga steg. Den vita blom-
klockan runt hennes hals skimrar till i mörkret.

Då blir han så rädd att hjärtat börjar bulta.

Om hon nu ber honom följa med in i huset kommer han inte att
kunna säga nej. Hon lägger båda sina händer över hans på grindstol-
pen. En liten upprördhet flackar i hennes ögon. För att slippa se den
kysser han på nytt hennes hand. Men hon ber honom inte följa med
in. Hon ber honom att hälsa Stanisław att han ska höra av sig.

Om jag ser honom, svarar Bronisław, det är inte sannolikt.

Då bönfaller Irena honom att sända henne ett brev eller vykort från
jordklotets andra sida. Hon samlar på exotiska frimärken. Han lovar
att göra det. Han går sin väg. Det har slutat regna. Himlen är stjärn-
klar. Det doftar rent och nytvättat. Han hör grodorna kväka. Han ska
sova. Han ska stiga upp tidigt och ta tåget. Han ska packa, han ska
resa, han ska glömma.

Han ska vara ensam, och i många år.

Men när han närmar sig sitt rum i pensionatets mörka korridor ser han en ljusstrimma under dörren falla över mattan. Fylld av onda aningar öppnar Bronisław dörren. Den gnisslar. Fåtöljen har fått långa ben och ljusa benkläder, nederst stövelklädda. Fåtöljen har också fått armar, vita skjortärmar och smala vita händer. Den ena håller i ett halvtömt glas, i den andra vilar en halvrökt och slocknad cigarr.

Nå men äntligen! säger Stas. Var har du hållit hus?

Stanisław, svarar Bronisław.

Stas håller något i knät, en tropikhjälm. Bronisław slår sig tungt ner på den smala sängen. Stas får eld på cigarren, han puffar och tändstickan flammar och tobaksmolnen omvärver honom. Hans ögon är bleka och mycket klara. Han grinar uppmuntrande. Med en långsam rörelse fyller han ett tandborstglas med vodka upp till randen och räcker det till Bronisław.

Nej tack, säger Bronisław medan han tar emot det.

Stanisław stryker ömt med handen över tropikhjälmen som dödgrävaren över gamle Yoricks skalle. Han ler. Du tror mig kanske inte, säger Stanisław till Bronisław, när jag berättar att jag har inhandlat denna tropikhjälm här i Zakopane. Det tog lite tid att hitta den. Den var förmodligen Zakopanes enda tropikhjälm. Den har tillhört en Afrikaresenär som dog i den. Änkan var en smula sentimental och svårövertalad. Till slut gav hon med sig.

Vad tycks, Bronio?

Strålande, säger Bronisław, ska du resa till Afrika?

Han tar en klunk vodka. Han faller raklång på rygg i sängen med armarna kastade över huvudkudden. Under fingertopparna känner han den slitna tapeten. Runt taket löper en stuckatur av bleka gipsrosor. Rosenbladen hakar i varandra, oupphörligt, i en evig rörelse. Längst bort i hörnet försvinner rosenkedjan i skuggor. Men därefter dyker den upp igen. Ros efter ros. En outtröttlig omfamning. En oändlig kavalkad, vad tänkte väl gipsmästaren på?

Lampskenet kastar en gloria runt Stas ansiktsoval.

Hans ansikte är vitt som papper. Djupast inne i molnet av tobak skimrar hans bleka och vänliga ögon. Han liknar en ängel fast drucken. Aldrig är Stas så klar, så nykter och så beslutsam som i berusningen. Med stövelspetsen fiskar han upp sin kavaj från golvet. Han bäddar in tropikhjälmen i den som en flicka sin docka. Därefter smeker han under tystnad hjälmen.

Vet du vad klockan är, frågar Bronisław.

Älskade Bronio, säger Stas med skratt i stämman.

Vad vill du, Stas, frågar Bronisław.

Jag vill ge dig en gåva, svarar Stas. Ungdomens tid är förbi, Bronio. Vi måste bli män nu. Det är dags för oss båda två att kapa ankartrossarna. Låt oss tillsammans lämna det förvirrade Europa. Låt oss studera de vilda folken och de obegripliga sederna. Låt oss lämna kvinnorna, de levande såväl som de döda, de har gett oss för mycket smärta. Jag följer dig till Australien och till Nya Guinea och till världens ände, Bronio. Jag vill måla det osedda.

Det går inte, svarar Bronisław tvärt.

Jag följer dig som Sancho Panza följer sin Don Quijote, fortsätter Stas oberört. Jag blir din clown och vapendragare. Jag räddar dig från alla väderkvarnar. Du kan inte undvara mig, Bronio. Du är lättledd och råkar alltid i svårigheter på egen hand. Fyra ögon ser bättre än två. Fyra ben kliver över alla bergstoppar. Vi håller ihop som vi alltid har gjort.

Nej, Stasio, säger Bronisław, inte den här gången.

Tänk nu noga efter, Bron, säger Stanisław.

Aldrig mer, svarar Bronisław, kan du få mig till såna dumheter.

Älskade Lord Nevermore, säger Stas milt.

Bronisław häver sig upp på armbågen och trevar efter vodkaglaset på mattan. Han tömmer det i botten. Han sätter i halsen och hostar. Han ser pojken som han lärde känna under ett sommarlov i Zakopane för länge sen: mager, med kvicksilvertunga, ekorrögon, trasiga blusar av siden, sammetsbyxor med hål över knäna, bortskämd och försummad.

Odräglig. Älskansvärd.

Stanisław på gräsmattan utanför huset i morgonväkten. Metspöet över axeln. Fickorna fyllda av tobak och äpplen då Bronisław kliver ut på trappan i bara pyjamasen. Godmorgon, din sjusovare, har du äntligen vaknat? Det var sommaren då Bronisławs far hade dött.

Hallå, ryck upp dig, idag ska vi ut och fiska.

Vill du höra min senaste pjäs?

Vill du se boken som min moster hade med sig från Warszawa?

Stanisław som slänger käft med Zakopanepojkarna när de hånar Bronisław för hans sjuklighet. Och Stanisław som komponerar fjärilsvisor på sin flöjt för att trösta sin vän Bronisław. Och Stanisław som spelar schack med Bronisław nätterna igenom, många hundra partier, så att sorgen över den döde fadern inte ska hinna upp honom.

Och senare Stas på Konstakademien i Kraków, övertygad om sin undermålighet som målare, oförstådd av lärarna och hunsad av sin far som föraktar alla konstskolor: bara Bron trodde på honom. Det fanns ingen som Stas kunde öppna sitt hjärta för så som inför Bron. Ingen som Bron kunnat tala med som med Stas: Om filosofin, om könet, om kvinnans anatomi, om vetenskapen.

Ingen som han kunnat reta sig på så mycket.

Ingen som det varit så lätt att försonas med.

Och nu Stanisław, vars unga fästmö tagit livet av sig, varför gjorde hon det? Naturligtvis borde Stas lämna Zakopane för ett tag. Men det vore vansinne att ha med Stas. Denna forskningsresa är för viktig för att förslösas på upptåg. Bron reser sig långsamt från den knarrande sängen. Han sätter fötterna i golvet. Han sträcker sig efter vodkaflaskan och fyller sitt glas och lyfter det mot Stas.

Det går inte, Stasio, säger Bronisław uppriktigt. Jag måste vara ensam. Den här gången menar jag allvar.

Stas skickar ett ljust och vackert leende åt hans håll.

Bronisław känner hur trött han är. Han dricker. Han snurrar på glaset. Han dricker igen. Det är inte bara svårt att säga nej till kvinnorna. Det är minst lika svårt att säga nej till Stas. Det kostar på. Han blir nedslagen av det. Modstulen. Och beklämd. Han ser ner i vodkaglaset.

Kan du fotografera? frågar Stanisław och byter samtalsämne.

Bronisław skakar på huvudet. Han betraktar rotationen som bildas i vodkan när han snurrar på glaset, en liten virvel som tycks löpa snabbare än handen. Det var förfärligt att säga nej till Toskia. Hon ville inte att han skulle resa. Men hon ville inte heller skiljas från sin man. Kanske kunde hon inte. Skulle han ha stannat i London? Men det var omöjligt. Svartsjukan höll på att ta kål på honom. Han lyckades bryta. Nu förföljs han av hennes vrede. Kanske är det inte av hennes vrede utan av sin egen saknad.

Själv är jag Zakopanes skickligaste fotograf, fortsätter Stas.

Jag förbereder en utställning. Den får du tyvärr inte se. Den kommer att göra sensation. Jag har rätt noga studerat Australiens historia, också dess geografi, topografi, klimatförhållanden och monsunvindar. James Cook hade med sig ett helt följe av botaniker, zoologer och geografer när han upptäckte sydkontinenten. Också ett par tre tecknare, det visste du kanske inte? Jag hade tänkt mig att måla en del i olja om klimatet tillåter. Tror du att man kan använda olja i tropikerna? Gauguin gjorde det förstås.

Men framför allt är jag en skicklig fotograf. Fotograferingskonsten är oundgänglig för den moderna vetenskapen.

Bronisław slutar att snurra på sitt glas. Det blir tyst.

Någonstans borta i korridoren gnisslar en dörr. En osynlig pensionatsgäst trampar förbi på mattan utanför rummet där de sitter. Det knarrar lätt i golvplankorna. Mot fönsterrutan gnider sig en kvist. Utifrån trädgården jamar en katt, påstridigt och egensinnigt. På det följer ett fräsande som från en havsvåg, ett våldsamt tumult och ett ohyggligt jämmerrop. Katten måste ha stött på en annan katt. Det blir tyst igen.

Jag är rädd att jag håller på att bli tokig, säger Stas.

Den här gången är det verkligen mycket illa. Men om du inte vill ha mig med, Bronio, så talar vi inte mer om saken. Men låt mig ändå få skänka dig den här. Äger du en tropikhjälm?

Bronisław skakar på nytt på huvudet.

Nu har du en, säger Stas.

Med försiktiga rörelser vecklar han ut hjälmen ur kavajen och placerar den på Bronisławs huvud. Jag köpte den åt dig. Det är säkert, den var åt dig.

Bronisław kan inte låta bli att dra på mun. Han känner sig rörd över omtanken. De dricker. De samtalar. Om annat. Om kvinnorna. Om Toskia. Om Krystyna som sköt sig invid klippan. Hon hade bundit sig en blomsterkrans som låg intill hennes kropp.

Krystyna gjorde, säger Stas, sin död till ett fantastiskt stilleben. Han suckar.

Det är underligt med livet och konsten, säger han.

De liknar varandra intill förblandning. De har helt visst något med varandra att göra. Men de är inte samma sak. Man får inte förväxla dem. Mellan liv och konst finns en avgrund. I den är det svårt att leva. Man måste alltså välja mellan livet och konsten. Hur bär man sig åt? Kanske måste man faktiskt göra sitt liv till ett konstverk? Det är i varje fall en möjlighet.

Man får försöka betrakta sig själv som ett objekt.

På distans. På tillräckligt avstånd och med tillräcklig svalka för att livets kaos inte ska göra en sjuk och förvirrad. Jag talade ofta med Krystyna om detta, säger Stas. Men det besynnerliga är, fortsätter han, att när man betraktar sig själv på avstånd, liksom genom en kikare, så avskärs man från något. Från vad? Man kunde säga att man avskärs från *sig själv*. Men vad är detta underliga *sig själv*? Jag blir förbanne mig inte klok på det.

Jag anser mig skyldig till Krystynas död, säger Stanisław.

Bronisław vet inte vad han ska svara. Kanske är det sant. Hos Stas växlar kyla och hetta oupphörligt. Han är en god, för att inte säga föredömlig son. Han håller med pappa Wicz i allt fast han i grunden menar det motsatta. Han är en fånge hos kvinnorna och sviker dem oupphörligen. Han älskar utan sans och måtta. Sen sliter han sig loss så att allt runt honom rämnar.

Det beror på att han i varje ögonblick försöker vara sig själv.

Men så fort han funnit sig själv har detta *sig själv* redan förvandlats till ett skrämmande fängelse som han på nytt måste spränga sig ur. Hos Stas tycks motsatserna ligga så tätt intill varandra att han ständigt måste byta den ena åsikten mot den rakt motsatta för att hålla sig samman. Eller för att hålla ihop världen. Kanske för att fånga verkligheten bortom alla motsatser.

Det är ditt konstnärliga geni, framhåller Bronisław.

Medan pappa Wicz målar det verkliga så förverkligar du måleriet. Då framträder en hittills osedd verklighet, en inre och sannare.

Men också under den verkligheten finns en annan, invänder Stas. Och under den *ytterligare* en annan.

Så måste man rastlöst måla, dikta, skriva och tänka för att närma sig formen som finns bortom alla former: den rena formen.

Jag förblir en evig dilettant, säger Stas framåt morgonen.

En människa om vilken man kommer att säga att han aldrig nådde fram. Varken till konsten eller till livet. Men jag har brutit med den där psykoanalytikern som trodde att han skulle kunna psykoanalysera mig frisk. Det var när jag framhöll att jag förmodligen hade embryokomplex. Idioten trodde att jag drev med honom, säger Stas och skrattar hjärtligt. Men sen övertog han min ståndpunkt: jag led verkligen av embryokomplex.

Då stod jag inte ut med honom längre.

Också Bronisław skrattar så att han skakar. Embryokomplex!

Tobaksröken ligger tät i rummet och vodkaflaskan är tömd. Bronisław släcker lampan och slår upp fönstret på vid gavel. I pensionatets trädgård dansar små dimmor mellan fruktträden. De går ut. Luften är kylig och frisk. Men vid ett av plommonträden säger Stas, under det att han noga skärskådar knopparna, att han är skyldig, absolut skyldig till Krystynas död.

Detta på grund av det embryonala som han bär på.

I ena stunden är han helt avskuren från allt. I nästa ögonblick flyter han ut i de andra och i tingen, det finns inga gränser, han sönderdelas och atomiseras. Ingen kan känna sig älskad av en sån kameleont. Utom möjligen du, Bronio. Och Stanisław slår armarna runt plommonträdets stam och vänder sitt vita änglaansikte mot gryningen och skrattar inte.

Gräset är vått av dagg.

Vid uthuset ser de en räv löpa undan.

Och solen går upp över Tatra, glänsande och väldig och rund, och skingrar dimmorna. Det är en hänförande morgon. De ser en fjäril, det är vårens första, den är liten och vit, fladdra bort mellan buskarna. De ser bergen höja sina toppar mot solen. I denna stund blir det avgjort, en smula oklart hur, att Stas följer med på resan.

Stas är en osorterad säck. Allt har kastats ner i den utan urskillning. Ändå är det hans uppgift som artist att finna ordningen. Han talar om stjärnhimlen, det är medan de går utmed nordfranska kusten, det är natt och himlen ovanför dem är ett uppspänt blankt cirkustält. Där syns Orion, dummerjönsen, han som ständigt snubblar på sin kättja.

Där ser man Stora Cirkusbjörn från de arktiska vidderna i sällskap av mongolprinsessan, kvinnan av is: ingen undslipper hennes kalla blick. Där är Plejaderna på slanka ben, unga ryttarinnor i manegen, de balanserar på hästryggen, sju till antalet, alla med parasoller i hand. Röda jättar och vita dvärgar. Ofantliga himmelska explosioner äger rum, som hos oss.

En cirkus alltihop. Ett stort skämt, Bronio.

De står på däck och lutar sig mot relingen, i damasker och handskar och med hattarna i nacken. De andra passagerarna sover. Det dunkar stilla. Det är fridfullt fast Stas babblar utan uppehåll. Han får universum att dofta av cirkusdamm, av människosvett, av gyckel och sorg. Men när de sen går genom Medelhavet sover han, hålls i hytten och visar sig inte ens till måltiderna.

Det är för mycket, säger han till Bronisław.

Medelhavet kan jag icke bära.

Bronisław tror att han då tänker på Krystyna.

Men när de närmar sig Suez står Stanisław på nytt vid relingen på M/S Orsova, ivrig att få se den sydliga stjärnhimlen resas ovanför dem. Canopus. Alfa Centauri. De syns inte ännu, säger Bronisław.

Det finns kanske ordning bakom tingen, tror också han. I varje fall en förunderlig lagbundenhet. Och forskarens uppgift är att röja ett litet stycke ordning i det som tycks vara kaos. Stanisław nickar. M/S Orsova stånkar och hostar astmatiskt medan de angör Port Said. De går iland för ett par timmar. De vandrar i de arabiska kvarteren bland hus på smäckra pelare med svävande balkonger prydda av fågelvingar och blommor. Gatorna luktar get, kaffe och makakigi. Små oljelampor brinner med fladdrande lågor.

Kommersen på trottoarerna är öronbedövande.

De dras med i ett bröllopståg. Herrarna bär fez och fotsida blå skjortor som liknar damklänningar. Några damer syns inte till, inte heller någon brud. Kvinnan är väl bara en bröllopsdetalj, säger Stas. Hans ögon löper som ekorrar, världen flyter in i honom. De sveps vidare av dånet, av rösterna och av skratten.

Musiken är infernalisk, pipor och trummor.

Sedan Suez.

Havet som de lämnar bakom sig förvandlas till gnistrande tunna band i ökensanden. De skiftar från turkos till smaragd och till giftigt gulgrönt. Åt ena hållet finns Egypten med oaser och palmer, därifrån når doftstråk av lind deras näsborrar. Men på andra sidan sover Sinai där Moses vandrade. Den arabiska öknen breder ut sig, den är fasansfull i solflimret. Rödgula sanddyner med livlösa och grå skuggor. Klippmassiv i skarpa färger av lila och violett.

De liknar inälvor, konstaterar Stanisław.

Över dynerna lyfter tromber av flygande och virvlande sand. Stas är i extas. Han urskiljer färgnyanser som Bronisław aldrig skulle ha sett. Perversa, enligt Stas. Vämjeligt och underbart perversa: rött och brandgult och lila och askgrått. Det är mitt på dagen men himlen tar färg av café au lait.

Mitt på himlen har någon kletat fast en blågrön liten sol.

De passerar en ö med fyra vulkankäglor i kastanjefärg mot himlen, en skiftning i materien bara. Tusen små solar skvalpar i de loja vågorna. Vattnet blir metallfärgat, brons eller koppar, medan solreflexerna liknar smält aluminium. På stränderna syns grå och döda träd av papier-maché. Stanisław är utom sig av förtjusning. Allt är konstlat och dött. Små bruna måsar med korta stjärtfenor stryker utmed fartygets sidor och fullbordar intrycket av luguber instängdhet. De är inneslutna i en målning av Stas. Ja, fångade och tagna som gisslan.

Och inte en vindfläkt.

Hettan är så tryckande att till och med den fete anglikanske biskopen på Nya Guinea som gör dem sällskap vid relingen har svårt att andas. Han är annars van vid värmen. Nu har han varit hemma på semester.

Stanisław luftar inför biskopen sin alltmer stigande aversion mot de engelska (det vill säga de flesta) passagerarna ombord: varelser utan andlighet, estetik eller sensibilitet. Massmänniskor, fastslår han. Men det är väl därför som britterna har kunnat skapa ett imperium?

En intressant tanke, svarar biskopen saktmodigt.

Lugna dig en smula, säger Bronisław till vännen.

Älskade Bronio, käre ers högvördighet som sprider ljus bland svartingarna på Nya Guinea, varför ska jag lugna mig? Lugn är något tvetydigt och farligt och brittiskt, fastslår Stanisław. Det är min övertygelse att lugn är förutsättningen för de mest bestialiska gärningar. Vad anser herr biskopen?

Biskopen tänker efter en lång stund.

Sen ber han att få bjuda på *ice drinks* under däck, ett förslag som Stas entusiastiskt antar. Han utnämner biskopen till ett lysande undantag från sin ras, den engelska och pinsamt förslöade, och vill gärna måla av honom, fast i full biskopsutstyrsel och i kretsen av hans svarta församling när de småningom besöker honom i Papualand. Biskopen är smickrad. De dricker kylda drycker i baren och Stas babblar utan uppehåll.

Under dygnen som följer kan man knappt röra sig. Vid varje promenad på däck upplöses man av svett. De passerar strandade fartygskadaver, rostiga och halvt söndervittrade. På stränderna syns inte en levande själ. Bronisław dåsar i däcksstolen över en bok i den lilla skuggan.

Bara Stanisław är ständigt i rörelse.

Han löper längs relingen. Han knackar i fartygsplåten. Han spelar shuffleboard med de bleka små brittiska barnen. Sen spelar han teater för dem. Iförd tropikhjälm framför han Kleopatras död. Barnen gapar. Även deras föräldrar stannar till för att se på. Stas spelar ömsom Caesar och ömsom Antonius på sin skrattretande engelska, sin knaggliga franska och emellanåt på högstämd polska.

Bäst är han som Kleopatra.

Flammande blickar och stela rörelser.

Hon håller giftormen i handen och stirrar ettervarelsen i ögonen. Det är den sista monologen inför döden. Kleopatra riktar den med ekande stämma till Ormen: lilla efterlängtade död, lilla giftmun, lilla utsläckare av mitt väldiga öde, man ska minnas dig. Man ska efter dig veta att makten är oskiljbar från erotiken och från blodets virvlande nebulosor i skötet. Du lilla ettergadd, min slutgiltige älskare, ska bekräfta det. Bronisław lyssnar, mot sin vilja gripen.

Har Stas – som Irena vid ett tillfälle påstod – en kvinnas själ? Och vad betyder det? Är det Krystynas självmord han nu framställer? Krystynas namn är sedan de avreste en blank och hal yta. De slinter när de beträder den. Kleopatra trycker giftormen mot halsen och faller i spasmer till marken vid relingen. Förvridet ansikte. En harlekin med vansinniga ögon.

Efter en sista viftande handrörelse – död.

Det går en flämtning genom skocken av åskådare. De skrattar och sen jublar de och klappar i händer. Stas rör sig inte. Bron slår ihop Seligmans bok och kommer hastigt upp ur däcksstolen, rädd att det är allvar, att Stas har tuppat av. Men innan han hinner fram uppstår Stas. Han bugar för publiken utan skymten av ett leende. Hans blick får åskådarna att sätta sina flin i halsen och skingras. Svetten strömmar över hans ansikte.

Bara barnen står förväntansfullt kvar.

Stas fördelar på måfå en rad klappar över deras huvuden.

Och de vrålar och hickar och sprider sig över däcket som sparvar. Oseende betraktar Stas den saltiga och ogenomskinliga vattenytan. Han torkar svetten ur ansiktet med skjortärmen och går sin väg utan ett ord. Bronisław står kvar vid relingen med boken i handen.

Han vet inte riktigt vad det är han har bevittnat.

Det är kvävande hett. Också på natten, och många av förstaklasspassagerarna väljer att sova på däck, damerna till höger och herrarna till vänster. Stas tar sin filt och förenar sig med dem. Bronisław föredrar hytten. Där vrider han sig i kojen under många timmar. Han kan inte bli kvitt Toskias blick. Den förföljer honom och tillåter ingen sömn. Hon hotade att ta sitt liv om han övergav henne. Ändå gjorde han det. Och Stanisław, som kanske har Krystynas död på sitt samvete?

Lukten i hytten är kväljande.

Stas är på nytt besatt av teatern, människokroppens konstform. Ingen har velat uppföra hans dramer. Hans filosofiska verk saknar förläggare. Men inget kan släcka hans låga. De sitter i matsalen under lätt gungande ljuskronor. Orkestern spelar svagt.

Runt dem klirrar det av silverbestick mot porslin. Telegram har anlänt och sorlet stiger. Världen som de glömt är som vanligt orolig. I Italien har blodiga sammanstötningar ägt rum mellan polis och demonstranter. I Storbritannien strejkar hundratusentals kolgruvearbetare. Och den irländska frågan närmar sig kokpunkten. Teatern kan bättre än måleriet fånga detta absurda, säger Stas.

Och vad *är* det absurda? frågar Bron torrt.

Älskade Bronisław, svarar Stas milt.

Bronisław ägnar en god stund åt att överlista ett runt och rött bär på sin tallrik. Sen skjuter han tallriken åt sidan, han saknar matlust. Kanske är det världen som så uppfordrande tränger sig på. Eller är det Toskia som inte låter honom få sova om nätterna? Det kan också hända att det är Stas maniska utläggningar om estetiken som gjort honom trött. Stas har babblat om sina teorier och filosofier om konsten utan uppehåll ända sen tidigt på morgonen.

Vad är det absurda frågar du? Världen är absurd.

Jag förstår, svarar Bronisław avmätt.

De italienska demonstranterna har rätt för helvete, säger Stas. Precis som kolgruvearbetarna och de vilda irländarna. Existensen är absurd. Man måste revoltera mot den. Stas höjer rösten och upprepar det. Bronisław är utled på Stanisławs filosoferande. Plötsligt vet han vad det är som plågar honom: under den maniska uppspeltheten är Stanisław frånvarande. Långt borta.

När Bronisław inte svarar ser Stas sig om bland matgästerna. Han kliver upp på stolens sammetssäte och äskar tystnad. Med sidenscarfen kastad över axeln och med dånande röst utbringar han en skål för de tappra irländarnas självständighetskamp mot det uppblåsta England. Det blir dödstyst. Ansiktsovalerna vrids mot deras bord. Också orkestern överges av instrument efter instrument. Bronisław döljer ansiktet bakom servetten.

Det är inte världen utan Stas som är absurd.

Stas söker alltid efter den omöjliga punkten. Det ingår i estetiken. Man måste sprätta upp ytan, säger Stas. Då kan oväntade ting inträffa. Också nu händer mycket riktigt något. Gästerna i Orsovas förstaklassmatsal förvandlas till marionetter. Dockspelaren vrider deras ansikten och kroppar mot bordet i det mest avlägsna hörnet av matsalen. Vid väggen står kyparna på rad.

De svajar till, ser Bronisław, och tycks tappa formen. Men strax träs en ny form över dem, den polisiära. De skyndar mot Stas, en hel rad av svartbenta servitörer i vita jackor, för att dra ner honom, slå honom, hugga av hans huvud, massakrera honom, vad som helst. Som i Stas ospelbara pjäser.

Bron känner sitt huvud lossna från skuldrorna.

Men Stas ler älskvärt mot kyparna och dricker ensam sin skål.

Han sätter sig. Han klappar den vitklädda arm som tungt fallit på hans skuldra. Jag skålar för min irländske vän, förklarar han och pekar på Bronisław, det råkar vara hans födelsedag. Och Stanisławs tonfall är så vänligt och självklart att mannen villrådigt sänker armen. Den blir hängande. Den slänger i luften som kläppen i en klocka. Kyparen ser sig omkring för att söka stöd men middagsätarnas blickar halkar undan. Då hissas hans arm upp och intar den sedvanliga kyparhållningen, vinklad armbåge, vertikal underarm över vilken linneservetten hänger som på ett klädstreck.

Han avtågar. Ingenting har hänt. Silverskedar klirrar på nytt mot porslinet. Orkestern börjar spela, det är något spanskt. Men strax utbringar en passagerare längst bort i salongen helt nära orkestern, en uniformsklädd karl med röd tjurnacke, en ny skål:

För Storbritannien!

Därefter en annan vid fönstret, en blekare typ: För Irland!

Därefter en tredje och en fjärde: För freden!

För kriget! För samväldet! Skålarna korsar varandra i Orsovas matsal. För kaptenen på M/S Orsova! För orkestern! För Enrico Caruso! Och slutligen de vackra damernas skål! Alla herrar kommer på fötter, även Bronisław. Det skrapar och slamrar av stolsben. Man skålar för de sköna damerna, och damerna fnittrar förtjust, också de mindre sköna. Tumultet stiger och skrattsalvorna dånar. Stas är överrumplad och lycklig.

Han lutar sig över bordet mot Bronisław. Pjäsen jag nyss iscensatte körde kniven i själva verkligheten och sprättade upp den!

Du såg det själv, Bronio.

Liv, säger Stanisław. Det är konstens uppgift, att skapa liv!

Nu är han inte frånvarande längre. Det har kommit ny glans i hans ögon. Han vill ha med sig Bronisław ner på andraklassdäcket. Han är på nytt gossen ur barndomen. Ja, den pojke vars upptåg skakade Zakopane och som Bronisław inte kunde motstå. Men nu känner han sig stel och generad.

Han är tacksam för att få lämna matsalen.

Orsova närmar sig det trånga sundet Bab-el-Mandeb under det gröna ljuset från Perims fyr. En omärklig bris för med sig något som för första gången på flera dygn liknar svalka. De vandrar runt bland emigranter som sträckt ut sig på däcksplankorna med sina knyten och bylten, män och kvinnor och barn. Stas går omkring bland dem som en upptäcktsresande. Han stannar upp och ställer frågor. Han kräver att Bron ska tolka åt honom.

Han vill veta allt om dessa människor. Och de svarar.

Många är irländare, andra är skottar och walesare. Somliga har lockats av ryktena om guld i Australien. Andra vill arbeta på järnvägsbyggena i Indien. De flesta vill bara överleva. *What is your name, Madame?* Dorrit Jones. *My friend here would like to know why you travel to India?* Vilken fråga, *my sweet lad*. Berätta för er vän att Dorrit Jones inte har mer att hämta i Belfast. Är han ryss, er fine vän? Jaså, polack. Ja, dem är det också synd om.

Stas slår sig ner med benen i kors på däcket.

Han drar fram sin flöjt ur bröstfickan.

Han spelar, det är en melodislinga som han komponerat en tidigare kväll till stjärnbilden Argo. Där syns skeppet Argos blåsande segel, där är kölen, där bakstammen och masten.

Stanisław hade pekat upp mot den svarta himlen och visat och förklarat, men Bronisław hade inte sett något.

Ingen tycks häpna över den flöjtblåsande främlingen med siden-scarfen i deras mitt. Männen röker och småpratar. En lång och mild dyning rör sig under skrovet. De är på väg ut ur Adenviken.

Bron lutar armbågarna mot relingen. Perims fyr blinkar redan långt akter om fartyget. De flimrande stjärnorna i himlen flyter sam-man till trassliga nystan av ljus. Det är som om jordklotet sakta vag-gades. Det stiger skratt ur mörkret bakom hans rygg. Efter en stund börjar en kvinna ordlöst nynna till Stanisławs flöjtspel. Hennes röst är hög och klar. Bronisław vrider på nacken och ser henne. Hon sitter med benen utsträckta framför sig på däcket och är varken ung eller vacker. Hur ska denna kvinna överleva på andra sidan jorden?

Stas sänker flöjten och lyssnar till hennes sång utan ord.

När hon tystnar svarar han henne på flöjten. De samtalar på det sättet en stund med varandra. En grov karl räcker sin ginflaska till Stanisław som tar emot den och dricker. Bronisław har fyllts av ve-mod när han lyssnade till den klara kvinnorösten. Av Stanisławs ma-niska och mekaniska energi blev han trött. Men när Stas återfinner sin livslust, som nu, blir han misslynt. Över vad? Över sig själv. Han har varit med om det förr. Han känner sig stel och otymplig. Denna vänskap är prövande. Han ser ut över det svarta vattnet.

På ytan flyter fosforescerande fläckar av ljus.

De stiger upp ur djupen och slår ut som blomkalkar.

Också andra har nu plockat fram instrument, ett par fioler, ett munspel, ett handklaver. Man spelar, man dansar. Bronisław står med ryggen mot relingen och betraktar de virvlande skuggorna. Han kän-ner sig ensam. Ja, som när han var liten och utan vänner.

Men Stas dansar bland de andra med utbredda armar.

Han liknar en fågel, en mager stork.

En Pan bland raggiga fauner. Besynnerligt hemma bland dem. Stas är mer hemma var som helst än Bronisław tror sig kunna vara någon-stans. Han pressar ryggen mot relingen. Hans fingertoppar rör vid det blankslitna träet.

Stas är den verklige antropologen av oss båda, tänker han.

Vägledd av sitt eget unika inre tumult. Han är sin egen kompass genom tillvaron. Möjligen ingen vetenskapsman, snarare en sorts

antropologiskt stjärnskott. Kanske till större nytta på denna forsk-
ningsresa än Bronisław från början har kunnat föreställa sig. För Stas
tycks ingenting kunna få förbli okänt. Han blottlägger världen bara
genom sin ohämmade närvaro.

Bronisław behöver bara följa honom i spåret.

Lägga märke till och notera. I lugn och ro samla de empiriska data
som Stas till synes utan syfte driver upp i sitt kölvatten. Varför ska
han känna avund över Stanisławs gåvor. Han ser upp i himlen. Han
vet inte vad stjärnbilden ovanför hans huvud heter. Men det är visst
Toskia som blinkar till honom däruppe.

Nu med en liten gnutta humor.

Han fylls av oväntad förtröstan.

Men morgonen därpå är Stanisław fåordig. Han tycks ha tappat intresset för omvärlden. Han sitter med de långa benen uppdragna under sig i däcksstolen. Ögonen skyms av hattbrättet. Han spelar ohörbart på flöjten. När Bronisław vänligt frågar vad han sysslar med, svarar han att han håller på att avsluta sin stora symfoni för filharmonikerna i Wien.

Bronisław ber att få höra.

Stas spelar en melodi, den är naken och okonstlad.

Den är mycket enkel. Ett barns.

De passerar en gul klippa. Trehundra meter hög.

En lodrät katedral. En ödslig kyrka som förlorar sig bland morgondimmor och flygande skum. Solen är grön mot en vit himmel. Knappt har de gått förbi udden förrän havet krusas. De är ute på Indiska oceanen. Strax höjer sig ett berg av vatten vid aktern, det är den första gigantiska vågen. Den följs av nästa, och därefter av nästa, och vågorna löper parallellt med fartyget och i samma riktning.

Det är sydvästmonsunen som har fattat tag i dem och i M/S Orsova. Men mellan varje våg och den följande sugs de ner i ett hålrum, en ofantlig och rörlig grotta. De lyfts av nästa våg akterifrån. Det är en ohygglig rörelse. Ett evigt malande i en jättes käftar.

Inget land syns åt något håll, bara de ständigt växande krönen av vattenkullar förut och akteröver.

Glidande grottor. Sen stup av vatten.

Det är en skräckinjagande förflyttning av fartyg, människor och vattenmassor som har inletts. Den ska inte upphöra förrän de har nått till Colombo på Ceylon. Det är blekgrönt runt dem, sen silande grått. Det är gröngult och gråsvart och vrålande svart. Men överst på vågkammarna färdas ett flackande ljus av oxiderad genomskinlighet, blekare än silver. Stanisław står vid relingen och stirrar förhäxat efter ljuset.

Bronisław kan inte lyfta blicken, han spyr galla.

Allt annat har han kastat upp, nu finns bara den bittra gallan kvar. Han bryr sig inte om Stanisław. Inte heller om Toskia längre. Han bryr sig inte om något som helst. Han vill dö. Han håller sig krampaktigt fast vid relingen. Han kviderr svordomar mot den heta vinden, sen jämrar han sig. Han snyftar och spyr. Stanisław går därifrån.

Hettan släpper inte taget. Den har nu tagit sin boning i vinden, i jättens andedräkt av eld. Framåt kvällen står Stas vid hans sida igen och pekar ivrigt ut Södra korset. Bronisław nickar stumt. Det är tropikerna. Det är honom likgiltigt. Stanisław stöder honom och de vacklar tillsammans nerför trapporna. Till matsalen vill Bronisław inte. Absolut inte. Och inte till baren. Inte heller till *Music room,* där Stas ägnat många timmar åt en bok av Joseph Conrad – Lord Jim, en enastående roman, Bronio.

Det intresserar inte Bronisław.

Inte heller att Stanisław skrivit ett långt och utförligt brev till pappa Wicz, eller att han samtalat en god stund med den hygglige och pratsamme biskopen på Nya Guinea. Bronisław lyssnar inte. Han vill bara till sin koj. Han vill sova eller dö. När han törnat in vill han inte dricka av vattnet som Stas håller fram mot honom. Om han dricker börjar väl helvetet igen. Stanisław tvingar honom med handen under hans nacke. Bronisław vrider undan ansiktet.

Han hulkar och flämtar.

Ekonomisera lite med inälvorna, säger Stas.

Drick en smula så att det finns något att spy upp förutom lever och njurar. Bronisław dricker då en smula. Och Stas säger, det är för att trösta vännen, att han har genomskådat vågorna och monsunen. Deras konster är så enkla. De är enahanda och talanglösa. De repeterar bara samma sak i all oändlighet, utan variation, fantasilöst och mekaniskt.

Det är därför du mår illa, Bronio.

Håll käften, klipper Bronisław av.

Livet ombord är så nervpinande trist, och engelsmännen så intetsägande, och vågrörelserna så banala att om kampen mot havets ondska är den enda underhållningen så borde vågorna vara högre, vildare och mer oväntade. Då skulle du inte spy, Bronio. Man måste ha förändring, modulation och överraskning i livet. Mekanik är bara mördande och själsdödande.

Var tyst lite, flämtar Bronisław.

Han vänder huvudet mot väggen.

Stanisław fortsätter att prata. Monotoni är det mest okonstnärliga av allt, säger han. Den dödar själen. Monotonin är det moderna livets helvete. Det är fabrikerna och maskinerna och mekaniken. Jag hade uppriktigt sagt inte väntat mig samma sak av den mångbesjungna Indiska oceanen.

En besvikelse. Håll med om det, Bronio.

Bronisław förmår inte svara.

Vi blir så lätt offer för omständigheterna, fortsätter Stas medan han fyller på vatten i glaset och dricker. Vi borde kunna höja oss över dem. Det är vad min far inte tröttnar på att framhålla. Att vi är fria varelser som kan höja oss över omständigheterna. Lyfta oss i nackskinnet. Rycka upp oss. Minnas vilka vi är, Bronio.

Men Bron har somnat, tungt och själlöst.

Stanisław sitter på kojkanten med glaset i handen och följer med blicken väggarna i den trånga hytten. M/S Orsova förs skälvande uppåt och störtar skakande utför. Det klirrar i tandborstglasen. Det rasslar i metallbeslag och kättingar. Gång på gång samma rörelser, åtföljda av exakt samma ljud.

Var gång fartyget dunsar i vattengolvet samma klirr, bånk och bang. Och så alltsammans från början igen.

Stanisław klättrar misslynt upp i överslafen. Han lyssnar till Bronisławs snarkningar. Samma lilla pipljud på inandningen. Samma korta paus före utandningen. Det är nära nog outhärdligt att resa så långt och behöva uppleva detta. Han överväger att skaka liv i vännen för att få något mer fantasifullt ur honom. Men kanske blir det då bara spyor.

Han avstår. Han ligger med armarna under nacken och stirrar i taket. Han överlämnas åt sina tankar, till följd av omständigheterna också de långrandiga, stereotypa och redan tänkta.

Av någon anledning, man vet inte vilken, har materien splittrats i en ofantlig röra av ting, former och individer. Men mellan individen och världen runt henne finns en avgrund. Om man är människa och inte exempelvis en gaffel eller en skalbagge blir mångfalden en plåga.

Liksom ensamheten.

Materiens beståndsdelar är ändå exakt desamma hos individen som hos tingen som omger henne. Samma kemiska substanser. Samma atomer som snurrar runt. Alltså finns det skäl att tro att det finns en enhet bakom världens mångfald. Att världen bortom alla uppenbarelseformer är en enda. Varför är då människans ensamhet så förfärlig?

Den är grotesk och monstruös.

Den är en kall klang. En vit stumhet.

Och människan försöker överbrygga sin ensamhet. Det är en grunddrift hos henne. Men hennes andra och paradoxalt nog lika starka drift är att bevara sig själv. Inte övermannas av omständigheterna. Inte ge efter för världen som plånar ut hennes särdrag. Det är därför som kärleken och eros så lätt hotar människan med förintelse. Kärleken är driften att smälta ihop med den älskade.

Löjeväckande, med tanke på att individen inte ens kan smälta ihop med sig själv. Men så är det, människan drivs mot kärleken. Av rena självbevarelsedriften tvingas hon nästan i samma ögonblick att avvärja den, hon måste försvara sitt eget unika jag, inte översvämmas av allt annat och drivas ur kurs. Då kastas hon brutalt tillbaka in i ensamheten. Och blir på nytt förälskad. Och måste igen försvara sitt jag mot den andres intrång.

Det är ohyggligt, hur komma runt det? Det finns bara en utväg. Genom konsten. Eller genom döden. Som Krystyna.

Hennes död var en beundransvärd handling.

Hon löste konflikten. Det kostade henne livet. Kan man då verkligen säga att hon löste problemet? Hellre då, om man vill leva, konsten. Ja, han är tvingad att måla. Skriva. Tänka. Men gör det honom till artist eller bara till en dilettant och klåpare? Förmodligen det senare. Detta måste utredas. Men först måste den filosofiska grunden för konsten klaras ut.

Det är därför jag intresserar mig för filosofin, Bronio.

Stanisław talar högt och ekande för att låta sina tankar intränga i Brons okamratliga och osolidariska sömn. Ja, också för att en smula lätta på trycket över bröstet och kvävningskänslorna. Bron svarar inte. Ingen annan heller. Han tystnar. Han ligger i kojen med händerna under nacken och stirrar i taket. Han låter blicken glida längs hyttväggarna, över tandborstglasen och plåthinken vid dörren. Sydvästmonsunen är densamma som förut.

Fartyget stiger och faller. Nu klirret och rasslet.

Sen Brons odrägliga lilla pip och snarkning.

Tröstlöst. Men kanske är döden verkligen ögonblicket då livets paradox löses? Fick Krystyna vara med om det? Mer än något annat skulle jag vilja vara med om dödsögonblicket då individen återvänder till materien och förenas med enheten. Upphör att vara form. Upphör att vara. Kanske uppstår då under bråkdelen av en sekund ett möte mellan ande och materia.

Ett enda ögonblick av sanning.

Jag skulle vilja vara med om det och sen leva vidare, Bronio. Det förunnas mycket få. Noga taget är det väl bara Jesus Kristus som påstås ha varit med om det. Och hans villkor var speciella. Han var både människa och gud. Han var Guds utvalde son. Men det är inte jag. Så jag kan inte få dö och återuppstå. Jag tror inte på kristendomens Gud.

Varför skulle då Gud tro på mig, Bronio?

Hytten är ful. Den inbjuder sannerligen till kräkningar. Han kunde försöka spy lite i plåthinken. Men i motsats till Bron har han en så stark självbehärskning att det väl inte skulle lyckas. Och förmodligen skulle han inte må bättre av det. Han beslutar sig för att avstå.

Första gången jag var i kyrkan, Bronio, jag var ännu ganska liten, fick jag höra talas om Gud. Till att börja med var det prästen som talade om honom. Det var fullkomligt häpnadsväckande. Ingen hade sagt något om detta till mig tidigare. Jag satt spikrak i kyrkbänken. Jag var full av frågor när vi kom hem. Varför kan jag inte se honom, mamma?

Det var på baksidan av huset. Mamma spritade ärtor intill kaninburarna. Jag satt bredvid henne på bänken och dinglade med benen. Allt runt mig var så klart och uppenbart att det sved i ögonen. Solen, kaninerna, lupinerna, staketet och gräset, allt med egna konturer.

Allt som finns kan man inte se, Stasio.

Kan man inte det?

Nej, min älskling, tankar kan man till exempel inte se.

Men man kan höra dem när man pratar, mamma. Och jag vill inte ha den där Gud som jag inte kan se smygande omkring här i rummet när jag ska sova. Säg att han inte finns.

Käraste min lilla humla, Gud smyger inte omkring.

Vad gör han då?

Han finns bara.

Var då, mamma?

Gud finns överallt.

Men så hemskt, mamma!

Varför det? Han finns i blommorna och i träden och i fjärilarna och kaninerna och kattungarna och hundvalparna. Han är kraften som får allt att växa. Han är kärleken. Och du som är min prins, Stasio, du som är min käraste lilla humla och prins: Gud finns i dig också.

Jag brast i gråt av förfäran. Ta bort honom, mamma!

Men vad är det? Gråt inte så där, Stasio. Gråt inte, jag gör som du vill, jag tar bort honom bara du slutar att gråta!

Ungefär så, Bronio.

Men man kan inte bara ta bort det man stoppat in i ett barn.

Något så skrämmande och fasaväckande som att det skulle finnas något eller någon som var i mig och på samma gång utanför mig hade jag aldrig hört talas om förut. Jag kunde inte släppa tanken på Gud. Handlade det om en gas? En vätska? Sen insåg jag ju att Gud var en ganska vanlig föreställning. För att inte säga en allmänt förekommande. För att inte säga en närmast slentrianmässig vanetanke. Folk tog hans namn i sin mun utan att reflektera.

Detta gjorde mig upprörd. Jag fick lust att rädda honom.

Ja, tillbaka till den genomgripande och omvälvande förskräckelse som jag själv hade skakats av då jag först fick höra talas om honom.

En vanegud ville jag inte veta av.

Sa du något, Bronio?

Nej, den idioten piper och snarkar som förut.

Även om Gud finns kan vi ändå varken se eller höra eller förnimma honom. Han talar inte. Han ingriper inte. Han kan inte ens benämnas som "han". Gud, om han finns, vistas utanför alla begrepp. Och den ohyggliga, vettlösa fasan då man en vacker dag inser att vi är fullkomligt ensamma – var och en för sig, var och en i sitt helvete, var och en i sin hud – är så vitt jag förstår det närmaste vi kan komma Gud.

Gud visar sig genom vår metafysiska fasa inför ett tomt universum. I vår vetskap om att inte nå fram till den andre. I människans absurda ensamhet.

Utan bävan inför detta blir människan inte en människa.

Massmänniska kanske, Bronio.

Men inte människa.

Colombo är ingen stad. Colombo är en ansamling av bjärta färger strukna över de kringspridda och utströdda tingen. Colombo i fyrtio graders värme är infernaliskt. Det mesta är rött, husen, vägarna och bergskedjorna. Det är *terra rossa:* glödande rött, flammande rött, karmosin eller scharlakan.

Grönskan är till omväxling skrikigt grön, gräll och påträngande.

Och havet lika enformigt blått som i Baltikum. Det blev blått efter Indien.

Det envisas med att vara blått, tjurskalligt blått. Och människorna är klickar av purpur, stänk av violett, fläckar av råbiffsrött och skvättar av gult (de senare visar sig bestå av skalliga munkar med solfjädrar).

Med ett par minuter missade de tåget till Kandy.

Och nu, ett enrupie-hotell nära hamnen, där det i stället för måsar flaxar omkring gamar med skarpslipade vingpennor. Bron klär sig för besöket hos den brittiske viceguvernören. Dit ska han med alla sina rekommendationsbrev, från professor Seligman, från direktör Robert Mond, från professorerna Frazer och Westermarck. En hel kortlek av officiella skrivelser med vars hjälp han ska skaffa sig nya rekommendationer för att kunna närma sig diverse kolonialadministratörer i Sidney och Port Moresby.

Stas fnyser. Det är viktigt, framhåller Bronisław.

Med tanke på att han inte är brittisk undersåte. Att vara polsk medborgare är att vara ingen. Stas medger det. Polack? Det är tvetydigt, närmast en smula slipprigt. Polen är landet som inte finns. England har skapat ett imperium. Polen har slukats av sina grannar.

Det existerar inte.

Man kunde å andra sidan säga att Polen behärskar ett annat och eget imperium.

Ett underjordiskt och osynligt. Ett förflutet och möjligen framtida. Ett gränslöst och outtömligt rike av ingenting.

Till den brittiske viceguvernören vill Stas inte följa med. Han tänker besöka en hamnkrog och lyssna till sjömännens skrönor. Eller bekanta sig med de rödbruna gamarna i hamnen. Förträffligt, tycker Bronisław som letar efter rena strumpor i sin väska. Men då ändrar sig Stas. Han vill följa med.

Varför, undrar Bron.

För att jag är polsk patriot, svarar Stas.

Var inte en idiot, säger Bron.

Hotellrummet är torftigt, två sängar, en naken glödlampa och en fläkt som dras runt med en vev och nyckfullt driver fram vågor av gråfuktig värme. Genom fönsterluckorna tränger larmet från gatan in. Bron sitter på sängen och försöker dra på sig strumpan. Det är svårt, foten är slipprig och hal. Han vill inte ha med sig Stas till den brittiske viceguvernören. Han vill inte tolka Stas befängda infall till engelska, inte lyssna till hans svada från Zakopane.

I Colombo har Stas på nytt förvandlats till bysnillet, den löjeväckande patrioten utan land. Båda är de söner av provinsen – kring sådana svävar alltid en fläkt av löje – på besök i det romerska imperiet. Men Bronisław har denna dag inte lust att utsätta sig för Stanisławs nycker. Han önskar avlägga sin återhållsamma brittiska visit utan inblandning. Svalkan han nyss skaffade sig med hjälp av ett par hinkar vatten på hotellets bakgård är borta.

Han dryper av olust. Stas vidhåller att han vill göra honom sällskap. Kaos tycks på nytt ha bemäktigat sig honom.

Stanisław, säger Bron utan att se upp.

Bronisław, svarar Stas med en lätt skälvning på rösten.

Jag går ensam, säger Bron.

Jag följer med, svarar Stas, för att visa dem vilka vi är.

Helt obehövligt, klipper Bron av.

Stas tar ny sats. Jag låter mig inte förtryckas av det brittiska lejonets skabbiga päls. Skäms du för mitt sällskap? Bron rycker våldsamt till i strumpskaftet. Han får strumpan över fotryggen, det krasar, och stortån tränger ut. Han stirrar på den. Det kan inte hjälpas. Han kan inte riskera att förlora mer tid på en ny och lika motsträvig strumpa.

Nyss avundades han Stas för hans hemmahörighet var som helst. Nu vill han inte ha med sig Stas, och varför?

Därför att han vill framstå som den som han själv är, den briljante unge vetenskapsmannen från London School of Economics. Men *är* han det? Han stirrar på stortån. Eller är det bara rollen han spelar? Skäms han över Stas? Kanske. Men plötsligt mer över sig själv. Sin fåfänga. Sitt behov av att smälta in. Men man måste väl ändå acceptera världens spelregler. Han kan inte sätta sig över dem som Stas. Han är en beroende. Han äcklas redan av visiten hos viceguvernören. Det är Stas geni, att skaka sina medmänniskor ut ur sig själva. Få dem att inse att de är något annat än skenet, men vad?

I detta ögonblick vet Bronisław inte.

Ensam kan han tro sig vara någon. Vetenskapsman, till exempel. Förnimma sitt jag, smälta samman med sitt sken. Men inte med Stas i släptåg. I sällskap med Stas blir han bara ett bihang, just nu också till sin egen stortå. Det är möjligt att sjösjukan har försvagat honom och att han på nytt kan känna sig som någon. Men då måste han få en stund för sig själv. Han har inte haft det, inte sen de gav sig iväg. Han längtar efter ensamhet.

Kom nu, säger Stas vänligt.

När Bron lyfter blicken från stortån står Stas redan och väntar på honom, lutad mot dörrposten, färdigklädd, sidenscarfen runt halsen, och med ett löje i ögonvrån. Stas ser rätt igenom honom med hjälp av detta lilla löje. Han driver fram det som är dolt hos andra, nu denna lilla plågsamma osäkerhet i Bron. Det är nästan outhärdligt. Han finner inga argument. Han knyter tyst sina skosnören. Under tystnad lämnar de hotellrummet.

En ström av människor överallt. Knarrande kärror bakom tröga oxar. Skrikande försäljare. Nakna småpojkar och halvblinda heliga män. Kvinnor med småbarn på ryggen. Lallande dårar. Mitt i denna flimrande väv en och annan ko med drömska ögon. Bron förbannar sin svaghet. Stas är ett barn. Besvärande intelligent. Kanske en demon. Men mest av allt ett bortskämt barn. Han tog helt visst livet av fästmön, liksom han kommer att ta livet av Bronisław innan denna resa är över.

Vad *är* kvinnan? Om mannen är Stas?

Karlen som drar rikshan – han är halvnaken, ryggen är blank och brun och håret faller korpsvart över hans skuldror, vad är han, singales? – vrider huvudet mot dem. Han grinar och pekar åt vänster, sen åt höger, och Bronisław nickar, för hur ska han kunna veta vilken väg som är den rätta? Han vet ingenting. Det enda han vet är att han måste motsätta sig den härsklystna terror som Stas utövar.

Det luktar kolrök, däven sötma och het peppar.

Från hamnen kommer dova signaler som antyder imperiala avfärder och ankomster. Närmare örat exploderar skratt och rop. Överallt människor, fordon, djur. Flickor under jättelika korgar fyllda av grönsaker och frukter skickar bländvita leenden mot dem. Småningom avtar trafiken, mannen springer nu på en landsväg skuggad av träd. De ser yppiga trädgårdar bakom höga stenmurar och engelsmän som spelar golf. Och nu ett vitt stenpalats på en grönskande kulle.

En engelsk park med grusgångar och rosenrabatter. De är framme. De kliver ur rikshan.

Det är en smula skamligt att bli dragen av en medmänniska.

Stas förefaller också att tycka det. Han betalar.

Alltför frikostigt, att döma av mannens belåtna grin.

En boy i bländvitt tyg för dem över gräsmattan. De vandrar förbi statyer av romerska härskare, kanske är det engelska lorder. Vicekonsuln, en högrest gentleman med hästansikte och väderbiten hy, välkomnar dem.

Eftermiddagen blir, som Bronisław fruktat, en katastrof.

Stas fäller kommentarer. Stas skryter. Med glaset i handen uttalar han sig om allt. Någon av hans otaliga inkarnationer styr hans rörelser och hans tunga. Denna eftermiddag är gästerna många. En hel krets av människor som smuttar ur sina glas som oavlåtligt bärs fram på svävande brickor.

Höga ämbetsmän. Militärer. Damer i stora hattar.

Stas, eller hans uppenbarelse för dagen, tycks besluta sig för att framträda som en karikatyr av vicekonsulns övriga gäster. Han babblar på med hjälp av sin obeskrivliga franska. Vokalerna kvävs i hans strupe. Konsonanterna ger sig ut på drift. Skiljetecknen fladdrar och skapar oro. Han uttalar sig om brittisk gruvdrift, om jämförande hinduisk språkforskning, om heroiska polska fältslag anförda av för detta sällskap fullkomligt okända hjältar.

Viceguvernören skrattar till några gånger. Det är ett torrt litet skratt, lätt gnäggande och påfallande glädjelöst. Bronisław ger upp.

Han drar sig i oregelbundet svängande cirklar bort över gräsmattan. Han faller i djupa tankar inför yppiga rosenbuskar.

Det är en melankolisk eftermiddag, utspänd som ett lakan över avgrunden. Under ljuset finns en svärta, ett svävande mörker under prakten, eller ett förtätat vemod. Han överväger att ursäkta sig, lämna Stas, fara tillbaka till hotellet och dricka sig full för att få fast mark under fötterna och känning av något han skulle kunna benämna verklighet.

De kallas till bords från husets stentrappa av en silverklocka som svängs av osynliga händer. Bronisław vandrar över gräsmattan vid viceguvernörens sida. Er vän är konstnär? En av vårt lands mest begåvade, svarar Bronisław. Artister tillåts väl vara original även i det brittiska imperiet, föreställer han sig.

Och ni själv ämnar forska bland stammarna i Stilla oceanen?

Bronisław bekräftar det. Om detta vill han gärna tala.

Då stannar viceguvernören upp. Det är högst uppe på stentrappan. Han smeker ett av lejonen över marmormanen. Han ser ut över gräsmattan, bort mot de höga träden och mot middagsgästerna som närmar sig i spridda klungor. Han riktar sina små bleka ögon mot Bron.

Ni kan få bekymmer, säger han. Vi tycks ju få krig.

Allt töms på färg i det fallande ljuset.

Bron får ljudet av blåst i öronen och en torr smak i munnen.

Krig? vad är det som har hänt?

Vet ni inte det? Serberna har skjutit er tronföljare, svarar viceguvernören i lätt ton. Innan Bron hinner ställa fler frågor förs han in i huset, förbi en grönskimrande papegoja i en hängande bur som liknar en buddistisk krokan. Två trötta jakthundar kommer på fötter och nosar viceguvernören över händerna. Han stryker dem över de beniga ryggarna. Överallt skymtar tjänstefolk, andeväsen.

De vandrar över en ofantlig matta med slingrande arabesker mot viceguvernörens hustru. Bron kysser hennes hand. Kamferdoften är påtaglig. I hans öron stiger blåsten. Man går till bords. Krig? En skotsk lady vid Bronisławs sida bekräftar det. Ärkehertig Frans Ferdi-

nand är död, skjuten som en hund i Sarajevo. *Didn't you know?* Tron-
följarens hustru är svårt skadad, säger hon. Sarajevo. Med sin mor
har Bronisław besökt Sarajevo i Bosnien. De bodde på ett vitt hotell,
han var en liten pojke. Österrikarna vill städa upp bland serberna,
säger hans bordsdam.

Runt hennes skrynkliga hals vilar ett halsband av gnistrande stenar.
Vi hoppas förstås att Tyskland ska kunna lugna ner Österrike, tilläg-
ger hon. Annars kan det bli krig mellan Österrike och Ryssland, rys-
sarna kommer säkert inte att tillåta några angrepp mot serberna.

As you can imagine.

Men Bronisław kan inte föreställa sig något.

Hans blick går vilse bland de gnistrande stenarna runt damens hals.
De klirrar när hon rör sig, små röda flammor brinner i dem. Han
skymtar Stas bakom en kandelaber vid bordets andra ände. Bakom
varje stol står ett mörkhyat andeväsen, även bakom hans egen, finner
han när han hastigt vrider sig runt och ser in i ett par uttryckslösa och
undflyende ögon.

Hans bordsdam har ögon som blå insjöar i de skotska högländerna.
Kyliga och blå. En kejserlig upprensningsaktion bland serberna, säger
Bron, det kan väl hända. Det är i så fall inte första gången. Men krig
tror han inte på. *Dear young man,* säger hans bordsdam, och de blå
ögonen krusas av en vindil. Vi kan ha kriget över oss när som helst.

I ett Europa i besittning av järnvägsvagnar, bilar, telefoner och sil-
kesunderkläder?

Bronisław skakar på huvudet, han tror inte på det.

Han var bara en ung pojke och hans far hade nyss dött. Hans mor
grät inte. Han kan inte minnas att hon någonsin grät. De besökte Sa-
rajevo med de många moskéerna, de välvda broarna och de turkiska
kaffehusen. De kom till Dubrovnik med dess vita murar invid ett hav
av vassa små speglar. Modern läste varje kväll högt för honom på
hotellrummet. Hon läste om de grekiska gudarna. Om den listige
Odysseus. Om krigen mot perserna.

Det var för oändligt länge sen. Det var i ett annat liv.

Melankolin lägger nävarna runt Bronisławs hals och klämmer till.
Han längtar efter sin tystlåtna mor och sen efter Toskia. Mest längtar
han hem. Tid är det underligaste av allt. Och vi är tidens timglas.

Varför sitter han vid detta bord, med denna dam, i detta ögonblick? Han gör ett stormanlopp in över hennes befästa murverk. Han får en skur av klagan tillbaka, över landet, hettan och regnen, allt det som gör européerna galna.

Han får bordsdamens make utpekad för sig, en intorkad mumie. En infanteriofficer med reptilögon. Han skymtar Stas bakom ljuskandelabern. Stas är trots allt ett litet ankare i tidens rinnande flod. Den virvlar och suger och sveper med oss på sitt lopp mot ingenting.

Med sin mor Zofia reste han till Italien. Till Ibiza. Till Madeira. De for ända till Kanarieöarna. Pojkens hälsa var klen. Det gjorde honom ensam. Zofia var en storvuxen kvinna upptagen av sina böcker. Att hon någon vild vår varit en ung och blodfull kvinna har Bronisław svårt att föreställa sig.

En gång, en enda, skrattade Zofia.

De reste tillsammans, de läste. Han minns hennes eftertänksamma rörelser när hon stoppade täcket om honom. Allt hon gjorde var långsamt och utan brådska och ändå alltid med ett mål i sikte. När hon förpassat honom in under sängbolstret slog hon sig ner vid fönstret med sin bok. En tyst klippa. Det finns sådana människor. De tar stor plats och märks ändå inte.

De glider genom tillvaron som tysta båtar.

Ibland stod fönstret öppet. Från sin plats under täcket hörde Bronisław röster utifrån, små slingor av skratt, ibland musik. Det kunde vara på Teneriffa. Kanske var det i Florens eller i Siena. Han såg hur Zofia sakta lät boken sjunka. Hon ställde sig i fönstret och såg ut. Hon stod vid fönstret som en mycket stor kontinents yttersta utpost.

Men i hans eget bröst födde tonerna och de mjuka skratten en märkvärdig längtan. Steg för steg smög han på nakna fötter mot fönstret. Blixtsnabbt dök han under hennes arm och slängde sig över fönsterkarmen. Zofia blev inte arg. Hon grep bara tag i hans pyjamasjacka. Han hängde i hennes grepp. Han sprattlade som en ål för att nå det underbara – ljus, dofter och barn som lekte med varandra. Hon stoppade tillbaka honom under bolstret.

Hon stängde fönstret. Hon strök med sin hand över hans panna tills han inte kunde motstå sömnen.

Sömnen är också en ofantlig kropp,

Först är det bara små flisor av sömn, små flagor. De tätnar och blir till materia. Sömnen kryper in genom lemmarna. Den fyller ådror och senor tills den tagit överhanden. Nu finns bara de farande molnen av drömmar. Han somnar hjälplöst under Zofias mjuka händer.

När han vaknar igen, små solstänk över tapeterna, en solstrimma över stengolvet, är hon redan färdigklädd. Hon väntar på honom i sin vita klänning eller i den mörklila eller i den gröna med vita syrenkvistar. Hon vrider mjukt på nacken, hon ler.

Godmorgon, min son.

Medan han drar på sig kläderna, ännu med flisor av sömn i kroppen, placerar Zofia den stora hatten över sitt svarta hår. Hon betraktar sin spegelbild. Hon suckar lite. De går ut. Zofia är stor. Zofia är vacker. Många herrar kastar varma blickar åt Zofias håll. Hon märker dem inte. Men han ser dem. Han är mycket stolt över sin mor. Det är en vacker morgon. Det är i Siena eller i Milano, en gång i Sarajevo. De hör klockspelet från kyrktornet eller böneutroparen från minareten. De hör den lilla hunden som skäller ur en blå port. Han vill stanna upp men hon drar honom vidare.

Vid kafébordet räcker Zofia honom hans bok, det kan vara Robinson Crusoe eller Skattkammarön. De läser under tystnad vid tekopparna. Men när han efter en stund ser ut över bokkanten fastnar hans blick hos pojkarna som sparkar boll på torget. Eller hos flickan som springer över gatan med sin korg. Efter en stund märker han att han omsluts av Zofias grå blick. Han känner det genast och ser upp. Zofia ler. Hon fyller på hans tekopp.

Först när han börjat läsa igen fördjupar hon sig i sin egen bok.

De bytte järnvägsvagnar, båtar och hotellrum. Det var som om Zofia hade en stor plan för dessa resor, vilken? I Kraków fanns morbröder och tanter och kusiner. Där fanns måltider, skvaller och trivialiteter.

Men Zofia fyller varje vår långsamt de stora läderväskorna med silkesunderkläder, klänningar och böcker. De reser. De besöker museer. De undersöker kyrkor och monument. De vandrar genom katakomber. De beskådar ruiner. De äter frukost på kaféerna. Och de läser. En morgon, man vet aldrig vilken, tar Zofia fram biljetterna ur sin handväska. Då vet man att det är dags att fortsätta.

Han talar i kupén upphetsat om vad han har läst och tänkt.

Zofia lyssnar. Hon nickar. Om han ställer frågor svarar hon. Alltid sakligt. Vad är gravitation? Hur stort är avståndet till solen? Finns det liv på andra planeter? Var ligger Troja? Varför förföljer de kristna judarna? Vad är det som skiljer människan från djuren? Varför finns det så många olika språk? Tror Zofia verkligen att Gud finns? Och var då, om universum är oändligt som somliga påstår?

Han kommer i puberteten, och könet plågar honom.

Han finner kvinnorna obegripliga. Zofia svarar på allt, med samma lugna och sakliga tonfall som när hon redogör för fredsfördrag eller fältslag. Kvinnan har blödningar. Kvinnan har en livmoder. I den växer barnet, det är till följd av konceptionen. Hon redogör för den. Det är inget konstigt med någonting och det finns verkligen inget underligt med kvinnan.

Då får han ett häftigt begär efter det gåtfulla och oförklarliga.

Hos Zofia finns inga hemligheter. Hon är själv en gåta. Ändå är hon ett klart vatten. Man ser rakt genom det och ända till botten. Det *finns* verkligen gåtor. De växer. Han läser böcker om anatomi, sen om psykologi och psykoanalys. Han antecknar sina drömmar. Han berättar inte längre allt för Zofia. En dag, det är inte i Sarajevo men nästan – det är vid adriatiska kusten där familjerna sitter i lustiga korgstolar intill den fräsande gröna vattenlinjen – gör han bekantskap med en flicka med stora bröst.

Det är Claudia, hon är barnjungfru hos en rysk familj.

De möts i det gröna vattnet över en röd badboll. Claudia kastar den och den träffar Bronisław rakt i bröstet. Claudia är tjugo. Det är möjligt att hon är tjugotre. Genom det randiga tyget på hennes badkläder syns bröstvårtorna. De är oblyga och fräcka. Han svimmar. Ja, han faller käpprakt ner i vattnet, fastklamrad vid badbollen.

Han vill dö på fläcken.

Men badbollen rullar runt med honom.

Han får vatten i näsborrarna. Han frustar och får kallsupar men han dör inte. Badbollen lyfter honom ur vattnet. Och där står Claudia med sina bröstvårtor och skrattar. Efter en vecka gör de upp om ett nattligt möte på stranden. Han är fjorton. Han skakar av frossa. I nästa ögonblick svettas han. När han smugit ut ur rummet, förbi den sovande Zofia, tror han på nytt att han ska svimma. Han sjunker ner i hotelltrappan med huvudet mellan sina skakande knän. Han ber till Gud att han ska överleva detta första möte med kvinnan.

Och Gud bönhör honom.

Men när han återvänder till hotellet, vitt månsken över gatstenen, ett hundskall långt borta, är hotellets port låst. En kyrkklocka slår tre slag. Klangen är mycket spröd. Han fryser. När han drar händerna genom håret regnar fin sand över ansiktet och skuldrorna. Han vänder ansiktet mot månskivan. Hur stort är avståndet till Gud?

Till den lilla balkongen av gjutjärn bakom vilken Zofia sover är avståndet vid pass fyra meter. Han börjar klättra upp längs stuprännan. När han kommit ett par meter börjar den lossna. Skallrande lösgör sig stuprännan från väggen. Han faller med den i famnen och i en skur av murbruk ner på gatan. Det skramlar. Det gör mycket ont. På balkongen står Zofia i en flod av ljus.

Hon skrattar. Hon skrattar ännu när han blivit insläppt.

Hans knän blöder. På armen finns ett djupt sår. Hon skrattar medan hon förbinder honom. Hon förebrår honom inte, hon skrattar bara. Han har aldrig hört sin mor skratta så. Han törs inte fråga varför. Men nästa dag gräver hon i handväskan och får fram tågbiljetterna. Han betraktar genom tågfönstret vita kor, bergstoppar med snö, en fågel som svävar bland molnen.

Han tiger. Järnvägsvagnen skakar.

Han tiger i flera dagar. Han kan inte koncentrera sig på läsningen. Han har för många tankar. Kanske är det bara skarpetsade hågkomster av Claudia, flickan han aldrig mer ska få se. När han minns denna episod tror han sig förstå varför han bland alla vetenskaper valt just antropologin. Till avlägsna kontinenter med underliga gåtor. Det är dit han drivs. Och varför skrattar kvinnan åt mannen?

Ellie Rose – låt oss byta ämne och miljö för en stund – har en liten men stark kropp, raka gosseaxlar, fötter med stortår som pekar lätt inåt, och ögon ljusa som vatten, de är grönskimrande. Hon har kupiga ögonlock under kraftiga ögonben och kammar sitt kastanjefärgade hår i en valk över pannan. Hon bär det uppsatt med många nålar, i varje fall när hon är i tjänst. När hon lossar valken faller håret långt ner på ryggen.

Hon rör sig lätt och snabbt, stora energier på liten yta.

Ellie Rose är envis. Hon biter ihop. Hon hjälper upp den tunga och orörliga kroppen mot kudden som hon nyss skakat. Hon lirkar en annan kropp åt sidan, små lätta tag under sätespartiet, för att diskret sticka in febertermometern mellan skinkorna. Hon stöder sig lätt mot patientens höft, mer en smekning är det, och andas ut medan hon håller ett vaksamt öga på armbandsklockan. På salarna ligger många sorters människor, stadsbor och fårfarmare, guldgrävare, rälsbyggare och deras hustrur och döttrar.

Somliga kroppar är mycket stora, andra är små och intorkade med skelettet synligt som grenverket i ett löv. Hon försöker hitta ett vänligt ord åt alla, också då förståndet har flytt sin kos. Här finns många patienter med blanka och tomma ögon. De är bergtagna, men av vidderna, tror Ellie Rose.

Landet är flackt och utbrett, med ofantliga avstånd – man vet inte riktigt mellan vad – men ändå inspärrat i sig självt som i en kätte.

Oändlig himmel. Slätter och öknar, bergskedjor och kullar, men därefter åter öknar och flackland. Floder som rinner ett tag, nyckfullt eller vankelmodigt, och plötsligt upphör. Ett landskap utan gränser, likväl instängt av hav och klippmurar. Ellie Rose har färdats genom landet. Hon har varit i Nordterritoriet som guvernant och lärt vita och motvilliga barn att läsa. Hon har skrivit tidningsartiklar därifrån. De har tryckts i en bok.

Man kunde nästan kalla henne för författare.

Vidderna däruppe skapades inte för människor, i varje fall inte för européer som saknar skydd mot det tomma, är genomsläppliga och otäta och med fallenhet för sprickbildningar. Det är annorlunda med urinnevånarna. De tycks gjorda av samma materia som jorden. Men vita människor krackelerar lätt. De märker först inte vad som sker med dem. Det liknar glömska.

Till en början är den enkel, vad var det jag skulle göra nu? vilket föremål gick jag för att hämta? med vilket handgrepp? Och handen har för bråkdelen av en sekund glömt av vad den skulle göra. Det uppstår en liten lucka. En nästan omärklig ficka i tiden. Men senare – särskilt utanför de få stora städerna – händer det att den vita och tomma glömskan brer ut sig.

Fläckarna växer, fylls ut av ingenting, torrt gräs bara, små obeständiga vindar. Och till slut tar detta överhanden. Tankarna vitnar. Känslorna blir grunda. Människan kan inte få styrsel på orden. Blickarna irrar, händerna famlar, människan snubblar och snavar. En dag flackar en sådan människa runt utan att kunna ta vara på sig själv. Faller omkull. Bryter benet. Får solsting.

Och transporteras med svullen tunga den väglösa sträckan till Melbourne Hospital. Över uttorkade wadis och genom klungor av torrbuskar. På åsneryggar eller på kärror.

Det är, tänker Ellie Rose, som om örat måste lyssna till ord, också sådana som inte betyder så mycket, och ögat måste se många ting runt sig för att förståndet ska hållas på plats i människan. Det är därför som Ellie Rose fyller luften med småprat och ställer småting på patienternas nattygsbord – dockor från England, små jultomtar av porslin. Föreståndarinnan snäser åt Ellie Rose när det inte finns plats för medicinkoppen. Då biter Ellie Rose ifrån. Ingen sätter sig på henne. Hon är fritänkare och socialist.

Hon har nyss fyllt tjugofem.

Det är sommaren 1915, redan på krigets andra år.

Ellie Rose har valt sitt kall för att hon inte kan bli soldat.

Vad geväret är för mannen är sjuksköterskeuniformen för kvinnan.

Om hon varit man skulle hon ha följt premiärminister Hughes maning och enrollerat sig och gått ut som frivillig. Hon är oense med den del av partiet som anser att kriget är kapitalisternas, och att de kan få sköta det bäst de gitter och i varje fall utan hjälp av den australiska arbetarklassen.

Först deporterade England sina allra fattigaste medborgare – dem som utvecklingen och industrialismen gjort till tjuvar av hunger – över haven för att kolonisera en okänd och nyss upptäckt kontinent. England förvandlade den till ett fångläger av dittills osett slag – havet som mur åt ena hållet och inlandet åt det andra – och till en säker död för de flesta, skam var det!

Nu vill England ha sonsönerna och sonsonsönerna tillbaka som kanonföda, och då går skam på torra land. Bojkotta kriget och frivilligtrupperna! Det är brottsligt att döda våra pojkar! Varje dag demonstreras det på The Bank, Melbournes motsvarighet till Speakers' Corner i Hyde Park i London – allt här är en motsvarighet till något annat, en sorts negativt avtryck – men Ellie Rose är av annan mening.

Man kan inte ställa sig utanför.

Vi kan inte för all framtid leva på jordens baksida, förbli negativet och den spegelvända kopian. Det är vår plikt mot historien att delta.

Munnen blir torr medan hon talar. Hon tvingas stå på tå i talarstolen för att kunna synas. Mörkret har fallit, man har tänt små oljeljus här och var på torget. Hon skymtar klungan av åhörare, inga ansikten, en massa bara, och hon tycker att orden drar iväg som hundar, vart löper de? Det spänner i lårmusklerna, hon är kallsvettig, men hon talar.

Australien har en egen uppgift att fylla!

Historien upphör inte här. Geografin är en sak, men en tillfällig. Vi utgör inte jordens mörka sida. Vi är en nation bland andra, och vi måste själva inta vår plats i den civiliserade världen! Det händer att hon går ner från talarstolen på skakande knän, för vad gör hon? hon förespråkar tusendens död. Därför vill hon också bli sjuksköterska, boterska och lindrerska.

Miss Pankhurst ska upp i talarstolen efter henne. Och Pankhurst gapar och gastar, i kvinnornas namn, i mödrarnas, i socialismens givetvis, allt detta har hon lagt beslag på, denna dam av ofantliga ytor. Hon får applåder medan Ellie Rose dricker glas efter glas hos vattenförsäljaren för att lugna sig. Hon rättar till hårnålarna under hatten. Hon vet att hon gör rätt.

Hon hoppas bara att hennes far inte ska få reda på att hon talat offentligt. Det skulle han hålla för underklassigt och okvinnligt.

Hon slätar ut lakanen hos en kvinna med febriga ögon. Hon för vattenglaset till hennes mun. Hon märker att hennes egen hand darrar. Oron stiger i henne. Hon blir tvungen att gå fram till fönstret och trycka händerna mot pannan. Sedan pressar hon dem mot magen. Denna känsla.

Den liknar åtrån, vild och skamlös. Utanför fönstret står himlen som en vägg av glas. Och glaset klingar som kläppar av kristall i den tröstlösa monsunen. Det finns dagar då man känner hur övergiven världen verkligen är. Utkastad, bortslängd.

Gallipoli. Gallipoli.

Världen en stenklump i rymden och var finns Gud?

I kärleken, och bara där. Där fingertoppar rör vid hud, där munnen biter en annan mun och där människan glömmer sig själv. Hon är utom sig av oro, kanske är det av åtrå: Ellie Rose älskar.

Kärleken är rasande och vild. Människan måste kanske fläkas upp av krig och katastrofer för att kärleken ska födas. Vad är då kärleken? Från Gallipoli intet nytt.

Armékåren Anzac består av australier och nyzeeländare, frivillig-trupper, hastigt utbildade men duktiga pojkar. Ellie Rose har med fingret på kartan följt deras färd hela vägen, ända in i Medelhavet och till Egypten där de har förlagts under britterna som tagit landet. Och sedan vidare till Dardanellerna, in i det trånga sund – inte olikt ett kvinnosköte – som med halvön Gallipoli på sin ena sida förbinder Egeiska havet med Marmarasjön.

Tyskar och turkar har befäst klippstränderna med moderna fort och batterier. Sedan månader har den engelsk-franska eskadern och expeditionsarmén likt en ivrig älskare legat och bultat i mynningen. Längre än till Kalid Bahr och Kali Sultanei där Dardanellerna smalnar som i kramp har de inte kommit. Hela våren har gått utan att sundet har kunnat befrias. Man har kastat sig framåt i anfall och tvingats retirera under förluster och blodspillan. Flera engelska slag-skepp har sänkts av turkiska minor.

Nu måste Gallipoli tas från andra hållet, landvägen, från embarka-tionspunkter vid yttre kusten. En eskader av många fartyg, stora och små, har lämnat Alexandria en stjärnklar natt, bland dem finns au-stralierna.

Charles brev är skrivet i Alexandria i april. Hon fick det i maj.

Kanske befinner sig Charles nu i detta historiens mest eftertraktade sköte. Män har slagits där så länge man kan minnas. Det peloponne-siska kriget avgjordes där i ett sjöslag år 405 före Kristus, Ellie Rose minns årtalet från skolan. Bysantinska kejsare och osmaner har hållit sundet. Det krävdes ett Krimkrig för att öppna det. Men nu sen tur-karna förenat sig med tyskarna i kriget måste vägen till Konstan-tinopel på nytt brytas upp.

Det är avgörande för krigets utgång. Det ska ske med hjälp av pojkarna från Australien. Ellie Rose blir matt av kärlek och stolthet. I nästa stund är hon förbi av oro. Denna oro liknar inget hon tidigare känt. Den går inte att skilja från åtrå, och kanske är krig också detta, en sorts erotik. Hon trodde att den var männens – de som nu förflyttar sig från kusten över hedlandet och genom olivlundarna – men hon delar deras upphetsning. Gallipoli, Gallipoli.

Det enda brevet från Charles är kortfattat och sönderläst.

Det skrevs strax före embarkeringen. Hon ser för sig havet utanför Alexandria, glittrande, och de tunga och tysta skeppen, och stjärnorna, och männen, bland dem Charles. Men efter det första brevet blir det tyst.

Inget händer. Inga nyheter rapporteras. Vad är det som pågår? Det är nu augusti, och Ellie Rose får en dröm. Det är en natt då hon har nattjänstgöring och är trött. Hon somnar en stund på soffan i det kala sjuksköterskerummet.

Hon vaknar med ett ryck och vet att Charles är i rummet. Hon vrider på huvudet. Och han sitter i stolen vid dörren och betraktar henne. Hon sluter häftigt ögonen. Men när hon tittar mot dörren igen ser hon honom, helt tydligt, i uniform, och med ett underligt vitt ansikte.

Han öppnar och sluter sin mun som en fisk.

Sedan är han borta. Hon sätter sig tvärt upp. Hjärtat slår mycket hårt. Hon har sett i syne. Det har aldrig hänt förut. Hon sitter på soffkanten och trevar med fötterna efter skorna. Pulsen dunkar vid tinningen. Hon är uppskrämd och rädd. Hon vet inte vad hon ska tro. Hon skyndar genom avdelningskorridoren och rättar till klädseln medan hon springer. Hur kunde hon somna så djupt? Men det är tyst och stilla i salarna. Hon hör bara sina egna andetag, också de skrämmer henne. Hon sjunker ner på bänken längst ner vid väggen med armbågarna i knät och huvudet i händerna och betraktar golvets plattor av sten.

Då minns hon plötsligt hela drömmen.

Hon stod vid ett grönt hav.

Hon minns skräp, tombuteljer och rostiga metallstycken. Hon befann sig vid en kust, i Skottland får hon för sig, det liknar en plats hon besökt under sin europeiska resa med sin mor. Men det är inte i Skottland. Bredvid henne står Charles föräldrar. Dem har hon aldrig träffat i verkligheten.

Men nu står de helt nära henne.

De är gnomliknande. Obehagligt gulbleka.

Täckta av en sorts smetig sörja, som om de tagit sig upp ur en lerig håla i jorden. De är verkligen frånstötande. De berättar att man måste dyka efter Charles. Han har fastnat med sin båt i havsens djup. Vilken båt, Charles har väl ingen båt?

Jo, en segelbåt har han, med mast och rigg.

Ellie Rose är den som ska dyka efter honom.

Du måste ta dig ner minst tjugo meter, säger Charles far, han låter sträng. Ellie Rose nickar. Hon ska klara det. Och hon dyker. Vatten-väggar, tumlande strimmiga vattensjok, vattenpelare, en välvande stad av vatten tar hon sig igenom, hela tiden neråt, djupare och djupare neråt. Hon ser grönvit sand skimra. Hon tar sig nästan till botten, men ingenstans syns Charles. De är missbelåtna med henne när hon kommer upp. Ellie Rose måste ner på nytt.

Hon förklarar då att hon måste ha en lampa.

Fadern och modern skakar på huvudet. Man kan inte lysa med lampor nere i havet. Det kan man visst, invänder Ellie Rose förargat. Charles har en undervattenslampa. Hon vet det mycket väl. Hon vill låna denna lampa. Föräldrarna vägrar. Då stiger Charles fram bakom dem och ger henne två rep, ett längre som hon ska kunna dra upp honom med, och ett kortare som är sinnrikt flätat. Det ska hon kunna kasta runt undervattensvågorna och dra upp sig själv med om hon fastnar. Charles ser ut som han brukar, frisk och stark. Hon är tack-sam att han på detta sätt griper in.

Nu dyker hon flera gånger på de ställen som fadern anvisar.

Det är i grunda och nersmutsade vatten. Hon ser många föremål på havsbottnen, buteljer övervuxna av sjögräs, rostiga maskindelar, plåtstycken och upplösta tidningar. Allt här nere är skräpigt och söndrat och förstört. När hon vid ett tillfälle tar sig upp till ytan befin-ner hon sig invid en träflotte. På dess kant står Charles obehagliga föräldrar och stirrar på henne.

Där finns också andra människor. Det är okända människor under parasoller vid kafébord, klädda i siden och sammet, som obekymrat stoppar i sig bakelser och sötsaker. Hon är mycket förargad på Charles föräldrar som tvingat henne att dyka på helt fel platser. Hon har tappat repen som Charles gav henne men kravlar ändå upp på flotten. Hon finner där en lucka med stora järnringar. Därunder finns kanske havsens djup där Charles har fastnat?

Hon drar upp luckans lock. Utrymmet är till randen fyllt av stinkande avskräde, avätna fiskskelett, avgnagda ben, trasor och klutar. Då förstår hon att Charles föräldrar ogillar henne, och förlovningen också. I samma ögonblick vet hon att hon inte vill dyka mer efter Charles. Om hon fann honom skulle han vara död. Vad skulle hon ta sig till med ett vattenlik?

Hon vill inte ha Charles. Förlovningen var ett misstag.

Då får hon syn på honom.

Han sitter ensam vid ett av de bortersta kaféborden. Han ser förfärlig ut. Uniformen är smutsig och trasig. Ansiktet är kritvitt. Munnen öppnar och sluter sig som på en fisk på torra land.

Det är en förnedrande syn. Hon vill kräkas.

Hon förstår inte hur hon har kunnat älska honom.

När hon minns drömmen skäms hon för att ha drömt den.

Under resten av natten känner hon sig illamående, nersmutsad och klibbig. Mest känner hon sig svekfull. Hon sköter sina sysslor. Hon svarar på tilltal fast enstavigt. Det tycks henne som om någon annan tagit plats i henne och drömt drömmen åt henne. Men vad har hon egentligen förbrutit? Det var ju bara en dröm.

Hon är däven och tung. Mot morgonen får de in en patient, en man som skriker, han har svåra bukplågor.

Hon står vid britsen medan han dör.

Hon går hem genom morgontomma gator. En lastkärra bakom kraftiga hästar skramlar förbi. Hon sneddar genom universitetsparken och en papegoja skriar, vasst och hånfullt. Stenhuset där hon bor ligger öde i morgonväkten. I matsalen är det dukat för frukost, brutna servetter, blänkande porslin. Snart kommer föräldrarna och syskonen att vakna.

Hon vill inte träffa dem.

Hon är slut, nästan förbi, men kommer sig inte för att gå upp till sin säng. Den levande Charles är stark och frisk. Han har ett runt och vackert ansikte och lingult hår. Han har kraftiga muskler och breda axlar. Hans händer är varma med små ljusa hårfjun på översidan. Mellan framtänderna finns ett litet mellanrum som hon tycker om. Hans halsveck doftar av timjan.

Men den levande Charles vill inte visa sig för henne. Han trängs bort av den andre, den fisklike och ömklige. Hon försöker bli kvitt honom men han tycks ha fastnat bakom ögonlocken. Hon slår upp dörrarna till terrassen för att få luft i rummet. Hon sätter sig i en av vilstolarna.

Hibiscusblommorna i de stora krukorna är ännu hoprullade till röda små strutar. Ovanför parkens träd är himlen ljust blå. Och nu sätter alla papegojorna igång med morgonkonserten. Det är en morgon som alla andra. Solen blänker i universitetsbyggnadernas glasfönster.

En äldre professor vandrar med sin hund genom parken, hon känner honom och vinkar till honom och han vinkar tillbaka. Drömmen ljög och förvred. Det var inte Charles föräldrar som motsatte sig förlovningen. Vad de tyckte om den vet hon inte. Det var hennes egna föräldrar som var emot den.

Av högfärd. Vem är denne Charles? hans föräldrar är farmare borta i Västaustralien, där bor ju inga människor, Ellie Rose, inga som vi känner, vet du något om dem? Vi har inget emot honom, tro inte det, men...

Ellie Rose sa vad hon tyckte.

Då fick hennes far en hinna över ansiktet, av letargi eller av missnöje, och vände blad i tidningen och teg. Hennes mor såg lidande ut. Som alltid. Ja, som om hon blivit förolämpad. Hon talade i enrum med Ellie Rose: om könsdriften som förleder det klaraste omdöme (den där pojken stinker av kön, berättade minen). Förlåt, Ellie, vi tror att du kanske är på väg att göra ett misstag, tänk dig för en smula. Ellie Rose gick därifrån. Hon slängde igen dörren efter sig som när hon var liten.

Hennes föräldrar är högfärdiga som bara skottar kan vara. Fadern kallad från Edinburgh till professuren i Melbourne. Båda stolta över att inte vara födda i denna utmark. Över att ha anor, piano och bibliotek. Ellie Rose krävde att få avgöra själv. Kvinnor får inte tänka, kvinnor får inte älska. Men nu var det ett nytt sekel.

Och hon älskade Charles.

Lukten av timjan i hans halsveck dit hennes tunga letade sig.

Att få drunkna i hans kyssar. I hans lilla rum, bland träden i Fitzroy Garden, i gräset nere vid floden. På kaféerna, på teatern, överallt. Var och när de kom åt.

Inte förrän han gick ut som frivillig tystnade de. Ja, då teg hennes föräldrar. En soldat som ska till fronten visar man respekt. Ellie Rose njöt av deras flata ansikten. Där fick de! och också Charles växte, hon såg det. Vad gjorde det då om han höll i gaffeln en smula klumpigt?

De eklaterade och hennes föräldrar bjöd på förlovningsmiddag. Fadern skålade med dem. Alla gratulerade. Modern, vid det här laget tårögd, skänkte Ellie Rose ett armband från sin skotska mor. Hon och Charles vann den striden. Men nästa? Vilken ond makt sände henne drömmen som fick henne att tvivla på kärleken?

Hon är beredd att dyka till havsens botten efter Charles, visst är hon det, och i drömmen gjorde hon det också, och det var inte hennes fel att hon dök på fel ställen.

Hon stryker med händerna över ögonen. Hennes mor står i dörren till terrassen. Godmorgon, Ellie Rose.

Godmorgon lilla mamma, har du sovit gott?

Ja, kom nu, låt inte pappa vänta.

Ellie kysser sin far på hans nyrakade kind. Han ler. Brodern visar sig inte. Marthe kommer som varje morgon på platta fötter från köket med tekannan. Brödet är nyrostat, marmeladen doftar. Ljuset blir skarpare och Marthe drar de tunna gardinerna för fönstren. Ellie Rose öppnar munnen:

En patient dog för mig i morse.

Modern mellan två tuggor: Men usch.

Var vänlig och ge mig marmeladen, ber fadern.

Det bekom mig inte, fortsätter Ellie Rose.

Bra, säger fadern torrt, du ska ju bli sjuksköterska.

Vad menar du? frågar Ellie Rose med en knivsudd kyla, för hon vet mycket väl vad han menar. Han har motsatt sig hennes yrkesval, överhuvudtaget att hon skulle ha ett yrke. De har grälat om det, hon har gått segrande ur striden, och nu får hon ångra att hon lett in honom på det spåret. Och vad menar hon egentligen? Är hon stolt över att hon inte berördes av den stackars mannens död?

Hon vet inte, hon är bara trött.

En sjuksköterska får inte vara rädd för döden, fortsätter fadern.

Apropå, säger modern avledande, det sägs att professor Thomson har kräfta. Om han hamnar på din avdelning får du berätta det för oss. Vill du skicka mig tekannan?

Det var den första människa jag såg dö, säger Ellie Rose till sin far, men varför öppnar hon alls munnen? för att få beröm av fadern?

Hon känner sig förvirrad.

Fadern, torrt: Men säkert inte den sista.

Han griper efter tidningen. Modern kastar en blick mot Ellie Rose över bordet. Men hon säger inget. Hon lägger sig inte i, hon fogar sig i allt. Det är med kvinnorna som med Australien. De måste på egen hand ta plats i världen, skaffa sig konturer och demarkationslinjer, inte vara andras avtryck.

Kan det vara så, undrar Ellie Rose medan hon räcker sin mor tekannan, att det är dessa goda föräldrar som har sänt henne drömmen där Charles var en gapande fisk? Hon ryser.

Hon brer smör på den rostade brödskivan, sen lägger hon den åt sidan. Om deras avoghet mot Charles tar sig så underliga vägar i hennes sinne att hon av ren inställsamhet drömmer att hon inte längre vill ha honom, då släpper hon honom aldrig, inte i livet och inte i döden. Men älskar hon honom?

I denna stund vet hon det inte, och det är fasansfullt.

Under dagarna som följer är hon däven och likgiltig. Oron har lagt sig, och åtrån. Hon får tanken att Charles är i fara, att drömmen handlade om detta, och att hon i det ögonblick då han sökte henne svek honom. Finns det något i henne som inte är hon själv? en underlig kraft som går sina egna vägar och som inte är att lita på? Det är nu tre månader sen hon fick brevet.

Hon läser det för hundrade gången.

Det är lika torftigt som tidigare. Det går inte att utvinna dofter eller synintryck ur det och bokstäverna är klumpiga, men vem kan förebrå en människa hennes handstil? Det står att han längtar efter Ellie Rose. Det upprepas också, men denna gång tycker hon sig utläsa skräck bakom bokstäverna, var Charles rädd? Det har inte slagit henne att han kunde vara det. Hon tycker illa om det. Denna gång hittar hon flera stavfel i brevet som hon inte sett förut. Hon hatar sitt öga, men ögat registrerar obarmhärtigt fattigheten hos detta brev.

I slutet av augusti står det i tidningen att Gallipoliexpeditionen har strandat. Några dagar senare att general Ian Hamilton efter reorganisering av armén haft sammanlagt 150 000 man under sig och att man anfallit i vågor under hela augusti månad. Striderna kom att koncentreras till halvöns mitt (vad finns där? hedmark, eller kullar? var Charles med?) där turkarna under häftiga motanfall tillfogade armén svår manspillan.

Kort därefter får man veta *hur* svår. Under Gallipolioperationerna stupade mer än hundratusen man under general Hamilton. Gallipoli är övergivet och snart blir det bortglömt. Dardanellernas sköte är inte längre av vikt för kriget, och var det kanske aldrig.

Någonstans har också Charles dött. Man vet inte var eller hur. Ellie Rose hör aldrig mer ifrån honom. Det kommer ett brev från Västaustralien, skrivet av Charles mor som fått den officiella underrättelsen. Brevet är kort:

...han är död och för vilket syfte?
jag vet det inte, jag begriper ingenting
någon kropp har inte kunnat återfinnas
de skriver att han har fått en ärofull begravning...

Ellie Rose beslutar sig för att resa dit. Hon har inte träffat dem, det blev inte av. Det kom för mycket i vägen men nu vill hon resa. För en gångs skull motsätter sig inte föräldrarna hennes vilja. Hon reser med tomt hjärta. Kriget liknar inte något som man har kunnat föreställa sig, det är namnlöst, vettlöst.

Här har vi fastnat i en av de flesta bortglömd episod i första världskriget fastän det finns så många nya och senare krig att uppehålla sig vid, och så mycket lidande. Men så är det väl med alla berättelser.

I det första världskriget ligger redan det andra inkapslat som i en kokong. Det sover ännu men det växer. En dag är det en fjäril med svarta och dödsbringande vingar. Den som idag vandrar på krigsskådeplatserna, vid Verdun, i Tannenberg, slås av insikten att tiden mellan dessa två krig är försumbar, verkligen en kort sekund i tidsflödet. En dag kommer man inte att skilja det första från det andra.

Fjärilens vingar fladdrar.

Krigshärdarna släcktes för en minut och blossade upp igen, här eller där, och de döda ströddes på nytt ut över jorden, och historien har ingen början och inget slut, det är därför som vi har berättelserna.

Och här nu den om Ellie Rose.

Hon reser med lätt packning, en liten väska bara, hundratals mil, med järnväg. På de ställen där den inte är färdigbyggd med oxkärra. Därefter järnväg igen. Förbi Adelaide, tropisk växtlighet och vingårdar. Och ovanför Spencer Gulf vars vik liknar en papegojnäbb.

Genom sydliga delen av den oändliga Victoriaöknen.

En liten gul sol håller till utanför tågfönstret, eller är det under ögonlocken, den svider, den flyttar sig inte.

Kalgoorlie. Gult, grå skuggor, fläckar av svärta.

Några skabbiga strutsar nära tågfönstret med runda och häpna ögon. Och senare, när tåget dragit igång igen, en flock människor, långbenta och bruna, de rör sig snabbt över flacklandet, som i en underlig dröm.

Buskvegetation. Fläckar av uppröjningar.

Ett hjulspår, det upphör tvärt.

Ellie Rose kommer till Merredin vid de övergivna guldfälten och blir mött av Charles far med häst och vagn.

Han liknar inte mannen i hennes dröm. Han är undersätsig och grovbyggd och vag. Hustrun är större och mer skarpskuren. Hos dem båda, liksom hos de yngre bröderna som dyker upp runt bordet mot kvällningen i det lilla huset av sten, finns något hjälplöst och undflyende. De ser åt sidan och bort. Ellie Rose har inget att säga dem.

Hon ter sig bortskämd och oberäknelig och en smula farlig i deras ögon, misstänker hon. De behandlar henne alla som ett ägg som man bär i handflatan: man vill inte tappa det men man kan inte ta hårt i det. De vill inte dela sin sorg med henne. Det hade hon ändå väntat sig. Men de nämner inte Charles, hela kvällen går utan att hans namn blir nämnt.

De talar om sysslor, om grannar.

Hon hör dem röra sig utanför dörren när hon har gått till sängs, en stol som skrapar, slamret av en spisring, sen blir det tyst.

Hon kan inte somna. Hon betraktar svärtan genom det lilla fönstret som sitter högt, nästan vid taket, och har lust att gråta men saknar tårar. Någonstans där i mörkret rör sig fåren, de har inte särskilt många, fadern har som många andra grävt efter guld. Nu är det fåren och jordbruket. Hon kastar sig fram och tillbaka i sängen. Hon pressar kinden mot det grova kuddvaret. Det prasslar och tisslar under golvplankorna. Hon vrider sig. Till slut lägger hon handen över sitt kön och somnar, hopkrökt som ett foster.

När hon vaknar är männen redan ute.

Hon sitter med Charles mor vid köksbordet. I denna kropp, senig och grovt hyvlad, fogades benen samman till mannen hon älskade. Kanske inte älskade tillräckligt, hon vet inte. Hon är förvirrad. Han dog innan hon fick ta reda på hur det verkligen förhöll sig. Hon får syn på sina händer på bordet och gömmer dem i knät. De är för små. Hela hon är för liten. För lätt.

I varje fall för dessa människor som bär en ofattbar tyngd i sig.

Utanför fönstret det gula, som om hela trakten bestrukits med tjock färg av en vanvettig solmålare.

Tung var också Charles. Hans tyngd älskade hon.

Hon älskade honom. Hon vill tala om det för hans mor. Kanske drev hon honom i döden, Charles var en av dem som lyssnade till henne på torget, vid de små oljeljusen när mörkret hade fallit, och på partimötena då hon och andra talade sig varma för den värdighet som Australien hade att erövra åt sig bland nationerna. Han kom fram till henne, de började samtala. Charles betalade priset, han och de andra döda, han och denna mor...

...för vilket syfte? jag begriper ingenting...

Men Ellie Rose älskade honom, och varför ska hon då plågas av denna plötsliga oklarhet? Den släpiga, sömnaktiga mjölkigheten som fallit över henne efter drömmen är oförklarlig. Hon drömde den, det har hon räknat ut, i hans dödsstund. Och den förlamade henne. Hon blev loj och slö, och hennes vanliga jag invaderades av en okänd tvilling, en oönskad syster, och av en oklar och dyig känsla av skuld.

Modern går ut, kommer in med en hink vatten, rör sig i sin sträva lukt i sysslor som Ellie Rose inte kan genomskåda.

Det är hett, luften har stannat.

Ellie Rose känner svetten bryta fram mellan de klibbiga brösten. Under ögonlocken gömmer sig den gula solen, virvlande gul, äckligt gul. Den river upp damm. Den är ett snurrande skevande hjul över ett oändligt avstånd, dunk, dunk, det svider och bultar under ögonlocken. Hon bryr sig inte om Charles mor. Hon häller utan att fråga vatten ur hinken i handfatet. Hon fyller sina kupade händer, vattnet rinner mellan fingrarna över ansiktet, det silar över halsen, det blir en pöl på golvet, hon bryr sig inte om det. Hon sliter tvärt av sig blusen och skvalpar vatten över axlar och bröst, och nu gråter hon högt och skamlöst. Det kom oväntat, varför gråter hon?

När hon vänder sig om efter en handduk som inte finns står Charles mor mitt i rummet med hängande armar och betraktar henne med genomträngande blå blick. Ellie Rose snörvlar och lyfter upp kjolfållen och torkar ögon och armhålor med den. Hon har rest långt och till ingen nytta. Hon kan inte förbinda mannen hon älskade med kvinnan som ammade honom. Det går inte, det är omöjligt. Hon drar kammen ur fickan för att reda ut håret och sätta upp det med alla nålarna och bli som vanligt igen, sig själv, och ta sig för något, likgiltigt vad.

Gå ut i det gula. Titta på fåren.

Vad som helst, i väntan på återresan.

Mor Mary står kvar på golvet, själv en ohyvlad bräda. Då skvätter Ellie Rose en skopa ljus ur sina vattenögon åt hennes håll.

Mary stryker sig över ögonen och går undan.

Men senare, när hon följer Charles mor ut i inhägnaden där tackorna hålls med de nyfödda lammen, hårlösa och blåglänsande, möts deras ögon några gånger. Marys blick är mycket blå, som sonens.

Ellie vågar vid ett tillfälle lägga sin alltför lilla hand över Marys stora och seniga, det är när de sitter vid bordet igen och byter ord över en kopp te: om fåren, om vädret, sen om förhoppningarna som familjen knutit till Charles examen: Den kostade. Då flyger Ellies hand upp och lägger sig över Marys. Där ligger den en stund.

Sen drar Mary till sig sin hand. Det är för att resa sig och bevaka något som kokar på spisen. Hon torkar handryggen mot klänningstyget innan hon tar tag i grytan.

Med detta ögonblick av kontakt får Ellie Rose låta sig nöja.

Med det, och med några leenden, och ett par ord från Mary vid avskedet: *Live well, dear, only God is to blame.* De dunkar i skenskarvarna när hon sitter på tåget tillbaka, vad betyder orden? Att människan inte styr sitt öde? att Gud gör som han vill med oss? att de faktiskt har förebrått henne för Charles död men förlåtit henne? att hon i så fall ändå inte gjort resan förgäves? Men den var meningslös. Charles är ännu längre bort än förut.

Den grå tvillingsystern tar plats i henne.

Hon vet att hon aldrig ska träffa dessa människor mer. Det gör henne detsamma. Hon somnar på det hårda tågsätet. I kvällningen äter hon av Marys bröd i det lilla gästhuset vid järnvägsspåret där resenärerna övernattar. Där finns en klunga eucalyptusträd med flagnande stammar.

Det kommer en liten regnskur, äntligen. Den gör det lättare att andas, precis som den obehärskade gråten vid Marys handfat gjorde det. Hon kryper till kojs. Andra resenärer sover på britsarna runt henne.

En dag ska hon, tänker hon innan hon somnar, gråta mycket över Charles död. Hon kan inte förebrå sig för detta gråaktiga som brett ut sig i henne, och för att gråten sitter så hårt fast i henne, tårar som frusit till is. Men hos Mary grät hon ju en skvätt, och Marys blå ögon var mycket lika Charles och förmodligen vänliga, tänker Ellie Rose.

Only God is to blame.

Och när hon på nytt sitter vid middagsbordet hemma, med brutna linneservetter och silverbestick på bordet, med oljetavlor på väggarna, med blänkande mahognyskåp och mönstrade tapeter – vilket överflöd, hon vämjs vid jämförelsen med stenhuset i Merredin – har föräldrarna till all lycka en gäst på besök och hon slipper tala om sin resa. Det är en man av obestämd ålder, mellan trettio och fyrtio, som håller handen för mun när han säger något. Han har tappat ett par tänder på någon okänd ö där han vistas som upptäcktsresande och är tydligen generad över luckorna i munnen. Nu är han i Melbourne för att få nya insatta och för att besöka universitetsbiblioteket. Han är utlänning.

Hans namn är omöjligt att uttala. Österrikare, säger fadern. Polack, rättar mannen hövligt men bestämt. Det säger inte Ellie Rose något. Hon förstår av samtalet att mannen hör till fiendesidan. Hennes patriotiske far är avmätt mot honom av det skälet. Mannen är hemligt förlovad med Louise Brinton, anförtror systern henne upphetsat i serveringsgången. Vem hon är vet Ellie Rose – en skönhet från Adelaide, en hypokondrisk flicka som är dotter till en av faderns professorskolleger – men vem middagsgästen är förlovad med intresserar henne inte.

Han ber henne vid ett tillfälle att få se boken hon skrivit.

Ja, hon har skrivit artiklar om människorna i Nordterritoriet.

Föräldrarna måste ha berättat för honom att hennes tidningsartiklar blev en bok. De är stolta över den. Skriva böcker kan kvinnor kanske få göra. Men inte förtjäna sitt levebröd på ett sjukhus. Hon lånar honom boken och går till sängs. Hon vill bara sova. Hon vill sova i veckor och helst i år och vakna till en stor gråt. Uppväckas till liv, till någon sorts liv, på andra sidan. På andra sidan om vad?

Charles är död och hon visste inte att sorgen var sådan, en gråhet och en mjölkvit vämjelse, men plötsligt vet hon det.

4. CONFIDENCE BETYDER FÖRTRÖSTAN OCH ÄR EN ROSTIG SKORV

Över jordklotet finns en hinna inte olik tyg. Man rycker i tyget som i en illasittande klänning. Nya veck bildas och sträckningar och insnörpningar. Tyget halkar fram och tillbaka och tycks på sina ställen brista medan det på andra håll uppstår rynkor och skrynklor. Fransmännen drar åt sig, engelsmännen släpper efter, ryssarna får händerna fulla. Då sliter tyskarna åt sitt håll. Över gränser, längs meridianer och utmed kontinenter. Det handlar om världsherraväldet. Om handelsmonopol, kolonier och dominans. Inte en stad eller ort kan vila i ro medan tyget spänns, böljar vilt eller sträcks mot trådriktningen och slits sönder.

Bronisław känner av rörelserna och illamåendet stiger. De halkar sedan flera dagar i denna rostiga rakkopp – inte ett elegant passagerarfartyg längre med många däck, orkestrar, barer och röksalonger, utan ett lastfartyg med det alltför ståtliga namnet Confidence, med destination Melbourne på den australiska sydkusten. De är de enda passagerarna och reser i sällskap med en last av skramlande maskindelar i en rullande, mullrande, evig sjögång.

Bron spyr uppgivet i plåthinken. Stas tål sjön bättre och håller sig borta från hytten. Han klättrar runt och undersöker fartyget och dividerar med besättningen. Han förefaller vara på förträffligt humör. Ofta spankulerar han bara fram och åter på däck med scarfen fladdrande i blåsten. Det händer att hans blick förlorar sig i det skiftande vattenlandskapet. Han sugs in i våglinjer och ljusspel och blir fjärrskådande. Allt är flytande materia som glider undan och förvandlas och hypnotiskt återvänder. Han blir yr av vattenvälvningar och ljus. Man vet inte om det är hjärnans rörelser eller vågornas.

Än sen, säger Stas på visit i hytten.

Om världen har han inget nytt att berätta. Medan de befann sig i

Colombo utväxlades en skur av ettriga noter mellan regeringarna i Europa. Freden tycktes hänga på en slana. Men till Confidence når inga nyheter. Bronisław sprattlar i sin sjösjuka. Och medan dragkampen i världen pågår, slitandet i marknadsflikarna, ryckandet i de hastigt hopsömmade pakterna, glider de in i en långsträckt och djup havsskrynkla.

Ett sydgående veck, mörkt av skuggor från havsbottnen. Fast vinden ännu ligger på stillnar fartygets rullningar. Sammetsväggar och dalskuggor på ömse sidor om fartyget. De färdas i sydhavets tystnad.

Sjösjuka eller melankoli. Kanske kan man kalla det sorg.

Snabbt virvlade ungdomsåren förbi. Några kvinnor, alltför lätt räknade, ingick i den. Claudia. Wanda. Anne. Och Toskia. Alla är de förskingrade. Somliga människor tycks födas gamla. Ett barn närsynt redan i moderlivet var han. Han har diat bokstäver och böcker. Men ur vilken källa stiger denna obegripliga sorg? Långt borta, i kölvattnet på lastfartyget Confidence, faller kanske det Europa i spillror som han lämnat i hopp om pånyttfödelse.

Bronisławs strupe bränner av törst. Då visar sig Stas.

Han bär något i handen. En mugg med rykande te. Bronisław blir rörd av omtanken. Men Stas låter tungan löpa och håller tankspritt muggen utom räckhåll. Utmed fartygets sidor reser sig meterhöga vattenmurar, säger han, djupblå och skimrande, fläckvis genomskinliga eller genomdragna av gröna ådringar. Ofantliga vattenmassor som blivit till sten. Till valsad plåt.

Eller till uthamrad koppar.

Ja, en nästan ohörbar klang av koppar svävar över vattnen.

Denna havets sång tränger in i kroppens minsta cell, säger Stas extatiskt. Bronisław hör ingen sång, bara ett orytmiskt slamrande från däck och ett otäckt och gnisslande ljud från lastrummet som skär i hans öron. Han är uttorkad och måste få dricka. Han pekar på temuggen men Stas tar ingen notis. Sången övergår i ett frasande, ett fladder av intet, säger han.

Stas. Han fyller den trånga hytten med sina våta kläder, sin oåtkomliga temugg och sin hänförelse. Hans ljusa hår faller över pannan, han kastar det ur ögonen.

Fraset är som en tunn viskning vid örats yttersta förnimmelsegräns, fantastisk och fasaväckande, viskar han.

Jag förstår, säger Bronisław.

Ja, fasaväckande, upprepar Stas med stirrig blick.

Verkligen? svarar Bronisław och försöker svälja sin törst.

Men jag känner igen det, Bronio.

Stas sjunker ner på kojkanten och trycker muggen mot sitt bröst. Bron försöker komma åt den men Stas fortsätter att tala: Jag har hört det förfärliga ljudet förut. I stunder av obeskrivlig lycka. När jag målade. I orgasmen. Men också när man hånade mig och inte ville tro på mig. Kanske hade de rätt. Jag tror inte att de hade rätt. Jag föraktar dem. De begrep inte vad jag försökte åstadkomma, Bronio!

Vill du ge mig lite te, ber Bronisław.

Men deras hån, viskar Stas, var av stor betydelse.

De stötte bort mig och överlämnade mig åt mig själv. Och samma sorts svävning som i vattnen runt fartyget finns i mitt måleri. I mitt författarskap där andra bara ser ordmassor, brist på sammanhang, förryckta infall eller lösa skruvar. Detta susande som ligger en bråkdels millimeter från tystnaden är det verkligaste av allt. Det finns i allt och binder samman och sväljer och utspyr alla former.

Alla ljud. All handling.

Bronisław känner allvarlig yrsel.

Han skulle vilja veta om Stas har sett sjöfågel, om andra fartyg har siktats eller om telegrafisten har fått något telegram från Europa. Men det är omöjligt att nå Stas. Att få det innersta att avslöja sig, Bronio! säger han och kramar temuggen med fingrarna. Mellan orden, bakom orden och runt orden. Man vet inte vad det är. Men det är dit konsten måste nå!

Bron gör en våldsam ansträngning för att nå muggen och lyckas slita den ur Stas händer. Stas ser för ett ögonblick förvirrad ut. Han liknar en skolpojke som gjort en ofantlig upptäckt medan alla andra i klassen svettats över böjningen av latinska verb.

Förstår du inte? säger han.

Bronisław skakar på huvudet och dricker.

Teet är dävet, ljummet nu, alltför sockrat och svårt att få ner.

Jag har lyssnat till det verkliga, säger Stanisław.

Till Gud? frågar Bron och överraskas av hånet i sin röst. Då ser Stas på honom. Det är en lång och medlidsam blick. Han böjer sig fram och stryker Bron lätt över pannan. Det är en mjuk rörelse, mycket lätt, man kunde nästan säga moderlig. Bronisław sluter ögonen och vänder huvudet mot väggen. Ett fladder av intet. Ja, men den törstiga vännen då? För att inte tala om resten av mänskligheten som har andra bekymmer än det innersta?

Ännu kyligt, vattenånga över gräset. Stas hade suttit länge på stenmuren och väntat utanför huset som Zofia hyrt i Zakopane. Stas ville visa något. Han hade alltid något som han ville visa.

En storartad dikt som han författat under natten. En bok om kemiska föreningar som han fått av sin märkvärdiga moster som var skådespelerska i Warszawa. Kanske bara ett skrumpnat ormskinn. En gång var det ett rävkranium, han bar det under skjortan. Han ville visa det för hela världen, det var ett enastående rävkranium.

Och det var Bronisław som han sökte upp.

Ingen annan. Och Bron hade inte haft någon vän. Hade varit för sjuk. Eller för gammal. Ett lillgammalt barn i lägenheten i Kraków där skuggorna slickade bokryggarna och fadern satt böjd över sina orientaliska manuskript och var frånvarande. Så fick han en vän. Det var Stas. Finns det något som kan ersätta den tidiga kärleken till vännen som väntar på en stenmur?

Senare skymtar man bara fläckvis denna människa.

Hon döljs bakom teorier och tankar och allsköns bråte. Nu är det detta ingenting, denna beröring av intets fladder! Vad *är* det som griper Stas så? Nyss, det var innan de lämnade Ceylon, babblade han om att ta livet av sig. De hade ett gräl om saken.

Ett uppslitande meningsutbyte.

Nu är han på nytt extatisk, manisk och hänryckt.

Bron kramar temuggen hårt. Stas kom med den. Bron känner ännu av den lätta och mjuka beröringen över pannan. Han öppnar ögonen. Men då är Stas försvunnen.

De kommer till den del av södra halvklotet där inga landområden hejdar vågorna. De piskas runt klotet av en omänsklig kraft. Skyhöga vattenberg jagar ursinnigt varandra nedanom Eldslandet, söder om Afrika och ovanom Antarktis isvidder och vidare till Sydamerika. Det är ett bälte av rullande, dundrande, vrålande vanvett.

Fartyget darrar och kvider.

De kastas uppför becksvarta vattenberg.

De störtar utför forsande och virvlande och glashala vattengator.

Tillsammans med fartyget och hela det förbannade vattenhelvetet tycks de lämna klotet och fara rätt ut i tomma rymden. Bronisław försöker hålla sig fast i underlaget med vidöppna ögon och flämtande mun, hans kropp svävar ovanför madrassen. Han passerar slocknade stjärnor, utbrända planeter och döda vintergator. Därefter faller han och fartyget fritt.

När de slår i vattnet tror han att båten ska bli till flis. Allt dånar och skakar. Han försöker med bultande pulsar ta sig upp ur kojen men kastas tillbaka in i väggen. Han tappar all luft. Han gnyr. Han snyftar torrt och hackande. Han återfår andan. Men då börjar allt om. Han hör sig själv be till Gud. Sen talar han oredigt och innerligt till henne, Guds moder och alltings upphov, den sorgsna och svarta Maria i silverglorian.

Fartyget, han själv, de alla faller mot sin virvlande, fräsande och stänkande grund av becksvart mörker. Han ropar på Stas. Men vännen sover och snarkar. Han har druckit whisky med kaptenen och går inte att väcka. Bronisław försöker lugna sig.

Med ögonen hårt hopknipna går han igenom sina vetenskapliga hypoteser. Sina fasta punkter. Sin tro. Mänskliga handlingar är till sin funktion sociala. De syftar till sammanhang. Han tror det. Men medan fartyget stiger, flyger och störtar blir allt sammanhangslöst. Då försöker han återkalla små och obetydliga ting i minnet. Regndiset i London under krängande paraplyer.

Lukten av bokdamm på British Library.

Stillsamma vetenskapliga samtal med kolleger på institutionen.

Det gula skenet från lampor under veckade skärmar.

Raspet från stålpennor. Doften av te ur brunfläckade koppar.

Han mumlar småord som det engelska språket är så rikt på.

Ord som lägger tillrätta, som fångar in, som flyttar runt, som närmar och fjärmar, positionerar och parerar. Engelskan är ett mjukt och liksom stillsamt omflyttande språk. Med små och en aning blöta tungrörelser formar det världen. Det är ett språk av antydningar och lugn exakthet. Det bygger upp. Det reser bjälkar och murar väggar.

Till slut står ett hus av förnuft färdigt. Ett fyrtorn som rests på empiri och fakta och känslighet. Därifrån kan man försöka att åtminstone få en viss överblick.

Ja, ljus. Inte ett heroiskt och desperat ljus som i polskan.

Inte heller ett bjärt ljus som i franskan med sina nasaler eller i halvdagrar som i tyskan. Men i ett gult och värmande ljus som från veckade lampskärmar på British Library. När han länge låtit lugnande engelska småord fylla sinnet – och nötta gatstenar, lummiga gräsmattor, också Toskias mjuka armveck och professor Seligmans flikiga hårfäste – kan han andas lugnare.

Han försöker föreställa sig det svaga ljus som sveper över vågorna från lanternorna på Confidence. Han känner förtröstan vid tanken på att förnuftet i världen måste segra: det blir inte krig.

Och faktiskt, de tycks ha ridit ut stormen. Språket har bilagt och blidkat. Havet välver sig visserligen fortfarande men inte längre i obehärskad vrede.

Han känner något nytt i fartygets stampningar. Något lekfullare, kvinnligare och flyktigare. Bronisław vill upp på däck. Han vill fylla lungorna med luft. Han reser sig. Och verkligen: han kan stå på benen. Han betraktar Stas som sover ruset av sig i överslafen. Stripigt hår över pannan. Ena armen kastad runt kudden. Munnen halvöppen. Andra handen invid kinden, fingrarna lätt krökta. Mjukt och barnsligt skinn därinne.

Nej. Man kan inte sluta att älska barndomsvännen.

De lossar i Perth på västkusten och går vidare. I en blek gryning ankrar de på redden utanför Melbourne. De står på däck och lyssnar till ankarkättingens rassel. De har fått sällskap av måsar, vanliga måsar som i London, som singlar runt fartyget och skriker. Måsarna dyker upp ur ingenting. De får kroppar och vingar när de tumlar förbi, ibland så nära att man kan se in i ett kallt och blänkande öga. Sen försvinner de tillbaka in i dimman.

Havet är vitt som välling. Dimman täcker hela kusten.

Stanisław lutar sig mot relingen i sin rock och med hatten i nacken. Bronisław räknar de kollin som hämtas upp ur lastrummet. Läderväskorna. Boklårarna med vetenskaplig litteratur. Och den med förströelseläsning: Swinburne, Oscar Wilde, Dumas, Dostojevskij och Jane Austen. Lådan med kamerautrustningen, tältet, filtarna och kokkärlen. Allt har de fått med sig.

Han går fram till Stas och fäller upp kragen.

Det är kyligt. Antipodisk vinter.

Himlen är ljusgul som kinesiskt siden.

De ser en stor fågel dyka fram ur dimman. Den är tung och lågtflygande. Den förvandlas till en roddbåt. Fyra åror, två på var sida, kastar mjölkvita droppar mot skyn. En välkomstdelegation. Solen har inte stigit upp över horisonten men i öster rispas himlen av skarpt violetta strimmor.

De har nått till den mest avlägsna av alla kontinenter, den senast upptäckta och den mest oförstörda. De ska snart få vara med om sin första antipodiska soluppgång. Bronisław känner en kaskad av bultande nävar i bröstet. Han är upprörd, omtumlad och fylld av förväntan. De har äntligen kommit fram.

Här vandrade ett litet antal människor i arkaisk orördhet över vidsträckta slätter och bergskedjor i tiotusentals år. Tid fanns inte och inte historia. Inte förrän de första vita männen landsteg drog urverket igång. De vita människorna förde med sig alkoholen, pengarna och tiden. Men denna kontinent är uråldrig. Här finns skrymslen dit klockan ännu inte nått. Mjölkiga och opaliserande skrevor. Ytor av glömska och dröm.

Djurarter och träd som barngudar tecknat i halvsömn.

Hägringar och tecken. Fiskar med vingar.

Pungdjur och kräldjur.

Och människor som med öppna handflator stående seglar sina utriggarkanoter över djupen under uppochnedvända stjärnbilder.

Han vaknar till då roddbåten skrapar mot fartygets plåtsida. Rop och slammer. Ett antal australiska herrar, några i uniform, stiger ombord. De har tunga kroppar och bistra ansikten under buskiga ögonbryn. De gestikulerar där de samtalar med kaptenen på däcket.

Och himlen ovanför herrarnas huvuden fattar eld. En brandgul eldgata rullas ut över vattnet. Hela kustlinjen i den stora bukten antänds. Klippor flammar upp i djuprött. Bronisławs strupe snörs samman av rörelse. Smäckra trädstammar tycks fatta eld och brinna längs hela den låga strandlinjen. Sen vecklas hela landskapet ut framför deras ögon med bortflygande kuster, klippmassiv och dalskuggor.

Ockra, gyllengult och flämtande cinnober.

Det dröjer innan han hör vad den rödbrusige uniformsklädde mannen som drar i hans rockärm säger. Sedan uppfattar han. Tyskland har förklarat Ryssland krig. Ja, och vidare? De förbannade tyska ölbukarna har därefter fallit in i Belgien! Vad säger karln, frågar Stas men Bron har inte tid att svara.

Ja, och vidare? Storbritannien som garanterar Belgiens säkerhet har avgett ett ultimatum som tyskarna har gett fan i. Ja, fortsätt, vad betyder det? Engelsmännen har då sett sig nödsakade att avge krigsförklaring mot Tyskland. Hela Europa är i krig.

Även Australien av allt att döma.

De ombeds följa med herrarna i roddbåten.

Deras kollin firas vårdslöst ner till roddarna. Själva klättrar de efter i sina rockar och lågskor utmed en svajande repstege. Bronisław trycker sin portfölj under armen och undviker att se neråt. De sitter i roddbåten inklämda bland grova kroppar som luktar svett. Måsarna skriker utan ekon. Årorna stänker vatten. Bron tolkar mellan Stas och herrarna som vill veta vilka de är och varifrån de kommer.

Och vilka är de?

Stanisław är född i Warszawa, guvernementsstaden.

Han är följaktligen tsarens undersåte. Alltså vän till Australien. De uniformsklädda herrarna nickar prövande mot varandra och mot Stanisław. Den rödbrusige som tycks föra befälet får upp en ask cigarrer ur fickan. Stas tar glatt emot, sticker cigarren mellan tänderna och får eld. Bronisław önskar inte röka. Med honom förhåller det sig annorlunda. Han och vännen är visserligen landsmän. Men han råkar av historiska skäl vara undersåte till en annan kejsare, den i Wien.

Herrarna grymtar. Österrikare?

De beklagar men läget är extraordinärt, Bronisław måste tas i förhör. Båten guppar häftigt när roddarna driver den genom bränningarna, skummande och vitgröna. Byggnaderna på stranden blir synliga. Rött tegel. En hög och rykande skorsten. Och dungar av träd, förmodligen eucalyptus. Roddbåten lägger till vid en pir där flera segelskutor ligger förtöjda i gröna vattenspeglingar. Solen blir varmare medan de i gåsmarsch förflyttar sig längs piren. Bronisław knäpper upp översta knappen i rocken. Han får stanken av kolrök i näsan. Ute på redden sover stora fartyg. Läget är kanske extraordinärt men allt här förefaller stilla och sömnigt.

Han får syn på två svarta män i en kanot nedanför piren.

Männen lyfter sina händer mot honom.

Bronisław vinkar tillbaka, är de aboriginer?

De ropar något på ett språk som inte går att förstå. Vattnet runt deras halvnakna kroppar gnistrar. Den smäckra kanoten är andlöst vacker. Han skulle vilja fråga den rödbrusige karln vilka männen är men tvingas väja för en skramlande skottkärra körd av en trashank. I skottkärran känner han igen delar av deras bagage. Han ser inte vart skottkärran tar vägen, den tycks försvinna i buskarna bakom några medfarna brädskjul.

De förs in i en låg byggnad, ett hamnkontor kanske, där det luktar skurvatten. De leds vidare in i ett litet rum med ett träbord och några pinnstolar under ett smutsigt fönster. Den rödbrusige ber dem sätta sig. Han vilar hakan mot tummarna på bordets andra sida.

Han suckar.

Han presenterar sig. Han är sergeant McCauley.

Han vet inte säkert, säger McCauley, men han tycker sig ha förstått att Bronisław hör till fiendesidan. Är det så? I dörröppningen skymtar män som de inte sett tidigare, möjligen soldater men de förefaller obeväpnade. Stas grinar glatt mot McCauley med den slocknade cigarren mellan läpparna. Bron skakar på sig. Han är olustig och irriterad. Krig eller inte, man måste få sätta sig i förbindelse med någon förnuftig människa. Man måste få ringa till universitetet i Melbourne och klara upp missförståndet.

Telefon finns inte, meddelar McCauley.

Bron drar då fram dokumenten från London School of Economics ur portföljen. De bär ståtliga stämplar och är undertecknade med beslutsamma brittiska namnteckningar. Han visar brevet med rekommendationer från engelske viceguvernören på Ceylon. Han hittar ytterligare handlingar. Det blir en tjock bunt som han skjuter över bordet. Sergeant McCauley stryker osäkert med handflatan över den. Han läser dem inte. Kanske kan han inte läsa?

Han liknar en bondlurk. En fårhund.

Han betraktar dem uppmärksamt med vattniga hundögon.

Bulldogg snarare än fårhund. En krage av hakor och löst skinn. Och uppåtvikta och fladdriga läppar. Men han fördjupar sig faktiskt i handlingarna. Han slickar på pekfingret och vänder blad efter blad. Bron känner svetten bryta fram och knäpper upp sin översta skjortknapp. En fluga kryper på väggen med stora fötter.

Stas pladdrar på polska: Hur kan stekt känguru tänkas smaka? som oxfilé? Är kannibalismen verkligen avskaffad? antagligen, det är väl missionärernas fel? Undras om sergeant McCauley härstammar från kedjefångar? helt säkert! Har australierna för avsikt att sända sina negrer över haven för att slåss mot tyskarna? Kan inte då Stas som polsk officer bli instruktör och lära infödingarna fäkta – sabel förstås – eller blir vapnet bumerang?

1:a bumeranginfanterinegerregementet?

Det låter något. Stanisław fnissar och flabbar.

Flugan kryper raspande över väggen.

McCauley lyfter hundblicken från handlingarna. Saken är komplicerad. Man måste konsultera överordnade. Formaliteter måste beaktas. Man måste invänta nya depescher, telegram och rapporter. Han beklagar. Han ser sig nödsakad att ta Bronisław i fängsligt förvar. Bron stirrar tomt på honom. När Stas inser hur det förhåller sig, nämligen att de befinner sig på var sin front i det krig som nyss brutit ut, brister han i gapskratt. Han skrattar tills han kippande drar efter luft. Då låter han som en trasig motor.

Sergeant McCauley och Bronisław betraktar honom.

Den ene bulldoggsaktigt och den andre kylslaget.

Till slut låter Stanisław sig övertygas om situationens allvar. Han kommer på fötter. Han bugar för McCauley med handen på hjärtat. Han ber Bron framföra att han önskar dela sin väns fängelsehåla och dystra öde på denna främmande kontinent. McCauley skakar på huvudet. Man kan inte fängsla en vän till samväldet. Det är otänkbart, man har sina normer och regler.

Men Stas vidhåller. De får var sin cell på ömse sidor om en stenkorridor. Bronisław som krigsfånge, den förste i Australien under detta krig. Och Stanisław – beroende på omständigheterna, med anledning av att McCauley och hans kolleger inte vet vad de annars ska ta sig till med honom, slutligen kanske för att det klappar ett varmt och stort hundhjärta i sergeant McCauley – som fri man. Som ärad gäst hos myndigheterna i staten Victoria.

Strax visar det sig att sergeant McCauley haft rätt.

Det är krig i Europa. En mobil och skiftande front fläker upp kontinenten. Kriget ska sprida sig långt utanför Europa. Japan ska utfärda krigsförklaring mot Tyskland. Nyzeeländska trupper ska ockupera ett häpet Samoa. Turkarna ska sätta stopp för britterna i Mesopotamien och Egypten bli ett brittiskt protektorat. Kriget kommer att rasa på alla kontinenter och i alla vatten. I Nordsjön, i Medelhavet, i Indiska oceanen, i Bengaliska bukten, längs Nederländska Indien, vid Filippinerna, utanför Falklandsöarna.

Men låt oss inte springa de förvirrande händelserna i förväg.

De franska arméerna står i augusti i Ardennerna, hejdade av tyskarnas nymodiga haubitsar. Engelsmännen har landstigit i Belgien och tvingas av tyskarna att retirera långt in i Frankrike. Men ryssarna rycker in i Ostpreussen och får tyskarna att nesligt fly bortom Wisła. Österrikarna lyckas inte knäcka de vilda serberna som de hoppats, utan fastnar i stället på sitt återtåg i strid med ryssarna vid Lwów. Den patriotiska entusiasmen är lika stark på alla fronter.

Segrar levereras osvikligt vid dem alla.

Stanisław skakar gallret utanför Bronisławs cell med Melbourne News i näven. Älskade Bronio, det ser ut som om minst en, och möjligen två, av de stormakter som har slukat stora munsbitar av den polska jorden ska tvingas att spy upp den igen!

Vomitera. Ja, kräkas som kattor!

Han pekar på de svarta rubrikerna.

Bronisław lyfter blicken över bokkanten. Han ligger på britsen insvept i sin melankoli som i en gammal filt. Han slår ihop boken – en grammatik över ett östmelanesiskt språk, författad av en missionär på en ö utanför Nya Guinea – och hasar över cellgolvet mot Stas.

Berlin ska få krypa på knä för S:t Petersburg.

Habsburg faller i spillror! Liksom det kejserliga Österrike, gastar Stas. Tsarens soldater gör jobbet åt polackerna! Stanisław är beredd att hjälpa till med egna händer om så behövs, han är ju polsk, det vill säga rysk, officer. Kriget kan innebära frihet för Polen. Sen får vi på egen hand knäcka Ryssland. Men det blir en senare fråga.

Gaska upp dig, Bronio!

Bronisław ögnar igenom krigsnyheterna. Ja, i den ryska ångvältens spår spritter ogräset upp. Det vill säga de folk som stormakterna lagt under sig. Det är förstås inte bara polacker utan också rutener, moldaver, kasjuber, litauer, vitryssar, kroater och ukrainare. De nämns inte i Melbourne News där man aldrig hört talas om dem. Men Stas har rätt, de gömmer sig mellan raderna. Med sina aspirationer, sina språk och sin längtan efter friheten.

Det är folk som har utplånats i den historiska smältdegeln.

Men som finns. Nu slåss de förmodligen under fanorna hos de krigförande staterna i hopp om frihet för sig själva. Stas har försvunnit till sin cell eller någon annanstans. Bronisław läser tidningen i sin egen cell, och med klappande hjärta. Vad skiljer de förtryckta europeiska folken från stammarna på Kiriwina, Mailu och Dobu, som han rest till andra sidan av klotet för att studera? I princip ingenting.

Men kan man jämföra en handfull kiriwinas under brittiskt protektorat med miljonerna av polacker? De har en gång haft en självständig nation i Europas mitt. Ja, en lysande nation med vidsträckta landområden och bördiga jordar.

En nation som skändats. Och styckats som ett kadaver.

Polackerna har länge fått vänta på sin befrielse. Stas har rätt, kriget kan vara en chans för Polen. Stas står på nytt vid hans galler, nu med en flaska i handen. Medan solstrimman slocknar på Bronisławs cellvägg skålar de för Polens frihet. Och för människans. Även för Brons. Det är i en grön och alkoholhaltig dryck som Stas har inköpt i Melbourne.

Den smakar finkel. Vad gör väl det.

Må caesarerna krossa varandra!

I parken nedanför fängelset ropar varje kväll skrattfågeln.

Det är inte lätt att skildra ljud och dofter på en kontinent som man aldrig har besökt, men skrattfågel bör vara rätt. I fängelsekorridoren ekar skrik och stönanden, om från döda eller levande är inte lätt att veta. Kanske stiger ropen ur gamla fångar med utsläckta hjärtan och flackande håkomster. Av ett gult äpple. Av knutpiskan som fläkte upp ryggens skinn intill benet. Av en solnedgång eller en hastig kärlek. Eller en flod som med sammanväxande stränder smalnar i skenet av en lykta. Bron ligger vaken. Han hör små djur fly undan.

Han lyssnar till vattenplask och prassel.

Han får lukten av dy i näsborrarna.

Så blir det äntligen tyst.

Sergeanten upprepar sin fråga. Han kan inte förstå. Han vill gärna förstå. Han är en man från baklandet, ur små omständigheter. Hans läppar fladdrar. Han nickar och skakar på huvudet och suckar.

McCauley: Men vad är ni egentligen ute efter?

Bron: Anthropos (grekiska) betyder människa, logos (likaså grekiska) betyder lära. Läran om människan. Alla sorters humanvetenskaper hör förstås i någon mening dit, anatomi, historia, filologi, antropologi, språk, välj vad ni vill. Men den engelska antropologin är en vetenskap för sig. Man kan väl säga att jag studerar människan.

McCauley: Ja. Men vad är ni personligen ute efter?

Bron: Jag förstår inte frågan.

McCauley: Vad vill ni ha här som ni inte redan har?

Bron: Sergeant McCauley, om jag visste det skulle jag inte ha kommit hit.

McCauley: Varje människa vill väl något.

Bron (tänker efter): Ni har rätt. Varje människa har en drivkraft. Kanske söker jag friheten. Eller det ursprungliga. Det kanske inte finns? Många menar det. I så fall söker jag det annorlunda. Jag vill förstås utveckla min vetenskap. Jag medger att det ligger en viss fåfänga i detta. Jag vill utmärka mig. Jag vill få erkänsla. Men det viktiga är något annat. Det är att söka efter det som förenar oss människor. Jag kallar det för det ursprungliga.

Ur sergeanten stiger en lång och tröstlös suck.

Insekterna surrar. Bron viftar med händerna efter dem.

Fängelseparken med sina casuarinaträd och flagnande eucalyptusstammar och akacior är omgärdad av ett högt staket av smidesjärn, stavarna är lätt vridna. Sådana finns även i Kraków och för övrigt i hela världen.

Bronisław tycker mycket om smidesjärn med mjuka vridningar. Bakom staketet finns en stad med gator och stenhus, med bilar under suffletter, med välklädda flanörer, jäktade affärsbiträden, operasångare, börsmäklare och ullhandlare – och kvinnor. En del av dem säkert mycket vackra. Han ser dem för sig.

Det är outhärdligt att på så lång tid inte ha fått röra en kvinna.

De sitter på bänken under en gles akacia, den undersätsige och alltmer bulldoggslike sergeanten – särskilt läpparna är otäckt vidlyftiga, löst skinn som darrar när han ställer sina meningslösa frågor – och Bronisław, magrare än förut, i fältmundering, grov skjorta, läderkängor och benlindor. Det senare mot lössen och de små vidriga råttorna som trivs i fängelsekorridorerna. Han lyssnar till ljudet av en bil. Han hör något som påminner om en spårvagn. Melbourne har flera spårvagnslinjer. Han har inte sett någon spårvagn, än mindre några normala människor.

Ibland hör han om morgnarna kyrkklockor.

Men ingen kyrkspira och inga byggnader syns från hans cellglugg, den vetter mot en stenmur. Stanisław försöker få kontakt med inflytelserika personer för att frita Bron. Alltsammans är löjligt, ett missförstånd. Vad har Brons fältstudier med kriget att skaffa? Han slår efter de ettriga flygfäna som inte tycks besvära McCauley.

En trashank slår sina evinnerliga lovar i parken.

I sin skottkärra samlar gubben torra grenar som fallit från träden. Han är en mycket gammal man, stelbent och stinkande. Han är tandlös och hans käke är insjunken. Hans kranium är egendomligt hoptryckt. Ena ögat ser ut att ha slagits in med en hammare. Han inger Bron starkt obehag.

Nu stannar han ett stycke från bänken och blänger på dem. Det sura ögat rinner. Blicken kastas ut som en lina och hämtas lika snabbt in. En darrig lina, ryckig och opålitlig.

McCauley (med en gest): Det där är Ed Gowen.

Bron: Vad har mister Gowen gjort sig skyldig till?

McCauley (högt): Vad har du gjort dig skyldig till, Ed?

Gowen: Gud välsigne er, sergeant McCauley.

McCauley (till Bron): Ed är hos oss av fri vilja. Han är en av de sista *old hands* vi har kvar. Ni vet kanske inte vilka de är? Ed kom med en av de sista fångtransporterna. Då var han en pojke, åtta eller tio. Han hade stulit en damkappa i Manchester. Till sin mor, påstår han. Han slet hund i gruvorna. Som fånge, förstås. Och på järnvägsbyggena i Queensland. Men mest satt han bakom galler. Superi, våldsbrott och dråp. Han arbetade för att bli fri. För att ta sig hem. Det var vad *han* ville med sitt liv.

Tills han hade avtjänat straffet. Det var häromåret och för sent för att resa hem, till vad för övrigt?

Gowen (går): Gud välsigne er, sergeant McCauley.

McCauley: Så vi låter honom vara här.

Bron (följer Gowen med blicken): Jag förstår.

McCauley: Gör ni verkligen det?

Bron: Jag vet inte om jag förstår något alls.

McCauley: Är ni arg, mister Bronisław?

Bron: Hur kan ni tro det?

McCauley: Ni låter arg. Ni har inte kommit hit för guldet eller pengarna, säger ni. Ni tänker inte skaffa er får eller fiska ostron. Vad är ni egentligen ute efter? Säg ett ord så blir ni fri. På villkor att ni far hem igen. Här vill vi inte ha med ert krig att skaffa. Ta inte illa upp, mister Bronisław.

Bron: Det är inte mitt krig.

McCauley: Ta det inte personligt. Det gör inte jag. Utom det där med att studera människan. Det ser jag som en förolämpning. Inbillar ni er verkligen att vi är annorlunda än ni?

Bron (sidoblick): Det är inte er jag tänker studera.

McCauley: Utan?

Bron: De andra.

McCauley: Niggrerna? En sak ska jag säga er och det är att hur Ed Gowen än har levat så står han ändå skyhögt över niggrerna. Han slog ihjäl ett par stycken. Men det gjorde min farfar också. Ska vi dra oss in? Klockan är mycket ser jag. Jaså, niggrerna, hm.

De vandrar mot fängelsebyggnaden. Himlen är blå. Ett par moln seglar där uppe, ljusa och lätta. De trasas sönder av en högtflygande vind. Bara det gyllene blänket efter dem är kvar ett kort ögonblick. Sedan är himlen på nytt blank och molnfri. Tiden som Bron vill slippa från tickar över gräset och gruset. Tick, tack.

Det är redan sent på eftermiddagen.

Han är irriterad på Stas som inte kommer tillbaka.

Vid en buske har Ed Gowen fallit omkull bredvid sin skottkärra. Han ligger på rygg med ena handen stelt lyftad. Munnen är ett svartnat hål. Det ena ögat blänger stint upp i himlen. Sergeanten skyndar fram till honom.

McCauley (ropar): Ed! Vad har hänt, Eddie?

Men Ed svarar inte. Ed stirrar upp i skyn med ett vidöppet öga. Det andra ögat är hoptråcklat, insytt och bortbankat. Sergeant McCauley böjer sig över honom. Han befaller Bronisław att stanna kvar och skyndar iväg. Och Bron faller på knä invid Ed Gowens kropp. Hans hjärta bultar. Han finner det vara ett illavarslande tecken att gubben fallit omkull och dött just som han själv fått del av den kortfattade levnadsbeskrivningen.

Vad berättar ett ansikte?

Bron försöker urskilja tioåringen som stal en damkappa åt sin mor. Mjuka kinder, runda blå ögon? Omöjligt. Allt är avätet. Bortgnagt. Han vänder bort blicken. Insekterna ska äta det som finns kvar av Ed Gowen, myror och maskar. Han kastar på nytt en blick mot kadavret. Han rör vid gubbens stela hand, han vet inte varför.

Men då sluter sig fingrarna runt hans.

Eddie Gowen lever fortfarande.

Hans öga rullar runt i det hoptryckta ansiktet och möter Brons. Något välver sig i ögat: det liknar ett leende. Då ser Bron tioåringen. Han ser det levande ögat. Det är ett underligt och skärande ögonblick. Som om tiden vände i loppet och de var utbytbara, Ed Gowen och han. Som om de hängde ihop bortom alla tillfälligheter i ett avklätt och bart ögonblick.

Bronisław håller andan.

Men ur Gowens bröst stiger ett rosslande andetag.

Gowen (dör): God bless you, sir.

Vattnet utrunnet. Ögat en torr sten på flodbottnen. Fingrarna kramar ännu Bronisławs hand. Vakten som anlänt lossar dem ett i taget. Bron sitter orörlig i gräset. Vakten tömmer gubbens skottkärra med ett handgrepp. Grenarna som Ed Gowen så mödosamt har samlat far bort över gräset. Vakten slänger upp gubbens lätta kropp i skottkärran, benen hänger utanför. Han kör iväg med liket.

Hjulet skevar i gruset. McCauley har strukit av sig uniformsmössan. Han ser sorgsen ut.

Bronisław kommer långsamt på fötter.

De fortsätter vandringen mot fängelsebyggnaden. De säger inget till varandra. Inte ens då Bronisław är återförd till cellen säger McCauley något. Han ser på när Bronisław blir inlåst och går sen. Bron lägger sig raklång på britsen. Han stirrar upp i det smutsiga taket. Han känner sig förbunden med något. Osäkert med vad. Osäkert på vilket vis. Men förbunden.

Han får Irena i tankarna.

Kvinnan på Morskie Oko i Zakopane. Han lovade henne ett brev med australiska frimärken. Nu skriver han det. Döden är skakande. Någon måste han tala med och helst med en kvinna. Kära fröken Irena, omständigheterna gör att jag just nu har gott om tid. Låt mig ge en kortfattad beskrivning av min och Stanisławs resa och om mina egna funderingar under den.

Det blir ett mycket långt brev. Han slutar: Om ni får lust så svara. Poste restante. Melbourne. Victoria State. Australia.

Och varför lever vi?

Det är Ellie Rose som frågar. Denna uråldriga fråga.

Men gudskelov inte hos henne hoptrasslad med konsten, med det absoluta, allt det som Stas yrade om. Bronisław vet inte genast vad han ska svara henne. Han tar fram en cigarrett ur den vita asken. Han tänder den, med en blick mot henne genom glasögonen och med handen kupad. Han viftar med den klart brinnande lågan tills den slocknar. Han öppnar fönstren på vid gavel.

Han är yngre än hon trodde, trettiotvå.

Tänderna, det vill säga gluggarna efter dem som fallit ur, gör att han ser äldre ut. De generar honom, han ler ogärna. Men snart ska han få nya hos tandläkaren. Med ryggen mot henne kan han tillåta sig att skratta, då skakar hans skuldror. De befinner sig i det jordbruna lilla rummet på översta våningen av universitetsbiblioteket som man ställt till hans disposition. Det är för att han ska kunna läsa vad han vill. Hans reseskrivmaskin står på bordet. Överallt i rummet och också på golvet har han spritt ut sina böcker och manuskript, man får kliva över dem. Det doftar starkt av äpple.

Och nu, när han tänder cigarretten, av en slinga tobak.

Hans anteckningar och excerpter var oredig, nästan oläsliga, klagade han när de oväntat möttes på gatan och råkade i samspråk, hon under sitt stora svarta paraply och han under sitt. Floden var gyttrig av regnet, små stänk som lyfte vattenytan i spetsiga koner. Hon erbjöd sig att hjälpa till med renskriften. När hon inte är på sjukhuset är tiden lång och svår att fördriva. Det säger hon inte.

Hon kan kanske hjälpa honom, säger hon.

Hon vet hur man skriver maskin. Hon kastar lite grönt ögonljus mot honom under paraplyet och sen får hon bråttom. De börjar arbeta tillsammans. Han läser högt och hon knattrar på maskinen. Som tack vill han bjuda henne på lunch någonstans. Han föreslår det redan andra gången hon sitter hos honom i det bruna lilla rummet. Hon tackar nej.

Han insisterar inte.

Han är hövlig och belevad, man kunde säga sirlig.

Han vill inte vara påträngande. Hon har med en död klang i rösten berättat för honom om Charles. Då sänkte han blicken. Av medkänsla och av diskretion. Allt hos honom är polerat, blankt, en smula frånvänt och bortvänt. Men fast han inte svarar på en lång stund glömmer han inte vad de nyss talade om: Om varför man lever.

Han börjar berätta om sin avlägsna ö därborta någonstans utanför Nya Guinea. Det blir omständligt, vetenskapliga teorier mest, hon orkar inte höra på, och plötsligt avbryter hon honom: Hon förstår inte hur en man som han, så beroende av tankar och böcker, står ut där helt ensam bland niggsen, varför lever vi, vad får honom själv att leva vidare?

Han tystnar tvärt mitt i föreläsningen.

Han ser överrumplad ut, som om hon sagt något uppseendeväckande när hon i själva verket bara gripits av tankeflykt och tappat greppet om hans utläggningar om klaner, släktskapssystem och handelsförbindelser bland de infödda. Han svarar där han står vid fönstret, med ryggen halvt mot henne, att frågan om livets mening efter hans åsikt förgiftar västerlandet. Den moderna civilisationen måste finna ersättningar för något som den har glömt bort och inte längre vet vad det är. I byarna på ön Boyowa är frågan om varför vi lever meningslös, den skulle förmodligen inte ens bli förstådd.

Människorna där är inte uttråkade som vi.

Det var vad han nyss försökte säga henne.

Ellie Rose betraktar äpplena som han lagt bland böckerna på skrivbordet, fyra eller fem, hon skulle vilja ta ett. Hon ångrar sin fråga, den lät för personlig. Han svarade inte heller på den. Hon ville bara sätta punkt för samtalsämnet och inte lyssna till hans teorier om det förgiftade västerlandet. Ensamheten väntar troget varje dag på henne utanför sjukhusgrindarna, en skabbig hund, och slår följe med henne och slickar hennes hand och andas nära henne hela natten.

94

Vi kan väl för guds skull inte bli infödingar igen, säger hon.

Nej dessvärre, svarar han utan att vända sig om.

Hon mäter och väger avståndet mellan dem.

Det är för stort att överfara. Han är för avlägsen, en blank ryggtavla, en tråkmåns som tycker om att föreläsa. Hon känner sig rastlös och vill gå sin väg. I stället tar hon en cigarrett ur asken på skrivbordet och tänder den fast hon inte röker. Hon makar undan böckerna från skrivbordskanten och lägger upp sina fötter där, de är svullna. Hon lutar sig mot ryggstödet. Hon blåser rök mot taket och låter blicken glida över hans ryggtavla.

Att föreställa sig denne belevade och blankputsade man i ett tält bland nakna infödingar är komiskt, varfrån kommer han egentligen, vad vill han här? Sådana frågor tänker hon inte ställa. Hon är tacksam för hans väluppfostrade distans. Hans ljust bruna ögon är så belevade att de inte ser något, till exempel hennes fötter på bordet. Han är förlovad, låt vara hemligt, själv har han inte nämnt saken, med Louise Brinton i Adelaide, det är också förträffligt.

Han lutar sig långt ut genom fönstret och betraktar parkträden nedanför sig, cigarretten inkilad mellan pekfingret och långfingret. Denne man tycks inte lida av svindel.

Det har regnat och det ångar ännu ur trädkronorna.

Det doftar sött och fränt av växtlighet.

Vi måste hitta på ett annat namn åt er, säger Ellie Rose. Hon vet inte varför hon säger det. Hon avser inte att vara personlig. Hon vill bara finna ett annat samtalsämne, och för övrigt kan hon inte uttala hans underliga namn.

Vad kallas ni av era vänner?

Det minns jag inte, svarar han kort.

Sådan är han, hövlig och vänlig, men ibland finns en skarp ironi i tonfallet. En kärvhet. En strävhet som blandas med honung och en smula nektar. Bronisław, ett hopplöst namn. Man får munnen full av klossiga ljud. De låter på ett annat sätt än de skrivs. Hon vet nu var Polen ligger (östfronten går där, vid orter som han uppenbarligen känner väl, men från det samtalsämnet styr han bort, hon har prövat att ta upp det flera gånger) och något om dess ärorika och invecklade historia, den berättar han gärna om. Men hans slaviska namn kan hon inte uttala, och nu blir hon envis. Hon vet inte varför, kanske helt enkelt för att han inte säger något och tycks ha glömt henne.

Ge mig smeknamnet som er mamma använder.

Bronio, svarar han genast.

Bronyyoou, upprepar Ellie Rose.

Hon blåser ut tobaksröken och namnet samtidigt, ljuden är häpnadsväckande mjuka, de är som röken som virvlar ur hennes mun, svagt blå och flytande. Små vindlingar och slingor av blå skyar som bildar hans smeknamn och sen löses upp i eftermiddagsljuset. Sådant är namnet, och sådant är avståndet mellan dem, hövligt och vänligt, ett avstånd som han är noga med att upprätthålla, och hon också. Men snart måste hon gå, och ensamheten står och väntar på henne vid trädet som en trofast hund, hon vet precis vid vilket. Hon ska gå hem och försöka sova, och den skabbiga hunden ska sitta på golvet bredvid sängen hela natten.

Men när hon har blåst ut röken och på samma gång hans mors smeknamn vänder han sig tvärt om mot henne. Nu är hans ögon inte hövliga och ljust bruna längre utan svarta. Var kom svärtan ifrån? Hon blir nästan rädd för förtätningen. Hon tar hastigt ner sina fötter från bordet och slätar ut kjolen och kommer på fötter och släcker cigarretten. Rummet med bruna tapeter på bibliotekets översta våning är mycket litet. De ryms knappt i det.

Vad tänkte hon på när hon frågade efter hans smeknamn? Hon måste gå, klockan är mycket.

Då bugar han lätt och hans ögon är lika belevade som vanligt.

Hon springer nerför alla trapporna, och när hon kommer ut är luften frisk efter regnet. Ett ögonblick fick hon för sig att han skulle ta henne runt handleden som den andre men det gjorde han inte, naturligtvis inte. Hon springer mot universitetsbibliotekets grind och ut på gatan, och först efter en lång stund saknar hon hunden. Men den hinner ifatt henne. Visst gör den det. Då saktar hon stegen. Hon har ingen brådska med att komma hem.

Dagarna är långa. Hon har gått vilse i dem. Hon går till arbetet på sjukhuset, sen går hon hem igen, sen återvänder hon till arbetet. Och när inte hunden gör henne sällskap så finns den andre. Den underlige, den sjuke, som hon har fått för sig att hon måste älska.

Det finns den andre. Mannen som kom i Charles ställe.

Han befinner sig på avdelningen för sårade och krigsskadade. Där har Ellie Rose bett att få tjänstgöra. Och där blev de bekanta. Det var en eftermiddag då hon skyndade uppför sjukhustrappan under sitt svarta paraply. Det hade regnat hela dagen och ända hemifrån och till sjukhuset, det var under de stora regnen och träden dröp av väta, men när hon var nästan framme vid sjukhuset kom ett uppehåll.

Trappavsatsen där mannen stod var vattenblank.

Han stod där för att vänta på henne fast hon ännu inte visste det. Han tog henne oväntat om handleden när hon gick förbi. Hon ropade till av förfäran.

Jag vet vem ni är, miss, sa han.

Då kände hon igen honom.

Naturligtvis, jag arbetar på avdelningen där ni ligger, svarade hon kort och ville frigöra sig. Mannen släppte genast sitt grepp.

Nej, nej, invände han. Nej, jag menar inte så. Ni är hans fästmö. Och ögonen snurrade runt i hans skalle. Ellie Rose blev illa berörd men skakade en skur av droppar ur paraplyet och började fälla samman det.

Jag har något åt er, sa mannen då.

Ellie Rose betraktade honom stint.

En småvuxen man, inte mycket större än hon själv. Liten och blek och skrumpnad som ett fikon. Man hade fått avlägsna järnsplitter ur hans huvud med operationskniven. Hon trodde att han inte var helt tillräknelig efteråt, att något hade skadat hjärnan, splittret eller kniven. Han hade varit okontaktbar efter ingreppet och haft slö blick. Men nu var den inte slö längre. Ögonen snurrade runt i kraniet, han föreföll upprörd. En wallaby med spetsig nos och nervösa ögon. Ja, han påminde henne om ett djur som fastnat i en fälla.

Det fanns ett begrepp för det, krigschock hette det, de hade fått lyssna till en föreläsning om det. Hon gick med på att följa honom till hans sjuksal eftersom han enträget bad henne om det.

De gick sida vid sida uppför trapporna till tredje våningen, han i sina tofflor och sina regnvåta sjukhuskläder och med bandaget runt huvudet, inslagen och paketerad. Och hon med paraplyet i handen. Hon nickade som vanligt mot elevkamrater och patienter.

Redan var det som om mannen vid hennes sida hade fått en underlig makt över henne.

I salen där de var tolv, de flesta låg i sina sängar, många hade ju återvänt hem utan ena armen eller benet, tassade mannen före henne till järnbritsen längst borta vid fönstret. Han drog ut lådan i nattygsbordet. Några småsaker, såg hon över hans axel. En tobakspung. En bibel. Och en plånbok. Han sökte efter något i plånboken. Ett litet foto, illa medfaret, på gulaktig papp. Han höll fram det. Hon stirrade tomt på det. Sen kände hon igen sig.

Runda kinder, mycket rundare än nu, och med en grop i den ena. Huvudet kokett på sned. Ateljéljus och mild retuschering. Men det var hon. Under fotot kunde man ännu urskilja firmans namn, snirklade och förgyllda bokstäver, Messer & Son, Melbourne, Victoria. Med en stöt kom hon ihåg när det togs. Charles väntade i sin uniform bredvid kameran. Kameran var täckt av ett svart skynke som Desmond Messer tittade fram under. Hon satt på en pall som kunde skruvas upp eller ner efter behov. Desmond hade nyss skruvat upp den.

Det blixtrade från kameran, sen var det klart.

De sprang genom gatorna hand i hand.

De hade bråttom till Stadshuset och avskedsfesten. Det var en musikkår där och många fanor. Det var klingande spel och stor trängsel. Alla var upphetsade, nästan euforiska, och borgmästaren talade högstämt. Några runt henne grät. Själv var hon bara lycklig. Hon var förälskad och stolt. Ett par dagar senare hämtade hon fotot som Charles skulle bära närmast hjärtat, det som skulle skydda honom, hans talisman.

Han fick det vid landgången där de tog avsked och kysste varandra för sista gången. Hans tunga var djupt inne i hennes munhåla. Och hon flög bort över hustaken, rakt in i himlen. När han gick med de andra uppför landgången vinkade hon så att hon trodde att handen skulle flyga efter honom som en fågel. Nu var fotografiet illa medfaret. Det var smutsigt och sprucket. Att återse det var som att få ett slag rakt i ansiktet. Hon ryckte till.

Sen drog hon efter andan och slet fotografiet ur mannens hand.

Varifrån har ni fått det?

Från honom, miss. Mannens röst var låg och gnällig.

Gav Charles er mitt fotografi? ni ljuger!

Han var död, miss. När han var död tog jag hand om det. För att jag skulle kunna känna igen er, miss, och lämna tillbaka det.

Menar ni att ni var hos Charles när han dog?

Vi var oskiljaktiga, miss. Jag grävde fram honom, det som fanns kvar av honom.

Musik, vad är det för musik hon får i öronen?

Ett vinande skärande ljud. En grammofon vars fjäder inte är tillräckligt uppdragen. Skevande och sneda toner. Musikkåren under fanborgen på Stadshuset, men förstelnad, liksom förlamad. Spökinstrument, en vidrig konsert. Jämmerlig, med skeletthänder och med urblåsta munnar, det är så ohyggligt att hon vill gråta. Varifrån kommer de förvridna tonerna, vilka spelar?

Det varar bara ett kort ögonblick.

Sen ser hon mannen igen, den paketerade.

Han sitter på sängen, lite hopsjunken nu. Solen är snart borta men ännu faller lite gråaktigt ljus från fönstret. Hon ser plötsligt att han är ung. En pojke, nästan ett barn. I samma ögonblick kommer Charles till henne, den levande och varma Charles. Det är oväntat. Han har hållit sig undan länge. Charles lägger armen runt hennes axlar, hon känner värmen och tyngden. Han viskar något i hennes öra, hon får anstränga sig för att höra, men sen hör hon: ta hand om honom, Ellie Rose, väck mig till liv igen.

Hon står där med fotografiet av sig själv i handen. Hon blir förundrad och tacksam över pojken som på detta sätt återför Charles till henne. Äntligen har han kommit tillbaka, den verklige Charles, sådan som hon vill minnas honom. Allt annat var bara en mardröm. Men vad menar Charles att hon ska göra? hon förstår det inte. Hon vill att han ska hålla kvar armen runt henne.

Käraste, säger hon högt till Charles.

Då lyfter pojken sin blick mot henne.

Den är stilla och mild. Ögonen far inte runt, han liknar inte längre ett fångat djur. Det skrumpnade och vissna hos honom är borta. Hon vet plötsligt vad Charles menar. Hon måste älska denne pojke. Det är vad Charles ber henne om, precis om det. Till tecken har han sänt fotot. Utan att tveka återlämnar hon fotografiet till pojken. Nu när det inte längre tillhör Charles är det hans, vems skulle det annars vara? Och pojken tar emot det. Han heter Rick Malone och de inleder ett förhållande. Hon vet inte vad hon annars ska kalla det.

Han är fortfarande ofta oredig.

Men ibland är rösten klar och han berättar.

De gick från Alexandria sent en eftermiddag.

Det var hett och vindstilla och molnfritt och sen föll mörkret. De satt tätt packade, man vid man, och någonstans i nordost fanns Cypern, men de stod på nästan rakt norrut hela natten. Han befann sig långt nere i skrovet där det stank av olja. Det var meningen att de skulle sova men det gick inte. De var förväntansfulla, inte minst han. Somliga spelade kort, andra småpratade.

Mot morgonen klämde en sorts ängslan till runt bröstet med grov hand och han fick svårt att andas. Kanske hade han ätit något olämpligt där i Egypten. Soppan de fått innan de gav sig av var illasmakande och besk. De låg nu för ankar vid en ö som hette Lemnos, möjligen Imbros, båda namnen nämndes. Nu var det dagsljus. Han kom upp på däck med många andra. Solljuset var skarpt. Man såg vita hus och lummiga träd men inte en människa och inte heller några djur. De låg för ankar där några dagar.

Sen gick de igen, och nu bara nattetid.

Det var tyst som i graven. Runt hans fartyg fanns många andra, de var nu en hel konvoj. Krigsfartyg, lastskepp och småbåtar. I gryningen skulle de landsättas. Kusten var mer höglänt än han väntat. De gick ut i småbåtar från fartyget. Då kom den första elden. Den gick över huvudena på dem. Men när båtarna skrapade mot botten och de tumlade över relingen stupade redan de första runt honom.

Det var inte alls som han tänkt sig. Han hade föreställt sig något annat, ett vidsträckt landskap, framför allt en smula avstånd till fienden. Här fanns nästan ingen mark, bara höga klippor. Rakt ovanför deras huvuden fanns fienden, och vid sidan om dem, och överallt. De fick bita och klänga sig fast vid varje handsbredd mark, som vilddjur vid sitt byte. Hela tiden drevs de bakåt igen. Det tog många dagar innan de befann sig uppe på halvön, och sen var det mest att gräva som blinda mullvadar.

De grävde tunnlar och värn och skyttegravar. Det var obeskrivligt hett och ont om dricksvatten. Det stank snart av exkrementer och urin. Inget var överhuvudtaget som han föreställt sig. Det var bara ett dånande helvete. De fick inte kontakt med huvudstyrkan. De visste inte var den fanns eller om det ens fanns en huvudstyrka. Kontakterna bröt samman nästan från första början. Han var bårbärare och fick mycket att göra. Man kunde inte ta hand om alla.

Många fick dö där de låg.

Det fanns inte plats för dem, hur skulle man vårda dem, vad skulle man ta sig till med män som mist armen eller benet. De förblödde snart. Sjukvårdarna gjorde vad de kunde men hela tiden skulle man framåt, det var strategin. Folk tvangs att gå rakt mot elden. Det hela skulle vara snabbt avklarat, det hade man sagt dem, men varje handsbredd mark betalades med blod.

Och hela tiden dånet av gevären och granaterna. Stora karlar låg och grät rätt upp och ner.

En kväll, det var uppe på en klippa dit han tagit sig när den turkiska elden oväntat kom från fel håll, han var ensam och hade förlorat kontakten med de andra, kröp han ihop i en skreva och bad med ansiktet i händerna.

Mörkret föll och han somnade. Men mitt i natten vaknade han och fick för sig att han inte längre var ensam, att någon andades nära honom. Han vågade inte röra sig. I gryningen såg han en känga någon decimeter framför sina ögon, och när han höjde blicken ett uniformsklätt ben. En karl låg där och sov, det var en engelsman, och han sov rätt över skrevans kant.

Men han sov inte, han var död.

Tarmarna vällde ur hans buk när Rick försökte skaka liv i honom. Snart såg han flera döda. De låg utspridda överallt. Han hade sovit i deras sällskap. De var engelsmän och inte äldre än han själv. Kanske var det huvudstyrkan? Men det var omöjligt. Dessa män var lika kringskurna som han själv och hans kamrater. Och var fanns nu kamraterna, åt vilket håll skulle han bege sig?

Det var en vacker gryning. Skottlossningen hade ännu inte börjat. Han kunde från klippkanten se varifrån han kommit föregående kväll. Han låg där och glodde. Han skulle inte kunna ta sig därifrån. Han fick för sig att alla i hans trupp var döda utom han själv. Fienden fanns överallt.

Han kunde bara stanna där han var och vänta på döden.

Det var då han fick syn på örnen.

Ja, säger Ellie Rose och håller andan.

Men Rick fortsätter inte.

Hon ger honom saftglaset och han tar emot det. De sitter i sjukhusträdgården. Rick Malone håller saftglaset i handen under trädet och stirrar oseende framför sig. Berättelsen är för det mesta densamma, ibland med små variationer, då och då med nya små detaljer. Men han hejdar sig alltid här, i denna bleka gryning, bland dessa döda unga engelsmän. Och ännu har hon inte fått höra ett ord om Charles.

Men så fortsätter han. Han låg på klippkanten i dödsångest.

Och den stora fågeln steg rätt upp från klippan.

Från denna plats med alla döda. Och fågeln höll en människoarm i sina klor. Han kunde se naglarna på den dödes hand, så nära var den, och klockan runt hans handled. Sen täckte örnen hela solen med sina svarta vingar och han såg inget mer och minns inget mer. Örnen. Armen. Skuggan som täckte solen.

En emblematisk bild. Inbränd i honom.

Där tar alla hans berättelser slut. Han blir oredig.

Han håller fast Ellie Rose. Han vill veta att hon älskar honom.

Javisst, viskar Ellie Rose.

Och att hon aldrig tänker överge honom.

Nej, hur kan du tro det, säger Ellie Rose.

För att lugna honom kysser hon honom på kinden. Hon smeker hans hand. Ibland, men inte alltid, känner hon att Charles är nära henne och viskar: Väck mig till liv. Men när hon går hem från sjukhuset och den stora hunden slår följe med henne tror hon att hon är tokig. Hon har förlorat vettet, hon har själv fått en krigschock fast hon inte varit i närheten av kriget, aldrig närmare än i Rick Malones avbrutna berättelse.

Men när hon inte återkommer till det lilla bruna rummet på översta våningen av universitetsbiblioteket – det var alldeles för trångt att arbeta i, och något hände med polackens blick, hon vet inte riktigt vad – står han en morgon och väntar på henne utanför sjukhusgrindarna.

Han är prydlig och välklädd.

Han stöder sig lätt mot sitt hopfällda paraply. Han bär den ljusa hatten i nacken och lyfter på den när han får syn på henne. Han går ännu omkring med paraply fast regnen för länge sen är slut. Solen blänker i hans glasögon. Han ser bra ut. På ett helt annat sätt än Charles. Han kunde vara fransman eller italienare, tänker Ellie Rose.

Han tar henne lätt runt armbågen när de korsar gatan.

De strövar neråt staden på måfå i solskenet. Han tycks inte ha annat för sig. Och hon har inget emot en promenad för att uppskjuta hemkomsten. Fast hon har arbetat hela natten känner hon sig inte trött. Och Rick sov djupt när hon gick. Hon noterar efter en stund att den skabbiga hunden som brukar göra henne sällskap på hemvägen tydligen vikit av åt annat håll. Kanske blev han kvar utanför sjukhuset. Där sitter han väl och slickar sig snopet om nosen.

Hon skrattar till vid tanken på att ha överlistat hunden.

Då ler polacken. Som hon denna dag inte tänker kalla vid namn.

Varken vid hans klossiga polska namn eller smeknamnet. De hamnar i Botaniska trädgården, han föreslår det. Där vandrar de omkring bland växter och träd med latinska namn. Många är för övrigt döpta efter Australiens upptäckare. James Cook hade botanister med sig på skeppet. Den första viken man ankrade i fick namnet Botany Bay. Det vet polacken. De ser fåglar i träden som han vet mindre om och hon kan berätta om. Papegojor. Man kunde bli som de om man ljög.

Sitta i ett träd och skräna.

Det fick man höra när man var liten.

Polacken håller denna dag inga föreläsningar. Han snattrar och skojar. Hon tycker om hans lilla brytning. Han har bott i många år i London, berättar han, och så talar de om London. Ellie Rose har varit där en gång. Det är plötsligt som om hon känner honom väl fast de på intet sätt är närmare bekanta. Han berättar om en lärare i botanik han hade i skolan som höll växter för bättre än människor.

Växter vet inte av någon ondska.

Och hon drar sig till minnes en lärare i zoologi som hon själv haft, Miss Oakleave. Tjock och med lidelsefulla ögon. Miss Oakleave var varken ond eller god men hon tyckte om små flickor. Det var något som Ellie Rose inte hade kunnat föreställa sig. Då blev hon äcklad. Men nu tycker hon att all kärlek borde vara tillåten.

Polacken håller med henne.

Det ena ger det andra. Små samtalsslingor som inte förpliktar till något men som är till förströelse ringlar längs häckarna, stryker förbi trädstammarna, sprattlar i gräset och ligger kvar och blänker en stund sen de passerat.

De vilar en stund på en bänk. Solen är het. De har blivit varma av att gå så mycket. Polacken tar av sig hatten och fläktar ansiktet med den och knäpper upp skjortknappen under slipsen. Han betraktar henne glatt, inte alls med svarta ögon utan med ljust bruna och muntra.

De går vidare och han berättar om sina vänner på Boyowa. Om en tokig pärlhandlare vid namn Billy Hancock som gör dåliga affärer och dricker för mycket och får stryk av sin snälla infödda fru. Om den sluge gamle klanhövdingen Toyodala som tycker mycket om tuggto-bak. Han finner sig inte i regeringens påbud om monogami utan skaffar sig listigt nya och allt fetare hustrur.

Det är tamejfan rätt åt de bigotta britterna.

Är ni för *polygami!* utbrister Ellie Rose.

Hon börjar bli trött i fötterna.

Men polygami, där går gränsen, vill han själv ha en massa fruar?

Polacken tänker efter, lite för länge tycker hon. Han svarar att han nog skulle bli nervös av alltför många hustrur. Han misstänker att det kan vara svårt nog att hålla reda på en enda. Men varje kultur är efter hans mening en härva av fina trådar som vävts in i varandra, ekono-miskt och känslomässigt, under långa tider.

Nu föreläser han. Men detta intresserar Ellie Rose.

Drar man ut en enstaka tråd ur en kulturväv så fladdrar snart också de andra löst i vinden, säger han.

Men det begriper inte de brittiska tjänstemännen. De är kulturförstörare med sina påbud och ordningsregler.

Javisst, och kannibalismen? frågar hon.

Då tror han att hon är hungrig.

Hon skrattar och medger att hon nog börjar bli det.

Och de sitter på en restaurang nere vid floden.

Det är ännu eftermiddag. De är nästan ensamma gäster. Små röda och gröna och gula vimplar flaxar på den öppna verandan i brisen och signalerar något otydbart men glädjefyllt. Hundra små segel redo för avfärd. Hundra små vingar färdiga för flykt.

Det är en alldeles vanlig dag. Men Ellie känner sig som en annan. Inte den liknöjda, den loja.

Inte heller Ricks käresta och återföderska. Hon är en varelse som hon inte ännu känner. En person som hon gärna vill bli. En normal kvinna som hon än så länge bara ser i polackens ögon. Hon bekantar sig med denna nya kvinna, försiktigt för att hon inte genast ska försvinna, allt under det att hon betraktar de flygande små vimplarna, och bortom dem solglittret över floden.

Ännu längre bort, på flodens andra strand, är det soldis. Längst bort där floden kröker finns en udde med ett fyrtorn. Det syns inte i soldiset, men där var hon en gång med Charles. De rodde och plockade musslor. Hon var då ännu mycket ung. Hon var förälskad. Hon var dåraktig. Hon kände ännu inte sig själv. Och nu är Charles död och *only God is to blame.*

Biffstek, undrar polacken med menyn i handen.

Ja tack, biffstek.

Hon får också ett stort glas skummande öl. Han äter med glupande hunger och talar och dricker. Hon nämner medan hon skär i köttet att han förefaller muntrare denna dag, lättare att komma till tals med än han varit när de tidigare mötts. Ni också, konstaterar han.

Det är tack vare er, svarar hon uppriktigt. Jag trodde att ni var retlig och lättstött och cynisk.

Jag har mina Dostojevskijstunder, medger han och ler bistert.

Dostojevskijstunder, minsann (Ellie Rose har inte läst ryssens böcker), och vad består sådana stunder av?

Av melankoli och självmedlidande.

Det har väl i så fall någon orsak?

Inte alls, svarar han och torkar skummet från överläppen med baksidan av handen, tro inte det. Det är Dostojevskij rakt av fast utan geni, bara undergång och klagan. Raskolnikov fast utan demoni. Ihjäl med procenterskan bara, gör processen kort, och sen bara självmedlidande, där har ni mig i ett nötskal. Jag har en vän som påstår det. Jag tror att han har rätt. Obetänksamhet och sentimentalitet i förening är den värsta kombinationen av alla.

Jag vill säga hurdan jag är redan i början av vår bekantskap, eftersom jag hoppas att den blir långvarig, säger han och ler mot henne.

Är ni inte orättvis mot en stor författare nu? avleder hon.

Han begrundar det med ölglaset i handen.

Man kan inte förebrå en stor författare för att alla hans figurer inte håller måttet, fastslår han. Mig och några andra bifigurer snickrade han till när hans tidningsredaktör behövde spaltfyllnad. Dostojevskij råkade hysa en viss vämjelse för polacker som ni vet. Och för judar.

Det vet inte Ellie Rose, men hon kastar glatt huvudet bakåt och skrattar. Åt honom. Eller på grund av honom. Kanske är det av luften, av vimplarna som fladdrar, av solglittret, av en oväntad glädje, eller av alltsammans på en gång. Och när hon skrattar gör han det också, först lite generat, sen muntert. Han knäpper med fingret i riktning mot den hjulbente kyparen, han vill ha en öl till, han är törstig.

Och hon? Ja. Ja gärna.

På stranden nedanför serveringen har några herrar och damer påbörjat ett parti krocket före middagen. De kliver som storkar i gräset, damerna med solparasoller, herrarna med pissnödiga strakben. Man hör ibland den dova dunsen av en klubba mot ett träklot. Det är ett torrt och mätt litet ljud, belåtet, liksom tillfredsställt.

Kluck. Ploff. Och puff.

Ellie Rose skuggar ögonen med handen och betraktar dem. Hon ser att floden har fått mörkare strimmor vid den andra stranden. Det kommer en vindil med svalka. När hon vänder sig mot honom igen har han skjutit stolen från bordet. Han sitter och väger på den med armarna runt ryggstödet och ena benet över det andra.

Han tar inte blicken ifrån henne.

Hon rynkar pannan inför hans granskande blick.

Då ler han. Och hon ser – det är först nu hon ser det – att han har fått nya tänder i munnen. Gluggarna är borta. Då förstår hon varför han är på så lysande humör denna dag. Hon spärrar upp ögonen och pekar på tänderna. Då grinar han varglikt för att demonstrera bettet. Hans ögon är fortfarande ljust bruna, ingen svärta alls. Den har inte funnits under hela eftermiddagen.

Och hon tänker att hon måste ha sett fel däruppe i rummet på biblioteket. Tagit miste. Låtit fantasin dra iväg med sig. Han är hennes vän. En manlig vän. En sådan har hon aldrig haft. Alltid är könet i vägen, driften eller lusten, och hindrar män och kvinnor från att bli vänner. Hon blir glad. Men i samma stund sticker det till, ett elakt litet nålsting, det är vid tanke på Louise i Adelaide, hysterikan som han förlovat sig med.

Hon blir misslynt fast hon inte har någon anledning.

Han säger medan han skärskådar notan som den hjulbente kyparen i vitt förkläde har placerat framför honom att han inte hört henne använda hans smeknamn fast hon uttalade det så fint, så förträffligt och polskt, sist de sågs.

Har hon redan glömt det?

Bronyyoou, säger hon med överdrivet öppna läppar.

Men inte ens nu blir hans ögon svarta.

Han lyssnar bara helt belåtet.

Hon fick tydligen krocketklotet genom bågen med ett enda slag, ploff och kluck, förträffligt och polskt. Och de går. Han tar henne under armen, och de flanerar längs strandvägen, förbi krocketspelarna, och förbi platsen där man hyr ut roddbåtar, där håller man på att stänga för dagen, och vidare upp genom universitetsparken där de grälsjuka papegojorna håller hus.

De säger inte mycket till varandra.

Det är den första normala dagen på nästan ett år.

Han hoppas på en långvarig bekantskap, minns hon att han sa. Det gör hon också, en pålitlig vänskap. Men när de närmar sig stenhuset där Ellie Rose bor – det mörknar nu, och i matsalen tänder husjungfrun Marthe ljuset så att gula rutor kastas ut över gräset och nästan fram till deras fötter – stannar han. Han tar runt hennes nacke och kysser henne. Hans mun är varm.

Mer än så, den bränner henne, en eldslåga. När hon snubblar uppför trappstegen rör hon vid sin mun, förvirrat och häpet. Och solen kommer att gå upp nästa dag och dagen därpå.

Hon känner sig en smula berusad när hon öppnar ytterdörren, och fullkomligt nykter.

Ellie Rose envisas med att fråga Rick om Charles. När Charles var död tog Rick sin väns fotografi från honom, från det som var kvar av honom, har han sagt. Hur träffades ni? Inget svar. Hur dog Charles?

Som alla de andra, miss.

Kalla mig inte miss, Rick, du vet vad jag heter.

Hon håller Ricks hand i sin. Hon för den till sin kind. Hon kysser också hans kind och några gånger lätt hans mun. Försök, Rick, försök att minnas mer, försök att berätta om Charles. Men han har inget att säga. Och det finns andra patienter hon borde se till. Hon borde lägga om förband, ge att dricka, bädda om. Hon borde också lyssna till föreläsningar med de andra sjuksköterskeeleverna, och anteckna noga och förbereda sin examen.

Men hon dröjer sig kvar hos Rick.

När hon har nattjänstgöring sitter hon ofta vid hans sängkant.

Hans ögonglober rör sig under de nästan genomskinliga ögonlocken. Då tror hon att han drömmer. Hon ser den lilla taggiga skuggan av hans ögonfrans mot kinden. Ibland börjar han jämra sig, han kvider, vill skrika – ett ohyggligt skrik som inte kommer ut utan bara blir panikslagen klagan. Då tar hon hans hand. Han vaknar. När förvirringen släppt får han tillbaka den ljusa blicken, mild och förtröstansfull. Barnblicken.

Och Charles är då hos henne.

Hennes stora klumpiga pojke med linhåret, pojken som ville göra henne nöjd, duga åt henne, överraska henne och göra henne stolt, och som därför gick ut i kriget. En förnedrande slakt, lär sig Ellie Rose av Rick Malones avbrutna berättelse. Det han berättar liknar inte på något sätt tidningarnas krigsrapporter. Men hon tror mer på honom. Som på Gallipoli tror hon också att det är på östfronten i Europa. Och på västfronten. Detta krig liknar inte något tidigare i historien.

Tidningarna ljuger.

Alla ljuger men hon vill ha reda på hur det är.

Rick flämtar hennes namn. Ellie, Ellie.

Ja Rick, svarar Ellie Rose. Jag är här.

Säg att du tycker om mig, Ellie.

Javisst, svarar Ellie Rose. Jag älskar dig, Rick.

Och senare står hon i tvättrummet och gråter så att hjärtat vill brista, för hon älskar honom inte. De andra är förstående, också den kärva avdelningssköterskan. De låter henne sitta hos Rick, och promenera hand i hand med Rick i parken. En dag tar hon med sig Rick på bio. Då är bandaget runt hans huvud borta. De åker spårvagn tillsammans, han är nästan frisk, och han skrattar åt filmen de ser.

Men hon vet ännu inte hur Charles dog.

Som de andra, miss.

Det är en natt. De sitter på balkongen utanför Ricks sjuksal och röker. Och Rick berättar.

De var inte många kvar, en handfull män, fem eller sex. Charles som var den äldste av dem var deras befäl. De höll en liten landremsa vid Ari Burnu och väntade på förstärkning, av män men också ammunition, den var slut. Ricks röst är tonlös.

Ja, säger Ellie. Jag lyssnar. Fortsätt.

De fick order genom fälttelefonen – som Charles lyckats laga – av generalen att ta sig till Suvlabukten. Charles ropade tillbaka i telefonen att det var omöjligt. De hade turkarna överallt. Och ingen ammunition. Men generalen skrek allt högre.

Det knastrade till, störningar och sprakanden.

Allt blev tyst. Men så kom generalens röst tillbaka, minns Rick, och upprepade den tidigare ordern. De skulle utan dröjsmål ta sig till Suvlabukten. De låg i sitt jävla råtthål. Telefonen knastrade till, sen dog den. Charles låg stödd mot armbågen och försökte återupprätta förbindelsen. Men det var dödstyst. Telefonen hade gett upp för gott.

De såg på varandra.

Ovanför sig och runt sig hörde de krevader.

De sitter på balkongen, Rick och Ellie. Hon har slutat sin tjänstgöring för dagen och nästa dag ska Rick lämna sjukhuset. Det är natt. Det är mycket hett. Ellie hör eucalyptusträden rassla nedanför balkongen. Ricks ansikte syns otydligt i skenet från parklyktan. Oroliga skuggor rör sig över det.

Fortsätt, Rick, säger Ellie.

Och han fortsätter. De trodde på generalen. Vad hade de för val? De såg för sig landstigningstrupperna i bukten. Det tyska och turkiska motståndet höll äntligen på att krossas. Ja, passagen var fri. Kanske var segern i själva verket nära. De skulle kunna ta sig fram.

I flera nätter dessförinnan hade Rick legat tryckt mot Charles kropp. Charles hade slagit sina armar runt honom.

De hade hållit ut i månader. Alla som Rick varit i sällskap med från början var döda. Charles hade hållit om honom. Det var för att Rick inte kunde sova. Han plågades av mardrömmar.

Men också Charles hade svårt att sova. Han visade Rick fotografiet av Ellie Rose. Det var inte första gången. Han gjorde det även den natten då de skulle ge sig av.

Innan det hade ljusnat gick de.

De var fem. Den sjätte var sårad, honom tvangs de lämna.

De var mycket rädda alla fem. Rick höll sig hela tiden nära Charles. De mötte ingen eld och hörde inga krevader denna natt. I gryningen stod de vid de sönderskjutna stammarna av vad som en gång varit en dunge olivträd. Framför sig hade de ett fält, mycket sargat. Jorden var uppfläkt. De såg splitter och skrot och taggtråd och på fältets andra sida en nerbränd bondgård och en död häst med benen i vädret.

Den stank. Det stank överallt runt dem.

De var oense om huruvida de skulle fortsätta eller ej.

Kanske borde de invänta natten? Charles svor åt dem. Han trampade fram och tillbaka. Vill ni inte hem, pojkar? Det ville de. Vi är för helvete på väg hem, sa Charles. Han gav order om språngmarsch över fältet. Han sprang själv först och de andra efter honom. Rick kom sist. När de hade nått till mitten av fältet exploderade marken.

Charles fortsatte att springa fast utan ben och sen flög han, en fågel med utsträckta vingar. De dog alla. Utom jag, miss.

Nedanför balkongen rasslar eucalyptusträdets torra blad.

Man förstår inte i vilken vind.

En ärorik död. Nu vet hon det. Om Ricks berättelse är sann. Det är olidligt hett. En hund skäller och en annan svarar. Hon lyssnar till de korta och ivriga skallen långt bortifrån, kanske kommer de ända bortifrån andra sidan av floden Yarra.

Rick är nu frisk. Han fantiserar om att de ska gifta sig. Har hon förespeglat honom det? Kanske. Han skulle först berätta hur Charles dog, har hon sagt. Nu har han gjort det. När hon lämnar sjukhuset denna morgon, det är ännu inte ljust, vet hon inte vart hon är på väg.

Hon bär på skuld. Åt alla håll.

Hennes ben går med henne utan att hon vet vart. Hon går under träden och benen leder henne ända till pensionatet där ytterdörren är olåst. Och vidare raka vägen till Bronyos rum – nummer sju, han har nämnt det – och han är där. Och han tar emot henne och håller om henne mycket hårt, och utan att ställa några frågor.

Himlen är mycket het. Den nästan igenvuxna stig som de följt mot väster i flera timmar upphör oväntat vid en platt sten. De undersöker noga marken runt omkring den. Nakna fötter kan ha vandrat förbi stenen söderut eller norrut. Bronisław låter ögat löpa utmed den nästan osynliga lilla fördjupning i terrängen som kan vara minnet av mänsklig rörelse, kanske rentav en övergiven stig som korsar den de följt. Han kisar mot solen.

Han håller kompassen i handen och överväger.

En korsväg, säger han.

Strålande! Stas befriar sig från ryggsäcken.

Vi har alltså ett val, säger Bron.

Varför bara ett, gamle Brontosław? Varför inte fyra eller sex.

Stas är stingslig. Varför vara så fantasilösa att bara gå där det av en tillfällighet kan ha funnits en stig? mot en slumpartad upphöjning i naturen som kallas Toowoomba? Vi kan lika gärna fortsätta rakt fram eller vända tillbaka samma väg vi kom eller gå åt något tredje eller femte håll dit näsan pekar eller stanna där vi är och dö.

De vandrar i östra Nya Sydwales med tält, kokkärl och vattenflaskor. Allt ligger öppet för blicken, flackland, buskvegetation och torrt gräs. Landskapet är tomt och tyst, utspillt av någon tankspridd gud som passerat i brådska mot de orter där historien skrivits av människor som han fäst sig mer vid. De har inte sett en levande varelse på hela dagen, bortsett från en eller annan häpen känguru.

Bluddersław, Bladdersław.

Älskade Brodersław, käre Bryddersław, hör på, Brummersław.

Var *är* vi? Vad *vill* vi? Vad är vi ute efter egentligen?

Stas låter ryggsäcken falla och kastar sig till marken.

Den skugglösa terrängen är en tom duk, skandalös i sin likgiltiga utbredning och utmanande i sin trivialitet. Här rör sig ingenting utom de själva. Också deras skuggor har svalts av middagshöjden. Och solen döljs av töcknig färglöshet. Stanisław är utmattad, uttråkad, utschasad. Bron sätter sig på den platta stenen där stigen har övergett dem. Han fyller sin pipa med tobak.

Ett brunt och potatisliknande berg höjer sig vid horisonten.

Där ligger Toowoomba.

Bronisław är fri och utsläppt ur fängelsecellen. De har tagit avsked av den bulldoggsliknande sergeant McCauley som mycket riktigt överträtt sina befogenheter. Bronisław har välkomnats av flera vetenskapliga samfund och hållit en uppskattad föreläsning på en kongress i Melbourne om de aboriginer han ännu inte har mött. En minnesvärd afton har han dansat tango i Adelaide med flickan som heter Louise. Det är i september 1914.

Kriget är avlägset, ändå närvarande.

I Paris rekvireras alla droskbilar för att forsla trupper till fronten. Taxiförarna kör som galna fram och åter över den skälvande marken med gauloisefimpen i mungipan. Man gräver på båda sidor om fronten ner sig i skyttegravar. I sista stund ska fransmän och engelsmän lyckas hejda tyskarna vid Marne. Men den oövervinneliga ryska Narewarmén får stryk av general von Hindenburg vid Tannenberg. Strax därpå slår han också Niemenarmén vid de masuriska träsken. Tyskar och österrikare steker sitt fläsk vid Wisłas stränder. Den polska jorden är en dörrmatta för främmande stövlar.

Australien en sophög på fel sida av klotet.

Den nyckfulla stigen har fått en raptus och försvunnit. På andra sidan potatisberget ligger – enligt Bron – en sjö. Förmodligen ett saltstinkande träsk, menar Stas. De är instängda: i omständigheterna, i geografin, i tiden, i terrängen, i det lysande århundradet som knappt har börjat, av kriget och av skenbara val mellan möjligheter som alla leder mot samma mål, vilket enligt Stas är katastrofen.

Det går åt helvete, Bronio.

Du har säkert rätt, Stasio, svarar Bron medgörligt. Båda stigarna leder antagligen till Toowoomba. Låt oss välja den ena så att vi kommer fram innan mörkret faller. Fram? inskjuter Stas, och till vad? Bron suger på pipan och knackar ur den mot kängklacken. Han skruvar locket av fältflaskan och tar ett par klunkar. Han torkar av sina glasögon med en flik av sin svettfuktiga skjorta. Han ser ut över det platta men omärkligt böljande landskapet. Över det torra gräset pulserar sotiga små dimmor.

Det är insekter, mycket små, som liknar mygg eller knott.

De har lämnat de vimsiga medlemmarna av British Association for Anthropology bakom sig i värdshuset vid järnvägen mot Brisbane och ensamma vandrat vidare. Bronisław tror att de vid Toowoomba ska stöta på en flock av urinnevånare. Det är ett länge uppskjutet möte mellan forskaren och hans objekt. Han är fylld av pirrande förväntan.

Men Stas ligger på rygg i gräset och stirrar upp i himlen.

Solen är ett oskickligt stekt ägg. Gult och utflytande och oätligt.

Bronisław rör försiktigt vid honom med kängspetsen.

Kom nu. Låt oss fortsätta, Stas.

Till Katastrofoomba, säger Stas med torra läppar. Till Terrorwoomba innan mörkret faller, är det ditt enda förslag?

Drick lite, Stas, sen fortsätter vi.

Stas tar emot fältflaskan. Han grinar över den fadda smaken av unket vatten. Han hostar och spottar och vrider på nacken. Vid horisonten höjer sig berget, en potatis eller kanske en vårtig gammal padda? Åt ena hållet gulvit stäpp. Åt andra hållet vitgul savann. Ovanför hans huvud en gulvit sörja. Idén om fri sikt är en chimär, Bronio. Om man ser fritt syns ingenting.

Han har räddat Bron ur fängelsehålan. Nu vandrar han själv omkring i kaninburen Australien. Han har lovat att bispringa Bron, vara hans vapendragare, teckna hans infödingar, allt möjligt av det slaget, men han ville också måla tropikerna som Gauguin. Vandra under vanvettiga solar, stå andlös inför dånet av gåtfulla trummor, svepas med och förlora sig i motiven. Här finns inga motiv.

Han har inte ens fått tillfälle att resa staffliet.

Han skulle resa till världens ände för att komma på nya tankar var det meningen, det var efter Krystynas död. I stället brer nu den döda ut sig i honom. Hon växer och tar plats. Det inger honom först torr leda. Sen börjar han känna fasa. Han borde ha andats värme i hennes frusna händer, och vad gjorde han? Han stötte bort henne.

Han var så illa tvungen, det var för att kunna måla, men i detta flacka landskap avkräver hon honom räkenskap.

Som om det inte var nog med kriget. Detta krig. Det lamslår honom och gör honom förstummad. Han borde befinna sig i Polen eller på något annat ställe, var som helst, bara inte här. Hans tankar snuddar vid föräldrarna. Vad gör de? Oroar sig för honom. Men för övrigt, vad händer med dem? Kriget kommer att leda till förstörelse av allt de alla har älskat. Ur katastrofen kommer en värld att uppstå som de inte kan känna igen sig i. En ny människosort.

Det monstret har länge knackat på insidan av skalet.

Snart kryper det fram ur ägget.

Man anar denna nya människa i Australien. I Adelaide, i Melbourne och Sidney räknas bara nyttan och pengarna, det är vämjeligt. Pragmatiker, köpmän och slughuvuden har fyllt kontinenten. Människor utan storhet och utan all metafysisk känsla. Utan humor dessutom. De är framtidsmänniskorna. Och framtidsmänniskor kommer att offra allt för sin egen lilla lycka. Vem missunnar väl en människa hennes lilla lycka?

Men när massan tar makten är det slut med mysteriet. Konsten förtvinar av brist på mylla. Konstnärerna kommer att spärras in på dårhusen. Där får de yla bäst de gitter, ingen kommer att höra vrålen. Kanske kommer man att hitta medel att bota dem från deras otidsenliga disharmoni. Själsläkarna, dessa kirurger, tar hand om dem.

Slut på all andlighet.

I framtiden kommer alla vägar att leda mot samma potatis, den heter Toowoomba eller något annat lika likgiltigt. Hela denna resa var nonsens från början till slut. Han ville måla. Men Krystyna växer i honom och tränger undan alla andra motiv. Då vill han måla henne. Hennes svartnade mun. Hennes ihåliga blick. Men när? Och hur?

Krystyna är obeveklig och oresonlig.

I livet var Krystyna stillsam och eftertänksam men i döden har hennes väsen förvandlats. Så vill han måla henne som kadaver och dödsgudinna. Bron som inte varit med om något liknande förstår inte. Inte heller vad det kostar på för Stanisław att inte få måla. Bron är motbjudande i sin slappa medgörlighet. Kriget har kullkastat alla deras planer. De väntar på båtlägenhet till Nya Guinea men irrar under tiden runt i Nya Sydwales. Kanske är han en belastning för Bron?

Tanken biter till och fräter. Men Bron är svåruthärdlig.

En bracka. En karriärist som dansar tango.

Var finns väl den gamle Bron? i varje fall inte här på den försvunna stigen mellan Toowoomba och ingenting. Stas stryker svetten ur pannan. Bronisław axlar på nytt ryggsäcken. Han lyfter upp geväret från marken och hänger det över skuldran. Detta löjeväckande vapen som man i Brisbane ansåg att de måste bära med sig, ingen australier går obeväpnad i vildmarken. Bron gjorde som de sa, han skaffade geväret, vem tänker han skjuta? Hans läppar är svullna av sol, skjortan är svettfläckig, kinderna täckta av skäggstubb.

Han liknar en schimpans.

Vi tar stigen åt höger, säger han.

Och varför inte åt vänster?

Den högra är bättre, svarar Bronisław.

Ge mig ett argument.

En av vägarna måste vi ju välja, säger Bron.

Jaså, är det ett argument?

Nej. Ett konstaterande bara, fastslår Bron, något strävare.

Ge mig ett argument, Bronio, ett enda.

Dra åt *helvete*, Stanisław!

Men *älskade* Pladdersław!

Och Brontosauren, den idioten, börjar leverera argument till förmån för den högra stigen, de handlar om solens gång, om den vänstra stigens förmodade krökningar, annat struntprat. Så gör människor, de väljer mellan två likgiltigheter och argumenterar sen för den valda. Så förvandlar de världen till ett dårhus. Den döda snyftar i Stas. Han är nära bristningsgränsen men han spänner ryggsäckens remmar.

Släpp mig, Krystyna.

Jag går åt vänster, säger han vänligt och avmätt.

Bron svarar inte. Deras blickar möts. Bakom glasögonen flackar Brons blick till, sen svartnar den. Det ser lustigt ut, en liten svärta i allt detta gulvita. Stas väntar inte utan sätter sig i rörelse. När han kastar en blick över axeln finner han att Bron står kvar på samma fläck som förut. Stas vinkar och går vidare.

Kängorna viskar ohörbarheter när de sveper genom det torra gräset. Svärmar av små insekter lyfter ur tovorna. Att försvinna i det fjärran Australien. Och varför inte? Redan på Ceylon, i det rödlila Kandy uppe bland bergen, skrev han sitt testamente.

Men han tog inte sitt liv, mest av hänsyn till Bron som skulle få bekymmer med liket. Nu behöver han inte längre tänka på Bron. Bara hans mor står nu mellan Stas och döden. När Krystyna hade skjutit sig låg han utstjälpt i sin mors knä. Han grät. Modern strök honom över håret som då han var ett litet barn. Hon menade att han borde söka upp fadern och få råd av honom, och han reste till fadern i Italien. De satt vid matbordet och fadern lyssnade.

Timmarna gick.

Inför sin far anklagade han sig själv för sin fästmös död.

Sen kom fadern med sina invändningar. Självförebråelser är meningslösa, Stas. Livet är hårt, man kan inte ändra dess gång, man kan bara dra lärdom av det. Ånger och självförebråelser, vad är det? Mest sentimentalitet, är jag rädd. Och sentimentalitet är människans sätt att bedra sig själv. När hon inte förmår se verkligheten i ögonen blir människan känslosam och gråtmild. Rannsaka dig.

Det sentimentala är tidens sjuka. Känslomjukheten, altruismen. Allt detta som grumlar tanken. Det är mycket lättare att gripas av en känsla än av en tanke. Därför tar de flesta sin tillflykt till känslorna och oftast av ren tankelättja. Det syns i samtidskonsten. Tänk efter. Stas tänkte efter. De hade olika uppfattningar om sanningen i konsten, fadern och han, men inte om själva sanningen. Fadern målade landskapsbilder och kålhuvuden, allt lysande. Stas föredrog inre sanningar.

Människan måste framför allt stå upprätt, sa fadern.

Stanisław nickade.

Individen måste kunna bära sitt öde, i detta ligger hennes storhet. Också hennes frihet. Faderns kinder var magra, det grå håret låg klistrat över pannan, hans pojkkropp var böjd men han stod upprätt. Han citerade, på tyska: Den fria anden trampar under fötterna den föraktliga välmåga som de andra – krämarna, de kristna, kvinnorna, engelsmännen och andra demokrater – drömmer om.

Allt enligt Nietzsche.

Du är konstnär, Stas. Som konstnär måste du skapa dig själv. Detta stod också Krystyna till buds, påpekade fadern stilla.

Men hon var för svag. Det kan inte du klandra dig för.

Fadern gick fram och åter över det knarrande golvet. Han hostade emellanåt svårt. Hans lungor sviktade, det var därför han vistades i alpluften. Men i hans ögon brann ännu elden. Pappa Wicz hade aldrig funnit sig i det som kallas omständigheter. Hans far hade deltagit i upproret mot tsaren, och själv fick pappa Wicz tillbringa barndomen i sibirisk förvisning.

Man ska visserligen inte klandra de svaga för deras svaghet, sa pappa Wicz. Men man får inte heller belasta sig själv med den. Då fjättras man. Var och en kan välja sin frihet, inte alltid den yttre men den inre. Den som inte förmår göra det blir bara del av massan och tidsflödet. Demokrati. Socialism. Utmärkt, helt förträffligt. Jag är för allt det där, konstaterade fadern torrt.

Men man får inte låta detta urholka de värden som är ett villkor för den fria anden, för konsten och de stora samhälleliga rörelserna. Dit hör också folkens frihet, Stas. Du måste se allt i ett större perspektiv. Öppna din själ, vända dig utåt, bli social.

Du måste bemanna dig. Ja, bli man!

Solen steg upp över de snötäckta alperna.

De gick ut på terrassen. Det gnistrade av rosa och guld över snöfälten. Faderns gynnerska och beundrerska, kvinnan som bestred hans kostnader under sjukdomen – för konstens skull – kom ut till dem och stack sin arm under faderns.

Och fadern såg på sonen med en blick full av kärlek.

Stas for tillbaka med tåget till Zakopane, lugnad.

Därefter på nytt orolig, rastlös, vankelmodig. Och nu, på detta avstånd, med föräldrarna på andra sidan klotet, har svagheten på nytt gripit honom. Hur fick hans far styrka att motsätta sig den förfärande makt som utgår från de maktlösa? Krystynas svaghet är också hennes makt. Han går under solen. Toowoomba flimrar i hettan. Berget tycks vika undan och dra sig bort och försvinna.

Allt djupare in i landet.

Han förskräcks av ett prassel vid sidan av stigen, en orm?

Han ser ingen orm. Kanske hörde han fel. Tankarna fladdrar. Han vet att han har hållit sig upprätt genom att snylta på faderns styrka liksom på sin mors outtömliga kärlek. Själv är han ingen och ingenting. Inte ens artist. Han missbrukar sitt pund. Han vandrar utan styrsel. Mot ett mål som inte är hans. Utan Brons.

Toowoomba är helt och hållet Bronisławs.

Hur har det kunnat gå så långt? Det känns som om något rann ur honom, sand kanske. Han har av hänsyn, kanske är det av undergivenhet, underkastat sig vännens vilja. Ja, följt Brons livsmål. Hans eget fel, naturligtvis. Men Bron är medskyldig och detta på grund av sin karaktär. Den är formlös. Stas vet det sen länge. Bron glider med, invänder inte, låter andra formulera sig. Och slår sen plötsligt utan förvarning tillbaka. Blir sturig som en åsna. Helt oresonligt. Missbrukar andra, vet inte ens om det. Är en man som därefter låter sig fyllas av melankoli och självmedlidande.

Stas stannar upp och ser sig om över axeln.

Men Bron står inte kvar. För ett ögonblick tycker han sig skymta en svart liten prick som travar mot horisonten i norr. Men sen syns den inte, och kanske såg han fel. Bron har valt den högra stigen mot Toowoomba. Där trampar han på, ilsket och envist, med sin högfärd i ryggsäcken, sin fåfänga, sin pragmatism och sin sjösjuka. Lika gott. Stas måste bli klar över den avhängighet som han hamnat i.

Han ville själv resa, det erkänns och vidgås.

Och i sällskap med Bron.

Med dig, Bronisław, med dig eller inte alls.

Men han var inte sig själv då. Han var förlamad av Krystynas självmord. I själva verket förtvivlad. Bron borde ha insett det. När han så trots allt följde med borde vännen ha tagit någon liten hänsyn till Stas vilja och behov. Dem har Bron negligerat, för att själv få glänsa.

Bron. Älskade Bronio. Vart tar tiden vägen?

När det nya århundradet föddes, de var fjorton eller femton, drack de sig berusade tillsammans i Zakopane.

Klockklang. Fanfarer. Fyrverkerier.

De balanserade på broräcket över den iskalla floden. Det var livsfarligt. Himlen frasade som en jättelik tyllkjol ovanför deras huvuden, gröna ormar och snurrande stjärnor och gnistregn. I deras ådror rann inte blod utan champagne. Och när de klarat balansakten, överlevt och fått mark under fötterna, omfamnade han Bronio och kysste honom på mun.

Vår vänskap ska prägla seklet! ropade Bronio.

Och nu? En schimpans i kängor.

Det tomma landskapet intar Stanisław.

Solen är utrunnen. Änglar, kanske är det demoner, höljer himlavalvet i en vitgul svepning. Han går under den ofantliga svepduken. Hörseln skärps. Små pip från okända flygfän når hans öron. Är det fåglar? Kanske är det intets rastlösa klagan. Hans ögon borde inte kunna se längre när den dödas blick har slocknat. Luften borde inte fylla hans lungor. Men han andas, för helvete!

Ju längre han går, desto lättare blir kroppen.

Han fylls av lust. Han pressar händerna mot sin lem. Det behövdes bara att han blev av med Bronio för att livet skulle strömma tillbaka i honom. Man måste följa sin egen bana. Den ligger öppen framför honom. Han måste göra sig kvitt Bron, Krystyna, alltsammans.

Gräset under hans fötter börjar nynna. Det är den döda som sjunger för honom. Krystyna flyter i luften och i gräset. Hon lösgör sig från honom och han känner en underbar frihet. Han ska finna sig en plats och måla. Han ska måla den döda men nu som en källa som sången strömmar ur. Döden och livet stiger ur samma vatten. Han har nästan glömt det under denna resa.

Han har låtit sig fjättras av materien. Av Brons förslagenhet, av hans föreläsningar, av likgiltiga människor han tvingats skaka hand med, av vännens lust att dansa tango med en viss kvinna i Adelaide, av allt möjligt sådant. Nu är det över. Stas vandrar i flera timmar i eufori. Nej, han flyter. Han flyger.

När det börjar skymma slår det honom att Bron bär tältet.

Då får Stas väl sova under bar himmel, det gör honom inget. Den himmelska svepduken är gyllene nu och släpar sina fransar utmed horisonten. Sen börjar det blöda i glipan mellan himmel och jord. Strimmor av scharlakan och purpur. När han gått ytterligare en stund slår det honom att Bron kan ha haft fel.

De två stigarna kanske inte möts vid Toowoomba.

Det är kanske en av de heliga platser som ingen får närma sig, de har hört talas om sådana, det är en föreställning som vildarna har.

I så fall möts han och Bron inte heller, nej aldrig mer.

Då är han fri, i sin egen bana, på väg mot det gränslösa.

Inga landmärken. Inga gränser. När vattnet är uppdrucket är det förbi med honom. En ilning av förväntan går genom honom. Men så typiskt för Bron att cyniskt låta honom vandra mot sin undergång. Bron kommer att gå samma öde till mötes, slår det honom sen, fast med tält och åt motsatt håll. Två européer som från en viss platt sten på en ofantlig kontinent vandrar rätt ut i intet med ryggarna mot varandra! Synen är svindlande. Och komisk. Han ser dem i fågelperspektiv. Han skrattar till. Deras skelett kanske aldrig återfinns.

Det kommer de aldrig att få veta.

Men dödsögonblicket – då materia och tanke för ett ögonblick möts innan allt uppgår i universums stora enhet – lockar honom en aning mindre än tidigare, märker han när han har slutat att skratta. Kanske beror det på att döden i det ociviliserade Australien är så helt utan vittnen, bortsett från maskar och myror. Vad är döden? Var fanns människan före sin födelse?

Tanken slinter. Det han säkert vet är att han vill måla. Han tänker måla i morgon dag. Och om hans målning aldrig blir sedd av ett mänskligt öga, är den ändå ett konstverk? Problemet uppfyller honom en stund. Konstnären försöker fånga det absoluta, vad bryr sig det absoluta om det? Konst görs trots allt för människor. Och när allt fler av dem blir kretiner? Det är därför som konsten är tragisk. Den är dömd till undergång som han själv.

Han går vidare, det smärtar i lårmusklerna.

Ljuset faller. Han måste snart slå ett tältlöst läger.

Under det att han söker ut en plats att sova på mumlar han ett par förlåt till sin mor. Han sätter sig på marken och tar några klunkar vatten. Vattnet kommer att räcka åtminstone en dag till eller två, konstaterar han. Sen är det slut. Han tuggar i sig ett stycke bröd ur matsäcken tillsammans med en flottig bit korv. Det ser ut som om potatisberget nu i skymningen har kommit ett stycke närmare. Kanske är det en synvilla. På andra sidan berget finns en sjö, påstod inte Bron det? Han lägger sig med kinden mot ryggsäcken.

Situationen är naturligtvis absurd. Vad gör han här? Och fullkomligt ensam. Vad skulle vännerna säga om de såg honom? Men kanske var denna ensamhet syftet med hela resan. Ändå vill han inte dö, inte riktigt ännu. Han är förargad på Bron som så tanklöst övergav honom och tog tältet med sig. Om de återses ska han låta honom förstå det. Det finns en gräns för vad vänskapen tål.

Tältet. Där överskreds gränsen.

Dagens sista ljus rör vid hans ansikte.

Det är brunt som mylla. Det faller inte ur himlen utan stiger ur jorden. Han ser ett par fadda stjärnor när han vrider ansiktet uppåt. Han borde vara rädd. Men han orkar inte. Han förnimmer i ett kort ögonblick hur en stor vinge snuddar vid honom innan han stupar lodrätt ner i sömnen.

De satt på övervåningen i huset i Zakopane, det var Krystyna och Szym och Rubio och han själv. De drack vodka. De två musikerna grälade, de grälade alltid – om hur tonerna formas, om huruvida kompositören är en mer äkta konstnär än utövaren, om musiken framställer något eller inte, allt möjligt sådant. Och sen började de gräla om kvinnan.

Krystynas ögon blev genomskinliga och sökte hans.

Men Stas såg åt sidan och drack.

Sen blev han vansinnig, det var för att han inte på länge hade kunnat måla, inte som han önskade: han stod lutad över bordet, en springflod av ord, vilt forsande mot världens låga kuster, brast fram ur honom. Hans tunga formade dem inte. De strömmade bara fram över tungroten och var vilda och otröstliga. Vilken plåga är det inte att inte kunna ge uttryck, vilken känsla av kvävning när *något annat*, vanan eller slentrianen, tar tag i penseln och styr åt fel håll! På duken syns då bara det redan förbrukade. Det utnötta. Det av andra redan använda. Livets döda former. Icke-konsten.

Som med sitt döda fett fyller ådrorna. Man är en konstiperad, en förstoppad! Skit lagras i anden. Man blir liggande på rygg. Känslan av värdelöshet smyger sig på. Vad gör man? man dricker. Man älskar med kvinnor. Man fyller sin tid med strunt.

Man väntar i en gastkramande plåga.

Szym och Rubio höll med. Stas var inte ensam i detta, ropade de.

I konstipationen uppstår mannens behov av kvinnan. Som kärlet att tömma sig i under perioderna av andlig förlamning. Krystyna försökte säga något, att de var skitstövlar, något åt det hållet. Hon var i varje fall arg. Hon slog med handen i bordet. De skrattade åt henne, Szym och Rubio och han själv.

Och sen fortsatte Stas sitt tal och nu riktade han det mot henne, mot kvinnan: kvinnan är ett gift för den skapande anden, hon vill hålla kvar mannen i omfamningen och den andliga förlamningen, det är vad hon kallar kärlek!

De skrattade allihop.

Inte Krystyna, hon försökte hela tiden säga något.

Hon var ju inte bara kvinna utan också målare.

Konstnär som de. Och hon ansåg för sin del att kärleken var konstens källa. Inte ett uttryck för förlamning. Utan själva livskällan! Då skrattade de alla tre ännu våldsammare. Krystyna var rörande. De tyckte ofantligt mycket om henne. Szym visade det genom att kyssa henne och ta henne på brösten. Hon slog till honom. Men till slut gav hon upp och skrattade som de. Stas skrattade högst av dem alla. Nu också för att det var en aning plågsamt att se Szyms kladdiga händer över Krystynas bröst och hans mun över hennes.

Hon lät Szym hållas, kanske var hon drucken. Rubios fingrar löpte över pianot, han spelade, ingen hörde vad, säkert ett mästerverk, och sjöng för full hals medan Szym bet i Krystynas läppar.

Krystynas ögon. Hon såg ut som en drunknande.

Här i Australien minns han hennes ögon.

Det var en vinternatt i Zakopane. Han stod lutad över henne och Szym i soffan, och Szym kysste henne och hans händer famlade över henne, och Stas skrattade hela tiden. Nu var det inte plågsamt längre. Det började bli egendomligt lustfyllt att se fästmön i vännens famn. Han lutade sig över dem och föreläste: Kvinnan är naturens sätt att snärja konstnären i materien, men konst är ande! konst är människans protest mot materien! höj dig, människa! ur naturen.

Han fick själv lov att höja rösten för att överrösta Rubio som spelade allt vildsintare på pianot, Beethoven eller möjligen Chopin.

Och Krystyna försökte göra sig fri, men Stas höll fast henne för Szyms räkning. Varför gjorde han det? För att han var full. Krystyna hade naturligtvis rätt. Hon var konstnär som de. Och begåvad. Talang men ingen självtillit. Han hade försökt hjälpa henne, kritisera och vägleda, men denna isiga vinternatt hände något, vad var det som hände? Krystyna vräkte Szym åt sidan.

Hon stod mitt på golvet och var röd i ansiktet och så ursinnig att orden tröt. Hon stampade med skon i golvet och frågade hur kvinnan som de betraktade som natur egentligen skulle höja sig ur naturen?

Kanske var konsten inte i första hand ande utan just materia och natur, ropade hon.

Hon fick tyst på dem för ett ögonblick, men sen skrattade de på nytt åt henne, Szym från golvet. Men när Stas ville trösta henne för att hon hörde till naturen knuffade hon också honom åt sidan. Det var inte på skämt. Rubio blev trött och gick hem. Krystyna ville också gå sin väg. Stas försökte få henne att stanna. Men hon gick.

Med Szym. Det gjorde honom rasande. Han stod på trappan utanför huset och var drucken och ropade: Gå inte med det där förbannade svinet, Krystyna! Hon vände sig inte ens om. Krystyna bestraffade honom genom att gå sin väg med Szym, så går det till. Men att Szym sen kom på begravningen har han svårt att förlåta.

Det är i Australien, han sitter i torrt gräs i det gränslösa. Månen flinar åt honom och han skakar av förtvivlan.

Men Krystyna kom tillbaka. Det var några dagar innan hon sköt sig. Hon var nu mycket tystlåten. Hon satte sig i soffan i ateljén under målningarna som föreställde henne själv. Tavla efter tavla. Så stor var hans kärlek att han aldrig tröttnade på att porträttera henne. Hon sänkte sitt huvud mot knät. Själv var han innesluten i ett hölje av is. Vid minnet av Szyms händer och mun över hennes hud och kropp: Infrusen. Ohjälpligt.

Hon såg på honom med sina grå ögon. Hennes stämma, lugn:

Jag blir visst aldrig någon bra målare, Stasio.

Kanske inte, Krystyna, svarade han efter ett kort ögonblick.

Inte ovänligt. En smula ironi kanske, hon hade trots allt gått sin väg med Szym och inte hört av sig efteråt. Den förfärliga pina som det inneburit för honom hade han med en ansträngning som nästan kostat honom vettet omvandlat till klarhet. Tack vare smärtan hade han öppnats till nytt skapande. Han befann sig i själva verket i ett rus av skaparkraft. Han tackade Krystyna för det. Det lät en aning tvetydigt men situationen var ambivalent. Osäker.

De rörde sig genom ett landskap av outsagdheter. Sådan var situationen. Hon böjde på huvudet, en liten nigande nackrörelse. Den minns han, och att hon riktade den grå blicken mot honom. Genomskinlig. Som glas. Eller vatten.

Och, nästan ohörbart: Jag älskar dig, Stasio.

Andlöst. Nästan en viskning.

Han kommer på fötter, det är i gränslösheten i Australien. Vad svarade han? Ingenting. Isen omslöt honom. Han satt vid skrivbordet i ateljén. Han svarade henne inte. Vad fanns väl att svara? Genom ateljéfönstret såg han ut över Tatra. Blek vintersol. Nakna trädgrenar. Frostglitter, ett blått skimmer över fälten. De satt tysta. Han var tacksam för isen. Allt gjorde mycket ont.

Säg något om mitt måleri, Stasio, bönföll Krystyna.

Och såg på honom. Han drog efter andan. Det är inte talangen som saknas, svarade han. Utan vad? frågade hon. Krystyna, började han och pappa Wicz ord kom till honom och lade sig tillrätta i hans mun, och han svarade henne: För konstnären räcker det inte med talang.

Det krävs karaktär också. Självtillit. Och styrka.

En konstnär måste kunna följa sin egen bana. Den som är beroende av andras omdömen är ingen konstnär och blir det aldrig heller.

Hon svarade inte, hon böjde bara på huvudet.

Ljuset från fönstret skulpterade hennes ansikte, det flöt genom henne som om hon inte haft hud. Han fick lust att fotografera henne i det där ljuset. Universums ljus fyller människan och stryker bort allt ovidkommande. Då finns inga skrankor längre. Krystyna reste sig upp. Hon gick genom ateljén. Hon rörde sakta vid föremålen. Han tänkte, fast det var efteråt, att hon tog farväl.

Hon frågade innan hon gick, det lät en smula vemodigt:

Har du någonsin älskat mig?

I detta ögonblick hade han kunnat omfamna henne, han kunde ha andats värme i hennes handflator, och skrattat och skämtat så att isen smälte. Men han gjorde det inte. Han svarade inte heller på frågan. Kvinnan besitter en fruktansvärd makt. Hon bär allt inom sig, hela skapelsen. All makt är kvinnans, och mannen är prisgiven åt den. Insåg inte Krystyna det? Hon gick. Han tänkte att hon väl skulle komma tillbaka. Han hade för avsikt att söka upp henne men han hann inte, han målade oavbrutet.

Hon visade sin styrka, hon sköt sig.

Hennes handling var eftertrycklig och utmanande. Den var också slutgiltig. Hon höll några blommor i andra handen, de föll till marken intill kroppen. Det finns en gåta i detta. Han vet inte svaret. Han vet att han hade kunnat förhindra Krystynas död. Men han gjorde det inte, och varför? Han irrar på den månbelysta australiska slätten. Han bär skuld, det är för att han är den han är. Han kan inte bli en annan. Molnen drar över månskivan, han ser inte var han sätter fötterna. Han snubblar och snavar och till slut faller han omkull. Han snyftar torrt. Han älskade henne. Och han bar sig åt som ett svin. Rubio och Szym också.

Men han mest av dem alla.

Han ligger och stirrar rakt upp i himlen utan att se.

Han längtar efter sin mor. Han vill höra sin fars röst. Men han vill inte vara en beroende. Inte av dem. Inte av någon. Inte av Krystyna. Livet kräver uppgivelse av oss, men den som uppger sig blir ett offer för de andra, och då är man ingen.

När han vaknar ser han ryggsäcken. Den står på en kulle långt borta. Solens första strålar leker över gräset. Hans skinn har tagit eld, det svider över hela kroppen. Han sitter i gräset och kliar sig. Knotten har ätit av honom. Det finns ohyra i kläderna. Bron har skändligt övergett honom. Han är ensam i detta brinnande helvete.

Han drar av sig skjortan. Han river sig i hårbotten, på bringan, i skrevet. Han försöker nå sin ryggtavla. Han hoppar och skuttar och kastar av sig plagg efter plagg. Till slut är han spritt naken men han brinner ändå. Detta har Bron sluppit ifrån i sitt bekväma tält, den fähunden. Men när han sen lyfter blicken blir han mållös.

En rad svarta människor sitter blickstilla på sluttningen och betraktar honom. Män, kvinnor och barn.

Lika nakna som han. Svarta silhuetter mot solljuset. Alla tysta och orörliga. Ljudlöst och utan att le stirrar de på honom, den vite clownen som utfört sin dans framför deras ögon. Varifrån kom de? Drömmer han dem? I nästa ögonblick kommer de kanske att uppslukas av jorden. Hans armar faller till sidorna. Han stirrar på dem med öppen mun. Han är tom i huvudet. Han lägger vänstra handen mot bröstet. Vad gör man? Han bugar.

Sedan sträcker han sina öppna handflator mot dem.

Help me, bönfaller han.

Då går en böljande liten rörelse genom gruppen.

Ett ljud glider mellan dem. Det tycks flytta sig mellan deras munnar utan att de behöver öppna dem, det är häpnadsväckande. Hela flocken reser sig blixtsnabbt och samtidigt. Han ryggar tillbaka. Två av männen närmar sig efter ett kort ögonblick. Han kan inte låta bli att klia sig, klådan är förfärlig. Det är inte lätt att veta vilka etikettsregler han överträder genom att så obehärskat riva sig med naglarna överallt. Han ler ursäktande. Men männen fäster sig inte vid det. De stannar ett stycke ifrån honom. De luktar fränt. Lukten påminner om något, han minns inte vad. Han ser in i deras mörka ögon. Han ler så att det värker i mungiporna. Männen ler inte tillbaka. Den ene sträcker handen mot honom och nyper honom i skinnet.

Det gör ont, han skriker till.

Snart står hela gruppen runt honom. Alla vill nypa i honom, kvinnorna och barnen och männen. Larmet som de åstadkommer är öronbedövande: ett slags vinande tjatter. Det slår honom att de kanske skrattar åt honom. Han känner sig avklädd och försöker hitta sina byxor i gräset. Men hans kläder är försvunna. Han skymtar dem i kvinnornas och barnens nyfikna händer. Han kommer naturligtvis att bli bestulen på alla sina ägodelar. Han kan också bli dödad. Men ännu värre är det om de överger honom.

De nyper i honom utan uppehåll.

Hans leende blir alltmer ansträngt.

Sen inser han att de plockar små insekter från hans skinn och med gälla rop visar fram dem i sina handflator. De visar dem för varandra. Med jämna mellanrum ger de ifrån sig det vinande tjattret. Nu är han nästan säker på att de har roligt åt honom. Det förvånar honom inte det minsta. Han skulle själv brista i gapskratt om han såg sig. De byter snabba ord med varandra. Sen drar de honom med sig. Han följer med, vad kan han annat göra? Iförd endast kängor och strumpor vandrar han mellan dem genom gräset.

Terrängen förändras. Den blir mer kuperad, nära nog kullig. De svarta människorna är krullhåriga och kortvuxna och förbindliga. De förefaller fredliga och vänligt inställda. De fortsätter att röra vid honom. Nu nyps de inte längre. De bara snuddar med fingertopparna vid honom som om de ville förvissa sig om att han är verklig. Det är som att bli berörd av snabba små vindpustar. Det är inte obehagligt men distraherande. De unga kvinnorna bär inget utom en snodd runt midjan. Deras nakna bröst är vackra.

Också detta är distraherande. Han har trots klådan svårt att hålla ögonen från deras bröst. Han har aldrig förut sett kvinnor spankulera omkring så oklädda. Hans egen nakenhet besvärar honom däremot. Han skulle gärna vilja återta sina benkläder. Den sociala vanans makt över oss är stark. Vad skapar våra seder? Tom konvention kanske. I denna salong råder i varje fall andra normer än hans. Vart för de honom? Till sitt hem? sin sovplats? sin ambulerande härd? Han vet inte. De är möjligen kannibaler, men älskvärda, belevade och välvilliga. De snattrar hela tiden.

En av männen, kanske flockens ledare, kånkar på hans ryggsäck. Denne man bär en armbandsklocka runt sin handled, ser han efter en stund. Glaset är sprucket, av allt att döma går inte urverket, men detta lilla tecken på kontakt med civilisationen är lugnande.

Han tilltalar dem med ord från olika språk, helt utan framgång.

Han ler mot dem men är osäker på om leendet besvaras.

Han är törstig och hungrig, det kliar ohyggligt och solen blir hetare. Men han känner en växande tillit. Dessa vildar, de är ju vildar, tycks vara hyggligt folk. Vid en träddunge, han vet inte vad dessa träd heter, de är lågväxande med tjocka blad, har de en sorts lägerplats. Inga hyddor men en primitiv eldstad. Runt den finns lerkärl och redskap utspridda, också en tom konservburk av plåt och något som ser ut som tygbylten, det är väl deras kappsäckar.

Fler människor dyker upp mellan träden.

Ett par gamlingar. Några unga flickor med spädbarn.

Men man ska tydligen inte stanna här. Männen drar honom vidare, de flesta följer efter under livligt samspråk. Mellan de tjockbladiga träden skymtar han ett ljusblänk. Det ligger en vattensamling här. Det måste kallas för en sjö, Bron hade alltså rätt. Den är mycket grund, det finns nästan ingen nivåskillnad mellan vatten och land. Vattnet är nyckfullt utskvalpat i terrängen, grönskimrande och med gul växtlighet. Vid stränderna växer träddungar och buskar. Hela geografin förefaller lynnig. Också potatisberget har bytt position, märker han. Det ligger inte på samma plats som tidigare.

Kanske är det faktiskt ett magiskt berg?

En nattligt omkringrullande stenbumling?

Han tar emot lerkärlet som en av kvinnorna räcker honom och dricker, annat vore oartigt, medan han grubblar över den kapriciösa terrängen. Med viss möda, han är bedövad av solen och tankarna rör sig mycket långsamt, inser han att han under sin vandring måste ha gått förbi berget och hamnat på dess andra sida. Drycken är egendomlig, tjockflytande och brun. Den har en luddig smak eller en sorts påträngande smaklöshet. Men den släcker hans törst.

Skocken av kvinnor och barn betraktar honom uppmärksamt. Först när han druckit slås han av tanken att drycken kan vara förgiftad. Han tar långsamt kärlet från munnen. När han återlämnar det hör han på nytt det vinande tjattret. Han identifierar det allt säkrare som en glädjeyttring.

Drycken tycks inte ha skadat honom. Från stranden kommer en stickande lukt från en brasa som några av männen underhåller. Han lägger märke till att en del av kvinnorna skyndar dit med bränsle. Det tycks vara växter eller örter som åstadkommer denna skarpa och peppriga rök.

Förbereder de frukosten? Och vad kommer den att bestå av?

Han gör ett nytt försök att återta sina benkläder.

Genast möts han av ett ogillande mummel från kvinnorna. Det låter en aning hotfullt och han avstår. Hur formas sociala konventioner? Är det vi kallar identitet bara en samling regler som vi har påtvingats? Är våra åtbörder och gester i sig själva meningslösa? Kan vi befria oss från dem, och vad blir i så fall kvar av oss? Kanske är också känslor och tankar inlärda? Han får lust att skriva en scen om detta möte, om en man som beter sig absurt i ett okänt system av tecken samtidigt som han naturligtvis finner de andra absurda.

Har han redan läst denna scen? Hos Jonathan Swift, Daniel Defoe? Nej, han har själv skrivit den.

Det slår honom att han oupphörligt skrivit om just detta. Det är hans favoritmotiv. Nu befinner han sig mitt i det. Varje människa är en gåta för medmänniskan. Vi är alla kringvandrande monader. Språket får oss att tro att vi förstår de andra, men gör vi någonsin det? Han har hamnat i den mest elementära av alla situationer, bara tillspetsad. Han ler mot kvinnorna. Han tolkar grimaserna och det klapprande ljudet som går mellan dem som leenden, men veta säkert är omöjligt. Han förstår dem inte. Lika lite som han och Krystyna förstod varandra. Nu står han inför det absolut främmande.

Situationen är renodlad som i en kemisk retort.

Han kan inte förutse vad som ska hända i nästa ögonblick.

Vad som helst kan komma att inträffa.

Kommer de att tvinga sina tecken på honom? Med våld? Kan han i så fall värja sig? I kraft av vad? Följd av kvinnornas blickar vågar han närma sig sin ryggsäck och snör upp den. Han känner sig faktiskt löjlig utan kläder, lika bra att erkänna det. Han vill hitta en skjorta, ett par byxor. Men när han drar fram reservkläderna uppstår på nytt oro. En av kvinnorna ger ifrån sig ett gällt läte.

Innan han hunnit dra på sig byxorna kommer männen springande. De drar honom snabbt mot brasan över vilken en sorts träställning har rests. Insikten faller ner i honom som ett mynt i en brunn. Frukosten som förbereds är han själv. De ämnar steka honom som en gris över den kryddade elden.

Motivet är välbekant. Han ogillar det starkt.

Han ger upp ett tjut av fasa och sliter sig loss.

Han springer så fort benen bär honom längs sjöns flacka strand. Hur är det möjligt, han måste befinna sig i en mardröm, kan han inte få vakna snart? Fasan bultar i tinningarna, i ögonens botten, i hjärtats kamrar. Allt är overkligt men sant. Han befinner sig i det tjugonde seklet, Europa är i krig, hans inre härjades nyss av demoner, och nu löper han för sitt liv från en flock vildar.

De hämtar in avståndet.

Det flimrar för ögonen, han känner blodsmak i munnen.

Han har ingen chans. Efter bara någon minut är de snabblöpande männen ifatt honom och kastar honom till marken. Deras röster är gälla och de bildar en ogenomtränglig mur runt honom. Han sprattlar och sparkar men övermannas. Han leds tillbaka mot elden. Hela flocken dansar och hoppar runt honom under stark upphetsning. Som teater är det kanske inte dåligt. Jo, det är en kliché. Det är som en skämtteckning i veckobladen i Warszawa.

Just så föreställer man sig där vildarna.

Som verklighet är klichén fullkomligt undermålig.

De är givetvis hungriga, han förstår det mycket väl, här runtomkring finns av allt att döma inget att äta och plötsligt kommer han själv vandrande som en levande stek, men han vill ogärna dö som en kliché. Hur ska han kunna övertala dem att inte äta upp honom? Genom gåvor. Man överräcker presenter, pärlor och kammar till infödingarna enligt Rider Haggard, James Fenimore Cooper och Karl May. Vad tänkte väl Bron på? Ett gevär köpte han, men inte en enda liten glaspärla. Stas lossar remmen på sitt armbandsur och räcker hövligt klockan åt mannen som redan bär en klocka runt armen.

Gåvan tas väl emot. Mannen som tycks vara en sorts ledare vrider och vänder på uret. Han håller det vid örat och lyssnar uppmärksamt. Sen ser han belåten ut, ja klockan går ju. Men de släpper honom inte, naturligtvis inte. Allt som är hans kommer hur som helst att vara deras när de har ätit upp honom, så vad tjänar gåvor till? Mannen med klockan tilltalar honom. Det blir en lång harang av obegripliga läten.

Han har svårt att stå stilla under det långa talet.

Han är livrädd. Hjärtat bankar som en hammare.

En av männen, en ung pojke, klättrar upp och lägger sig i ställningen ovanför elden. Där vilar han, omvärvd av den fräna röken. De andra kliar sig demonstrativt och pekar mot brasan. Sakta, mycket sakta, tätnar en tanke i Stas hjärna. Kan de vara så förnuftiga, så rationella? och han som genast hade föreställt sig en blodtörstig rit. I vilket fall som helst förtjänar saken att prövas.

Han börjar klättra upp i träställningen. Det tas väl emot. Snart vilar han själv, eller hänger och gungar, i den lilla rangliga ställningen ovanför elden. Röken sticker i hans näsa.

Ja. Det är så. Han avlusas.

Hans kläder får samma behandling.

Då och då kallas han ner på marken och blir grundligt undersökt av männen. De intresserar sig särskilt för skrevet och arselhålet, vilket besvärar honom en smula. Men det tar tid att döda ohyran och han får klättra upp igen. Han äter en knölig bulle som en av kvinnorna räcker honom. För sitt liv skulle han inte kunna tala om vad den innehåller. Men han äter den vilande ovanför elden.

Himlen är denna dag molnfri.

Solen vandrar långsamt och sömnigt över den. Berget fladdrar bakom rökarna. Det blänker i den nyckfulla sjön. Han iakttar kvinnorna som med vackra och blanka bröst vadar i vattnet, följda av småbarnen. De tycks samla något. Det förefaller vara växtdelar eller rötter. Det kunde också vara ormar eller andra vattendjur. Männen dåsar i skuggan av de förkrympta träden.

Han har sannerligen stött på en stam av hederliga prickar.

Hyggliga och mänskliga.

I den del av världen som han kommer från slår man ihjäl varandra för ingenting. Medvetandet har perverterats i Europa. Gått vilse. Förlorat sig i spegelsalar. Här trivs han. Då och då beger han sig ner till vattnet och blaskar av sig i den grunda sjön. Barnen stojar runt honom. Han stänker vatten på dem och de storskrattar. Han klättrar tillbaka till sin plats ovanför elden som de omtänksamt underhåller.

Metoden ger resultat. Klådan släpper. Han är övertygad om att hans nya vänner också ska kunna hjälpa honom att finna vägen tillbaka. Men han har ingen brådska. Dessa människor bär inte på ont uppsåt. De är enkla och goda. Han kan vila ut hos dem och hämta krafter innan han återvänder till den civilisation som löpt amok. Röken är milt rogivande. Nästan en smula rusande. Han slumrar till.

Fram på eftermidddagen ser han Bron dyka upp.

En trött kamel under sin tunga packning. Geväret över axeln. Den tjockskallen trampar på utan att lyfta blicken.

De blir nästan genast varse främlingen. Stas förstår inte hur det går till men de har ett sätt att ljudlöst informera varandra som han inte kan genomskåda. Kvinnorna skyndar tysta tillbaka från sjön. Männen vaknar och kommer på benen. Då ropar han lågt till dem att inte vara rädda. Det förefaller som om de förstår vad han säger. Hela flocken samlas tätt runt honom.

De väntar. Bron dyker upp mellan träden. Han stannar tvärt. Stas ger upp ett högt tjut. Då uppstår en rörelse i flocken runt honom. Brons ögon smalnar. Han hämtar in sceneriet.

De vilda människorna. Stas som naken steks över elden. De dansande infödingarna runt honom. Bron släpper ryggsäcken, han får upp geväret till axeln. Det blir dödstyst. Man hör i tystnaden det lilla ljudet av hanen som spänns.

Där står han, den idioten, under trädet och är beredd att trycka av och skjuta föremålen för sin forskning. Det är obetalbart. Stas brister ut i gapskratt.

För helvete, skjut inte! de är mina vänner.

Bron sänker osäkert geväret. Stas skrattar.

Han skrattar så att han inte kan säga något. Han hickar och kiknar. Han klänger ner och vandrar, lika naken som Gud skapade honom, mot Bron. Han pekar på de hyggliga prickarna och presenterar dem:

högst civiliserade vildar och hans synnerligen förbundna vänner som nu förbereder välkomstmåltiden, men inte på honom som Bron tycks tro, de är vegetarianer och äter bullar. Vad menar Bron? tänkte han verkligen skjuta ihjäl dessa oskyldiga själar?

Bronisław lutar sig mot trädstammen.

Han är blek. Knäna viker sig under honom.

Han sjunker till marken. Han döljer ansiktet i händerna. Hans byxor är sönderrivna, hans skinn är rispat. Han ser eländig ut och han andas tungt. Stanisław slutar inte att skratta. Och nu tycks hans värdfolk förstå hans munterhet. Det lyckliga och öronbedövande och vinande tjattret stiger mot den blå himlen över den blänkande vattensamlingen vid Toowoomba.

Vänskapen står enligt många högre än kärleken. Den är oegennyttig och tolerant. Dess gärningar är storsinta. Den blandar sig i motsats till kärleken inte i den andres angelägenheter. Om kärleken vet vi att den får människor att överskrida alla rimliga gränser och bära sig åt som dårar.

Men vad är detta för en vänskap?

Nu går det inte längre. Bronisław är ursinnig.

Han har vandrat den högra och norra vägen mot Toowoomba, först på dåligt humör, så småningom med blandade känslor. Måste man verkligen under vilka omständigheter som helst ta vara på sin barndomsvän? Ska han vara sin broders väktare? Men under timmarna som följer har hans oro stigit. Hela natten i tältet har han föreställt sig de olyckor som kan ha drabbat Stas, och vad han ska säga till fru Wicz om han slarvat bort den älskade sonen.

När han finner Stas välbevarad och rask blir han rasande. Han slår upp tältet nere vid sjön ett gott stycke från urinnevånarnas läger. Slagen dånar när han driver ner tältpinnarna i jorden. Han gör upp eld. Han lagar mat. Han tvättar sig i sjön. Han ligger i tältet och läser en dålig roman medan solen sjunker. Han går inte ut till de andra.

Alltsammans är befängt.

Aboriginerna är ju hans, det var *han* som skulle möta dem. Stas har förstört hela glädjen för honom. Han finner visserligen sig själv barnslig som tycker att Stas har trängt sig mellan honom och dem. Men han mår inte bra.

Han måste hämta sig. Många timmar går.

Stas kryper in i tältet. Bron vänder ryggen till. Stas tar stor plats och vänder och vrider på sig. Bron ligger stel som en pinne med näsan pressad mot tältduken. Han önskar inte tala med Stas.

Undviker du mig, Bronio?

Tystnad. Man hör bara det filande och silande ljudet av insekter utanför tältet, det låter som cikador. Stas suckar tungt. En fågel skriker långt borta, klagande och jämrande. Bron önskar Stas åt helvete. Tältet är för litet för denna tystnad och dem båda. Och Stas tycks inte kunna ligga stilla, han snurrar runt och vänder sig och suckar och stönar. Till slut lägger han sig på armbågen i mörkret.

Men vad är det, Bronisław?

Jag är trött och vill sova.

Vill du inte prata lite med mig?

Nej. Vad skulle jag vilja prata med dig om.

Tystnaden. Nu är den hal och slipprig.

Ett kräldjur. En huggorm med spelande tunga.

Bronisław försöker koncentrera tankarna på Louise som han lärt känna i Adelaide. Hennes vackra ögon. Och hennes lite syrliga doft. Han förälskade sig hals över huvud. Det var en ren och uppriktig förälskelse. Han ville inte lämna henne. Hennes ögon bönföll honom att stanna. Med Toskia var det annorlunda. Minnet av hennes kropp svider ännu. Någon älskarinna som Toskia får han aldrig mer i livet, det vet han, men relationen var omöjlig. Runt Louise svävar en doft av körsbär. Hon får honom att minnas Sångernas sång, av Salomo. Daggfrisk poesi.

Han försöker koncentrera tankarna på brevet som han ska skriva till henne. Han vill hitta ord som är lätta. Lätta och ansvarslösa och kärleksfulla. Men Stas närvaro är hela tiden alltför påträngande. Stas har fört med sig den stickiga och fräna röklukten in i tältet. Den kväver körsbärsdoften från Louise.

Till slut drar sig Louise undan och låter sig inte återkallas mer.

Då försöker Bronisław koncentrera sig på det långa brevet han har fått från Irena, matematiklärarinnan som han mötte på krogen Morskie Oko i Zakopane. Irena skrev till honom om Krystyna. Hon var mycket sårbar, skrev Irena, och Stas kränkte henne djupt, kanske utan att ens själv inse det. Han gav henne inget utrymme. Irena skriver också om Stas. Jag vet ingen kvinna, skriver hon, som inte blir mjuk i knäna när Stas kommer in i rummet. Jag är själv inget undantag. Han utövar en underlig makt över kvinnorna, er vän.

En änglalik demoni, skrev Irena.

Men samme Stas ligger nu och vrider sig i tältet och utövar en underlig makt över honom själv. Vari består den? Inte i änglalik demoni precis. Men det där om att Stas inte ger utrymme åt andra stämmer. Inte bara nu, i tältet, utan alltid. Där Stas finns tycks luften ta slut för andra. Bron trycker sig så gott det går mot mot tältduken för att komma undan beröringen.

Fågeln därute skriker på nytt. Stas hand lägger sig över hans axel. Bron rycker till och blir stel.

Men vad är det med dig, Bronio? frågar Stas.

Och hans hand kommer krypande. Den smeker Brons kind.

Då skjuter vreden upp i Bron.

Ända nerifrån och upp, ur mörka källor. Den är häftig och överväldigar honom. Han är så rasande att han skakar i hela kroppen. Över Stas nycker, hans ombytlighet och självuppgatna kapriser. Men också över hans retsamhet, hans dryghet och hans överdrifter. Han slår bort Stas hand. Men handen griper honom på nytt runt skuldran.

Bron stöter bort den.

Tafsa inte på mig, Stanisław!

Det blir tyst. Stas börjar fnissa. Då fattar Bronisław tag runt hans axlar och tvingar honom bakåt och kysser honom hårt på mun. Det är för att förolämpa honom. Han får Stas knytnäve i magen. De slåss, det blir våldsamt och tältet böljar runt dem. Stas tar sig ut och Bron följer efter medan tältet rasar ihop över honom. Bron rullar runt för att bli fri från tältduk, remmar och snören. Ovanför hans huvud häller månen guldglans över vattnet. Över månskivan drar en skugga, det är nattfågeln de nyss hörde.

Men Stas står blek och upprörd nere vid sjön och skakar.

Det är oerhört, tafsa, vad i helvete menar du?

Stas vet nog vilka perversioner som göms i Bron.

Men han finner sig inte i vad som helst, nu har han fått nog!

I hans röst finns inget av gäcksamhet kvar, och ingen spydighet i tonfallet, han menar allvar. Det var något nytt. Sarkasmen och hånet, allt det som Stas annars tar betäckning bakom, hela spefullheten är borta. Bron kan inte minnas att Stas på detta sätt någonsin förr fallit ner i det helt humorfria. Det fanns alltid någon liten detalj att göra sig lustig över, också i de mest allvarliga situationer. Han står ett stycke ifrån Stas vid stranden och vet inte vad han ska svara.

Hos Stas fanns alltid lek bakom allvaret.

Eller uppriktighet som också är en lek när den är till hälften spelad. Nu visar sig något nytt. Stas låter som en hysteriker. En oskuld. Det blir tomt i Bron. Ska Stas strax slå om och börja skämta igen? När de var unga var allt självklart, också sexualiteten. Bron fann det naturligt. Allt var naturligt och självklart. Stas har skämtat om hans perversioner, och Bron har skrattat.

Det var ju på skoj, så som allt som Stas säger varit på skoj, nästan allt, för Stas tunga är snabbare än myrslokens eller kolibrins. Med den har han fångat världen i form av hastiga skisser över hur det skulle-kunna-vara-men-inte-är, alltid möjliga att rita om, dra tillbaka och ändra. Allt hos Stas var rörelse och föränderlighet, det var hans väsen. Och inget kunde överraska honom.

Absolut inga så kallade perversioner.

Det mest stillastående hos Stas var ledan, det vill säga motviljan mot allt som stelnar. Den rena form som han babblar om är ju motsatsen till det. Bron vacklar iväg längs sjön. Något har hänt.

Stas är rädd för något, för vad?

Är det för Bron eller för sig själv?

Det finns inget som människan fruktar mer än sin egen skräck. Och den människa som hyser skräck för sig själv injagar fruktan i den andre. Människan är det räddaste djuret. Bron sjunker ner på en kullfallen trädstam, han måste samla sig och förstå vad som hänt, vad som nyss gled åt sidan, vilken glipa som plötsligt öppnade sig och vad som då blottlades. I månskenet gungar mörk växtlighet strax under vattnets yta. Det blänker i de förkrympta trädens stammar och blad.

Berget på andra sidan sjön sover.

Men strax är Stas tillbaka vid hans sida. Han trampar runt i månskenet med händerna i byxfickorna och hans röst är gäll, det brukar den inte vara, nu är den det. Den är skärande och vass och Bron försöker förstå varför.

Medge det, Bron!

Vad i helvete vill du att jag ska medge?

Jag behöver inte upprepa det, du vet vad jag menar.

Du menar att jag försökte våldta dig? frågar Bron.

Han hittar med viss möda ett användbart tonläge. Det kan bara vara raljeriet och skämtet. Men naturligtvis medger jag det, svarar Bron allvarligt eftersom det är så orimligt. De har hamnat i ett gungfly och måste nå tillbaka till något som liknar fast mark.

Du är en tilldragande flicka, Stas, men det vet du ju själv.

Stas gnäggar till, det är ett hälsotecken.

· En riktig liten prinsessa, Stas.

Ett litet fniss, men strax snubblar Stas ut i träsket igen.

Nu handlar det om Brons hänsynslöshet och om Stas ofantliga tålamod, och om Brons totala samvetslöshet när han tog tältet med sig och lämnade Stas åt sitt öde, och om Stas självuppoffrande uthållighet. Och därpå en harang om Brons högfärd. Det är bottennapp hela vägen. Men det Stas säger är kränkande och Bronisław ger svar på tal. Han håller inte inne med vad han anser om Stas bisarrerier och megalomana självupptagenhet, och hans nervpåfrestande lynnighet och ombytlighet. Bron har fått behärska sig under hela resan och ta hänsyn och ge akt, det har skapat avstånd mellan dem.

Åt detta flabbar Stas högt och hånfullt.

De avlägsnar sig från varandra och närmar sig varandra där de snubblar omkring bland rötter och stammar och taggiga buskar. De trampar längs sjöstranden, den ene före, den andre efter, och sedan upp på bergssluttningen, nu den andre före och den ene efter, och så ner igen. De kan inte släppa taget om varandra. De ropar till varandra och ekot kastas över vattnet. De kan inte lämna varandra, det liknar en sorts besatthet!

Det är underligt. Det är ovärdigt. Men de kommer inte loss.

Månen går i moln och dyker upp igen.

Jag reser hem så fort jag kan, säger Stas.

Ju förr dess bättre, svarar Bron.

Den här natten ska jag inte glömma, ropar Stas.

Nej, den här natten glömmer man inte så lätt, svarar Bron.

Bron snavar bland buskarna vid stranden. Han trampar av misstag ner i vattnet och tar sig klafsande upp igen. Stas är honom i spåret och passerar honom. Fågeln som jagar ovanför dem ropar ibland, det är ett långdraget och ödsligt skri. Vem inbillar du dig att du är, ropar Stas när fågeln tystnat, en sorts Nietzsche? Tänk om du bara är en vanlig medelmåtta, Bron! Det har du väl inte kunnat föreställa dig ens i din vildaste fantasi. Men din fantasi har alltid varit klen, Bronio.

Dra du till Zakopane och måla dina mästerverk, svarar Bron.

Han är färdig med Stas, ändå travar han runt med honom mitt i natten, varför gör han det? Kanske för att de inte kan återvända till tältet. Där inträffade något. Det var ett missförstånd men går inte längre att reda ut, och det är därför de irrar runt i Toowoomba.

Du är den mest okonstnärliga människa jag mött, Bron.

Stas förefaller lugn men hans röst är uppskruvad. Det är som om han måste överrösta något hos sig själv.

Lyckliggör du mänskligheten med dina dilettantiska filosofier om konsten, svarar Bron, världen törstar ju efter dem. Det fanns något i Stas tonfall som stack till på allvar och rev upp.

Det gör ont. Och det är kanske irreparabelt.

Men Stas väjer nu inte för något.

Det gör mer ont än Bron kunde föreställa sig. Han får för sig att han inte kommer att överleva det. Den förbirusande tanken gör honom samtidigt häpen, för till vad behöver han Stas? På vilket sätt är han beroende av den olyckan?

Varför är du så upprörd över mina konstteorier? du förstår dem ju inte, säger Stas och tränger sig förbi.

Jag? Jag är lugn som en filbunke, svarar Bron.

Ja, älskade Bronisław. Som de flesta idioter.

När morgonljuset kommer återstår inte mycket.

De finner att stammen av urinnevånare har dragit vidare. De har packat ihop och ljudlöst försvunnit i natten. De måste ha lyssnat till rösterna och vansinnesropen och därefter gett sig iväg. De efterlämnar en smula aska på härden, den virvlar upp i vinden, och några avgnagda ben, och ett stycke tyg som fladdrar i en trädgren. Deras frånvaro skapar en skärande tomhet.

Något har verkligen förstörts denna natt.

Bronisław vet inte ännu vad. De går tigande och trumpna den långa vägen tillbaka över slätten. De återförenar sig med de virriga och välvilliga medlemmarna av British Association for Anthropology, mest äldre professorer och deras hustrur. På tåget till Brisbane väljer de varsin kupé. Bron väntar på sitt pensionat på ångaren som ska föra honom till Nya Guinea och Port Moresby. Mest sover han bakom fördragna gardiner. Han hinner få ett brev från Stas medan han själv fortfarande väntar på ångaren. Det är skrivet ombord på ett passagerarfartyg till Europa. Det är kyligt och kränkande.

Det handlar om oväsentligheter, hela tiden liksom i förbifarten, och mer ingående om en brasiliansk hora som Stas lägrat ombord. Det var inget fel på bröstvårtorna och rumpan var fin, men han tröttnade efter två skjut, och det berodde på hennes utomordentligt omfattande inskränkthet. Det går inte att fastställa vad det egentligen är som är så kränkande i detta brev. Men det finns mellan raderna, i bokstävernas staplar, i skiljetecknens placering. Bron är en av de massmänniskor – de alltför många – som Stas föraktar. Det står inte så. Det framgår. Det är ett brev som dryper av nedlåtenhet.

Han läser det under stigande avsmak.

Stas undertecknar brevet med "Din Maria".

Andra delen

Ett mjukt buktande vatten, det är lagunen. Trädens speglingar står andlöst stilla. En lätt vindil, och de slanka palmstammarna vajar till i vattenytan som krusas. Sen återtar vattnet sin eftertänksamma gröna andning. Himlen är rosa. Luften är mild i morgonväkten. Detta är paradiset, så nära man kan komma det. I lagunen och utanför den breder korallreven ut sig, färgskimrande, mjukt vaggande. Under vattenytan finns en skog av osannolika former, fantasmagorier.

Där betar drömmande fiskar.

Allt är av korall, reven, undervattensskären och ön.

När man färdas längs Nya Guineas kuster syns – men bara för det tränade ögat – byarna som en blankare grönska. Vegetationen är ständigt beredd att sluka de ostadiga mänskliga bosättningarna. Men här, ute på korallöarna, står varje tumsbredd mark under mänsklig övervakning. Hela ön är en trädgård med invecklade ägandeförhållanden. Ett kommunikativt nät av odling, årstidsväxlingar, utbyten och underjordiska meddelelseformer.

Ön Boyowa liknar på kartan en klubba med utbrett huvud och böjd svans, en simmande spermie i havet. Vid dess svansspets i söder sprattlar en mindre ö, skild från den större av ett smalt sund, det är Vakuta. Bara ytterst längs kusterna finns ännu urskog, en remsa av vildväxande vegetation som en skyddsmur för det inre.

Byarna ligger tätt och är många.

Längre mot öster har en rad småöar kastats ut ända bort till den stora Murua, den som britterna kallar Woodlark Island. Men de första människorna skapades i provinsen Kiriwina på Boyowa, som av det skälet har en särställning bland öarna. Dit kom Tudava med kanoten och skänkte jams, taro, taytu, bananer och betel, sådant som är villkor för mänskligt liv.

Och ytterst ute på Boyowas östliga kust kröp några djur fram ur jorden under en stor sten. Den första var hunden. Den andra var grisen. Hunden var länge den främste, därefter besegrade grisen honom. Från dessa totemdjur och ytterligare ett par räknar alla som bor här sitt ursprung. Klanen som stammar från grisen är den högsta, men allt detta är invecklat.

Hur ska det beskrivas? Det krävs pedagogiska jämförelser för att göra en antydan om den sociala komplexiteten hos dessa människor, några tusen till antalet, i Boyowas provinser. Det nordliga Kiriwina är aristokratiskt och självmedvetet och i besittning av myterna. Hövdingen i Omarakana är följaktligen högst i rang.

Man kan kalla det Boyowas Athen.

Söder om det ligger Titaula, med en grovkornigare och slugare befolkning och många beryktade kämpar. Det är Sparta. Ännu längre söderut lever ett tystlåtet folk som under sina skuggiga palmdungar tillverkar snideri er och kärl och smycken vars skönhet är ryktbar i hela Söderhavet. Det är Kuboma.

Men människorna där är föraktade av alla och sedda över axeln, ungefär som judarna i byarna i Galizien. Någon grekisk motsvarighet står inte att finna. Vad ska man sedan säga om Kulumata, Luba och Kaybwagina? Här sviker fantasin Bronisław.

Han ritar kartor. Han räknar folk. Han vandrar mellan byarna. Han förtecknar trädgårdar, markröjning och grödor.

Han tar del av de magiska ritualer som följer varje planta ända från fröstadiet. Han ägnar månader åt att sätta sig in i den ofattbart svårutredda distributionen av skörden, som under några veckor får människor att springa kors och tvärs över ön med korgar och bärställningar, planlöst förefaller det, men i själva verket efter skrupulöst utformade regler, allt under det att snäcktrumpeterna skallrar i alla väderstreck.

Det är mödosamt med alla intervjuer han måste göra för att bli klok på det för dessa människor allra mest självklara. Ofta får man sitta i timmar och tugga tobak på stranden och lyssna till skitprat innan något av vikt dyker upp. Det har tagit honom lång tid att uppfatta vad som är av vikt. Hans informanter lägger ingen vikt vid det.

Nu vet han att varje klan genomkorsas och sammanflätas och tovas ihop och skärs itu av ett otal subklaner – de kan vara trettio eller femtio. I dessa subklaner finns en annan makthierarki än i de fyra huvudklanerna: kvinnomakten. I själva verket är det den starkaste maktfaktorn på ön. Det ser ut som om männen bestämmer, men i själva verket är det kvinnorna som avgör det mesta.

Hur förklara detta för europeiska läsare?

Han har ägnat två år åt att lära sig språket, nu talar han det hjälpligt. Ändå känner han sig oftast konfys. Allt är kaotiskt och virrigt. Så vad *är* egentligen ett språk? Inlärda fraser? En kollektiv psykologi? En väv som sammanbinder historia med tillfälligheter? Eller sociologiska lagar med individuella avvikelser? Kanske är det gemensam erfarenhet uttryckt genom olika institutioner, det vill säga ett system av sociala föreställningar?

För att komma åt språkfrågan har han studerat modern lingvistik och språkteorier tills han varit spyfärdig. Dessa lärda europeiska herrar tror att ett språk går att översätta! Att språket är en sorts fördubbling av den mänskliga tanken! Att det är rationellt och överförbart till andra kulturer med hjälp av lexikon och grammatikor! Men språket existerar ju huvudsakligen utanför skriften (särskilt här där skrift inte existerar). Det formas av handlingar, gester och antydningar till de införstådda. Ett enda ord bär med sig hundratals associationer som antropologen står främmande för. Och för informanterna är associationerna så självklara att de inte noterar dem.

Språk är bland annat minne. Är kropp. Är en väv där allt hänger samman. Dra i en tråd och du hamnar i urmysteriet, hos Tudava och hans mamma. Men hur ska antropologen som nyss har blivit presenterad för Tudava, samhällsgrundaren, kunna begripa vad de syftar till? De säger ofta saker mot bättre vetande. Som att kvinnorna gör barn helt utan inblandning av mannen. De skrattar åt honom när han protesterar. Varför ljuger de? Det tycks också ingå i språket och på något vis ha med Tudavas mamma att göra.

Han ror mitt i natten längs Boyowas stränder.

Fosforescerande ljus över lagunen. Fiskarnas stumma kyssar. Ett skärande fågelskri och urskogens susande daimon. Hur skildra Boyowa för en västerländsk läsekrets? Han får ibland för sig att alltsammans är så osannolikt och förvirrat att han förmodligen själv har hit-

tat på det. Så som barn ritar kartor, godtyckligt distribuerar bergs-
kedjor och floder, bygger städer och uppfinner konstiga sedvänjor har
han själv kanske uppfunnit Boyowa? Ja, han får ibland tanken att
Boyowa är hans eget inre. I så fall är han sysselsatt med att rita en
karta över det. Och han måste finna verktygen och redskapen med
vars hjälp han ska kunna översätta sig till begriplighet. Det är ett ut-
manande uppdrag.

Men det är kanske vad vi alla gör?

Livet är oöversättbart, vi försöker oavbrutet förklara det.

Och till detta går livet åt.

Boyowa, är det jag? Detta intrasslade virrvarr? Dessa oordnade
delar i själen som tillsammans bildar en trasselhärva – är *jag!* Men
plocka fram en enda detalj för sig – den är *inte* jag. Eller försök ordna
hela vimset med hjälp av abstrakta begrepp, och det är *inte heller* jag.
Så var finns jag? Jag är det oöverskådliga och hoprörda komplexet av
alltsammans. Det är svaret.

Men det är möjligt att Boyowa inte är hans skapelse utan helt en-
kelt hans missuppfattningar.

Vad är egentligen Boyowa? Han vilar på årorna. De dryper av guld.
Månskenet är så starkt att lagunen är en skimrande spegel, månski-
van i vattnet är lika tydlig som den på himlen. Bland urskogens skug-
gor tycker han sig se ett litet flackande ljus. Det kan vara Ginger eller
Ogisa på väg för att möta honom. Inte Ogisa, han är för mörkrädd, en
kruka. Båda pojkarna har han anställt i Samarai utanför Nya Guinea.
De är lika främmande för Boyowa som han själv.

Om detta är paradiset så hör ingen av dem hit.

De är utestängda ur lustgården som Adam och Eva.

Han *är* sålunda inte Boyowa.

Vem är han då? Också denna fråga skapar allt större problem ju läng-
re han vistas på korallön. Han är öns iakttagande subjekt, försöker
han säga. Han är den som ska föra Boyowa ut i världen. Ibland tänker
han med bultande hjärta att han är denna korallös Herakleitos och
Homeros. Men kan engelsmän verkligen förstå Iliaden?

Nej, de förstår inte ens vad Pan Tadeusz handlar om, det gör bara
polacker.

För att åskådliggöra Boyowas totalitet för låt oss säga engelska bildade läsare och få dem att inse hur de enskilda delarna hänger ihop med hela komplexet, måste han först lära dem språket. Men ord och åtbörder på Boyowa förblir meningslösa om man inte förstår på vilket sätt de är förknippade med alla föreställningar som finns runt dem, sagor och myter och trollformler och sånger.

En kanot är inte bara en kanot. Den är också ett tecken.

Boyowanerna avläser det utan att reflektera över skillnaden mellan mytens kanot och verklighetens. För dem tycks det inte finnas någon skillnad. Det är som om de levde i myten. De finner antropologen, det vill säga han själv, korkad. Och de har rätt, det mesta är dolt och underjordiskt för honom, och det fast han tillbringat flera år på ön. Här finns inga samlande begrepp som motsvarar de abstraktioner som den engelska bildade publiken är van att förpacka verkligheten i.

När han inser det faller han i grubblerier över abstraktionernas sanningsvärden eller brist på sådana.

Av det får han ont i magen, diarré och huvudvärk.

Han släpar med hjälp av Ginger och Ogisa sitt tält, sina böcker, sina anteckningar och sin skrivmaskin fram och tillbaka över korallön. Han vistas långa perioder vid hovet i Athen, det vill säga intill hövdingens hydda i Omarakana.

Sedan drar han ner till Wawela på östkusten.

Därefter tar han sig upp till Kaybola i nordväst, för där finns den enda befolkning som överhuvudtaget inte ägnar sig åt odling utan enkom åt fiske, vilket gör dess villkor särpräglade och mentaliteten avvikande.

Hans vidlyftiga anteckningar, diagram och statistiska beräkningar, hans språkanalyser, hans skildringar av sexualvanor och könsbeteenden, hans beräkningar av taro- och jamsskördar, hans beskrivningar av häxornas beteenden, hans uppteckningar av trollformler, sagor och magiska ramsor, hans påbörjade teorier om kulaceremonier och handelsvägar – för att nu inte nämna allt annat, som till exempel det helt avgörande nyåret och milamala, samt de återkommande besöken av de dödas själar – utgör redan oformliga och svårburna bylten, nödtorftigt insvepta i vaxduk.

Och antingen faller företeelserna isär i lösryckta exotismer.

Eller också bildar de en grötaktig substans som inte på något begripligt sätt kan överföras till den bildade engelska läsekretsen. Och när vindarna vänder och de klibbiga och kletiga regnen sveper allt i grönaktig fukt ruttnar alltsammans trots vaxduken.

Då försöker han påminna sig att han inte är Boyowas Homeros.

Han är en modern europeisk forskare. Hans uppgift är att på grundval av de empiriska data han samlar lägga en grund för den moderna vetenskapliga antropologin.

Man kan då inte börja med helheten av alla tings sammanhang.

Man måste på ett eller annat sätt beskära den.

Man får tukta och tillrättavisa denna påträngande totalitet som insisterar på att enskildheten inte är begriplig utom i det stora och mytiska sammanhanget. Man får välja ut några få trådar, pedantiskt ordna dem, och därefter lägga dem i den stora grytan där mänsklig kunskap kokas för framtida bruk. (Vad skulle Stas säga? Stas skulle hånflabba åt Bronisławs valhänta försök att ordna verkligheten, men Bron försöker hålla Stas utanför det här.) Om han nu lyckas skriva en bok om Boyowa – han tvivlar ofta på det – kommer det då verkligen att göra honom till en framstående europeisk antropolog?

Han tvivlar på det också.

Men när han inte får styrsel på Boyowa förlorar han sig i dagdrömmar. Han ligger på rygg på sin hårda brits i det grönfuktiga tältet och mottar en professur, kanske i London eller i New York. I varje fall helt säkert i Kraków. Bäst skulle han nog trivas där, i Kraków. Han sitter på Jagelloniska universitetet, i något mahognyklätt cigarrdoftande rum vid ett stort skrivbord med utsikt över floden, och med vitrinskåp för läderfolianter runt sig, och med unga assistenter som alla vill gå i hans fotspår och resa till kartans vita fläckar, och med en beundrande skara studenter väntande i föreläsningssalen...

När jag i ungdomen vistades på Boyowa...

Mina erfarenheter av infödingarna där...

De teoretiska överväganden jag har gjort om det primitiva tänkandets strukturer...

... men finns det egentligen något primitivt tänkande?

Är inte *allt* tänkande i grunden primitivt? Och *måste* det inte vara det för att världen överhuvudtaget ska kunna uppfattas? Är det inte så att begreppen och abstraktionerna som det västerländska tänkandet bygger på bara ur *en* bestämd synvinkel ökar den mänskliga kunskapen? Och att abstraktionerna samtidigt döljer och osynliggör *en annan* kunskap?

Till exempel den kunskap som han möter på ön Boyowa.

Dessa människor har formats av enorma men oupptecknade historiska förlopp vars kemi och fysik ännu bevaras i deras medvetanden och blodomlopp. Deras kunskap avspeglas i sättet att segla, odla och älska. Kanske måste han börja i den andra änden, det vill säga först bygga en kunskapsteori? Från vilket håll ska han angripa sitt ämne? Hur ska han någonsin ens hinna börja att skriva boken om Boyowa?

Han kippar efter andan. Han känner sig vanmäktig.

Han överväldigas och håller på att drunkna.

Han får huvudvärk och ihållande magbesvär och känner av hjärtat, vars svaghet gör sig märkbar genom utbredda domningar i fingrar och handflator. Det finns dagar då han inte förmår resa sig från britsen. Då ligger han i tältet och slukar dåliga romaner. Det är som en drog, ett gift. Än värre, han tillbringar nätter försjunken i tidskrifter från Melbourne eller den fruktansvärt undermåliga Papuan Times.

Det är ett helvete att vara avskuren från civilisationen.

Han svär långa kötteder över infödingarna.

Han är grinig och gnällig mot Ogisa och Ginger. Han behandlar sina informanter illa. Eller han avvisar otåligt information som tycks irrelevant för hans syften. För att tre veckor senare finna att Toydola, eller Yosala Gawa, eller Kariwabu med sin slugt inåtvända blick, eller Morovato, inte skröt och inte fabulerade och inte heller gjorde sig till, utan stillsamt levererade den pusselbit som han sökt. Men då kan samtalet inte upprepas.

De håller på med sin oavbrytbara milamala, eller lubbar under skallrande snäcktrumpeter över ön med jams till sina systrar, eller är ute i kanoterna på sina långa kulaexpeditioner till Amphletterna eller Dobu där de lämnar armringar i utbyte mot halsband, eller de har nyss hämtats av magistraten till Nya Guinea för att sättas i fängelse för något slagsmål eller en hustru för mycket.

Alltsammans är i grunden oöverskådligt.

Så fort han tror sig besittning av en hypotes krossas den mot verkligheten. Delar och helhet faller isär. Man måste beskriva alltsammans i naturlig skala för att vara sannfärdig. Men det går inte. Då syns ju ingenting, man kan lika gärna stirra på verkligheten. Han måste hitta en arkimedisk punkt.

Han finner ingen. Han kommer ingen vart.

Han är sjuk. Förtvivlad. Det har varat länge.

Han är uppgiven och osammanhållen. Beredd att våldta vilken kvinna som helst. Vännen Billys infödda hustru Marianna i Gusaweta, eller den sköna fru Brudo i Sinaketa. Eller någon av Bagidous frestande systerdöttrar i Omarakana? När som helst. Rakt av. På stigen. Eller dra in dem i tältet och ta dem bakifrån, framifrån och uppifrån.

Så är det: han avger heliga löften att inte läsa fler romaner, och sen läser han tills ögonen blöder. Han förbjuder sig slippriga tankar och de jagar honom dygnet runt. Han svär att inte ta någon av hororna i Kiriwina och än så länge har det faktiskt lyckats, varje gång med bråkdelen av en hårsmån. Nästa gång klarar han det inte. Och när pärlfiskaren Billy, den trevlige irländaren, kommer till byn där han befinner sig och föreslår att Bronisław ska följa med ut till hans hus ute på udden och dricka whisky följer han med.

Sen lider han av baksmälla i flera dagar efteråt.

Och skäms. Och avger hundra nya löften om bättring.

Och skriver brev till Australien för att berätta hur bra allt går. Eller vankar på stranden i hopp om att den rostiga ångaren som medför post och nyheter ska siktas. Han passar inte till antropolog. Han är för teoretisk. Eller för pragmatisk och konkret. Han ser inte skogen för bara trän. Och så fort han intresserar sig för skogen lyfter alla träden och fladdrar bort.

Det är förmodligen något fel på hans karaktär.

Han är också alltför känslig för kritik. Billy i Gusaweta, eller handelsmannen Brudo, eller till och med den skenhelige metodistpastorn i Sinaketa, slår honom på fingrarna när som helst när det gäller sakkunskap, de har levat här i decennier. Han tål inte att bli tillrättavisad av dem. Han menar ju att han själv samlar en mer sofistikerad kunskap än de, men vilken?

Han är inte som Stas, som kunde umgås med vilken människa som helst med ledning av den egna inre kompassen, osvikligt pålitlig. Stas var sin egen arkimediska punkt. Han skulle ha förvandlat Boyowa till sin egen privata salong, sin målaratelié, eller till en brokig lekstuga av vänner och fiender. Och då skulle naturligtvis något bli synligt.

Stas skulle låta världen flyta in i sig och sen måla den.

Så fan ta vetenskapen!

Det enda som håller honom uppe är fantasierna om en framtida

professorsstol. Som livsmål är det torftigt. Den västerländska veten-
skapen gör på det viset sina adepter till karriärister. Det är vad han är:
en karriärist (som Stas mycket riktigt underströk). Han vämjs över
sig själv. Och över sin fåfänga (också fåfängan nämnde Stas ofta, men
varför hela tiden Stas?).

Han måste börja föra dagbok för att hålla sig själv stången.

En människa bör vara någon sorts sammanhållen enhet, det är hans
uppfattning. Men när han börjar föra dagbok glider han ut i egen-
domliga undervattensflöden. Han hamnar på bifloder, i grumliga
träsk och i virvelströmmar och kan än mindre än förut hålla sig till
huvudfåran. Han ror ut på lagunen för att lugna sig en smula.

Ja, för att nödtorftigt hålla sig samman.

Mörkret har fallit. Stjärnhimlen reser sig ovanför hans huvud. Och
nu börjar korallreven skimra. Han ser fiskar runt båten. Sen virvlar
hans tankar en stund runt Ellie Rose i Melbourne. Men hon är så
långt borta att han inte riktigt kan få fatt i hennes anletsdrag. Det
enda som händer är att en elak saknad gräver i hans bröstkorg. Han
slår bort tankarna på henne.

När han är utanför udden ser han den svängande lyktan.

Mannen som håller den syns inte.

Och när han med årorna driver båten mot land ser han till sin för-
våning att det är den mörkrädde som står där, Ogisa. De drar tillsam-
mans upp båten i sanden. Ogisa darrar mycket riktigt av skräck för
demoner, andar och flygande häxor. De heter här *mulukwausi* och är
kvinnor på jakt efter inälvor. Tillsammans går de in i urskogen i rikt-
ning mot byn. Och var håller Ginger hus? Han lagar mat. Träd-
skuggorna virvlar i det silande månljuset.

Om han blev professor i Kraków skulle han skaffa ett semesterhus
i Zakopane för sig och sin hustru och barnen.

Men han har ingen hustru. Än mindre några barn.

Och Zakopane utan Stas? Vilken ödslig tanke.

Tre år sen de skildes, och han blir inte klok på vad som skedde. Det
var Stas fel, har han sagt sig. Men nu, i detta glidande dunkel då mu-
lukwausi flaxar runt i urskogsträdens toppar, och det prasslar i bus-
karna, och Ogisas lykta kastar otillförlitliga fläckar av ljus över sti-
gen, och han själv är medtagen, självuppgiven och ett lättköpt offer

för underlägsenhetskänslor, angriper honom Stas med sin vedervärdiga spefullhet.

Gode gud. Först och främst bort med Stas ur tankarna.

Det är i skiftet mellan månarna Toliyavata och Yavatam och snart börjar nordvästmonsunen. I Europa är det inte långt kvar till jul.

Men på Boyowa är det *molu.*

Här avlöser två tillstånd oavlåtligt varandra, det är malia och molu. Och *malia* är överflödet och ymnigheten. Då frossar människor på sin rikedom tills de svimmar och spyr på ett underbart vis. Det finns ingen måtta. Man dansar, man älskar, och trummorna dånar och snäcktrumpeterna viner, och kärleken är överallt, i vattnet och i luften, och ofödda själar smyger in i kvinnornas kroppar och blir barn, och gamlingar finner källan i skogen där de kan klä av sig det rynkiga skinnet och få sig ett nytt och slätt.

Men nu är det molu.

Det är bristen. Knappheten och kargheten.

Ljuset silar rakt genom förråden och visar att de är tomma. Människor vänder sig bort från varandra. Hela tiden finns mardrömmen om hungern. Inget är här så fruktansvärt som hungersnöden. Då spricker huden av egendomliga utslag. Kvinnorna letar föda i skogen. Två år av torka i följd kan göra situationen ohållbar. Då överges byarna. Människor drar sig till Kaybola där man fiskar året runt. Det är för att stjäla fisk nattetid. Men bakom andra träd står ytterligare uthungrade bybor. Fiskarna försvarar sig mot alla. Det blir slagsmål, blodbad och massakrer, och skeletthögarna vittnar om molu. Så illa är det inte i år och har inte varit på ett kvarts sekel.

Men det är helt visst molu. Överallt och i honom själv. Ogisa snubblar och pladdrar högljutt för att hålla andarna ur vägen. Bron ryter åt honom att hålla käft. Sen snörs hans strupe ihop av gråten. Han bär sig ovärdigt åt. Han är full av molu, och han har inget att försvara sig med.

En solbegravning denna afton à la en nocturne av Chopin.

I den scharlakansröda stilen, men varför Chopin? För att han denna dag har bestämt sig för att skriva ett julbrev till sin mor och hon tycker om Chopin. Kanske kan Chopin då locka fram henne? Ja, Zofia måste överlistas. Hon håller sig annars gömd i något hörn av den mörka våningen på Marszałkowska. Breven han skriver blir av det skälet lapidariska, halvsvalda meningar, mest livstecken och retoriska frågor: Hur mår tanterna, kusinerna och hon själv?

Tre nakna bruna ungar snattrar runt honom i tältet, inom kort är de tio. Han ryter åt Ginger att köra ut hela skocken. Men när han väl är ensam med skrivmaskinen lyfter hans tankar på Zofia som en insektssvärm och är borta. Han kliar sig på vristerna, hopvikt intill magvärk på den låga fältpallen. Varför kan han inte skriva till sin mor? Samvetskval, förmodligen. Av skilda orsaker, och till dem hör kriget.

Kriget är Zofias vardag. Han glömmer långa stunder bort kriget. Men det plågar honom också att han delger henne så lite i breven. Avståndet är för stort, deras villkor är för olika.

Hans blick vandrar ut genom tältfliken mot lagunen.

Där spikas blicken fast vid den rosa horisontlinjen.

Efter en stund sliter han med en ansträngning tillbaka den. Men därefter sliter han också papperet ur maskinen. Zofia är oåtkomlig. Han har helt enkelt inte lust att skriva till henne, det får vänta ett tag. Han beslutar sig för att i stället skriva ett julbrev till Ellie Rose.

Hon är hans trolovade, de förlovade sig fast hemligt – hennes föräldrar skulle ogilla det – när han senast var i Melbourne.

Ja, åtskilligt har den blivande svärsonen emot sig. En fiende till Australien, i varje fall definitionsmässigt. Och Ellies föräldrar är definitionernas varma anhängare. Han och de förstår varandra illa, om också i hövliga former.

Men när han ska börja skriva inträffar något.

Dubbletten dyker upp.

Ja, den egendomliga dubbelgångerskan till Ellie. På pricken lik henne men inte *hon*. Det kan också vara precis tvärtom, att det är dubbletten som är den verkliga. Detta gör honom yr i huvudet. Han misstänker att han under de långa och ensamma månaderna på Boyowa har skapat en annan Ellie Rose än den verkliga.

Ja, ur sin brist – sin *molu*.

Och när han ska skriva till Ellie blir han rädd att han ska kränka och såra henne genom att förväxla henne med den Ellie Rose som han dagligen umgås med i sina tankar. Det är helt realistiskt. Alltför många gånger har han förväxlat sina fantasibilder med de kvinnor han älskat, med förödande resultat. Han vill ogärna att det ska hända igen. Därför är han ömsom misstrogen mot den Ellie Rose som han vänder sig till i sitt inre – denna Ellie är ofantligt klok och förstående – och ömsom mot henne som tar emot hans brev och vars ansikte han faktiskt har en smula svårt att minnas.

Hon kanske inte är fullt så änglalik som den andra?

Han hoppas förstås att de två ska visa sig vara densamma.

Men han vet inte.

De brev som han får från Ellie Rose i Melbourne läser han därför med blickar som är så genomlysande skarpa att han efteråt skäms. Han skulle inte vilja få sina egna brev lästa med en liknande röntgengenomlysning. Han vill bli förstådd precis som den han är. Och förlåten och älskad.

Inte skärskådad och vägd på våg.

Men det utsätter han Ellie för.

Tanken på dessa två Ellie Rose, så lika varandra och kanske ändå helt skilda naturer, får honom på dåligt humör. Han känner ett starkt tryck över tinningarna. Det är obehagligt. Han blir tvungen att resa sig upp. Han är illa till mods. Tältet är litet och övermöblerat, fältsäng, skrivbord, böcker och oredigt anteckningar. Han står inte ut längre. Han måste få röra på sig.

Och med två Ellie Rose flaxande runt huvudet – en sorts stora fåglar, av allt att döma svartsjuka på varandra – lämnar han byn bakom sig. Han kliver med långa steg genom skogen.

Han passerar trädgårdarna som håller på att slockna i solnedgången. Med nävarna knutna i fickorna halkar han ner mot lagunen. Där syns ingen postångare till. Men den anländer nyckfullt och utan tidtabeller. Kaptenen kan mycket väl ha druckit sig full i Sinaketa eller någon annanstans och bestämt sig för en ledighet. Tiden på korallöarna styrs inte av almanackan. När kaptenen har lämnat Guinea bakom sig ställer han kosan rakt ut i tidlösheten, inget utom solen och stjärnorna styr över honom.

Nu ligger havet rött i solnedgången.

Bara längst ute vid horisonten syns pärlfiskarens lilla motorbåt som en svart prick. Och bortom den flämtar konturerna av ön Tuma som en rosafärgad hägring. Där bor de ännu ofödda och de döda. Åt det hållet far de levande sällan och ogärna, men Billy känner inga skrupler. Han hör ofta de dödas röster i vattnet, påstår han, och de har aldrig gjort honom ont.

Bronisław lägger sig på rygg i den varma sanden. Han känner sig gråtfärdig. Men han befinner sig trots allt i paradiset, så nära man nu kan komma det, och kan han då inte för en stund komma till ro och njuta av friden? Tankarna stillnar. Han somnar i sanden och vaknar mitt i natten av att en illaluktande hund slickar honom i ansiktet.

8. JULAFTON

Det är julafton år 1917. De kortfattade nyheterna i Papuan Times antyder oerhörda förluster i de leriga skyttegravarna i Europa. Palmträdens svarta stammar stupar mot vattnet. Ett par magra hundar kopulerar i strandbrynet. Några av byns gubbar sitter på huk med händerna över knäna och småpratar vid de uppdragna kanoterna. Han får lust att skriva till Louise i Adelaide. Ja, hon borde få ett julbrev. Om vad? Om små enkla ting. Det han ser runt sig. Berättelser om de infödda. Sådant roar henne.

Louise delar inte upp sig på två, som Ellie Rose, eller gömmer sig som Zofia. Att skriva till Louise skulle lugna honom. Louise är hans trolovade. En så renhjärtad förälskelse har han aldrig upplevt. Men är Louise hans trolovade? Är det inte Ellie Rose? Jo. Och han älskar henne. Blotta tanken på att Ellie Rose skulle överge honom får hans hjärta att upprört bulta.

Är han då förlovad med både Louise och Ellie Rose?

Ja. Av en tillfällighet. Och högst interimistiskt. Hans avsikt är att skriva till Louise och klargöra att han har förlovat sig med Ellie. Men månaderna har gått och tanken på att behöva göra Louise illa har fått honom att skjuta brevet på framtiden. Tanken på att göra Louise illa? Eller tanken på att definitivt mista henne?

Han borde först klargöra det för sig själv.

Men att klargöra det oklara är ett *contradictio in adjecto*.

Var finna sin arkimediska punkt?

Han sitter i soluppgången på udden vid lagunen utan att se omgivningen. I himlen eller öronen spelar ännu den lungsjuke Chopin. Han förlovade sig eller näst intill, och mycket förälskad, strax efter ankomsten till Australien med Louise i Adelaide. Därefter har han mest vistats i Papua och på korallöarna. När han vid ett besök i Melbourne träffade Ellie Rose blev han helt intagen. Andra gången han återkom för studier på universitetsbiblioteket stod det klart för honom att han älskade henne.

Ellie är kvinnan han längtat efter.

Det är enkelt och självklart.

När han berättade för Ellie Rose om Louise förstod hon. Hon hade ju själv varit förlovad. Med Charles som dog i kriget. Honom är Bronisław mycket svartsjuk på fast han är död. Men att han älskar Ellie Rose tar inte bort hans varma känslor för Louise. Hon är ju samma Louise som förut, lika tilldragande. Också det förstår Ellie Rose. Inte bara hans inre Ellie utan också Ellie i Melbourne. För den senare har han dock ännu inte förmått berätta att han inte har gjort slut med Louise. Den förra är givetvis införstådd.

Ellie i Melbourne förutsätter förmodligen att han brutit med Louise. En man kan ju inte vara förlovad med två kvinnor. Men i sina brev till Melbourne har han inte förmått vidröra ämnet. Det slår honom att denna – hur ska man uttrycka saken? – inkongruens i kunskap kan bidra till klyftan mellan dem, alltså klyftan mellan Ellie i Melbourne och den Ellie som han dagligen umgås med på Boyowa. Är det därför som Ellie delar sig i två?

Han borde naturligtvis skriva till Louise. I själva verket får han inte skjuta upp det ett ögonblick till. Insikten får honom att tvärt vända på klacken och springa tillbaka till byn längs stranden. De två hundarna löper efter honom med skarpa små skall. Han återvänder till tältet och skrivmaskinen.

Och nu går det äntligen att skriva!

Medan han knattrar på maskinen serverar Ginger honom frukost, bananer och taro. Det går lätt att skriva. Han har mycket att berätta för Louise.

Om regnet som silar genom hyddornas tak på morgnarna.

Om barnens lekar i lagunen, de dyker som fiskar. Ungarna här är lyckligare än alla andra barn han har mött. Det har med familjens struktur att göra. Barnen på Boyowa har en lycklig barndom.

Han berättar om Ginger och Ogisa. Han delger henne sina nyvunna insikter i trädgårdsodlingens magiska konst. Han berättar om smyckena som kvinnorna i Kuboma tillverkar. De är eftertraktade i hela Söderhavet. Man kunde tro att flera provinser var sysselsatta med tillverkningen. Men när han undersökte saken närmare fann han att sju uråldriga kvinnor stod för den samfällda produktionen tillsammans med tre eller fyra halvvuxna flickor. En enda influensaepidemi kunde ta kål på hela tillverkningen.

Mycket anspråkslösa orsaker kan få stora effekter.

Och omvänt, en storartad effekt kan omintetgöras av en obetydlig orsak, skriver han till Louise. Först när han har slickat igen kuvertet – postångaren kommer väl någon gång efter jul – inser han att han glömt själva huvudsaken: Ellie Rose blev inte nämnd. Då blir han sittande vid skrivmaskinen med huvudet i händerna. Luften i tältet är klibbig, har grönfuktiga händer, griper efter honom. Trycket vid tinningarna känns outhärdligt. Vem är han egentligen? Det är som förgjort! Hans uppgift är att finna den arkimediska punkt som gör det möjligt att skildra totaliteten på Boyowa. Han kan inte ens genomskåda sin egen. Han lämnar på nytt tältet. Det är hett.

Han passerar hyddor och jamsförråd. I snårskogen bland krypande och listiga sticklingar, förtorkade stjälkar och obegripliga fladderlöv hör han en flock vildsvin hosta astmatiskt. Han viker av upp mot de magiska trädgårdarna och sätter sig under ett av träden nära nyodlingarna.

Förträngningar! Freud har rätt, det mänskliga sinnet är fullt av dem. Psyket drar ridåer för det man vet och lurar sig självt. En man *kan* inte vara förlovad med två, i varje fall inte en europeisk man. Eller är det bara språket som sätter hinder för verkligheten? Eller logiken? Om A, så icke B. Om däremot B, så icke samtidigt A.

I varje fall enligt filosofen Aristoteles.

Och om greken hade fel?

Då är det förstås fullt möjligt.

Men om denne man – som han själv – bedrar både A och B dagligen och stundligen, i varje fall i sina slippriga tankar? Han gör ju det. Med fru Raphel Brudo. Med Billys bruna Marianna. Med den fylliga värdshusvärdinnan i Samarai (flera drömmar på sistone) och med den vänliga miss Hadley på missionsstationen (otroligt men sant). Och därtill med Toysenengilas unga hustru. Han tror i varje fall att det var Toysenengilas fru.

Eller är hon Toysenengilas frus syster? Han gick snett bakom kvinnan utan att kunna ta blicken från hennes släta rygg och kurviga säte under den koketta gräskjolen. Hennes gång var flytande, svepande och omtumlande. Vaderna som spändes. Och höfternas lilla lekfulla vaggning! Solreflexerna över hennes skinn var fläckar av rent guld. Och runt henne flöt den berusande doften av pandanuslöv.

De bär dem i armhålorna, även männen.

Hon hade också stuckit två hibiscusblommor i håret. Han gick ibland bredvid henne på stigen och ibland snett bakom henne hela vägen till Omarakana. Han önskade att vandringen aldrig skulle ta slut. En man i Europa kan vara gift i trettio år utan att någonsin få se sin hustru röra sig naken, och absolut inte lika vackert och lekfullt och ogenerat som Toysenengilas fru. De gick utmed stranden och upp under träden och längs trädgårdarna som nyss har börjat röjas. Då och då slängde hon ett skämt till honom över axeln, och han svarade. Hon visste mycket väl att han njöt av att se henne.

Hon tyckte om det.

Och när de kommit halvvägs avklingade den råa lusten att ta henne, välta henne, omfamna henne, eller bita av hennes ögonfransar som de gör på Boyowa i stället för att kyssas. Han var förstummad av hennes skönhet. Djupt tacksam. Över att hon så graciöst visade upp sig och över att hon så tanklöst njöt av det, och så helt utan skamkänslor.

Det var ren poesi.

Poesi är en språklig dimension som är mer kroppslig än prosan.

I poesin tas utan ansträngning ett språng mellan inre och yttre, mellan abstrakt och konkret och mellan teori och praktik. Man kan förbinda och genskjuta. Man kan återkalla och bibehålla. Man kan pröva och lätt vidröra och genom halvskuggor och antydningar nå fram till klarsyn.

Poesin är det tätaste språket. Också det informationsrikaste, möjligen vid sidan av musiken och måleriet. I poesin kan man älska många. Ja, alla som man i verkligheten älskar. Och samtidigt dessutom. Rent och uppriktigt, som ett uttryck för sig själv, för sin totalitet och mångfald. Om han var poet skulle han kunna skildra Boyowa!

Vad var det Stas ropade innan deras vägar skildes?

Du är den mest okonstnärliga människa jag mött, Bron.

Bronisław kastar sig på rygg under trädet och ser himlen förvandlas till purpur. Nere i lagunen glittrar guldstänk som trollmynt. Han vill uppgå i alltihop och gråta av utmattning, han kommer ju ingen vart. Han måste fånga sig själv *in flagrante*. Slöheten, liderligheten. Avsaknaden av moral. Rastlösheten, som gör att han inte för ett ögonblick befinner sig där han är utan ständigt någon annanstans, i Europa, i någon lysande men osäker framtid, i kvinnornas famnar.

Han måste rannsaka sig. Hålla domedag över sig. Korsfästa sig vid sina misslyckanden. Så att han möjligtvis kan uppstå som en ny människa.

Stas. Låt oss börja där.

Vilken bitterhet. Man klyvs av vännens hån. Man mister sitt värde. Så vad hände i Toowoomba? Stas var orimlig. Hans stolthet och övermod: nära nog skrattretande. Men också kränkande. Stas mest framträdande egenskap är självupptagenheten, den är magnifik. En man med hundra masker. Vad finns bakom dem?

Existensen, enligt Stas. Den rena formen.

De grälade ofta om detta och Bronisław pikade honom – allt oftare under resan till Australien – för hans metafysik. Stas tänkande är magiskt, ungefär som hos svartkonstnärer och schamaner. Men kan man förebrå en poet för hans magi? Bron klandrade inte Stas. Men han blev alltmer irriterad, och varför? För att Stas vägrade att erkänna värdet av vetenskapen. Det vill säga: Bronisław vetenskap. Sig själv höll Stas för högst vetenskaplig.

De grälade om detta. På hotellverandan i Kandy till exempel.

Minnet återvänder – plågsamt – av Ceylons rödflammiga jord och måttlösa grönska. Stanisław som med uppspärrade ögon och fladdrande händer och med cigarrettfimpen i mungipan tog långa kliv över hotellverandans gistna golvbräder (nästan allt gistet uppe i Kandy, otätt, på väg mot förruttnelse): Din förbannade vetenskap, Bron, är lika maktfullkomlig som Moses högfärdige Gud.

Inga andra gudar jämte mig!

Men vetenskapen är värre, den kommer att utplåna varje spår av känsla för metafysik i människan, och döva och mätta henne med materialism!

Vad fanns att svara? Bronisław fyllde munhålan med rök från pipan och blåste ut den igen. Stas red sina käpphästar. Bron var utled på hans eviga katastrofism: Allt går åt pipan och jag tar livet av mig. I Kandy skrev Stas sitt testamente. Helt löjeväckande eftersom det var adresserat till den brittiske guvernören som bara skulle ha ryckt på axlarna om han fått det.

Men för att vara ärlig: Stas svepande och generaliserande diatriber mot vetenskapen drabbade honom. Stas var omåttlig och orättvis. Bron lutade sig mot det murkna verandaräcket medan Stas utgöt sig. Efter en stund avbröt han Stas. Det kunde inte hjälpas att tonfallet blev beskt (vilket Stas, det ömhudade råskinnet, inte tålde).

Bronisław: Du rör ihop allt till en jävla sörja, Stas, religion, magi och vetenskap... försök göra några distinktioner.

Stanisław: Distinktioner? dra åt helvete.

Bron: Acceptera åtminstone att vetenskapen är något *annat* än magi.

Stas (med irriterat handfladder): Ja, tacka fan för det. Magi och religion uttrycker i alla fall något, en känsla, en erfarenhet... av en-samheten, av människans förbannade ovisshet... men när du så små-ningom har lyckats visa att magin är ovetenskaplig eller förveten-skaplig eller vad tusan du kallar det, så är människan *tamejfan* inte mindre ensam... men det är *slut* med konsten,.*förbi* med den metafy-siska känslan... då återstår bara pragmatism och manipulation... och så makt förstås... detta århundrade blir det maktgalnaste i mänsklig-hetens historia... tusen år eller tvåtusen tog det att göra *individer* av människorna... är vi överens?... och nu kommer en tid då makten... med hjälp av din förbannade vetenskap, Bronio... tar bort individua-liteten från oss... Du ska inga andra gudar hava jämte vetenskapen! Tillåt mig att vomera, men först ska jag dricka mig full.

Bron (trött): Vad *är* den metafysiska känslan för något?

Stas (med uppspärrade ögon): Skämtar du?

Bron: När vi läste Frazer...

Stas (hugger av): Frazer, ja. Han *begrep* något.

Bron: Han grundlade antropologin.

Stas (ironiskt): Gjorde han *det*?

Bron (sarkastiskt): Vad anser *du* att han gjorde?

Stas (redan på väg bort från verandan): Frazer tecknade högst förtjänstfullt ner myter och sagor och symboler... det vill säga upplevelser som människan i alla tider haft inför de obesvarbara gåtor som du har för avsikt att avskaffa genom *din* sorts vetenskap... men nu glömmer vi det här, Bronio... du är hopplös, jag *måste* få något att dricka... jag står tamejfan inte ut med dig!

Och Stas iväg för att supa sig full.

Bronisław ensam kvar på verandan.

Olustig. Småningom ursinnig. Runt verandan Ceylons orangefärgade och karmosinröda färgexplosioner. Verandans spruckna tak. Och de skarpa solpilarna genom springor, kaviteter och hål, och de utblommade blomknippenas vassa rassel, och förnimmelsen av att ögonen angreps av allt det skarpa, vassa och stickande.

Han tvangs att häftigt sluta dem.

Där satt han och knep ihop ögonen, och konflikten gick sedan i dagen många gånger under tiden som följde, i Melbourne, i Adelaide, på krönet av berget Kościuszko – uppkallat efter den polske hjälten; Stas ansåg att han måste ha varit där och försökt revolutionera Australien men tyvärr misslyckats – tills den kulminerade och blev till katastrof vid Toowoomba.

Katastrofoomba.

Det var vad som hände.

Han blir på nytt ursinnig. Han reser sig upp och slår med knytnäven i trädstammen. Mörkret har fallit medan han satt under trädet. Nere i lagunen ser han ett par av infödingarnas småbåtar, man ser inte människorna i dem. En gyllene spricka öppnas i båtarnas kölvatten.

Människan måste förstå helheten. Annars är hon inte människa.

Om det handlar berättelsen om tornet i Babel.

De byggde alltså ett torn som skulle nå upp i himlen. Hur ska man förstå det? Människorna sökte kunskap. De ville förstå. Som han själv försöker förstå. Tornet blev allt högre. Men då började Gud dra öronen åt sig. Vad höll människorna på med? Om de kom underfund med hur det hela hängde ihop skulle inget längre skilja människorna från honom själv, tänkte Gud.

Om dessa människor lyckas med sitt bygge, tänkte han, kan de ta sig före vad som helst. Och så såg han till att språken skildes från varandra. Det kallas för förbistringen. Han raserade tornet i Babel, den elake gubben! Bronisław sparkar i trädstammen och svär högt. Vad menar du, Gud? Varför gav du oss ögon och öron och förstånd om vi inte skulle använda oss av det?

Först var det yrkesmännen på bygget i Babel som inte längre kunde begripa varandra, murarna, stenhuggarna och arkitekterna. Det var illa nog. Men sen splittrades all mänsklig kunskap. Människorna tvangs lämna Babel. Ett tag kunde de ännu urskilja varandra på skeppen, varandras guppande mössor och ivrigt viftande händer. Det var innan strömmarna flöt isär.

Och därefter förstod de inte alls varandra. Vad ville du, Gud?

Men Michelangelo! Adams skapelse i Sixtinska kapellet!

Bronisław minns hur de stod där, han och Zofia, och häpnade över skönheten. Gud sträckte ut sitt pekfinger och gav Adam livet. Han skapade människan till sin avbild, viskade Zofia andäktigt. Med alla hennes förmögenheter. Så vad menar du, Gud? Varför får vi inte forska i hur din skapelse hänger ihop, varför har du splittrat kunskapen?

Bronisław travar ner mot byn i det fallande mörkret.

Människorna fick väl klara sig bäst de kunde, tyckte Gud. Men det gick förstås inte, det blev konflikter, krig och blodsutgjutelse, och det berodde på de skilda tungomålen. Han kunde ha räknat ut, den idioten, vad förbistringen skulle leda till.

Handlade han av maktfullkomlighet?

Och vad är han då för en gud?

Tudava bar sig inte åt så.

Tudava är den som skänkte människorna jamsen, taron och taytun för att de skulle kunna leva i samhällen och hålla fred. Men så är Tudava inte heller allsmäktig som judarnas och de kristnas gud utan en anspråkslös kulturhero på en liten ö i Söderhavet.

Människorna måste – för att reparera skadan som Gud åstadkom – försöka att på nytt förbinda de åtskilda språken och kunskapsgrenarna med varandra. Det är vetenskapen.

Den borde Gud inte ha något emot.

Men den som inte ger upp utan fortsätter att bygga kunskapens torn, honom lamslår Gud med yttre och inre splittring. Ja, så som Stanisław splittrades av sina försök att omfatta skapelsen bortom alla motsatser i sitt måleri. Och han själv, som nu är lamslagen av sina försök att vetenskapligt skildra Boyowa.

Poesin ställs mot vetenskapen. Stas mot Bron!

Bron snubblar mot sitt tält över rötter och grenar. Tillsammans var de en hel människa. Han saknar Stas, lika bra att erkänna det, saknar honom förtvivlat. Tålde inte Herren Gud en sådan vänskap?

På nyårsnatten sover han illa. Han vaknar ideligen till känslan av tomhet. Byborna berättar historier för varandra runt hans tält och väcker honom. Molu är de kusliga sagornas årstid. Han borde stiga upp och lyssna och anteckna. Men han orkar inte. Han somnar om och får en dröm. Den är starkt erotisk.

Han älskar med en man. Inte med Stas, till all lycka.

Inte heller med någon annan han känner.

Han älskar med sig själv. Han smeker sin egen nacke. Han kysser sina egna läppar. Han häpnar över hur ljuvt det är att vidröra sina egna lemmar. Han sjunker djupt in i sig själv. I drömmen ligger han sen, stödd på armbågen, och betraktar sin egen profil. Det är en säregen upplevelse. Det gör man annars aldrig. Han vaknar tvärt och minns drömmen.

Det är morgon. Han känner sig vimmelkantig.

Och vad skulle doktor Freud säga om drömmen?

Narcissism? Självtillräcklighet, oförmåga att låta sig påverkas av andra? Ja, kanske. Det skulle förklara triangeldramat mellan honom och de två Ellie Rose. Han släpper ju inte kvinnan, den verkliga kvinnan, in på livet. Han törs kanske inte? Då skulle hon få makt över honom. Som Zofia en gång hade det. Och var fanns då utrymme för honom själv? Eller betyder drömmen helt enkelt hoplappning. Pågående reparationsarbete?

En vision av att få bli en hel människa i en hel kropp?

Han tvättar sig i lagunens stilla vatten.

Tältet står i byn Kuboma, med ryggen mot hövdingens hydda med det toppiga taket. Så kan han osedd ta sig ut ur tältet och ner till stranden. Byns hus bildar en lätt oregelbunden cirkel. Innanför cirkeln finns ytterligare en rad av kojor och hyddor. Det är förråden, nu nästan tomma. Så omsluter byggnaderna mer eller mindre en sfärisk plats, en mandala, av hårdtrampad mark. Det är både torg och ceremoniplats. Där begraver de sina döda, en fruktansvärd historia. Först grävs de ner, sen grävs de upp igen.

Bronisław har nyss varit med om det. De efterlevande har därefter att åtskilja de ruttnande lemmarna, ja slita isär dem med blotta händerna, ibland med munnen, för att tillvarata vissa delar. Kraniet blir ett kärl att förvara kalken till beteln i. Benpipor används till mortlar. Detta åtskiljande är en vämjelig syssla, det tycker också de som har att utföra den.

Men så bevaras den döde och får sin plats i vardagen.

Ovanpå gravarna dansar sedan de levande. Men vid det laget har den dödes själ förts till Tuma, själarnas ö, som ligger nordost om Boyowa. Mycket klara dagar kan man urskilja den. När någon har dött ledsagas själen till Tuma av en tjänsteande. På Tuma förnyas den. Allt som var gammalt och slitet tvättas bort. Själen blir på nytt barnslig och ofödd. Och i havet runt de dödas och oföddas ö simmar de många själarna omkring.

De ropar med tunna små röster: *wa, wa, wa!*

Detta är omvittnat av många, också av vita män som råkat komma nära ön på grund av stormar eller egen ovarsamhet. Hans vän Billy påstår sig bestämt ha hört dessa rop: *wa, wa, wa*. Vad vill själarna? De vill hitta en ny kropp att leva i. Själarna är utan hölje. De sköljs runt av havsströmmar. De virvlar i etern. De tumlar bland havsanemoner och stjärnbilder i väntan på pånyttfödelse. Också han själv skulle vilja bli pånyttfödd. När han simmat en stund i lagunen utför han i shorts och för första gången på länge sin *Swedish gymnastics* på stranden: armhävning, språngmarsch, bålrullning, ny häftig språngmarsch, sen ett försök (misslyckat) att hjula.

Efter en stund har han ett halvdussin gläfsande hundar efter sig, och ett tjog halvvuxna ungar som gurglar av förtjusning. Deras mödrar skrattar åt honom och vinkar från skogsbrynet. Männen sträcker på sina lemmar och kliar under de skuggande träden sina skrev. Byn har vaknat. Drömmen gjorde honom vimmelkantig och förbryllad, men den vederkvickte honom.

Ellie Rose. Hennes dubbelgångerska. Och Louise.

Sinnets dubbleringar och mångförgrenade rotskott. I honom själv växer sannerligen en trasslig trädgård. Den borde röjas upp och tuktas och brännas av som korallöns odlingar, men var finns magikern som stakar ut och namnger och ordnar i det inre?

Han måste lita till sina egna krafter.

Den arkimediska punkten är familjen!

Det visste han ju redan innan han anträdde resan. Han måste styra bort från sig själv och återvända till sitt egentliga ämne. Han ska inte skildra hela Boyowa. Han ska koncentrera sig på familjen. Doktor Freud har rätt i en hel del. Men liksom andra av den psykoanalytiska skolan har han åt helvete fel i tron på att de komplex och förträngningar som han hittar på soffan i Wien går att överföra till andra kulturområden.

Den västerländska (europeiska och amerikanska) familjen bygger på fadern. Han är familjens överhuvud. Han äger total makt över hustrun och barnen. Och fast barnen knappt ser till honom – den västerländske mannen är som bekant för det mesta borta någonstans, på korståg eller i fabrikerna – ska de å ena sidan vörda honom och å den andra frukta honom. Hur många gånger har Bronisław inte sett fäder – polska, engelska och franska – komma från arbetet eller druckna från krogen och misshandla barnen och slänga ut dem i snön och tömma sin vredes skålar över deras huvuden?

Och sen slå sina hustrur. Och hata.

Liksom hustrun och barnen hatar honom. Allt detta är annorlunda på Boyowa. Han måste beskriva det, och utan att låta sig förblindas av doktor Freud. I Europa befinner sig männen nu i skyttegravarna. Och hatet mot fadern, förtryckaren, som de har ackumulerat används som drivkraft. De tar ut sitt hat på fienden. Det är perverst. Men det är inte universellt. Kanske har han haft tur som själv blev faderlös? I Europa är det mannens *rätt* att lägra hustrun och hennes *plikt* att ge sin kropp åt honom, också det är perverst.

Men så är det inte alls på Boyowa. Där ger sig kvinnan åt mannen helt av fri vilja. Och har hon inte lust har han inga medel att tvinga henne. Och försöker inte heller.

Han vandrar barfota i sanden, märkvärdigt upprymd. Efter en stund finner han Motogais vackra kanot halvt uppdragen på stranden bland palmstammarna. Den bär nysnidade utsmyckningar med gåtfulla tecken i fören. Vad betyder dessa tecken?

De liknar en drake. Ja, en slingrande drake med kraftig svans.

Och plötsligt minns han en kimono.

Ellie Rose bar den. Den var röd och av siden och med en liknande drake på ryggen, fast broderad med silkestrådar i många färger.

Det var i Melbourne, sista morgonen innan de skulle skiljas.

Ellie Rose stod vid fönstret, naken under kimonon. Han själv låg kvar i sängen. Silket gnistrade i morgonsolen när draken slingrade över Ellies rygg. Ja, han minns det helt tydligt. Och Ellie Rose vände sig mot honom och log. Men han log inte tillbaka. Han var helt plötsligt på mycket dåligt humör.

Varför? Medan han står vid Motogais kanot minns han också – detta minne anmäler sig med kraft – den morgon då Ellie Rose för första gången kom till honom på pensionatet i Melbourne. Det var oväntat. Och hon var mjuk och varm och åtrådde honom. Han blev överrumplad och lycklig.

Men minnet av kimonon berör honom illa.

Denna kimono, och anledningen till att han fått se Ellie Rose i den, tycks han lägga henne till last, och varför? Jo, för att hon nästa gång hade kimonon med sig i väskan. Hon gav sig åt honom, som det europeiska språkbruket lyder. Mer än så, hon var kanske en rutinerad älskarinna. Kimonon i väskan avslöjade det.

Hon gjorde honom ofattbart lycklig. Och denna vuxna kvinna utsätter han nu för sin misstro. Kanske just för att hon gjort honom så lycklig? Nej, för att hon hade med sig en kimono i väskan. Han står med hängande armar vid palmstammen och stirrar på Motogais kanot men ser bara kimonons broderade drake svänga på Ellies rygg.

Han lämnar stranden djupt upprörd.

Hastigt återvänder han till byn och sitt tält.

Vem är han? En antropolog? Eller bara en vanlig europeisk man fången i sin egen kulturs fördomar. Vad fyller dessa fördomar då för funktion? På Boyowa är kvinnans sexualitet en källa till tacksamhet och glädje för mannen. Han tackar henne med sina tjänster och sin omsorg. Bronisław har aldrig hört talas om våldtäkt på Boyowa. Inte heller om hustrumisshandel. Det beror inte på att Boyowa är paradiset. Att människorna här är goda. Eller är primitiva. Inte har uppfunnit skrivtecknen. Utan på något annat.

Denna satans röda kimono!

Han sluter ögonen för att slippa se den där den oredigt fladdrar över anteckningarna i tältet. Draken slår med sin kraftiga stjärt. Själv känner han sig avklädd. Nära nog flådd av draksvansen. Eller som om doktor Freud satt mitt emot honom och med en ironisk och skarp blick betraktade honom genom sina glasögon.

Familjen, tillbaka till analysen av familjen!

Åter till dissektionen av mannens och kvinnans relation. Man kan anta att den europeiska familjestrukturen är källan inte bara till våldet mot kvinnan och barnen utan också till krigen och melankolin. Skulle detta kunna ändras och bli annorlunda om kvinnans ställning blev en annan och hon till exempel fick följa sin egen lust? Ja, att döma av det idylliska tillståndet på Boyowa.

Men hur skulle man i den vetenskapliga tidsåldern kunna uppnå något liknande i Europa och Amerika?

Det är tyvärr omöjligt. Det som ligger till grund för kvinnornas frihet på Boyowa beror ju på ett missförstånd. Och inte vilket som helst: på en befängd och skrattretande feluppfattning.

Han går igenom alltsammans igen i tankarna.

Hur kommer själarna in i livet?

Genom storken, säger en saga utbredd på norra halvklotet. På Boyowa finns en annan saga. Själen förs av en hygglig ande, en viss Baloma, från Tuma och placeras varligt på kvinnans huvud. Därifrån sjunker den sakta ner i hennes kropp. Barnet blir till kött och växer i henne. I sinom tid föds det. Men först måste väl mannen spruta sin säd i kvinnan? De förnekade det. Allesammans.

Kategoriskt. Män som kvinnor.

Hos er kanske. Inte här. Inte hos oss.

Han för långa samtal med sina närmaste vänner och intelligentaste informanter om saken. Till slut finner de honom en smula löjeväckande som envisas. Barnet föds av modern och är släkt med henne. Fadern har inte med barnets tillblivelse att skaffa och är inte ens släkt med det. Vilken är då faderns roll? Har han alls någon? Fadern, säger de samfällt, är den som tar emot barnet i sina armar. Det låter vackert och är det. Ingenstans har han sett ett så mjukt och varmt och kärleksfullt förhållande mellan fader och barn som här.

En man återvänder från en mer än årslång resa och finner att hans hustru nyss har fött ett barn. Vad händer? Han blir lycklig. Han böjer sig över barnet och tar det i sina armar. Inser han inte att hustrun varit otrogen? Blir han inte svartsjuk, rasande och bitter, ställer till med scener och kör frun på porten? Inte alls, han vankar tvärtom runt i hela byn och i de omkringliggande byarna med barnet i sina armar och visar stolt upp det för alla han möter. Hans hustru har fött familjen ett nytt barn under hans frånvaro, det finns anledning att glädjas. Och de andra gläds och fröjdas med honom.

Känner de alltså inte till mannens roll vid koncipieringen? I så fall är de ju verkligen primitiva. Och borde kunna upplysas. Och det är vad missionärerna ägnar sig åt, ihärdigt och enträget. De sysslar nästan uteslutande med sexualupplysning. Det är förutsättningen för att de ska kunna sprida sin kristna tro, vars huvudpersoner är Fadern och Sonen. Detta ter sig helt bisarrt för innevånarna på koralloöarna. Mer än så, kristendomen är för boyowanerna inte bara förryckt utan ologisk. Närmast fånig för sinnena här.

De skrattar hjärtligt åt missionärerna.

Men kan mannen helt uteslutas i skapelseprocessen? Bronisław märker att han blir upprörd, och på ett sätt som inte är vetenskapligt utan primitivt. Han känner sig frustrerad på sitt köns vägnar. Vad *är* egentligen mannen om han inte har uppsikt över fortplantningen? Eller, än värre, inte ens har en roll att spela i sammanhanget?

Bronisław blir melankolisk av dessa samtal om mannen med sina informanter. Han vill inte ge sig. Han vill få dem att inse att han har rätt. Han vill överlista dem.

Motogai: Kvinnan drömmer, hennes mor kommer till henne, hon ser sin mors ansikte i en dröm. Hon vaknar upp och säger till sin man: "Å, det finns ett barn åt mig." Och mycket riktigt, hon får ett barn. Baloma sände först drömmen och kom sen med själen.

Antropologen (en smula otåligt): Allra först måste väl kvinnan ligga med en man, eller hur?

Nioyva från byn Oburaku: En kvinna ligger med sin man, hon öppnas, på det sättet finns en väg för barnet att komma ut.

Antropologen (suckar): Utan mannens säd blir det inga barn!

Nioyva (flinar): Inte det? Ta Kuruyana i Sinaketa. Hon är så ful att ingen enda vill ha henne, man skulle skämmas. Hon ligger med ingen, aldrig, och hur många barn? Sex stycken.

Munterhet. Alla skrattar åt antropologen.

Motogai (tillägger): Missionärerna, de har fel. Ogifta flickor ligger med många män, de får mycket säd i sig. Får de barn? Nej aldrig.

Antropologen kliar sig i huvudet, för vad ska han nu säga? De har rätt. De unga flickorna ligger med många unga män och de får inte barn, i varje fall mycket sällan. Alla ligger med varandra från den tidiga barndomen. Småflickor och småpojkar tumlar runt med varandra, tonåringar sover fritt med varandra och ingen misstycker. Sen gifter man sig. Sen får man barn från Baloma. Men den fula Kuruyana i Sinaketa då, hon som inte är gift och ingen velat ligga med och som ändå har sex barn?

Antropologen (listigt): Hur kom barnen ut ur Kuruyana då, om hon inte hade blivit öppnad av en man?

Ännu större munterhet.

Skratten lyfter hyddans tak och stiger mot natthimlen. Är det verkligen antropologen de har så roligt åt? Eller *vet* de trots allt att Kuruyana – oavsett fulheten som de alla är överens om – har lockat till sig män och legat med dem och att det är därför som hon har fått barn?

Tomwaya Lakwabulo (förbarmar sig över antropologen): Hur kom Tudava ut ur sin mor? Bolutukwa hade ingen man, Tudava var den förste. Bolutukwa låg en dag ensam i grottan vid stranden. Hon somnade under en stalaktit. Den droppade vatten.

På det sättet öppnades *hon*.

Nioyva: Det finns andra sätt. Stenar. Pinnar. Sen kommer Baloma.

Antropologen (griper sitt sista halmstrå): Men vi är ändå eniga om att kvinnan måste öppnas dessförinnan?

Ibena (knyter sin hand): Kan något komma in här?

Han ser sig omkring.

Han öppnar sakta näven och visar handflatan.

Ibena: Nu, nu är det förstås lätt.

Alla nickar. Antropologen tror att han nu har överlistat dem. Ibena visade nyss att något måste ha kommit in för att komma ut samma väg. Men de går inte med på det. Och absolut inte på att det är mannens vätska som har fört in något av väsentlighet. De menar bara att en vid mynning på alla sätt är bättre än en trång när Baloma fört själen till kvinnan. Mannen öppnar henne helt visst. När det har skett behövs inget samlag för att göra barn. De är utleda på missionärerna som inte tjatar om annat. Snart tröttnar de också på antropologen, han får passa sig.

Kvinnan gifter sig och flyttar in i mannens hus. Baloma kommer med den nya själen från Tuma. Barnet föds. Mannen är inte släkt med barnen som hans hustru föder och som bor med dem i huset. Han är hennes barns älskade *tama* som tar hand om dem, uppfostrar dem och lär dem allt de behöver veta. En vacker dag blir de presenterade för en äldre man i en annan by.

Det är morbrodern och han är deras närmaste manliga släkting. De har samma totemdjur som han. I hans by finns deras släkt. Denne morbror bär jams och taro till sin syster och hennes barn, precis som barnens tama skänker en del av sin skörd till sina systrar och deras barn.

Och det *finns* inget oidipuskomplex här, doktor Freud!

Pojkarna åtrår inte sin mor.

De vistas i hennes famn tills de mätta på hennes smekningar och trötta på hennes bröst av egen vilja vänder sig åt annat håll. De förtrycks inte av sin tama: de älskar honom. Och varje kvinna bär den rang som tillkommer henne, men inte från mannen utan från sin egen klan. Och de unga flickorna älskar med vem de vill.

Ingen misstycker. De får inte dåligt rykte som i Europa. Det finns bara en varelse som den unga människan inte får vidröra, knappt ens låta tankarna snudda vid.

Det är den könsmogna brodern eller systern. Där finns ett tabu.

Och för båda könen.

Mycket riktigt finner antropologen sagor om kärleksaffärer mellan bror och syster som är lika chockerande och upphetsande för människorna här som att Oidipus vilar mellan Iokastes lår. Och förmodligen lika kittlande. Men den västerländska skammen för sexualiteten är obegriplig för dem, närmast perverterad och pinsam. De glada boyowanernas brist på sexuell genans är en nagel i ögat på de kristna missionärerna. Missionärerna gör vad de kan för att ändra på saken och få in skam i deras bruna kroppar och vänliga sinnen.

Deras beteende är stötande, fastslår missionärerna.

Bronisław håller inte med dem. Han är ju en modern människa. Han är för den fria sexualiteten. Han följer med blicken de vackra och blänkande kropparna på stranden. Han njuter av att se de lekfulla beröringarna och kärleksyttringarna bland boyowanerna. I själva verket skulle han vilja vara en bland dem. Med största ansträngning, och bara för att inte tappa västerländsk prestige, lyckas han avvärja de unga flickornas närgångna uppvaktning.

Missionärernas plan på att långsamt introducera faderskapet och därefter faderns överhöghet ingår i teologin, förstår han så småningom. Utan idén om att sonen är av faderns kött har kristendomen svårt att vinna anhängare. Fundamentala begrepp, till exempel treenigheten, faller platt till marken. Men medan denna del av det kristna budskapet förblir dimmigt för boyowanerna, eller avvärjs och skrattas ut, sprids missionärsspråkets engelska skamord hastigt över öarna:

Sanapapiti! (Son of a bitch) ropar Navavile i ilska till Numala.

Och Numala svarar prompt: *Pokiyou!* (Fuck you)

Den dag som antropologen urskiljer engelskan bakom skamorden blir han först lycklig och firar det med ett whiskyrus på Billy Hancocks veranda: fattar de jävla missionärerna egentligen vad deras tilltänkta proselyter säger till varandra? Det går långsamt att sprida det heliga budskapet men skamorden är en första anspråkslös början. Nu säger de titt som tätt *palati* (bloody) till varandra:

Din *palati sanapapiti!*

Men skammen har trots det svårt att få fäste i boyowanerna.

Kvinnorna är inte generade över menstruationsblodet som de enligt missionärerna borde vara. Blodet rinner ur dem bara när de inte är med barn, svarar de. Men när Baloma har placerat en själ på deras hjässa och den börjar sjunka ner genom kroppen släpps inte blodet ut längre. Det behövs därinne för att livnära barnet.

Det tar tid, också för Bronisław, att vänja sig vid den annorlunda fördelningen av intresset här. Samlaget som är ett av de mest frestande samtalsämnena i Europa – i varje fall man och man emellan, liksom i litteraturen och konsten – bryr sig ingen om att spilla ord på. De svarar förstås om de blir tillfrågade. Men själva är de måttligt intresserade. Menstruationsblodet intresserar i gengäld alla. Det är ämne för oändliga utläggningar utanför hyddorna när solen sjunker.

Man fnissar och skvallrar och slår sina kloka huvuden ihop. Alla lägger märke till när någon menstruerar eller inte har gjort det på ett tag. Eller när någon blir gravid. Kopulationen bryr de sig inte om. De svarar bara eftersom missionärerna och antropologen tjatar så förbannat.

Fruktsamheten, växandet, födandet.

Det är kärnpunkten. Det är denna kulturs centrum. Naturligtvis kommer Boyowa att bli vetenskapligt upplyst. Missionärerna kommer en vacker dag att ha framgång. Det blir denna kulturs *dies irae*, förödelsens och Guds vredes dag. Den dag de erkänner att faderns säd är nödvändig för befruktningen är det slut med deras invecklade och rika kultur. Slut på de bara brösten, gräskjolarna och den erotiska lekfullheten.

Bronisław ligger mitt i natten och stirrar upp i tältets tak.

Han är övertygad om att de innerst inne vet hur det går till att göra barn. De bortser bara från det. Och därmed bevarar de ett värde.

Bygger kanske inte varje kultur på obevisbara värden?

Utan förbundet mellan Gud och hans utvalda folk (det går sannerligen inte att bevisa) skulle judendomen störta samman. På dogmen om den obefläckade avlelsen (sannerligen lika orimlig som tron på Baloma) vilar kristendomen. Till och med matematikens sanningar bygger på grundsatser som är erkänt obevisbara, axiom. Demokratin behöver grundsatsen (lätt att ifrågasätta) om alla människors lika värde och värdighet. Så vad är det för fel i att förutsätta att kvinnan ensam står för barnalstrandet när alla är nöjda med det?

Vad spelar det för roll om Numala, Navavile, Bagidou, Tomwaya Lakwabulo och Motogai och alla de andra vet hur det går till att göra barn eller inte? Förmodligen vet de det. Men de inser nog också vid det här laget att i samma ögonblick som de ger upp den centrala punkten i sin trosuppfattning och sitt samhällsbyggande är det förbi med deras universum.

De kommer att tvingas underkasta sig andra kulturers obevisade värden. Och dessa andra har skriftspråk och kanoner, flygmaskiner och arméer. Hans egen uppgift är att skildra hur boyowanerna ur den stora tystnaden hämtade ett språk av meningsfullhet och stor rikedom och lycka innan de försvinner och glöms bort. Han måste skynda sig innan den stora meningslösheten – ett gapande svalg utan ansikte som är i färd med att sluka resten av världen – når till Boyowa.

Han får inte tveka längre. Han måste börja skriva.

Bronisław kastar sig på britsen i den kvava natten.

Vad *är* mannen? Han själv?

Och varför splittras Ellie Rose i två?

Hågkomsten av Ellie i den röda kimonon vid fönstret släpper inte taget om honom. Inte heller draken som slår med sin stjärt. Han känner sig skräckslagen. Vem blir mannen om kvinnan börjar ligga med vem hon vill? Vems är i så fall mannens barn? Han kallsvettas. Låg Ellie med Charles innan han dog? Han har inte vågat fråga. Men fruktan att hon gjorde det får honom att läsa hennes brev med röntgenblickar, misstänksam och på sin vakt mot denna kvinna som självmant och stolt kom till honom.

Han är helt för den fria sexualiteten – Toskia, Claudia, Wanda och alla de andra – men med Ellie Rose hade han ju tänkt sig att ingå äktenskap. Och oavsett om hon låg med Charles eller inte vet han att hon inte är oskuld. Förmodligen var hon det inte heller när de först möttes. Nej, inget tyder på det. Och vem träffar hon nu i Melbourne? Man kan inte veta. Ellie är en kvinna som gör vad hon får lust med.

Han kvider av plåga på britsen.

Sen skäms han. Han som ville vända Europa ryggen och hitta nya vägar och förvandla sig är själv full av fördomar, tvångstankar och irrationella föreställningar. Plötsligt ter sig boyowanernas syn på konceptionen inte det minsta skrattretande. Om de är löjliga så är han själv lika löjlig. Kvinnan, den kvinna som han ska gifta sig med, måste vara ren. Enkom för honom. Annars tappar han fotfästet i tillvaron. Vem har spikat fast denna föreställning i honom, och djupt ner i skrevet? Vad har den för social funktion?

Han vet det ju. Den västerländska familjen bygger på mannens herravälde över kvinnans sexualitet.

Det är sannerligen primitivt och han genomskådar det.

Det är inte Ellie Rose som är splittrad i två, utan han själv. Hur

befria sig från sig själv, i varje fall från sin så fördomsfulla dubbel-
gångare? Han hostar av förtvivlan i tältet. Ska kvinnan i Europa börja
bära sig åt som mannen? Nej, han går inte med på det. Inte kvinnan
han ska gifta sig med. Men vad finns det för rationell grund för hans
känsla?

Ingen. Nej, absolut ingen.

När morgonen kommer har han inte fått en blund i ögonen. Avläg-
set hör han ångbåtssignalen. Nu kommer tidningar och post. Från
trädgårdarna ovanför byn hör han sången.

Hans vän Bagidou, en av de största magikerna på Boyowa och dess
mest berömde trädgårdsmästare, brorson till hövdingen i Omaraka-
na, intonerar och alla de andra faller in. Rösterna ekar mellan träden.

Solen har nyss passerat zenit. Han reser sig och stoppar sitt notes-
block i fickan. Nu kommer brev från Ellie Rose som han ska läsa med
sina förödande skarpa blickar, och kanske också från Louise, och helt
säkert från Zofia i Kraków. Och drömmen om att älska med sig själv,
vara allsmäktig, omnipotent, självtillräcklig och oberoende av andra,
hur ska han tolka den?

Medan han klättrar upp mot trädgårdarna för att spana ut över ha-
vet och få syn på postångaren, finner han att han just har tolkat den.
Han måste i sanning förändra sig. Det gör ont. Men han måste. Hur
han ska bära sig åt för att lyckas med det vet han inte. Längtan efter
Ellie, den verkliga, hon som inte är en skapelse av hans fantasi, skick-
ar oväntat en stöt genom hans kropp.

Den är hård. Han vacklar till och tappar nästan andan.

Han står inte ut fler månader utan att se henne. Ska han kanske
lämna Boyowa och följa med ångaren tillbaka? Det dröjer minst en
timme innan postbåten är framme. Hur ska han stå ut så länge? Han
får ta sig upp till nyodlingarna och göra anteckningar om ceremonin
och ställa frågor till sina informanter för att kunna uthärda denna
ohyggliga väntan på ett livstecken från Ellie. Nordvästmonsunen är
på väg. Molu lider mot sitt slut.

Det är dags för sången över trädgårdarna, den som ackompanjerar
det nyplanterade och initierar det som stoppats i jorden att miraku-
löst börja gro där nere i mörkret:

Visa vägen, visa vägen,
Visa vägen, visa vägen,
Visa vägen mot jorden, mot den djupa jorden,
Visa vägen, visa vägen,
Visa vägen, visa vägen...

...sjunger Bagidou, magikern, trädgårdarnas trollkarl, hans gode vän och en av de klokaste karlar han träffat. Alla männen i byn Omarakana faller in i sången, och Bronisław är andfådd och börjar ändå springa mot dem.

S:t Petersburg luktar av framkallningsvätska. Det är hydrokinon och natriumkarbonat och sen sulfit mot luftens inverkan. Ju längre tid badet får verka, desto mer silver avskiljs på belysta ställen; då blir kontrasten mellan skuggor och dagrar hänförande. Men om man inte håller uppsikt över processen blir hela negativet täckt av silver, det som kallas slöja.

Hela staden är utfälld i silver, en skimrande slöja. Neva gnistrar av korta små silvervågor i gryningen, de leker i pråmarnas kölvatten. Måsarna skriker. Stadens speglingar krusas och gungar.

Men nu – tillbaka in i mörkrummet.

Stanisław har själv inrett det i en outnyttjad skrubb i källarvåningen av officerslängan, det är på Pavlovskregementet mitt i staden. Där står han i timmar med ett förkläde slarvigt knutet runt magen. Han stoppar tummarna under förklädeslinningen och väntar. Han röker många papyrosser. Ibland tar han en sväng genom stenkorridoren, den utstrålar kyla även på sommaren. Han lutar sig på nytt över vätskan. I uppmärksam svindel ser han en dittills osedd verklighet framträda. Den föds ur överlagringar, dubbelkopieringar och häpnadsväckande, närmast osannolika inbrytningar av ljus.

Under en viss period av kriget intresserar honom särskilt spegelbilder. Speglar ställda i vinklar mot varandra, och objektet med ryggen mot subjektet, det vill säga fotografen, och med ansiktet mot de reflekterande ytorna. Så kan ett ansikte fördubblas och mångfaldigas genom speglingar och spegelbilder av speglingar. Samma ansikte?

Eller fyra eller åtta olika?

Vad är ett ansikte? Sitt eget får man aldrig se.

Han drar in sin kollega Weselowski i spegelexperimenten, det är mellan två tjänstgöringar vid fronten. Han kånkar speglar från sina officerskollegers rum genom korridorerna. Han placerar dem på stolarna i sitt eget, skrivbordet inskjutet mot väggen, staffliet hopfällt och täckt av skjortor, strumpor och benkläder – för närvarande har han övergett måleriet. Han drar draperierna för den djupa fönsternischen som får rummet att likna en munkcell.

Weselowski är en yngling med tataransikte, mjuka kinder, höga kindkotor och smala ögon. Han har prytt sin överläpp med en liten mustasch. Han är yngste sonen till en handelsman i Lublin och har lockats in under tsarens fanor av dekretet som utlovar ett nyfött Polen efter segern, fritt till förvaltning, religion och språk. Polackerna måste vinnas för kriget av militära skäl, och det är ont om arméofficerare. I själva verket är det ont om allt på krigets tredje år, även fotfolk och kanoner, för att inte tala om bröd och potatis. Men det går ingen nöd på Pavlovskregementets officerare.

Piotr Weselowski fnissar och är generad.

Han är ny i S:t Petersburg. I hans ådror rinner en blyg och lantlig kättja, vag men ständigt uppflammande. Mest av allt längtar han efter att för första gången få besöka en elegant bordell i den stora staden. Stas har ställt i utsikt att presentera honom för de vackraste hororna, han känner dem alla, men först måste fotograferingen äga rum, den är viktigare.

Med honom själv bakom kameran och den smalögde ynglingen i uniform framför två lätt snedställda speglar bör fem stycken Weselowski kunna fångas i ett enda kameraskott. Det kräver noggranna förberedelser och tar tid.

Weselowski fryser en smula, det är mitt i vintern, men han trampar tålmodigt runt i rummet medan Stas korrigerar vinklar mellan speglarna och flyttar lampor och med jämna mellanrum kräver uppställning framför kameran. Weselowski är trött, dessutom börjar han bli hungrig.

Äntligen är ögonblicket inne.

Fotografen pladdrar på bakom kameran, det är för att få objektet i god form, men också för att framkalla en sorts uttryck i hans ansikte. Om inte av koncentration eller demoni – det tycks omöjligt – så i varje fall en anstrykning av andlig närvaro.

Stå inte bara där, Weselowski. Tänk på något.

På vad ska jag tänka?

På vad du vill.

Det är alldeles tomt i huvudet, svarar Weselowski.

Tänk på hur du ska ta henne, Piotrek, bakifrån, framifrån?

Pojken blir blossande röd. Han ler osäkert och drar i mustaschen. Det rycker i ansiktsmusklerna. Han är oförarglig och okonstlad och snäll. Stas tycker om honom av det skälet. Som modell är han svårhanterlig, ansiktet är av gummi. Han börjar berätta för Weselowski om en av sina väninnor, hon heter Vasilissa och finns inte. Det blir en lång och invecklad historia med många utvikningar. Vasilissa den omättliga, Vasilissa som häxa, Vasilissa som samlar på män som andra på frimärken...

Berättelsen fångar Weselowski. Och just när den når sin höjdpunkt och Vasilissa gläntar på dörren för att sluka honom med hull och hår, tar Stanisław bilden. Helst vill han genast ner i mörkrummet men de går som överenskommet på horhus. Medan han väntar på sin unge vän i salongen med de röda sammetskuddarna samtalar han med vännerna om kriget och spelar ett parti schack mot sig själv. Den ene av honom förlorar. Den andre gläds över framgången. Själv tar han efter viss tvekan segrarens parti.

Isblommorna på fönstret gnistrar i en osynlig trädgård.

Gästerna äter och dricker och röker cigarr och samtalar.

Ägarinnan i blå sammetsrock à la turque kommer förbi och vill veta allt om kriget. När hon fått veta, spelar hon musik för dem på sin nya grammofon. Weselowski tar rundlig tid på sig, Stas hinner bli otålig. De vandrar tillbaka till garnisonen längs Neva.

Silverfloden är infångad av isen. Det snöar. Det är för kallt för att samtala. Kölden är en inbilsk självhärskare. En egocentrisk despot. Men Weselowski förefaller gripen av en stilla lycka. Han vinglar i snön och ler inåtvänt. Dagen därpå avreser de tillsammans till fronten i Vitryssland.

Weselowski får tyvärr inte tillfälle att se resultatet. Inget av de fyra ansikten som utgår från hans är helt likt de andra. Det är samma ansikte, ändå fyra olika. De fem gestalterna, en med ryggen mot kameran, bildar en sluten cirkel. Weselowskis blick riktas under halvslutna ögonlock mot dess mitt. Munnarna ler en smula fånigt. Några av ögonen söker kontakt med varandra, andra väjer för den egna blicken. Den egna eller den andres?

Ett ego som spelar poker med sina dubbelgångare.

Ett ansikte förvandlas oavbrutet, på grund av perspektivet, ljusets skiftningar, inre rörelser och förbifarande tankar. Men detta ansikte fångades i ett och samma ögonblick. *Ett* ansikte finns inte, är lögnaktigt, ett falsarium. Vi inrymmer alla många egon. Genom detta foto blir det bevisat. I varje fall hävdat och påstått. Förmodligen befinner sig allt som vi kallar verklighet i oavbruten rörelse. Föreställningen om konstans är ett hjärnspöke. Hur många ansikten måste framkallas för att skapa ett sant porträtt?

Tanken svindlar. Det sanna porträttet är tusen.

Det uppstår i skiftningarna. I rörelsen. Konstens uppgift är att fånga den. Den, liksom terrorn som jaget är utsatt för. Mångfaldiga ansiktet, låta överlagringarna glida in i varandra, upplösa konturerna, få ljuset att utplåna dem. Eller, som här, låta några av egots ansikten framträda knivskarpt bredvid varandra. Multipelporträttet har fötts i mörkrummet!

Det ger honom för lång tid framåt material för tankar.

Och ändå tillhörde Weselowskis ansikte en särskild människa.

En av de miljoner varelser som är inspärrade i sin ensamhet.

Weselowski, den vänliga själen, får lungan genomborrad av tyskarna, det är på snövidderna norr om Minsk, under ett granatanfall.

Stanisław ligger bredvid honom i snöyran medan han dör. Hans runda och vänliga tataransikte är fläckat av smuts och av blod. Dånet runt dem är ohyggligt. Jorden skälver. Det går inte att höra Weselowskis skrik. Kanske skriker han inte, han kan inte andas. Runt dem rispas snön av svartnande revor. De bär honom med sig ett stycke under reträtten, sen tvingas de lämna honom. En kort sekund står de runt honom, han och truppen, i den flygande nålvassa snön.

Weselowski är död.

De har lagt honom på en sluttning. En frusen arm är lätt lyftad, den högra. Blicken är vidöppen mot snöflingorna. Han bär sitt försynta och smala leende ännu i döden. Vid närmare eftersyn avspeglar det en okänd smärta. I nästa ögonblick något som liknar extas. Så som Weselowski ligger på den lilla kullen med den ena armen till hälften utsträckt mot himlen ser det ut som om han väntade på att hämtas.

Stas minns det efteråt så.

Weselowski såg rakt upp i himlen med ett märkvärdigt uttryck, som om blicken mötte något häpnadsväckande, men vad?

Ja, som om en ängel sänkte sig mot honom och hans kropp strax skulle lyftas. En levitation. Det är egendomligt.

De retirerar, de drar sig mot nordost och kölden är obarmhärtig. Fram på eftermiddagen när de för ett ögonblick hämtar andan och dånet från tyskarnas håll har upphört ser Stas Weselowskis tunna kropp sväva i himlen ovanför de tyska trupperna. Den gör en liten sväng också in över de utmattade och illa klädda och hungriga soldaterna ur tsarens regementen. Den skymtar ett kort ögonblick bland molnen rakt ovanför dem. Det är som om Weselowski tog en sista överblick över de brända bondstugorna, de stelfrusna liken och hästkadavren på de vitryska snöfälten.

Sedan är han försvunnen i gråvita molnbyar.

Så var det naturligtvis inte. Weselowski låg kvar där de lämnat honom, han liksom de andra döda, och molnbyarna över dem var tomma. De flesta döda, inte minst på slagfältet, har intetsägande ansikten. Men i Weselowskis ansikte fanns i döden en sorts högstämdhet. Inget liknande hade skymtat i livet.

I mörkrummet dyker han upp med en rad ansiktsuttryck, inget identiskt med nästa. Framför allt påminner inget av dem om dödsmasken.

Stas begrundar det vid skrivbordet i sitt rum.

Nej, ingen högstämdhet i multipelporträttet.

Ansikte numro ett, vänsterprofilen: kunde tillhöra en potatisförsäljare som räknar dagskassan. Ansikte numro två: skolpojke ertappas i bänken med bild av en naken kvinna. Numro tre: tillfredsställd och loj ung man ser efter samlaget från sitt fönster kvinnan försvinna runt gathörnet.

Så långt sammanfattar fotot med förbryllande exakthet förloppet i den historia han berättat för Weselowski under fotograferingen. Det är värt att notera. En målning eller ett fotografi återger precis som dikten inre rörelser.

Men i ansikte numro fyra, högerprofilen, skymtar något oväntat.

Stas lägger plötsligt märke till det. Han böjer sig ner mot multipelporträttet i skenet av skrivbordslampan. I ansikte numro fyra finns faktiskt ett uttryck av skygg grymhet, en liten ansats av ond energi. Det är väl när Vasilissa gläntar på dörren för att betvinga eller försöka sluka den stackars Piotrek.

Stas sveper den grå filten tätare om knäna.

En smula demoni fanns alltså ändå hos den gode Weselowski.

Inte så stor, men värd att notera. Hos honom? Eller i universum? En flock berusade soldater larmar utanför kaserngrindarna. Det knäpper från kaminen. Vad gör han i detta kala rum? Redan mer än två år i S:t Petersburg. Och han är inte ens säker på att det verkligen är där han har varit. Han har vistats i sin fantasi, i sina tankar, i konsten. Ofta har han glömt kriget. Han har förändrats av dessa år.

Han vet inte riktigt hur.

Det tomma centrum som det multipla porträttets ögon ser in mot är gåtfullt. Ju längre han betraktar fotot, desto mer försvinner allt tillfälligt ur det och det gåtfulla tar överhanden. Motivet är inte bara de många egon som befolkar jaget utan också själva gåtan. Kameran har fångat alltsammans.

Ja, metafysiken, det oförklarliga. Fotograferingskonsten innebär en fördjupning av filosofin. Han har rätt att känna sig nöjd.

Helt oväntat känner han sig bara trött och en aning sorgsen.

Stanisław går fram och tillbaka i stenkorridoren utanför mörkrummet och röker utan uppehåll, ännu med det blommiga förklädet runt magen (det tillhör hans moster som bor i S:t Petersburg). I Zakopane före kriget arbetade han redan med ljuset, det som upplöser linjer. Ansiktet som reduceras till blänket i ett öga. Förvridning. Förskjutning. Nu närmar han sig det skarpa, det obarmhärtigt synliga där den rena formen obönhörligt tränger igenom.

Andra fotografer, han har träffat flera stycken i S:t Petersburg, ägnar sig åt likgiltigheter. De dokumenterar. De återger, och vad?

För honom finns bara ansiktet. Egots teater. Och metafysiken.

Det vill säga ren form. Det rent formella. Formalism.

Inte psykologi. Inte känslor. Men själva gåtan. Vad står högst, konsten eller filosofin? De kan inte undvara varandra. Att måla eller skriva utan tankar på att komma åt den dolda ordningen, sanningen, gåtans skelett, är bara andefattigt tidsfördriv. Gåtan skymtar i mellanrummet, i glipan. I tomrummet som Weselowskis ögon stirrar mot. Ja, också Weselowskis ögon!

Stas saknar honom mer än han kunnat tro.

Men han vet inte vad det är som han saknar när han tänker på Weselowski. Det tycks vara något hos sig själv. Kanske en del av honom som inte finns längre. Aldrig har funnits? Jo, har funnits: Oskuldens tid. Djurets. Eller naturens.

Tidigare, i sitt mer embryonala stadium, var han rastlöst besatt, nära upplösning och översvämning. Nu studerar han kallt sig själv. En autonom värld. Det inres uttryck. Meddelanden från mullvadens underjordiska gångar. Filosofin behövs för att konstnären ska veta vad han sysslar med, men konsten är å andra sidan filosofins viktigaste material. Det fanns en tid då dualismen mellan livet och konsten, anden och materien, höll på att slita sönder honom.

Men under kriget har han till all lycka glömt bort sig själv. Han är den konst som han gör. Inget annat.

Och konsten är världen.

Konsten, även fotograferingskonsten, är filosofens material.

Bronisław, den idioten, inbillade sig att forskaren finner sanningen av att stapla empiriska fakta ovanpå varandra som barnet sina träklossar. Vad uppstår då annat än ett fånigt torn av materia? Man hittar någon förklaring till varför tornet ser ut som det gör, sexualdriften eller maktens organisering, men vad förklarar det?

Ingenting. Man har bara vispat runt lite i materien.

Inte ett ord från Brontosauren. Inte en hälsning på flera år. Han får lust att skicka den förlupne idioten i djungeln ett multipelporträtt av sig själv. Åtta ögon eller flera som stirrar metafysiken rakt i synen. Det kunde ge Bronio en tankeställare. Han kastar en blick på klockan och får bråttom. Han släcker papyrossen och skyndar iväg.

Först när han står inför truppen minns han förklädet han ännu bär under uniformsjackan. Han märker det av leendet som växer fram ur mannarna. Först är det en smula tveksamt, sen så stort att det lyfter över de hunsade huvudena och materialiseras i den kalla luften på kaserngården.

Inte ett ljud. Inte en rörelse bland de många kropparna.

Bara detta ofantliga multipelleende.

Han blir på ett strålande humör och ler tillbaka.

Han tycker om dem. Han tycker också om kriget. Sakta knyter han upp moster Magdalenas förkläde. Han viftar med det som en fana framför rekryterna, sen stoppar han det i fickan. Då stiger ett befriat skratt ur dem. De tycker lika mycket om honom. I motsats till andra officerare har han inga disciplinproblem. I motsats till dem föredrar han också att umgås med sina mannar, något som de andra håller sig för fina för. Landet befinner sig i upplösningstillstånd.

Det är i januari 1917.

De som inkallats till armén infinner sig överhuvudtaget ofta inte. Det politiska fantasteriet har nått drömlika dimensioner. Ryssland är en hallucination i någons febriga hjärna. Stas kommenderar språngmarsch. Han springer före och de efter. Vem kunde ha anat att han var som klippt och skuren till soldat? i varje fall inte han själv. Han insåg, det var på återfärden från Australien när båten gick genom Suez, att han inte kunde göra annat än att kämpa för friheten.

Det krävde hedern.

Det fordrades bara ett beslut och han fattade det. En ny dubbelgångare, soldaten, föddes ur honom. Fanns där. Och framträdde.

Männen som flåsar bakom hans rygg är unga pojkar.

De vet inget. Inte heller om världen. De är inkallade för att bli kanonföda. De borde ha hållit sig hemma. Men att säga det är inte hans uppgift. Att ge dem en föreställning om tillståndet vid fronten går inte. Han försöker bibringa dem det elementäraste som krävs för att överleva. Han önskar för deras skull att deras murkna regim ska störta samman över deras härskares huvuden. Dessa bondlurkar skulle inte ha något emot en smula frihet. Inte heller polackernas.

De vet inget om Polen. Också om sin egen frihet har de dimmiga begrepp. De flåsar honom i nacken. Han får lukten av svett och vått ylle i näsborrarna. Ljuden av truppens steg är korta och torra. Snön är hårdtrampad, den knarrar vid helomvändning. Det viktigaste är att bibringa dem en smula förtroende så att de lyder, själlöst och snabbt. Då kan de möjligen komma levande ur sitt första fältslag.

Han skämtar med dem, grovkornigt och fräckt.

Det uppskattar de. Han lär sig också deras namn.

Han ger dem även nya. De tycks gilla dem. Vasja Vampyren. Monstret Misja. Piotr av Persiljan. Han gör det för sin egen skull. Han gör allt för att slippa ledan. Det finns i det ryska sönderfallet en märkvärdig sanning, som om allt sjönk mot en oemotsäglig punkt där verkligheten blir vad den är, utan insvepning eller paketering. Det har under dessa år hänt att han känt sig en smula lycklig. Han kan inte minnas att han varit det förut. Kanske som barn?

Nej, absolut inte som barn.

Barndomen är en kränkning, en ändlös kavalkad av förolämpningar. Osäkerhet och mardrömmar.

En smula oväntat solljus spills över kaserngården.

Han entledigar dem, för i samma ögonblick får han en ny fotografisk snilleblixt. Det är när han blir varse raden av istappar som samlar ljus vid grindarna till kasernen. Iväg med er, hitta för guds skull på något roligare, jag är trött på er! De skingras. Han blir stående i tankar framför istapparna. Ljuset gnistrar i den förstelnade vätskan, sen slocknar det. Han torkar svetten ur pannan med moster Magdalenas förkläde. Han återvänder halvspringande till mörkrummet.

Det var tråkigt att Weselowski skulle dö, och så fort.

Det var verkligen synd att han inte hann se återgivningen av sina fem uppenbarelser. Han skulle ha gillat dem, även om han inte fullt ut förstått deras metafysiska sanning. Han kunde ha haft användning för porträttet av sig själv i fem upplagor. Fem stycken Weselowski. Det hade imponerat på kvinnorna, inte minst på de snälla och flamsiga flickorna på horhuset.

Men nu är Weselowski en bortflugen ängel.

Han skriver till Kasia, Elżbieta, Irena, Helena och Ewa, alla i Zakopane – mitt metafysiska harem kallar han dem – att en mask av järn slutgiltigt tycks ha dragits över Stas barnansikte av kriget. Det är möjligt att brevet aldrig ska komma fram, förmodligen inte, men han skriver det. Han skriver att han varje morgon ser en ny dubbelgångare i ögonen i spegeln. De uppvisar var och en något förskräckande. Nära nog avsmakligt. Kanske helt vidrigt.

Men nytt. Den värste i gänget.

Brottslingen. Er chevalier Vitecasse.

Vi dör ifrån oss själva oavbrutet. Men vi föds också utan uppehåll. Livet är rastlös rörelse. Jag minns inte helt vem jag var när jag fordom kände er. Er Mahatma Wicz. De senaste rapporterna om ohyggligheterna vid fronten som de överlevande sprider bland befolkningen – helt sanna förstås men förnekade av överheten – uttömmer det sista hoppet hos vanligt folk. Bland de miljoner som väntar på inkallelseorder är det upploppsstämning. Er Marmeladerade Wicz d.y. Och inget kan vi hålla kvar av oss själva. Er Stas av Gaffeln.

De som bara haft misären till bordssällskap dör inte lättare än andra, fast man kunde ha trott det. Jag har nu sett så många dö att jag lätt blir tankspridd av det. Under det senaste slaget uthärdade jag bara genom att koncentrera mina tankar på min konstfilosofi. Snart tror jag att den är fullbordad. Er Stas den Förste och Siste. Jag brukar alla gifter och med nöje. Hos oss officerare kan man få vad man önskar, det vill säga av nikotin, alkohol, kokain, morfin och peyote. Er till döden dömde Kabinettschef.

Jag kan försäkra er att det värsta giftet av alla är nikotinet, jag förmår inte sluta röka.

Detta ofantliga rike regeras av en liderlig tsarinna med hjälp av en skenhelig bonde som är hennes själasörjare, han heter Prutt av Rasputin. Med många kyssar från er greve Puts av Lust.

Och tsaren är tokigare än jag, en vekling med kvinnohänder.

Han behöver inte sättas på hospital eftersom han lever i ett dårhus. Er egen Stanisław Vits von Hets. Länge trodde jag att konsten var dödsdömd. Nu vet jag att den är det. Er broder Schizio & Frenio, riddare av Fälten och Dyngan. Men i S:t Petersburg dansas det och slås klackarna i taket. Er Stanislaus Autokoprofagita. På de förlustelselokaler som man numera kan finna i vart och vartannat hus, det vill säga i de välbeställda kvarteren, spelas jazz nätterna igenom.

Champagnen rinner över mattorna.

Det foxtrottas vid avgrundens rand. Ert Päron av Pipponien.

Men när den stackars pöbeln demonstrerar mot kriget på gatorna hejdas de av piskor, de svingas över ett folk av trashankar. Börsspekulanterna ser till att folk inte har något att äta. Allt faller samman, också transporterna. Snart kommer man väl inte fram till fronten. Och om man mot förmodan skulle nå dit, kommer de dårarna att tvinga soldaterna mot fienden med hjälp av eldgivning i ryggen. Er utarbetade Onanisto Spermatio.

Under mitt sista besök vid fronten fick jag en kula i axeln, berätta det inte för mamma. Den var välsignelsebringande. Jag fick en smula tid för konsten. Er tillgivne Megalon I av Megalomania.

Han upprepar spegelexperimentet i en fotobutik i kvarteren bakom Nevskij Prospekt. Innehavaren, en viss herr Ivan Protopovskij, fotograferar till vardags brudpar, välkammade barn och knähundar. Några av dem finns utställda i hans otvättade gatfönster. Men det finns inget till vardags längre. Kunderna infinner sig inte, vem vill fotograferas när världen krackelerar?

Protopovskij har bleka ögon och blekrött hår.

Han är fantasilös och låghalt. Han lufsar runt i butiken med sin schäfer som enda sällskap och har inget att göra. Däremot har han starka lampor och svarta skynken i sin ateljé bakom affären. Han har inget emot att prata bort några stunder vid disken. Mest vill han beklaga sig med sin gnälliga stämma, över kriget eller över sin fru. Vad experimentet som Stas vill utföra går ut på har han svårt att fatta. Han kliar sig i sin röda kalufs och är betänksam.

Stas lyssnar inte. Han kliver runt i rummet bakom butiken och skaffar sig överblick. Denna gång ska belysningen bli mer genomtänkt. De diskuterar den. En mycket skarp ljuskälla som ska snitta fram kroppen och ansiktet ur svärtan. Behövs fler ljuskällor? Protopovskij blir småningom motvilligt intresserad. Han visar upp alla sina lampor. Ur något skrymsle letar han också fram två speglar utan ram som kan fogas tätt intill varandra.

Till slut balanserar den låghalte Protopovskij på en ranglig stege och monterar en lampa i taket. På det viset kan man åstadkomma en drömlik belysning ovanifrån, säger han. Stas nickar. Han lovar att infinna sig med korvar och vodka på kvällen för fotograferingen. Protopovskij ska stå bakom kameran och Stas framför speglarna.

Till slut är de färdiga med sina förberedelser.

Palmer i krukor och målade fondstycken är borta. Speglarna är uppställda i rätta vinklar. Det är kallt och tyst i ateljén.

Det är ödsligt och tomt i staden. Stanisław står vid floden en stund på tillbakavägen till regementet, med händerna i fickorna på sin fotsida militärrock. Allt är vitt, även himlen. Och medan han står där får han se husen på andra sidan floden lyfta, och långsamt välva sig runt, och ställa sig på huvudet. Hus och kyrktorn och lyktstolpar hänger uppochned över snötäcket. Staden svävar på det sättet en stund i himlen. Han finner det naturligt.

Allt i världen är speglingar av vartannat.

Men någonstans finns en glipa.

Och av det skälet finns konsten.

När han återvänder nästa eftermiddag är Protopovskij utom sig. Också schäfern är nervös och ger oavbrutet skall. Det har varit upplopp, påstår fotografen, man har slagit in fönsterrutorna i flera affärer i grannskapet, särskilt i de icke-ryska. Vilda hopar av kvinnor har länsat bagerierna. Att denna kväll ägna sig åt fotografering är otänkbart. Protopovskij vill stänga affären och gå hem.

Han bor på andra sidan floden, det är långt att gå. Och spårvagnarna är nyckfulla och hästarna till hästdroskorna är uppätna för länge sen. Protopovskij vill bomma igen och springa hem och dricka sig berusad. Rätt vad det är kan de vilda hoparna få för sig att han är en landsförrädare, en spekulant, en jude, vad som helst, och storma butiken.

Hans ögon är blekare än någonsin. Han håller sig inte stilla, han haltar runt i butiken och gestikulerar och skriker och svär. Stas får ägna en god stund åt att lugna den fladdrige fotografen. .

Vem fan intresserar sig för din butik?

Jag! Protopovskij springer runt med flaxande koftärmar.

Men ingen annan, din jävla Protozoe!

Dina kunder har övergett den, bara jag finns kvar. Lugna dig, här finns inte en brödkant att hämta, far inte runt så där, drick lite vodka.

Stanisław drar flaskan ur rockfickan och jagar den halte fotografen och får den skällande schäfern i hasorna. Till slut stannar han vid disken och häller upp ett stort dricksglas åt Protopovskij. Det är sant att det råder kaos. På järnvägsstationerna står sen länge poliskommandon för att infånga desertörer ur armén (7 kopek per menig, 25 kopek per underofficerare är taxan). Tsaren påstås ha fallit i apati. Det går rykten om en kupp för att avsätta honom. Det vore naturligt, mannen vet inte längre vad som pågår runt honom.

Folk strejkar. Och lockout har proklamerats av fabriksägarna. Det har ryktats att duman tänker införa brödkort för den hungrande befolkningen och kvinnorna i brödköerna har gripits av panik. De hamstrar mjöl och tömmer brödbutikerna. Allt detta är naturligt, finner Stas. Det är logiskt och förnuftigt, ingen kommer att ge kvinnorna bröd. Men inte något av detta har med den satans fotobutiken att göra, vem fan bryr sig om den?

Och korvar har jag med mig! och vodkan är upphälld!

Han slår näven i disken och ryter till.

Lugna dig, din Prototyp, din jävla Protoplasma!

Det skallrar i ramarna på de uppställda fotografierna, glosögda brudar och polisongförsedda fabrikörer hoppar till. Fotografen blir stående med hängande koftärmar. Slutligen tar han vodkaglaset med skälvande händer och dricker. Långsamt återvänder en smula vett till honom. Hans ögon stillnar. Han suckar, det är en djup suck, den tycks komma ur graven.

Jag tror, säger han med en stämma som är mindre gnällig än vanligt, att vi står inför en oerhörd omvälvning. Vi kommer att krossas under vagnen.

Prata inte strunt, svarar Stas.

Sanna mina ord, säger butiksägaren och dricker ännu mera.

Oerhörda omvälvningar är fullkomligt normala, säger Stas, töm inte hela flaskan.

Är de? frågar Protopovskij.

Det är som om tanken aldrig har slagit honom. Sodom och Gomorra har han glömt. Och det syndiga Nineve. Och Rom som föll i gruset. I Paris under revolutionen krossades också ett par fönster. Det här, Protopovskij, är bara en normal uppochnedvändning, säger Stas.

Han går in i ateljén och tänder lamporna. Och Protopovskij följer efter och de kan äntligen börja arbeta. Det är möjligt att undergången är nära, i varje fall Rysslands, men desto mer angelägen är han att dessförinnan få göra sitt andra multipelporträtt. Det har redan blivit sent på kvällen.

Han kommenderar fotografen att ställa sig framför speglarna för att undersöka motivet genom linsen. Fotografen liknar ett rödhårigt femdubblat spöke. En gengångare. Hamlets vålnad som gruppfotografi. Det är osannolikt och fantastiskt.

Men när det blir fotografens tur att ställa sig bakom kameran blir de störda av gälla röster utanför butiken och ljud av springande steg. Protopovskij blir på nytt uppjagad och springer ut i butiken. Hunden börjar skälla. De hör glas krossas någonstans.

Hela förberedelsearbetet ser ut att gå åt pipan. Stas vet inte vad han ska ta sig till. Han tystar hunden med korvarna som han haft med sig. Då blir Protopovskij upprörd över det och börjar kackla. Korv till en hund när hans egna barn hungrar därhemma. Desto fetare blir hundsteken när du tvingas ta kål på byrackan, svarar Stas.

Inget mer hörs från gatan. De lyssnar till de ödsliga slagen av en kyrkklocka som slår tolv. Hunden är mätt och håller käft.

Protopovskij ställer sig bakom kameran. Stas står blickstilla framför speglarna. Han ser in i sin egen spegelblick. Hans ansikte är numera magert som en vinthunds. Kindbenen framträder. Hakan är skarpt utmejslad. Det blänker lite i uniformsbeslagen. Han rättar till uniformsmössan. Fyra av hans egon stiger fram ur bakgrundens beckmörka svärta.

Han tänker på sin far som vid underrättelsen om att sonen enrollerat sig hos den ryske ärkefienden föll ner och var död.

Det kan inte hjälpas.

Hans tankar snuddar också vid Krystyna.

Det var nu längesen som hon tog sitt liv. Det gör fortfarande ont när han tänker på henne. Men han har blivit en annan. Den gamle Stas har gått i graven och finns inte mer. Han ser sina käkmuskler spännas.

Han andas in djupt.

Han är redo. Han ger tecken åt Protopovskij.

Så blir bilden tagen. De skiljs utanför butiken, och han följer med blicken Protopovskij, det spöket, och hans korvstinna schäfer under de glesa gatlyktorna, innan han själv promenerar mot regementet.

Det första som inträffar förmiddagen därpå är att han hittar ett lik utanför kaserngrindarna. Han blir illa berörd, varför ligger det utkastat så där, mitt framför hans fötter? Det är en karl med grova drag och sliten rock. Vinden drar lite genom det toviga håret. Vem slog ihjäl honom? Vem var han?

Han går tillbaka in för att be dem meddela polisen.

Den unge officeren som har vakttjänst rycker på axlarna. Polisen har annat att göra. Stas kliver då över liket och går vidare. Han kan inte helt vänja sig vid döden. En människa är en sluten monad bland miljoner. Ändå en värld som dör. Och försvinner vart? Till Ingenting. Han ruskar på sig och fortsätter.

När han efter en stund lyfter blicken ser han att hela gatan är i rörelse. Det är mest kvinnor, illa klädda, med hucklen till skydd mot vinden. De är många, och de blir fler och fler, och somliga har barn vid handen eller i famnen. De strömmar till synes planlöst fram och tillbaka. Varför befinner de sig här? vid denna tidpunkt på dagen?

Han tränger sig in bland dem. Han ställer frågor. Han får veta att de är textilarbeterskor och att de har gått i strejk.

Vi vill ha bröd, säger en ung kvinna till honom.

Hon bär en svart kappa. Ansiktet är egendomligt utslätat, liksom vitmenat, de blå ögonen skarpt lysande i det vita ansiktet. Han går vid hennes sida en stund. Hon heter Olga, säger hon när han frågar henne. Hon liknar Ofelia, bara blommorna i håret fattas, och så förstås bönboken.

Men hela pjäsen är författad av Shakespeare.

En svagsint kung på tronen, en drottning som liknar Macbeths fru, och en dåre till präst som styr henne och resten av riket.

Och en konspiration – han har hört talas om den på regementet, ochranan tycks vara inblandad, duman måste ta makten innan massorna gör det – som förefaller handlingsförlamad. Han och Protopovskij ska denna dag ägna sig åt framkallningsarbetet, men när han kommer fram till butiken är den stängd fast det redan är förmiddag.

Han blir irriterad på fotografen. Han beslutar sig för att gå hem till den slöfocken och skaka liv i honom.

Det är ännu mera folk ute och går, finner han när han närmar sig bron över Neva, inte bara kvinnor utan också män. Fruarna tycks ha gått och hämtat sina karlar och söner från fabrikerna. Det är en otrolig mängd människor. De bär textade lappar som kräver fred och bröd. Här och var syns också röda små flaggor.

Han blir munter. Det är verkligen ett skådespel.

En spökmarsch. Ordningen kastad över ända. Så här ser staden ut när inte dess invånare stängs in i fabrikerna. En stad på vandring. En skog på marsch som hos Shakespeare, är det inte i Macbeth? Jo, det är Birnams träd som rycker fram. Han lyssnar till stegen från den vandrande skogen. Det ligger denna dag en liten rosafärgad sky över staden. Kyrktornen kastar blålila skuggor.

Ridande polis med knutpiskor dyker plötsligt upp utan förvarning. Polisernas närvaro gör alla uppjagade, även honom själv, särskilt när han får ett piskrapp över kinden. Det svider till som av eld.

Krossa faraonerna, ropar en karl vid hans sida.

Andra börjar kasta stenar och isstycken mot hästarna. Djuren blir nervösa och skyggar, inte att undra på. Det stinker av hästsvett och hästspillning. Människorna börjar skrika och fly. Då kommer kosackerna. Dem känner man väl till. Människor blir panikslagna. Stas drar sig in i en portgång. Den är packad av folk. Kosackerna är pålitliga. Det betyder att vanliga soldater inte anses vara det längre, inser han. Människors ansikten runt honom är bleka och rädda. De lyssnar till ljudet av piskor och skrik utanför porten.

Nu hörs också skott, först enstaka, sen salvor.

Dessa ryssar är ett ofattbart tålmodigt folk.

De har uthärdat ett gränslöst vanstyre. Och en krigsindustri som gjort sig stinn av vinster medan vanliga människor svälter. Den enda politiska lösning som står övermakten till buds är kosackerna! Då är slutet nära, det är utmärkt. Stas har inget emot en smula sönderfall.

Också faraonernas välde i Egypten tog slut. Men dessa i porten, kvinnor mest, är så översiggivna att det skär i honom.

Människorna har drivits ut på Nevas is. Han står på flodstranden och betraktar dem. De liknar flockar av vingklippta svarta fåglar där de travar runt i snön. Bron är avstängd av militären, visar det sig.

Inte bara Protopovskijs utan också alla andra butiker är igenbommade. Spårvagnarna har upphört att gå. Men kyrkklockor börjar ringa, först från ett håll och därefter från flera. Det glimmar och gnistrar av en spröd silverklang i den rosaskiftande himlen.

Han står och lyssnar en stund.

Över bron kan han inte ta sig.

Då vandrar han själv ut på isen. Ständigt kommer fler människor strömmande från arbetarstadsdelarna, svarta skaror. Det är som om den frusna floden har blivit levande. Han tränger sig fram mellan de många kropparna. Hela tiden har han en förnimmelse av att det kommer en skog vandrande emot honom med rötterna i vinden. Ja, som om människorna gick uppochnedvända, med röda flaggor sträckta mot jorden och med fötterna sparkande bland ulliga moln. Det hela är egendomligt. Han har denna dag inte brukat några gifter.

Men förnimmelsen släpper inte.

Han hittar Protopovskij hemma med frun och barnen. Schäfern gömmer sig under köksbordet. Fotografen luktar sprit och förklarar att det är revolution. Stas skrattar. Det vore på tiden. Men han vill ändå ha sina glasnegativ. De dricker vodka tillsammans under flera timmar, det är för att lugna fotografen. Också den stora frun med hästansiktet dricker. Hunden kryper till slut fram och slickar Stas hand. Ute faller ljuset.

Sent på kvällen får han med sig Protopovskij till affären. Det är lugnt på gatorna. Det blev alltså inget upplopp. Kanske var det för kallt. Eller räckte det verkligen med kosackerna för att skrämma de hungrande? Protopovskij är ängslig och uppskärrad hela vägen. Men ingen har brutit sig in i hans butik. Allt är som när de lämnade den. Stas känner sig på nytt munter. Ja, euforisk som Weselowski när han fått tillbringa några timmar i en kvinnas famn. Kanske var det första gången? I så fall var det tur att det hanns med.

Hans egen glädje beror, finner han, på att verkligheten för en gångs skull bär sig åt som den ska. Den låtsas inget. Den framträder oskrymtad. Han beklagar att det inte blev revolution, säger han till Protopovskij.

Men dagens lilla skälvning var god nog.

När Stas återvänt till kasernen får han veta att också de – tsarens livvakter, elitregementet – ska mobiliseras i kampen mot den upprörda befolkningen. Han finner det idiotiskt och blir indignerad. Han är officer, säger han. Hans uppgift är att besegra fienden, det vill säga gärna krossa ett par murkna imperier, men inte att rida chock mot en utsvulten stad som vandrar med fötterna bland molnen. Han beslutar sig för att ägna natten åt arbete i mörkrummet. Med en smula kokain kan han hålla munterheten kvar några timmar.

Och hans medvetande sväller som en blomma.

Kronbladen öppnas mot natten. Han arbetar.

Fotografiet av Weselowski var bra, det här blir ännu bättre. Han kan knappt vänta tills han får se det. Han vandrar i sin fotsida militärrock fram och tillbaka i källarkorridoren. Ovanför huvudet hör han buller. Ingen kan väl sova denna natt. Förmodligen berusar de sig. Han själv röker och låter tankarna flyga. Kanske ändå bäst utan revolution? I en sån rullar alltid de klokaste huvudena först. Någon Robespierre tar makten och sen följer skräckväldet och giljotinen.

Han är inte politiker utan konstnär.

Han önskar ett samhälle med en aning anarki men med tåg som går och krogar som hålls öppna. Inte ett krämarsamhälle som Australien eller Amerikas Förenta Stater. Men heller inte ett där förtryckarna står för ordningen. Vad önskar han sig? Han önskar sig helt enkelt Zakopane, med Kraków som förstad, fritt och larmande och fyllt av stökiga människor, såna som hans landsmän är. Men föralldel, också ungrarna och österrikarna när de bär sig åt som folk. Och där människor får sköta sig själva. Och där det inte rider omkring kosacker på gatorna. Nej, inga kosacker.

Bara kaféer och vänliga kypare. Hemtrevliga bordeller. Varma brasor om vinterkvällarna. En smula judar som serverar gefillte fisch och piroger. Och gärna många målare som fyller kaféväggarna med satirer över alla världens dumheter. Och vackra och frigjorda kvinnor förstås, som han kan förälska sig i. Och kabaréer och varietéer. Och små barn med röda kinder, och filosofer och en aning lugn och ro.

Plötsligt vill han hem. Känslan är stark och oväntad.

Han återvänder till mörkrummet.

Han knyter moster Magdalenas förkläde runt magen. Henne borde han för övrigt snart hälsa på, det var länge sen han avlade visit hos sin snälla moster. Han längtar efter henne. Kanske för att hon är syster till hans mor. Sin mor saknar han väldigt mycket, märker han. Han är utled på kriget. Han hör rop och skrik och dunsar från taket, vad gör de däruppe? Förmodligen håller de på med någon av sina ändlösa och druckna politiska palavrer. En dag kommer kriget att vara slut.

Kanske kommer det trots allt att då finnas en sorts tillvaro som det går att leva i. Vad var det han och Bronisław grälade om? Han har svårt att dra sig till minnes vad det var. Bron kastade kränkande omdömen omkring sig om honom, sin vän Stanisław, svåra att förlåta när man vandrar omkring i vildmarken och är hänvisade till varandra. En dag ska de återses i Zakopane.

Då ska Bron få reda på alla sina karaktärsfel.

Men också i Bronio bor många egon. Bäst att påminna sig det. Bara ett par av dem var helt igenom odrägliga. Det var tråkigt att dessa av Brons jag skulle bli så påträngande just i Australien, som också i andra avseenden var prövande. Inte minst på grund av sin upprörande storlek. De ska ses igen. I Zakopane. I en mer överskådlig geografi. När kriget är slut.

Längtar han också efter Bronisław? Egentligen inte. En liten smula. Jo, han längtar också efter Bron. Han längtar efter allt som fanns en gång. Efter Krystyna, vars ansikte minnet inte längre kan behålla. Efter Irena och Elżbieta och Helena och Ewa. Efter en värld som är en aning beräknelig, en smula vänlig och tillmötesgående, och där man visserligen jagas av sina mardrömmar som vanligt, men där man kan måla, skriva och utforska människans belägenhet.

Och vila sig en aning efter allt det här.

Fotografiet börjar arta sig. Till slut har han det framför sig.

Han liknar en utsvulten varg, det är vänsterprofilen.

Nästa ansikte är en man uppfylld av kall desperation. Blicken tom, bara ögonvita glimmar till under ögonbrynen. Det är obetalbart. Mycket manligt. Spända käkmuskler, stor energi och virilitet. Han blir nära nog förälskad i denne dubbelgångare, en ond gud. Därefter följer det tredje ansiktet. Det är den Magre Munken, vild av trosnit. Kanske är det Storinkvisitorn själv, den heligaste bland de kriminella. Förstelnad och infrusen i sin mask.

Men nej, den slutna munnen döljer ett gapflabb.

Underbart och omtumlande: en självironisk inkvisitor.

Det fjärde ansiktet, högerprofilen, är suddigare. Han ogillar det genast. Över hakan finns ett vekt drag. En smula slappt. Antingen tillhör det en liderlig biljettförsäljare på tåget till Kraków. Eller också är det ett litet stycke av den gamle Stas som trots allt har dröjt sig kvar. Den lättsinnige veklingen, den lättsårade och kränkte. Barnet som kriget utplånade.

Men den trista högerprofilen följs av ryggtavlan.

Och i den, hans femte ego, samlas en mystisk kraft. Som hos en tiger som hukar före språnget. Vidunderlig som ryggtavla. Ur denna maskulina gestalt faller blicken eller blickarna. Den är samlingspunkten för kretsen av alla spöklika och drömlika egon. Skärskådandet av de egna ansiktenas drag är en aning barnsligt, finner han, men man vill ju veta vad som döljs i en.

Självupptagenheten, brottsligheten, självgodheten och så vidare.

Man kan inte bara existera, passivt och oreflekterat.

Man måste oupphörligen manifestera sin existens mot fonden av död som hela tiden är så nära. Man måste motsätta sig intigheten: detta är vad multipelporträttet av de mångdubbla jagen syftar till. Sammantaget är fotografiet mästerligt. Och det är helheten som räknas. Han betraktar med vidöppna ögon sitt multipelporträtt. Gestalterna pressas fram ur bakgrundens svärta. De drivs fram ur denna svarta intighet som fostret ur skötet.

Ett mystiskt skarpt sken faller från lampan i taket.

Runt cirkeln av gestalter finns – ja vad?

Det kan liknas vid musik. Han får den i öronen. Nakna stråkar. Groteska toner. Ibland försvinner de. Därefter hörs de på nytt. Han har fotograferat universums musik. Det är fullkomligt ohyggligt underbart. Mycket trött stänger han dörren till mörkrummet bakom sig och traskar upp för trapporna för att få en smula sömn. Nästa gång ska han använda fler speglar. Åtta ansikten, flera ändå. Han orkar inte tända lampan i rummet.

Han somnar innan han hunnit få av sig kläderna.

*

Han drömmer om ansikten. De strömmar oupphörligt emot honom. Floden av ansikten tar aldrig slut. Han ser världen dra fram genom ansiktena. Lättja, brottslighet och demoni. Skönhet och oskuld. Inbrytande motsägelsefulla konflikter. Förnekelser. Frosserier. Små fula och nedbrytande laster vid sidan av de högsta ideal. Lögner. Besvikelser. Självutgivelse. Och godhet.

Det är mänskligheten. Strömmen upphör inte, aldrig.

Och runt ansiktena, i dem, genom dem, en outhärdlig och upprivande musik, rymdens, universums.

Han besöker sin moster. Det är sommar. Det är också revolution. Isen
över Neva gick upp med ett olycksbådande dån.

Sommarhettan, kletig och klibbande, föll in över staden. Var mak-
ten finns vet ingen. Tsaren är fånge på sitt slott. Makten är utspridd,
kan gripas, men grips inte. Den flyter omkring i träden, i floden, i
gränderna. De flesta soldater har förenat sig med myteristerna, skju-
tit sina befäl i ryggen och uppgått i det strömmande, glidande, ännu
formlösa. Borgarna och revolutionärerna bevakar varandra, revolu-
tionärerna slåss inbördes.

Ingen arbetar, dammet faller över fabrikernas maskiner.

Möten och tal avlöser varandra, alla tycks ha bråttom.

De löper runt, bildar fabrikskommittéer och råd och sovjeter. I dem
sippra makten in, ur andra församlingar skvalpar den ut, det är ur
parlament och statsorgan. Nya aktstycken ska författas, nya legitimi-
teter skapas. Ingen tycks veta hur och debatterna är ändlösa. När han
inte är bland sina soldater eller i sitt mörkrum anfaller långtråkighe-
ten honom, det vill säga den metafysiska ledan. Även kaos blir genom
varaktigheten tålamodsprövande.

De möten han själv bevistar inger honom inte förtroende. De som
tar munnarna fulla av så mycket gränslös frihet kommer snart att få
sätta den i halsen. Makten finns ju. Men var? Medan förvirringen
ökar börjar han själv känna av den välbekanta upplösningen, upp-
luckringen, ångesten.

Han får en egendomlig tanke. Det är att Gud verkligen existerade i
universum en gång, kanske för rätt länge sen. Han var då maktfull-
komlig, hade skapat världen, och så vidare. Men en dag blev han ny-
fiken på sin skapelse. Han gömde sig då i naturen, bland trädens löv,
i floderna eller uppe i bergen. Människorna levde i den vardagliga

metafysiken. De dyrkade träd och klippor och djur. Och med rätta, det var där Gud fanns.

Men sen listade sig Gud djupare in i skapelsen.

Det vill säga in i människorna. De var åtskilda individer, men i var och en av dem bodde Gud. Var och en blev till slut själv en gud. Det skapade inflation, det säger sig självt. Alla dessa gudar. Och människorna uppfann makten för att råda över sig själva, därefter över varandra. I städerna. Sedan i imperierna. I denna omvälvning, här i S:t Petersburg – för övrigt redan för länge sen omdöpt till Petrograd som är mera fosterländskt och ryskt, men han ogillar det nya namnet – har Gud kanske på nytt spillts ut i skapelsen, men nyckfullt och förvirrat.

Hos somliga därför mer av Gud än hos andra.

Hos vissa mer makt än Gud.

Och vissa av egots dubbelgångare mer gudomliga, andra mer maktgalna. Han ser i denna politiska förvirring – det är så tanken föds hos honom – i somligas ögon en oskuld så djup att den är koncentrerat metafysisk. Gåtan speglas i dessa ögon. Han grips av samma känsla inför vissas ögon som när han skakas av människans totala ensamhet. Var och en av oss är en avskild varelse. Det som gör oss mänskliga är bävan inför den metafysiska gåtan.

Men somliga människor bävar inte, i varje fall inte på det sättet. De förblir enkla och platta och endimensionella. Krämare. Andliga potatisförsäljare. Det är inget som har med sociala hierarkier att göra. Men dessa ögon, de är skakande.

Eller är det han själv som håller på att bli tokig igen?

Han har till nöds känt sig sammanhållen under kriget. Det fanns där inget utrymme för de inre konflikter som annars brer ut sig i honom. Och nu, tanken på Gud? Ja, han rår inte för det. Kanske beror det på att tillståndet *är* underligt. Allt har ställts på huvudet. Han blir gripen, i själva verket djupt rörd, av deras ögon.

Det är när hans egna mannar söker upp honom, en liten grupp av dem, utsedd av de andra. Det är Vanja och Petrusja och Kolja. Unga pojkar, fattiga själar. Frontsoldater. Och alla tre sårade i kriget som han själv. Och tillsammans med honom, han anförde dem.

Tack vare honom överlevde de.

En dag letar de sig fram till hans officersrum på kasernen och knackar på. Han blir överraskad. Han frigör ett par stolar från klä-despersedlar och gamla tidningar och ber dem sätta sig. Men de före-drar att stå.

Vanja med ärret över kinden harklar sig.

Han har svårt att få fram vad han vill.

Stas väntar. Det är hett i rummet. De vitmenade väggarna skimrar av sol. De sex ögonen som iakttar honom är närmast självlysande. Och goda. Han finner inget bättre ord. Han dras in i deras blickar. Som när en stark undervattensström för bort ens kropp från stranden. Dessa pojkar är nästan bara barn.

Men i deras ögon finns metafysiken.

Ivan med ärret – han bär det som minne av skottet som nuddade vid honom i Stokhod där Stas själv fick den förbannade kulan i axeln – får efter ett tag, efter att ha harklat och hostat, fram det som ska sägas.

De har bildat ett soldatråd, en sovjet.

Naturligtvis, det är ingen nyhet. Det gör man överallt nu. Och det var hans egna soldater som avgjorde revolutionen, fast utan honom. Hans mannar slogs mot hela det tsaristiska Ryssland. I flera dagar bekämpade de tsarens trupper fast de stängts inne i regementets stall. De gav sig inte. De var ofattbart tappra.

Han vet det. Själv höll han sig undan.

Han är en borgare. Dessutom målare, lätt schizofren och upptagen av helt andra problem, konstens hemligheter. Men han kunde inte låta bli att känna sig stolt över dem. Han har inget emot att gamla ruttna byggen raseras. Att lögnerna krossas, att verkligheten kastas över ända. Och att konventionerna avslöjar sin tomhet. Han målar och skriver själv ständigt om våldsamma uppror mot tvånget som lamslår människan och hindrar hennes frihet.

Men vad är det nu som Ivan den Förskräcklige säger?

De har utvalt honom till sitt soldatråds politiske kommissarie, sä-ger Ivan. Stas blir mållös. Tankarna surrar. Honom av alla? En konst-när, en schizofren galning som han, och varför? Han betraktar de tre pojkarna framför skrivbordet. Han får inte fram ett ord. Den enda förklaring han kan finna är hans negativa kvaliteter som officer: Han har inte slagit dem i ansiktet, inte svurit *po matusjkie* åt dem, inte heller sparkat dem. Hans bestraffningar var milda.

Han har kort sagt i det närmaste uppfört sig som en människa.

Det är alltsammans.

Han är fortfarande officer vid tsarens livregemente.

Därtill nu politisk kommissarie i revolutionen.

Han nickar mot dem, torr i mun och tom i huvudet. De skakar högtidligt hand med varandra. Att avböja vore liktydigt med att underteckna sin dödsdom. Inte för att Ivan den Förskräcklige, Kålroten Petrusja eller Kolja av Kalabaliken skulle ha krökt ett hår på hans huvud. Det tror han inte. Men den omkringflytande makten glider alltmer in i sovjeterna. De är den starkaste maktfaktorn, visserligen informellt, men ingen kan gå emot sovjeterna. Och enligt *Order 1*, den heter så, har soldatråden bildats med uppgift att få över sina befäl. En officer som inte kan vinnas för revolutionen är dess fiende.

Han skulle ha blivit likviderad om han tackat nej.

Han hade inget val. Han nickade mot dem. De skakade hand med varandra. Han stod kvar i solstrimman i sitt rum en stund, lätt vimmelkantig, och hörde deras fotsteg dö bort i korridoren.

Och tanken på Gud upphör inte. Den tycks ha med hela detta glidande tillstånd att göra. Han får för sig – det är sedan han blivit vald till politisk kommissarie – att alltsammans ännu är oavgjort. Att en befrielse kanske faktiskt kan bryta fram ur detta kaos. Att makten ska fortsätta att glida runt. Inte fixeras. Förbli vag och obestämd. Och att en helt ny frihet ska uppstå, hittills okänd i historien.

Där människor rår över sig själva.

Bär sig mänskligt åt, målar tavlor och läser förryckta böcker och inser att den metafysiska gåtan är vad som gör oss till människor. Ja, och där han själv inte ska behöva kravla runt ensam i sina underjordiska gångar – instängd, ibland nära galenskapen, en mullvad som gräver sina irrvägar i en evig labyrint, slutgiltigt och ändlöst ensam – utan att det kommer att visa sig att det var ett arbete han utförde.

Ja, verkligen ett arbete. Kanske till och med heroiskt.

För mänskligheten. För att den skulle förstå sig själv.

Omständigheterna får honom att nyktra till.

De och moster Magdalena.

Hon bor ensam i sin stora våning vid en av kanalerna. Hon är änka efter en dirigent som föll död ner vid pulten under en konsert, det var Nötknäpparsviten. Och parketten blänker i solskenet och rum efter rum öppnar sig. Han går genom dem i sina blänkande stövlar och i sin officersuniform, förbi målningarna som hänger tätt på väggarna, ikoner och porträtt och landskap, några av dem har hans far målat, ett par av dem han själv. Han passerar de välputsade sekretärerna och marmorborden och prydnadssakerna och den svarta glänsande flygeln, vars lock ännu står uppfällt som om moster Magdas man just rest sig från pianostolen.

Han följer henne genom den mörka serveringsgången vars träluckor döljer kristallglas och guldkantat porslin, och ända in i köket. Där tillbringar moster Magdalena sina dagar under revolutionen. Hon går inte ut längre. Samovaren står på den ganska fläckiga duken mitt på köksbordet.

Stas, säger hon och låter uppgiven.

Samovaren är bukig och av silver.

Och hela S:t Petersburg gungar i en slöja av silver i moster Magdalenas samovar. Med sina slott och tinnar och torn. Med sina praktbyggnader, sina koncentriska och radiära gator, sina holländska ringkanaler, sina sex bastioner och sin Peter-Pauls-fästning. Och med Amiralitetet, Kopparryttaren, Vinterpalatset och Aleksandr-Nevskijklostret. Allt finns i samovaren insvept i en silverslöja.

Floden av silver gungar och svänger. På ett märkvärdigt sätt har alltsammans bevarats här. Som en spegling, ett minne.

Som om förstäderna inte fanns. Och inte fabrikerna och bangårdarna, misären och våldet. Som om kriget inte hade ägt rum, och revolutionen inte hade inletts och tillståndet av flytande och glidande makt – nu flyter den inte längre – inte hade funnits. Några människor syns däremot inte i samovaren. Han frågar sin moster var de håller hus. Men moster Magda ser inget i samovarens bukiga ytor fast hon sätter på sig glasögonen och lutar sig fram över den.

Vad pratar du om, Stas?

Människorna, moster Magda. Var är de?

Vad är det med dig, Stas?

Hon tittar till på honom med skarpa grå ögon över glasögonkanten. Sen tar hon av sig glasögonen och låter dem glida ner i fickan. Hon suckar och drar händerna genom håret. Moster Magdalena sväller upptill och nertill. På mitten är hon hårt åtsnörd.

Hon liknar ett timglas.

Men sanden har runnit ut.

Det finns ingen plats för någon moster Magdalena i revolutionen. Inte heller för den stad som han för ett ögonblick såg blänka till i hennes samovar. Hon tror att han skämtade med henne. Det är hon van vid men hon vill inte skoja nu, situationen är allvarlig. Hon går omkring i köket. Furst Lvovs regering satt ostadigt, Stas. Och sen Kerenskij och hans provisoriska regering, men borde den inte ha gjort fred?

Massorna önskar fred, men det gör också i högsta grad moster Magda.

I stället har Kerenskij som en papegoja upprepat att annexionsmålen ska fullföljas. Till exempel Konstantinopel. Och vad ska vi med Konstantinopel till, Stas? frågar moster Magda upprört. Kerenskij försöker göra alla nöjda. Det går förstås inte. Han red naken på en igelkott, Stas, och utlyste val till en konstituerande församling. Hans socialistrevolutionärer vann med absolut majoritet, men då tog bolsjevikerna makten, och vilka är *de*?

Svara mig, Stas. Vilka är de, vad tänker de göra?

Stanisław svarar inte. Han för sin knutna hand tätt intill samovaren och sträcker ut två fingrar och sprattlar med två andra. Staden försvinner. I stället ser man en fyllig kvinna tvätta fötterna i den buktiga silverytan. Två fingrars knogar är den runda bakdelen, två andra är de ivriga armarna – ett trick från barndomen. Denna feta dam kan moster Magdalena se helt tydligt. Hon brister ut i skratt.

Men Stas känner sig som om han var instängd i en flaska.

Allt är på utsidan. Ingenting berör honom, utom skräcken.

Han vet inte hur skräcken kom in i flaskan.

Den liknar inte skräck. Snarare en välbekant leda.

Politisk kommissarie. Men starkt misstänkt av sovjeterna. Liksom av deras fiende ochranan. Flera samtal hos tsarens polis. Ytterst hövliga. Iskalla. Humorlösa stenansikten. Ni är officer. På vilken sida står ni? Är ni beredd att samarbeta? Gryning efter gryning har han legat sömnlös och stirrat i taket, osäker på vem som skulle komma först för att hämta honom.

Han önskar inte samarbeta. Inte med ochranan. Inte med sovjeterna heller. Han fotograferar inte längre. Det är omöjligt att måla. Han är instängd i en glasflaska. Han drar framåt förmiddagen på sig uniformen och låter kalfaktorn blanka stövlarna.

Sol vissa dagar. Gula löv som simmar i floden.

Andra morgnar stänk av stark kyla i luften.

Hos somliga människor mer av Gud än hos andra. Hos vissa mer av makt än Gud. Hos mannen som heter Lenin makt hela vägen. De är samma sorts folk, ochranans polismän och Lenin, men bolsjeviken är starkare och förmodligen blir det hans hantlangare som kommer att hämta Stas i gryningen. Bolsjeviken liknar den värste av hans egna dubbelgångare. Ja, han har känt igen mannen.

Viljan. Som tränger fram och usurperar alla andras egon för egen räkning och kräver deras underkastelse. Den iskalla fantasin. Usurpatorn, den av tanken besatte. Den kriminelle.

Konstnärerna kommer inte att spärras in på dårhusen utan skjutas och halshuggas. Och alla andra blir politiska kommissarier med uppgift att bevaka varandra. Och sig själva, sina multipla egon (de förbjuds).

Stas går omkring på gatorna i sin uniform och väntar i varje ögonblick att få känna maktens tunga hand på sin axel. Bolsjevikernas eller ochranans. Han iakttar allt med skarp blick. Han besöker horhusen (de kommer också att förbjudas) och känner inget utom kyla och skräckblandad leda. Han dansar i blanka stövlar på underliga banketter (de kommer snart att upphöra). Han dricker och förblir nykter. Hela tiden är han instängd i flaskan.

Inget rör vid honom. Utom den underliga och frusna skräcken.

Inte för att dö, det skulle han inte ha något emot. Men för att han nu inser att kriget inte ledde till något annat än till denna mardröm. Detta sekel. Som han och Bronio vid dess ingång hälsade med dåraktigt jubel. Skräck. Ja, men den blandas med torr och iskall leda, och det gör honom illamående. Han besöker moster Magdalena. Hon ställer idiotfrågor, vad tänker bolsjevikerna göra?

I samovaren sprattlar en fet dam som tvättar fötterna. Hans moster skrattar muntert som förr i tiden när hon ser det. Då ler Stas mot henne. Bolsjevikerna tänker tvätta våra fötter, moster lilla.

Javisst, Stas, skoja du bara.

Varför tror du att jag skojar?

Stas, vad är det med dig idag!

Hon sätter sig mitt emot honom vid köksbordet och tar hans hand mellan sina båda. Stas har alltid älskat sina mostrar och denna mest. Hon är klok och lite tokig och skrattar gärna. När han fyllt femton år fick han resa till S:t Petersburg och besöka henne. Han fick brev från sin far nästan varje dag under besöket: Sträva efter det onåbara, låt inget hejda din tanke, låt dig inte begränsas av egoism, lev i framtiden, du kommer att bli det bästa beviset för mina teorier om konst, var alltid lysande, Stas!

Moster Magda och han blev goda vänner.

Hon bjöd honom på konditori och köpte nya strumpor åt honom när de gamla blivit smutsiga. Hon tog med honom till konstmuseer där de gick i timmar tillsammans. Och när han återvände många år senare för att bli officer i armén for de tillsammans till Moskva. Det var under den första krigsvintern. De for dit för att se Picassos målningar, några av dem hängde i Moskva.

Obeskrivligt geniala och sanna, det tyckte också hans moster fast hon först brast i skratt. Moster Magda försvarade hans beslut att ta tjänst som rysk officer. Han fick läsa hennes brev till de upprörda föräldrarna: Stas är obeskrivligt stilig i sin uniform, han klär i sina stövlar, och han har lämnat all nedstämdhet bakom sig. Hans mamma förstod honom till slut. Men fadern gav upp andan och dog; detta har han också på sitt samvete.

Hans moster Magdalena har runda kinder, vackert genomdragna av skrynklor som ett vinteräpple. Hon har grått och ostyrigt hår som hon bär i en kokett krokan över pannan.

Hon har också skarpa grå ögon.

Vad är det med dig idag, Stasio älskling?

Över ansiktet finns masken. Över allas ansikten. I synnerhet över hans, eftersom han ju vet om det. Inte bara *en* mask. Många masker, en för varje belägenhet, som i *commedia dell'arte all'improvviso*. Masken är inte där för att han ska gömma sig för de andra. Den är till för att komma dem närmare. Det är maskernas uppgift: att överbrygga avståndet till de andra. Tack vare förklädnaden ibland en känsla av närhet. Konstlad, eftersom närhet är en illusion. För alla.

Men värst är ensamheten för den som vet om den.

Bakom maskerna är man en annan. Alltid en annan. Man vet inte vem. Han är en man som nervöst tecknar ner sitt kaos. Han kan inte annat. Förföljd, jagad och hemsökt. Av vad? Av demoner. Av sig själv. Av ensamheten. Han är sorgsen. Han är ledsen, verkligen mycket ledsen. Helst skulle han vilja lägga sitt huvud i sin mosters knä. Han gör det inte. Han är en okänd som sprängs av konflikter som han inte förstår. Instängd i en flaska. Inne i den rasar torra stormar.

Kalla och heta oväder. Ingen väg ut.

Ingen väg in för de andra. Han nås inte av känslor.

Bara av denna tumultuariska vind. Tanken kan inte stilla den. Kriget är i realiteten slut. Hans uppgift i S:t Petersburg är fullbordad, den var i grunden meningslös, och nu smyger sig sjukdomen på. Han kan inte ens ta sig hem till Zakopane. Är omgiven av fientliga härar, här och på andra sidan gränsen. Fienden har på grund av det ryska nederlaget ryckt mycket närmare.

Och inne i flaskan: törst.

Osläckbar.

Han lyfter galant sin mosters hand till sina läppar och kysser den.

Han tar hennes hand och drar ut henne ur köket. Det blir en vild språngmarsch, moster Magda piper och gastar. Han släpar henne genom alla hennes blänkande salar, förbi tavlor och möbler och silverprydnader, förbi vemodiga ikoner och landskap i Tatra, italienska speglar och ljuskandelabrar och brickor av lack med målade rosor, och ända fram till grammofonen, ett jättelikt brunt skåp invid flygeln.

Han väljer ut en grammofonskiva, det blir Strauss, och bjuder upp. De dansar wienervals i stora cirklar över parketten, han och moster

Magda. Utanför fönstren sprakar ännu oktober.

Karmosin och scharlakan.

Cinnober och saffran.

Bolsjevikrött och brinnande koppar.

De dansar, och moster Magdalenas hårnålar lossnar. Hennes hårkrokan far ut i flygande grå lockar. Hon skrattar inte längre. Hon håller ögonen slutna och låter sig föras i dansen. Hon är på nytt en ung flicka. Hon dansar på balerna i Kraków och i Warszawa. Vart tog livet egentligen vägen, Stas? Hon dansar och han håller handen runt hennes timglasmidja. När man blir gammal verkar livet så kort, Stas, det vet inte du, du är för ung.

Han svarar inte. Han ler. Han håller henne hårt, han för henne i mjuka svängar över golvet. Stråkar och pukor. Frasande tyg.

Svängar, nigningar, krokar och vändningar.

Tills trädens färger släcks och det skymmer.

Oktober och revolution. Därefter en orgie av dryckenskap, den varar i flera veckor. Varje kväll när mörkret faller bryter vanvettet ut. Vinbutikernas fönster krossas. Man slår sönder portarna till rikemanshusens källare. Man länsar Vinterpalatsets förråd. De stolta sovjeterna super sig fulla. Vakthavande soldater kan inte stå på benen. Det är en primitiv och rasande fest.

Garnisonernas revolutionära ledare sänds ut för att sköta vakthållningen och stävja backanalen. Snart är de lika druckna som alla de andra. Då skickas soldater ur pansarbrigaderna ut. Det dröjer inte länge förrän också de ligger i rännstenen. Ingen rår på detta utbrott av vansinne. Också Pavlovskregementet, revolutionens bålverk, dukar under för orgien.

Och från Petrograd sprider sig festen ut över landsbygden. Man plundrar butikerna och privathusen, därefter järnvägsvagnarna på bangårdarna på deras lager av vin och sprit. Horder av berusade soldater slår sönder vagnsdörrarna och sen trälårarna och dricker. Folkkommissariernas råd utser en särskild kommissarie med stark eskort och extraordinära befogenheter. Också han försvinner i utsvävningarna. Revolutionen ser ut att fördunsta i alkoholångor.

Till slut pumpas innehållet i vinkällarna ut i Neva.

Han går runt i den dionysiska natten, nu inte i uniform.

Brutalitet. Besatthet. Manisk sinnesrubbning. Han stöter ihop med sina frontsoldater, Vanja med ärret, Kalabalikens son Kolja, och Petrusjka. De känner knappt igen honom. De stirrar på honom med slocknade ögon. Tomma. Helt döda. Kolja försöker klappa hans skuldra men ramlar omkull. Petrusjka sitter på trappan till Vinterpalatset och kräks mellan sina knän.

Det är en karneval. Den är förödmjukande och full av vanmakt.

De firar en seger, sin egen befrielse.

Men den stiger ur nederlaget.

Människomassans kropp förvandlas till ett urtidsdjur.

Raggig päls eller ödlepansar omsluter den. Vaggande, böljande, skrikande och spyende fyller den staden. Intar den staden. Det som var staden. Det är som om dessa de hunsade, förtryckta och förödmjukade – livegenskapens barn – gör vad de kan för att upphäva den plågsammaste av erfarenheter som människan har gjort: den att bli människa, att avskiljas från naturen och stirra sin ensamhet i ögat. De dricker sig från medvetande, från sans och vett och verklighet.

Han förstår dem. Men de förödmjukar sig själva.

Sig själva? Tiden försvinner. Stas vet inte längre var han befinner sig, i historien eller någonstans dit tiden inte har nått och där inget *sig själv* har uppstått ännu. Han vandrar omkring i det gränslösa. I någon av sina fantasmagorier, chimärer, hallucinationer och hägringar.

Staden är en av hans egna teckningar av monstruösa gestalter. Ansikten med ödlekroppar. Ögon i fjäderskrudar. Det finns inga skarpa gränser mellan formerna, allt glider in i vartannat. Här pågår de våldsamma och tröstlösa upproren mot medvetandets terror, mot avskiljandets och åtskiljandets diktatur. Det är driternas och begärets myteri. Det är den vanmäktiga längtan efter utslocknande i orgiastisk namnlöshet.

Sig själv, människans stötesten.

Hennes olösliga konflikt med *sig själv*, och nu utspelas den som en backanalisk karneval inför hans ögon. Simpel och vidrig, vedervärdig och degraderande. Kroppar som fyller och tömmer sig. Exkrementer och spyor. Hela staden ett urtidsdjur med ryckande tarmar.

Själv är han spik nykter.

Tom och kall och på insidan av flaskan.

Orgien pågår ett par veckor, sen är det över. Då är den ryska armén som han tillhört i fyra år upplöst i intet.

Den sista tiden bor han inte på garnisonen utan hos Olga. Han går rakt på henne en förmiddag. Det är i strömmen av människor på en av broarna över floden. Han känner genast igen hennes egendomliga blå ögon som sitter fästa på den vita ansiktshuden. Hon var en av textilarbeterskorna som gått i strejk, de växlade några ord, han minns dem. Så inleddes revolutionen, och hon fick honom den gången att tänka på Ofelia.

Vem Ofelia är vet hon inte. Honom känner hon inte igen. Men hon invänder inte när han vänder och går samma väg som hon.

I den kalla lilla skrubb där hon bor klär hon genast av sig.

Han sitter på stolen utan att ens ha fått av sig rocken.

Hennes nakna kropp är kantig, knäskålarna grova som på en outvuxen flicka, skuldrorna magra och brösten små. Det är inte för att ligga med henne som han följt med henne, men hur förklara det? När hon lagt sig i den smala sängen vet han inte vad han ska ta sig till. Han klär av sig och lägger sig bredvid henne under täcket, det förefaller enklast så. Han pressar ansiktet mot den lilla håligheten mellan hennes hals och skuldra.

Hon doftar av billig tvål.

Han rör henne inte, han lägger bara armen runt henne. Så vilar de tysta hos varandra utan att ligga med varandra.

Efter en stund tar hon runt hans nacke.

Hon ser in i hans ögon. Han tycker om det.

Han följde inte med Olga för att köpa hennes kropp som hon tror, utan för ögonens skull. De påminde om Vanjas, Koljas och Petrusjkas när de meddelade att han utsetts till soldatrådets kommissarie. Vad ska man kalla uttrycket? Godhet? Eller oskuld.

Något som ännu inte har förstörts.

Han glömmer aldrig en människas ögon. Inte Lenins, inte Trotskijs. Han har sett in i dem en gång och det räckte. Trotskij mötte han en dag på gatan. Lenin hörde han tala på ett möte för folkkommissarierna. Han kan inte heller glömma Weselowskis ögon, hans skrattlystna blick, mycket vänlig. Det var den som fick Weselowski att levitera över det vitryska slagfältet.

Sin egen blick på multipelporträttet – var finns det nu? – glömmer han inte heller. Brottslingens. Den kriminelles. Han blev förtjust.

Den var skrämmande och vidrig. Han vämjs över blicken.

Barnet Stas är försvunnet, borta, begravt.

Och att leva är omöjligt. Att existera på gränslinjen mellan begäret och tvånget, två drifter som håller varandra schackmatt i evig terror: det går inte. Att vara människa är ogenomförbart. I varje fall för honom. Han är dömd till konstnärskapet så som andra till att vara judar eller negrer. Bara där kan han existera, i skapandets ångest, och varför har just han förmenats liv? Han är inspärrad i en flaska, han ser världen genom glaset, han når den inte.

Ögonen. De är porten till människan. Den enda.

Han lyssnar till röster genom väggen.

Han ser in i Olgas blå ögon.

Olgas rum är del av en smutsig våning full av andra människor, han såg några av dem när de steg in. De tittade inte åt hans håll och ingen föreföll förvånad. Han hör slammer och bråk genom de tunna väggplanken. De vilar bredvid varandra i en trång liten grotta, han och Olga. När de har varit tysta länge och sett in i varandras ögon vrider Olga bort sin blick.

Då reser han sig på armbågen och smeker hennes kind.

Han frågar om han får bo hos henne. Ett litet tag. Han ska betala, naturligtvis ska han det, och livsmedel kan han också ta med sig. Han kan inte förklara sin belägenhet, viskar han till henne, men det är viktigt. Hon viker nu inte undan med blicken.

Hennes hud är lite narig och också kall.

Hon fryser. Hon ser honom länge i ögonen, sen nickar hon.

Strax därpå får Olga bråttom. Hon kliver snabbt ur sängen och klär på sig och säger åt honom att göra detsamma. Så sitter de mitt emot varandra vid träbordet, en liten ljusstump av stearin i en trästake, annars ingenting, och har inget att säga. Det behövs inte heller, strax öppnas dörren och en flicka kommer in, kanske åtta eller nio år. Hon är lika blek som sin mor och har samma sorts ögon, och hon heter Natasja.

De går ut om dagarna, de säljer något.

Han vet först inte vad. Sen förstår han att det är saker som de hittar på gatorna och i portarna, trästumpar och trasor. De samlar lump, Olga och Natasja. Det är för att överleva.

Han hämtar vad han kan från garnisonen. Sina kläder, militärrocken, uniformen och kameran, och pennor och papper och böcker. Och ur köket – han har aldrig förut varit i regementsköket – en kvarglömd säck frusen potatis.

Han sover på trasmattan på golvet. När de har gått sin väg sträcker han ut sig på sängen och stirrar i taket. Ibland kommer Olga hem ensam. Då lägger hon sig bredvid honom. För det mesta rör han henne inte. Han är inne i flaskan. En dag kysser hon honom, tankspritt förefaller det, nästan en smula slarvigt. Detta lilla slarv från hennes sida inger honom förtroende och de älskar. Han önskar efteråt att han kunde gråta. Men han kan inte.

Han vill resa hem, men britter och amerikaner gör allt för att förhindra bolsjevikerna att sluta fred med tyskarna. De allierade accepterar inte revolutionen och de vill slutgiltigt krossa tyskarna. Kriget tar inte slut. Ute snöar det nu varje dag. I Olgas rum blir det kallare. Olga avgudar Lenin. Hon kallar honom lillefar, från honom väntar hon sig paradiset. Från honom och bolsjevikerna.

Då skakar Stas på huvudet.

Men hon bryr sig inte om honom. Hon skrattar och går ut ur rummet för att koka frusen potatis. Natasja kommer in. Hon glider ner på stolen och betraktar honom tyst och oavvänt. Ansiktet är blekt. Ögonen är blåklint i snö.

Han ligger på sängen och stirrar i taket.

Han tänker på sin mor. Och på moster Magda som gav sig av, lämnade den sönderslagna våningen, for österut, mot Vladivostok. Till Amerika, tänkte hon sig. Där finns ytterligare en moster. Dit kommer hon aldrig.

Han själv kunde ha stannat på kasernen. Han är hellre här.

Utanför tiden. I Olgas slarviga godhet. Hos Natasja. Han vrider på huvudet och betraktar flickan som kommit in och satt sig på stolen. Han berättar för Natasja om Australien. Det är för att värma sig och flickan en smula.

I Australien är det hett som i en bakugn.

Det växer limpor i träden. Man plockar ner dem och gräddar dem på marken. I Australien finns vilda människor och djur som ingen hört talas om här. Några av dem har fickor på magen. Där förvarar de sina ungar. När människor närmar sig dem blir de inte alls rädda. De sträcker bara fram tassen och skakar hand. Sen skuttar de iväg. Du ljuger, säger Natasja. Hennes röst är barnslig och mycket vuxen. Inte ljuger jag, säger Stas. Jag har själv varit där och skakat tass.

Vad heter djuren, frågar Natasja.

Då kravlar han sig upp från sängen.

Han plockar fram papper. Han kastar en sträng blick på Natasja. Titta nu, det här är en känguru.

Han ritar många kängurur åt Natasja. Han ritar tåget som han och hans vän reste med i natten. I Australien har tågen inga tak. Man ligger på rygg i vagnarna och ser kängurur hoppa över dem. Det är varmt och skönt. Man behöver inget täcke. Och känguruögonen lyser som lampor. Det blixtrar hela tiden ur dem, och om man inte bryr sig om att det flimrar en aning kan man lugnt ligga och läsa i skenet. Hela tiden hör man trummor. Det är de vilda människorna – mycket snälla, bara några av dem är kannibaler – som står för nattkonserten.

I Australien har man aldrig tråkigt. Man är heller aldrig hungrig.

Om man får lust att äta en frukt – han ritar frukter, ingen liknar någon frukt som Natasja har sett – öppnar man bara munnen, och då böjer sig trädet ner och stoppar helt vänligt frukten i gapet på en.

Australien, säger han till Natasja, är ett sagoland. Fast verkligt. Och det slår honom att det är sant.

Australien var verkligt. Och vidunderligt.

Han hör trummorna. Färgerna tänds i hans ögon. Han ser magiska riter utförda av kungar och trollkarlar, dem ska han måla, och kvinnor som dansar med nakna bröst, han ska skriva om dem i sina pjäser, och berget som vandrade framför honom hela natten och som lockade honom djupare och djupare in i landet. Australien, han längtar dit.

Mer, säger Natasja.

Ja, mer. Han ritar fiskar som flyger bland molnen, och stjärnor som exploderar och förvandlas till häxor, snälla, mycket snälla, och gråtande sjöodjur som fyller haven med sina tåREfloder, och vandrande berg med skoskav. Han får tanken att han ska gifta sig när han kommer hem och få barn att berätta sagor för. En egendomlig tanke, han har aldrig förut tänkt den. Han ritar sig själv när han stektes över elden, och sen Bronisław med geväret, och de vilda människorna med sina spjut som hoppar runt elden, och Bronisław som tänker skjuta ihjäl dem, den fåntratten.

Mer, kräver Natasja.

Ja, mer. Han ritar monster med svansar i pannan och ögon i baken, och prickiga vildsvin och rutiga tigrar, och sen ritar han mat, det är vad som allra mest intresserar Natasja. Flygande stekar på silverfat, och skrattande potatisgratänger, flinande korvar, dansande morötter.

På Natasjas bleka kinder brinner hektiska röda rosor. Hon vill ha mer, hon är omättlig. Varje gång de är ensamma ritar han mat åt henne. Fred med tyskarna sluts i Brest-Litovsk. Han kan resa hem. Och de sitter i den lilla skrubben, Natasja och han. Olga kommer inte.

Var är hon? Olga måste ha blivit fördröjd av något.

Han väntar i det längsta. Till slut måste han gå. Han skänker Natasja sina pennor. Han tömmer sina fickor på småslantar, de regnar över bordet. Han lägger en bunt sedlar, alla han kan avvara, under Olgas ljusstake av trä.

Han går sin väg. Han vandrar i snöyran över bron, det är för sista gången, och vidare mot bangården. Himlen är vit och isen har på nytt lagt sig över Neva. Kriget är slut. Ryssland finns inte mer, det heter Sovjetunionen, och inbördeskriget har redan inletts.

Han påbörjar sin hemresa.

Han sitter inspärrad i flaskan. Han är mycket sjuk.

Och ska kvinnan bära allt? Ellie Rose frågar det.

Hon dricker choklad genom sugrör ur en blå kopp. Hennes väninna Tammie sitter mitt emot henne på kaféet. Och floden Yarra buktar sig labyrintiskt runt dem så att den liknar en måltavla med ett centrum där pilen ska borra sig in och ge högsta poäng.

Och där i måltavlans mitt sitter Ellie Rose och Tammie.

I väntan på pilen som någon muskulös sjöman i randig tröja och med tatueringar på överarmarna, och på landpermission, ska kasta. Vi ska bli genomborrade. Och tacksamma, säger Tammie och sörplar sitt te. Kvinnan tilltros inte att bära något, Ellie.

I själva verket bär hon allt.

Säger Tammie. Hon har fräknar, en hel stjärnkarta – några fräknar mer lysande än andra – utspridda och fördelade över hela ansiktet, som måltavla distraherande. Inte heller sitter hon stilla. Hon kastar med håret och vrider på nacken och letar i fickan efter kammen och drar den genom det ljusa hårburret utan synbart resultat.

Det är söndag, en lagom solig och sval vintersöndag, och kyrkklockorna har tystnat. De sitter på det söndagsöppna kaféet i Fitzroy Gardens i stadens mitt. Och floden Yarra vandrar i bukter och slingor genom staden och förstäderna. På vissa ställen har floden bråttom mot havet. På andra ställen tycks den flyta bakåt mot källan. Melbourne är staden vid baklängesfloden.

Melbourne är också *Paris des Antipodes*.

Den är flärd och fåfänga, breda avenyer och alléer med höga träd, och stora parker och operahus, och damskrädderier och körsnärer – kriget har inte ändrat på detta – och eleganta juvelerarbutiker bakom blankputsade skyltfönster. De har tryckt näsan mot dem och gått vidare. De har båda ont om pengar. De försöker bilda en fackförening för sjuksköterskorna på Melbourne Hospital. De har nyligen grälat om saken med doktor Brown som är klinikchef. Han är en stark motståndare och sparar inte på retoriken.

Sjuksköterskans yrke är ett kall, mina damer. Grunden för ert viktiga arbete är idealiteten. Och den vill ni prissätta? Ha löneavtal som i vilken fabrik som helst. Vill ni ha strejkrätt också kanske? Dagtinga med samvetet? Mina söta damer, ni är inne på en farlig väg.

Nu avslutar vi samtalet.

Doktor Browns mun i hans fläskiga ansikte blir smal som ett streck, har denne man en gång haft mjuka läppar som andra? Hans blick bakom glasögonen suddas ut som skriften från svarta tavlan, lite kritdamm yr i luften efteråt. Doktor Brown är en horbock, Ellie.

Tammies röst är släpig men genomstungen av beskhet.

Också grädden som Ellie Rose slickar från skeden smakar beskt. Arsenik i vispgrädden? Arsenik i doktor Browns tekopp? De har vandrat i timmar utmed floden och på trottoarerna i det söndagstomma centrum, och därefter vikit av in i Fitzroy Gardens och gått under de höga träden och förbi monumenten och över gräsmattorna. I parken ligger kaféet som liknar en infödingshydda eller en tehuva.

Att vara yrkesarbetande och kvinna är tvetydigt. Det är halkigt och slipprigt. I Europa står kvinnorna i fabrikerna medan männen ligger i skyttegravarna, då duger kvinnorna. Vad är kvinnan? Som kvinnor – Ellie Rose citerar en passus ur den invecklade brevväxlingen med Bronyo – utgör de tomrummet som mannen har att passera på sin väg mot sig själv. Kvinnan är det gåtfulla tomrummet i kulturen.

Ingen begriper vad hon vill.

Tomrummet? Tammie spärrar upp sina häpna ögon.

Tomrummet är mycket stort, säger Ellie. Det omfattar också kunskapens vita fläckar. Liksom vildmarken och öknarna och de oupptäckta floderna. Och det okända inre. Tomrummet är allt som vetenskapen ännu inte har kartlagt. Men ju mer som kartläggs desto vidsträcktare tycks tomrummet bli. Och desto gåtfullare blir av allt att döma kvinnan. För mannen. Kvinnan är strecket i räkningen. Men vetenskapen håller på att fylla i de vita fläckarna, säger Ellie.

En dag blir också kvinnan kartlagd. Tänk om det visar sig att hon är fri som mannen? Den dagen kanske vi får en fackförening i present av doktor Brown, säger Ellie Rose. Kartlagd? frågar Tammie och kliar sig misstroget på knogen och stirrar på Ellie, skriver din fästman verkligen så? Nej, svarar Ellie Rose. Hon blir tyst.

Hon snurrar den blå koppen mellan handflatorna.

Hon är mycket orättvis, Bronyo skriver inte så. Han har det svårt på sin korallö. Han plågas av ensamheten. Han får inte styr på sitt stora material och inte heller på sig själv. Han skriver om den häpnadsväckande sexuella frihet som kvinnorna på Boyowa åtnjuter. De vandrar fritt på jordens yta. De har ännu inte förstått att känna skam för sina kroppar. Missionärerna försöker lära dem, men Bronyo ogillar missionärerna. Själv har han slagits av en sorts insikt om västerlandets förtryck av kvinnan.

Den bekom honom illa. Han vet inte riktigt hur han ska hantera den. En utmärkt insikt, helt lysande, skriver Ellie Rose i sitt svarsbrev. Du är en mycket ovanlig man, Bronyo. Skam tänker hon för sin del inte känna, tillägger hon och berömmer hans klarsyn. Skam ska aldrig få finnas mellan oss två. Jag är som kvinnorna på Boyowa, lycklig och skamlös. Jag är faktiskt det, Bronyo, skriver hon, och tror att han ska bli glad. Men i nästa brev från honom – postgången tar många veckor – är han inte alls glad. Han är svartsjuk och purken. Han förstår inte vart hon vill komma med att understryka sin skamlöshet, kan hon förklara det närmare? Att han inte är den förste mannen i hennes liv vet han redan.

Ellie Rose blir osäker, varför blev han så missbelåten?

Men när hon byter ämne och skriver om något annat och neutralt, till exempel om den fackförening som hon och Tammie försöker bilda – reglerad arbetstid och stadfäst lön och ökad självrespekt hos den kvinnliga personalen – blir han irriterad. Dra inte in kvinnoemancipationen i vårt förhållande, Ellie Rose, den är utmärkt, men varför ska den ställa sig mellan oss två?

Det gör den nu inte.

Ellie Rose har bara berättat om något som upptar hennes tankar. Hon blir mot sin vilja en smula stingslig i svarsbrevet. Vad i all världen tar det åt dig, Bronyo, är det något fel med fackföreningar?

På det svarar han att kvinnan är mannens innersta dröm.

Det är tydligen doktor Freud som sagt att kvinnan är det okända tomrummet i kulturen. Bronyo är inte i alla stycken överens med doktor Freud, skriver han, men han tror att mannen genom kvinnan kan finna sig själv och sin natur. Dock har han emellanåt svårt att skilja på sin dröm om kvinnan och den Ellie Rose som han brevväxlar med, skriver han. Hans brevväninna förefaller honom ibland så saklig och nykter.

Och han minns en annan Ellie Rose, skriver han. Hon måste ha överseende med hans konservativa syn. Han är så ensam på Boyowa. Och han är antagligen – tyvärr – en obotlig romantiker i sin syn på kvinnan. Det beror på att han sätter henne högt. Är det fel, Ellie?

En svart och elak liten orm ringlar fram bakom en taggig buske någonstans inne i Ellie Rose. Det finns en klyfta mellan hans dröm om kvinnan och henne själv, hur ser den ut? Är den en liten spricka bara, som man kan lägga en spång över, eller en bottenlös avgrund? Ormen reser sig på stjärten och spelar med tungan och väser. Ja, hon blir arg, men efter ett tag också svartsjuk. På vad?

På Bronyos dröm om kvinnan.

Hon vet att han haft svårt att bryta med henne i Adelaide. Han ville ju helst inte såra Louise, sa han när han senast var i Melbourne. Louise har varit mycket sjuk. Han vill inte äventyra hennes hälsa med ett obehagligt brev. Hur ska han bära sig åt för att inte kränka henne?

Sjuk? tänker Ellie Rose, Louise är en hysterika.

Men det måste Bronyo få upptäcka själv.

Skriv inte, svarade hon därför nyktert. Säg det muntligt.

Och han for iväg till Adelaide med tåget för att hälsa på Louise, det hade han ändå tänkt göra utan att Ellie behövt säga något, och när han återvände till Melbourne frågade hon inte om saken var uppklarad. Hon utgick från det och Bronyo föreföll lättad. Ellie Rose är inte svartsjuk på en levande kvinna. Hon är svartsjuk på en dröm. Det är mycket besvärligare. Särskilt som Ellie tycks motsvara drömmen så illa, hon som tycks honom så nykter och saklig.

När hon mottagit brevet om hans dröm om kvinnan vet hon inte vad hon ska skriva i nästa brev. Med tanke på postgångens senfärdighet och nyckfullhet, breven kommer i oordning och ibland inte alls, biter hon sig i tungan så kraftfullt att brevet blir blekt och innehållslöst, bläcket vill knappt fästa på papperet. Förmodligen beror det på att hon är lite arg.

Men hon vill ju inte att ormen – vreden och den svåråtkomliga svartsjukan – ska väsa och spela med tungan hela vägen upp längs den australiska ostkusten, och vidare över Stora Barriärrevet och Korallhavet, och sen vänta i dagar i Port Moresby på Nya Guinea innan den lastas om till en rostig ångare som med ojämna mellanrum stånkande och rosslande tar sig ut till öarna – och sen bita till i helt fel ögonblick, det vill säga när han läser brevet och kanske har kommit på andra och bättre tankar. Hon tiger visligen om sin vrede.

Ditt senaste brev var så återhållet, Ellie, du är väl inte sjuk?

Jag oroar mig för din hälsa, skriver han. Du får inte överanstränga dig. Du vet hur mycket jag älskar dig. Det finns nätter då du håller mig vaken. Det är outhärdligt att vara skild från dig i så många månader. Skriv genast och berätta om allt vad du tänker på, dölj inget.

Hon blir glad över kärleksbetygelserna. Hon svarar att det är svårt att berätta något som helst när man ska mätas mot en dröm. Jag är den jag är, Bronyo, och det kan väl inte hjälpas, skriver hon.

Då blir han tyst. Inga brev.

Under tiden känner hon sig alltmer miserabel.

Hon är den hon är. Men om det inte duger åt honom? De är hemligt förlovade. Nu håller han henne på sträckbänken genom sin tystnad. Hon börjar bli osäker på vem hon är. Hon får konstiga tankar. Det känns som om han äter henne med sked så som man äter ett ägg, till slut finns bara skalet kvar. Vem håller i äggskeden, är det verkligen Bronyo? Men hur tillfredsställer man en obekant dröm?

Hon kan inte skriva till honom.

Och från honom inte ett livstecken. Men sen kommer äntligen ett brev. I det föreslår han att de – för att överbrygga det geografiska avståndet och den ryckiga tid som samlivet per post innebär – ska skriva en sorts dagbok till varandra. Ett långt och uppriktigt brev som författas dag för dag. Då kan de delge varandra allt: impressioner, känslor och oformade tankar. Ja, ge varandra sitt uppriktiga innersta, utan censur eller fruktan. Jag har redan börjat på ett långt dagboksbrev till dig. Jag väntar mig en liknande uppriktighet från din sida, skriver han.

Och ett PS: Jag har inte dolt att jag är en besvärlig människa.

Det är sant, han har inte dolt det.

Hon läser hans brev många gånger, på natten i sängen, i sjukhusparken, och under det höga trädet vid flodstranden. Och sedan på nytt i sängen när hon inte kan somna. Hon vill gärna göra det han ber henne om, vara spontan och rättfram och delge honom allt som faller henne in. Men hon har gripits av en obehaglig fruktan. När hon har somnat drömmer hon att hon går i nattmörker över ett fält med avgrundsdjupa hål. Hon kan när som helst ramla ner i något av dem.

Kartlagd? frågar Tammie på kaféet i Fitzroy Gardens, skriver han så? Att vetenskapen en dag ska lyckas kartlägga kvinnan?

Ellie Rose låter blicken glida runt kaféet.

Det liknar en tehuva eller en hydda utifrån, men på insidan är väggarna klädda med engelska och blommiga tapeter. I fönstren finns argsinta svärdsliljor i krukor. På det blankbonade golvet står rottingfåtöljer med sidenkuddar runt bord med marmorskivor. I ena hörnet sitter ett par herrar och läser i prasslande tidningar om kriget. I det andra hörnet tjattrar tre damer under stora hattar. En av dem har en vit och ullig pudel i knät. Från glasdörrarna silar ett grönaktigt ljus. Genom fönstren syns parkens träd. De står där och byter trädtankar med varandra, glesa och gröna och lätta.

Nej, säger hon, han skriver inte så. Glöm det, Tammie.

Men hos Tammie har tanken på kartläggning slagit rot.

Hon tycker visserligen att det är obetalbart och komiskt att kvinnan skulle vara ett tomrum – en vildmark eller ett stycke geografi? området mellan två floder? eller sträckan mellan knäna och bröstvårtorna? – och kunna kartläggas. Men å andra sidan vet männen så lite om kvinnorna att man förstår att de behöver orienteringskartor. Detta bör uppmuntras, men varför stanna där?

Det där är något för oss att utveckla, Ellie.

Tammie har en stor och kraftig kropp. Nu studsar den i rottingfåtöljen. Hon har fått en lysande idé. Det är att de tillsammans ska kartlägga mannen. Dels naturligtvis mellan naveln och knäskålarna – hon ser fram emot att analysera den terrängen – men i övrigt som det okända tomrum han är. Mannen är ju också kvinnans *terra incognita* som hon har att genomkorsa på sin väg mot sig själv.

Inte sant, Ellie?

Låt oss börja genast, fortsätter hon. Varför får doktor Brown epileptiska anfall så fort vi nämner fackföreningen? Vad rör sig bakom mannens rynkade panna, tankar eller fördomar? Vi kräver löneavtal och han kallar det för horeri. Är en kvinna som tar betalt för sitt arbete en sköka? Doktor Brown tycks mena det. Ekonomi och dygd hänger alltså ihop.

Men hur, Ellie Rose? När började det?

Med Adam och Eva, säger Ellie och suckar.

Med Adam och Eva?

Tammies röst blir på nytt släpig och besk.

Hon ruskar på huvudet. Hennes fräknar dansar, små flimrande solfläckar i det grönaktiga ljuset. Genom kvinnan kom synden in i världen. Det står i Bibeln, påpekar Ellie Rose. Varför har kvinnan i så fall haft så liten glädje av synden? undrar Tammie. Mannen syndar och kvinnan ska bära hans synder.

Ellie lutar sig mot ryggstödets sidenkudde och lyfter blicken mot taket. En ljuskrona med päronliknande kläppar hänger däruppe. Och Eva tog av frukten och gav åt Adam att äta. Eva bär ansvar för synden. Hon och ormen. En konstig och skrämmande saga. Och nyss har Ellie Rose själv upptäckt en annan orm i sitt inre, en arg och svartsjuk orm. Av den vill hon inte låta sig frestas.

Men hur ser det ut inne i mannen? Inne i Bronyo? Vad är det egentligen för en avgrund som fläks upp och skiljer kvinnan från hans dröm om kvinnan? Du har rätt, säger hon till Tammie. Vi borde sannerligen kartlägga mannen.

Under den närmaste halvtimmen planlägger de vid kafébordet sitt verk, den första men inte sista atlasen över mannen som kvinnan försökt rita.

Här ligger Fåfängans sjö. Där breder Maktens vulkankratrar ut sig. Längre bort finner man Äganderättens mycket vidsträckta fält. Men också Osäkerhetens sankmarker. Där upptäcker de bakom en buske doktor Brown med höjt vapen, han ser löjlig ut. De kommer fram till Lustans floder. De svämmar lätt över och åstadkommer katastrofer. Tammie skrattar så hon kiknar när hon ser doktor Brown bli blöt om fötterna där.

Han är en gammal bock, Ellie, man får räkna med det.

Men Ellie Rose tar en överblick över skissen.

Doktor Browns terräng är dessvärre varken tom eller gåtfull. Den är helt enkelt världen som den är. Hon knycklar ihop atlasen och kastar den på golvet. Hon känner sig trött. Hon har försökt bära sin skuld, den hon fick när Charles dog i fiaskot som bär namnet Gallipoli. Hon har försökt sona sin skuld till honom. Och till Rick. Och till sina föräldrar vars vilja hon gick emot när hon förlovade sig med Charles.

Gentemot Bronyo vill hon vara skuldfri och befriad från skam.

Hon älskar honom. Men hur ska hon kunna skriva en uppriktig dagbok till honom när han äter henne som ett ägg? Hon slätar ut kjolen och tar sitt paraply. Och de går tillbaka genom Fitzroy Gardens, Tammie och hon.

Skuggorna har blivit längre, grå flikar under de höga trädstammarna. Vem var Fitzroy i vars trädgård de vandrar? De går över gatan och in i Treasury Gardens. Den lilla njurformade sjön är grå, en flack yta utan speglingar. De står där en stund.

Till slut slocknar sjön och det är mörkt.

Och var de än går genom staden, Tammie och Ellie Rose, är det i mannens terräng de vandrar. Varje gata, varje torg och varje park ropar ut hans namn: Fitzroy Gardens och Flagstaff Gardens, Flinders Street och Franklins, Collin och Bourke, Latrobe och Therry, Beckett och Londsdale, Spencer och Adderley. Det är häpnadsväckande. De har inte lagt märke till den saken tidigare. Hur kunde Tammie få idén att de skulle kunna rita mannens karta?

Det har han redan själv gjort; där finns ingen plats för kvinnan.

Dagboksbrevet till Bronyo. Hon skriver på det medan hon tvättar patienter och delar ut medicin och skriver journaler. I tankarna går det lätt att skriva. Hon förmedlar den skarpa lukten av såpa och ljuset i patienternas ögon och glädjen över kärleken. Impressioner och förbiflygande känslor ville han ha. Dagdrömmar också, kanske?

Ellie vill resa ut i världen.

Se nya platser, lära sig många språk.

När kriget tar slut – en dag måste ju eländet vara över – vill hon resa till Europa, till Amerika och varför inte till Afrika? Hon vill besöka Ryssland där arbetarna gjort revolution. Hon och Tammie dansade runt med varandra i sjukhuskorridoren och omfamnade varandra när de fick veta det. De vill att rättvisan ska gå över jorden med sitt blanka svärd och störta alla förtryckare, inbegripet doktor Joshua R. Brown som är klinikchef på Melbourne Hospital.

Men vid middagsbordet hemma var stämningen förfärlig. Hennes far orerade om pöbelvälde och anarki, hennes mor höll med. Ellie Rose försökte låta bli att lyssna.

Jag törstar efter rättvisa, Bronyo.

Det händer att Ellie åter står på tribunen vid Yarra Bank och talar för socialisterna, men nu inte längre om kriget utan om den framtida freden. Kriget har slitit sönder världen. Avgrunder har öppnat sig, långt mer bottenlösa än Bronyos klyfta mellan kvinnan och hans dröm om henne. Ellie talar om vad socialisterna bör verka för. Hennes röst är stadig, och när hon kliver ner från talarstolen skälver inte hennes knän.

Hon säger att fredsbevarande internationella organ måste skapas när kriget är slut, med makt över nationerna. Bara så kan en förnuftigare ordning uppstå. Världen måste styras genom internationell lagstiftning. Genom internationella domstolar och skiljedomsförfaranden vid tvister mellan stater. Hon önskar ofta att hon kunde få studera juridik vid universitetet.

Men helst av allt vill hon skriva.

Hon vill bli journalist. Och foga samman den sönderslitna världen. Hon har läst om en helig man, han var munk. Det var i Japan eller i Indien. Han vandrade från ort till ort med en smula jord i handen. Vart han kom bar han med sig en handfull mylla från platsen där han nyss hade varit. Han böjde sig ner och tog upp en näve jord och bar med sig till nästa ort.

Så förband han världen med sig själv. Genom jord.

Ellie Rose vill förbinda genom ord. Hon vill skriva så att mänskligheten begriper att den är en enda. Förbinda – ja, därför blev hon sjuksköterska. Av samma skäl vill hon studera juridik. Förbinda de blödande såren, och nation med nation och människa med människa. Men om det har hon svårt att skriva till Bronyo. En advokat eller en kvinnlig journalist, vad skulle han tycka? Hon får vänta med att utveckla sina framtidsplaner tills de ses, tänker hon nyktert medan hon bär bäcken genom korridoren för att tömma dem.

Han tyckte om hennes artiklar från Nordterritoriet, minns hon, de som stod i Melbourne Times och som sen blev tryckta i en bok. Han lånade boken av henne och berömde den efter läsningen en lång stund. Ni har ett skarpt öga och en vass penna. När hon minns hans ord blir hon het av glädje.

Men ofta blir Ellie stående mitt i en syssla, med vattenkaraffen i ena handen och glaset i den andra, utan en tanke i huvudet, förlorad för omvärlden. Glädjen. Den är som en solvarm sten.

Glädjen över att Bronyo finns.

Vid minnet av hans ögon, ljust bruna, glittrande.

Vid hågkomsten av hans händer, varma och nyfikna. Hans mjuka beröring. Hans kyssar. Vid tanken på att en dag få leva med honom. Och över att ödet förde honom hela vägen till henne över så ofantliga avstånd. Fick deras vägar att korsas.

Lät kärleken uppstå mellan dem.

Lika gärna kunde de ha gått förbi varandra.

Så mycket i livet är tillfälligheter. De kunde ha mött varandra, presenterats för varandra, bytt några likgiltiga fraser och gått åt skilda håll. Är det av en tillfällighet som de älskar varandra? Nej, det beror på – tror Ellie – att de i rätt sekund kunde stå öppna för varandra. Två som skulle kunna älska varandra kan vara tillslutna i den stund då den enda chansen fanns för ett naket möte. Så går de förbi varandra. Vet inte vad de förlorade.

Eller inser det för sent.

Det nakna mötet är ögonblicket då människan är hudlös. Inte är full av spärrar, den sortens skrankor som lätt reser sig i det inre och gör att man måste försvara sig. Ibland måste man det. Hon måste själv försvara sig. Mot skuldkänslorna över att hon kanske – ja, det är troligt – skickade Charles i döden. Försvara är ett fult ord.

Kanske måste hon helt enkelt acceptera sin del av skulden. Det går inte att leva helt skuldfri om man är människa. Man äter av jorden, av djuren, av det som tillhör alla. Man sårar utan att vilja det. Man går andras önskningar emot. Så som hon gick Rick emot. Han väntade på henne varje dag utanför sjukhuset sen. Han skrev brev, många brev. Hon svarade på de flesta. Jag älskar dig Rick, men inte som en hustru älskar en man. Och så stod han där igen och väntade. Sista gången med ögon som en torr brunn. Hon skakade tyst på huvudet. Över hans anletsdrag kom en underlig vithet.

Du vill inte ha mig, sa Rick. Vände och gick.

Kom inte tillbaka. Skrev aldrig mer. Det gjorde ont att göra illa. Hon grät. Men man måste värja sig en smula mot skulden, det är för att kunna bevara sig. Hon räddade Rick till livet, det var för Charles skull, för att han bad henne. Nu måste hon bevara sig själv. Hon måste tillsluta sig för doktor Joshua Browns förintande blickar.

Och för sin fars.

Ellies fars ögon sliter huden av henne. Så står hon där, avklädd, flådd och hudlös. Hela tiden insikten: jag är inte den han vill ha mig till. Det gör ont. Och samtidigt tvingas hon känna medlidande med sin far för att han är besviken på dottern. Hon är inte den dotter som hennes far önskat sig.

Hon är inte rosen vars namn han gav henne i dopet.

Och om hon är det så bär hon törnen.

Inför Bronyo inget sådant. Inga hinder, inga försvar.

Inför dig Bronyo står jag vidöppen.

Men hur ska hon kunna skriva allt detta i det uppriktiga dagboks-
brev som han önskar sig av henne? Den kamp hon måste utkämpa för
att bevara sig är svår. Vissa dagar står hon vid förkastelsens portar
och i värdelöshetens sumpmarker. Så har mannen ritat sin karta. Det
kan varken hon eller Tammie rå för. Inte Bronyo heller.

Men hon vill vara den hon är.

Hon vill vara Ellie Rose, ett barn i Guds handflata.

Och det fast hon inte tror på Gud, i varje fall inte så som han fram-
träder i sina kyrkor. Ibland liknar kyrkans gud hennes far och ibland
doktor Brown. Hos honom inget skydd. Striden för att få vara Ellie
Rose är inte alltid vacker, tycker hon, och inte heller heroisk.

Men den måste föras och går inte att beskriva i breven till Bronyo.
Han är lättsårad och skulle kunna bli kränkt över någon formulering
i en bisats och snärta till i en av sina egna. Och då skulle hon kastas ur
sadeln för flera veckor framåt. Det vill hon inte riskera. Detta måste
jag bära själv, tänker Ellie Rose. Det är för att kunna stå öppen inför
honom. Det är paradoxalt. Men det är sant.

Hon vaknar upp, med vattenkaraffen i ena handen och glaset i den
andra, och lyckan över att han finns strömmar ur karaffen och hon
själv är vattenglaset. Kärleken strömmar ner i henne som ett vatten
och tvättar alla inre organ rena, hjärtat, njurarna och levern.

Vattnet. Och jorden.

Jord och vatten, det är kärleken.

Och kärleken är myllan ur vilken allt växer.

Jag följer dig till världens ände, Bronyo.

Men när Ellie sitter hemma vid skrivbordet och på nytt ska ta itu med det uppriktiga dagboksbrevet – något måste hon ändå kunna få ur sig – blir det tvärstopp.

Det är mitt i natten. Stearinljusets låga fladdrar på bordet.

Det är äntligen tyst i huset, alla sover.

Hennes far rasade över sociallagstiftningen under hela kvällsmåltiden. Den har Australien inte råd med! Och det nya förslaget till pensionssystem var en skandal. Ska alla ha pension kanske? Och vem ska betala? Han skar i sin biff med kantiga och fula rörelser. Armbågarna rätt ut i luften. När blev hennes far denne gnällige gubbe? Och moderns ängsliga röst mellan faderns utbrott: Lugna dig. Tänk på ditt hjärta. Socialism är på modet just nu, snart kommer något annat. Allt växlar ju. Det har vi sett. Ta lite mer sås i stället, Marthe har gjort den enkom för dig. När fick modern denna ängsliga röst?

Ellies syster teg så att det dånade. Hennes lillebror stirrade stint ner på sin tallrik. Fyra skrämda ärtor stirrade tillbaka på honom från sin plats intill gaffeln. Ellie Rose ville ge sig av. Omedelbart och i nästa minut, en liten kappsäck bara, ut och iväg. Och vart skulle hon ta vägen? Lönen är för liten för att hon skulle klara sig. Så fadern har rätt: hon är en beroende.

Av honom. Av sin far.

Hur uppkom denna ordning och hur vidmakthålls den?

Det är därför de vill ha fackföreningen, för att ändra en smula på ordningen. Men det är också därför som fackföreningen möter ett så segslitet motstånd. De har insett det. Därför fortsätter de trots allt arbetet med att kartlägga mannen. Tammie kommer ur en arbetarfamilj från förstäderna norr om Yarra, pappan död i samband med ett brobygge. Det lilla hon drar ihop går till modern och syskonen. Tammie har aldrig en stund för sig själv för att tänka i lugn och ro. Men hon tänker. Hon läser. Hon vägrar att ge upp.

Vi måste fortsätta med vår atlas, Ellie. Socialismen är bra, men tro inte att arbetarpartiet kommer att stödja oss. Där sitter för många gubbar på sina breda arslen. I den här revolutionen står vi ensamma.

Fackföreningen nämner inte Ellie Rose hemma, givetvis inte.

Hennes far skulle i likhet med doktor Brown finna den horaktig. Tammie har rätt. Kvinnans ekonomi och hennes dygd hänger samman på den karta som mannen har ritat över terrängen som han lagt under sig. Kvinnans dygd är hennes rikedom. Ofta hennes enda. Mannen behärskar henne genom att hålla uppsikt över dygden. Den tillhör inte henne utan honom.

Hur kan det komma sig?

Kvinnans dygd är mannens ägodel. Han kontrollerar dessvärre inte bara dygden utan också kvinnans självuppfattning. Kvinnan är således i alla avseenden tomrummet i kulturen. Men det finns inget gåtfullt i det, som doktor Freud tycks mena. Kartan är helt enkelt ritad så. Och Bronyo som tror att han ska finna sig själv och sin natur genom kvinnans tomrum!

Vad *menar* han, hur är han navlad?

Man har bibragt kvinnan uppfattningen att hon saknar värde utöver det som mannen ger henne, hur gick det till? Själv definierar kvinnan ingenting. Detta är geografin. Detta är det mångomtalade tomrummet. En dag ska Bronyo inse det. Han är en märkvärdig man, en ovanlig. Han har redan drabbats av en gryende insikt. Tack vare de skamlösa kvinnorna på Boyowa.

Men när hon i helt lätt ton och utan påstridighet översätter hans insikt till förhållandet mellan dem – jag vill också vara skamlös, Bronyo – rycker han till så häftigt att hans svarsbrev ännu fladdrar när hon öppnar det. Inget lyckas hon skriva i dagboksbrevet som skulle vara uppriktigt. Inte heller denna natt.

Stearinljusets låga dansar i mörkret.

Hon låter blicken vila på fotografiet han har sänt henne.

Jag *älskar* dig, *jag* älskar dig, jag älskar *dig*.

Med detta kunde dagboksbrevet fyllas, men då dyker ett minne upp. De gick längs stranden en kväll, Ellie och Bronyo. Det var sent och mörkret hade fallit. De hade förirrat sig ut i stadens utkant, inga anständiga kvarter. Kvinnor som Ellie Rose promenerar inte där och absolut inte mitt i natten. Hon nämnde det för honom, som inte visste var de befann sig.

Just därför tycker jag själv mycket om att gå här, tillade hon.

Bronyo stannade till och såg på henne. Det var en lång blick. Han ogillade att hon tyckte om att promenera där ärbara kvinnor inte går, det stod skrivet med stora bokstäver i blicken. Ellie brast i skratt. Hon pikade honom lite för hans blicks skull. Han tog illa upp. Han gick om henne. Han travade på flera meter före henne med händerna nerkörda i fickorna, kränkt, och med huvudet djupt mellan axlarna. Hon fick springa för att hinna ifatt honom. Först efter en lång stund och en hel del lirkande kunde hon få honom att skratta åt sig själv.

Men sen, nästa minne. Det anmäler sig oönskat.

De var ett tag därefter bjudna hem till hans vänner Joseph och Heidi, européer som Bronyo. Joseph och Heidi kommer från Wien och är moderna och emanciperade. Ellie Rose är sen till middagen. Hon har haft svårt att komma iväg från sjukhuset, en patient blev mycket dålig. Bronyo väntar på henne i den lilla trädgården utanför huset. Han har stått där en god stund, på gången av krossade snäckskal. Han kritiserar genast färgen på hennes näsa.

Den är orangefärgad, påstår han.

Kan kärleken bära vilka trivialiteter som helst? Ja.

Hon rycker på axlarna och säger att orangefärgade näsor är på modet bland sjuksköterskor som fått bråttom. Hon har sprungit genom halva stan med andan i halsen.

Förlåt mig. Jag är estet, säger han då.

Och jag ingen konstutställning, svarar Ellie Rose.

Lite svårare att skratta den gången, men hon skrattade.

Tredje minnet – de rullar fram utan styrsel nu. Det är samma kväll. Heidi vevar upp grammofonen, man ska dansa. I Wien dansar man tango, liksom tydligen i Kraków och Warszawa. Och Bronyo fattar henne runt livet. Hon kan inte dansa tango, det vet han. Ändå klagar han på henne. Hennes rytmkänsla är obefintlig. Hennes steg är klumpiga. Varför slappnar hon inte av och känner efter vad han vill?

Mannen ska föra, kvinnan ska följa.

Till slut går Ellie därifrån. Hon sätter sig i fönsternischen och röker. Svårt att skratta åt det minnet. Kanske också för att hon suttit hos en döende patient innan hon kom.

Hon rökte. Hon såg ut genom fönstret, tårar i ögonen – var det verkligen tårar? ja tårar – medan han dansade tango.

Med Heidi. Med Marnie. Med Jane och Lottie.

Sedan med Heidi igen.

Efter ett tag kom Joseph och satte sig hos henne i fönsternischen med sin pipa. Det blir trångt, en stickig krukväxt tar mycket plats men Joseph lyckas forcera den och också slänga ner ett par tre katter på golvet. Han lägger armen runt hennes axlar och hon gråter en skvätt mot hans skuldra.

Naturligtvis inte för tangon. Över patienten som dog.

Joseph förstår henne. Han luktar piptobak. Han kramar hennes axlar. Han är forskare som Bronyo. Han är fysiker och strandad i Australien på grund av kriget. Han är en god människa. Ellie tycker om honom. Också om hans fru Heidi. Liksom Bronyo hör de till fiendesidan. Myndigheterna ställer oupphörligen till med trassel för dem.

Nej, inte över patienten som dog fast det hade upprört henne.

Hon grät över Bronyos elakhet.

Hon skakar den av sig, också den. Bronyo menar inte illa. Han tycker bara om att dansa tango. Och kanske blev han orolig när Ellie kom så sent? Hon urskuldar honom, hon finner förklaringar. Hon försvarar Bronyo. Mot alla. Mot sig själv.

Dostojevskijstunder, javisst. Nu har hon läst Dostojevskij, flera romaner, en lysande författare. Bronyos Dostojevskijstunder består enligt honom själv av melankoli och självmedlidande, han saknar inte självironi. I själva verket är han mycket självkritisk.

Men hon försvarar honom mot hans elaka omdömen om sig själv. Det måste vara påfrestande att vara så långt hemifrån medan kriget rasar. Nyheterna är osäkra och fronten går helt nära Kraków, där bor ju hans mor. Och påfrestande att vara avskuren från sitt modersmål, han nämner det några gånger.

Då ursäktar sig Ellie genast för att hon inte talar polska.

Jag är ledsen för att jag inte kan tala ditt språk, Bronyo.

Hon levererar förklaringar till hans dåliga humör på silverbrickor, och han tar emot dem utan invändningar och för det mesta utan tack. Han plågas av att inte ha talat ut med Louise i Adelaide; han borde fara dit. Javisst, Bronyo. Res du. Och så reser han – förfärliga dagar för Ellie, hon är helt ur balans, snubblar och snavar och vrickar foten – och återvänder glad som en lärka. Hon förutsätter att det beror på att mötet har gått bra, att han har löst sitt problem som var den alltför hastiga förlovningen med Louise.

Hon frågar inte. Hon frågar ingenting. Men nu, vid det dansande stearinljuset, en vit låga mot det djupsvarta mörkret, och ställd inför det faktum att hon inte lyckas pressa fram en enda mening i det dagboksbrev som han har bett henne skriva i uppriktighet – något sätter sig på tvären som ett fiskben i halsen – måste hon fråga sig vad hon egentligen försvarar?

Ska hon vara uppriktig – och det är ju vad han vill – så finner hon att uppriktigheten och rättframheten han ber henne om är ett nytt och infamt sätt att undersöka henne: skärskåda och iaktta. Ska hon vara uppriktig så ingår kvinnans hela försvarsverk av mannen – det som hon ägnar sina krafter åt – också i den karta över geografin som mannen har ritat.

Ellie Rose reser sig från skrivbordet.

Hon tassar nerför trappan utan att tända ljus och dricker ett glas vatten i köket. Där luktar det hemvant. Mättade dofter ur isskåpet. Ett strák av slocknad solvärme kvar över träbordet, och vid köksdörren syrliga och småfräna aromer. Allt detta välbekanta måste hon lämna för att inte kvävas. Hon dricker flera glas och är fortfarande törstig. Kanske är hon inte törstig utan skakad av sin insikt. Den gör mycket ont, Tammie, men måste föras in i atlasen. Kvinnan försvarar mannens karta. Mot sina egna intressen.

Eller för att tillgodose dem, om hon nu är intresserad av att vara mannens ägodel. Kvinnans identitetslösa tomrum inrymmer ett omåttligt och proportionslöst försvar av mannen. Av *hans* identitet. Hans självuppfattning. Hans dyrbara självförtroende. Dyrbart för honom. Naturligtvis, han får inte tappa fotfästet. Men dyrbart också för kvinnan, och det är det perversa, kära Tammie, i den fina kråksången. Kvinnan försvarar mannen inte av kvinnlig godhet och ur sitt överflöd, utan ur sin brist. Hon är en beroende. Hon förvandlar sig på egen hand till ett tomrum. Hon kallar det för kärlek.

Och det *är* kärlek, men vem har sett till att kärleken på det här sättet urholkar kvinnan?

Hon kan inte skriva och lägger undan skrivdonen.

Men hon kan dessvärre inte heller sova. Hon går runt på terrassen i nattsärken. Små osaliga flygfän har stämt möte i mörkret därute. Det brummar till vid örat, en stor insekt. Det viner ilsket vid kinden, en mindre insekt. Så hon är inte helt ensam i osaligheten.

Jag måste försvara dig. Dig måste jag försvara för att bli jag.

Det där liknade en tanke.

Den surrar iväg innan hon får tag på den.

Men det är väl vad hela befrielseverket – fackföreningen och kvinnoemancipationen och socialismen – går ut på? Att få bli *jag*. Är det inte så, Tammie? Lönen och rättvisan, ja naturligtvis, och en karta där kvinnan inte är tomrummet, självklart, och i form av en kollektiv rörelse, på annat sätt går det tyvärr inte, men innerst och ytterst för att få bli en egen individ, inte sant? Men det som gör ont, som svider och oroar, rör upp och gör Ellie kallsvettig, är att kvinnans försök att få bli en individ tycks gå rakt emot honom, den älskade mannen. Hur skulle hon våga lägga allt detta i hans famn, han som irriteras över färgen på hennes näsa?

Det finns inget val, hon måste våga.

Också våga att göra honom misslynt och harmsen.

Så får han väl tänka om både i estetiken och beträffande kartan. Hon kan förstås mista honom, det är fullt möjligt. Detta vågspel ingår väl i arbetet med atlasen, det var svårare än hon trodde att försöka rita nya kartor över en terräng som är så grundligt benämnd och betecknad som det till synes existerande.

Man måste kanske se det vetenskapligt? Logiskt, som Aristoteles lär. Om A, så icke B. Och så vidare och tvärtom. Ellie Rose sätter sig i en av vilstolarna på terrassen. Hon böjer nacken bakåt och tittar upp mot himlen. Inte en stjärna. Vart har stjärnorna tagit vägen i natt? Kanske har doktor Brown varit framme med den stora sudden. Allt som är rimligt och rättvist suddas bort. Efteråt bara lite kritdamm i luften som man får hosta av. De har varit med om det tillräckligt många gånger, Tammie och hon.

Men Bronyo är ändå inte doktor Brown!

Hon får föreställa sig att Bronyo är en hemligt allierad. Kanske utan att veta om det ännu. Hans uppspelthet över kvinnornas sexuella vanor på Boyowa antyder det. Hon får väl försöka hjälpa honom att dra de riktiga slutsatserna av sin egen forskning. Det till synes existerande är inte samma sak som det faktiskt existerande. Det till synes existerande är oftast ingenting annat än de gamla reglernas strypgrepp. En vetenskapsman måste våga krossa föråldrade böjningsmönster, det påpekade Joseph nyss när de talade om relativitetsteorin. Kemin föddes ur alkemin. Den heliocentriska världsuppfattningen ur den geocentriska. En gammal världsbild måste kastas över ända för att en ny ska födas. Jorden måste vändas, det vet varje bonde. Och det nya är ömtåligt, tunnhudat och bräckligt.

Ellie Rose blir plötsligt upprymd.

Hon står vid terrassens järnräcke och lutar sig mot mörkret som mot en vägg. Hela världen måste byggas om! Det är den mest grundläggande lärdomen av kriget. Det surrar och brummar och svirrar av flygfän runt henne. Alla osynliga andar har stämt möte i natt. Också Bronyo finns någonstans i detta stora mörker, i ett tält under en lika svart himmel, just nu mycket nära. Hon gör rätt i att försvara honom – med någon urskillning. Sig själv måste hon också försvara.

Detta är den svartaste natten. Ett enda ljus syns.

Det är den lilla lågan från stearinljuset i hennes fönster.

Hon är överväldigad av den stora uppgift som ligger framför henne. Att bygga om en hel värld. Hon känner sig euforisk. Arbete kommer inte att saknas i hennes liv. Och det är ett viktigt arbete, inte bara för kvinnorna. I samma ögonblick prasslar det till bland träden i universitetsparken. Hon rycker till. Och hon blir rädd.

Vem är det som finns därute i mörkret och iakttar henne?

Hon blir lika rädd som när hon var liten.

Då var hon mörkrädd och det kunde stegras till panik. Hon stirrar ut i parken. Hon ser inget. Som barn såg hon hemska varelser i mörkret. Kreatur med slemmiga kroppar, svängande svansar och sylvassa tänder. Rovdjur och reptiler. Monster födda ur skräcken. Ur skuggorna i medvetandets skrymslen, ur det osedda, det bara till häften uppfattade, det i ögonvrån hastigt skymtade steg något förfärligt fram.

Något obestämt, oformligt och amorft. Det hukar tydligen ännu i mörkret runt henne, ogestaltat men färdigt till språng. Ellie Rose andas häftigare. Med stor anspänning bemästrar hon impulsen att springa in och slå igen terrassdörrarna och gömma sig.

Andtruten och i panik.

Mycket sakta går hon in och låser dörren bakom sig.

Vilket är det mest riskabla värvet, det mest våghalsiga företaget? Hon ligger i sin säng och har blåst ut ljuset. Underligt nog släpper inte paniken sitt grepp. Hjärtat bultar. Hon är kallsvettig. Besten flåsar i mörkret med klorna runt skatten. Den fjälliga svansen piskar marken, och dit måste hon för att komma åt det gyllene skinnet, vad var det för en saga?

De högg av odjurets huvud men då växte genast flera ut.

En hydra, ett månghövdat vidunder.

Det var en saga om en man och en kvinna. Han skulle bärga ett gyllene skinn. Han klarade inte av det på egen hand. Då gav kvinnan honom ett svärd och det var indränkt i gift. Denna kvinna var förfaren i många konster. Hon var en häxa, en trollpacka. Vem var hon egentligen? Hon försvarade honom med sina trollkonster och de fick tag på det gyllene skinnet. Så var det i sagan.

Men monstret stod i tjänst hos kvinnans far.

Mot sin egen far måste hon försvara Bronyo. Mot föräldrarna. Med ett snitt genom det egna köttet. Hon måste skära sig fri från dem. Hon blöder själv men det går inte på annat sätt. Hon måste döda dem om de inte släpper sitt grepp. Hugga av dem händerna, benrangelsfingrarna som klamrar fast vid fartygets akter.

I samma ögonblick är hon prisgiven.

Ingen försvarar kvinnan som skär sig loss från sitt ursprung.

Hur var det egentligen i sagan? Jo, just så.

De hade ett fartyg, mannen och kvinnan. Och de seglade länge, i dagar och nätter, genom solnedgångarna och soluppgångarna, över antikens purpurhav. Och solen gick upp och ner och upp igen och de seglade ännu.

Så är det i sagorna. Men Ellie Rose behärskar inga trollkonster. Till trollpacka är hon oduglig. Kvinnans list övergår mannens förstånd, heter det, men Ellie är inte särskilt listig. Och så här var det i sagan: sen kvinnan bärgat inte bara den gyllene skatten utan också stor rykt-

Ännu fler oönskade minnen tumlar fram i Ellie Rose.

Hon kommer inte undan dem fast hon biter i kudden och sparkar med benen. Paniken växer som om något stod och lurade i hennes eget rum i väntan på att hugga tänderna i henne. Hon famlar efter tändstickorna och får eld på stearinljuset. Den ynkliga lilla lågan fördriver inte skräcken.

Innan Bronyo skulle ge sig iväg till Boyowa för att vara borta länge, nästan ett år, stannade hon hos honom hela natten. Inget hade kunnat hejda henne. Och vad hände? Föräldrarna ringde till sjukhuset. När hon kom tillbaka dit nästa morgon kallades hon till samtal hos föreståndarinnan för sjuksköterskorna. En urtidsödla med stålblick. Och denna ödla trampade fram genom urtidsskogarna och välte höga träd. Det dånade och dundrade. Skräcködlan hörde inte hur det lät. Dessa urtidsdjur saknar hörsel.

Kan det överhuvudtaget finnas ljud om det inte finns öron som uppfångar dem? Ett intressant filosofiskt problem, tyckte Bronyo när hon berättade om händelsen. Men Ellie Rose hade förstås öron. Hon stod framför ödlan och kunde inte slå dövörat till. Hon kunde inte utestänga ordet vandel. Sjuksköterskornas yrke är förbundet med deras vandel. Och Melbourne Hospital är beroende av att deras anställda har en fläckfri sådan. Det blir en varning, syster Ellie.

Hon är tjugoåtta år, en vuxen kvinna. Och hennes arbete som sjuksköterska värderas efter mödomshinnan.

Enligt mannens geografi, den enda som ödlan känner till.

Så sa hon inte till Bronyo. Inte heller uppehöll hon sig vid hur förödmjukande alltsammans var. Eller yrseln hon kände när hud och mjukdelar slets av henne intill skelettet.

De skrattade, Bronyo och hon, när hon berättade om det groteska förhöret. Min stackars Ellie, sa han och höll om henne. Det var hemma hos Heidi och Joseph där han bodde dagarna innan han for och dit hon återvänt efter den plågsamma dagen på sjukhuset. Bronyo gick omkring i rummet och packade planlöst saker och ting i de öppna resväskorna.

Ellie Rose dinglade med benen i fåtöljen vid fönstret.

Och fast det var ohyggligt att skiljas från Bronyo – uppslitande och förfärligt – kunde hon inte låta bli att föreställa sig vad som skulle utspelas senare på kvällen när hon kom hem. Hon skulle inte nämna Bronyo, naturligtvis inte. Föräldrarna har visserligen förstått att hon träffar honom. Det ogillar de. Liksom de ogillar honom: en tvetydig människa, vem är han egentligen? Opålitlig, tycker föräldrarna. Inte som vi. Och inte nog med det, också en fiende till britterna, till ententen och oss.

Hon dröjer med att berätta för dem om förlovningen. Den får tillsvidare förbli hemlig. Ellie vill inte ha duster med föräldrarna i Bronyos frånvaro. När han återvänder gifter de sig – det får bli ett *fait accompli* – och lämnar Australien. Allt lämnar hon, också föräldrarna. Inget att diskutera när hon väl bär vigselringen på fingret. Om det är hon och Bronyo överens.

Men snart ska hon stå inför deras ögon.

Var var du i natt, Ellie? Vi ringde till sjukhuset, Ellie Rose!

Skräcken inför detta ögonblick är atavistisk och förnuftsvidrig men hon ska inse vad de tänker och vara en beroende. Det är att ställa ut sitt kön till allmän begabbelse på torget. Och därtill har hon besmutsats av en man som de föraktar redan på grund av nationaliteten. Ellie mår redan illa.

Bronyo är tyst, han plockar bland böcker och föremål.

Och plötsligt står han där med hennes röda kimono i handen i en ljusstrimma från fönstret. Hon hade den med sig i handväskan – siden tar ingen plats. Som vanligt ville hon inte att han skulle klä av henne den trista sköterskedräkten, styv av stärkelse och dygd. Men nu stirrar Bronyo på sidentrasan som om han inte sett den förut.

Hon ler ur fåtöljen, det blir lite blekt.

Men allt är lite blekt i denna stund, urvattnat och ljusfattigt.

Han räcker kimonon till henne för att hon ska ta emot den.

Ellie skakar på huvudet. Hon vill inte ha den. Han får slänga bort den eller ta med den till Boyowa. Han lyfter den och begraver sitt ansikte i sidenet. Synen är vacker. Hennes sköte blir på nytt tungt. Tyngden och elden. Den brinner under jorden och sprider sig genom lemmarna. Lust. Sensualitet. Alla ord som finns är fel.

Ord kan inte beskriva eller fånga elden.

Hon är kvinna. Hon är hans. Det är kärleken.

Men han passerar fåtöljen, redan på väg mot något annat, och släpper i förbigående den röda kimonon med den broderade draken i hennes knä.

I ordets bokstavliga mening: i förbigående.

Du kan kanske behöva den, säger han kort.

Och de tar farväl på stationen – Heidi och Joseph är med – i det urvattnade och blaskiga ljuset, Ellie med kimonon i handväskan. Människorna runt dem är också färglösa och vattniga och från loket kommer en pust av ånga som sveper in alltsammans i dimma.

Därefter hör de den gälla tågsignalen.

Bronyo släpper henne. Han stiger upp på tåget mot Sydney, där väntar båten. Medan tåget lämnar perrongen hänger han ännu ut genom fönstret och vinkar. Ellie Rose kan knappt se honom. Det är inte bara det urlakade ljuset och molnet av ånga och Bronyos hand som blir allt mindre: hon är upplöst i tårar. Joseph och Heidi får leda henne genom stationsbyggnaden och ut.

Hon kan knappt röra benen, hon är nästan förlamad.

Först senare, det vill säga nu när hon går igenom allt i ljuset av sin och Tammies atlas över mannen – ja i ett helt nytt ljus – hör hon vad han sa: Du kan kanske behöva din kimono. Hans tonfall var torrt och kort. Minnet svider till. Som minnet av stranden där kvinnor inte bör gå. Jag är skamlös, Bronyo – hennes egna ord i brevet. Att jag inte är den förste mannen i ditt liv vet jag – hans ord ur svarsbrevet.

Det är ofattbart. Det är absurt.

Det är dygden på nytt. Men i detta skarpa och obarmhärtiga ljus. Vänd mot henne som en vass kniv. I handen inte bara på hennes föräldrar, doktor Brown och föreståndarinneödlan – utan i Bronyos.

Ingen allierad alltså. En fiende!

Och nu sveper skammen in över Ellie Rose.

Hon kan inte värja sig mot den. Skammen har slemmig kropp,

svängande svans och sylvassa tänder. Den har för ett tag trängts undan i någon vrå av henne själv – med stor ansträngning och med hjälp av förnuftet – men tydligen bara samlat nya krafter. Nu störtar den fram ur skuggorna, rasande och oformlig, och biter sig fast vid hennes strupe. Hon vacklar till.

Hon vet i vilken topografi hon lever.

Hon finns på kartan över det faktiskt existerande, mannens.

Och denna skam är ett månghövdat odjur. Nya huvuden växer oavbrutet fram utan att hon märker hur. Något svärd finns inte att försvara sig med. Inga häxkonster heller. Hon omvärvs av vidundrets reptilhalsar och av dess tusen hånfulla ögon. Hån och försmädlig triumf. Hon är ett skamlöst stycke. Sig själv kan hon inte försvara. Hon står vapenlös mot skammen, och den tar henne med hull och hår.

Så måste kärleken till Bronyo skrivas om i detta nya skarpa ljus.

Föräldrarna får rätt. Han är opålitlig, en fiende till ententen och oss. Stearinljuset fladdrar på skrivbordet. Hon sitter med händerna i knät och betraktar fotot av Bronyo som hon lutat mot fönsterkarmen. Han står i profil. Han är klädd i vita byxor och skjorta. Han stöder lätt på ena foten. Den andra foten vilar på något, en trädstam. Ett stycke ifrån honom står en svart man, naken så när som på ett lustigt litet fodral över könet. Mannen har ett stort och trassligt hår.

Denne svarte man lutar ryggen mot en sned trädstam, det tycks vara en palm fast kronan inte får plats på fotot. Stammen är tvärt avhuggen. Bakom palmen en kanot, halvt uppdragen på stranden. På dess reling en rad människor, män, kvinnor och barn. De är suddiga, hon kan inte urskilja deras ansikten.

Bortom kanoten en vit yta, det är lagunen.

Bronyo står mitt i bilden. Ryggen är rak. Armen är löst fäst vid höften. Läderkängor och benlindor.

Profilen skarpskuren. Energi. Och vitalitet.

Han är stilig. En imperator.

Är detta mannen hon älskar? Nej, mannen hon älskar har magbesvär. Huvudvärk. Läser för många romaner när han borde ägna sig åt fältarbete. Tar vissa dagar brom, arsenik och stryknin för att komma på benen, allt enligt breven. Dricker whisky med Billy Hancock och får baksmälla. Motsvarar inte alls gestalten på fotografiet.

Men fotot som står lutat mot fönsterkarmen har han själv sänt henne. Det är Bronyo som han önskar att hon ska se honom. Imperatorn, fältherren och härföraren. Som underlade sig henne, det skamlösa stycket. Det kostade honom något: en förlovning. Men har han inte en fästmö till? Jo, i Adelaide. Vem är Bronyo? Världen splittras, kanske är det medvetandet. I Bronyo flera gestalter, dubbla porträtt som hos Dorian Gray. Och Oscar Wilde är mycket riktigt en av hans favoritförfattare.

Detta är också mannens geografi. Sinnet splittras och klyvs.

Kärleken kan inte bära människan. I varje fall inte kvinnan. Hur ska kvinnan då kunna bära kärleken? Tammies nya valspråk, att kvinnan måste synda mycket för att slingra sig ur dygdens kedjor – vi får inte vara oskulder om vi vill ha vår fackförening – blir tvetydigt och kluvet av skammen. Allt klyvs, splittras och sköljs med som drivved på vågorna.

Hedern. Också kvinnan har sin heder att försvara.

Men om inte kvinnan underkastar sig mannens villkor finns ingen heder för henne. Det är den uråldriga ordningen, grundlagd av Herren och berättad i sagan om Eva och Adam. Så är det inte alls! säger Tammie. Låt inte skammen sluka dig, säger hon. Och Tammies fräkniga händer slätar ut lakan, tömmer bäcken eller letar efter cigarretter i fickan när de smitit ut i parken för att byta ord om det svåra kartläggningsarbetet.

Lugna dig, Ellie. Och Tammie skriver verser på små lappar som hon smugglar ner i Ellie Roses ficka, det är för att stärka dem båda i kampen om dygden mot doktor Joshua R. Brown och alla andra:

> To just cry and to pray
> Makes you Everyman's prey.
> But a Sin everyday
> Keeps the Doctor away.

Men det ska bli ännu värre. En het söndag då Joseph och Heidi har bjudit Ellie Rose på lunch – de sitter vid matbordet bland böckerna som fyller deras vardagsrum, och katterna springer ut och in genom den öppna dörren till trädgården och hoppar ibland upp på bordet – inträffar något avgörande.

De har nyss samtalat om kriget. Snart slut, menar Joseph.

Och om Bronyo som Joseph och Heidi har fått brev från. Han längtar efter brev från dig, Ellie, säger Heidi, han skriver att han inte hört av dig på länge. Och sen ber den andra gästen vid bordet – det finns en gäst till vid denna lunch – Ellie Rose att följa med ut i trädgården.

Denne man är en vän till Joseph.

Han har blekt ansikte och grov näsa (som en morot, tänker Ellie). Han har inte yttrat mycket under måltiden. Men nu har han tydligen något på hjärtat. Medan Heidi är i köket för att hämta tekoppar, och Joseph letar efter en grammofonskiva i bokhyllan, går de ut i trädgården, Ellie och mannen som heter Philip Boyer. De vandrar fram och tillbaka på gången av krossade snäckskal som Heidi har plockat på havsstranden. Ellie Rose lyfter upp den rödstrimmiga katten och kysser henne på nosen, den rödstrimmiga är favoriten.

Sen ser hon frågande upp mot Philip Boyer. Och han harklar sig och får fram näsduken och putsar morotsnäsan. Han är besvärad, det är tydligt. Solljuset faller genom buskarna, somliga löv är grå, andra är genomlysta av sol och skarpt gröna.

Och mannen berättar – det blir en smula omständligt – att han är nära vän till familjen Brinton i Adelaide. Och att han har förvånats över samtalet vid matbordet där det har framgått att Ellie Rose har en affär med en viss herre, en bekant till Joseph och Heidi. Han vill understryka att mannen ifråga är förlovad med Louise som han känner, han är nära vän till hela familjen.

Nu vill han tillåta sig att i största hövlighet varna Ellie Rose en smula. Ja, för denne man. Eller för hans moral. Philip Boyer ler lite. Kanske är det inget leende utan en liten ryckning vid mungiporna bara. Han håller blicken fästad vid en gren. Ellie Rose har fortfarande katten i famnen. Hon släpper den. Hon för handen till håret och rättar till en hårnål som lossnat.

Det är söndag och det är tidigt på eftermiddagen.

Katten löper iväg längs snäckgången med lyftad svans.

Ellie nickar mot mannen vars blick är försänkt i buskagets grenverk. De återvänder in till de andra. Ellie stannar kvar hos Heidi och Joseph en stund. Men stolen som hon sitter på har gett sig iväg, den halkar och kanar över lersluttningar och lös sand. Hon har svårt att hålla sig kvar på den.

Och medan hon sitter på spårvagnen – floden Yarra dyker då och då upp utanför spårvagnsfönstret, gul och forsande, därefter sedig som en gammal märr – undrar hon vad Philip Boyer just nu talar med Joseph och Heidi om. Hon tackade honom inte för hans vänlighet.

Nej, där gick gränsen. I övrigt är hon tom.

Det är skammen, men i detta ögonblick rasar den inte. Den vilar sig bara lojt och mätt och smälter sitt byte som är Ellie. Så var det alltså.

Han bröt inte förlovningen med den andra. Hon får skämmas över att ha låtit känslorna dra iväg med sig och över sin blåögdhet, det kan hon bära. Den förlorade dygden sörjer hon inte heller. Men skammen över att uppriktigt och utan omsvep ha skänkt sin kärlek till en man som med berått mod spelade dubbelt inger henne yrsel.

Hon kliver av i ett område där hon aldrig varit.

Småpojkar sparkar boll, ett par flickor rullar tunnband.

Hon går förbi pubar vars dörrar står öppna mot gatan, män dricker öl därinne, inga kvinnor, och männen spelar kort och kastar pil. Därifrån hade Tammie bilden av måltavlan och pilen. Mannen kastar pilen, kvinnan är målet och vinsten tillika. Blir genomborrad. Har att betala med tacksamhet. Små ljud studsar mellan tegelmurarna längs gatan, några är skarpa och vassa, andra är avtrubbade av solljuset som hon själv. Hon vet adressen och hon hittar huset.

Rött tegel, en skräpig liten trädgård på framsidan.

När hon har knackat på och en kvinnoröst har ropat kom in, trycker hon ner dörrvredet. Tammies mor – det måste vara hon – sitter i köket med fötterna i en balja. Hon är en storvuxen kvinna med vitt skinn. Håret hänger löst, benen är tjocka som timmerstockar, rödflammiga. Hon blinkar till mot Ellie, sen ropar hon på Tammie. Och Tammie stirrar på Ellie Rose, och Ellie Rose stirrar tillbaka. Grönt vatten i ögonen, grunt och flackt havsvatten i Ellies ögon.

Hon tycks drunkna i detta jolmiga och fadda vatten.

I Tammies lilla kammare bakom köket finns en säng, ingen stol. Skrivbordet med Tammies böcker får knappt plats mellan sängen och det smala fönstret. Därutanför en gren med röda blommor, det är en bougainvillea. Ellie Rose lägger huvudet i Tammies knä. Hon gråter inte. Hon är tömd och tom.

Tammie lyssnar. Hon reser sig och slår upp fönstret.

Hon faller på knä på golvet framför Ellie Rose.

Nej, min älskling Ellie Rose, det där duger inte, säger Tammie.

Och Tammie gör utkastet till ett nytt avsnitt av atlasen över mannen, ett häpnadsväckande. Så där kan ingen rättegång gå till. Tammies fräknar dansar framför Ellie Rose. Den anklagade har rätt till försvar, säger Tammie. Du som intresserar dig för juridik borde veta det. Där går han ensam ute på sin ö, en karlslok som andra visserligen, men någon Philip Boyer – hette moroten så? – kan inte få sista ordet.

Det är svårt att rita mannens atlas. Under tiden kanar han själv omkring i den. Han snavar och går vilse. Hans fötter fastnar i trassliga snår. Han tappar kontakt med fasta marken. Var nu en klok flicka, Ellie Rose. Skriv genast till honom. Tala om för honom vad han bör göra eftersom han inte tycks begripa det själv.

Och Tammie hämtar sherry.

Ellie Rose sitter i trädgården under bougainvillean.

Ett bortglömt krocketklot uppfrätt av väta ligger vid hennes fötter. Man kan inte längre urskilja dess färg, den är avgnagd och bortsköljd. Tammie plockar ner tvätt som hänger på strecket vid den röda tegelmuren mot grannhuset och stoppar klädnyporna i förklädesfickan, det tycks bli regn. Hon är barbent och barfota. Då och då återvänder hon till Ellie Rose och smuttar på sin sherry. Till slut är tvättkorgen full. Man måste vara en klok flicka i den här världen, säger Tammie och sätter sig bredvid Ellie och plockar upp krocketklotet ur gräset. Man kan inte helt och hållet överlåta världen åt männen.

Kärleken kan väl vara värd ett krocketspel?

Tammie rullar klotet i sin hand. En solstrimma flimrar över hennes klänningstyg och leker över murens skrovliga tegel. Den glimmar också i repet där tvätten nyss hängde. Ellie Rose andas in mycket djupt. Hon får ljudet av krocketspel i öronen, det torra och mätta och tillfredsställda lilla ljudet då klubban får in en träff och bollen rullar genom gräset och rakt genom järnkrampan. Kluck, ploff och poff.

Du ser nog lite för enkelt på det här, säger hon till Tammie.

Det enklaste är verkligen det allra svåraste, svarar Tammie.

Ellie skriver ett enkelt brev – inte dagboksbrevet, det håller hon ännu på med, påstår hon lögnaktigt – som handlar om allt möjligt. Om vädret i Melbourne, det är växlande, och om världsläget, Ryssland och Tyskland har slutit fred och Ryssland är nu ute ur kriget, och om sin egen hälsa, den är god, och så en liten mening i förbigående och mot slutet om Boyer med morotsnäsan.

Det var en smula obehagligt, Bronyo.

Har du inte klarat upp situationen med Louise?

Hög tid i så fall, min älskling, att vara mycket tydlig, om du inte ska dra på dig onödiga bekymmer. Och Bronyo svarar – inte alls irriterat, en smula sentimentalt bara eller möjligen melankoliskt – att han vet att han kanske inte varit tillräckligt tydlig i breven till Louise. Men han ska skriva genast och slutgiltigt klara upp denna sak. Jag vet helt säkert, Ellie Rose, att du är den enda kvinna jag kan tänka mig att leva med. Men jag har väl aldrig dolt för dig att jag höll av Louise? Hon är värd all min respekt.

Det sticker till lite när Ellie Rose läser den sista raden. I övrigt gör brevet henne lättad. Också i nästa brev påminner hon honom, i lätt ton, att det som kan te sig som en grymhet – att göra slut på ett förhållande med någon man håller av – kan bli en än större grymhet om man inte är tydlig och uppriktig.

Man kan skapa så mycket onödigt lidande hos andra människor om man inte säger som det är. Och hon tänker lite på Rick.

Skammen som rev och slet och sen lade sig på rygg och var däst efter sitt segerbyte hör inte av sig. Den tycks ha kravlat iväg, med magen släpande i marken. En gammal krokodil som gått miste om bytet.

Han svarar att hon är mycket klok och att brevet till Louise är avsänt. Det gjorde ont men var rätt. Med Louise hade han inte kunnat leva. De skulle bara ha stått i var sitt rum och skrikit till varandra och ändå inte hört varandra. Han längtar vansinnigt efter Ellie Rose.

Och Ellie Rose läser brevet. Hon andas ut.

Var det så enkelt?

Kluck och ploff bara, och så poff.

En av de besvärligaste omständigheterna med att vara kvinna är att så mycket energi får läggas på att vara klok. Det är tidskrävande och kraftslukande. Kvinnan måste förstå så mycket, och mannen helst bättre än han själv.

En dag när Tammie och hon har ritat den nya atlasen där båda könen får plats ska kvinnan få bruka sina krafter där de verkligen behövs. Det ser ut att bli fred. Men världen efter kriget blöder ur öppna ådror. Miljoner människor har förnedrats och slaktats på slagfälten. Oräkneliga människor har ryckts upp med rötterna. Flyktingströmmarna är ofantliga. Barn har mist sina föräldrar. Föräldrar har sett sina barn dö. Städerna ligger i ruiner.

Men president Wilson tillkännager sina fjorton fredspunkter.

Ellie Rose läser dem hemma hos Heidi och Joseph.

Offentliga fredsförhandlingar och fördrag, ja det är enda vägen. Opartisk reglering av alla koloniala anspråk, kan man lyckas med det? Tillbakadragande av alla trupper, verkligen på tiden. Italiens gränser ska justeras efter nationalitetsprincipen. Österrike och Ungern bör bli två nationer.

Och, i en särskild punkt – det är punkt tretton, strax före den sista som handlar om att skapa ett Nationernas Förbund – står det att Polen bör bli fritt och ha tillträde till havet.

Joseph, Heidi och Ellie dricker champagne och kysser varandra och dansar vilda indiandanser bland böckerna och alla katterna.

Nu flyger Ellies penna över papperet.

Hon har svårt att hinna fånga alla tankar som far genom huvudet. Hon skriver på dagboksbrevet. Och allt berättar hon om, uppriktigt och utan fruktan. Det ljusnar i världen. Århundradet som ligger framför oss ska bli ett fredssekel, Bronyo! Mänskligheten har betalat ett så högt pris för det föregående århundradets blindhet att ögonen äntligen öppnas.

Nu kommer en ny världsordning. Och jag tänker studera juridik vid universitetet, Bronyo. Kanske i Polen om jag kan lära mig språket. Allt ska bli bra. Allt är redan bra. Men att behöva vänta på stunden då jag får hålla dig i mina armar igen och kyssa dig överallt är nästan omöjligt.

Kom Bronyo, kom mycket snart!

Då får Ellie ett brev från Louise i Adelaide.

Det hade hon inte väntat. Och Ellie Rose skriver till Bronyo och berättar om brevet från Louise. Det var en sak som Louise skrev och som Ellie inte kan få ur sitt huvud, den sårade. Hon vill inte misstro Bronyo. Hon ber honom om hjälp att förstå vad Louise menar. Men Bronyo skriver och svarar att han inte kan hjälpa henne att förstå Louise. Han kan knappt hjälpa sig själv.

Han är förtvivlad, mer förtvivlad än någonsin förut.

Det är långt värre än skilsmässan från Stas.

Hans mor har dött.

Det känns som om världens tak har rasat in över hans huvud. Han kommer aldrig att få se Zofia mer. Inte få trösta henne efter krigsåren och den långa skilsmässan. Inte glädjas med henne över Polens frihet. Han kan inte ens vara med på sin mors begravning.

Den har redan ägt rum och han är förtvivlad.

Människan vet inte varifrån hon kommer.

Vem är hittebarnets fader? Benen sammanfogas i moderns kropp. När modern dör klipps länken av, den enda som inte kan ifrågasättas. Han hade inte räknat med det – Zofia hade inte med en rad antytt att hon var sjuk. Det var en släkting som skrev och berättade det, men då var hon redan borta. Han hade inte kunnat föreställa sig att han skulle bli så skakad.

Zofias existens bar honom. Höll honom upprätt.

När Stas bröt vänskapen skars något av, förbindelsen till barndomen och ungdomen, det var svårt nog, han blev ensam. Men *detta* är som att bli utkastad ur själva livet. Döden känns nu mycket nära. Bara en tunn hinna mellan den och honom. Älskade Ellie, människans ensamhet är ofantlig. Stas visste det bättre än jag, jag lyssnade dåligt till honom.

Vem min mor var vet jag inte, bara att hennes kärlek till mig var gränslös. Allt som är gott i mig – jag är som du vet en ofullkomlig människa – har jag från henne. Men jag var ingen god son. Du är den enda människa jag kan släppa in i detta ögonblick. Du är en människa med en märkvärdig förmåga att förlåta synder. Jag är en avskuren gren. Trädet har övergett mig.

Ellie Rose blir uppskakad av Bronyos brev. Betydde hans vän Stanisław så mycket för honom? Hon har frågat varför de bröt med varandra men han har varit ovillig att tala om saken. Ömsom har han raljerat och ömsom farit ut mot vännen. En gång sa han, det var föraktfullt, att hans vän hade en kvinnas själ. Hon ville genast veta mer.

Vem är egentligen Stas?

Vad har han spelat för roll i Bronyos liv?

En galen målare. En fantast. En människa fylld av hybris.

Svarade Bronyo. En man med en kvinnas själ? Ellie blir intresserad, hur ser en sån ut? Hon känner stark sympati för den okände Stanisław. Hon vill träffa denne vän när de senare kommer till Europa och Polen. Men detta är inte rätt ögonblick att skriva och fråga om Stanisław. Det är sorgligt att Ellie Rose inte ska få träffa den kvinna som betytt mest av alla för Bronyo. Det gör henne uppriktigt ont att Zofia är död. Hon skriver och försöker trösta men hon tycker själv att orden låter lama. Hur kunna förstå hans förlust?

Hur fatta att modern är kärlet som bär sonen?

Också det måste ritas in på kartan över mannen.

Trädet är modern. Det tycks växa mitt i lustgården. Vilka är dessa mödrar vars söner driver som lösslitna grenar på vågorna?

Men Ellie får mer att tänka på. Efter brevet från Louise anländer en biljett. Nu har Louise anlänt till Melbourne, bor hos vänner, vill träffas på en restaurang och önskar att de ska tala som kvinnor med varandra. Ellie blir överrumplad och illa till mods. Hur gör man när man talar som kvinnor med varandra? Hon känner sig osäker. Men hon infinner sig.

De sitter mitt emot varandra i den ödsliga tesalongen på Melbourne Hotel. Tunna tekoppar av kinesiskt porslin på den vita duken. Ingen av dem förmår lyfta sin. Ute virvlar ett blågrått regn över gator och hustak. Långt borta klinkar någon på ett piano. Utan trädet är mannen en avskuren gren, ett stycke drivved, tänker Ellie. Louise håller sitt huvud en smula på sned.

Hon är en fågel, en fladdrande fjäril.

Ögat en aning stelt som en fågels.

Mörka hårlockar, en mjuk grop i hakan. Och Louise säger, med ett tonfall som förråder intimitet – inte med Ellie, med Bronisław – att hon har skrivit till honom med anledning av hans mors död. Hon insåg omedelbart vilket slag dödsfallet måste ha varit för honom, säger Louise, hans mor betydde ju så oerhört mycket för honom.

Ellie Rose nickar utan att svara.

Att Louise känner Bronyo, av allt att döma dessutom mycket väl, river upp sanden på havsbottnen. Havsytan stilla, men ur djupen stiger en storm. Spridda toner från pianot. Man ser inte pianisten. Hans toner är hårda små stänk. Vad vill henne Louise?

Inget gott, tänker Ellie.

Louise lutar sig fram över bordet. Hennes sidenblus nuddar vid te-koppen. Man kan förstå Bronyo, han som är estet, tänker Ellie. Louise är mycket vacker. Hon hoppas att Louise ska säga något dumt, idiotiskt och oförnuftigt, som kan hjälpa Ellie att slita sig loss ur den olycksbådande förtroligheten. Ja, det svävar en underlig införståddhet över tekopparna.

Okända doftämnen. Inte obehagligt. Men nära nog outhärdligt eftersom införståddheten bara omfattar Louise och Bronisław. Och Louise öppnar munnen och upprepar – rösten mycket mild – det hon redan skrivit i brevet: Ellie måste inse att det som fanns mellan henne och Bronisław var mer och större än det som finns mellan äkta makar. I *alla* avseenden, understryker Louise.

Ögonen gråblå. Mycket klara. Munnen mjuk.

Jag vill att ni ska veta det, tillägger hon.

Ellie Rose sänker blicken mot tekoppen. Vad ska hon svara?

Detta var kränkande redan i brevet. Det som fanns mellan Louise och Bronyo var mer och större än vad Ellie förstått. Vad är det som Bronyo inte har berättat för henne och som Louise är så angelägen att framföra? Vind på havsbottnen eller är det en häftig undervattensström? Sandkorn virvlar upp. Havsväxter skymtar till och försvinner. Sikten blir oklar. Ellie fattar silverskeden och håller den hårt i sin slutna hand.

Hon förmodar att det är dygden igen, den gamla vanliga visan. Louise har gett upp sin. Eller menar hon något annat?

Hon har skänkt kvinnans dyrbaraste egendom åt mannen, det vill säga gått i säng med Bronisław. Enligt den vanliga atlasen finns – som Tammie och Ellie många gånger har konstaterat – tariffer och prislistor för situationer som denna. Vem ska betala? Och hur mycket? I varje fall är det inte Ellie. Vad har hon med denna sak att skaffa? Något tycks det vara. Det finns färdigtryckta menyer att tillgå även för den roll som hon själv spelar. Man har att välja mellan hån och medlidande. Mellan skyll er själv och han är en skurk. Men Ellie känner mest avsmak. Det är hög tid att Tammie och hon blir färdiga med den nya kartan.

Hon ser ut genom fönstret. Därute hörs musik.

På gatorna, mellan stenhusen. Inte bara ett vasst piano som härinne. Ett oväder sveper över Melbourne, med piskande och flygande vattenmassor. En hel orkester med stråkar, mässingsinstrument, träblåsare och pukor. Hon kastar en blick mot Louise. Och plötsligt vet hon något, det är enkelt och självklart. Hon har bara inte tillfullo velat begripa det tidigare. Nu vet hon det.

Ja. Bronyo älskade fjärilsflickan.

Han älskade denna fågelflicka med vita fingrar runt tekoppen och insvept i mjukt gult siden. Det var ingen lek från Bronyos sida. Det har kostat honom mycket att uppge henne. Och det kärleken gör med oss kan ingen döma över. Ju mer hon betraktar Louise – den mjuka och bortskämda hakan, den fint tecknade munnen och det vackra håret – förstår hon Bronyo. Louise är svaret på mannens dröm om kvinnan. Och trots det har han valt Ellie Rose. Hon kan inte samla sina tankar. Hon lägger långsamt tillbaka skeden på tefatet.

Bronyo älskade er väldigt mycket, säger Ellie Rose.

Det kom en smula oväntat, också för henne själv.

Louise vrider på nacken och ser ut mot regnet. Vattrade flak av regn blåser längs gatan. Skyfallet är våldsamt. Kvistar och löv dras med i det strömmande vattnet. Louises profil är nästan genomskinlig. Hon tycks frysa. Hon lyfter tekoppen mellan sina kupade händer och dricker. Sedan hostar hon. Louise hostar en lång stund och får torka tårar ur ögonen med servettfliken. Ellie ser tyst ner i sin tekopp.

Nu hörs bara pianisten bakom pelaren, han skvimper toner åt deras håll. En tango. Säkert dansar Louise tango bättre än Ellie Rose som inte dansar tango alls. Och som har fel färg på näsan och är nykter och saklig. Men det får vara bra så. Eftersom det är så. En del saker blir inte som man tänkt sig. Inte mötet med Louise heller, det som hon gruvat sig för. Mycket har Ellie inte fått ur sig. Helst vill hon nu inte säga mer än det hon har sagt.

Men när hon lyfter blicken ser hon att Louise har ont.

Bronyo har verkligen sårat henne.

Han ville det inte. Han försökte undvika det men han gjorde det.

Och Louise säger, i ett tonfall som är häftigt och kränkt, att hon aldrig vill se honom mer och aldrig höra talas om honom heller. Nu får Ellie Rose anstränga sig. Något borde faktiskt sägas. Hon är inte rätt person att säga det. Något musikaliskt bistånd får hon inte heller. Det enda som erbjuds är de klanglösa tangotonerna från pianisten.

De irriterar henne. De har fel färg.

Hon andas in och ser ut genom fönstret.

Herregud, tänker hon. Det här bör jag inte lägga mig i.

Ja, säger hon sen till Louise, det är kanske det bästa, att bryta kontakten.

Men det skulle göra Bronyo mycket ont, tillägger hon genast.

Eftersom det är sant.

Och de väntar på en droska sen, Louise och Ellie Rose, vid hotellets stora svängdörr av glas. Många ord utbyttes inte under mötet. De som blev sagda var tillräckliga. I droskan sneglar Ellie från sidan på Louise. Profilen är ömtålig. Bronyo älskade henne. Kanske älskar han henne fortfarande. Men han har valt Ellie Rose. Sen stiger Ellie Rose ut ur droskan och Louise sitter kvar.

Hon ser inte fullt lika frusen ut längre.

Men Ellie fryser så att hon skakar. Hon hackar tänder och darrar i hela kroppen när hon går hemåt genom universitetsparken.

Och Bronyo kommer, det tar visserligen flera månader till, och han är trött när han dyker upp och ser sliten ut. Men en dag är han där, och de vigs av en officiant hos registreringsmyndigheterna, inga stora ceremonier och inte många närvarande heller. Det är bara de motsträviga föräldrarna, och Heidi och Joseph med blommor i famnen, och så naturligtvis Tammie, som är rörd och snörvlar i näsduken.

Tammie har syndat en gång för mycket och är med barn, att gifta sig med barnafadern är inte aktuellt, har hon förklarat. För att slippa bli uppsagd under kränkande former har hon själv lämnat Melbourne Hospital. Det blir fabriken. Inget att gråta över, Ellie, kartläggningen fortsätter. Och Ellie säger till Tammie att hon tänker vara Bronyos bästa vän. Och hans hustru.

Och hans träd om han nu behöver ett träd.

När vigselproceduren är avklarad vidtar inga festligheter.

De tar varandra i hand, Bronyo och Ellie Rose, och går nerför gatan. Det är sol och många människor är ute. De andra står och ser efter dem, den kortvuxna Ellie med det röda håret och den magre Bronyo med glasögonen. De släpper inte varandras händer. En enda gång vänder sig Ellie Rose om och vinkar. Sen går de vidare hand i hand och de andra ser efter dem tills de har försvunnit i vimlet. Så har detta äktenskap grundlagts.

De står vid relingen sen – inte lätt att efter kriget få båtlägenhet till Europa, de får vänta länge på den och tvingas ta vägen över Kapstaden och vidare upp längs den afrikanska kusten – och Ellie Rose står kvar på däck så länge hon ännu kan se Tammie på kajen.

Figuren blir mindre och mindre.

Snart syns det inte längre att Tammie vinkar. Till slut går hon inte att urskilja alls. Mellan kajen och fartyget rullas en grå matta av vatten ut. Atlasen över mannen hann de inte få färdig.

Så är de ute på öppet hav, Ellie Rose och Bronyo.

De seglar i dagar och nätter. Och när solen gick upp så seglade de ännu, som de gamla grekerna brukade säga om mycket långa resor.

Tredje delen

Grön vulkan och grön himmel. Kärleken är grön och minnet grönblått, de är vågor mot stranden i landet Ingenstans och Aldrig mer.

Allt är grönt där, också fåglarnas läten och lövprasslet och ödlornas snabbskygga rörelser. Barnet sover på terrassen i vagnen täckt av ett flor av grönskimrande muslin. Lord Nevermore betraktar alltsammans genom kikarsiktet från tornrummet bland molnen där han har sitt arbetsrum. Små ljud, mycket lätta, abrupta och lösryckta, singlar i luften. Och sen är det bara det alltför hörbara skramlet från Maria Nieves hink, och hennes plaskande ström av grönt vatten över stenen och kvastens skrapande ljud, varje morgon samma sak.

Maria Nieve låter vatten flöda över terrassens terracotta och förföljer det ihärdigt med piassavakvasten. Gröna strömmar, virvlar och vattenfall, och de skavande och gnagande ljuden från kvasten, och nedanför Maria Nieves böjda rygg och gungande armbågar syns då och då hennes nakna ben i de stora mansstövlarna, ömsom det ena och ömsom det andra. En kravlande kvinnokrabba som föser grönt vatten runt barnvagnen och vidare ut under terrassräcket, så att det tillsammans med gulnade löv och vissnade blommor och torra brödkanter och olivkärnor rutschar vidare över citronträd och torr jord på sluttningen nedanför huset.

Vulkanen heter Teide. Barnet drömmer vattendrömmar – genomstungna av skavljud från kvasten – och är redan långt ute till havs i barnvagnsfarkosten, gungande och vaggande i ljusflimmer och långmjuka vågor. Och barnet heter Zofia efter en död farmor som hon aldrig ska få se.

Lord Nevermore följer i kikarsiktet vägen som löper i slingor nerför bergssluttningen. I en krök dyker hans hustru upp. Hon bär två stora bröd i famnen, och efter henne travar pojken med fisken inslagen i tidningspapper, och efter pojken följer hunden, vit med svarta fläckar på nosen.

Detta är ett minne från en morgon i tornrummet.

Och ur den gröna kärlekens tid.

Denna kvinna löser upp härvor och knutar. Hon rycker till i trasslet, och trådar som snott in sig i varandra ger med sig och löper fritt. De försyndelser han har begått mot människorna har alltid haft samma grund, sinnets splittring. Och avsaknaden av odelade känslor. Han har nyss skrivit det i dagboken, den lilla svarta som lätt gömmer sig bland manuskriptbladen och bokhögarna runt skrivmaskinen på skrivbordet.

Vilken röra, hur sortera fram det viktiga ur denna oordning?

Det krävs överblick, sinnets rening och lugn.

Därför kikaren. Den gröna vulkanön, det lugna gröna havet, den gröna himmelskupan utan en reva, och kvinnan som i sin långkofta och sitt rödglänsande hår travar på som en liten häst därnere, uppför sluttningen, med de färska och ännu varma bröden tryckta mot bröstet, och med Maria Nieves brunbrända tolvåriga brorson efter sig. Hunden löper nu före dem och in på åkern och ger ståndskall mot något av de osynliga smådjur som lever och andas här på sluttningen tillsammans med dem.

Denna kvinna, denna lilla rödskimrande häst.

Och minnet behåller stunden. Den svala luften i tornrummet innan dagen ännu har blivit het. Och mättnadskänslan, barnvagnen, piassavakvasten, hundskallet. Och lyckan, det finns inget annat ord, av att veta sig vara närvarande, fullkomligt närvarande, i ett mysterium som är ögonblicksnåden. Och doften av citron sen, och den lilla vinden som rör muslintyget över det sovande barnet, och Maria Nieves strilande vatten, och en vit fjäril som förirrat sig in i rummet och fladdrar vid skrivmaskinen.

Till detta ögonblick ska han återvända.

Lord Nevermore?

Ja, Stas kallade mig så. Lord Edgar eller Lord Douglas.

Men oftast bara Lord Nevermore.

Bronyo har fått brev från en vän i Polen som har berättat om det åttahundrasidiga och opublicerade manuskript av Stanisław som han tagit del av. Merparten av det skrevs långt före resan till Australien och handlar om en ung konstnärs många fall, nedstörtningar och fiaskon i kärleken och i konsten – genialt och delvis oläsbart, skriver vännen – och om det största fallet av dem alla, som var fallet i Lord Nevermores armar.

Hur känns det för en man att falla i en mans armar? frågar Ellie.

Han har berättat för henne om innehållet i brevet.

Hans vän Boy har funnit att han borde nämna för Bronisław det fall som rör Lord Nevermore. Om Nevermore sägs vidare i manuskriptet att han i sin ungdom haffats av polisen i en obskyr gränd i London i sällskap med några andra tvetydiga lorder och hertigar, och därefter avrest till Nya Guinea där han dragit vissa växlar på de folk européerna kallar primitiva, och sen blivit världsberömd och gjort sig en förmögenhet på en viss bok – *The Golden Bough of Pleasure* – om infödingarnas perversa sexualvanor.

I övrigt fylls det ofantliga och innehållsdigra manuskriptet av en ung artists utgjutelser över livet och konstens irrvägar, skriver Boy, och om den förtärande kärleken till en viss skådespelerska – en furie och demon – för vilken författaren läst sin bok högt under långa nätter och som till fullo uppskattat de demoniska drag som tillskrivits henne, innan författarens huvudperson under en visionär natt i Schweiz fått allt på plats och verkligen blivit artist. Allt erfarenheter som Stas gjort för länge sedan, enligt Boy.

Före Krystyna. Före Australien, Ryssland och kriget.

Före Australien? frågar Ellie Rose.

Hon har bundit in Zofia i sin långa sjal så att barnet hänger som en fjärilslarv på hennes bröst medan hon sköljer frukten. Ellie har alltid varit nyfiken på Stas, vill träffa honom, vill resa till Polen, vill lära känna hela den miljö som är henne obekant.

Men till Polen vill Bronyo inte resa.

Inte nu, säger han varje gång hon för saken på tal.

Skrev han manuskriptet innan ni for till Australien, säger Ellie, och visste redan att du skulle analysera infödingarnas sexualitet, Bronyo? Är han synsk? I så fall blir du kanske verkligen också rik och berömd.

De har hyrt huset på Teneriffa för att Bronisław ska fullborda den första volymen av livsverket. Tiden pressar honom. De har ont om pengar, och de måste snart dra vidare, till London och de föreläsningar han ska hålla där. Nej, till Polen vill han inte resa. Ellie får en liten rynka av besvikelse över näsroten. För henne är Polen ett mytiskt landskap, en hägring. Men Bronyo vill inte. Den som reser bort förändras och blir en annan, säger han.

Men landet han lämnade har också blivit ett annat. Ett land är en uppväxt. Det är minnet av små ting, av ekolösa ljud, av känslor som flöt genom kroppen. Det mest omöjliga av allt är att komma tillbaka. Inget av det finns ju kvar. Och ingen plåga är mer hopplös än hemlängtan. Naturligtvis ska vi resa dit en dag, säger Bronyo, och besöka Zofias grav och träffa vänner, bland dem förstås också Stas, så får du själv se hur odräglig han är.

Men inte nu. Inte än.

Då frågar Ellie på nytt hur det är för en man att älska en man.

Det är när de har lagt sig och lilla Zofia har somnat.

De har älskat. Och Bron är i tankarna kvar i dagens arbete. I denna gröna tid av kärlek och i denna frid har han till slut funnit en röd tråd i sin långa berättelse om Boyowa. Segment av den komplicerade verkligheten ska fördelas på skilda böcker. Antropologen – en luttrad ande – ska samtidigt som han redogör för den främmande kulturen demonstrera sin arbetsmetod. Det teoretiska perspektivet ska helt osökt infogas i det narrativa.

Vad vet han om hur det är att älska en man? Inte mycket.

Men han är uppriktig mot Ellie. Mot ingen så uppriktig som mot henne. Vi var inte män utan unga pojkar, svarar han. Och det hände bara en gång.

Ja. Men hur var det?

Han tänker efter. Han låter pekfingret följa konturen av hennes bröst, en häpnadsväckande kulle, grönskimrande (det gröna störtar in i rummet från träden utanför fönstret, ett kvardröjande ljus som kastas från blad till blad och silas genom hålrum och lövmassor och faller genom det öppna fönstret). Han får anstränga sig för att minnas händelsen. Hur var det? Det var kyla och besatthet, svarar han.

Ett intellektuellt virrvarr.

De hade eggat varandra med fantasier om en sinnlighet som ingen av dem hade upplevt. Ett rus av lystnad, vällust och liderlighet. De föreställde sig att denna sensualism sprängde alla gränser för vad människor någonsin förut upplevt. Och Stas hetsade upp och utmanade med hjälp av osannolika berättelser och genom att tänka ut sinnrika hinder, vilket mer än något annat ökar lusten.

Så gör unga pojkar. Så gjorde också han och Stas.

Akten i sig var ingenting.

Efteråt låg han själv på rygg med armarna kastade över huvudet och gapskrattade. Det hela var löjligt. Två valpar fyllda av kättja. En lek av bett och morranden. Ett slagsmål. Ja, efteråt var alltsammans mest fånigt. Ingen skillnad mellan denna händelse och andra, som när de övertrumfade varandra i schackspel eller matematik. De trodde ju att de var en sorts övermänniskor. Herrar över jorden.

Oövervinneliga i sitt skarpsinne.

I själva verket var de två klena pojkar, båda ensamma.

Stas hade inte ens gått i någon skola när de träffades. Hans far var emot allt som kunde påverka den geniale sonen. Och Bronisław var sjuklig. Astmatisk och hypokondrisk. Denna händelse, av ett slag som många pojkar varit med om, efterlämnade inga spår.

Inte för dig kanske, säger Ellie Rose, men tydligen för honom.

Inte för honom heller, svarar Bron. Det var inte mannen vi sökte utan kvinnan. Han lägger armen om Ellie och drar henne närmare i sängen. För honom måste händelsen ha varit betydelsefull, säger Ellie. Eftersom han kallar den för sitt svåraste fall. Han måste ha älskat dig. Eller hur, Bronyo?

Nej, svarar Bron. Stas flirtade med dekadensen. Det var en av hans många masker. Han var besatt av kvinnan. Och det är sant att kvinnan ledde till komplikationer mellan oss. Invecklade triangelspel med dunkla och svårgenomskådade känslor.

Berätta, befaller Ellie Rose.

Och när han inte vill tala mer om Stas utan omfamnar henne och vill in i henne slår hon honom på ryggen med sin knytnäve, små bankningar och bultningar som betyder att hon vill bli insläppt till hans tankar.

Med denna kvinna har klyvnaden upphört. Av skäl som han inte till fullo förstår. Han är djupt tacksam. Tidigare fanns alltid samvetskval. Visavi modern. Gentemot Stas. Inför kvinnor i det förflutna. Förhållandet till andra var för det mesta något framtvingat. Förbundet med villkor, emellanåt grumliga.

Med Ellie Rose ingenting av det slaget. Hon finns bara, inte som en stängd dörr utan som en öppen. Han vandrar i hennes rum. Han tilllåter henne att vandra nära nog fritt i hans. Han har redan formulerat en teori om saken som han delger henne: individens ensamhet får sin lösning genom det som han kallar den förenade personligheten.

Att få vara den man är utan att bli en stötesten för den andre.

Att få leva med en människa i full uppriktighet. Han hade inte trott att det var möjligt. Detta, Ellie, är min etik. Man kan vara sig själv trogen när man lever med en annan som tillåter fullständig öppenhet och som inte blir kränkt av att man är den man är. Med sina skavanker och tillkortakommanden. Han inviger henne gärna i sina.

Jag vill leva i sanning, Ellie, och i uppriktighet.

I den förenade personligheten som upphäver ensamheten.

Alternativet är lögnen. Den river sönder vänskapen. Den förstör de sociala relationerna, så småningom hela samhället. Det är min etik.

Etik? säger Ellie, kallar du det för etik?

Det är en morgon, en av de sista under vulkanen Teide. Ellie sitter på terrassen i nattsärken och ammar Zofia. Barnets andetag är korta, ivriga och belåtna. I Ellies mage bultar redan ett nytt liv. Bronisław på andra sidan bordet kisar mellan händerna och betraktar dem. Ellies hår hänger okammat över axlarna. Hon rör på de nakna tårna. Grönskan bakom henne är nytvättad och nymålad. Det är i citronträdsblomningen.

Och vad skulle du kalla det? frågar Bron och lyfter kaffekoppen.

Kärlek, svarar Ellie Rose genast och ser rakt på honom.

Grönt ögonljus. Hon kastar morgonljus mot honom ur sina gröna ögon. Han får en stöt för bröstet. Han ser och hör plötsligt allt mycket tydligt. Blänket i terrassens järnräcke. Knirket i den blå och halvöppna dörren. Maria Nieve som skramlar med sin hink. Och kvinnan som ammar hans barn och snart ska föda ett till. De ska resa sin väg och bo på andra ställen. Det blir bra också där. Eller också blir det sämre. Som under den gröna vulkanen med vita snöstrimmor på sin hjässa blir det aldrig mer.

Ellie Rose har rätt. Det är kärlek.

Han reser sig och går fram till järnräcket och lutar sig över det och andas in doften från citronträdens blommor. Kärlek kommer inte ur etiken. Men etiken föds ur kärleken. Hur vet kvinnan allt detta? Ellie Rose har alltid samma svar på hans fråga om varför hon redan vet det han tänker ut. Jag är skamlös, Bronyo, svarar Ellie och ser glad ut. Skamlös som kvinnorna på Boyowa.

Ellie återkommer till Stas flera gånger.

Egentligen är det till frågan om mannens karta över världen.

Den upptar henne också i deras hus på sydsluttningen av Alperna som de köpte fast de inte hade råd. Nära Bolzano. Ett stycke från Merano. Inte långt från Dolomiterna. En gång låg landskapet i kejsardömet Österrike-Ungern. Efter kriget är det italienskt. Men bönderna är likadana som överallt.

De är som goralerna i Tatra, säger Bronyo.

De kände sig båda genast hemma i byn. Helt olik Zakopane är den för övrigt inte. Huset är stort och av trä och en aning förfallet och doftar hemlighetsfullt av fukt i klädkammare och under trappavsatserna. Grönskan har en mörkare ton här, det beror på pinjeträden och tallarna. Luften är för det mesta syrlig och mättad. Bronisław får resa mycket, fram och tillbaka med tåget till London för sina föreläsningar och examinationer.

Men det gör han gärna för att få behålla arbetsfriden.

Hans antropologiska arbete om söderhavsöarna växer i omfång. Det krävs många böcker för att kunna skildra söderhavskulturen ur alla aspekter och på alla nivåer. Ibland är hans berättelse sfärisk, ofta är den labyrintisk. Den första volymen ska skildra den symboliska byteshandeln mellan öarna: armband åt ena hållet, halsband åt det andra. Bytessystemet är mycket invecklat. Det är förbundet med prestige och hierarkier.

Men i själva verket, menar han, upprätthålls här ett kulturellt ekvilibrium. Genom de årliga resorna mellan öarna för byteshandelns skull ritar infödingarna upp den kända världen åt sig i ett osäkert universum. Dem man byter halsband mot armband med krigar man inte mot. Man äter heller inte upp dem.

En annan volym ska handla om korallöarnas magiska trädgårdskultur. Genom den upprättas den vertikala förbindelsen mellan himmel och jord. Här ska myter och sagor beskrivas. Och alla de överjordiska väsen som vistas bland boyowanerna, mulukwausi, balomas, vattenväsen och förtrollade kanoter. I en tredje volym ska han skildra sexualiteten och den symboliska innebörden av att kvinnorna råder över den och är kulturens centrum. Men förstås också de erotiska vanorna, så olika västerlandets.

Först när alla volymerna har fullbordats kan man börja urskilja samspelet mellan detaljen och helheten. Slutligen hoppas han kunna forma en teori som avslöjar något också om den västerländska och alltmer globala civilisationen. Och om människan själv.

Anthropos, det är människan.

Ur samma mänskliga behov – hunger, skräck och sexualitet – byggs samhällena. Men ju mer komplicerade kulturerna blev, desto mer lades de ursprungliga och elementära byggstenarna i skugga. Mänskligheten måste en dag förstå dem. Överallt där människan lever har hon skapat sig gudar. De heter Marduk eller Enki eller Jahve eller Tudava. Det spelar ingen roll vad de kallas. De är en dimension i människans – anthropos – psyke.

Men här finns en gåta: Varför måste människan alltid handla som om Gud såg henne, oavsett vilken gud det handlar om? När människorna gör sig av med gudarna åstadkommer hon katastrofer. Hon mister förbindelsen med en dimension inom sig själv.

Hon skapar sig avgudar och vet inte längre vem hon är, inflikar Ellie. Hon läser allt vad Bronisław skriver. Och kritiserar och kommer med synpunkter. Ja, Bronyo, säger hon, det gäller att hålla isär gudar och avgudar. Inte sant?

Bronisław tror inte på Gud. Inte heller Ellie Rose. Nej, inte den gud som andra tycks tro på. Inte efter detta krigs förödelse. Ändå känner de båda att de på något märkvärdigt vis vandrar i Guds åsyn. Sedda av honom. Och kända av honom. Och att de måste handla därefter. De besöker bykyrkan. Liturgin är som Bronisław kommer ihåg den från barndomen i Kraków. Doften av rökelse ur kärlet som prästen svänger är som han minns. Och gummorna som tar emot oblaten och dricker av vinet har samma sorts ansiktsuttryck.

Han sitter på den bakersta bänken i den lilla stenkyrkan med Ellies hand i sin och låter blickarna fara. Ofta är de båda så berörda att de inte kan tala med varandra under hemvägen.

Etiken. Kärleken. Och sanningen.

Religionen är ett ordlöst uttryck för sanningen. Och själva meningen i den mänskliga kulturens väv, men är sanningen en enda?

Också i detta trähus som de har köpt finns ett tornrum, här med snidade drakslingor runt fönstret. Där har Bronisław klätt väggarna med böcker. Och där arbetar han. När han lyfter blicken från skrivmaskinen hör han genom trossbottnarna barnskrik. Dunsar. Buller och skratt. I London har han svårt att koncentrera sig.

Där fattas honom något.

Det är dessa fyra som fattas. Zofia, den äldsta, har bruna ögon och underliga tankar. Hon lever i en fantasivärld som de inte kommer åt. Maya, bara ett år yngre, är ett grönögt troll med kvicksilver i kroppen och med häpnadsväckande envishet. Den har hon efter dig, säger Bronisław till Ellie. Nej min älskling, efter dig, svarar Ellie. Den nyfödda, hon som fått namnet Rosie efter sin mor och kallas för Iza, är ett oskrivet blad.

För alla utom för Ellie.

Hon vet att detta barn är Guds särskilda gåva.

De hade tänkt sig en son denna gång. Men det blev en dotter till. Det är för att du är född till att leva bland kvinnor, säger Ellie. Iza är tecknet. Du är den som ska avslöja den snedvridning av världen som uppstått till följd av den felaktigt ritade kartan, Bronyo. Och så vill hon veta allt om männen och frågar om Stas. Men Bronisław är trött.

Friede som hjälper till i hushållet – Ellie har ibland ont i händerna och i lederna – har tagit sitt bullersamma skratt med sig och gått hem till sig. Barnen sover. Han har skrivit utan uppehåll sen tidigt på morgonen.

Bara ett par dagar till, sen måste han på nytt sätta sig på tåget.

Först till Innsbruck. Där vänta och byta till ett annat. Och sen korsa halva Europa innan han kan stiga på färjan som för honom över kanalen och till London. Jag ska rätta till den felaktiga kartan, svarar han Ellie och skrattar åt henne.

Hon kommer inte att ge sig förrän han gjort det.

Men Stas kan vi hålla utanför det här, säger han.

I London ska han möta studenterna. Han sitter och förbereder sina föreläsningar på det skakiga tåget. Det händer att han somnar med kinden mot fönsterrutan. Han vaknar upp till snöglopp över Flandern. Jorden där är bara en tunn skorpa över miljoner av döda. Först nu, efter många år, vet man hur deras helvete såg ut. Dante hade inte kunnat skildra det.

De stod ovanpå sina kamraters döda kroppar under dånet från artillerielden som aldrig upphörde. De dog bland ruttnande lik. De åt död och drack död. De som återvände från helvetet var stumma, deras tungor utslitna ur munnarna. Deras blickar hade slocknat. Det gick inte att berätta för dem som väntade hemma vad de varit med om. Men några författare har börjat skriva böcker om hur det faktiskt var. Dem läser han också på tåget.

Sen ger han dem till Ellie.

Hon slukar dem. Hennes beslut att studera juridik och internationell rätt står fast. Det har bara uppskjutits en smula. Och när han öppnar Ellies brev i London – de skriver varje dag till varandra – får han av henne veta att i verkligheten har kriget inte tagit slut. Hon håller reda på allt som händer runt omkring deras by och i Bolzano och berättar om männen som vill ha revansch åt Italien.

Kriget tog inte slut, det tycks bara hämta andan och slicka tassarna, Bronyo, som en katt, skriver Ellie.

Men när han kommit hem och de sitter tillsammans vid brasan och barnen har somnat, vill hon hellre tala om hur det var med Bronisław och Stanisław och deras förhållande till kvinnorna. Det hör till kartan, Bronyo, säger hon. Hur ska jag kunna veta hur männen innerst inne är om du inte berättar?

Och han berättar. Det var till exempel en sommar i Zakopane.

Flickan var vithyllt och hade runda armar och mun som en röd karamell som man slickat en stund på. Hon var från Vilnius och på besök hos släktingar i Zakopane. De träffade henne vid samma tillfälle, Stas och han. Och det var första men sannerligen inte sista gången som kvinnan på ett dunkelt eller svårbegripligt sätt trasslade till vänskapen. De blev båda förälskade i henne, Bronisław passionerat och Stanisław mer återhållsamt.

Kanske för att flickan föredrog dig? föreslår Ellie.

Förmodligen, svarar Bron, i varje fall uppfattade *jag* det som en historia mellan henne och mig. Men när flickan som hette Halina hade återvänt hem till Vilnius – och jag till min mor och gymnasiet i Kraków – skrev hon brev till oss båda.

Och nu, när hon befann sig på avstånd och utom räckhåll, flammade Stas kärlek till henne upp i full låga.

Halina i brev till Bronisław: Stas skriver att han var alldeles för blyg för att närma sig mig medan jag var i Zakopane men att han nu till fullo inser vad han har förlorat. Ni har å er sida sagt till mig att er vän är förslagen och listig, men tror ni verkligen det? Han är ju faktiskt er vän.

Bron i brev till Halina: Jag ber er att inte brevväxla med honom.

Halina till Bron: Jag får ingen klar bild av honom och det beror inte på vad han skriver till mig, utan på vad ni har berättat för mig om honom: att han är hänsynslös, att han överger de vänner som står i vägen för honom, etcetera, etcetera. Men hans brev är poetiska och vackra. Jag kan inte sluta att svara på dem så där utan vidare. Då vore jag ju just så hänsynslös som ni påstår att han är. Jag kan inte heller överta ert omdöme utan vidare. Jag måste bilda mig en egen uppfattning. Men jag har skrivit till honom och sagt att jag inte kan bli hans. Det beror på att ni står mellan oss, skrev jag.

Bron till Halina (något kyligare): Hur ska jag kunna lita på er, fröken Halina, efter ert förra brev?

Stas i brev till Bron (nedslaget): Det är dig hon älskar, Bronio.

Halina i brev till Bron (upprört): Att ni skrev att ni inte kunde lita på mig gjorde mig arg och besviken. Varför har jag inte hört ifrån er på så länge? Stas skriver till mig att ni är en nyckfull och obeständig person. Låt mig inte tro att han har rätt.

Bron i brev till Stas: Älskar *du* henne?

Stas till Bron: Men vad *tror* du egentligen, Bronio?

Bron till Stas: Jag kan meddela dig att mina känslor för henne tycks ha svalnat. Det beror på att hon har tillåtit dig att tränga sig in mellan oss. Ta henne då bara, om du vill ha henne.

Stas till Bron: Hon är mycket olycklig för att du inte svarar på hennes brev.

Bron till Stas: Det vet jag eftersom hon har skrivit det till mig också.

Stas till Bron: Jag bestormas av förtvivlade brev från Halina. Hon vill veta vad det är med dig som inte hör av dig? Jag har försökt att vara mycket taktfull. Men till slut såg jag mig tvungen att berätta för henne att du i ett brev anförtrott mig att dina känslor för henne hade svalnat. Jag tycker så oerhört synd om henne, Bronio, särskilt som jag inser att hon aldrig kan älska mig lika mycket som hon har älskat dig. För hennes skull ber jag att du skriver till henne.

Bron skriver inte till någon av dem.

Halina i brev till Bron (det sista): Jag kunde inte utan vidare förolämpa er vän, och det berodde ju just på att han var er vän, er *bäste* vän dessutom, sa ni. I själva verket lät ni mig dras in i en triangel som bestämdes av er vänskap. Må den då fortsätta utan att störas av min försumbara existens. Jag bryr mig inte om någon av er längre, men jag vill tala om att av er två är ni den värste: en hycklare och en dubbelnatur!

Ellie Rose viker sig av skratt i stolen vid brasan. Bronisław lutar sig tillbaka i soffan och är förbryllad över munterheten. Så rolig var väl ändå inte hans berättelse? När han hämtat Iza ur barnsängen i rummet bredvid – hon gnyr och gnäller – och lagt henne till moderns bröst vill han få reda på vad som var så komiskt.

Det vet inte Ellie.

Det var bara lustigt, Bronyo.

Men sen säger Ellie, det är strax innan hon somnar, att erotiken i en så manlig kultur som den västerländska förmodligen är en angelägenhet i första hand mellan männen. Den är homoerotisk och narcissistisk. I lyckliga fall kan kvinnan tränga sig in och få en plats i triangeln, och sedan besegra rivalen som är den andre mannen. För en kvinnas skull kunde vänskapen mellan Stas och Bron inte prisgivas. Det handlade din berättelse om, tycker Ellie.

Du är en idiot, säger Bron och drar hennes kropp intill sin.

Ja, svarar Ellie och somnar tvärt med munnen mot hans hals.

Han ligger vaken en lång stund och grubblar över vad hon sa. Speglar sig män i varandra som Narcissus i källan? Från natten därute kommer ljudet av grodornas röster, dova små trumpeter. En man så besatt av kvinnan som Stas har han aldrig stött på, det skulle möjligen

Bronisław tar en paus i arbetet för att sträcka på benen genom en rask promenad – låga bondstugor, omålade uthus, småvuxna kor på bete längs de branta bergssluttningarna och oväntade doftstråk av jord, gräs och dynga – och minns hur Stas far ständigt höll sitt vakande fadersöga på sonen.

Stanisław. Och Stanisławs far.

Uppfostran skulle äga rum i fullkomlig frihet. Barnet skulle oavlåtligt träffa sina egna val utan påverkan från andra. Det var pappa Wicz pedagogik, ett experiment. En civilisation av obundna och ohämmade individer skulle uppstå genom denna frihet. Människorna skulle frigöras från sociala konventioner, från förlegade dogmer och nedärvda sedvänjor, i själva verket från allt. Och därigenom skulle heder, moral och höga ideal kunna styra dem, eftersom det ligger nedlagt i naturen.

En fri människa. Och sedan en ny människoras.

En lekande och skapande art av människor. Det skulle vara resultatet av pappa Wicz pedagogik. Sonen skulle uppfostras till att bli det första exemplaret av den nya människoarten.

Experimentet förutsatte objektets medverkan.

Och Stas kunde inte gå sin fars vilja emot.

Det är inte så lätt för ett barn att gå emot en uppfostrare som slår ner friheten som ett tjuder i marken.

Ja, som betslar barnet med frihet.

Att välja fritt – under tvånget att göra det – tycks av allt att döma skapa inre kataklysmer, brott och avgrunder och stup i psyket, tänker Bronisław. Stas var ofta orolig och hade mardrömmar. När handlade han rätt och när fel? Han hade inte samma åsikter som sin far, sa han ofta till sin vän Bron, men han ville inte opponera sig mot fadern. Han tordes kanske inte. Eller han tröttnade kanske på att ständigt komma till korta inför fadern, som ju i kraft av ålder och vishet alltid visste bättre. Att de tänkte på skilda sätt måste därför förbli en hemlighet. Stas slet i sitt betsel, men smygande, liksom vigt och kattlikt. Och betslet gav efter. Det ingick i planen.

Då föll Stas fritt eller rände huvudet i väggen.

Vid sådana händelser log fadern milt och överseende.

Bronisław menade hånfullt.

Men Stas höll inte med Bron. Han försvarade för det mesta sin far. Han tvivlade inte på faderns kärlek, den som alltid underströks av pappa Wicz själv. Uppfostrans grund är kärleksfullheten. Min kärlek till dig, Stas, beror inte på att du är min biologiske son. Kärleken springer ur min fria själ. Ingen av oss är bunden vid någon biologins trångsynta determinism.

Ett fritt hjärta älskar fritt, sa Stas far.

Och min egen frihet är grunden för min kärlek till dig.

Bronisław hör ännu pappa Wicz repliker eka i öronen. Han går mycket snabbt. Luften i alpbyn är klar och frisk. Han lämnar byns sista boningshus bakom sig. Vägen smalnar upp mot bergspasset. Han klättrar över stenbumlingar och går under barrträd. Det doftar harsyra och stensöta ur markerna.

Ännu är det tidig vår och jorden är fuktig.

Din far är en spydig jävel, sa Bron vid ett tillfälle till Stas.

Det var den gången då pappa Wicz nedlåtit sig till ett samtal med sonens vän. Det blev obehagligt. Mest liknade det ett förhör. Bron kände sig vägd på våg och befunnen för lätt, och detta utan att kunna sätta fingret på något särskilt. Efteråt insåg han att han förstås hade pratat för mycket. Att den vuxne mannen hade lyssnat med outtalade förbehåll. Då kände han sig dubbelt förlöjligad. Synad, och befunnen ha falska kort i handen.

Vid avslöjandet bemött med ett svårtydbart leende.

Du förstår honom inte, invände Stas.

Då teg Bronisław och behöll sina åsikter för sig själv.

De val som Stas försökte träffa på egen hand var enligt hans far ofta orealistiska och måste därför bemötas med milda men oavvisliga argument tills sonen ändrade mening. Eller också var Stas egna val vid närmare eftersyn återfall i konventioner av den sort som pappa Wicz avskydde så hjärtligt och grundligt.

Dit hörde Stanisławs plötsliga och heta längtan att gå i skolan som andra barn. Varför det, Stas? sa pappa Wicz. Se på de ungdomar som går i skola. Det är ingen uppmuntrande syn. De uppfostras till att bli anpasslingar. Skolan ser till att den polska ungdomen förblir andliga trälar under ockupanterna. De lär sig kanske en smula matematik men mest en massa dumheter. Jag lär dig vad du behöver veta, tro mig, Stas.

Efter ett tag insåg Stanisław att hans far hade rätt.

Men när han var sexton eller sjutton krävde han ändå att få avlägga studentexamen i det vanliga gymnasiet.

Fadern ryckte på axlarna, vad skulle det tjäna till?

Inte mycket, svarade Stanisław med sitt mest strålande leende.

Han gjorde det ändå, men på visst avstånd från fadern, i en grannstad. Bronisław – som hade avlagt studentexamen i Kraków året innan – gick igenom kursböckerna med vännen. När stunden för examen närmade sig var Stas förbi av nervositet. Han plågades av diarréer och magsmärtor. Han sov illa nätterna innan han skulle ge sig iväg. Bronisław följde honom till tåget. De skämtade men Stas var blek.

Hela livet tycktes stå på spel, men när han klarat sin examen – fadern var tvär och frånvänd – var det som om han hämtat ner månen. Bronisław minns Stas ansiktsuttryck när han som ende passagerare klev av tåget på stationen i Zakopane. Blankt. Och liksom nersmält eller utrunnet. Som en smörklick på en het potatis. Och orden:

Det gick! Nu, Bronio, hoppas jag att jag bevisat att jag duger.

Sen bytte Stas genast tonfall och blev ironisk.

Det var för att visa hur lite han i själva verket brydde sig om det hela. Förhören hade varit ynkligt lätta. Han skämdes för frågorna som ställts. Ja, han kände sig generad på examinatorernas vägnar. Och vem skulle Stas ha kunnat skryta inför? För pappa Wicz var saken likgiltig. Och Bron var redan student. När Stas mor tillät sig att gratulera till framgången retades sonen med henne för hennes tilltro till auktoriteter tills hon blev tyst och inte sa något mer.

Värre blev det när han några år senare ville in på Konstakademien i Kraków. Den gången visade pappa Wicz öppet sitt förakt. Stas var sin berömde fars elev, och nu ville han alltså in på en skola för medelmåttor och nollor? Lärarna där var odugliga. Misslyckade artister hela bunten, som Stas inte hade något att lära av. Det enda de möjligen skulle kunna åstadkomma var väl att förstöra hans begåvning.

Jag vill lära mig teckna, invände Stas.

Teckna, utbrast pappa Wicz och spärrade upp ögonen i sin ateljé. Han vred sig från staffliet mot sonen: Man *lär* sig inte att teckna! Tecknandet kommer av sig självt när man på djupet har förstått motivet. Att lära sig teckna på Konstakademien är slöseri med tid. När du väl har förstått vad du vill återge har du det redan i fingrarna, och *det* borde du ägna din energi åt i stället.

Stas till Bron när han redogjort för samtalet – de gick uppe i Tatra, det var tidig vår och fortfarande snöfläckar på stigen: Pappa vet vad han talar om.

Bron: Det kan väl hända. Gör ändå som du vill, Stasio.

Stas (sliter av en kvist): Jag visste vad jag ville. Nu blev jag osäker.

Bron: Om du går på Konstakademien kan du bo hos oss på Marszalkowska. Mamma skulle bara bli glad.

Stas (efter en lång stund): Pappa har rätt. Det är kanske fel på akademien i Kraków, men allra mest är det fel på mig. Jag är obeständig, vankelmodig, lättpåverkad och identitetslös. Varför föraktar jag hela tiden det jag gör? Det är ett svårt handikapp för en artist, Bronio. Tror du att Beethoven föraktade sina kompositioner? Nej. Han bara skrev dem. Mitt enda hopp, mitt enda, är att kunna vända mina negativa kvaliteter till nån sorts konstnärlig seger.

Hittills okänd, förstås. Klatsch! Dold! Outforskad!

Dask! Stas piskar med den sega kvisten mot trädstammen.

Som när man piskar en häst.

Beethoven! Det viner och piper i luften. Beethoven var ett *geni*, Bronio! Klatsch! Beethoven. Denne förbannade Beethoven! Dask!

Bronisław kliver ur vägen för den vinande kvisten och står med händerna i byxfickorna ett stycke därifrån och ser på medan Stas tar ut sina krafter på det tigande och försvarslösa trädet.

Och jag? Jag är kanske ett geni men ett med karaktärshinder!

Klatsch! Och klatsch!

Efter en stund släpper Stas kvisten. Han hostar med händerna över munnen. Skuldrorna skakar. Han kliar sig i håret. Han klappar trädstammen, försiktigt, som för att be om ursäkt. Han vänder sig mot Bronisław och grinar osäkert och sprucket. Han blir antagen som elev på Konstakademien.

Senare ställer han ut sina monsterteckningar i Kraków.

De är obscena och vilda och måttlösa. Det blir skandal förstås.

Kritikerna vet inte vad de ska skriva. Är det där en kvinna eller en orm? Kvinna med ormhals lägras av fet kypare, står det på lappen intill tavlan. Minsann. Och här: Familjescen med elake doktorn. Hm. Och här: En man berättar lögner om sig själv för en kvinna. Jaså, och vilka lögner? Och den här då: Mörkrets prins förför Sankta Theresa. Sankta Theresa? Tro't den som vill. Och här: Man i bakhåll för sin frus älskare.

En otvivelaktigt begåvad men av allt att döma schizofren artist behagar skämta med sin publik, skriver den flintskallige kritikern. Och människor strömmar till utställningen. Stas är lycklig. En otvivelaktigt begåvad... behagar skämta... men otvivelaktigt begåvad. Schizofren. Men begåvad. Pappa Wicz tiger envist, vid det här laget från andra sidan Alperna där han vistas hos en viss kvinna. Hon är hans mecenat. En stor konstälskare.

Sen skrev pappa Wicz brev och recenserade utställningen med ledning av fotografierna som Stas hade sänt. Stas kunde aldrig låta bli att be om pappa Wicz omdöme. Det var som ett tvång, en sjukdom. Han visade allt och berättade allt för sin far. Förträffligt, din fantasi är enastående, skrev nu fadern. Men kanske vore det ingen eftergift mot den borgerliga smaken att ta det lite lugnare och inte överskrida varje uns av skamkänsla? Fundera på det. Om man alltför mycket anstränger sig för att stöta den borgerliga smaken riskerar man att i stället bli dess fånge. Skrev pappa Wicz.

Bronisław minns utställningen.

Stas är en lysande tecknare, samma handlag med ritstiftet som Rubio vid flygeln. Monster, man kunde kalla dem karikatyrer fast allvarsamt menade och briljant utförda, fyller konstsalongens väggar, man har inte sett något liknande. Bronisław kommer särskilt ihåg en teckning i krita med titeln Den urholkade mannen, hans kvinna och hans rival. I förgrunden syns en man som påminner om Stas – ansiktet verkligen en smula urholkat – och bredvid honom en ängslig ung kvinna med stirrig blick. Strax bakom dem ser man pappa Wicz med onaturligt förstorat ansikte och lömska ögon.

En hotfull gnom. Fast en jätte. En familjeidyll?

Ren form, sa Stas. Ingen psykologi. Absolut ingen berättelse.

Och sen festen efter vernissagen, på restaurangen som alla kallade för Michaliks håla. Kafébord på rad, och vita dukar under fladdrande och droppande stearinljus, och vodka och tjeckiskt öl. Alla Krakóẃs målare var där, unga och gamla, alla fyllda av entusiasm. Stas var rusig av lycka. Babblande, vitsande och pladdrande. Flaxande från hörn till hörn i lokalen som en onykter höna. Ögonen vitt uppspärrade. Men nykter. Ett underligt nyktert rus.

Ett barn som oväntat fått ett leksakståg av jultomten och tappat hakan och blivit mållös. Så minns Bronisław det.

Och sen, festen slut, och de två under en lyktstolpe på hemväg.

Stas sidoblick mot Bron i det sjukligt bleka lyktskenet, mycket lång, mycket underlig: Jag är en människa som kommer att ta livet av sig.

Bron: Så gripande. Och mitt i framgången.

Stas: En dag kommer du att få se att det blev så.

Bronisław har gått mycket snabbt och måste hämta andan. Han ser ut över alpängarna som hänger ovanför honom. Han gräver i fickan efter tobak. Han sätter sig på den lilla halvt hoprasade stenmuren, taggiga björnbärssnår omger den.

Det har gått mer än femton år och Stas har inte tagit livet av sig ännu, naturligtvis inte. Bron har inte tänkt på pappa Wicz pedagogik på många år. Negativa konsekvenser av den var uteslutna eftersom förutsättningen var den ohämmade friheten och valet av den egna identiteten. Men om det var precis tvärtom? så att denne far långsamt kvävde sin son? och gjorde varje livsval till en marritt?

Stas förebrådde sig ständigt för sin karaktärslöshet. Sin brist på vilja. Oförmågan att ge sig fasta konturer. Han kunde inte tänka på annat än sina brister. Därefter störtade han sig ut i det fria valets tomrum för att upphäva dem. Men aldrig motsvarade han den mall som pappa Wicz hällt den formbara massan till en son i.

Och så började helvetet på nytt för Stas.

Vem var han egentligen, pappa Wicz, en demiurg, en gnostisk

världsdanare? Ur en synvinkel utan tvivel god och välvillig. Ur en annan ondskans princip: Jag skapar dig på det att du ska bli som jag. Men om du blir som jag dödar jag dig.

Ty jag är den ende. Den ende. Den ende.

Och med kuslig ekoklang i grottan: Den ende.

Pappa Wicz hade inga gudar. Självfallet inte. Det var självklart att inga gudar kunde stå över honom. Först skapade han sig själv och därefter sonen. Och utan skapare och gudar och klan – lösryckt ur den stora myten som Boyowas människor lever i – blir den västerländske fadern sin egen myts centrala gudom, tänker Bronisław och suger på sin pipa. I varje fall var pappa Wicz det. Och sonen?

Vad händer med sonen?

För att få livsluft måste sonen förstås döda fadern, den allsmäktige kungen. Så som Oidipus på sin färd från Korint vid en ödslig korsväg dödade kung Laios. Oidipus hade tur som inte visste vem mannen som han tog kål på var. Det fick han räkna ut i efterhand, sen han besökt sfinxen. Men då hade han ändå fått en hustru – låt vara att det råkade bli hans mor. En älskande och tillgiven fru var Iokaste. Många söner och döttrar och fick Oidipus. Och ganska många trevliga år i Thebe. Men vad fick Stas?

Och hur skulle han ha kunnat döda pappa Wicz?

Stanisławs far *förstod* ju allt. Han skrev brev till sonen varje dag när någon av dem var borta från Zakopane. Han gav råd. Han hade synpunkter på konsten, erotiken och det sociala umgänget. I allmänhet var hans råd kloka. Den frihet Stas sökte – och som också var anbefalld av fadern – fick han därför leta efter på hemliga orter.

Det blev metafysiken.

Det blev idén om den rena formen.

Sin fruktan för att överges av demiurgen förvandlade sonen till ett kosmiskt drama, alltmer storslaget. Han tecknade ur sitt inre. Men för att inte låta andra märka vad det innehöll fick det heta Ren Form, Ingen Psykologi, eller Konstens Överhöghet över Livet. Det var precis detta de grälade om, han och Stas.

Ja, under den katastrofala natten i Toowoomba.

Bronisław var – enligt Stas – den mest okonstnärliga människa Stas mött. Självfallet, eftersom Bronisław hävdade att konstens ursprung var det sociala livet och inte metafysiken. Naturligtvis, eftersom Bron vidhöll att människan inte kan leva och verka utan ett samhälle. Men i grunden handlade det om något annat: att Stas inte kunde välja sig själv i frihet utan att döda sin far. Ekvationen var olöslig.

Därav kom Stanisławs ursinne i Toowoomba.

Bronisław sitter på muren och röker. Alpängarna hänger nästan lodrätt framför hans blick. De små vita fläckarna långt borta är inte blommor utan kor. Ett regn tycks gå över ängarna och bergen. En kjol som sveper över markerna. Han suger på pipan. Han blåser ut blå rök.

Han tycker sig plötsligt förstå sin egen roll i Stanisławs liv. Stas måste ha en vän – en annan man – för att kunna balansera den allsmäktige faderns inflytande. Ellie Rose har rätt. Här finns ett triangeldrama: fadern och sonen och, som kilen mellan dem, vännen.

När klanens inflytande över stammen minskar, ökar faderns.

Det är kanske priset för individualiteten? För befrielsen från gudarnas förtryck? Men priset är att tvingas bära sin egen far inom sig eller på ryggen. Fadern och sonen, ett incestuöst förhållande! Helt otänkbart på Boyowa. Och än mer incestuöst, tänker Bronisław, eftersom fadern i västerlandet försöker tillskansa sig också kvinnans roll i familjen. I varje fall gjorde pappa Wicz det. *Han* var den som skapade och framfödde och formade Stas.

Han ensam. Det var pedagogiken!

Bronisław är oförberedd på vreden som stiger upp i honom. Den har sjudit länge. Nu skallrar grytlocket. Det största fallet var att falla i Lord Nevermores armar. Ja, så var det: när Stas försökte undkomma sin far behövde han Bronisław. Ellie Rose har rätt. Den västerländska civilisationen är homoerotisk och narcissistisk.

Men vad menar Stas, tänker han publicera manuskriptet?

Stanisław i sitt pojkrum i Zakopane med ett brev från pappa Wicz i handen. Ur fönstret föll en flod av sol över mattan. Det var sommar. Stanisław stod mitt i solfloden, Bronisław halvlåg på sängen med näsan i en bok. Hur gamla var de? Femton, kanske.

Läs hans brev, sa Stas.

Nej, jag vill inte, svarade Bron.

Det handlar om dig. Om vår vänskap. Jag ber dig att läsa det.

Vår vänskap? Den ogillar han ju, sa Bronisław.

Läs, läs! Stas hade tydligen bett sin far som befann sig på resa om synpunkter på sin och Brons vänskap och på deras karaktärer. Det kunde också hända att han fått dem oombedda. Han fnissade oavbrutet medan Bron tog brevet ur hans hand och började läsa högt ur det.

Jag respekterar till fullo de vänskapsband du knyter, skrev pappa Wicz, och vill på intet sätt skada dem, och din vän förefaller mig verkligen äga tankens fullständiga självständighet.

Bronisław ser upp från brevet och blinkar mot Stas.

Han fortsätter, en smula smickrad, sin högläsning.

Det jag emellertid frågar mig, skriver pappa Wicz, är hur Bronisławs *jag* ser ut? Vi har alla ett jag som kan beröras. Men i Bronisławs fall talar hans jag uppenbarligen ofta utan att känna något.

Bronisław drabbas av orden.

Ja, det är sant, han vet det, han pratar för mycket. Ofta om saker som han inte alls känner till. Han talar så fort att några känslor inte hinner med. Det är för att imponera på pappa Wicz. Han hänvisar till böcker han inte har läst. Han citerar andras åsikter och gör dem till sina. Han fäller tvärsäkra omdömen om saker och ting vars sammanhang han bara dunkelt anar.

Besitter han inte ett visst mått av cynism, din vän? fortsätter pappa Wicz i brevet. Jag uppfattar cynismen som en form av välmåga eller lättja i själen. Cynikerna dömer gärna – i likhet med kossor, engelsmän, kvinnor och andra demokrater – andra människor efter sig själva och sina egna mått.

Cynism kan nog passa en typ som din vän Bronisław utmärkt. Det som bekymrar mig är om cynismen skulle smitta av sig på dig, Stas. En känslonatur som din kan lätt tappa fattningen och bli illasinnad och destruktiv om den förlorar kontakt med den egna grunden. Här får du se upp, Stasio, skriver pappa Wicz.

Är jag en cyniker? Bronisław frågar det med ett häpet tonfall.

Ja, gudskelov. Stas lutar sig mot dörrposten och röker häftigt.

En människa med välmåga och lättja i själen?

Det han *menar,* Bronio, är att *jag* har en brist, säger Stas. Pappa vet att jag är obalanserad och lättpåverkad och är rädd att jag ska bli destruktiv om jag tappar kontakten med mina känslor. Han har ju helt rätt. Han känner mig dessvärre, fnissar Stas. Men du är en lugn och oberörd typ, Bronio. I ditt fall kan alltså cynismen vara något positivt, eller hur?

Som hos en kossa? Bron viker ihop brevet och vill inte läsa mer.

Stas släcker cigarretten och tänder genast en ny.

Från undervåningen ropar mamma Wicz att det finns te och vallmokakor i köket. De svarar inte. Stas öppnar fönstret. En vild doft av sommar strömmar in i rummet. De skulle kunna cykla till Morskie Oko. Men Bronisław skulle också kunna gå hem till mamma Zofia och lägga sig i hängmattan och fortsätta att läsa Iliaden.

Han längtar mycket starkt efter att göra just det.

Äsch, det där är ett stående uttryck hos pappa, säger Stas.

Kor, engelsmän, kvinnor och andra demokrater, det säger pappa alltid. Han menar inget illa, bara att det finns människor som har förmåga att se till nyttan och har styrka nog att behärska både sig själva och sin omgivning. Han menar inget illa, han ser ju bara att jag på grund av min konstitution är den svagare parten i vår vänskap, Bronio, och det har han ju rätt i.

Bronisław skakar på huvudet. Han mår lite illa.

Pappa *tycker om* kor, Bronio, han målar ju av dem!

Men läs vidare, läs vidare! Stas drar in rök och blåser ut den igen. Och Bronisław skrattar utan större glädje – det är åt pappa Wicz stora kärlek till kossorna – och läser vidare.

Jag upprepar att jag respekterar de vänskapsband du knyter, skriver pappa Wicz, och om din och Bronisławs närhet till varandra verkligen grundas på *högre* behov, och sann intellektuell vilja, kan er vänskap förstås leda till harmoni. Men jag skulle *inte* vilja att du använde din väns starka intellekt för att fylla ut din egen tomhet eller som avlastning för dina psykiska och labila tillstånd.

Vänskap kommer efter min mening ur verklig förbundenhet, det vill säga naturligtvis ur viljan att ge sig hän, men också ur önskan att omfatta den andres behov, och ur känslan av förpliktelse mot den andre. Bara sådana känslor bekommer själen väl, avrundar pappa Wicz. Tänk över det jag har skrivit, Stas.

Väg det mot arten av Bronisławs vänskap. Välj sen fritt.

Bronisław släpper pappa Wicz brev på mattan.

Han sätter fötterna i golvet. Han hukar på sängkanten med armbågarna mot knäna och med huvudet i händerna. Han känner sig illa till mods. Det finns något olustigt i pappa Wicz brev, något penetrerande. Han tycker att han har blivit inföst i ett hörn. Ja, som om pappa Wicz misstänkte honom för något otillbörligt, för att utnyttja Stas, till exempel. Samtidigt var brevet ju fint. Förpliktelsen mot den andre och viljan att omfatta den andres behov... allt det där, ja verkligen fint. Sant och klokt.

Går egentligen inte att invända mot.

Ändå finner han brevet djupt obehagligt.

Vad beror det på? Han blir inte klok på det. När han lyfter blicken från golvet står Stas lutad mot bokhyllan med ett nyfiket, nästan lystet uttryck i ansiktet. Då blir Bronisław rasande. Han vet inte på vem. På Stas, som väger honom på sin fars våg. På Stas far, som tycks tro att Bronisław bara är intellekt och cynism och utnyttjar den älskade sonen. Eller kanske är han rasande på förbundet mellan dem två, fadern och sonen.

En triangel, ja verkligen en triangel.

Och nu på nytt minnet av hundkättjan. Den perversa älskogen.

Han var rasande då också. Och starkare än Stas. Slängde runt honom, höll fast. Det var inte åtrå. Det var inte heller kättja. Vrede var det. Vanmäktigt ursinne. Sen låg han själv med armarna kastade över kudden och skrattade åt det löjeväckande i det hela.

Djupt fånigt, hur kunde det ske?

Ett kvarts sekel senare – på en stenmur omgiven av björnbärssnår i en by i de italienska alperna – vet han att det var vreden mot fadern, mot Stanisławs far, som ledde fram till händelsen. Han var tvungen att slå sig ut och bli fri, om så med våld, ur förhållandet som behärskades av Stas far.

Regnet har svept ner från alpängarna utan att han märkt det.

Han trasslar sig ut ur de taggiga busksnåren. Det är ett skyfall. På stigen forsar vatten tillsammans med våta stenar och tallbarr som han halkar på. Han tar sig ner mot byn i ett piskande ösregn. I vägkorsningen vid kyrkan blir han intrasslad i en flock blöta getter.

Våt och stinkande getragg.

Djur som skriar och trampar på varandra.

Den gamle herden, ansiktet är ett skrynkligt russin, får inte styr på sina bräkande och uppskrämda djur. Bronisław vacklar mellan dem, halvblind av regn över glasögonen. Till slut tar herden honom resolut i rockärmen och drar honom ut ur det blöta tumultet och över till den andra vägkanten.

Genast stillnar djurflocken. Getterna vrider på nackarna och stirrar med tomma och gula getögon mot främlingen. Regnet smattrar mot kyrkans tak.

Grüss Gott, säger den gamle mannen.

Han lyfter handen till hälsning och går med getterna.

Bronisław fortsätter hemåt. Till Ellie, Zofia, Maya och lilla Iza. Den förenade personligheten inrymmer numera dem alla. Han får plötsligt lust att skriva till Stas. Hans ryska äventyr som Boy kortfattat berättade om i brevet för flera år sen gjorde intryck. Pappa Wicz är död. Och Stas äntligen fri.

Hans vrede sköljs bort i skvalande strömmar och störtar utför branterna och vidare ner i dalen. Så här kunde det regna också i Zakopane. Tillsammans var de ibland en förenad personlighet, han och Stas: en utvidgad människa. Allt som pappa Wicz talade om i brevet, förståelse, inlevelse, kärlek, fanns mellan dem. De skulle ha kunnat ha en sån vänskap.

Om bara pappa Wicz inte hade funnits.

Nu finns han inte mer.

Han får lust att samtala med Stas om alltsammans, hela ungdomen, alla villfarelserna. Men också om den djupa överensstämmelsen i deras livssyn. För Stas var konstnärlig storhet individens förmåga att överskrida alla gränser som samhället påtvingat henne. Och för honom själv är samhället en nödvändig förutsättning för att människan alls ska kunna bli en individ. Han skulle kunna skriva ett brev till Stas. Kanske kunde de reda ut missförstånden som gjorde att de skildes som ovänner.

Hans beundran för Stas måleri är orubbat.

Han skulle vilja resa till Zakopane med Ellie och flickorna och visa dem alltihop, och sen sitta i huset hos Stas på verandan och samtala en lång natt. Och se solen stiga upp över Tatra. Ja, och fortsätta med tåget till Kraków och vidare till Warszawa. Och få uppleva nationen som återfått friheten.

Men i samma ögonblick som Bronisław kommer fram till huset – gult sken från fönstren dyker upp ur regnet – skakas han på nytt av ringaktningen i det sista brevet från Stas, det jäsande föraktet och den rytande underskattningen. "Din Maria". Han blir iskall. Detta kan han inte förlåta Stas. Ellie Rose har rätt, vi har skapat en civilisation där kvinnan inte får något utrymme.

Och där mannen är förtvivlat ensam.

Han är våt inpå bara skinnet och byxorna klibbar mot benen. Han fryser som en hund när han tar de sista stegen uppför trappan.

I begynnelsen fanns ingenting och inte tiden. Fysikerna vill få ordning på kaos, finna demarkationslinjer i intet, en stor smäll, i varje fall någon sorts tidens busshållplats. Människan har behov av hållplatser i intet. Här är en av dem.

Sol. Fågelkvitter. Ljusflimmer i nyutsprucken grönska.

Fönstren i husen är blanka speglar för det måttlösa ljuset. Humlor och getingar surrar. En hund löper skällande genom en trädgård. Och så, förstås, hela det blå Tatra där den högsta toppen nuddar vid molnen. Nu vaknar det gula pensionatet i den branta backen. Värdinnan slamrar med teglasen. Fru Wicz – det är hon – tar frukostbrickan och öppnar dörren till salongen med en stöt av sin breda höft. Solljuset kravlar långsamt fram mot spinetten och slickar fransen på sidenduken som täcker instrumentet.

Zakopanes musiklärarinna spelar inte mer.

Hon driver pensionatsrörelse för gäster som vill andas högluft och klättra i Tatra. Om vintern kommer skidlöparna och om sommaren fotvandrarna. På kvällar och nätter syr hon kläder som säljs i turistaffären, folkdräkter, mycket efterfrågade. Det är efterkrigstid. Hon är änka, den vuxne sonen bor hos henne. Nu dukar hon för frukost. Hon tar en överblick. Samovaren är fylld.

Ljuset gnistrar i fönster och i teglas.

Sen kommer den truliga Hanka, tjänsteflickan, med svullna ögonlock. De går tillsammans till marknaden. Fru Wicz klämmer på goralernas ostar. Hon håller upp honung mot ljuset och smakar eftertänksamt på inlagda gurkor. Goralerna, de skägglösa rövarna från gränsmarkerna, byter numera varor mot pengar. Slovakiska tyghandlare från andra sidan bergen har på nytt slagit upp sina stånd. Judarna har sina, de säljer inlagd fisk, brännvin och bröd. Som vanligt finns här zigenare från ingenstans och överallt.

Och numera många krigsinvalider.

Fru Wicz banar sig väg genom trängseln och larmet. Hanka följer surmulet efter med korgen. Runt dem svävar den syrliga doften av surkål och den fräna lukten av läder. Efter kriget – fronten gick här – är inget sig likt. Men Polen är fritt. Det är fred. På hemvägen får Hanka gå i förväg med korgen. Fru Wicz sätter sig på den stora stenen vid vägkorsningen och betraktar sina händer. De är grova med spruckna naglar. Hon prövar ett par ackord på klänningstyget. Och tonerna låter som förr, innerliga och chopinska, bullrande och beethovenska, eller schumannskt skiftande mellan tonarter och humörer.

Hon övar en stund på sina älsklingspassager.

Egentligen vilar hon mest sina trötta ben. Gräset håller andan. Runt de violetta liljorna tumlar berusade humlor, tunga som hon själv. Musik överallt, nästan ohörbar. Solen är mild som en smörblomma. Bergen sveper in sig i soldis. Hon sluter ögonen. I en gammal kvinnas kropp finns mycket musik. Den utplånar livets sorger. På kyrkogården nedanför henne ligger pappa Wicz under en sten.

Snart ska hon också vila där.

Men inte under hans sten. Nej, aldrig.

Hon ler och blundar och nickar och lyssnar.

Hon suckar lite. Hon tänker på sonen.

För honom finns ingen ro efter kriget. Han är rastlös, besatt och driven av demoner. Han skriver nätterna igenom. Ansiktet är magert och kantigt. Bara i ögonen känner hon igen honom. Där glittrar det av pojken hon minns. Hon skulle vilja hålla honom i knät och vagga honom till ro som förr.

Han var ett lättskrämt barn. Vek och påverkbar.

Hon lugnade honom, vaggade och omslöt och omhöljde, svepte in och skyddade honom. Varför finner han ingen ro? Fru Wicz klappar stenen till avsked. Hon går andfådd den sista biten uppför backen till pensionatet. Därinne äter hennes gäster frukost. Bakom huset dånar yxhuggen. Det är Stanisław. När hon närmar sig sänker han yxan och torkar svetten ur pannan med skjortärmen. Han ler ljust mot henne.

Nej, han har inte sovit denna natt heller. Vad gör det? Han har skrivit. Nu hugger han ved. Han drämmer yxan i kubben. Han omfamnar sin mor. De står där en stund med armarna om varandra och vaggar.

Han luktar tobak och sprit. Tre nätter utan en blund i ögonen, kanske är det fyra. Han håller på att sätta världsrekord i vakenhet, snart en medicinsk sensation.

Denna bragd gör honom upprymd.

Fan ta alla slöfockar som sover bort nätterna!

Hon skrattar, hon kan inte låta bli. Hon kysser honom på bägge hans kinder, raspiga av skäggstubb. Mellan hallonbuskarna fladdrar vita fjärilar. Äppelträden tyngs av sina lövmassor. I köket slamrar Hanka med disken.

Och här något om Målerifirman: den utövar sin verksamhet såväl i Zakopane som i Warszawa.

Den har sina regler. Den första och ovillkorliga lyder: *Kunden måste vara nöjd.* Det finns kunder som av vankelmod, nyckfullhet och brist på konstnärlig smak kräver två eller tre utkast efter det första – som för att pröva firmans tillförlitlighet – varvid firman förlorar inte bara tid och pengar utan också sitt goda humör. Ja, särskilt som kunden oftast ändå föredrar det första utkastet.

Denna regel – kunden måste vara nöjd – är ett påbud.

Den andra regeln understödjer den första: *Kunden erlägger en tredjedel av priset innan arbetet påbörjas.* Om kunden inte vill ha det färdiga porträttet slipper han eller hon det, självfallet, givetvis, ja för helvete, men förlorar då också insatsen. Denna omständighet underlättar för kunden att bli nöjd med resultatet och ta sitt porträtt under armen, betala och gå sin väg.

Den tredje regeln lyder: *Full ostördhet under akten. Inga ovidkommande vittnen.* Favoritkunden säger: Här har ni mitt telefonnummer, ring när ni vill sätta igång, gör vad ni vill, följ era impulser, ha ha ha, måla precis som det faller er in. Det kan då hända att Målerifirman i rena rama inspirationen målar ett porträtt i kategori A för en struntsumma.

Porträttkategorierna är fem:

A: De mest utarbetade och (naturligtvis) dyraste.

B: Porträtt som avslöjar karaktären. Förenklingar, framhävande av vissa drag, understrykande av särskildheter. Mindre utarbetade (billigare).

C: Porträtt som närmar sig ren form. Det vill säga, ur kritikens och de profanas synvinkel = karikatyr och deformation. Dessa utförs med stor snabbhet efter intagande av C_2H_5OH (i förekommande fall kokain, peyote m.m.). Exklusiva, kommer en dag att bli dyrgripar (= prisvärda).

D: Samma sak fast utan C_2H_5OH etcetera (av det skälet billigare).

E: Porträtt där resultatet uppnåtts genom en intuitiv akt och utan minsta försök att kopiera naturen sådan som den ter sig (objektet, dvs. kunden). Här handlar det om skapande med *helt andra* metoder än avbildningen (= ren form, verklig konst). Priset blir en förhandlingsfråga. Det kan hända att Målerifirman inte vill sälja, eller att kunden inser att inget pris är för högt.

Målerifirmans regler är synnerligen viktiga.

Dels piggar de upp alla inblandade genom att ge en viss humoristisk anstrykning åt den i övrigt seriösa verksamheten. Dels har de till syfte att undvika välkända och nedslående erfarenheter (såsom försök från familj och närstående att lägga sin näsa i blöt och komma med ovidkommande synpunkter: "Är min man verkligen så där ful?" eller "Men herregud, varför har ni gett min lyckliga dotter en så där tragisk uppsyn?" eller "Jag skäms för att visa mig inför maken så som ni har målat mig", och så vidare).

Inga vittnen. Full ostördhet.

Inte heller tillåts modellen ta del av porträttet förrän Målerifirman finner det fullbordat. Rabatter kan i vissa fall ges. (Sålunda betingar kvinnoporträtt där modellen har obetäckta skuldror eller nakna bröst endast en tredjedel av priset för män och barn.) Tekniken är en kombination av kol, krita, pastell, eventuellt gouache och akvarell, alltefter Målerifirmans sinnesstämning och humör. Alla synpunkter på val av teknik från kundens sida undanbedes. Också varje form av konstnärlig kritik, såväl negativ som positiv, utan uttrycklig auktorisation från Målerifirman.

Målerifirman utför porträtt utanför egen lokal endast om låsbart utrymme kan ställas till förfogande av kunden, varvid firman bär med sig nyckeln till detta utrymme ända tills arbetet är fullbordat. Vid hjälpmedel i form av organisk-kemiska föreningar som innehåller hydroxylgrupper e.d. bör kunden vara införstådd med därav uppkomna prishöjningar.

Målerifirman tillhandahåller begränsad rådgivning beträffande behandling och inramning av porträtt men åtar sig icke utförandet.

Alla av kunder oönskade porträtt förblir i Målerifirmans ägo.

Gällande regler bör genomläsas på förhand, vilket bör ha skett när vi har kommit så här långt. Några frågor?

Måla som det faller er in, säger hon.

Det gör jag alltid, svarar han kort.

Hon heter Teodora Nawrocka, har kornblå ögon och fnasiga kinder och blekblont hår. Hon är arton år och bokhållerska i en firma som säljer kemiska produkter. En stor kärleksolycka har drabbat henne. När hon ringde för att beställa tid hos Målerifirman svarade en kvinna, förmodligen Målerifirmans mamma, det sägs att han bor hos henne. Det sägs också att det är en upplevelse att bli porträtterad av honom. Resultatet kan bli konstigt men själva akten är ett äventyr. Den är som en hypnotisk seans, har hon hört.

Det är precis vad Teodora Nawrocka vill vara med om.

Hon vill skakas ut ur sig själv. Hon vill få sin karaktär genomlyst och spetsad som en insekt på en nål. Hon har valt mellan att gå till en zigenerska och bli spådd – förfärliga katastrofer som skulle få henne att glömma olyckan som har drabbat henne – eller att satsa sina besparingar på ett porträtt hos Målerifirman. Till slut bestämmer hon sig för det senare.

Vid uppgjord tidpunkt knackar hon på dörren till firmans lokal i hyreshuset mitt i Zakopane. Ingen öppnar. Det är vinter och mycket kallt. I trapphuset där hon stått en god stund är kylan förfärlig. Den stiger från stenen genom skosulorna och tafsar henne runt låren med benrangelsfingrar.

Hon läser för tredje gången igenom Målerifirmans regler som sitter på dörren och ska just gå sin väg, munnen torr av besvikelse, då hon hör fotsteg i trappan. Mannen som dyker upp – hatten först, sen axlarna i den snöiga ytterrocken, till slut hela karln – är målaren.

Hon känner genast igen honom. Han har en spetsig näsa och smala läppar. Blicken under de frostiga ögonbrynen är genomträngande. Hon får rysningar av den. Det är inte helt obehagligt. Men han kastar bara en snabb blick åt hennes håll. Han bugar nästan omärkligt. Medan han gör det sluter han ögonen till hälften. Han är ganska gammal. Han liknar en ärkeängel, Gabriel, som finns avbildad i kyrkan. Han är mycket vacker. Och mycket sträng.

Det är jag som vill ha mitt porträtt målat, säger Teodora.

Hon hör hur tunn hennes röst låter, spinkig och pipig.

Han nickar utan att svara. Han flyttar den stora grå papperspåsen från den ena armen till den andra och gräver länge i fickorna. Han låser upp sin ytterdörr och gör tecken åt henne att följa efter. Hon kramar handväskans handtag hårt. Hjärtat bultar. Ingen som hon känner har fått sitt porträtt målat. Hon vet inte hur det går till. Har han ett staffli? Mäter han ansiktet?

Hon längtar efter att helt och hållet överlämna sitt ansikte åt honom. Han får göra vad han vill med det. När han tänder det skarpa elektriska takljuset ryggar hon tillbaka.

Ansikten rusar emot henne. De finns överallt.

Det är kvinnoansikten. Ögonen stirrar, gråter, trånar, är hånfulla eller brinnande. Vissa av dem påminner om ugglors, katters eller drakars. Håret fladdrar som om det var full storm. Det finns också några mansansikten, märker hon sen. De håller sig lite lugnare. Somliga har skägg och glasögon, men flera av dem har långa halsar som löper ut i djurkroppar med otäcka klor. Vissa av männen har små vingar vid halsen. Och halsen är en orm eller en kålmask.

Det finns inte en tom fläck på väggarna.

På en tavla sitter en spotsk kvinna på ett fläckigt sköldpaddsskal mitt i himlen, ingenting tycks hålla uppe det, det svävar fritt. Kvinnan är klädd i en elegant svart klänning med spetsinfällningar som lämnar ena bröstet bart. Hon bär högklackade skor och vippar på ena foten. På en lina från ingenstans balanserar en hopkrympt man med en apa på ryggen genom rymden mot henne. Han har långa fingrar med spetsiga naglar. Maskar med små onda ansikten virvlar runt mannen och kvinnan och flinar hånfullt.

På en annan tavla släpas en stackars karl av en vildoxe genom ett trångt bergspass. På andra sidan väntar en lömsk gubbe. Med en krokig fingernagel pekar han på en sovande ung kvinna med en blomma mellan händerna. Hennes gula klänning förvandlas längre ner på tavlan till en svart och brusande flod. Och på klippan ovanför henne syns samma karl och oxe på nytt. Men nu är djuret selat och mannen har vrängt tömmarna runt sin egen kropp och tycks vilja kasta sig ut över klippkanten. Oxen drar åt motsatt håll med fötterna i marken. Det är en förfärlig och oavgjord dragkamp.

Ska mannen dra ner oxen i djupet eller ska djuret rädda mannen?

Teodora stirrar på väggarna och glömmer att frysa.

Dessa väggvarelser, uppnålade med häftstift eller fastspikade, exploderar av färger, rött, gult, grönt och lila. Linjerna liknar utkastade serpentiner eller trassliga härvor om man kommer för nära. Tar man ett steg bakåt blir linjerna på nytt kroppar och ansikten.

Efter en stund ser hon bara ögonen.

De ser rakt in i hennes. De glimmar och glänser.

De vill henne något. De har upplevt förfärliga ting. De bär på kusliga hemligheter. De vill avslöja dem men saknar ord. Hon har aldrig sett såna ögon förr, uppfläkta och såriga. Hon känner sig omtumlad och redan en smula hypnotiserad.

Har ni läst reglerna? frågar målaren. Hon vaknar upp.

Sen nickar hon. Han har tagit av sig ytterrocken och hängt den på en krok vid dörren. Nu står han bakom henne och betraktar henne. Han befriar henne från kappan. Hon sätter sig i fåtöljen han pekar på. Han tänder en golvlampa och släcker takljuset. Ansiktena på väggarna drar sig tillbaka in i skuggorna.

Han slår sig ner på pinnstolen mitt på golvet och öppnar långsamt sin papperspåse. När ansiktena har försvunnit ser hon vad som för övrigt finns i rummet. Det är inte mycket. Ett träbord där kritorna ligger i högar. En bokhylla där böckerna inte får plats utan faller på golvet tillsammans med papper och tidningar. Ett stort brunt skåp. Och tre fönster, alla med fördragna gröna och smutsiga draperier.

En dag pekade en väninna ut honom på gatan.

Det var då hon fick tanken att få sitt porträtt målat av honom.

Alla talar om honom och berättar historier om honom. Han är fräck. Han gör precis vad som faller honom in. Han bryr sig inte om vad folk tänker. Han är dekadent, det är vad folk säger om honom. Men framför henne sitter en karl med ganska säckiga byxor som inte tar av sig hatten, den tycks ha vuxit fast på huvudet.

Ur den grå papperspåsen tar han fram tre vodkaflaskor. Han ställer dem i rad på golvet framför sig. När han gjort det suckar han och betraktar ömsom flaskorna och ömsom henne. Ja, en lång stund.

Teodora Nawrocka vrider sig i fåtöljen och kramar hårt sin handväska i knät och tittar ner på sina tåhättor.

Och varför vill ni ha ert porträtt målat? frågar målaren.

Min fästman övergav mig, svarar hon efter en kort paus. Det hade hon inte tänkt säga. Men nu sa hon det. Hon biter sig i läppen.

Dumt av honom, säger målaren. Tror ni jag kan ge er en ny?

Hon skakar på huvudet. Hon stirrar på sina händer. Vad har fästmannen med målaren att göra? Hon borde inte ha nämnt honom. Hon vill inte ha sitt porträtt målat: hon vill ge bort sitt ansikte. I flera dagar har hon sett fram mot detta möte. Det var vad hon önskade: att bli hypnotiserad eller magnetiserad och få sitt ansikte bortlyft från ansiktet så att hon slapp det.

Men hennes tankar är en smula förvirrade.

Vad för slags porträtt har ni tänkt er, frågar han.

Måla som det faller er in, svarar hon och håller blicken i knät.

Det gör jag alltid, säger han kort. Ovänligt, tycker hon.

Men när hon lyfter blicken ser han vänlig ut.

Han sitter med armbågarna på knäskålarna och ser på henne, en smula framåtlutad, med en otänd cigarrett mellan pekfingret och långfingret. Han gräver fram en tändsticksask ur fickan och tänder och låter tändstickan falla på golvet utan att släppa henne med blicken.

Hans ögon liknar inte ögonen på väggarna. De är inte längre en ärkeängels ögon heller utan verkar snälla. Han tar äntligen av sig hatten. Han hänger den mycket försiktigt på stolskarmen. Sen ler han mot henne. Hon ser allvarsamt på honom med sina kornblå ögon.

Jag har inte råd med C_2H_5OH, säger Teodora som har läst reglerna.

Då skrattar målaren till. Det låter oväntat muntert.

Oroa er inte, säger han. Jag står för den arbetskostnaden.

Han häller upp ett stort glas vodka och ställer det på bordet. Han drar bordet med kritorna närmare sig. Han har en träskiva som han håller i knät och ovanpå den lägger han ett tjockt papper. Han väljer en krita utan att behöva se efter vilken färg den har. I samma ögonblick som han börjar arbeta märker Teodora att hypnosen verkar. Något klämmer åt helt lätt vid hennes tinningar. Sen blir hennes huvud viktlöst. Han sitter med ena benet över det andra och arbetar. Han säger inget. Hans hand rör sig över papperet.

Det skrapar till av kritan ibland.

Hennes huvud svävar i luften strax ovanför axlarna.

Hon vet inget om porträtt. Om han framställer henne som en uggla eller en noshörning eller ett marsvin gör henne detsamma. Han får gärna sätta henne på ett sköldpaddsskal i rymden och, om han vill, ge henne vingar vid halsen. Hon känner sig upprymd. Hon vet att det var helt rätt att uppsöka honom.

Stanisław tar med sig de kornblå ögonen på tåget till Warszawa.

Han sprider ut böckerna – Einstein, Russell, Wittgenstein, Carnap, Husserl – och lapparna med anteckningar runt sig på sätet. Där står också lådorna med fotonegativ som han ska ordna hos Krystyna, och matsäcken som Irena skickade med, nerpackad i en vid det här laget ganska flottig påse.

Han har tänkt arbeta under resan. Men i Kraków får han sällskap av en massa människor i tjocka ytterkläder, mössor och halsdukar och med kappsäckar och bylten. Det blir trångt. Det luktar härsket av fuktigt ylle. På golvet vältrar sig en ohygglig schäfer.

Tåget drar igång i ett moln av snö.

De nypåstigna droppar ord. Tyvärr inte i en forsande ström på vars skum man kunde låta sig forslas iväg under det att man tänker på annat. Utan i ryckvisa skvättar. Mellan förströdda pauser. Detta samtal à la coitus interruptus hugger av varje sammanhängande tanke i hans huvud. Snön yr utanför fönstren, konduktören klipper biljetter, och passagerarna kastas mot varandra medan fönstren skallrar. En herre med sliten överrock, guldbågade glasögon och förvirrade bruna ögon mitt emot honom tröttnar inte på att upprepa att vintern är kall.

Ja, vintern är obarmhärtig och hjärtlös.

Man har upplevt kallare, fastslår damen bredvid honom vresigt.

Hon är mycket stor och hennes päls, förmodligen från någon självdöd varg, är tovig och illaluktande och kittlar Stas kind. Han börjar få panikkänslor av att inte kunna vrida på kroppen. Han har fastnat i en sorts råttfälla mellan kvinnovargen och fönsterkarmen.

Uppe i bergen fryser goralerna ihjäl, anmärker den storvuxne officern i hörnet med ett tonfall som inte tål motsägelser. Mannen har rödbruna mustascher och blankputsade stövlar som han ogenerat sträcker ut framför sig på golvet runt sin förfärliga schäfer.

Men därefter blir det tyst. Stas försöker få upp boken i läshöjd.

Orientexpressen har fastnat i snön utanför Konstantinopel. En ung herre, han är jude och sitter på andra sidan om vargdamen, finner för gott att bryta tystnaden med denna angelägna upplysning.

Kommer ni därifrån? undrar den guldbågade mannen.

Nej, nej, det har stått i tidningen.

I tidningarna står det så mycket, utbrister vargdamen häftigt.

Utanför Konstantinopel? upprepar den bleksiktige studenten bredvid officern. Rätt åt de förbannade turkarna, snoppar officern av.

Tyst igen. Min tant frös ihjäl, meddelar den judiske mannen tankfullt. Han säger det rakt ut i luften. Han är mycket ung och bär en svart elegant pälskrage och en mjuk hatt med korta brätten och saknar uppenbarligen självbevarelsedrift. Men han säger inget mer. Officern kastar en stickande blick åt hans håll och hämtar snabbt hem den. Vargdamen rosslar till, sen ruskar hon på sig.

Den nyss nämnda och ihjälfrusna tanten svävar obestämt runt i kupén, man vet varken vad man ska ta sig till med henne eller med det pinsamt familjära tonfallet hos hennes nevö. Hans kinder är barnsliga och bleka.

På Orientexpressen? undrar den bleksiktige studenten till slut.

Nej, nej, det var i Tarnow.

Den här vintern? fortsätter studenten.

Nej, långt före kriget.

Ha ha ha. Officern skrattar till, bistert och glädjelöst.

Men den guldbågade har plötsligt en förvirrad historia att berätta om en annan ihjälfrusen, en brevbärare i Łódź som dog i snödrivorna på sin postsäck. Och nu inflikar alla droppvis historier om folk som har frusit ihjäl, det är bergsbor och herdar, små vilsegångna barn och förrymda dårar, sen nordpolsfarare och därefter soldater vid Moskva under Napoleons fälttåg. Till slut blir det vanligt folk under de hemska krigsvintrarna då det inte fanns mat eller bränsle.

Därefter är ämnet uttömt. Stas försjunker i sin bok.

Men plötsligt och till synes nyckfullt tar samtalet vägen till de nya lagar som ideligen stiftas i landet på andra sidan gränsen, till exempel de som förbjuder judar att köpa glass eller inneha skrivmaskin. Stas skulle vilja sätta stopp för den vändning som samtalet nu tar.

Av många skäl, men också av någon omtanke om den semitiske medresenären.

Denne är visserligen en fåntratt i sin löjliga pälskrage och med sitt obetänksamma pladder om den ihjälfrusna tanten. Dock skulle Stas önska att alla nu inte började uttrycka sina åsikter om judar. Det skulle förstöra varje möjlighet till läsro. Tågfönstret är strimmigt av snö och luften i kupén är tjock och svår att andas. Nej, han vill inte lyssna till åsikter i denna fråga, han har hört alldeles för många på sistone. Han vill ut ur kupén med sin matsäckspåse men vet inte hur officerns schäfer skulle reagera, den verkar hungrig.

Men officern med den borstiga mustaschen har fått blodad tand: Tiden kräver nationell sammanhållning i alla stater, även polackerna måste försvara sin egenart, man har ju bolsjevismen vägg i vägg.

Stas håller på att kvävas av vargpälsen.

Han har inget till övers för nationalbolsjeviker, nationalsocialister eller andra sorts socialister eller bolsjeviker. Oavsett om de är tyskar, ryssar eller polacker. Han klargör det med hög röst för den som vill höra på och försöker samtidigt ta sig upp från sätet. Då blir det fart på officern, vad menar Stas? Jämställer han Polen med dess förtryckare? Kan min herre inte göra några distinktioner?

Distinktioner, säger Stas, dra åt helvete!

Studentens ögon irrar spöklikt runt som råttor som inte finner sina hål. Vargdamen förklarar att hon vet precis vad Stas menar. Man vill ogärna tala om det men det polska blodet håller på att förgiftas. Den guldbågade har fått röda kinder och öppnar och sluter munnen som en fisk. Bara den judiske unge mannen tycks tänka på annat.

Stas fäktar för att komma upp och ut med sin matsäckspåse men damen vid hans sida går inte att rubba. I stället kommer hunden på benen och snor runt och fyller kupén med morrande struplud och vispande svans. Officern får ägna sig åt att få lugn på besten. Det blir slut på samtalet. Ingen försöker återuppta det. Stas sjunker tillbaka i sitt hörn och ger upp tanken på Irenas matsäck.

Han har skrivit mer än tjugo skådespel efter kriget, de flesta med roller för galningar som Mussolini, Hitler och Stalin, han känner sorten. Dårar som berusats av framsteget och sin makt över massorna. En gång fanns kungar med magiska krafter. De var präster och trollkarlar. De förband människan med gudarna. Sen avbröts förbindelsen.

Nu är människan en torr gren.

Finner inte vatten. Äter sand och skiter sand. Magin är bortsopad och materialismen löper amok. Människorna tror inte på något längre. Allra minst tror de på sig själva, de vill därför ha charlataner och manipulatörer till ledare. Medan hans landsmän inbillar sig att de är fria förbereds tyrannier av ett slag som ingen ännu kan göra sig en föreställning om.

Han känner smaken av aska i munnen.

I Amerika är människorna slavar under taylorismen och det löpande bandet. Och Europa är hack i häl. Sovjetunionen består sen länge av mekaniserade dockor. Tyskland är prisgivet åt en vettvilling. Tidens stora lösenord är kollektivism. Alla vill uppgå i massan, drunkna i den och få orgasmer av den. Fria individer finns inte längre. Han ser plötsligt den fula bokhållerskans kornblå ögon.

Snömoln och svärta utanför tågfönstret.

Och de där blå ögonen.

Och runt dem virvlande rökar. Arktiska virvelstormar av eld. Där brinner framtidens städer. Han hör krevader, sjukligt ljudlösa. Han ser en armé som närmar sig. Men bakom alltsammans de där underliga ögonen. Kornblå. Solar eller månar. Han ska måla dem så, precis som i tågfönstret, på flickans porträtt: upphängda i ingenting.

Vad hette flickan med det där nariga och bleka ansiktet? Det har han glömt. Han ser bara de lysande och svängande kulorna.

Blåskimrande kupor av glas.

En naken och hårlös gud bär dem i sina handflator.

Vad är det för en gud? Han är ung och förfärlig. Självavlad.

Sprungen ur sin egen säd och utan fader och moder. Guden vandrar orörlig över jordens yta med tomma handflator. De är inte tomma. De dödade barnens ögon vilar i dem. Guden är inte en enda, han består av många. Han är en armé på marsch. Han är den avförmänskligade mänskligheten, som har gjort sig av med själen och klippt av förbindelsen med allt utom med automatiken och framsteget.

Detta är robotmänniskan.

Miljoner av människor i en enda kropp.

Stas blundar och försöker lugna sig.

Till slut somnar han in med bilden av bokhållerskans kornblå ögon på näthinnan. Han vaknar inte förrän tåget gnisslande bromsar in på stationen i Warszawa. Han vägrar att öppna ögonen, att säga något, att röra sig.

Han väntar tills de alla har lämnat kupén, framför allt schäfern.

Då reser han sig långsamt och samlar med stela lemmar ihop sina böcker och väskor och vandrar längs perrongen i snöyran.

Stas förflyttar sig oavbrutet mellan Zakopane och Warszawa.

Han reser mellan två kvinnor, modern och hustrun. Sådant är det ambulerande äktenskapet. Hustrun heter Krystyna, precis som den döda fästmön. Hon är vacker och intelligent.

En vit och slät panna. Oftast dold bakom det trassliga hårsvallet, som med skum på vågtopparna störtar från skuldrorna och långt ner på ryggen. Ja, han trasslar lätt in sig i hennes hår. Hennes mun är bred med fylliga och mjuka läppar. Ögonen, bruna, sitter ovanligt långt ifrån varandra: denna kvinna ser allt. Krystyna är älskansvärd, och han älskar henne.

Hon är en fresterska, en sköka och en ängel vit som snö.

I alla sina uppenbarelser lockar hon honom.

Krystyna vet allt. Och hon accepterar inga undanflykter.

Hon är skådespelerska och var tidigare väninna till en av hans vänner, med vilken hans dåvarande väninna hade ett förhållande. Och själv bedrog han sin vän med Krystyna, som spelade huvudrollen i en av hans pjäser, den som hans vän regisserade. Och så var det länge, intill det ögonblick då allt vändes uppochner av en stor storm.

Då vigdes Krystyna och Stanisław, nu är de man och hustru. När Krystyna inte spelar teater översätter hon dikter och romaner och skådespel från franska, engelska och ryska. Symbolister och surrealister (de flesta av dem står han inte ut med), till exempel dikter av Apollinaire som egentligen hette Kostrowicki men svek sitt ursprung.

Men Krystyna har också översatt ett par romaner av Korzeniowski som döpt om sig till Joseph Conrad (honom gillar Stas, Conrad är ett verkligt geni). Mellan varven översätter hon skådespel av likgiltiga fransmän, de heter sådant som Bernard eller Sarment. Det är för brödfödan.

Nu har hon fått vänta i många timmar. Han fick inte tag på någon droska vid stationen.

När han kliver in i lägenheten står hon i tamburen i en randig tröja som får henne att likna en geting. Hon är arg och surrar upprört. Varför är han så sen? Vad har han gjort? Har han varit på restaurang? Är han drucken?

Han släpper allt han har i händerna på tamburgolvet.

Han vill omfamna henne med alla sina bläckfiskarmar. Men hon slingrar sig undan så att han bara får luft mellan fingrarna och lite silkeludd från hennes tröja. Det är nackdelen med det ambulerande äktenskapet, man får ofta börja om från noll. Stanisław sjunker ner på stolen i tamburen under gökuret från Zakopane. En väninna till honom har tillverkat det, och göken är utbytt mot en djävul som räcker ut tungan.

Han ropar till gökursdjävulen att han är oskyldig.

Inte bara till den försenade ankomsten – en ohygglig snöstorm har svept fram över den sibiriska tundran och genom hela Europa ända till de turkiska bergspassen, där Orientexpressen nu står stilla med förfrusna lik i vagnarna. Turkar och maharadjor och brittiska imperialister med stela skägg får spettas loss från sammetssätena med ishackor av Mustafa Kemals snöbrigader! Det är ren tur att inte samma öde drabbade resenärerna från Kraków. Men han är också oskyldig till allt annat som hon nu och framöver kan anklaga honom för.

Oskyldig, Krystyna!

En virgo intacta! Har mödomen kvar!

Är ett lamm med rent mjöl i påsen. Har skyndat mot hemmets härd genom den ursinniga stormen. Är utsvulten och törstande och kärlekslängtande. Har med sig korvar och ister från Zakopane. Har arbetat hårt sedan de sågs. Har målat utan uppehåll medan han längtade till hennes kärleksfulla famn. Har sålt flera tavlor (stora pengar, Krystyna!). Han har också skrivit ett nytt kapitel på sin roman om omättligheten. Och han har tagit sig fram till henne med uppbjudande av sina sista krafter, kravlande på alla fyra genom snön.

Kan hon misstro hans rena hjärta?

Nej. Krystyna kan inte det.

Hon dyker upp i tamburen igen, fötterna instuckna i röda tofflor, i övrigt som Gud skapade henne. Vit hud under flimrande skuggor. Hårsvallet där en kung kan fångas bland lockarna är hennes mantel. Hon lutar sig mot väggen med cigarrettmunstycket i mun.

Stanisław drar efter andan.

Hennes ögon är kristaller med flytande eld på botten.

Detta är Krystyna. Det är en av de Krystynor som han älskar mest. Hon är skräckinjagande. Hans pulsar slår. Hans hjärta bankar som en negertrumma. Hon lutar sig mot honom och drar hans ansikte mot sin mage. Han släpper taget om skon som han just fått av sig. Hans öra pressas mot hennes mage. Det kluckar och porlar inne i Krystyna av urfloder och underjordiska källor. Hon drar av honom den våta hatten och kastar den genom luften, den hamnar på tidningshögen ovanpå nycklar, läppstift, sjalar och småmynt.

Hon kysser honom. Hennes tunga är en sprittande fisk.

Stas sluter ögonen. Han andas ut.

Han är hemma. Och förlåten.

Han lägger sin arm runt henne. Han rör vid hennes sköte. Hudvalkar och veck därinne. Förbryllande väta. Och muskler. Hala grottväggar och knottriga valv. Glidande och rörliga bergskedjor. Längre in finns ett tvärdjup av mörker. Mycket sakta letar hans fingrar sin väg. Han andas in det sträva gräset i hennes armhåla.

Han når fram till det inre massivet.

Det är ofattbart. Tanken kan inte omsluta det.

Släkten föds fram ur kvinnans sköte. Underliga raser. Jättar och dvärgar. Monster och gudar i det dödstysta larmet av seklernas skrik. Årmiljonerna viskar till varandra därinne i Krystyna. Han drar henne, släpar henne och knuffar henne till sängen, där han välter ner henne bland sängkläderna. Då skriker Krystyna som en liten flicka som för första gången får åka bergochdalbanan på nöjesfältet. Sen skrattar hon så att hon kiknar.

Hennes nakna ben sprattlar bland kuddarna.

God afton, min vackra demon, säger Stas och drar av slipsen.

Du stora sköka i Ninive, din trogne slav hälsar dig.

Han har nästan somnat men Krystyna väcker honom. Hon lösgör sig ur hans famn. Hon har glömt att hon var arg. Hon är hungrig. De äter korvar från Zakopane i köket. Sen älskar de på nytt. Och återigen i den kalla Warszawagryningen under täcket. De grälar inte eftersom de inte talar med varandra. Sen är det en ny dag och då grälar de.

Sen skrattar de åt sig själva och älskar.

Sen grälar de på nytt. Detta är äktenskapet med Krystyna, eld och kyla och ögonblick av storslagen glömska. Det är ofattbart.

Wittgensteins språkspel, Einsteins relativitetsteori, kvantfysiken, grottmålningarna, den empiriska filosofin, Leonardo da Vincis målningar, totemdjuren, indiernas sagor – allt det där är bara närmevärden. Man vet inte varför människan blev kluven i man och kvinna.

Två raser dömda till var sin ensamhet. Men i korta ögonblick sammansmälta i urkaos. Där finns inga åtskillnader. Ingen gräns mellan lust och plåga. Ingen skillnad på gott och ont. Kaos är ett rus. Allt virvlar bort.

Man upphör att finnas.

Av det skälet är det ambulerande äktenskapet nödvändigt.

Han kan inte vistas hos Krystyna. Inte i varje ögonblick och ständigt, de skulle förtära varandra som kannibaler.

Det är vinter. En röd sol står under förmiddagarna stilla på himlen över den översnöade staden. Sen försvinner den i iskylan utan att lämna spår. Krystyna förebrår honom för en hel del, först och främst för att han inte ständigt är hos henne. Det är likadant vid varje besök, till slut måste han av bara det skälet resa sin väg och återkomma vid en senare tidpunkt när längtan efter henne blivit för stor.

Så fort Stas sluter ögonen ser han den röda solen.

När han öppnar ögonen ser han Krystyna.

Åsynen av hennes ben under skrivbordet vid den gröna lampan gör honom okoncentrerad. Krystyna vet det mycket väl. Själv är hon kylig och koncentrerad vid sin skrivmaskin. Hon slår i sina lexikon. Hon kliar sig tankspritt på smalbenet. Hon vill inte veta av honom.

Då faller han på alla fyra som en hund. Han kryper från fåtöljen mot hennes ben. Han slickar hennes vad med sin hundtunga. Strumpan är sträv. Mattan luktar damm. Men under Krystynas strumpa finns hud, finns blodådror, finns muskler och blod. Efter en stund kan Krystyna inte arbeta mer. Hon vänder blicken mot honom.

Sen glider hon ner från stolen.

Hon rider honom som en vildinna på mattan.

Senare sitter Stas vid köksbordet med sina böcker och anteckningar till sin roman om omättligheten och är sorgsen. Han röker. Han dricker sitt kallnande te. Det är natt. Över fönsterrutorna ligger rimfrost. Det susar i rören till det stora hyreshuset. Han är också lycklig. Att arbeta om nätterna vid Krystynas köksbord hör till hans livs lyckligaste stunder. Och romanen om omättligheten växer.

Av alla lagar som människan är underkastad är ingen obarmhärtigare än omättlighetens. Människan står inte ut med att vara en avskild. Hon uthärdar inte skillnader, avstånd och gränser till den andre. Hon drivs därför till föreningen med den andre. Hon vill äga den älskade. Av pur kärlek svälja och uppsluka den andre.

Men det är att mista den andre. Och att själv bli uppäten betyder att gå under. Att vara människa är därför att vara prisgiven åt omättligheten. Den märks mest i kärleken.

Men omättlighetens lag verkar överallt i universum, och också förstås i den mänskliga politiken. Imperierna hungrar efter att sluka de små nationerna. Tyrannerna åtrår massorna. Och massorna dyrkar tyrannerna. Såväl härskare som behärskade styrs av driften och skräcken för ensamheten. I allt detta finns en underlig, kannibalisk lust.

Människan vill ner i myrstacken. Hon vill kräla i ormgropen där hennes särprägel och ensamhet upphör. Det är kollektivismen. Och kollektivismen är sexuell till sitt ursprung, det känner han sig övertygad om. I denna tid har kollektivismen också blivit en världsomspännande idé, till nöds dold bakom ideologier som ter sig motstridiga. Men nationalsocialism och bolsjevism har samma grund.

Så länge kollektivismen verkade i smått, såsom i historiens gryning bland små kringströvande människoflockar, var den naturlig och hanterlig. Man tillhörde gruppen, stammen och flocken. Omättligheten hölls i schack av ritualer, tabun och förbud. Då och då svalde man någon medmänniska eller hennes hjärta, men under ceremonier och stor uppmärksamhet.

Ja, symboliskt.

Nu är det annorlunda. Vid denna punkt i historien drivs allt mot gigantism. Gigantiska affärsföretag. Världsomspännande ideologier. Oöverblickbara motsättningar. För att lösa dem uppstår mycket lätt tankar på att göra sig av med de avvikande, de som sätter käppar i hjulen (kulaker, judar och konstnärer). Ju mer gigantism, desto mer ökar behovet av likformighet.

Så uppstår robotmänniskan. Mänskligheten störtar mot framtiden med accelererande hastighet: på räls, i flygplan, snart i rymdskepp. Farten är allt. Ingen tycks kunna hejda rörelsen. Inte heller riktningen. Mänskligheten liknar alltmer en jättearmé av massmänniskor, robotar. Likformigheten i Amerika och Europa har drivits på av ingenjörer och taylorister. Eller av bolsjeviker och nationalsocialister. Skillnaderna är mycket mindre än likheterna.

Om kineserna, som har en traditionell böjelse för likformighet, fick för sig att sätta sig i marsch västerut, skulle den ena likformigheten kollidera med den andra. Men kinesernas antal är så gigantiskt att de förmodligen skulle segra. I vart fall är varje liten avvikelse från den kollektivistiska drömmen om att göra mänskligheten till en maskin ett hot mot makten.

I romanen om omättligheten måste han få in allt detta.

Både kärlekens perspektiv och världspolitikens.

Huvudpersonen i romanen om omättligheten är en ung man: Zipp. Författarens metod – det vill säga Stanisławs – är introspektionens (= att undersöka sig själv med lupp och sannfärdigt skildra drifternas arter och avarter liksom medvetandets irrgångar). Genom att berätta om Zipps öden och äventyr i den moderna världen vill Stas kasta ljus över samtiden.

Inledningsvis ska det berättas om Zipp och könet.

Och längre fram i boken om Zipp i kampen mot robotiseringen.

Zipp är liksom sin upphovsman en ung och renhjärtad pojke. Han är lydig mot sin far (en förmögen bryggeriägare) och kärleksfull mot sin mor (han dyrkar sin mamma). Könet och driften överfaller honom i unga år som en vargflock. Han är oförberedd. Han blir ett offer för kvinnornas lustar. Han kan inte heller motstå männen. Till en början finner Zipp alltsammans underbart. Han längtar efter gränslöshet och expansion. Han står inte ut med att vara inspärrad i sitt ego. Han är beredd att bryta mot alla sociala regler för att slippa sitt jags trånga gränser. Men efter ett tag upptäcker Zipp något skrämmande.

Hur han än bär sig åt hamnar han ofelbart i underkastelse.

Under kvinnorna, männen, drogerna, vad som helst.

Detta är en paradox.

Zipp söker ju efter befrielse genom att slita sig ur de samhälleliga konventionerna och stela umgängesreglerna. Men när han gjort det sprattlar han som en fluga i ett annat nät som är underkastelsen under driften. Hans intellekt befaller honom då att göra sig fri – människan måste stå fri för att vara människa, hon måste ju vara individ och subjekt – men oavbrutet råkar han i nya sorters fångenskaper. Ja, det är en paradoxal pendelrörelse.

Språnget ur konventionerna leder till sexuellt slaveri.

Och kampen för att befria sig därur leder till en ensamhet ur vilken tvånget till nya sorters föreningar med andra stiger. Ur detta föds nya revolter för att på nytt närma sig friheten. Det ambulerande äktenskapet med Krystyna förser ständigt Zipps upphovsman med material, liksom för övrigt allt i Stanisławs liv.

Allt måste beskrivas sannfärdigt och inget får döljas.

Männen som den unge Zipp förälskar sig i är diverse dekadenta kompositörer och författare som han har beundrat alltför mycket.

Han får efter förförelserna ofta våldsamma drömmar om att strypa de där typerna. (Alla Zipps drömmar är verkliga, det vill säga sådana som romanens upphovsman själv har drömt; det är introspektionens metod.) Ja, Zipp vill ta kål på männen som tvingat honom till en så föraktlig underkastelse. Men med kvinnorna är det ännu värre. I dem förlorar sig Zipp helt och hållet.

Och det beror på att han själv är kvinna.

Nej, det är han naturligtvis inte.

Men man kan säga att den unge Zipp älskar som en kvinna. Kvinnornas drift är ju att uppgå i, sammansmälta med och underkasta sig den andre. Detta är också unge Zipps drift. Och det visar sig att denna egenskap hos en man mer än något annat frestar kvinnorna!

Följaktligen visar det sig att alla möjliga furstinnor, prinsessor och skådespelerskor vill äga Zipp. Unge Zipp trasslar ohjälpligt in sig i kvinnornas garn. Det har han till en början inget emot. Men efter ett tag grips han av självförakt. Det är när han inser graden av sitt beroende under denna furstinna eller denna sköna skådespelerska. För sin självkänslas skull måste Zipp då bemanna sig.

Ja, bli man. Romanen berättar med stor detaljrikedom om unge Zipps förfärliga duster för att bli man och självständig individ under omättlighetens lag. Men medan hans individuella kamp mot paradoxerna på detta sätt utkämpas, har flertalet av hans samtida valt den motsatta vägen. De ger utlopp för sina drifter genom kollektiv masshysteri. Och romanen om omättligheten ska mynna ut i kampen om världsherraväldet mellan de mänskliga myrsamhällena.

Kineserna sätter sig en vacker dag i marsch. De är tio gånger mer disciplinerade än de ryska bolsjevikerna. De närmar sig Europa över de asiatiska vidderna, en gigantisk maskin på människofötter. Och världen tickar mot sin undergång. Det är romanens handling.

När Stanisław lyfter blicken från sina papper på köksbordet står Krystyna i dörröppningen. Hon har slagit sina armar runt axlarna som om hon frös. Hon säger inget. Mellan de två läpparnas mjukhet finns en linje som är så ömtåligt fin att han ryser. I ena mungipan syns sorg, i den andra vilja.

Mellan sorgen och viljan en omöjlig förbindelse!

Hon skiljer långsamt läpparna från varandra.

Han betraktar henne med vidöppna ögon. Han är fågeln som naglas fast av ormen. Hennes tänder skymtar. Och sen slickar hon långsamt sina läppar med spetsen av sin tunga. Stas pulsar börjar dunka. Hon stör honom i arbetet. Men han vill ha henne. Han vill alltid ha Krystyna. Pennan faller ur hans hand och han skjuter teglaset åt sidan. Men Krystyna gör en åtbörd som hejdar honom. Nu ser hon bara sorgsen ut.

Stasio, min älskling, det här går inte längre, säger hon.

Stanisław fattar på nytt pennan. Han känner sig villrådig. Han ser de trötta gardinerna vid fönstret och de stela blommorna av rimfrost på fönsterglaset. Krystyna har ibland sådana tankar: Det går inte mer, vi måste skiljas, vad är det här för ett äktenskap? Stas vill inte lyssna. Han älskar henne. Han vill inte bli övergiven.

Älskar inte Krystyna honom? Han vet att hon gör det.

Han beslutar sig för att det bästa är att inte svara.

I stället reser han sig upp och håller om Krystyna mycket hårt. Han blåser undan håret från hennes vackra panna och andas lätt mot den. Han vaggar henne i sin famn. De är två barn, han och Krystyna. Det ena barnet måste oavlåtligt förföra det andra. Och de måste älska på nytt. Det går inte på annat sätt.

Barnet vet inte av några gränser. Mjölken ur moderns bröst rinner ner i dess strupe som nektar ur alltets spenar.

Till detta ögonblick vill människan alltid återvända.

Människan vill dia alltet. Det är samlaget. Det är extasen. Men i extasen gömmer sig förintelsen. För att *förbli* – ett subjekt, ett medvetande – måste människan upprätta en skillnad mellan sig och den andre. I samma ögonblick blir hon en övergiven. Så som Stanisław är övergiven så fort Krystyna inte är hos honom. Ändå måste han lämna henne för att inte förgås. Bara genom inbillningen och konsten får människan ett ögonblicks frist.

Men inte heller konsten kan längre hålla stånd mot omättligheten. Det beror på vetenskapen, det sista stadiet i mänsklighetens korta äventyr. En gång var konsten gudomlig. Men den moderna människan tror varken på inbillningen eller det gudomliga längre. Hennes verklighetssinne förbjuder henne det. Vad har filosoferna, till exempel Bertrand Russell, att säga om det gudomliga? Att det är en atavism, en restprodukt. Vad säger Wittgenstein? Att det som inte kan uttryckas i språket inte finns. Och Heidegger?

Säkert något genialt fast dessvärre oläsligt.

Han ligger i sängen bredvid Krystyna. De har älskat. Krystyna grät, han vet inte varför. Men nu när hon har somnat vill han tillbaka till sina papper på köksbordet. Det beror på att ensamheten bredvid den sovande Krystyna är förfärande plågsam. Han vill tillbaka till lille Zipp. Kärleken förslår inte. Och inte konsten heller.

Stanisław vandrar fram och tillbaka i vinterkylan utanför Świętego Krzyża och väntar på Krystyna. Varför skapades människan med förmögenheter som gör hennes existens till en omöjlighet?

Det är en olöslig gåta.

Vid kyrktrappan släpar Jesus Kristus i evighet på sitt kors av brons. På andra sidan gatan sitter Kopernikus på sin stol av sten.

Dessa båda herrar kan uppenbarligen inte komma överens med varandra. Stas går mellan dem i snön på knarrande sulor. Sen ställer han sig på kyrktrappan och röker. Romanen om Zipp fyller honom. Konsten är en räddningsplanka. Ja, från verkligheten. Romanen om Zipp är förstås inte konst. Det är inga romaner.

Konst är ren form.

Romaner är bara stora säckar av infall.

Men det roar honom att fundera vidare på unge Zipps barndom, delvis så lik hans egen. Zipp hade en kusin som var något år äldre. Hans namn var Toll. Och det var denne Toll som introducerade Zipp i könets förlustelser. Medan de ännu är bara unga pojkar, nästan barn, sitter de gömda bland vinbärsbuskarna i mamma Tolls trädgård och runkar som apor.

De är vindögda av upphetsning.

Fjärilar och vimsiga bin flyger förbi och en och annan geting. Mamma Tolls stora hatt skymtar ibland mellan träden i trädgården. Men till all lycka upptäcker hon dem inte bland vinbärsbuskarnas violetta och fuktiga skuggor. Längre fram kommer så det ögonblick då Tolls hand... Ja, Zipps och Tolls lekar tar en dag en helt ny vändning. När de är tretton eller så förför en dag Toll den oskyldige Zipp.

Toll besväras inte av sitt samvete.

Zipps samvetskval tar sig däremot mastodontiska proportioner. Han är ju en oskyldig och väluppfostrad gosse. Och han vet att det som har skett var fel. Han måste få bikta sig, men för vem? Zipp vill alltid bekänna allt, det är ett slags sjuka. Prästen kommer inte på fråga. Efter kval som torterat honom i dagar och nätter fattar Zipp sitt rakryggade beslut och kliver in på kontoret hos sin far bryggeriägaren. Inför honom biktar Zipp allt. Men hans far är en sträng despot. Zipp får så mycket stryk att han knappt kan stå upprätt. Han bedyrar att det inte ska ske igen.

Han lovar att hålla sig borta från sin kusin.

Trots bastonaden är han djupt lättad.

Men inom kort stöter han på nytt ihop med Toll. Kusinen har under tiden blivit ännu odrägligare. Han är en skrytsam gaphals som lägger sig i allt. Han vill ha reda på vad Zipp råkar ut för bland kvinnorna. Och Zipp berättar det. Det får till resultat att när den demoniska Duchesse de la Mandala för första gången knäpper upp den lamslagne men hänförde Zipps byxor, han plötsligt tycker sig se Tolls hand komma krypande i stället för duchessans...

Toll överallt. Ja, som om han var Zipps dubbelgångare.

Toll dyker upp när Zipp minst önskar det. Eller Tolls hand.

En dag får Zipp en märklig dröm. Zipp och hans kusin Toll går i drömmen på en ölstuga tillsammans. En karl, han är matros, vill Zipp något och vinkar in honom i ett rum bakom disken. Zipp följer med. I ögonvrån tycker han sig se att Toll redan vet vad som kommer att hända honom. Själv anar han inget. Därinne i det inre rummet pressar matrosen sin kropp mot Zipp och vill kyssa honom.

De brottas. Och Zipp stryper matrosen.

När han böjer sig över liket finner han att han har slagit ihjäl Bronisław. Nej, naturligtvis inte, i romanen om omättligheten är det förstås sin kusin Toll som Zipp har mördat. Men vid ett andra ögonkast ser Zipp att det inte är Toll utan sig själv som han har strypt.

Ja, Zipp står i drömmen böjd över sitt eget lik.

Det är sannerligen en mardröm. Zipp flyr. Men nu är ölsjappet fullt av poliskonstaplar. Zipp haffas genast av polischefen. När han lyfter blicken ser han att polischefen är hans egen mamma. Och Zipps annars så milda mor släpar hårdhänt iväg med honom för att arrestera honom för mord. Plötsligt minns Stas hela drömmen (han har själv drömt den: ett helt koppel av psykoanalytiker skulle krävas för att tolka dess förvirrande sammanblandningar. Men en sak är säker.

Zipp vill vara en annan än han är.

Mest av allt vill Zipp vara sig själv.

Men vem är han?

I romanen om Zipp vill Stas skildra den moderne mannens situation.

Det är ju ingen tvekan om att manligheten i världen är på reträtt. Männen blir alltmer förvekligade och androgyna. Till slut kan de inte längre försvara sig mot kvinnligheten. Och snart tar kvinnorna över helt och hållet. Grymheten blir gränslös, det är Stas övertygad om, när världen faller ner i både materialism och i ett nyckfullt matriarkat på samma gång.

Han går fram och tillbaka utanför kyrkan.

Han stampar för att behålla värmen.

Krystyna kommer inte. Och han vill ogärna gå in i kyrkan. Man måste överlämna sig, säger Krystyna. Men de gånger som han har följt med henne till mässan och tänkt sig att han skulle överlämna sig har han bara blivit oresonligt upprörd.

Detta knäfall på stengolvet, allt detta överlämnande – och till vad? Till en bild av en torterad och utmärglad man. Han går inte med på det. Anständigheten förbjuder honom! Men nu har han väntat i en halvtimme utanför kyrkan. Han fryser. Han funderar på att gå hem.

Då skulle Krystyna förstås bli ledsen.

Och han vill ogärna göra Krystyna ledsen. Men hemma skulle han kunna arbeta en smula. Och om han inte kan skriva om Zipps öden – att minnas drömmen om Bronio vars lik var hans eget har upprört honom – skulle han åtminstone kunna ordna sitt fotoarkiv. Han arkiverar fotografier av målningar som blir sålda och försvinner. Det är för att åtminstone notera spåren av sin verksamhet. Han arkiverar också foton av annat.

Av vågrörelser, molnformationer och lokomotiv.

Lokomotiv är en ungdomslidelse, den har inte upphört. Fotosamlingen är numera omfattande. Framför allt är det målningarna, med noteringar om datum, tillkomsthistoria och tillhörande tankar. Men det är också alla foton av berg, träd och solnedgångar.

Och av universum och stjärnorna.

Stas betraktar en stelfrusen kusk som bakom en häst med ånga ur näsborrarna passerar i gatukorsningen. Staden är infrusen i sig själv.

Ja, Warszawas vintriga anlete är bistert.

Hur ser Russells ansikte ut? Wittgensteins? Eller Carnaps? Han samlar också foton av ansikten i arkivet. Inte bara sådana som han själv har tagit. Hyllorna når nu till taket. Han får använda stege för att nå upp till de översta. Människan samlar oavbrutet. Snäckor, solnedgångar och havsstränder.

Stenar plockade under resor. Vindar och trädsus.

Kvinnor och vintergator. Spårvagnsbiljetter, tygstycken och vissnade blommor, minnen och drömmar. När människan blivit mycket gammal – han börjar bli det – finner hon kanske att allt det till synes lösryckta som hon samlat är en spegelbild av hennes verkliga ansikte. Han hoppas att det är så. Hur annars finna en väg ut ur labyrinten? Han låter cigarretten falla i snödrivan. Med händerna i rockfickorna ser han glöden slockna.

Det påminner honom om något, om vad? en musikslinga, kanske från S:t Petersburg. Sen ser han den blodröda solen. Den är rund som en kanonkula och står blickstilla i den vitstrukna himlen. Och plötsligt försvinner den.

En grå metallvägg skjuts över den. Det är kusligt.

Han stirrar upp i skyn och ser det ske.

Och sen kommer Krystyna i en ström av upplösta ansikten.

Senare ligger Krystyna bredvid honom i sängen med huvudet stött i handflatan. Hon röker många cigarretter och är oresonlig. Varför stannar du i Zakopane? Du har andra kvinnor där. Det är omättlighetens lag, Stasio. Vad ska du med mig till? Säger Krystyna.

Det är så dumt att han inte vet vad han ska svara. Krystyna är hans hustru. Han skulle inte stå ut med att mista henne.

Det vet hon mycket väl.

Du går mig på nerverna, säger Krystyna.

Jag förstår dig, svarar Stas, jag går mig själv på nerverna. Det är därför som det ambulerande äktenskapet passar oss två.

Inte mig! Med en häftig rörelse släcker Krystyna cigarretten.

Han försöker ta tag i henne. Då sätter hon sig på honom. Hon håller fast hans handleder mot madrassen. Hon använder hela sin tyngd. Han kan inte röra sig. Hennes hår piskar hans ansikte. Hon är som en furie. Han skrattar och flämtar och försöker komma loss. Men hon är stark och ger sig inte. Irena och Wanda och Helena och Kasia, hela ditt metafysiska harem! Du sover hos dem, och vad är det för metafysiskt med det? Du har ingen aning om vad metafysik är, Stasio!

Hon ropar så att det ekar.

Han kvider och skrattar och försöker undkomma den rasande Krystyna. Då biter hon honom i halsen så att blodvite uppstår. Det gör ont och han vrålar högt. Grannen ovanför, en tålig krigsänka van vid det mesta, bankar i golvet med skaftet till skurborsten. Då hejdar sig äntligen Krystyna. Hon sitter grensle över hans bröstkorg och rör tankfullt vid hans blod med pekfingret. Med ett frånvarande uttryck slickar hon av fingret.

Han kan inte slita blicken ifrån henne.

Hon tornar upp sig som Tatra.

Smakar det gott, Krystyna? frågar han mjukt.

Ja. Det är salt och friskt, Stasio. Det smakar gott.

Dina handlingar är inte kristliga, Krystyna, påpekar han stillsamt när hon övertalats att hämta en kompress och förbinda honom. Men Krystyna förefaller nöjd. Sen de ätit gurkor och druckit vodka i köket låter hon sig bäddas ner. Han stryker henne över pannan tills hon somnar. Han betraktar henne länge. Krystyna är ett barn på vandring i intigheten. Hennes renhet gör honom rörd.

Hon har ett rent sinne. Hon har fel beträffande metafysiken.

Det finns inget han törstar mer efter än den.

Krystyna anser att Gud finns i allt. Inte bara i Kristus, i hela skapelsen. Så brukade också hans mor säga när han var liten. Också i dig, Stasio, sa hans mor. Då skrämde det honom. Nu vet han att det inte är så. Inte i honom. Kanske någon annanstans. Allt hans samlande har till syfte att ta reda på var.

Han sätter sig vid köksbordet med sina papper. Det är stilla. Det susar som vanligt en smula i rören. Krystyna sårade honom. Inte genom att bita honom. Genom att hota att överge honom.

Detta är kvinnans främsta vapen.

Det börjar redan med modern. Lille Zipp älskade sin mor. Hon stod honom närmast av alla varelser. Men det hände ibland att Zipp, när han betraktade sin mors vackra ansikte, fann att han föraktade henne. Ja, en liten smula. Zipp visste inte varför det var så. Insikten gjorde honom beklämd. Han berättade det aldrig för sin mor.

Zipp begrep förstås inte sig själv. Men Stas förstår den lille Zipp. Han inser att Zipp måste värja sig mot sin älskade mor, om så bara genom en smula förakt, eftersom modern har förmågan att överge honom. Om det hände skulle lille Zipp förintas. En son måste förakta sin mor en smula, det är för att värja sig mot det överväldigande beroendet. Stas låter pennan flyga över papperet.

Han är lycklig medan han skriver.

Detta är äktenskapet med Krystyna.

Förförelser och förintelser. Men ingenting är egentligen förintat. Det finns ännu tid. Man skriver, man bevarar sig.

Sen förintar Krystyna allt.

Vårvinter, allt smälter, regnet strömmar.

Det är natt, och hon driver honom framför sig över isflaken på en forsande flod. Han får ingen fast mark under fötterna. Om det finns en trädgren att fatta tag i knuffar Krystyna bort den. Och om det finns en mening så smular hon sönder den mellan sina fingertoppar.

Fönstret står halvöppet. Han vill kasta sig ut genom det.

Hon genskjuter honom. Hon gråter och skrattar om vartannat men ändrar inte åsikt: Med dig kan man inte leva, älskade Stasiek, söte Stasio, vackre Stanisław. Du finns inte där jag söker dig. Men överallt där jag inte vill ha dig dyker du upp. Du tränger dig in överallt. Mellan mina fotsteg på gatorna. Mellan orden jag trodde var mina egna. Men aldrig finns du hos mig självklart och enkelt som en man, en bror, en vän. Du sprider ut dig och håller inte samman dig, Stasio.

Du sover med andra, med Helena, Elżbieta, Irena, Małgorzata, man kan inte räkna dem alla. Du räknar dem inte. De finns för dig bara som växterna eller träden, och du är vinden som drar vidare, inte finns, eller finns någon annanstans. Du flyr hela tiden och vad flyr du ifrån? Du är ju en narr, Stasiek! ropar Krystyna.

Ja, Krystyna! Jag är en clown, skratta åt mig.

Han gör konster för henne. Han låter gummiansiktet sträckas ut och dras samman med en smäll. Han dansar runt på mattan. Han viftar med svansen. Han faller på knä och kysser hennes vader, vrister och tår. Då sparkar hon till. Det träffar rakt i bröstet och han mister andan. Han blir stående på alla fyra. Han ser sig själv krypande inför kvinnan. Det är förnedrande.

Låt dig underhållas av mig. Ta mig som den jag är.

Men låt mig få finnas kvar hos dig, Krystyna!

Det som Krystyna säger om honom är rättvist och sant. Allt som Krystyna säger är riktigt. I hennes sanning finns hans lust. Han vill inte mista Krystyna. Han kan inte mista henne, det är omöjligt. Flodens vattenmassor dånar och han sträcker sig efter grenar och bladruskor för att få stöd men de daskar honom i ansiktet.

Nej. Jag vill inte ha en clown, ropar Krystyna.

Jag vill ha en man!

Där kom det. Och Krystyna kastar sig i fåtöljen och gråter.

Nu sluter sig rummets väggar runt Stas. De är speglar för nattens metalliska ljus. Krystyna döljer sig längst bort, ett berg av blint och oreflekterande mörker. Bara halsen stiger ur morgonrockens skuggor, den skimrar som kisel. En man, vad är en man? En man är en monad. Det vill säga ett hus utan fönster. Utan öppningar.

Kvinnan är mannens fönster, hans öppning mot ljuset. Detta förstår inte Krystyna, hon vill ha bekännelser. Och eftersom hon vill det bekänner han. Sittande på mattan, och matt av smärtan i lungspetsen.

Ja. Hans metafysiska harem är i någon utsträckning också hans fysiska harem, men vad spelar det för roll? Mellan fysiken och metafysiken finns ingen skiljelinje. Det partikulära – den fysiska varelsen och det konstiga egot – är en del av helheten. Är av precis samma materia, en fysisk partikel i metafysiken...

Tala klarspråk, befaller Krystyna.

Ja, min älskade.

Han sover ibland hos Helena, ja.

Hos Irena, ja ibland, och hos Wanda, det har hänt. Men det har Krystyna vetat hela tiden. Det är inget nytt, vad tar det åt henne så plötsligt? Hos Malgorzata, ja, inte ofta men någon enstaka gång har det inträffat, det var för länge sen. Och hos Elżbieta, ja, nej, det var för många år sen nu.

Han drivs till kvinnorna, det är av nödtvång.

Enheten i mångfalden är ju faktiskt ett problem. Inte bara ett filosofiskt. Av ensamheten blir han sjuk, schizofren. Att sova hos en kvinna betyder inte nödvändigtvis att penetrera, intränga i, kopulera med. I själva verket inträffar det mer sällan. Oftast handlar det ju bara om att få lyssna till en annan människas andetag i mörkret. Eller bara att dela måltid med någon som stannar hos honom efter repetitionerna med hans teatergrupp i Zakopane.

Att vakna ensam är ju som att stirra döden i ögat.

Fortsätt. Krystyna låter sitt nakna ben svänga över fåtöljkarmen.

Då vill Stas hålla om henne. Han vill lägga sitt huvud i hennes knä. Men Krystyna knuffar till honom. Hon skjuter honom ifrån sig så häftigt att han på nytt förlorar balansen.

Fortsätt, Stas. Jag vill höra mer. Det var kvinnorna.

Nu vill jag att du ska berätta om männen.

Stas fortsätter fast han är osäker om riktningen på sin fortsättning. Han låter barnslig, han hör det själv, som när han var liten och hans far krävde sanning av honom. Vad är sanning, och varför blir tonfallet så falskt just när man anstränger sig för att uttrycka den? Ensamheten föder, säger han till Krystyna, rovfåglar och giftspindlar i hans sinne.

Det vet hon, han talar ofta om det.

Männen? Nej, Krystyna.

En monad kan inte älska en annan monad.

Det är sant att jag har försökt. Det var i ungdomen. Då hände det att männen... nej inte männen. En man. Kanske två eller tre. Ja, att männen frestade mig med något, kanske helt enkelt på grund av likheten med mig själv. Jag visste ju inte vem jag var, Krystyna! Men att älska med männen, nej, det är omöjligt. Det skapar en ensamhet som är så fruktansvärd att man riskerar att tappa vettet.

Du är inte ensam, inskjuter Krystyna.

Det är sant. Krystyna finns.

Mig överger du oavbrutet, säger Krystyna.

Men skulle Stas alltid och utan uppehåll vistas hos Krystyna, uteslutande hos henne, utan avbrott vara hos Krystyna, då skulle han bli tokig på allvar. Det vill jag ogärna utsätta dig för, säger Stas.

Tokig av mig? frågar Krystyna med ett stänk av gift i rösten.

Inte av dig, svarar Stas. Han tänker efter.

Av för mycket av dig, Krystyna.

Det är sanningen. Han skulle överväldigas av så mycket Krystyna. Eftersom han älskar henne. Alltid saknar henne och aldrig kan få nog av henne! Det är själva problemet. Hon överväldigar honom. Om han håller sig på ett visst avstånd från henne är det bara för att kunna existera. Som en människa. Ett slags människa.

Och inte som en tiggare.

Du är ju min hustru, Krystyna!

Han älskar henne som en man älskar sin hustru, det vill säga vanvettigt. Nu forsar orden ur Stas. Men han kan inte tynga henne med hela denna sin gränslösa, omättliga och osläckliga hunger. Den har ju ingen bot. Och om han visade henne vidden av sin avhängighet skulle hon vämjas. Han är ett barn i sitt vasallskap under Krystyna.

Alltsammans är en ynkedom. Han föraktar sig själv för detta måttlösa beroende av henne. Det är därför han ibland måste avlägsna sig från henne. Han lyssnar till sin egen röst medan orden rinner ur honom.

Rösten är gäll. Barnslig. Och desperat.

Den är också förtvivlad. Vad är det som gör att Krystyna denna natt inte alls förstår honom? Stas tystnar till slut. Flaken av nattligt ljus skär genom rummet. Det är matta rektanglar av ljus som får rummet att snurra. Han blir sittande på mattan med hakan mot sina uppdragna knän, armarna slagna runt dem. Han är en hopvikt tvådimensionell skugga. Han ser mot fönstret där vårvinterregnet skvalar över rutorna. Han vet inte vad han ska säga. Lusten har slocknat. Bara skräcken flåsar honom i nacken med kort andedräkt.

Och den blåögda? frågar Krystyna oväntat ur fåtöljen.

Då vrider Stas på nacken och försöker urskilja henne.

Den blåögda på tavlan, bokhållerskan med den nariga huden, henne som han har förvandlat till öga, till blick och seende, vad vill Krystyna veta om henne? Han har visat henne skisserna och utkasten, och också helt nyss fotografiet av den fullbordade målningen, den som Teodora Nawrocka inte köpte, hon hade inte råd.

Eller hon ville inte ha en målning.

Hon ville något annat. Det är så länge sen nu att han knappt minns vad. Hon ville ha någon som såg henne. Hon ville ha någon som infogade henne i kretsen av levande. Han utförde detta åt henne eftersom han förstod henne.

Han återförde Teodora Nawrocka till barndomen.

Han skänkte henne barnets ögon. Det var en kärleksgärning.

Han målade en smula frid åt den stackars Teodora. I en grön trädgårdsstol. Och i bakgrunden träd med exotiska frukter, och en liten lustig apa bland träden, och en kyckling på Teodoras klänningsbröst. Han visste varifrån de blå ögonen såg på honom. Ja, varför han fäste sig så vid Teodoras blick. Den föll tvärs genom åren ur en annan flicka, ett barn, en helt liten flicka vars namn var Natasja.

Det var i S:t Petersburg för mycket länge sen.

Denna lilla flicka var hungrig. Då målade han mat åt henne.

Natasja var mycket yngre än Teodora. Bara nio eller tio. Och hon satt käpprak på pinnstolen och lät sig mättas. Av hans teckningar. Och han blev på nytt en ung pojke. Han blev lille Stas som kände illamående av att se små hundvalpar som bundits fast i koppel utanför butikerna och som gnällde och gnydde av övergivenhet. Därför lösgjorde han dem. En gång slog hans far honom med käppen för detta.

Men han blev sjuk av djur som var fängslade och fjättrade. Fåglar i bur. Instängda kaniner. Björnar i kättingar. Han släppte ut fru Laskas papegoja, den flög upp mot träden, en grön strimma av kortvarig frihet. Själv fick han prygel.

Ur Teodoras ögon såg Natasja på honom. Han sänkte kritan, överväldigad. Barndomen: Då är världen ännu obeskriven. Ännu finns möjligheten att det stumma och oordnade, det skarpt uppfångade men ordlösa, ska stiga upp inom oss.

Djupt ur barndomens bilder stiger åkallan.

Barndomen är bilder. Det är det ofogade, det oförklarade.

Där finns själens självbiografi. Och dess olästa bok.

Sidorna prasslar som trädsus. Han fick suset av sin egen barndom i öronen när Teodora Nawrocka satt modell för honom i hans ateljé en kall vinter. Han såg rakt in i hennes ögon. Solfläckar, skuggor. Sen målade han Flicka med blå ögon, duken skickade han senare till Bronio tillsammans med lite annat småplock, eftersom Teodora inte kunde köpa den eller inte ville...

Men hur ska han förklara allt detta – Teodora, Natasja och barnet som en gång för länge sen var lille Stas – för Krystyna?

Och den blåögda? upprepar Krystyna.

På parketten nedanför fönstret har en vattenpöl bildats av det forsande Warszawaregnet. Han kommer på fötter. Nere på gatan ser han vattenfloder, glimmande av svalda stjärnbilder. Han vill mätta Krystyna så som han mättade Natasja. De skulle vara två barn och trösta varandra. Men Krystyna vill inte ha ett barn, hon vill ha en man. Han reser sig upp och stänger fönstret mot regnet.

Vad är det med den blåögda? frågar han.

Låg du med henne också? frågar hans hustru.

Han vänder sig om mot henne. Krystynas ben är inte längre kastat över fåtöljkarmen. Han försöker se efter var hon har gjort av sitt sparkande ben. Sen ser han det. Hon har satt ner bägge benen i golvet. Där sitter hon, lutad med armbågarna mot knäna, och betraktar honom.

Låg han med Teodora? Varför frågar hon det? För att han visade henne fotografiet av målningen innan han arkiverade det? Han har aldrig återsett Teodora Nawrocka. Inte mött henne på gatorna i Zakopane. Vet inget om henne. Har inte ens målningen kvar.

Nej, vill han svara Krystyna. Teodora var en dröm.

Men när han öppnar munnen hör han sig själv säga: Ja, jo. Jag låg visst med henne, Krystyna, varför vill du veta det, spelar det någon roll? Och hans röst låter likadan som när han svarade sin far: Ja, jo. Jag lossade visst lite på hundvalpens koppel runt lyktstolpen, gör det så mycket?

Det blir mycket tyst. Regnet hörs inte längre.

Inte heller Krystynas andhämtning. Han får svindel av all denna sammanpressade tystnad. Han vet inte varifrån den kommer. Den liknar skivan av grå metall som sköts fram över en röd sol. Han vill gå fram till Krystyna och kyssa henne. Han ser sig själv göra det. Men medan han gör det står han själv kvar på mattan, lamslagen.

Och på grund av dessa ord, på grund av bokhållerskan Teodora Nawrocka som han inte känner, inte vet något om, och som är honom likgiltig, förintas hans äktenskap med Krystyna.

Hon är den svarta floden som dundrar och dånar och tygellöst kastas mot stränderna. Hans lilla båt slits loss och slängs ut i vågorna, den slår runt och vattenfylls. Han kan inte andas. Han får attacker av hosta. Till den grad kastas han runt av Krystynas förfärliga vrede att han inte kan säga något. Men allt hon ropar till honom är sant. Han är en egocentriker, han kan inte lyssna, han är ingen man, inte för henne. Dessa sanningar ger honom ingen lust.

De tömmer honom.

Mannen och kvinnan. Två oförenliga släkten.

Och kvinnan är fruktansvärd, mannen kan inte uthärda hennes eld.

Ut ur Stas hoppar på smattrande fötter vanskapta varelser fram, dvärgbarn, missbildade, föraktliga. Han kan inte hålla ihop sig. Allt sipprar ur honom. Skammen. Och sen den vettlösa skräcken. Han utplånas. Allt blir vitt.

Aldrig mer! ropar Krystyna ur dörröppningen när han oseende halkar utför trapporna i hyreshuset med sin lilla pappväska i handen.

I sista ögonblicket stillnar hon och mildras en aning.

Stasiek, halvropar hon.

Kom tillbaka senare och hämta ditt arkiv, Stasio.

Hennes röst kastar ett brant eko i trappuppgången. Han höjer blicken mot henne och skakar på huvudet. Han störtar vidare utför stentrapporna. Han är förblindad av frusna tårar, förstenad och förlamad. Vägen från Krystynas port till stationen sväljs av en glupsk strupe liksom hela tågresan. Inget av hemfärden minns han, alltsammans är uppsvalt och borta.

Bronisław står vid fönstret och ser upp mot bergen. Ute är det djup snö och ofattbart stilla. Inte en människa syns till. Zofia och Maya är liksom han själv hemma i alpbyn på jullov. Han från föreläsningarna vid London School of Economics. Och flickorna från sina internat- skolor i Cambridge.

Iza borde sluta i byskolan och liksom systrarna komma till Eng- land. Men Ellie Rose har svårt att släppa henne. De har talat om det- ta. Och om mycket annat. Han stoppar pipan. Utanför fönstret lan- dar en flock fåglar i de snöhöljda buskarna, vad heter fåglarna?

Han vänder sig om mot sin hustru i soffan. Hon har dragit upp be- nen under sig. Hennes kofta är för stor. Hon bär det rödglänsande håret i flätor över pannan, hur får hon dem att sitta uppe utan nålar? Han oroar sig för Ellies hälsa. Den gamle doktorn i byn har ett la- tinskt namn på sjukdomen. Men om den talar Ellie ogärna. Inte heller vill hon komma till London för specialistvård.

Jag flyttar till London när Iza börjar skolan. I höst.

Eller nästa höst.

Då ska jag ränna hos specialister dagarna i ända, Bronyo.

Ellie har ibland mycket ont. Hennes fingrar och tår böjer sig på ett egendomligt sätt åt ena hållet. Det händer att hon vill ha käpp under promenaderna. Annars märks inte sjukdomen. Ellie fyller dem alla med kraft. Den påminner om elden i öppna spisen, varm och sprakan- de. När Ellie finns i rummet fryser ingen av dem.

När hon lämnar det tycks själva luften slockna. Som om det fanns ett ljus där som Ellie tar med sig. Och när de har gäster – Audrey som forskar i bembakulturen i Afrika, eller Heidi och Joseph som ibland kommer resande från Wien där de numera bor, eller Mariella som är målare och bor i London, eller Anthony och hans fru Bettie från New York, båda antropologer med Mexico som forskningsfält – är Ellie medelpunkten. Allt blir lätt i hennes sällskap, tankeutbytet, infallen och småpratet. Tankarna studsar genom henne och vidare till de andra. Inget kan förbli torrt och abstrakt eller tömmas på mening, som annars i de mest intelligenta sällskap, när Ellie är närvarande.

Allt som hon rör vid lever. Flickorna får glans i ögonen när hon är närvarande. Han vet inte hur hon bär sig åt.

Allt lever upp. Även växterna.

Ryck upp dig, jag är hemma nu, säger Ellie och klatschar till den slokande murgrönan utanför verandan när de arm i arm återvänder från sin promenad till kyrkan, postkontoret eller apoteket. Och efter en stund har murgrönan mycket riktigt rätat på ryggen. Vecklat ut bladen. Sträckt ut sina grenar. Bronisław älskar henne med en kärlek som är lika självklar som luften han andas.

Han vet inte hur han har förtjänat henne.

Men ibland när han älskar med henne blir han rädd att göra henne illa. Hon är så tunn numera. Och fast hon inte talar om det vet han att hon har ont. Skulle han föra det på tal vrider hon på huvudet och ser på honom. Även om det är mörkt i sovrummet känner han hennes blick, den som faller ur hennes grönskande skog. Han tänker på Ellie så, som på en skog.

Och hon säger: Bronnyyyooo!

Det finns en liten nykter förebråelse i tonfallet, skämtsam. Han vet vad den betyder. Vi har en överenskommelse: Var och en av oss tar hand om sig själv. Sen kan vi ta hand om varandra. Jag vill att du älskar med mig. När du får lust. Och skamlöst. Och då rider han henne som i ungdomen. Grönt vatten med blågröna virvlar och vattenfall av skummande vitt med ljusgröna bräm.

Och Ellie ropar långt bortifrån. Ur trakter han inte känner, med höga berg under himlar som välver sig. Från vintergator som inte har upptäckts. Och Gud, han som vägrar att låta sig bevisas, är hos dem.

Men plötsligt kan hon sätta igång att tala om kartan, männens karta. Och det är sant, hon har inte kunnat studera som hon en gång ville. Nej, i varje fall inte ännu. Hur skulle det ha gått till? Hon har skött huset och barnen. Men nu kan du komma till London, Ellie, påpekar han och känner sig stucken.

Ja, ja. Ellie låter plötsligt frånvarande och ointresserad.

Energin tycks utrunnen. Och sen byter hon samtalsämne.

Berätta om kvinnorna som både du och Stanisław blev förälskade i, ber hon. Tröttnar du inte på att psykoanalysera honom? undrar Bronisław. Det är inte fråga om honom utan om den här civilisationen, svarar Ellie. Stas var fullkomligt hopplös med kvinnor, säger han.

Men det var alltså inte du? frågar Ellie.

Jo, tills jag mötte dig, svarar Bronisław. Och sen minns han plötsligt flickan som hette Wanda och skrattar till. Ellie sluter boken över sitt pekfinger. Wanda? Berätta för mig om Wanda, Bronyo.

Hon lutar sig mot soffkuddarna och ser förväntansfull ut.

Han slår sig ner i fåtöljen och sträcker ut benen. Mörkret suddar ut bergen utanför fönstret. Brasan sprakar i öppna spisen. På övervåningen ligger flickorna redan i sina sängar, Zofia säkert på magen med en bok på kudden.

Wanda. Ja, henne var Stas verkligen förälskad i.

Nu var vi inga tonåringar längre. Vi var vuxna män, ett gott stycke över tjugo. Jag kom från London, det var sent på sommaren, i augusti, för att tillbringa några veckor i Zakopane hos Stas och hans mor. Och Wanda var en högvuxen och mager flicka, typ vinthund. Svartlockig, med täta och sammanvuxna ögonbryn. Som de flesta kvinnor var hon förälskad i Stas. Och den här gången var Stas lika förälskad som hon.

Han presenterade oss för varandra.

Deras förälskelse var av det irriterande slaget. Stas var frånvarande och dimmig. Han tog visserligen del av manuskriptet till min avhandling om den australiska urfamiljen och kom med synpunkter, de flesta ofokuserade. Helst ville han tala om kvinnan, det vill säga om Wanda. Han gjorde sig bilder av henne som var befängda i sin skönmålning. Han var förälskad i sin känsla, Ellie.

Ja, svarar Ellie i soffan. Och det tålde du inte?

Det var odrägligt. Han såg inte flickan, bara sin bild av henne. Jag fick lust att ge honom en läxa.

En läxa, Bronyo?

Jag ville göra ett vetenskapligt experiment. Det gick ut på att se om jag genom tankeöverföring skulle kunna flytta vinthundens känslor från honom till mig. När vi sågs alla tre höll jag tyst. Men jag betraktade henne intensivt. Jag klädde av henne med blicken. Jag utförde vilda samlag med henne. Efter ett tag fick jag faktiskt en känsla av att hon inte var opåverkad av mig. Det kändes uppmuntrande och jag fördubblade ansträngningen.

Men Bronyo, säger Ellie.

Vill du lyssna eller vill du inte?

Bronisław reser sig ur fåtöljen och lägger en vedklabbe till, närmast en liten stock, på elden. Flammorna från brasan dansar i det svarta fönsterglaset. Ute snöar det allt häftigare. Stora och ulliga flingor tumlar ovanpå varandra på fönsterblecket och bildar kristallpalats som sen förvandlas till drivor av snö. Ellie Rose skakar tankfullt på huvudet. Sen ler hon.

Jag lyssnar, Bronyo.

Efter ett par veckor lämnade jag Zakopane och återvände till min mor i Kraków. När jag tog avsked av Wanda tryckte jag hennes hand en smula för länge samtidigt som jag föreställde mig att vi låg med varandra. Och hennes mun öppnades verkligen. Hon andades häftigare. Jag bugade och sa i lätt ton att det skulle vara ett nöje att återse henne, fast helst i Kraków där vi kunde träffas på tu man hand.

Tro mig eller inte, Ellie, men hon kom. Det här är nog en ful liten historia. Du kommer inte att tycka om den. Vi inledde ett förhållande. Jag smugglade in henne i mammas våning om kvällarna. Och hon skrev ett brev till Stas och berättade att hennes känslor hade överflyttats på mig. Man kan säga att mitt experiment hade lyckats över förväntan.

Tyckte du överhuvudtaget om henne? frågar Ellie.

Jag fick brev från Stas, fortsätter Bronisław:

Älskade Bronio, jag tror på din vänskap. Om du har förälskat dig i Wanda är det för att du är min vän. Om hon har förälskat sig i dig är det av samma orsak. Till och med om du har försökt att dra henne från mig så måste grunden ligga i vår vänskap. Din vän Stas.

Jag skrev tillbaka till Stas: Hyckla inte. Jag är ett svin.

Stas: Möjligen. Men jag är din vän.

Wanda fick ett brev från Stas: Älskade Wanda, Bronisław är en underbar människa och min bäste vän, den ende jag har haft som jag kunnat hysa vad jag skulle vilja kalla högre känslor för. Vi är visserligen olika, han och jag. Det finns ett skikt av våra personligheter där vi inte kan mötas. Jag har med tiden accepterat det. Det är förmodligen en liten smula sorgligt. Men just nu kan jag inte tänka på det eller på er kärlek. Jag målar för närvarande natt och dag. Farväl.

Vi gick på kafé och Wanda lät mig läsa brevet eftersom hon ansåg att det var riktat lika mycket till mig som till henne. När jag hade läst det hände något egendomligt. Min åtrå till Wanda brann ner och blev till en liten hög med aska på kafébordet. Hon såg den och svepte ner den på golvet med handsken och gick. Jag återvände till Zakopane.

Stas tog emot mig som om inget hade hänt. Vi arbetade båda strängt, han vid staffliet, jag vid skrivmaskinen. Löven blev gula.

Vi samtalade, mest om filosofi.

En dag visade Stas mig ett nytt brev från Wanda.

Hon skrev att jag hade svikit henne, fegt och skändligt. Jag skämdes. Hon hade fullkomligt rätt. Jag visste inte varför jag hade handlat som jag gjort. Kanske var det för att jag på den tiden trodde att mina egna känslor för kvinnor ständigt lurade mig. Men nu hade jag i stället lurat Wanda. Jag hade också gjort Stas illa.

Han lät mig se sitt svarsbrev till henne: Glöm Bron. Han är rädd för livet och rädd för kvinnan. Det gör honom feg.

Vad tyckte du om att han skrev så, Bronyo?

Jag tyckte att det var sant, Ellie.

Ja, svarar Ellie en smula spetsigt, männen förstår varandra.Och vad hände med den stackars Wanda?

Ingen aning, svarar Bronisław uppriktigt. Men Stas målade ett porträtt av mig samma vinter. Han döpte sin målning till Man som fruktar livet.

Han blir tyst. Inte heller Ellie säger något.

Brasan sprakar. Glödkorn dansar i luftdraget. Från köket jamar den svarta katten. Den smyger tyst in i rummet med lyftad svans. Väggklockan ovanför soffan tickar. Efter en stund frågar Ellie hur målningen blev. Jag sitter med en halsduk kastad om halsen tryckt mot en vägg av grova stockar, svarar Bron, det såg ut så hos dem i Zakopane. Mina uppspärrade ögon stirrar mot betraktaren. Händerna är instoppade i alltför stora vantar. De stickade fingrarna ser sorgsna ut. De slokar som kaninöron. Jag ser lamslagen ut.

Var det ett bra porträtt av dig, Bronyo?

Bron lutar ansiktet i händerna. Ja.

Snöflingorna i fönstersvärtan ser ut att brinna. Myriader av små brinnande himlakroppar. Ja. Stas hade en förmåga att se. Det var hans gåva som målare. Bron lyfter sin ena handflata, en smula häpet.

Gråter han? Han tycks gråta.

Klockan tickar. Ellie Rose sitter tyst i soffan med händerna instuckna i koftärmarna. Den svarta katten spinner i hennes knä. En brinnande vintergata bultar på fönsterrutorna och vill in.

Jag bar mig åt som ett svin, säger Bronisław.

Kanske, svarar Ellie Rose.

Ni var väl bröder, det var ju fint, säger Ellie sen, med ett tonfall som är en liten aning torrt. Men då reser sig Bronisław. Han slänger med en häftig rörelse undan den svarta katten ur Ellies knä. Han lägger sig i soffan så lång han är, och sitt huvud i Ellies sköte.

Han håller mycket hårt om hennes tunna kropp. Han gråter helt skamlöst. Ellie betraktar tyst hans huvud. Till slut lyfter hon armarna och håller om honom. Hon kysser hans hår och skrattar lite åt honom. Ja, tills han själv skrattar en smula.

Han har mycket att göra. Det är föreläsningarna och seminarierna i London. På kvällarna kommer han hem till den mörka och utkylda våningen. Ibland har han glömt att be kokerskan köpa bröd och smör. Han stirrar in i det tomma skafferiet. Sen tar han Ellies brev – det ligger nästan varje dag ett brev från henne på hallbordet framför spegeln – och går till sängs.

Det är också resorna, inte bara till byn utanför Bolzano utan också föreläsningsturnéerna till Paris, Zürich, Berlin. Ett par gånger till och med ända till New York. Och vidare till Berkeley och Yale.

Han är nära nog en celebritet. Han är nästan alltid jäktad.

Och han måste skaffa pengar.

Allt är dyrt, våningen i London, hemmet i Italien och flickorna på deras engelska internatskolor, nu också Iza. Henne försöker han att då och då hälsa på. Han borde hinna besöka också de äldre, i varje fall någon gång. Det blir alltför sällan. Zofia, nu tonåring, meddelar honom trankilt att hon är den enda flickan i klassen som inte haft besök på hela terminen.

Det är när han till slut kommer och de promenerar i blåsten under träden utanför hennes dystra dormitorium. Inga förebråelser.

De förebrår honom inte för något. Hans flickor är sakliga och nyktra och kloka. Också de får brev från Ellie nästan varje dag. Det känns konstigt att läsa dem, säger Maya när han en dag talar med henne i telefon. Man får liksom översätta dem inne i huvudet för att kunna höra mammas röst. Och så är det. Ellie har nu svårt att skriva själv, det händer att hennes fingrar inte vill lyda henne. En kvinna med bristfälliga kunskaper i engelska, hon heter signora Luisa, kommer varje dag för att ta diktamen.

Signora Luisa stavar ofta fel och hennes handstil är svårtydd.

Man får forcera dessa hinder för att bakom dem hitta Ellies röst.

Bronisław förebrår henne för att hon inte har kommit till London och till medicinsk expertis. Han förebrår också sig själv som inte har tvingat henne. Hennes artropati bär det latinska namnet *polyarthritis rheumatica*. Den är förmodligen misskött, säger hans läkarvänner i London. Hon sitter ibland i rullstol. Han skriver till henne och säger att han har för avsikt att bygga om våningen i London så att hon kan röra sig i den med rullstolen.

Så får de sälja huset i Italien och bli Londonbor.

Han har äntligen – det tog tid, det är 30-tal nu – tillerkänts brittiskt medborgarskap. Hon svarar, på sitt humoristiska vis, om också bakom signora Luisas murverk och bröstvärn, att hon hela morgonen har legat i sängen och enbart koncentrerat sig på att lyfta sitt vänstra ben. Att försöka sig på det högra var denna dag utsiktslöst. Han hör hennes muntra skratt bakom signora Luisas kråkfötter.

Du inser nog inte, Bronyo, skriver Ellie, vilken katastrofal husfru jag skulle vara i London. Och det skulle jag själv lida mest av. Här går det ingen nöd på mig. Tänk inte på mig. Jag älskar dig. Ellie.

Han blir tagen av brevet. Hela dagen tänker han på det.

Det är som om sjukdomen smugit sig på Ellie utan att han märkt det. Så fort de träffas är Ellie starkare än sjukdomen. Hon har fått dem alla – honom, kanske också sig själv – att glömma den. Jag reser med Luisa till Österrike, skriver Ellie i nästa brev, för att få värmebehandling och massage. Det blir inte alls så dyrt, Bronyo. Jag tror att det ska kunna få mig på fötter. Åtminstone på lätt vacklande fötter. Vi har räknat ut hur vi ska klara det med rullstol och allt.

Han vill dit för att hjälpa till.

Men han ska till New York.

Han fullbordar livsverket. Fyra tjocka volymer har det blivit hittills, förutom uppsatser och artiklar. Inte så lätt finna utgivare till vetenskaplig litteratur. Han tvingas göra vissa eftergifter, till exempel beträffande titeln på volymen om sexualiteten. Vildarnas sexualliv, vill förläggaren ha. Det skulle sälja. Bron ogillar det. Det är för spekulativt. Människorna på Boyowa är inga vildar. De lever i en komplicerad kulturväv. Alla människor har ett sexualliv.

Somligt skiljer sig lite från samlagen i London eller Paris.

Men inget är underligare än det andra.

Han får till slut ge med sig beträffande titeln. Och boken blir en försäljningsframgång. Det var välbehövligt. Så kan taket över Ellies huvud äntligen läggas om. Och nu är han i färd med den femte volymen om Boyowa. Han skriver på tågresorna, på nätterna och mellan föreläsningarna. Han är en efterfrågad och uppskattad föreläsare. Och han tycker om att stå inför ett auditorium. Han blir varm av det. Det ger honom en känsla av liv.

När jag i ungdomen vistades på Boyowa...

Jag ska idag tala om det primitiva tänkandets strukturer...

Studenterna, bland dem finns numera också en del studentskor, har ansikten som skimrande vita månar i den sluttande föreläsningssalen. Rad på rad av lyssnande månansikten höjer sig framför hans blickar. Det är i Yale eller i Berkeley. Men han själv befinner sig på nytt på Boyowa. Han sitter vid lagunen bland sina vänner Numala, Navavile, Tomwaya Lakwabulo, Motogai, och den bäste av dem alla, Bagidou. Det är afton och en behaglig svalka i luften.

De frågar honom, han minns det mycket väl, om det verkligen finns en sorts vidunder som flyger i luften med människor i sig? Någon hade hört talas om det i Samarai. Det var 1916, och flyget hade börjat spela en allt större roll i kriget. Han tecknade en flygplanskropp på sitt notesblock i knät och förklarade kortfattat aerodynamikens principer för dem.

De förstod dem omedelbart. De visste redan det mesta om vindar, segel och luftströmmar. De begrep inom loppet av en halvtimme hur flygmaskiner är konstruerade och varför luftfärder kan äga rum. Dessa vildar med sitt primitiva tänkande fann inte flygtekniken särskilt häpnadsväckande. De övergick snart till att fråga om annat, till exempel vad han trodde om utgången av kriget därborta i Europa.

En finnig student efter föreläsningen i Yale:

You mean to tell us that these fucking savages don't even know the obvious result of fucking... wow!

Gapskratt bland de andra.

Han vill tala om tankestrukturer. Han vill säga att det finns de mest *obvious things* som dessa välkammade amerikanska studenter inte förstår om sin egen kultur, då han plötsligt känner hjärtat klämmas samman i bröstkorgen.

Navavile, Nioyva och Motogai, lever de?

Inte Bagidou, han var redan mycket sjuk när Bronisław lämnade Boyowa. Bagidou var den som återgav myten om den flygande kanoten, en av Boyowas vackraste sagor, för honom. Bagidous fingrar flög som fåglar i luften medan han visade hur kanoten steg ur vulkankratern och svävade över den blånande havsarmen och de gröna korallöarna. Och Bron får doften av pandanuslöv i näsborrarna, och av jams och taro. Det är i malia, överflödets tid, och förråden är fyllda och boyowanerna älskar hämningslöst.

Vart tar livet vägen? Varför går allt så fort?

Han kommer aldrig mer att få se Boyowa.

På universitetstrappan i Yale inser han det. Han lever inte i livet, han skriver bara om det. Flugskit på papper. Strupen snör ihop sig. Han lämnar skocken av glammande ungdomar bakom sig och går. Långt borta hör han själarnas tunna rop när de vill in i kropparna: *wa, wa, wa*. Han längtar besinningslöst efter att återse Boyowa.

Ja, efter att bara en enda gång till få ligga i den varma sanden vid lagunen och se vattnet skimra av tusen färger från de gungande korallreven där fiskarna betar.

Och sen längtar han hem. Men var finns hem?

Han har skakat hundratals händer och satt i sig rader av fina middagar. Han har kallpratat på cocktailparties. Han har dansat *square-dance* med vackra unga studentskor. Men han har inte skrivit till Ellie, inte en rad under hela resan, han har inte hunnit, och inte ett vykort till Zofia, Maya eller Iza. Han har fått ett långt brev från en kurort där Ellie befinner sig, med en humoristisk och felstavad skildring av det dramatiska tågbytet i Innsbruck.

En minut mellan tågen bara och inte en chans för en rullstol att skutta av ett tåg, skena över perrongen till ett annat och klättra upp där, nej inte ens för en rullstol så utomordentligt vig, snabb och intelligent som min. Dessutom regnade det, och så var det bagaget.

Men vet du, Bronyo, mänskor är goda.

Luisa sprang före med rullstolen. Konduktören tog hand om väskorna. Och med Wienresenärerna hängande som klasar genom tågfönstren höll den vänlige stinsen tåget mot Wien i flera minuter medan en annan konduktör, en ganska klen tjugoåring, lyfte upp mig och *bar* mig över perrongen i regnet. När han hunnit halvvägs höll han på att halka. *Tranquillo, signora...* Pojken uppförde en vild liten dans med mig i armarna för att hålla balansen. Han klarade det. Tågsignal, salut från stinsen, och så iväg.

Jag var slut och darrade som ett asplöv.

Men tack vare spektaklet fick vi många vänner på tåget och många glada skratt. Här får jag injektioner och värmebad, allt mycket bra.

Roa dig, Bronyo, vila om du kan.

Tänk inte på mig. Oroa dig inte. Alltid din Ellie.

Bronisławs hjärta kläms samman igen. Han tycks verkligen ha återfått en släng av ungdomsmelankolin, det var ett bra tag sen sist. Han ska skriva. Denna kväll ska han verkligen skriva till Ellie.

Men medan han väntar på nyckeln i hotellreceptionen reser sig en spenslig man ur en fåtölj. Han är inte helt ung. Han bär ett grått litet välansat skägg och är iförd en välskräddad kostym. Han har väntat rätt länge, framgår det. Bronisław önskar honom åt helvete. Han är för trött för att konversera.

Ändå lyssnar han hövligt och skjuter in ett par frågor.

Nej, mannen är inte antropolog. Lingvist. Född i Lwów.

En landsman. Som om det inte syntes på utanskriften.

Bronisław blir full i skratt. Sirliga bugningar, halvt svalda leenden. Ett sätt att kliva en aning för nära den andre. Att tala för lågt och på samma gång självupptaget. Alltsammans slipat, snirklat och överuppfostrat. Bronisław blir gripen av gestalten. Också av mannens sätt att diskret och i förbigående meddela att han kämpat för Polen i kriget, blivit sårad och suttit i tysk fångenskap, och därefter emigrerat. De övergår till polska. Och sedan på Bronisławs förslag till hotellbaren. Två *scotch on the rocks*.

Sure, honey, säger den kvinnliga bartendern och ler med stora tänder. Mannen, han heter Schulz, balanserar en smula osäkert med hoppressade knän på den höga barstolen.

Han tar fram ett brunt konvolut ur sin portfölj. Översättningar. Ännu inte färdiga men tänkta för den amerikanska publiken som introduktion till den nya polska teatern. Avantgarde, viskar mr Schulz och sväljer sedan ordet och sätter det i halsen.

Han blinkar mot Bronisław.

Högst märkvärdigt. Långt före sin tid. Ingen vill spela det i Polen.

Schulz har gjort ett urval ur flera pjäser. Kanske kan de få större framgång i Amerika? Han önskar få Brons synpunkter på översättningen. Bronisław skakar på huvudet.

Han kan inte bedöma teaterstycken. Särskilt inte på en engelska som översatts från polskan. Han vill hellre lyssna till mr Schulz berättelser från kriget. Men han bläddrar artigt bland papperen och ska just återlämna dem då hans ögon faller på en replik fälld av en hertiginna Alice Nevermore. Hon är maka, framgår det, till en viss Lord Edgar som blev uppäten av en tiger i djungeln medan han satt försjunken i *Principia Mathematica* av Russell och Whitehead bland lianerna. En pjäs om Lord Edgar Nevermore?

Bronisław letar efter författarnamnet.

Ja, det är Stas. Han kommer sig inte för med att berätta för mr Schulz att han känner denne märkvärdige författare.

Inte heller att Stas förmodligen skulle tycka illa om att räknas till avantgardet. Han tål ju inga konstriktningar som blivit döpta och fått tillgjorda namn och pekats ut som tendenser i tiden.

Absolut ett geni, viskar mr Schulz andäktigt.

Han ligger yr i sängen med papperen han fått låna av mr Schulz över natten. Yrseln orsakas av högröstade hertiginnor och försupna neger-kungar, av ruskiga diktatorer med älskarinnor som oavlåtligt byter kön, och av revolutionärer som dyker upp ur avloppsrör eller genom hyreshusens väggar och skapar skräckvälden.

Folk skjuts och uppenbarar sig strax levande.

Eller visar sig ha varit döda hela tiden. Tiden förkortas.

Kanske slår författaren på något vis knut på den. Eller drar ut den som ett amerikanskt tuggummi. Läsaren kastas in i en avlägsen och okänd framtid. Urkaos uppstår. Hastigheten är svindlande. Ingenting består. En grodgudinna spelar en viss roll. Och laglösa gäng av euro-peiska banditer uppträder i koloniala indiska hotellvestibuler. Horor och dansöser dyrkar totemdjur. Man vet inte var man befinner sig. En gång i Port Moresby, noterar han. Och en annan i Kalgoorlie. Och en tredje på ön Timor.

Folk byter hela tiden namn, kön, ålder och identitet.

Alla tycks ha sina dubbelgångare. Eller är de sina egna dubbletter och dubbelgångarna de egentliga personerna? Det var bara ett urval ur pjäserna, några smakprov på vissa avsnitt, meddelade mr Schulz. Men gör det någon skillnad? Nunnor och dårhusläkare springer runt i ekande sjukhuskorridorer. Klarögda barn kommenterar världsläget. Lik stiger upp ur sina blodpölar och avlossar frejdiga pistolskott. Och just på ön Timor tar en berömd europeisk matematiker makten och utnämner sig själv till diktator.

Bronisław letar hela tiden efter sin gamle bekant Lord Nevermore men denne tycks ha blivit slutgiltigt uppäten av tigern tillsammans med *Principia Mathematica* och visar sig inte.

Ibland vet han inte om han drömmer eller om han läser.

Och hela tiden sitter Stas på sänggaveln vid hans fötter med stövlarna på täcket och armbågarna stödda på knäna. Han flinar retsamt. Bron sparkar till honom. En gång så hårt att en brinnande smärta går genom stortån.

Då vaknar han. Han har verkligen somnat och papperen ligger utspridda på mattan i lampskenet nedanför sängen. Han baddar stortån vid handfatet och försöker sen bringa nödtorftig reda i manuskriptbladen. När han försöker läsa vidare – om vad? om en tvåhövdad kalvs metafysiska funderingar – drar honom Stas i pyjamasärmen och stör honom.

Hallå där, Bron. Vad tycks, Bronio?

Bronisław säger sin mening med hög röst. Det här är rena rama lössläppta galenskapen, Stasio. Skämtar du? Ja, du skämtar.

Ska det spelas på teatern det här?

Han hör sin egen röst. Den ekar i det ödsliga hotellrummet.

Nästa morgon ska han leda ett seminarium med prominenta amerikanska forskare, han måste se till att få sova lite. När gryningen kommer vet han inte om han har fått en blund i ögonen eller om han har varit vaken hela natten. Han är utmattad. Han överlämnar det bruna konvolutet till mr Schulz i hotellreceptionen vid det uppgjorda klockslaget och har inget att säga om översättningen, förmodligen är den kongenial.

I London året därpå överräcker en kollega, en matematiker som varit i Kraków och föreläst, en långsträckt tub av brun och styv papp. Kollegan har fått den av en av sina åhörare för vidare förmedling. Vad innehåller den? Teckningar av en ungdomsvän till dig.

Träffade du honom?

Jag vet inte om mannen som överlämnade den och hastigt avlägsnade sig var konstnären själv, jag fick inte det intrycket.

Hur såg han ut?

Nå, som en medelålders något fetlagd herre med dåliga tänder, snarare matematiker än målare, svarar kollegan.

Tuben visar sig vara svåröppnad. Bronisław tar med den på tåget till Italien. Där får han annat att tänka på och glömmer den. Han minns den på flyget till Afrika dit han därefter reser. Han sitter i den lilla flygmaskinen och ser ner över Italien, snötäckta bergskedjor, sedan gröna kullar, det är Toscana. Sedan Rom, man ser Colosseum.

Det är en sensation att betrakta jorden ovanifrån.

Allt blir senare gult, solfrätt mark. Till slut är allt djupblått. Det är Medelhavet. Vattnet är ärrat och rispat. Det liknar stelnad lava. Inte heller lastfartygen han ser långt under sig rör sig. De ser ut som utspottade fruktkärnor på en blå och veckad duk. Allt är förstelnat och livlöst. Man färdas. Hela livet reser man.

Bara några få ögonblick är man hemma hos sig själv.

Det närmaste han kommit Afrika var Teneriffa. Han besökte ön med sin mor när han var mycket ung. Och senare med Ellie som bar nyköpta bröd i sin famn på vägen upp mot huset. Också minnena stelnar. De blir alltmer lika fotografier i ett album. Ellie i den branta backen, ett minnesfotografi.

En liten hund bakom henne, vems var hunden?

Zofia i en grön barnvagn, det var väl Zofia, ja det var hon, och ljudet av strilande vatten på en terrass.

Ellie, som ännu kan lura dem med sitt skratt.

Med sin närvaro. Men denna gång, mitt i kretsen av vänner, hände något. Vid ett tillfälle då hon ville säga något kunde hon plötsligt inte få fram ett ljud. Stämbanden lydde inte. Senare förmådde hon inte lyfta tekoppen till munnen utan signora Luisas hjälp. När hon märkte det ville hon inte ha något te.

Bronisław kunde inte uthärda åsynen.

Han blev tvungen att lämna rummet för att inte brista i gråt. Han fick stå utanför huset invid hennes murgröna en lång stund för att samla sig. Och allt han då såg framför sig var Mariellas lår under det glansiga och blommiga tyget på restaurangen i London där han bjudit henne på middag när han återkommit från USA. Han stod utanför sitt och Ellies och flickornas hem, skakad av insikten om hur sjuk Ellie faktiskt var, gråtfärdig och upprörd, och fick inte Mariellas vackra lår ur sina tankar. Våra sinnen är löpska hyndor. Han blundade hårt för att bli kvitt synen. Sen klatschade han till murgrönan som slokade i sommarvärmen.

Ryck upp dig, förbannade murgröna.

Överge mig inte, Ellie. Håll mig samman lite till.

Och långt därnere ser han nu den blå veckade duken under sig, och några flygande vita fåglar som ser egendomligt stora ut. De kastar inga skuggor. Hur kan man bli arg på en människa som är sjuk? Nej, han är inte arg på Ellie, och inte på sjukdomen fast den långsamt tar henne ifrån honom, möjligen på hennes förmåga att så länge få dem båda att bortse från den.

Kanske har han skäl att vara tacksam mot henne för det.

De bodde en vinter under vulkanen som heter Teide.

Han minns den som grönskande. Det kan den inte ha varit.

Nu serveras en måltid i flygplanet. Passagerarna färdas som underliga fåglar i luften medan de äter och dricker, skuggor som i Hades. Eller skuggor av något som var och som inte kan hållas kvar. Bronisław torkar svetten ur ansiktet med servetten och försöker rycka upp sig men lyckas inte stort bättre än den eländiga murgrönan.

18. SKOGSMUSENS KATAFALK

I köket leker de små mössen, hon hör dem.

Små danssteg och piruetter. Att lyssna till dem gör henne upprymd. Mest för att de inte bryr sig om henne. De lever i en annan dimension, i en drömskare och glömskare tillvaro. Men skogsmössen drömmer inte. Inte heller kan de glömma. Det förmår bara de som minns. Deras ögon är små frön ur jorden. Tassarna embryonala. Öronens form björklövets som just spruckit ut. Mössens tragedier är inte hennes.

En av dem förolyckades i kopparkärlet som Friede ställt i utrymmet under köksbänken. Den tog språnget från träavsatsen strax ovanför kärlet sen den tagit sig in i huset genom en osynlig härväg för skogsmöss. De ger sig ut på härnadståg. Marscher till Indien. Babyloniska fälttåg. Friede gav upp ett ilsket tjut. Men Ellie krävde att få se det lilla liket.

Och när Friede kommit uppför trappan med kopparkärlet och hållit fram det för henne, ville hon ha sällskap av den döda en stund. Den låg på botten av sin runda katafalk med framtassarna knäppta under hakan, så såg det ut. En graciös liten varelse.

Avmagrad. Måste ha varit död ganska länge. Av dödskampen, de desperata och förtvivlade försöken att bestiga kopparkärlets välvda kanter, syntes inga spår. Skogsmusen bär i döden på en värdighet som är större än under levnaden. Livet är fladdrigt och virrigt. Skarpa dofter. Flimrande synintryck. Hastiga rörelser, lövprassel, flykt undan ormar och fåglar.

Men värdighet kan uppenbarligen rymmas också i en mycket liten död kropp. Hon kunde denna morgon vrida sig på sidan i sängen och med händerna under hakan skåda ner i kopparkatafalkens rotunda. Senare föll solen in över den döda och fick den gråbruna pälsen att skimra lite. Och det slog henne att de låg vända mot varandra i samma ställning och inte var helt olika varandra, bortsett från formatet.

Lilla vän, tänkte hon. Lilla syster eller bror.
Sen tog smärtorna överhanden.

Men nu hör hon dem igen, lycksökarna. De har funnit vägen in i huset
sen den svarta katten försvann. Hon hör också prasslet under takpan-
norna. Där bor svalor. Snart flyger de till Egypten. Hon hör suset i
trädkronorna och porlandet av vatten under jorden. Hon hör det sva-
ga knirket från en tallgren som kommer att slitas av när höststormar-
na kommer.

Hon hör det fräsande ljudet från en solstråle som har färdats långt
och träffar verandaräcket och sen pustar ut. Hon hör mumlet från de
döda i väggarna. Hon har lärt sig att skilja på rösterna, den gnälliga
frun och den surmulna herrn som bodde här före dem, frun hängde sig
och sönerna sålde huset. Sen hör hon det entoniga ljudet av bollen
mot skolhusets vägg, en flicka i flätor kastar den, tjump, tjump.

Hon hör svagt kamrerns bläddrande bland papper inne på post-
kontoret bakom kyrkan, han bär svarta sidenmanschetter över kavaj-
ärmarna och pincené. Hon lyssnar också till ljudet ur doktor Genzers
stetoskop, han undersöker med rynkad panna patientens pipande
lungor. Vem är patienten? det måste vara Carlo Belotti som hugger
ved åt dem, man kan inte ta miste på pipljudet.

Hon brukar lyssna till det mellan yxhuggen när han hålls på baksi-
dan av huset och staplar vedklabbar för vintern. Det piper och sjunger
ur onkel Carlos bröst som ur ett dragspel, ibland hela ackord, en or-
kester. Doktor Genzer har blivit lomhörd. Ändå slutar han inte att an-
vända sitt fina instrument när han besöker Ellie. Det enda doktorn
annars kan göra för henne är att rada upp burkarna med smärtstillan-
de piller på nattygsbordet. De låtsas att han undersöker henne och
funderar och drar slutsatser.

Hon låter honom hållas. De talar tyska med varandra fast italiens-
kan är påbjuden av statsmakten. De bjuder motstånd.

Hon hör slamret från tåget, det närmar sig med post och tidningar,
och sen bruset från bergsforsen som helt kort överröstar tåget innan
slamret i skenskarvarna tar vid igen. Sen hör hon en av flickorna grå-
ta. Det är så långt till England att hon får skärpa hörseln för att höra
vem av dem det är. Oväntat nog är det hon som aldrig gråter.

Maya! utropar Ellie.

Mamma, säger Maya och snörvlar. Hon sitter på sängkanten i det fula lilla rummet som Ellie aldrig har sett men lärt sig att tycka illa om, ett kallt och kalt rum för fyra flickor på internatskolan. Ett galler av järn över fönstret. Några torra grenar vispar håglöst utanför. Mayas knäskålar mellan yllekjolen och knästrumporna är blåfrusna.

Hon snyter sig.

Hon är rufsig i håret och kinderna är rödflammiga.

Hon försöker behärska sig. Det är uppfostran: behärska och besegra, bemäktiga och bemästra, om inget annat så sig själv. Hålla sig inom sina skrankor. Bita ihop. Kuva sin natur. Det är vad internatskolan lär ut. Och så Livius och Tacitus, antika sjöslag och fälttåg, och mellan raderna nerbrunna städer, liken efter våldtagna kvinnor, och hela folk som sopats ut ur historien och överlämnats åt glömskan. Finns det nån lärare som berättar för Maya och de andra flickorna att de har mer gemensamt med dessa folk än med segrarna?

Maya snyftar torrt med ansiktet i händerna.

Sen går hon fram till fönstret och betraktar den döda växtligheten. Hennes flickrygg är smal. Ellie försöker omfamna henne men Maya märker det inte, och hur skulle man också kunna trösta henne på det här avståndet, Ellies tankekraft räcker inte till. Men nu öppnas dörren och där står en skinntorr karl med kritdamm på rockslaget. Ögonen liknar små vassa knappnålar. Ellie vill hindra honom från att stiga in och här har hon framgång, han stannar på tröskeln. Där står han, fastspikad. Spikarna går tvärs genom fotvalven och tillåter honom bara att gunga en smula fram och tillbaka på fotsulorna.

Maya stelnar till men vänder sig inte om.

Jag tror att du är skyldig oss en ursäkt, säger läraren.

Hans röst är inte elak. Den är inte vänlig. Den är avskalad från känslor, avgnagd och skinnflådd. Vad det än är frågan om tar Ellie Mayas parti. Stå på dig, Maya. Historien måste skrivas på nytt, det är ett ofantligt arbete, hur ska Maya ensam kunna klara det. Maya, viskar Ellie med hela sin tankekraft. Och när Maya vänder sig om är hennes ansikte inte rödflammigt längre utan blekt. Hon möter lärarens ögon. Det är knappt att Ellie kan uthärda dem, men Maya gör det. Hon spetsar sin egen blick med grönt och vasst.

No sir, svarar Maya med stadig röst.

Mannen på tröskeln slutar att gunga på fotsulorna. En liten hinna dras ner över hans knappnålsögon som hos en fågel. Han säger inget. Han vänder på klacken och går. Maya fnyser och kastar sig på sängen och gråter. Jag hatar dig Gud! Du tillåter orättvisor, du bestraffar de oskyldiga, jag tänker hämnas genom att inte tro på dig längre! Ellie vill krama henne och kyssa henne. Hon är mycket stolt över Maya.

Bry dig inte om de förbannade skitstövlarna, stå på dig.

Kom hit, säger Maya kort och befallande.

Jag är hos dig hela tiden, viskar Ellie.

Hjärtat spränger av stolthet men hon skakar vid tanken på vad Maya ännu har att utstå. Ellie är så långt borta, och Bronyo har sällan tid, och tankekraften når ofta inte fram, inte i tid, inte med tillräcklig styrka, och detta är det värsta för en mor, att inte kunna hjälpa sina barn i rätt ögonblick.

Ellie spänner halssenorna av förtvivlan.

Sen kommer smärtorna, de gamla vanliga.

Nej, inte alls de gamla vanliga, några som har kommit på sistone. De bänder isär hennes skelett som i en medeltida tortyrkammare. Hon försöker hålla sig kvar hos Maya men plågan är för stor. Hon glider bort. Hon hör inget längre, inte Mayas röst och inte mössen i köket. Inte heller Friede som skrämmer iväg mössen när hon låser upp köksdörren. Sen håller Friede sin starka arm under hennes nacke och stoppar piller i hennes mun. Ellies kropp är förvriden som en tallruska som vuxit mot vinden.

Hon är bara spretiga grenar. Hon väger ingenting längre.

Hon är ofta lika arg på Gud som Maya nyss. Hur kan du tillåta detta förtryck, detta övervåld mot din egen skapelse? Nu ser hon otydligt Friedes förfärade ansikte som lutar sig över hennes eget.

Skrek hon? Om hon gjorde det, hörde hon det inte själv.

Hon vaknar och ser in i doktor Genzers blå ögon.

Han besöker Ellie varje dag.

För sitt höga nöjes skull, påstår han, och det var länge sen han tog betalt. Han svär över att han inte har kommit tillrätta med sjukdomen. Först tassade den in på mjuka fotsulor och lismade och fjäskade. Den drog sig tillbaka när doktorn hötte åt den. Ändå fick den fäste. Varken han eller Ellie förstod riktigt hur det gick till. Ont ska med ont fördrivas, sa doktor Genzer och gav henne injektioner så att sjukdomen dröp av. Med svansen mellan benen, ansåg Ellie.

Vi knäcker den, doktor Genzer.

Och hon kavlade upp ärmen på hans mottagning för att få giftet i sig. Det gav henne stickningar i fingertopparna och stumhet i huden. Men hon såg fram mot giftdosen. Den höll sjukdomen i schack. I varje fall på armslängds avstånd. Och ändå tilltog atrofin. Så kallade doktor Genzer benägenheten hos Ellies lemmar att dra sig samman och kröka sig. Hon fick ibland också en underlig andnöd och kvävningskänslor. Men även mot dem hade doktor Genzer sina knep.

Andas in djupt, fru Ellie. Håll andan!

De stod mitt emot varandra i doktorns mottagningsrum, doktorn i skjortärmarna och med cigarrstumpen mellan fingrarna, och andades i kapp som två regementstrumpetare. De höll andan tills de var blå i ansiktena och fulla i skratt, och Ellie sjönk ihop. Men sen blåste hon upp sig igen som en groda. Och allt var ännu ganska lätt och hon och doktor Genzer hade inte tråkigt tillsammans.

Hon blev nästan lite förälskad i honom.

Och han som var stilig och alltid lika galant menade att om han bara hade varit tjugo år yngre och om inte Bronyo hade funnits, kort sagt om allt hade varit på ett annat sätt än det nu råkade vara – *då* fru Ellie!

Ja *då*, doktor Genzer! svarade Ellie och slog armarna om honom. Och allt var lätt som en vårbris.

Doktorn fanns alltid i sitt vita hus bakom kyrkan, utom när han var i Bolzano eller i Milano, och vad gjorde ni *där*, doktor Genzer?

Det svarade han aldrig på. Kanske besökte han lättfärdiga damer, trodde Ellie. I hans vardagsrum fanns fotografiet av Hannelore i silverramen. Svart hår och eldfängda ögon. Hon var skådespelerska, sa doktor Genzer vid ett tillfälle när Ellie frågade.

Det där var för länge sen. Mer sa han inte.

Jo, en gång sa han att han varit dum. Hur? frågade Ellie.

Som karlar är, fru Ellie, fåfäng och inbilsk. Hannelore får stå där i sin silverram som en påminnelse, så att jag inte ska göra mig märkvärdig. Och när Ellie inte blev bättre sände han henne på behandlingar hos läkare på kurorter som han menade begrep bättre än han.

Själv var han ju bara en gammal bydoktor. Och de främmande läkarna på kurorterna hittade på det ena efter det andra, massage, lerinpackningar och gymnastik. Men bättre blev hon inte. Vi bryr oss inte om de andra doktorerna, sa Ellie när hon kom hem. Sjukdomen är en sak för sig. Människan är något helt annat än sjukdomen.

Som tur är har ni en stark ande, sa doktor Genzer.

Jag har inte tid att vara sjuk, svarade Ellie.

Det var också sant. Hon hade huset att sköta och det droppade, läckte och drog. Hon hade böcker att läsa och brev att skriva. Och så var det alla berättelser som hon hörde och som handlade om det som hände i byn och i byarna runt omkring. Många besökte Ellie på vinterkvällarna för att sitta i köket och prata bort en stund, och hon skrev ner deras berättelser och tänkte att hon en dag skulle samla dem till en bok. Människor häruppe är på sitt speciella vis, sa hon till Bronyo när han kom.

Det beror på den stora väldigheten som omger dem.

Den skapar villfarelser som liknar klarsyn.

Det var herden som blev en get. En vinter vägrade han att komma tillbaka till byn med sina djur. Någon hade kränkt honom. Om hur det hade gått till rådde osäkerhet och delade meningar, men kärleken var inblandad. Och det blev en förfärlig vinter då snöstormarna vrålade och solen aldrig gick upp. När människor väl kunde ta sig fram till honom var alla djuren döda så när som på ett.

Och det var han själv.

Han gick aldrig att hålla i människoboningar mer. Han strök omkring efter de andras flockar och betade bland deras djur.

Och Bronyo lyssnade medan Ellie berättade.

Det var också flickan som älskade smedens son. Natten efter hans bröllop med en annan gick hon spritt naken genom byn i månskenet. I gryningen stod hon utanför de nygiftas hus och sjöng så vilt att hon fick hämtas av gendarmer. Inga andra kunde rubba henne. Hon sjöng med flådda lungor. Rå smärta som steg ur tillvarons innersta. Där är allt sönderfläkt och sönderdelat och materiens atomer rör sig avsiktslöst. När människan snuddar vid detta urtillstånd vrålar hon blint och i skräck eftersom det mänskliga inte kan vistas där.

Hon hade väl en skruv lös, sa Bronyo.

Men hennes fötter hade under natten vuxit ner i jorden och blivit till trädrötter, svarade Ellie.

Det där är en klassisk myt, Ellie. Daphne blev också ett träd.

Det spelar väl ingen roll om det är en myt, svarade Ellie, och varför skulle inte myter kunna vara sanna? Det handlar förstås om att känslorna har en ohygglig kraft, de kan förvandla människan till vad som helst. Hon ville skriva ner historierna och ge ut dem. Det blev svårare sen när hon inte själv kunde hålla i pennan.

Men då dikterade hon för signora Luisa.

Sjukdomen har inte hemortsrätt i henne. Inte ännu. Mot smärtorna finns doktorns piller. Av dem blir hon rusig.

Det har hon inget emot.

Nu ler hon mot doktor Genzer ur sängen. Hans ögon är blå som pärlhyacinter. Håret är långt – han tycker inte om saxar – och kritvitt numera. Och mjukt som silke. Han går runt i byn som en profet med sitt fladdrande hår och sitt krusiga skägg. Och tillsammans bjuder de motstånd mot idiotin som sprider sig.

Men denna dag ler inte doktorn tillbaka mot Ellie.

Han fubblar med hörapparaten som han skaffat i Bolzano. Tidningen faller ur hans knä och han märker det inte. Han har verkligen åldrats. De brukar läsa tidningarna tillsammans och förargas. Politiken. Och sjukdomen. På ett egendomligt sätt har de slagit följe. Som två rövare som hittar varandra i skogen och blir glada för sällskapet.

Er sjukdom, fru Ellie, den är djävulen själv!

Han är knarrig och ur balans denna förmiddag.

Ledgångsreumatismen kommer ur materiens lägsta skikt, från de trubbiga jordandarna, det tror Ellie också. Men hon vill inte ge djävulen mer makt än han har. Och därför skakar hon på huvudet och invänder. Men doktor Genzer, vad tar det åt er idag?

Det djävulska är något annat än sjukdomen.

Det finns ett namn för fans egen sjuka. Det är liknöjdhet. Det är att släppa taget och tro att inget längre spelar nån roll. Om de inte ser upp kan de hamna där, doktor Genzer och hon, i depressionen och i den vita vämjelsen. Den sjukdomen fruktar Ellie. Hon har varit i den en gång. Det var i ungdomen, efter Charles död. Dit vill hon aldrig mer tillbaka, in i mjölkigheten och liknöjdheten.

Därför gör Ellie Rose vad hon kan för att muntra upp doktor Genzer, också när han ser på henne med sin sorgsnaste blick och säger *povera pupa*. De måste hålla modet uppe, doktorn och hon. Smärtorna var visserligen ovanligt svåra denna morgon. Hon skrek. Friede har väl berättat om det för doktorn. Men nu vill Ellie att de ska glömma det och läsa tidningen tillsammans som de brukar. Det ser kanske illa ut. Men vi måste hjälpa Gud så gott vi kan.

Doktor Genzer bryr sig inte om tidningen.

Han lutar sig mot stolsryggen och sluter ögonen.

Under solbrännan är han blekare än hon lagt märke till. Tänker han ge upp? Utan honom skulle hon bli mycket ensam. Hon ogillar hans tendenser till uppgivelse och lättja och brist på koncentration. Då tror hon att han suttit och druckit för mycket kvällen innan och vältrat sig i självförebråelser för gamla försyndelser.

Men vad är det med er idag? frågar Ellie misslynt.

Djävulen, varför drar ni in honom, doktor Genzer?

Gud har vänt oss två ryggen, säger doktorn.

Och Ellie kommer inte på något att svara.

Hon hör tallgrenen som knakar och kvider.

Hon uppfångar morsesignalerna från en hackspett nere i dalen. Hon lyssnar till barnen som leker på skolgården. Och mässingsklockan som skolläraren ringer i från trappan. När barnens röster försvinner blir det tvärtyst. Inte ett enda ljud kommer till henne.

Hon lyssnar en lång stund till tystnaden.

Och plötsligt blir hon rädd.

Under den skärpta hörselns stund i gryningen vistas hon hos flickorna. Hon tröstar Zofia, sjunger för Iza och uppmuntrar Maya. Också Bronyo besöker hon med sin tankekraft. Hon skämtar med honom och får honom att skratta, men snart finns inte så mycket att skratta åt längre och vad ska hon göra då? Hon brukar föreställa sig att hon lyssnar till honom när han föreläser i London. Hon håller honom också sällskap på hans resor.

Hon skriver varje dag till honom med hjälp av signora Luisa.

Men numera orkar hon inte hålla förbindelsen öppen så långa stunder längre. Nej, det händer att hon stänger av Bronyo helt och hållet.

Och av det mår hon ibland lite bättre.

När han skrev från Alger och meddelade att han tyvärr inte hann besöka henne på tillbakavägen från Afrika som han först tänkt blev hon lättad. När hon är ensam med sjukdomen – med mössen, fåglarna, solen, Friede, doktor Genzer och signora Luisa – kan hon resa långt med sin tankekraft.

När Bronyo dyker upp förvandlas hon till sjukdomen.

Varför är det så?

Byprästen, han är ny och heter fader Giacomo, hälsar på.

Han är ung och får henne ofta på dåligt humör. Han berättar för henne ur Bibeln. Om Job som drabbades av förfärliga katastrofer. Den onde – fader Giacomo kallar honom Åklagaren – hade jagat upp Gud så till den grad att han fått honom att ingå en sorts vadslagan. Gud bestämde att alla olyckor skulle få drabba Job.

Förlust av alla hans rikedomar. Därefter näst intill outhärdliga plågor. Först bulnader över hela kroppen. Sen vämjeliga sår. Inte ens hans vänner kände igen honom. Därtill sömnlöshet om nätterna och ångest i gryningen. Och ändå slutade inte han, Guds trofaste tjänare, att älska och lyda Herren.

Sen fick Åklagaren stå där med lång näsa.

Det är en oroande och underlig berättelse, hur kunde Gud låta allt detta drabba sin trogne tjänare Job?

Det var en förfärlig historia det där, fastslår Ellie.

Men det tycker tydligen inte fader Giacomo. Han säger milt att Ellie befinner sig i samma situation som Job. Sjukdomen har sänts henne av Gud för att pröva hennes tro. Men då uppreser sig Ellie. En så småaktig gud erkänner hon inte.

Vad är det för en gud, fader Giacomo, som lät Job lida så ohyggligt bara för att få demonstrera sin makt? Det liknar ju ett dåligt skämt. Så där håller småpojkar på. Vuxna karlar också dessvärre. Skrävlar och skryter. Försöker få de andra på sin sida. Och de så kallade massorna får bära bördorna. Men Gud är väl ändå inte nån sorts fånig Mussolini?

Ellie stirrar uppbragt på prästen från sin kudde.

Och prästens ögon guppar som flöten i en strid alpbäck.

Han tillhör – enligt Ellie och doktor Genzer – dem i byn som är betänkligt mjuka i ryggbastet. Fader Giacomo är en man som helst går ur vägen. Han vill hålla sig väl med milisen. Det händer till och med att han tar sig ett glas med dem på krogen. Det gör skolläraren också.

Det är sent på eftermiddagen. Och vindstilla. Tallgrenen håller käft. Prästen säger inte heller något. Ellie vet inte varför hon nyss blev så arg. Fader Giacomo är visserligen dum och ung och omogen. Men hon borde inte bli arg på honom utan i stället tala om för honom varför han har fel.

Men hon orkar plötsligt inte. Det enda som hörs på en lång stund är Friede som vispar i köket. Och en dum humla som studsar mot fönsterglaset och inte hittar ut fast fönstret står öppet.

Job uthärdade nog olyckorna av helt andra skäl, säger Ellie till slut.

Vilka skäl, menar ni? Fader Giacomo lyfter blicken från mattan.

Job uthärdade sjukdomen för att inte *bli* sjukdomen, svarar Ellie.

Han var inte rädd för att dö. Han bad till och med om det. Han förbannade natten då han föddes. Men att han skulle få dö tillät inte Gud. Nej då. Job skulle pressas till det yttersta. Och det bara för att visa att Gud hade mer stöd än djävulen? Det där kan ni väl inte tro på, fader Giacomo. En gud som ger sig in i vadslagan med djävulen ger jag inte mycket för, säger Ellie. Om det var på det viset så var Job mer rättfärdig än Gud själv. Jag tror att historien om Job handlar om något helt annat.

Jaså, och om vad då? frågar prästen.

Den handlar om att människan har kraft att motsätta sig lögnen. I varje fall somliga människor. Job försvarade sin heder och sanningen. Han lät sig inte användas som ett redskap, fader Giacomo.

Fru Ellie, säger byprästen. Hans röst är len som honung. Den är som rinnande sirap. Jobs bok handlar om människans underkastelse.

Det är precis tvärtom, framhärdar Ellie fast hon är trött.

Ni är en styvsint människa, fastslår prästen, tror ni egentligen på Gud?

Ellie betraktar sina händer på täcket.

De är förvridna och krökta och fula. Hon är arg på sina händer också. Gud kan mycket väl ha sänt henne sjukdomen, hon är inte främmande för tanken, och då skulle det finnas en mening med den, men vilken? Denne Job, vad hade han egentligen för val? Hans klipska vänner försäkrade i mun på varandra att han ändå måste ha syndat på något vis. De kunde inte tänka sig att en oskyldig skulle kunna drabbas av så förfärliga olyckor som han. Då vore hela världen orättfärdig. Och den tanken ville de inte tänka.

Tror ni på Gud, upprepar fader Giacomo.

Nej, svarar Ellie argt. I varje fall inte på samma gud som ni.

Friede kommer uppför trappan med spetsglas på brickan och med likören som prästen tycker om. Hon schasar också ut den ointelligenta humlan med sin handduk. Prästen har plötsligt blivit tankspridd. Kanske har han fått bråttom. Han har stannat hos Ellie i flera timmar.

Nu faller mörkret. Den svaga lukten av kolrök når Ellies näsborrar, den är syrlig och spetsad av kåda. När det är mörkt kan man ibland se svaga ljus på alpsluttningarna. Det är herdarnas eldar. Stjärnorna lyser ofta starkare. Prästen tömmer sitt glas i ett enda svep.

Denna kvinna gör honom osäker.

Men han lovar att komma tillbaka när helst Ellie önskar.

Ellie har följt hela förloppet: lögnerna har bara tilltagit. Det började med de rastlösa unga männen.

Även till deras by kom männen med de svarta skjortorna på sina motorcyklar och höll möten utanför kyrkan. Ellie gick dit för att lyssna med Zofia vid handen och Maya i barnvagnen. Hela byn stod där med gapande munnar. Och dessa män, många var helt unga pojkar, gastade och skrek. Om vad?

Om att det krävdes mannakraft i Italien.

Revolutionär handling. Kolonier på andra sidan haven. Man fick inte väja för våldet. Italien var förvekligat. Kvinnligt och svagt. En mjuk och vämjelig och kvinnligt svampaktig anda hade trängt in i landets ryggmärg. Hur illa det stod till syntes av deras yviga gester. Själva var de sprickfärdiga av manlighet.

Knytnävar och uppsträckta armar. Om och om igen. Det såg löjeväckande ut, som om de försökte våldta himlen. Unga män vill gärna det. Men de var inte kommunister. De var nationella och tillhörde kampförbundet som hette Fascio di combattimento.

Vilka är de, doktor Genzer?

Fascister, svarade doktorn.

Han hörde utmärkt på den tiden. Ellie var ännu inte hans patient. Men han hade tagit hand om flickornas kikhosta och mässling och om Bronyos huvudvärk. Han stod vid vägkanten en bit från kyrkan med hatten i nacken och svängde med käppen. Han behövde inte någon käpp. Men han tyckte om att svänga på käppar. Han var brunbränd. Vit skjorta och kravatt. Hans hår var svart, bara ett par silverstänk vid tinningarna. Doktor Genzer var mycket stilig, och det hände att Ellies hjärta klappade lite fortare när de möttes.

Och vilka är fascisterna, vad vill de?

De vill styra Italien, sa doktorn.

Ellie brast i skratt. Ni skämtar, doktor Genzer.

De gick därifrån tillsammans, hon med barnvagnen och doktor Genzer som svängde på sin spatserkäpp. Det var en solig vårdag. I backen drog han barnvagnen åt henne så att hon kunde lyfta upp Zofia som kinkade. Och humlorna surrade vid vägkanten och det doftade fränt och sött av gräs.

Och blommorna prunkade.

En tyngd fast lättburen.

Så var det att gå på byvägen vid doktorns sida. Denna lätta tyngd i doktorns närvaro kan hon fortfarande känna.

Men doktor Genzer skämtade inte alls.

Svartskjortorna marscherade till Rom och deras anförare följde efter på nattåget från Milano med pyjamasen i portföljen, han var visst en smula yrvaken, sades det. Fascisterna tog mycket riktigt makten. Kriget hämtade bara andan och slickade tassarna, skrev hon till Bronyo som hade svårt att förstå vad som hände.

Dessa fascister hade inte ens en ideologi värd namnet.

Vårt program är enkelt, vi vill styra Italien, hette det.

Bäst att flickorna blir brittiska medborgare, skrev hon till Bronyo. Klokast att låta dem gå i engelska skolor. Hon själv ville bli frisk innan hon flyttade efter med Iza. Hon hade redan fått den konstiga värken i lederna. Sen släppte hon iväg Iza ensam, det var när skolan i byn blivit ohälsosam. Hon tänkte följa efter. Ja, det hade hon planerat. Kanske skulle det bli svårt för henne att studera vid universitetet, hon var ju inte längre så ung. Men hon avsåg att söka arbete som sjuksköterska igen så fort hon blivit frisk.

Hon var nu förvissad om att det på nytt skulle bli krig.

Staten är målet, individerna medlen, skrällde Il Duce i radion.

Den nye skolläraren upprepade det. Honom ogillade Ellie genast.

Men hon kunde inte ge sig iväg till London omedelbart. Hon ville först inte komma dit stödd på käpp. Sen inte i rullstol. Och till slut, det tog tid innan hon insåg det, inte alls.

Hon *är* inte sjukdomen. Men vad är hon?

Det måste hon ta reda på.

Du har verkligen rätt att klaga, skriver Bronyo ofta i sina brev. Jag har försökt, men av att klaga blir jag bara hes, svarar Ellie Rose.

Hon hör sandkornen rassla. Landskapet är vidsträckt och rött. Vinden har dragit upp vackra mönster i sanden, slingrande meandrar, ända från Ellie Rose och till horisonten.

Där finns en bergskedja med mjuka konturer.

Hon springer och hoppar och dansar i det röda landskapet.

Hon är hemma och det är i Australien. Hon är viktlös. Fötterna nuddar inte ens vid marken, hon flyger. Då ser hon att det blåser upp långt borta. En tunn virvel lyfter från marken. Den tätnar. Den böljar och vajar. Den rör sig åt hennes håll. Den blir en flygande stod av sand som blåser mot henne. Och vad är det som kommer ur öknen insvept i en sandstod?

När den kommit nära ser hon att det är Tammie.

Ellie blir mycket häpen. Sen blir hon glad.

Hallå, Tammie!

Är det verkligen du, Ellie Rose?

Ja, ja, här är jag!

Då har jag kommit rätt, Ellie.

De tycks vara lustiga sandvirvlar, både Tammie och hon. Allt är lätt och fritt. De svänger runt med varandra. De far in i varandra. De glesare yttre konturerna av deras gestalter kan inte skiljas åt. Det är en lek som Ellie inte har känt till tidigare. Man virvlar och svänger och flyger. Man upplöses och tätnar. Hela tiden hörs rasslandet och risslandet och strilandet av sand. Det är miljoner små sandkorn som blåser. Byter riktning. Viskar, susar och sjunger.

Ellie försöker få fatt i Tammie. Hon vill prata med henne.

De har ju inte setts på så länge. Inte på många år.

Tammies brev var kortfattade. Hon fick en pojke, han hette Eliah. Senare kom Ellies brev i retur. Stanna, Tammie! Men Ellie lyckas inte få fatt i något. Hur hon än anstränger sig får hon bara blåsande sand i händerna. De få ord som de kastar mellan varandra är lätta som sandkornen och blåser bort lika fort. Inget som Ellie skulle vilja säga, och det är mycket, får hon fram.

Kom hit, Tammie!

Här är jag, Ellie Rose!

Kan du inte komma närmare?

Jovisst, Ellie!

Och sen blir Tammies gestalt allt tunnare i den flygande sanden, man kan inte skilja henne från den. Och plötsligt är alltsammans borta. Ellie vaknar till av radion, den skräller. Det är en smörtenor, han kallas statstenor, som sjunger dödssången ur La Traviata. Hon lyckas med stor möda få tyst på honom och välter på samma gång några av doktor Genzers pillerburkar från nattygsbordet och ner på mattan.

Friede har gått hem för länge sen och ute är det mörkt. Smärtan borrar i skelettet. Hon är torr i munnen och gråtfärdig av besvikelse. De möttes i det röda landskapet. De fick inte röra vid varandra med armar av kött och blod. Och inte tala med varandra.

Kartan de skulle rita, vad blev det av den?

Den tog längre tid än väntat. Komplikationer tillstötte.

Hur kunde det bli så svårt? Ellie har gjort sitt bästa för att förstå dem alla, Bronyo och flickorna. Lite tid för annat hade hon också tänkt att få, men det blev sällan några pauser i livet. Det ena barnet följde tätt på det andra. Än har jag mycket tid, tänkte hon. Men när den ena hade ont för tänder fick den andra värk i magen. Och alla ville de vara i hennes famn, helst samtidigt. Och Bronyo blev irriterad och frånvänd om inte hennes tid räckte för honom när han ville tala om sitt författarskap.

Och sen kom sjukdomen.

Och nu tycks det bli krig.

Kriget är mänsklighetens eviga lag, det står i tidningarna varje dag. Man dyrkar djuret i människan. Italienska trupper slåss redan i Abessinien. Italienarna använder senapsgas så att etiopierna kräks upp sina lungor, doktor Genzer har beskrivit det. Nationernas Förbund stod maktlöst mot Italien, och sen lämnade Italien det.

En internationell lagstiftning som Ellie trodde skulle kunna skapa fred har visat sig bara vara ord på ett papper. Och det förverkligade och kvinnliga, vad är egentligen det?

Det kvinnliga tycks vara en sorts besmittelse.

Det starka och manliga söker sig till förbrytelsen och våldet. Ja, det tycks pågå ett sorteringsarbete. Styrkan är det friska och allt som är sjukt ska fördrivas. I orenlighet har jag blivit nerstjälpt, klagade Job. Min hud har svartnat och lossnat från mitt kött. Det som är svagt och sjukt bör ödmjuka sig inför det starka. Var det inte detta fader Giacomo ville säga?

Alla böjer sig för den råa styrkan. Och beundrar den.

Och alla vill hålla sig väl med Il Duce.

Västmakterna har smickrat och ställt sig in hos honom, trots det vidriga kriget i Abessinien. Det var kanske, tänkte Ellie och doktor Genzer, för att de ville försöka få med Il Duce i en allians mot Tyskland? Ett tag såg det ut så. Men de bedrog sig. Mussolini och Hitler fann varandra, och nu är de såta vänner.

Ellie skulle vilja tala med Tammie. Inte i första hand om allt detta, fast det är upprörande.

Hon skulle vilja tala om sig själv. Vad ska hon ta sig till?

Bronyo har blivit alltmer avlägsen. Till dels är han vänlig och uppmärksam, till dels oåtkomlig. Jag förstår dig, Bronyo, om du längtar efter andra kvinnor när jag är så sjuk. Det är naturligt, men behåll mig som din vän. Stäng mig inte ute ur ditt liv. Ha förtroende för mig, Bronyo. Och vad svarar han? Du pratar dumheter, Ellie. Jag vill inte lyssna till sånt. På det sättet vänder han henne ryggen. Vad får du såna idiotiska tankar ifrån, Ellie?

Ja, var? Tror han verkligen att hon är idiot?

Ellie vrider på nacken och betraktar pillerburkarna. Hon kunde tömma dem alla. Dagpiller och nattpiller. De smärtstillande och de sömngivande. Alla doktor Genzers piller på en gång skulle ta kål på henne. Hon är inte rädd för att dö. Varför skulle hon vara det?

Frisk blir hon aldrig mer. Hon kommer aldrig mer att få älska med Bronyo. Det händer att hon skriker av smärta när doktor Genzer rör vid hennes kropp eller sätter stetoskopet mot hennes bröst. Friede – och ibland en yngre kvinna från byn som heter Amelia – får sköta henne som ett barn. Hon söker flickorna med sin tankekraft.

Det är inte säkert att de ens märker det.

Hon är inte till glädje för någon. Ändå har hon inte velat ge upp. Vad är det egentligen som hon håller fast vid?

Det hade hon velat tala med Tammie om.

Ett grönt och ärgigt soldis ligger över alpängarna. Också himlen är grönaktig och ogenomskinlig. Ellie lyssnar till Friedes kvast nerifrån köket. Den sveper ilsket och rytmiskt över golvplanken.

När Friede var ung för många år sen och de lärde känna henne hade hon ett stort och bullersamt skratt som hon knappt kunde sluta tänderna om. Hon hade också gungande höfter och stora och yppiga bröst. Numera är allt jämntjockt. Och Friede skrattar aldrig.

Det var en man som kom långt ifrån och stannade en vinter.

Han var mekaniker och reparerade allt i byn som ägde skruvar, muttrar och svänghjul. Också den stora klockan ovanför soffan därnere lagade han. När han reste, det var i snösmältningen, tog han Friedes fägring med sig. Han hade visst en fru, sa Friede till Ellie. Det var när hon långt om länge börjat tala igen. Länge teg hon bara. Och det var som om svänghjulet i Friede hade stannat och det bara fanns en enda mekaniker i hela världen som kunde laga det.

Men just han kom aldrig tillbaka.

Det hör till den stora väldigheten häruppe att förvandlingar sker tvärt och slutgiltigt. En människa som har antagit fågelhamn är ovillig att kliva tillbaka i sina människofötter igen. Hellre låter hon sig forslas till hospitalet. En Friede som en gång har upphört att skratta drar inte ens på mun för att gymnastisera munvinklarna lite.

Hon blir bisterhet rätt igenom.

Vad makten i Rom har för sig bryr sig de flesta inte om. Det angår dem inte. De har sett många sorters makthavare komma och gå. Och främmande arméer och soldater. Friede gjorde det stora misstaget att öppna öronen för en främmande fågels locktoner. Nu betalar hon envist och trumpet priset. När Ellie med en kraftansträngning ropar på henne upphör kvastens rörelse.

Ja? säger Friede med ärmarna uppkavlade över de kraftiga armarna. Uppe på vinden, säger Ellie, finns en pappask med många grova snören om som det står skrivet "Australien" på.

När jag har skurat golvet, svarar Friede.

Nej nu, befaller Ellie.

Och Friede kommer från vinden, inte bara med pappasken ur vilken Ellie tänker leta fram en adress – vilken som helst som hon kan rikta ett c/o till och ännu en gång försöka nå Tammie – utan med en papptub under armen som Ellie vagt känner igen. Bronyo kom med den från London och glömde den. Det var när han anlände från Amerika och strax därpå skulle iväg till Afrika.

Pappasken får vänta en smula. För att få upp tuben blir Friede tvungen att använda en köksкniv. Till slut lyckas hon. Hon drar fram hoprullade teckningar och målningar ur den, större och mindre. Hon slätar ut dem och lägger dem framför Ellie på täcket.

Och det är som om portarna till en dårkista slagits upp.

Ett dödstyst larm. En vrålande stiltje.

Här ligger två män på rygg i en ödemark eller öken. Den ene är fet och uppsvälld och har fågelnäbb och paddfötter. Den andre bär flaxande frackskört och slingrar sina magra ben om varandra. De konverserar livligt men hör varandra inte. De groteska paddfötterna spretar uppgivet.

Och här syns en naken och frysande man med ett fult apansikte och med händerna knäppta över könet. Strax intill honom kämpar två bestar om honom som Sankt Göran med draken om jungfrun. Men riddaren på denna bild är själv en drake med fjällig rygg och eldsprutande ögon. Han slåss mot en däst och fet katt ur vars rygg en ormsvans växer fram och viftar, spasmodiskt och segervisst.

Människan är ett byte mellan vidrigheter.

Människor, bestar och monster fyller bilderna.

Formlösa gestalter som angrips och äts upp eller slåss.

Linjerna är ryckiga och aggressiva. Det är som i mardrömmen då man fastnat och inte kan vakna. Här syns till exempel en varelse med både testiklar och vagina. Man och kvinna samtidigt. Penis och kvinnobröst. Och hopplöst intrasslad i sig själv, linjerna ett labyrintiskt virrvarr. Och människan öppnar munnen och vrålar.

Men här på nästa bild syns en kvinna.

Nej, bara hennes avhuggna huvud. Och det har spetsats på en silverkandelaber. Den avslutas med fågelklor som sliter och river i bordduken. Runt ljusstaken ligger bleka och ofruktsamma ägg. Kvinnans ansikte är smalt och vasst med sammanpressade läppar. Det enda som lever är ögonen och de flackar hjälplöst. Överallt på dessa teckningar stirrar förtvivlade ögon ur en namnlös fångenskap mot Ellie och Friede. Det är förfärande och ändå skrattretande.

En sorts ironisk helveteskomedi.

Men sen följer tre oljemålningar, de är större till formatet, och på en av dem dyker Bronyos ansikte upp.

Jesus Maria! utbrister Friede i förfäran.

Bronyos huvud stiger ur havet. Vattenlinjen går mellan hans två läppar. Kanske håller han på att drunkna? Men nej, han sjunker inte. Hans ögon är fjärrskådande och lite melankoliska, precis som de ofta är. På horisontlinjen ett stycke från munnen flyter en exotisk ö med ett par svarta träd. Ja, det är Bronyo invid sitt Boyowa i ett fjärran skimmer. Havet är stilla, bara en vindkåre krusar det. Bronyo är närvarande med bara en del av sig själv, den som finns mellan munnen och pannan. Allt annat ligger under vatten eller är dolt av blå och krusiga skyar. Det är Bronyo, och på pricken!

Den som har målat av honom kände honom väl.

Men på nästa målning finns ett porträtt av en helt annan sort.

Denne mans ena öga är misstänksamt och skarpt. Det andra ögat är oskuldsfullt och vidöppet. Ansiktet är magert och liknar en munks. *Autoportret*, står det. Ellie betraktar länge Stanisławs ansikte. Han tycks vara inspärrad i en becksvart grotta. Ur hans högra axel stiger röda eldsflammor upp. Men överst i vänstra hörnet skymtar en smal rektangulär öppning. Därute syns en blå himmel, en grön skog och en gul strand. Denne man är ett inspärrat barn. Eller kanske en munk. Utanför grottan finns en värld av lugn och skönhet.

Och den tycks vara oåtkomlig.

Men den sista och största bilden är den allra märkvärdigaste.

Ellie ligger länge och ser på den när Friede har lämnat rummet.

Den liknar inte någon av de andra. Inget är förvridet eller förvrängt på den. Målningen föreställer en flicka, ännu ett barn. Hon sitter rak i en grön trädgårdsstol. Ansiktet är tydligt som på en renässansmålning. Munnen varken ler eller är allvarlig. Allt är stilla på denna målning. Det märkvärdigaste är ögonen. De ser rakt in i Ellies.

De är oerhört blå.

De är oförställda, uppmärksamma och allvarliga.

Ingen mur eller gräns finns mellan barnet och omgivningen. Ingen förställning. Ellie kan inte ta ögonen från denna unga flickas blick. Den fyller Ellie med ett välkommet lugn. Hon sitter lutad mot kuddarna i sängen och betraktar flickan och låter tårarna rinna. När grät hon egentligen senast? Sen ser hon att målaren har målat något mitt på flickans klänningsbröst, vad föreställer det?

Hon torkar bort tårarna och lutar sig fram lite.

Det är ett sprucket äggskal. Och en liten gul kyckling som lekfullt skuttar fram ur ägget med korta och trinda vingar.

När Friede kommer upp med sopptallriken vill hon inte äta något. Friede blir sårad och vänder på klacken.

Senare, Friede, säger Ellie.

Hon känner sig plötsligt rasande på Bronyo.

Hon måste nu koncentrera sig på hur hon ska dö.

Som en fri varelse, helst. Ja, det önskar hon.

Vill inte Bronyo hjälpa henne med det? Hur ska han kunna det, han som inte ens vill erkänna hur sjuk hon är. Det finns ännu mycket som Ellie måste ta reda på. Hon kan inte ägna sig åt att trösta Bronyo längre. Men hon kan inte heller släppa honom. Det beror på att han vänder sig bort från henne. Han sveper in sig i hänsynsfull frånvaro. I den blir hon hängande. Vilken underlig äktenskapskonflikt.

Det är den sista och den underligaste.

Hon vet inte hur hon ska bära sig åt för att få dö som fri och självständig människa. Det hade hon velat tala med Tammie om. Tammie satte ett högt pris på sin frihet. Hon skulle säkert kunna säga något viktigt också i detta sammanhang. Men kommer hon att orka skriva ett brev om allt det här till Tammie?

Bronyo måste på ett eller annat sätt ha fått papptuben från Stas. Han öppnade den inte ens. Han glömde den och reste sin väg och frågade aldrig mer efter den. Han förtränger det förflutna liksom han förtränger Ellie. Han är rastlös. Han har ont om tid. Han är upptagen av sin karriär. Han hinner inte ens hälsa på hos flickorna i deras skolor. Han umgås med märkvärdiga män och smickras av deras uppmärksamhet. Han är bergtagen. Av det yttre.

Han träffar andra kvinnor.

Han har ett förhållande med deras gemensamma väninna Mariella i London. Ellie vet det. Mariella är en storvuxen kvinna med finska förfäder. Också hon målar tavlor. Men Mariellas målningar är inte som Stanisławs. Nej, långt därifrån.

Mariellas målningar är klatschiga och tomma. Om du har ett förhållande med Mariella, Bronyo, kommer jag inte att förebrå dig, sa Ellie vid ett tillfälle. Jag vill bara att du själv ska berätta det för mig. Förstör inte uppriktigheten mellan oss.

Och Bronyo? Han svarade inte. Han blev misslynt.

Och sen, med hetta: Jag vill inte lyssna på dina sjuka fantasier, Ellie! Är han rädd? Kanske är han bara hänsynsfull. Man får väl tro det. Men den sortens hänsynsfullhet urholkar henne. Hon vet inte längre var Bronyo håller hus i sitt inre. Han flyr.

Och inget kan hon mer säga, hon som är sjuk. En framgångsrik man med en sjuklig hustru har det inte lätt. Hon kan inte förebrå honom för hans tankspriddhet, hans flykt och hans frånvändhet. Den som är svag och sjuk måste vara ödmjuk. Var det inte det som fader Giacomo ville säga?

Doktor Genzers blick på Stas bilder är förströdd. Han talar bara om att Ellie ska låta ambulansen hämta henne till sjukhuset i Bolzano. Ellies mun blir ett smalt och missbelåtet streck.

Aldrig i livet, vad tänker ni på?

Hon ser ut genom fönstret.

Hon har visserligen haft svåra smärtor under natten. Men hon har legat mitt i konstutställningen – det fanns en hel utställning i tuben – och insett något viktigt. Det ville hon berätta för doktorn. Och han talar om att låta en ambulans föra bort henne.

Det är inte bra att Friede går sin väg på kvällen och lämnar henne ensam i huset, fortsätter doktor Genzer. Om Ellie inte vill till sjukhuset borde hon ha någon som vakade hos henne på nätterna. Doktor Genzer vill också kontakta Bronyo och få honom att komma. Han står mitt i rummet i sin sjaviga och fläckade rock och framhåller för henne allt vad som borde göras. Och Ellie som har så mycket annat att tänka på. Doktorn bär sig inte åt som hennes vän längre.

Nu talar vi inte mer om sjukdomen, klipper hon av.

Men när hon vill berätta för honom vad hon tänkt när hon har betraktat Stas bilder kommer orden inte ur hennes mun i den ordning som hon önskar. De låter inte heller som de ska. De blir sladdriga som vattenväxter. Då pekar hon på Stanisławs teckningar för att doktorn ska begripa. Han målar den fruktan som människan hyser, vill hon säga. Han tecknar ögonblicken av skräck när vassa rakblad faller genom medvetandet och klyver det. Han vet att människans hjälplöshet kan bli så stor att hon inte står ut med att vara den hon är.

Ellie pekar på Stas teckning av kandelaberkvinnan. Någon gjorde denna kvinna illa, vill hon säga. Och målaren var vittne.

Vad ska vi ta oss till med vår skräck, doktor Genzer?

Men doktorn förstår inte alls vad Ellie försöker få fram. Han kastar bara en flyktig blick på Stanisławs bilder. Så ritar de schizofrena, säger han. Han har sett det på dårhuset där han har tjänstgjort. Ellie borde inte ha bilderna hos sig i sjukrummet, de stör hennes sinnesro. Och doktor Genzer ropar på Friede för att be henne ta bort målningarna ur rummet.

Ellie blir ursinnig på doktorn. Till slut inser han det.

Hon har själv varit mycket rädd, vill hon berätta för doktor Genzer. Först i ungdomen för att Bronyo skulle lämna henne. Det blev svårt när hon fick för sig att Bronyo inte var nöjd med den hon var. Först när hon var beredd att bli övergiven av honom för att få vara sig själv blev det lättare. Till slut insåg hon att han faktiskt behövde henne.

Men när sjukdomen kom tvangs hon att på nytt uppge sig själv. Hon försökte i det längsta dölja sin sjukdom för Bronyo för att inte vara honom till besvär. Och det var kanske fel av henne?

Men hon var fåfäng. Hon ville vara vacker inför honom.

Och detta lilla koketteri hos henne – man kunde kalla det lögn – var kanske början till den frånvändhet som sen har vuxit mellan dem? Borde hon i stället ha accepterat att sjukdomen var en del av henne själv? Hon saknade tillit. Hon försökte göra sig till. Och då blev hon en annan än hon var.

Titta på barnet här!

Ellie pekar på målningen av flickan med kycklingen på sitt klänningsbröst. En gång såg också jag ut över världen med en sådan oförställd blick. Ni också, doktor Genzer. Barnet vilar i världen som i ett ägg. Ännu när äggskalet har brustit finns tilliten kvar. Ett litet tag. Jag måste få tillbaka den där barnablicken innan jag dör, doktor Genzer. Det vill Ellie säga, och mycket mer.

Men hennes tunga lyder henne inte. Hon får inte sammanhang i orden. Hon hör själv hur hon sluddrar. Hon tar då doktorns gamla hand och för den till flickebarnet som Stas målade. Hon vill att han äntligen ska förstå. Och nu tittar doktorn för första gången ordentligt på målningen över glasögonkanten.

Ja ja, det där är en trevlig målning, säger doktor Genzer.

En trevlig målning?

Men de andra bilderna visar att han är sjuk. Vad är det här?

Och doktor Genzer lyfter med avsmak upp bilden av varelsen som är både man och kvinna, och som ville se och omfatta allt, men som i stället blev en fånge hos sig själv. Doktorn släpper bilden på täcket med en grimas. Han blir orolig av Stas bilder. Inte heller målningen av Bronyo som vattenvarelse finner nåd inför hans ögon. Er man är en fullt normal människa, fru Ellie. Varför vill hans vän framställa honom som ett sjöodjur?

Det tjänar inget till att försöka förklara för doktor Genzer vad hon sett i Stas bilder. Ellie sluter ögonen. Nu ser hon på nytt Job för sig.

Han sitter i sina trasor på marken. Men ur hans ögon faller ljus. Job *är* inte sin sjukdom. Han är något annat än såren och bulnaderna och varet. Minns ni Job, doktor Genzer?

Ellie öppnar ögonen och frågar det.

Och nu är hennes röst tydlig och klar.

Men doktorn hör inte på. Han travar bara runt i rummet. Nu har det gått för långt, säger doktor Genzer. Han lufsar fram och tillbaka som en gammal björn. Ni måste ha vård, säger doktorn. Det menar Friede också, säger han. Han är inte längre doktor Genzer. Han spelar bara sin gamla roll som bydoktor. Då vet Ellie att hennes vän har överlämnat henne åt sjukdomen.

Doktor Genzer går sin väg. Och ljuset slocknar en aning.

Ellie ligger och ser ut över ängarna och alptopparna. Det är sensommar. Himlen är vit och luddig. Det är ännu vindstilla. Hon är ensam. Nu har hon bara Stanisławs bilder kvar. Kanske lika bra att de inte träffades. Man måste mötas i ett särskilt ögonblick för att bli vänner. Och hade hon fått träffa Stanisław, skulle Bronisław förmodligen ha varit i vägen.

Men ändå bär målaren alltsammans åt henne.

Han tröstar henne, märker hon.

Friede har varit på postkontoret. Ett brev. Ja, från Bronyo. Friede får sprätta upp det. Min älskade flicka. Födelsedagshälsningar. Ja, hon fyller fyrtiofem i morgon. Han reser till Paris för en serie föreläsningar på Sorbonne. Mariella har en utställning i Paris, nämner han i förbigående, kanske hinner han se den.

Brevet innehåller en dedikation.

Han har tänkt att den ska stå i den nya boken.

Till min hustru. Eftersom denna bok är det bästa jag har skrivit och förmodligen någonsin kommer att kunna skriva tillägnas den henne som i det tysta varit min medförfattare, inspiratör och kritiker, ända sen början av det antropologiska fältarbete i Söderhavet som avslutas med denna volym.

Vill du vara snäll och skriva till mig så snart du kan, Ellie, och ge mig dina synpunkter på formuleringarna?

Ja, Bronyo, säger Ellie i sängen. Jag vill inte ha någon dedikation.

Det blir tyst.

Efter en stund hör hon knirket från Matteo Ferreros kärra som passerar nedanför fönstret. Och sen klockarens hund som ger skall. Och till slut bara surret från två flugor i rummet. Är förbindelsen avbruten? Nej, Bronyos röst dyker upp på nytt. Den är avlägsen och låter missnöjd. Han är som vanligt irriterad över att hon trasslar till saker och ting. Tycker du inte om dedikationen, Ellie?

Den är väldigt fin, Bronyo.

Säg då det, din idiot!

Ellie Rose drar in luft i lungorna.

Sen säger hon vad hon tänker. Jag får en känsla av, Bronyo, att du vill visa mig den här dedikationen i förväg för att du vet att jag inte kommer att hinna se den färdiga boken. Du vill ha tacksamheten undanstökad. Har jag inte rätt? Bronyo svarar inte. Hon lyssnar till ljudet av de två flugorna. De studsar mot varandra och flyger åt var sitt håll. Men sen hör hon Bronyo. Han tar sig runt hakan. Hon hör skäggstubben raspa under hans handflata.

Han har kanske vaknat sent och kanske på fel sida. Sen har han väl som vanligt suttit vid skrivmaskinen och hamrat på tangenterna utan att ens hinna raka sig.

Då säger Bronyo, med övertygelse, att hon har fel. Boken går till tryckning nästa vecka, säger han. Vad menar du, Ellie? Du tror väl ändå inte att du ska dö innan boken är tryckt? Det där med tacksamheten var också dumt av dig att nämna. Varför sa du så, Ellie?

Vet du, Bronyo, svarar hon, hur *svårt* det är att vänja sig av med livet? Hans röst kommer genast tillbaka.

Jag anar det, säger han. Det måste vara lika svårt som att vänja sig vid tanken på att en älskad människa inte ska finnas i evighet.

Ännu svårare, säger Ellie.

Ånej. Han låter bestämd och över det blir hon glad.

Låt oss inte bli sentimentala nu, svarar hon för att dölja sin rörelse.

Jag tycker nog att vi kan tillåta oss det, säger Bronyo och låter sorgsen. Alla är rädda för att verka sentimentala nuförtiden. Människan vill besegra livet. Hon står inte ut med att vara så ömklig och ombytlig och obeständig som hon är. Filosoferna säger samma sak fast mer sofistikerat. De försöker allesammans besegra livet. Jag är förbannat trött på det där, Ellie. Jag *är* sentimental. Jag avslutar nu mitt livs viktigaste arbete. Mina böcker är inte så bra som de hade kunnat vara. Men de är så bra som *jag* kunde göra dem. Och den som är jag vill dedicera den sista volymen till dig. Är det sentimentalt?

Nej, svarar Ellie. Men att sörja i förväg är det.

Hur fan skulle jag kunna låta bli? frågar Bronyo och låter upprörd.

Ellie är också upprörd. När han kommer hem – detta är hans hem – känner hon hans blick vila på sig, och då blir hon tallruskan och de spretiga grenarna. Förra sommaren hyrde Mariella ett hus i en grannby häruppe. Det var för att måla, hette det.

Ellie tvivlade inte på att hon målade. Inte heller på att Bronyo besökte henne där. Men att tala om hur sjukdomen tränger sig emellan dem, och om uppriktigheten som har försvunnit mellan dem, förmår han inte. De lever i tiden. I tiden har de tvingats uppge varandra och långsamt förlora varandra. Kärleken är kanske evig. Men våra kroppar vissnar ifrån den och ibland i otakt. Dedikationen är en kärleksbetygelse. Varför blir hon inte glad över den?

Hon måste ta reda på det. Hon vill kunna glädjas över den! Nej. Hon vill inte ha den.

Mariella kom från grannbyn med bussen för att hälsa på. Två gånger. Och båda gångerna var hon hurtig och vänlig och såg åt sidan. Mariellas lår tog häpnadsväckande stor plats i fåtöljen. Hon var så påträngande frisk. Ellie kunde inte säga vad hon tänkte. Inte till någon av dem. Hon hade inte lust att kliva omkring i andras trädgårdar. Vad hon än skulle ha sagt kunde tonfallen ha missuppfattats.

Låtit bittra. Eller falskt ädla och storsinta.

Så hon sa inget. Hur ska hon kunna diktera ett brev för signora Luisa och säga till Bronyo att dedikationen låter som en gravskrift? Bronyo är inte sentimental, det är hon själv som är det. Hon är fortfarande rädd för att mista honom. Hur ska hon bära sig åt?

Hon släpper Bronyos brev.

Tammie, säger Ellie Rose.

Och nu när hon inte flyger omkring i det röda landskapet i en dröm utan är klarvaken och nykter dyker Tammie upp, inte som ett flygande sandmoln utan tjock och fräknig och som vanligt. Ellie blir ofantligt tacksam.

Vad ska jag ta mig till, Tammie? Jag ligger här som en död skogsmus men jag lever.

Jag märker det, säger Tammie och skrattar.

Hennes glada skratt lockar Ellie att dra på smilbanden.

Jag kunde inte rita den där kartan där båda könen skulle få plats, säger Ellie, och det berodde på kärleken. Är det inte underligt?

Jag skrev inga böcker, jag blev ingen folktalare. Det var kärlekens fel, och sen sjukdomens. Nu är det jag själv som är problemet. För dem, förstås, men mest för mig själv. De vill inte mista mig, men jag kan inte göra något för dem längre. Och de kan inte göra något för mig heller. När de ska komma hit är jag orolig veckor i förväg. Jag saknar dem. Men jag vill inte ha dem här.

Det går väl an med flickorna. De minns nog knappt vem jag var innan jag blev sjuk. Iza har inte sett mig gå på mina egna ben. Men vad ska jag ta mig till med Bronyo? Han har tackat mig för alla år vi haft tillsammans, säger Ellie. Hon pekar på brevet som har hamnat på golvet. Tammie böjer sig ner och tar upp det.

I tystnaden som uppstår medan Tammie läser Bronyos brev tränger de tankar in som Ellie har velat slippa. Inget blev som de tänkte och hoppades i ungdomen. Inte bara hon själv utan också världen faller samman. Det kommer att bli krig igen. Tiden är en malström, en kittel av vanvett. Hon kunde inte stå emot tiden, den trängde in i henne. Hennes vilja räckte inte till. Kärleken kunde inte bära henne.

Världen kan inte bära sig själv.

Hennes händer kunde inte hålla fast. Hon är verkligen sjukdomen, upplösningen och den virvlande och strömmande malströmmen som sliter allt i stycken. *Den* är verklig. Allt annat är bländverk.

Den är urkraften. Människans handlingar leder till ingenting. De är en skrift som utplånas. Existensen är ett störtlopp mot intet. Och kärleken? Den är bara den kortvariga och bedrägliga illumination som lurar människan att tro att det finns hemort och mening i världen.

Sen slocknar också den.

Ellie hör det spröda ljudet av kvistar som knäcks, av stenar som krossas och av hus som störtar samman. När människan ska dö tvingas hon att erkänna att det varken finns gott eller ont. Att tro på Gud är inget annat än att ödmjuka sig inför urkraftens våld, tänker hon.

Förödmjuka sig. Och nu överfaller smärtorna henne. De liknar bräckjärnet som bänder isär. De krossar människans ben som ingen danade, ingen utom slumpen och evolutionen. Smärtorna är hånskrattet som människan får i öronen när hon ska dö. Job hörde det.

Hånflinet stiger ur kaos. Och Ellie skriker besinningslöst.

Sen märker hon att någon håller henne under nacken.

Hon ser upp i de blå ögonen. Nej, de är inte doktor Genzers.

Hon ser in i ögonen hos flickan som Stas målade. De är allvarliga och obönhörliga. Stackars människa, du har ännu inget förstått, tycks de säga.

Hon är inte i malströmmen längre.

Det är Tammies stadiga hand som stödjer henne och håller fram vattenglaset mot henne. Då försöker hon att dricka och svälja, det är för att Tammie är hos henne. Vattnet rinner nerför hennes haka och över hennes hals. Hon tar spjärn när smärtorna anfaller. Men hon sväljer. Det är för att Tammie håller henne under nacken. Hon sväljer och hostar och sväljer och pillren går ner. Hon faller tillbaka mot kuddarna. Sen tror hon att hon har sovit en stund, ljuset är annorlunda.

Hon sluter ögonen igen och känner hur smärtorna avtar.

Hon blir lättare. Hon flyter i luften ett stycke ovanför madrassen. Det snurrar i huvudet och hon måste blunda. Att smärtorna släpper är en ljuvhet som inte liknar någon annan. Kanske är döden så ljuv.

En lätthet, ett litet rus.

Tammie?

Yes, love, svarar Tammie.

Det är tonfallet som Ellie Rose känner igen så väl, släpigt och mjukt, och raspigt och beskt på samma gång, som marmelad med några droppar whisky i. Tammie håller på med något, Ellie vet inte med vad. Räknar tvätt, tömmer nattkärl, skurar golv. Vanliga sysslor, sådana som kvinnor och män utför medan de håller stånd mot materiens upplösning.

Lever jag, Tammie?

Det vill jag lova. Du sparkar och slåss.

Läste du Bronyos brev?

Yes, dearie.

Ja, och vad säger du? En gravskrift, eller hur.

Man kan väl inte önska sig en bättre, svarar Tammie.

Och Ellie Rose finner att Tammie har helt rätt. Hon har klamrat sig fast vid livet. Men nu flyter hon strax ovanför sängen som ett blåsande löv. Vad höll hon fast vid så envist? Hon frågar Tammie fast hon själv plötsligt vet svaret. Människan lever för att hon är född till att leva. På de flesta frågor man ställer finns det inga svar.

Bronyo älskade dig så mycket han kunde, säger Tammie. Och det var inte så lite, visade det sig.

Ellie ligger tyst en god stund och flyter i luften och vet att Tammie har rätt.

Men nu lämnar jag honom, Tammie, säger hon sen.

Ja, svarar Tammie.

Små ljud från Tammies händer. Hon plockar och pillar. Hon nynnar på en liten sång. Hon jämkar och makar undan. Det klirrar lite. Något dunsar mjukt mot något annat. Eviga rörelser.

Sopa undan. Foga ihop.

Vika. Skaka ut.

Låta vatten strila. Torka upp.

Stöta till. Hålla på plats.

Årmiljoners handrörelser som människan utför. För det mesta mycket små. De upprätthåller världen. Och nya barn föds och slår upp sina ögon och betraktar den.

Och finner att världen är vacker och förunderlig.

Jag ska dö nu, säger Ellie Rose.

Ja, svarar Tammie enkelt.

Sen vill Ellie fråga Tammie om något men har glömt vad.

När man ska dö blir man glömsk. Men glömskan är minnets födelseort, och hon minns oväntat Bronyos ansikte. Han ligger på magen framför Zofia. Hon säger sina första ord. Och varje gång barnet upprepar dem – lampa, mamma – sträcker hon ut armarna och omfamnar världen. Lampa är ljus, mamma är kärlek.

Språk är handlingar i världen, säger Bronyo som om han gjort en stor antropologisk upptäckt.

Ellie ler mot honom. Hon älskar Bronyo.

Tammie nynnar på en liten sång.

Ellie känner igen den, det är en av de många ramsorna som Tammie hittar på för att stärka dem i kampen mot dygden. Och nu minns hon vad hon ville fråga Tammie om. Vart är hon på väg egentligen, ner i virveln av ingenting?

De sitter nu på bänken under det stora trädet i parken vid Melbourne Hospital. Tammie lyfter ansiktet mot lövverket och nynnar. Och Ellie flyter bland löven och lyssnar. Kanske är det i trädgården under vulkanen Teide.

Kanske är det på någon annan ort, under ett annat träd:

> Love is everywhere
> In the ocean & the air.
> Love's what makes you fight & dare
> Love is simply everywhere

sjunger Tammie.

Hon är medvetslös, säger någon. Ellie Rose känner inte igen rösten. Sen hör hon att det är doktor Genzer. Hon är alls inte medvetslös. Hon kan bara inte så hastigt ta sig upp till dem. Hon är långt ner, det är visst vid jordens medelpunkt.

Det är på en klippväg som leder mot en grotta.

Det är Ellie. Och Job. Och Tammie.

Runt dem finns många andra. De liknar abessinierna.

Nu ser hon dem tydligare. De är inte bara abessinierna utan också de tunna skuggorna av de kringvandrande människor som fördrevs när de andra anlände med sina skepp och tog landet ifrån dem. Här går de tysta och ofattbara människorna som bebodde Australien i tusentals år. De och miljoner andra folk.

De går tätt intill varandra. Eller i utspridda grupper.

Hon vill ropa till Bronyo att hon är glad att han har kommit. Att han sitter hos henne vid sängen däruppe.

Dit kan Ellie inte ta sig just nu.

Men i samma ögonblick känner hon ett kallt vinddrag. Det är som om en vägg slets bort. Och Bronyo avlägsnar sig. Det kan hon inte göra något åt. De är på väg neråt utmed klippvägen, hon och Tammie och Job och alla de andra. Inget hörs utom trampet av fötter, hasandet av kroppar, skrapandet av naglar.

Ellie går mellan Tammie och Job. De håller varandra i hand.

Hon är inte rädd längre. Och hon glömmer Bronyo.

Men efter ett tag känner hon den lilla värmen och vet att han har kommit tillbaka. Det prasslar till vid hennes öra, vad gör han? Han läser kanske hennes brev till honom som ligger på nattygsbordet. Låt bli att läsa det, vill hon ropa till honom. Men hon kan inte ropa.

Hon dikterade brevet för signora Luisa en dag när hon var full av missmod och inte fått brev från Bronyo på många dagar.

Hon ångrade det och därför blev det inte avsänt.

Men dumt nog blev det liggande på nattygsbordet, och nu läser han det. Bronyo, jag är så van att få brev från dig nästan dagligen att när jag nu inte har fått något på flera dagar känns det som om du har försvunnit ner i ett hål som du inte kan kasta upp några meddelanden från. Då faller jag själv ner i ett hål av förtvivlan. Allt känns meningslöst... var är du, Bronyo, i Paris?

Det känns som om du gett dig av till en främmande planet.

Skrev Ellie till Bronyo. Läs inte brevet, vill hon ropa.

Men hon kan inte ropa, det går inte.

Hon måste vandra vidare med Tammie och Job och de andra.

De måste gå här. Också Charlie går längs denna väg, han eller andra som han. Det är de av krigen sönderspräng da. De uppfläkta. De misstrogna. De av fruktan lamslagna. Det bär neråt hela tiden. De kommer in i en stor grotta, och där mörknar det. De går bland krigare utan armar och ansikten. Runt dem krälar och kryper små barn. Somliga med skallar som krossats. Och bland dem andra som har frätts upp av vatten, förbränts av eld, kluvits av svärd och krossats under vagnshjul. Hela tiden hörs trampet av miljoner fötter och skrapet av fingrar och naglar.

De går genom mörkret som liknar ett mjukt tyg.

De blir fler och fler. Ändå är det ingen trängsel.

Man måste vandra här, det är bara så, alla måste det. Jobs hand som hon håller är benig, köttet har fallit av. Tammies hand är likadan. Att Bronyo finns i rummet däruppe gör henne förundrad. Hon hör att han talar till henne.

Hon hör också vad han säger. Han säger Elżusiu.

Det är smeknamnet som han använder när de är nära varandra.

Min Elżusiu. Älskade Elżusiu.

Ja, Bronyo.

Men hon kan inte svara.

Och när allt kommer omkring spelar det inte någon roll.

När de har gått länge vilar de sig vid en klippkant i den väldiga grottan. De äter lite av jorden, det gör man här. När Job vänder sitt ansikte mot henne är hans ögon ett barns och hon ser att han är doktor Genzer. Först blir hon lite förvirrad. Men strax förefaller det henne naturligt. Doktorn säger att man måste acceptera döden. Javisst.

Men sanningen är något annat än döden, svarar Ellie. Hon känner i samma ögonblick att Bronyo stryker hennes kind.

Hans hand är mjuk som vanligt och luktar gott.

Hör du mig, Elżusiu? säger han.

Ja, vill hon ropa men hon kan inte.

Är det för att du hör mig som du ler, Elżusiu?

Hon kan inte svara. Människan rår inte på döden men kärleken finns överallt. Hon hör doktor Genzer fråga – det är däruppe – varför Herr Bronyo dröjer så? Det är inte långt kvar, säger doktor Genzer. Ellie kan inte svara honom och säga att han har fel.

Men Bronyo håller hennes hand.

De fortsätter. De tar sig fram som mullvadar. Alla har lidit mycket men nu är det över. De kryper och krälar och kravlar neråt. Allt är mjukt och stilla. Sen får hon skarpt ljus i ögonen. De undersöker henne tydligen, det är däruppe. Hon vill vrida undan sitt ansikte, ljuset gör ont i ögonen och fingrarna som öppnar hennes ena öga och sen det andra är hårda. Men hon kan inte vrida undan ansiktet.

De kommer ut ur grottan.

De möter ett vitt och fint ljus som inte gör ont.

Det är ett ljus som påminner om gryningsluften innan solen stiger upp. De ser stupet framför sig. Är det ett stup eller en slätt?

Det är omöjligt att avgöra.

Det förefaller som om det är både ett stup och en slätt. Alla går eller hasar eller kravlar ditåt. Hon vill trycka Bronyos hand till tecken på att hon inte överger honom utan bara går före. Hon längtar fruktansvärt efter att komma fram och igenom och till den andra sidan.

Det är ett stup men också en slätt. Nu flyger hon.

Men helt färdigt är det tydligen inte.

För sen är hon i London. Där är en hel massa människor i Bronyos våning. Det finns vita blommor i vaser så hon är väl död nu. Flickorna är där. Och några som Ellie inte känner. Men en del av vännerna. Hon känner igen dem, den ena efter den andra. Hon ser Mariella i en fåtölj.

Det gör henne inget längre att Mariella är så stor och tar så mycket plats. Bronyo kan inte klara av det ensam, det ser hon genast. Det är bra att Mariella tar hand om honom. Han lutar sig mot bokhyllan vid fönstret och ser så betryckt ut att Ellie måste muntra upp honom.

Hon surrar runt honom. Han tar ingen notis. Han ser nedslagen ut men så måste det vara.

När man har levt länge nära en människa som dör slits ett stort stycke av en själv bort. Man tappar jämvikten och blir omtöcknad. Och Bronyo ser sannerligen omtöcknad ut. Fast det inte kan hjälpas – sorgen är ju sådan – gör det henne ont om honom. Hon surrar runt honom med allt snabbare vingslag. Han slår efter henne som man slår efter en fluga. Till slut fångar han henne i handen. Då surrar hon i hans handflata tills han öppnar sin hand och släpper ut henne.

Hon flyger runt hans huvud i allt vidare cirklar.

Hallå, älskade Lord Nevermore. Var glad. Det är jag.

Gå till flickorna, Bronyo. Ta hand om dem.

Flickorna sitter alla tre tätt intill varandra i Bronyos mjuka soffa. Ellie ser att Zofia är otröstlig. Mamma satt jämt i rullstolen, säger Iza och läspar som hon brukar, eller låg i sängen. Men jag trodde *aldrig* att hon skulle dö. Vem ska ta hand om oss nu? säger Maya. Det är befängt med tanke på hur lite Ellie har kunnat ta hand om dem. Men Maya tycks mena att hon har gjort det. Ellie surrar runt dem, upp och ner, och fram och tillbaka, och runt dem igen. Till slut böjer sig en kvinna som Ellie inte känner igen ner mot flickorna i soffan och säger de ord som Ellie hade velat säga om hon hade kunnat.

Er mamma är inte helt och hållet borta.

Vi fortsätter att umgås med våra döda hela livet.

I själva verket är gränsen mellan de levande och de döda mycket tunn, säger den främmande kvinnan. Vem är hon? Är hon Bronyos nya sekreterare? Det spelar ingen roll vem hon är. Zofia och Maya och Iza lyssnar till orden. Och äntligen kommer Bronyo. Han slår sig ner i soffan mellan Zofia och Maya och tar Iza i knät. De håller om varandra alla fyra. Bronyo lutar sitt huvud mot Zofias axel. I det ögonblicket känner Ellie Rose hur trött hon är.

Hon vilar sig en stund på en av de vita blommorna. Den doftar starkt och rusande. Och nu måste hon släppa taget.

Och så gör Ellie det, hon släpper taget.

Det är hon, och Job och Tammie, och alla de andra.

De är alls inte framme. De ska just börja resan. Ett kort litet tag ännu känner hon värmen från Bronyos hand. Och sen inte mer. Det

var inte ett stup och inte en slätt, det var ett obeskrivligt ljus. Nu sing-
lar de uppåt i ljuset. Hon virvlar i ljuset och upptas i blicken som Stas
målade.

Fjärde delen

20. I MYTENS MÖRKA HÅLA

Nu kan han få åldras i lugn och ro. Han kan få bli den excentriske filosofen i Zakopane, som med fickorna fulla av papperslappar och anteckningar oseende går genom gatorna, kragen solkig, kavajen skrynklig, hatten en svamp. Han reser till Kraków, till Prag och till Wien på sin jakt efter sanningen. Han deltar i professor Ingardens filosofiska seminarier, en kuf bland de briljanta och inbilska ungdomarna. Han anar att sanningen finns i matematiken.

Om Guds särskilda språk är matematiken och han skapat världen på den, måste världen kunna förstås; Guds matematik kan inte vara annorlunda än vår.

Han bor hos sin döda mor i Zakopane. Han arbetar i sin döde fars ateljé på övervåningen av det gula huset. Han nålar upp ett foto av sig själv som barn på väggen ovanför skrivbordet.

Nätterna räcker inte till, de virvlar bort som pappersark under hans hetsade och aldrig vilande penna. Romanen om omättligheten fullbordas, sen den om höstens farväl. Ännu repeterar han sina refuserade pjäser med vännerna. Med den lomhörde urmakaren, med den ogifta matematiklärarinnan (det är Irena), den vindögde sonen till skofabrikören, den pensionerade postmästaren, den låghalta grönsakshandlerskan och amerikanskan fru Smith, hon som glömdes kvar på skidsportorten av någon för mycket länge sen och som har en så lustig och användbar accent.

Var er själva, säger han till sin teatertrupp.

Låt texten stå för upproret mot verkligheten.

Nu kan även han alltmer bli sig själv. Men vem är han? En man som gör uppror. Mot tiden som pulvriserar jaget och gör människan till ett offer för automatiken. Mot glömskan som suddar bort ögonblicken av liv. Och mot politiken, särskilt mot den. Inte långt från Zakopane

krossas judiska butiksfönster och brinner synagogorna. Han vämjs
när han läser tidningarna. Han står vid radion och lyssnar till Füh-
rerns smattrande röst. Tyskland har blivit en nationalbolsjevikisk
kolchos. Ryssland är en annan. Framtiden är en mekanisk pantomim.

Han får frossa och ryser. Han stänger av radion.

Han revolterar, men revolten är numera, som hos den beundrans-
värde Gandhi, passiv. Det är mitt i sommaren och hett. På trappste-
nen utanför huset ligger snokarna och låter sig stekas av solen. Gräset
har svedda toppar. Hallonbuskarnas blad gulnar. Runt den högsta
toppen i Tatra vilar en fosforescerande hinna. Den liknar lättflyktig
bensinånga men är en gördel som det fåfänga berget omgjordar sig
med för att behaga.

Han står vid fönstret i sin fars ateljé och betraktar den. Hettan av
det förflutna bränner ibland till under ögonlocken.

Det händer att hans tankar snuddar vid Bronio.

Mannen är annorlunda än kvinnan. Kvinnan sveder och förbränner.
Då trängtar mannen till mannen och vännen. Ja, som en hjort träng-
tar efter vederkvickande vatten. Men Bronio har inte hört av sig, nej
aldrig, inte heller sen Stanisław skickade papptuben med målningar
och teckningar som en hälsning.

Stas kunde ha många skäl att känna sig stött, i stället sätter han sig
ner vid skrivbordet och skriver ännu ett brev: Kom hit, Brontosław,
gamle Brydderslaw, återknyt förbindelsen med hemlandet. Kom till
det vackra Zakopane, ta med dig hustrun och barnen, och tillbringa
en tid hos mig. Låt alla gamla dumheter vara glömda. Tiden är kort.

Han adresserar brevet till London School of Economics.

Han kliver försiktigt över de sömniga snokarna och vandrar nerför
den långa backen för att personligen överlämna brevet till postmästa-
ren. När han går tillbaka genom de stekheta gatorna flåsar han. Han
är inte ung längre, han har fyllt femtiotre. Det är den hetaste somma-
ren på många år. Han stannar till vid bron över floden. Flodfåran är
ynklig, en flämtande stackars mun.

Han fläktar sig med hatten. Hettan från järnräcket slickar hans
underarmar. Han minns hur de, han och Bronio, utförde mandoms-
provet. Det var natten då seklet föddes. Kyrkklockorna hälsade det
tjugonde århundradet och segerskotten dånade. Gröna och violetta

fyrverkerier och urskogsblixtar exploderade ovanför dem. Nedanför dem virvlade det iskalla och svarta vattnet. Om de hade halkat och tappat fotfästet hade de varit dödens. Han var fjorton och Bronio femton. I deras ådror rann inte blod utan champagne. De var druckna, galna och framtidsrusiga.

Han minns ännu vinddraget av skräck över kinden.

Men de klarade det. Stanisław hoppade ner och vände sig mot vännen. Och Bronio, den närsynte tapiren, vinglade de sista meterna med utsträckta armar och tungan i mungipan. De omfamnade varandra. De dansade runt på den frostiga slänten. De skrek av livsglädje.

Med armarna runt varandras axlar, pladdrande och babblande, vek de in i staden. Klockorna dånade. Extatiska visioner spräckte himlamörkret. Och de gick vidare för att leta efter flickorna.

Zipp är död, han dog i inbördesstriderna runt Moskva medan den kinesiska hären närmade sig förstäderna för att krossa Europa. Men fotot av lille Stas sitter fästat med knappnålar ovanför skrivbordet i ateljén. Stas är fyra år.

Spetskrage. Blankborstade och långa lockar. Ena handen är övermodigt fästad vid sidan. I andra handen håller barnet en liten spatserkäpp med silverkrycka. Han stöder sig lätt på den. Sammetsbyxor. Knäppskor. Ett litet leende leker, som det heter, kring de barnsliga läpparna. Så såg lille Stas ut.

Ett bortskämt barn. En högt älskad son.

Han betraktar ofta fotot. Girigt, men också häpet.

Hur kan inte tiden överrumpla oss.

Från Bronio bara tystnad som svar. Men från Drohobycz anländer – med tåget vars ångmoln kastar flygande skuggor över de gula och torra galiziska fälten – Stanisławs vän lille Bruno. Han är målare som Stas, inte ren form, men genial.

Han är därtill författare, en av de främsta.

Och lille Bruno travar med korta steg uppför den branta backen mot det gula huset i Zakopane, insvept i sin tankspriddhet. Hans knackning på ytterdörren är diskret. Stanisław uppfattar den först efter en lång stund. Vid hörselminnet av det lätt krafsande ljud som den lille teckningsläraren aviserat sin ankomst med tittar han ut genom fönstret. Och där står Bruno med en stor grön mapp under armen.

Stas slår upp fönstret på vid gavel och ropar för full hals: Jag är hemma, stå kvar, blås inte bort, jag kommer!

Målaren från Drohobycz höjer ansiktet mot fönstret. Huvudet är på tok för tungt för den lilla kroppen. Han håller det lätt på sned när han kliver in över tröskeln. Blicken är svart och blänker under den kupiga pannan. Brunos ansikte liknar ett gammalt byhus där rappningen släppt och som ljuset och vindarna har putsat. Men det lyser ur fönstren! Han saknar ålder, liksom en rad andra egenskaper som hålls för viktiga. Han för med sig en doft av ebonit, torkad mossa och vinbärsblad.

Stas drar tacksamt in den i lungorna.

Goddag, herr Stanisław, målar ni något? vad tänker ni på? hur ser ni på världens tillstånd? Bruno travar runt i huset på korta ben.

Jag har med mig teckningar, herr Stanisław, som jag vill visa.

Bruno slår sig ner i trädgårdsstolen. I mamma Wicz trädgård står de knotiga gamla fruktträden med tyngda grenar. Äpplena gungar en smula. Under sin slokande svamphatt travar Stas genom det torra gräset med hallonsaft i kristallkaraffen på mamma Wicz frukost-bricka. Och Bruno dricker glas efter glas, en törstande kamel efter den dammiga tågresan över slättlandet nedanför Karpaterna.

Av vätskan fylls anletsdragen ut och blir släta. Han suckar och är nöjd. Han knyter upp snörena på sin gröna mapp.

Brunos hemstad Drohobycz har av en slump lyckliggjorts av en ol-jefyndighet. Därefter svepte moderniseringen över staden. Det syns på teckningarna. Överallt skapar moderniteten tvivelaktigheter och murkna lockelser. Butiksfasaderna flagnar under nyförgyllda skyltar. Människornas åtbörder är artificiella och de kastar menande ögon-kast mellan sig.

Allt vittrar snabbt och blir grådaskigt och svampigt.

Och staden blir grogrund för en ny intimitet och låga drifter.

De slippriga unga butiksflickorna med pälsbrämade kappkragar vandrar på höga klackar på kullerstensgatorna i Brunos avlägsna landsortsstad. De liknar kokotter: en blinkning över axeln, en fräck gungning med höften åt målarens håll. Och målaren skymtar själv på motsatta trottoaren med barnsligt uppspärrade ögon. Papperslappar med skabrösa budskap virvlar runt deras slanka vader. De passerar det medeltida rådhuset i det möjliga skenet från gaslyktorna. I nästa ögonblick möter de – utanför teckningen men man anar det – sina sjaskiga förförare.

Det är ambivalent, skamlöst, brutalt och påträngande.

Allt vittrar sönder och allt kryllar av nytt liv.

Bravo, säger Stas med återhållen andedräkt.

På bordellen sitter nu den lille storögde målaren i en soffa. Bakom honom hänger tunga draperier och skymmer sikten mot gatan. Han omges av jättelika och avklädda damer som dricker alkoholhaltiga drycker i höga glas och anförtror honom alla sina skröpliga hemligheter. Men för målaren i soffan är de pustar från Eden.

Hans ögon är hänförda och skräckslagna.

Och på nästa teckning – utanför bordellens draperier får man förmoda – vandrar chassidiska farbröder i kaftan och långskägg över kullerstenen. De är försänkta i talmudiska spetsfundigheter under en rund och bleksiktig måne. Allt existerar sida vid sida och på samma gång: sönderfallet, förmultningen och uppståndelsen.

Ja, säger Bruno i trädgårdsstolen. Allt syftar till samma sak.

Och det är till befrielsen ur fjättrarna som binder. Allt längtar till sin befrielse, herr Stanisław. Du har rätt, svarar Stas. Kommersiella prospekt på blanka papper virvlar under människornas ivriga näsor. Prospekten vill sälja egendom, hus, föremål och jord. Men under alltsammans skälver extasen. Exegesen, de kabbalistiska utläggningarna och tankens utsvävningar handlar om den. Liksom skörlevnaden, kommersen och köpenskapen.

Allt längtar till extasen, utsvävningen och befrielsen.

Också materien, herr Stanisław, säger Bruno.

Materien är inte bara full av liv. Den är besatt av åtrå efter friheten! Den sliter i ursinne sina bojor. Varje ting som har tvingats in i sin form – ett äpple, en gurka eller en stol – har driften att lösgöra sig och vittra sönder i hämningslös frihet. Man bör tänka på det när man lättsinnigt talar om den döda materien, herr Stanisław.

Betrakta trädgårdsbordet här.

En fånge. Som vi.

I sin prydliga väst och sin vita skjorta kravlar den timide målaren omkring på horhusgolvet under den sylvassa höga klacken som avslutar kvinnokroppen i soffan. Och flickan, hon är naken så när som på linnet, sträcker vällustigt armarna mot taklampan. Det är en kvinnlighet fri från alla hämningar, tjutande av kraft och glädje.

Ska hon köra klacken i målarens lilla kropp?

Piska honom? Bita av honom testiklarna? Skulle detta vara den efterlängtade befrielsen? Stas frågar det medan han fyller på glasen med saft. Jag är som ni vet masochist, svarar Bruno och ler. Det är ett snabbt och intagande leende som får det tunga huvudet att lätta.

Ja, det är din förbannade lycka, svarar Stas.

Att kvinnligheten kommer att ta herraväldet bekymrar inte Bruno. Han drar fram alltflera teckningar ur mappen. Han återger kvinnlighetens våta excesser och invecklade labyrinter med samma förtjusta skälvning som skolpojken känner inför sin första lärarinna i samma ögonblick som han inser att detta buktande i katedern – detta svällande, kvällande och vätskande – en dag kommer att överfalla honom själv med sin upplösande fruktbarhet.

Manligheten är på reträtt, konstaterar Stanisław torrt. Männen förmår inte längre hålla stånd mot kvinnligheten. De har glömt förpliktelsen och förbundet. Ja, lille Bruno, de har glömt de bud som din anfader Moses lät hugga i sten och släpa runt i öknen.

Han tar av svamphatten och fläktar sitt svettiga ansikte.

Äpplena ovanför hans huvud tar självsvåldigt sats och gungar i luftdraget. Stas är nedslagen. Han svettas eftersom han har fetmat. Han plågas av sin tilltagande lomhördhet. Den får honom att tala alltför högt, det plågas han också av. Men masochist är han inte, där går gränsen. Krystyna är fortfarande ett värkande sår.

Han grimaserar och klunkar saft.

Bruno betraktar honom med mörka och uppmärksamma ögon.

Vad är det med er idag, herr Stanisław? Tycker ni inte om mina teckningar? Har jag kommit i fel ögonblick, stör jag?

Teckningarna är geniala, ropar Stas. Mästerliga, Bruno!

Han ställer ifrån sig glaset med en smäll. Han kommer på fötter. Och sommarens första äpple dunsar i marken, rullar i brådska över gräsmattan och fastnar i en tuva. Bruno följer äpplets desperata flyktförsök med blicken och skrattar till när det så snopet hejdas av den trassliga tisteltuvan.

Sen vänder han blicken mot Stas, i den finns hela hans medkänsla, svart och blank och bråddjup. Han håller huvudet på sned.

Vad är det, herr Stanisław? Vad är det som tynger er?

Stas kliver med hatten i handen runt i trädgården där allt numera växer in i vartannat. Tistlar och hallonsnår. Fibblor och rabarberblad. Allt är tovigt och hoptrasslat. Skott och revor kastar sig in i blomster-

rabatterna. Hans fötter fastnar i klibbiga rankor. Bland de halvkväv-
da salladsbladen skakar torra fröhylsor övermodigt sina huvuden.
Han har inte kunnat hålla stånd mot den framvällande oordningen,
nej inte sen mamma Wicz dog.

Vad tynger honom och vad fruktar han?

Upplösningen, helt visst. Att inte kunna hålla samman sig. Döden
fruktar han också. Men upplösningen och sönderfallet återges av
Bruno inte som en störtning mot döden utan som något annat: något
häpnadsväckande. Vad är det? Kanske är det detsamma som den
unge Zipp så förtvivlat sökte under sina eviga transformationer, över-
skridanden och syndafall?

Döden är, om man får tro Bruno, bara skenbar. En av de många
former bara som extasen väljer. En av materiens många förvandling-
ar. Plötsligt längtar Stas på nytt mycket hett efter döden. Den lille må-
laren sitter stilla i sin trädgårdsstol. Värmen besvärar honom inte
trots kostymen. En glänsande skalbagge tar sig sakta uppför hans
byxben. Han iakttar den nyfiket. Sen knyter han samman snörena
runt den gröna mappen.

Jag blev ett ögonblick rädd att ni fann teckningarna osäljbara, herr
Stanisław. Inte alls, svarar Stas kort och sätter på sig hatten.

Det är omöjligt att få Bruno att dua honom, att få honom att inträ-
da i kretsen av kolleger och yrkesbröder, eller att få honom att inse sitt
geni. När hans noveller från Drohobycz väckte uppmärksamhet –
Stas hörde till dem som ropade högt av förtjusning – drog Bruno sig
snabbt undan de beundrande kotterierna. Han försjönk på nytt i sin
inåtvändhet som i en fuktig grotta.

Därinne följer han bakom nedrullade gardiner materiens genealo-
gier ända till de nedersta djupen. Sina teckningar förmår han inte bju-
da ut. Det är Stanisław som ska föra den gröna mappen till galleriste-
na i Zakopane, Kraków och Warszawa.

För filosofin intresserar sig Bruno inte. Vad Russell kan ha att säga
tråkar ut honom. Hans svarta gölar till ögon täcks av en sömnig hinna
när Stas försöker delge honom vad tidens stora tänkare har kommit
fram till. Men inför ett tonfall av sorg – som nyss på det solsvedda
gräset – står den lille teckningsläraren vid Drohobycz pojkläroverk
vidöppen.

De drar sig upp på övre verandan. Skymningen faller mjukt. Tjänsteflickan Hanka (hon finns kvar och är lika surmulen, bara äldre) bär ut svart bröd till dem vid verandabordet, och färskt smör i mamma Wicz stora bytta, och marinerade svampar med hala hättor, liksom sura och knotiga gurkor, och flaskor med starkare innehåll än hallonsaften. Sen tar hon farväl och går hem till sig.

Ännu är det varmt i luften. Den lilla kvällsbrisen för knappt med sig någon svalka. Stanisław pratar. Krystyna har övergett honom, och vad är egentligen konsten?

Bruno lyssnar och flikar in ett ord eller två. Oftast tiger han. Men ur Stas skvätter ord utan uppehåll som ur en läckande hink. Han har försökt få filosofin att ge konsten berättigande, det vill säga ge sig själv berättigande att ägna sig åt konsten. Allt hans fäktande handlar om det. Måste han inte ge upp snart? Eller blir han tvungen att författa en filosofisk avhandling om självmordet innan han kan skära strupen av sig?

Ja, förmodligen. Vilka spratt har inte intellektet ständigt spelat honom. Schiller talar om de naiva andarna, de som målar och skriver fritt – som du Bruno – och om de sentimentala, de som alltid hänger över axeln på sig själva och fäller syrliga kommentarer. Jag hör till dem, Bruno.

Inte särskilt sentimental, visserligen.

Men i evig kramp, och var kommer den ifrån?

Bruno suger tankspritt på en gurka. Då och då skakar han på sitt tunga hästhuvud. Han skjuter in en fråga. Ibland när Stas hämtar andan flikar han in en invändning. Ingenting har något särskilt berättigande, herr Stanisław. Förstår jag rätt, har er hustru lämnat er? Varför gjorde hon det?

Jag är en man som pratar för mycket, svarar Stas.

Hans pladder och rastlösa produktivitet är ett enda långvarigt försök att döva den kritiska röst som på ett så pinsamt sätt liknar hans fars – Gud välsigne pappa Wicz. Min fars ben vilar på kyrkogården men hans röst gravsattes i mig, säger Stanisław. Han fyller på Brunos vodkaglas. Men dubbelt så ofta sitt eget som töms mycket fortare.

Mörkret tätnar. Stas tänder den stora fotogenlampan.

Den driver bort den omedelbara och mest näraliggande svärtan. De innesluts i en sfär av gulaktigt och varmt ljus. Egendomliga nattfjärilar störtar in över verandaräcket. De liknar luddiga monster från yttre rymden. Stas talar om filosofin. Om ensamheten. Och om fruktan för döden som är lika stark som längtan efter den.

Också här ambivalens. Liksom inför allt.

Kvinnorna – och genast vill han förstå könet som ett filosofiskt problem. Kvinnan och mannen är oförenliga, varför klövs människan egentligen i två? Fanns någon tanke med detta? Eller är det bara materiens nyckfulla väg? Hans egna tankar slamrar och skramlar i hans huvud. Var kan han finna ro? Varför ständigt dessa tankar, tankar och åter tankar? Om människan har så många tankar i huvudet, måste då inte skaparen haft ännu flera och helst bättre?

Eller är alltsammans verkligen en avsiktslös slump?

Bruno med spindelkroppen tyngs av sitt huvud. Det sjunker mot bordet. Han liknar en trött häst som somnar över krubban. Stanisław vill ogärna att Bruno ska slockna ifrån honom och samtalet så snöpligt.

Bruno, säg något, befaller han. Tala till mig.

Då spritter det känsliga hästörat till i riktning mot Stas.

Herr Stanisław, säger Bruno och blinkar och rycker upp sig.

Kalla mig för guds skull Stasio, ber Stas.

Ja, svarar Bruno. Javisst, jag ska tänka på det, herr Stanisław.

Sen talar Bruno. Han gör faktiskt det. Han lägger båda händerna på bordet inför sitt anförande. Han ser upp mot verandataket där skuggorna rör sig. Sen ler han, det är ett vackert leende. Han lyfter sin ena hand. Han drar upp en gurka ur burken, en av de sista.

Han biter av den. Och sen börjar han.

Om jag har förstått er rätt, herr Stanisław, så försöker ni genom filosofin leta er tillbaka till det individuella medvetandets rötter?

Du har förstått rätt, svarar Stas, motvilligt överrumplad.

Ja, det är vad vi håller på med, konstaterar Bruno.

Jag också. Möjligen inte så filosofiskt och mångordigt som ni, herr Stanisław. Men det är av mindre betydelse. Vi söker oss inåt. Och neråt. Mot ursprunget. Det finns inte upptecknat på några stentavlor. Eller också har vi glömt hur man tolkar dem. Vi är hur som helst tvungna att söka i oss själva.

Det vill säga i naturen. Vår egen.

Ja, svarar Stas. Han tänder en ny cigarrett.

Jag vet inte, fortsätter lille Bruno dröjande, hur det kommer sig att vi som barn får vissa bilder inpräglade i oss... Bilder, aningar och sinnesintryck... De tycks vara förutbestämda för oss... De står kanske redo och väntar på oss när vi föds? De är förstås bara aningar, halvt medvetna... men de är vårt fasta kapital. Och de är också gränsen för en konstnärs skaparkraft. Herr Stanisław, jag håller er för den främste målaren i Polen.

Ja, du har rätt, svarar Stas. Men kom till poängen.

Man kan ju inte upptäcka något *nytt*, herr Stanisław, säger Bruno och riktar den blanka hästblicken mot Stas. Eller tror ni det? Man kan bara om och om igen vrida och vända på gåtan. Ta hand om den där enda versraden som man anförtroddes i början.

Ja, säger Stas. Fortsätt.

Utanför fotogenlampans gula krets flockas mörkret. Ur det kommer en nattfågels dämpade hoande. De lyssnar båda till det.

Vi står ju inför en hemlighet, säger Bruno.

Konsten kan nog aldrig lösa den. Den där knuten som själen bands i löser ju tyvärr inte upp sig när man drar i den, utan den binds bara hårdare. Resten av livet ägnar vi åt att – med all klokskap vi skaffar oss – försöka lösa den. Vi drar den genom vår intellektuella mangel. Vi sträcker på den som man sträcker ett lakan. Vi vrider och vänder på den och försöker begripa hur linan löper och var det går att hitta en lös ända... ja, det är väl ungefär så det går till när man gör konst, herr Stanisław?

Ja, säger Stas, så går det till. Och var hamnar man?

Bruno tittar ut i mörkret, ut mot den utsuddade trädgården.

När man kryper så långt ner under orden man kan komma, herr Stanisław, säger han sen, när man manipulerar semantiken och tänjer och knådar språket utan att förlora kontakten med sin egen vers, ja, var hamnar man då? Till slut befinner man sig väl i mytens håla.

Den är det slutgiltiga djupet.

Under det når vi aldrig. Men resan dit är ofrånkomlig.

Den inre reträtten mot rötterna.

Ja, säger Stas. Hans strupe har snörts samman.

Mytens håla. Frazer. De magiska kungarna. Trollkarlarna som befriar stammen från fruktan och leder dem genom det okända. Ritual och åkallan. Mytens håla är platsen där livsformerna snor ihop sig i ständig förvandling. Där är döden inte annat än en trädgårdssäng för nya former av liv. Där är kvinnan det födande skötet. Allting bubblar och jäser och föder.

Mytens håla är världens sköte. Det är Guds ordlösa verkstad. Allt där hänger ihop, fast sammantvinnat och hoptrasslat som i mamma Wicz trädgård. Först senare uppstår olikheten och särskiljandet. Mellan tingen. Mellan könen. Mellan kroppen och tanken. Då har man lämnat mytens håla. Men bilderna, de halvt medvetna minnena, det stumma och oordnade, når oss ibland därifrån.

Han har alltid anat det. Och lille Bruno vet det.

Djupare kommer man inte, upprepar Bruno. Myten är det slutgiltiga djupet. Konsten är bara en biprodukt. En sorts besatthet, kanske.

Din konst är mytisk, lille Bruno, svarar Stas en smula grötigt. Man kommer en vacker dag, sanna mina ord, att gräva fram ditt Drohobycz som man grävde fram Troja! säger han med högre röst.

Men strax bortom orden... ropar nu Bruno... strax under bilderna man fäster på papper... där dånar de mörka och inkommensurabla elementen som förut... Drohobycz klarar sig utan mig... judarna förstår sig inte på mig... polackerna föraktar mig.

De är antisemiter, käre herr Stanisław!

Ur den lille målaren stiger för första gången en vild klagan.

De är kretiner, fastslår Stas och fyller på Brunos glas. Du borde lämna Drohobycz i morgon dag och ge dig av till Amerika.

Bruno dricker. Och Stas dricker. Tillståndet. Nu talar Bruno om det.

Om de antisemitiska reglerna som också Polen har infört, de kallas *numerus nullus* eller *numerus clausus*. Inte som i Tyskland där judar inte får inneha skrivmaskiner, köpa glass eller gå på vissa gator och där de hämtas till koncentrationsläger. Inte som där.

Ändå illavarslande.

Kanske går det över, försöker Bruno trösta sig.

Stanisław har svårt att koncentrera sig. Han vill ogärna lämna mytens håla. Den runda månen har hivat sig upp ovanför trädgårdsstaketet och drivit mörkret ännu längre bort. Den kastar vitt ljus över verandan och andas fram skuggestalter i trädgården. Aldrig mer, ropade Krystyna. Varför, var det verkligen på grund av Teodora Nawrocka? Stas hejdade kritan och såg in i flickans ögon.

Och hon såg på samma sätt in i hans.

Vad var det han såg i Teodoras ögon? Speglande fönster av inåtvänd grönska. Ljus som sipprade som honung i rännstenen. Och arkaderna vid torget som gäspade med alla sina munnar. Vad gömmer sig i skrymslena, i det otätade, vattensjuka och sanka? Gardinerna i butiksfönstren är fördragna och solblekta. Staden sover. Torget liknar ett segel. Det fångar vind när hon springer över det. De hårda små flätorna står rätt ut.

Kloppeti, kloppeti, klapprar klackarna.

Torget välver sig runt barnet, bara fasthållet av fyra lyktstolpar i hörnen. En hund dyker upp, svart och mager. Flickan blir rädd men hunden ser inte åt henne. Den viker av in i gränden där dragspelstonerna lockar. Husfasader, knottriga och torra, sen svala och dunstiga. Staket övervuxna av hagtorn som väller över planken. Någon kommer att bli arg på Teodora, hon har gett sig av ensam och utan lov, tänk om hon inte hittar hem. Målaren vill visa henne vägen.

Utförsbacken är en vit tunga i solskenet. Teodora springer, sen flyger hon. Ur skomakarverkstans port störtar blå skuggor fram. Ovanför henne flyger fåglar med spetsiga vingar. Hon är rädd och hänryckt. Som lille Stas.

Han grep Teodoras hand, överrumplad av sin ömhet.

För vem? För den magra flickan, ja, men också för lille Stas. Teodora satt på huk bredvid honom sen och smekte hans kind med sin hårda lilla hand. Han låg på rygg på madrassen han dragit fram och grät utan tårar med ögonen vidöppna. Du fryser, sa han strängt till flickan. Han svepte in henne i filten och satte henne i stolen och gav henne vodka mot blåskatarren.

De skålade, han sa till henne: Det som hände nyss var en dröm.

Ja, svarade Teodora lika allvarsamt och nickade, ja, nej, det hände inte. Det var en dröm. Han borde ha förklarat det för Krystyna. Allt var en sammanblandning, man återvänder inte till barndomens bok. Aldrig mer! ropade Krystyna. *Nevermore.*

Brunos ansikte är vitt och självlysande i månskenet.

Han vilar huvudet mot ryggstödet och blundar. Han är ett geni, han borde verkligen lämna Drohobycz. Stas vill tala om döden med Bruno, det brådskar, döden drar honom allt närmare till sig. Syrsorna filar som besatta med fiolerna under hakan. Bruno påpekar det, nu ganska sluddrigt, utan att öppna ögonen. Stas kan inte höra syrsorna, det beror på lomhördheten.

Men han minns en annan natt, en natt med Bronio.

Det var en lång natt med mycket vodka, inte helt olik denna, och kanske med syrsor. Det var efter denna natt beslutet fattades: Australien. Bronisław kan ha sagt upp bekantskapen. Det är möjligt, hans tystnad tyder på det. Det är i så fall ensidigt. Alla som en gång kände lille Stasio är borta. Utom Bronio, han finns ännu. Han nämner Bronisławs namn för Bruno.

Ja, herr Bronisław, säger Bruno: han var också antisemit.

Vad menar du? Du kände inte Bronisław.

Visst kände jag honom. Han var antisemit, vidhåller Bruno.

Judarna, polackerna, föraktet och ensamheten... Stanisław vill inte gräla med Bruno om Bronio. Inte just nu. Han reser sig, en aning vacklande, och lutar sig mot verandaräcket. Han anstränger sig till det yttersta för att uppfånga syrsorna. Han minns dem så väl, de vanvettiga violinisterna. Irriterande och envisa. Förryckta och hoppingivande. Allesammans spelade de första fiolen. Ingen brydde sig om dirigenten. Så fort de genomskådat kompositörens avsikter gick de löst på partituret.

Ska han aldrig få höra dem mer? Det är inte möjligt!

Förlusten driver en kil genom hjärtat. Allt mer försvinner dag för dag. Det gör ont. Han vet inte om det är saknaden efter syrsorna eller efter Bronio. De läste dikten om den mystiske korpen av Edgar Allan Poe tillsammans, han och Bronio, på sängen i hans pojkrum, vid floden, under sina vandringar i bergen, överallt, tills de kunde den utantill.

En andtruten versrad faller honom in:

"Prophet!" said I, "thing of evil! – prophet still, if bird or devil! –
Whether Tempter sent, or whether tempest tossed thee here ashore,
Desolate, yet all undaunted, on this desert land enchanted –
On this home by horror haunted – tell me truly, I implore –
Is there – is there balm in Gilead? – tell me – tell me, I implore!"
       Quoth the Raven, "Nevermore."

Han vänder sig på nytt mot Bruno. Men målaren har lutat sig så långt bakåt i korgstolen att ljuset inte når hans ansikte. Allt är skuggor nu, och i Bruno kanske en annan förtvivlan. Han har dragit upp benen i korgstolen och slagit armarna om dem. Stanisław anstränger sig för att få tungan att lyda och för att säga, tydligt, klart och bestämt:

Hör på nu, Bruno. Bronisław var inte antisemit.

Jo, svarar den lille målaren, plötsligt mycket envis.

Så vad i helvete *är* en antisemit? frågar Stas.

Det är en människa som föraktar judar mer än nödvändigt, Stas.

Stanisław hör inte vad Bruno säger. Det beror på att Bruno för första gången använder hans förnamn. Det rappar över kinden. *Det* vågar han alltså, den lille juden. Som för att skilja Stanisław och Bronisław åt. Som för att dra över Stanisław på sin sida mot Bronisław, göra den ene till en allierad, den andre till en fiende. Han lämnar verandan i oväntat vredesmod.

Han fyller vattenskopan i köket och dricker.

Ja, han bälgar i sig. Vattnet strilar nerför hakan och utmed halsen.

Det är kallt och klart. Zakopanes vatten är kyligt också i sommarhettan. Det svalkar honom. Han blir stående med skopan i handen. Vad vet han? Tänk om Bruno har rätt? Allt fler av hans landsmän föraktar människor av Brunos ras. Så varför inte också Brontosław? Då, i ungdomen, var det *à la mode* och möjligen en sociologisk sanning att tala om shtetl-judarnas bakåtsträveri.

Vad Bronisław nu tänker har han ingen aning om.

Han hör inte av sig. Svarar inte på brevet i vilket Stas föreslog att han skulle besöka Zakopane. Har inte tackat för målningen av Teodora Nawrocka. Varför måste han försvara Bronio?

Han betraktar månstrimman som kryper över köksgolvet.

Ja, som en vit och fet och vämjelig larv. Han fyller skopan. Han går med den, skvalpande och skvimpande, och kör in den under målarens haka. Var god och drick, Bruno. Nyktra till.

Bruno lyfter långsamt den druckna hästblicken mot honom. Han samlar ihop sina insektslemmar. Han fattar skopan med båda händerna. Han dricker mycket länge. Det är otroligt vad den lilla kroppen kan rymma.

Tack så mycket, herr Stanisław, säger Bruno sen.

Men då lutar sig Stas mot honom och slår handen i bordet.

Stas! Stasiek. Stasio. Försök att säga det, Bruno!

Den lille målaren rycker till och trycker skopan mot bröstet.

Sen börjar han skratta. Det är ett långt och utdraget skratt, hackande och orytmiskt, ändå melodiskt, förhistoriskt som han själv, sprunget ur någon fjärran öken eller ur den mytiska bibel till vilken Bruno är ende upphovsman.

Stas lyssnar. Syrsorna kan han inte höra. Men detta skratt hör han.

Sen frågar Bruno om han nu möjligen kan få lov att sova en smula, dagen var lång. Det får han, i pappa Wicz ateljé, på soffan vid väggen, under de härdande hästtäckena, och under de många fotografierna av Krystyna, den första Krystyna, flickan som sköt sig.

Stas står länge kvar på verandan, ända tills solen stiger över Tatra, rund och glänsande och väldig.

Den skingrar skuggorna och gryningens dimmor.

Bronisław. Lord Nevermore. Och alltmera nevermore.

Försvinn. Och lämna mig. Stanisław gräver bland gamla foton i lådorna och påsarna på vinden. Dra näbben ur mitt bröst. Hacka inte min lever!

"Be that word our sign of parting, bird or fiend!," I shrieked,
*   upstarting –*
"Get thee back into the Tempest and the Night's Plutonian shore!
Leave no black plume as a token of that lie thy soul hath spoken!
Leave my loneliness unbroken! – quit the bust above my door!
Take thy beak from out my heart, and take thy form from off
*   my door!"*

*   Quoth the Raven, "Nevermore."*

Osannolika skithögar på vinden. Sediment, avlagringar och egendomliga naturfenomen. Kan man sätta eld på alltihop? Det skulle bli en brasa som skulle synas till Rom. Här! Han finner i ett kuvert ett gulnat amatörfotografi av Bronio i stora och blanka solglasögon. Ja, här. Han själv finns på samma foto.

Och mellan dem en ung flicka, vad hette hon? Och var togs bilden? Han minns inte. Vid en stenmur uppenbarligen. Bronio är en smula kutryggig. En giraff med skygglappar. Flickan? Nu minns han hennes namn, Halina! Nej, det var inte hon. Var det Janina? Ewa? Kasia? Zosia? Eller var det trots allt Halina?

Hon trutade i varje fall med körsbärsmunnen och slängde med håret. De ljusa ögonfransarna fladdrade ostadigt. En doft av söta karameller, lätt kväljande, åtföljde ständigt denna Halina, så förföriskt vindögd. Vem tittade hon på? Man visste inte, det var problemet. Här står hon nu hur som helst, denna Halina, Ewa, Janina, på en bortglömd stenmur, några inskränkta molnbullar bakom axeln, med handen lätt vilande på Bronios axel.

Och på hennes andra sida står Stas, på vars skuldra hennes andra hand skymtar – ja minsann. Han kisar för att kunna urskilja ungdomsbilden av sig själv. Stilig var han, den unge Stanisław. Smärt och välväxt. Vita byxor och elegant hatt. Ett övermodigt ögonkast in i kameran men i hjärtat ett sår.

Stas älskade henne, och hon älskade Bronio, och själv älskade han också Bronio, och Bronio älskade henne, och sen sa flickan att hon älskade Stas, och Stas önskade att Bronio också skulle göra det.

Dessa eviga trianglar. De ingår av allt att döma i Guds matematik. Den kan inte vara annorlunda än vår. Man måste följaktligen kunna genomskåda triangelns gåta. Han har inte lyckats. Nej, aldrig. *Take thy beak from out my heart!* Hur skulle han bära sig åt?

Kvinnan är, förutom allt annat elände hon åstadkommer – krig, upplopp och förvirring – det största hindret för vänskapen. Vem var denna flicka? En liten löddrande tvål får man förmoda, karamelldoftande. Bronio kunde gärna få behålla henne och helt för sig själv. Men Bronio hade redan härsknat till, så slutade det alltid.

Inte på kvinnan, på Stas!

Försvinn. Utplåna dig ur mitt minne. *Get thee back into the Tempest and the Night's Plutonian shore!*

Stas ropar på Hanka, tjänsteflickan. Hon är en trofast själ, Hanka, men också nervpåfrestande.

Jag håller på att grädda pannkakor, gastar Hanka tillbaka.

Ja, det är vänligt att hon vill uppehålla livhanken på honom, men just nu är det viktigare att hon hjälper honom att montera kameran, dra för gardinerna och hålla motivet stilla framför linsen. Antisemit? Ja, förmodligen är Bronio det också. Hos honom ingen trofasthet. Inte mot något. Inte mot minnet.

Inte mot Polen, hemlandet och ursprunget heller.

Den myopiske giraffen!

Som sänkte den långa halsen mot marken och grävde efter funktionerna, abstraktionerna, hela den förbannade sociologin! Men som aldrig sökte bräschen i muren, revan genom vilken flykten ur verklighetens fängelse kan företas. I vänskapen omfattar man den andres väsen! Den andres totalitet. Man lämnar plats för det oväntade. Man bevarar minnet. Man låter den andre behålla sin rymd. Men denne giraff, huvudet bland molnen – idisslande luft, tuggande ingenting – visste inget om gåtor.

Kunde därför överge utan att det kostade honom något. En engelsman. En människa med en engelsk själ, det vill säga välmående, blind och döv och självtillräcklig. Krystyna övergav också Stas men grät åtminstone. Var kvinna men visade smärta.

Stå still, Hanka, för fan!

Han knäpper under sitt skynke. Och om igen.

Och om igen.

Han tillverkar ett fotomontage. En man i polsk officersuniform (det är ett gammalt amatörfoto av honom själv) kombineras med bilden av en blind som förs av en ledarhund (det är en bild av en krigsinvalid ur en tidning). Slutligen förses gestalten med Bronios ansikte. I solglasögon.

Han är nöjd. Detta är en förträfflig bild av Bronio.

Ett blindstyre med en schäfer till ledarhund.

I polsk officersuniform. Kanske är trolösheten mot Polen det värsta av Bronisław alla svek. Hur kan man överge den man var en gång, och det som man kom ur? Stanisław grubblar en dag eller två på vad han ska skriva i det sista och slutgiltiga avskedet från ungdomsvännen. Han är egendomligt upprörd. Hela tiden. Ute är det lika hett som förut, inte en vindpust, inte en droppe regn, man kan knappast andas längre. Och Poes gamla korp öppnar hela tiden sin förbannade näbb och flyger runt huset och skriar i trädtopparna:

"Nevermore! Nevermore!"

Till slut krafsar Stas ner vad som faller honom in. Han sänder följande avskedshälsning till Lord Nevermore (som förmodligen också har glömt sitt språk, det är väl vad man kan vänta sig) på tydlig engelska och på montagets nederkant och med fast och stadig och manlig handstil så att även en idiot som Bronisław ska fatta innebörden:

Old Pig! I did not realize that you served in the Polish Army. Bloody Fool. Greetings from your old (former) friend.

Stanisław

Han kan nu äntligen andas ut.

Han skickar iväg Hanka med kuvertet till postkontoret, adresserat till London School of Economics. När allt detta är utfört och han har mottagit avsändarbeviset ur Hankas hand erfar han lättnad. En säck med gammalt skrot har lyfts från hans skuldror. Han måste göra sig kvitt allt. Kasta bort allt överflödigt. Fortsätta resan.

Mot mytens håla. Eller mot döden.

Och försändelsen når Bronisław.

Han sitter vid skrivbordet i sitt arbetsrum på universitetet i färd med att gå igenom stolparna till sin förestående föreläsning. Den ska handla om tiden i det primitiva tänkandet – föreställ er för ett ögonblick att ni aldrig sett en klocka, mina herrar, att ni aldrig hört talas om timmar och minuter – och ämnet intresserar honom själv i allra högsta grad.

Men just som han ska resa sig och gå kommer hans sekreterare miss Eelie på klapprande klackar med dagens post. Han ögnar igenom brevtraven.

Från Polen, med välbekant handstil.

Från Stanisław. Ja, det måste vara från gamle Stas!

Hjärtat gör en liten volt av överraskning. Han blir glad. Ja, han blir häpnadsväckande glad. Han har länge själv tänkt skriva, ända sen Ellies död. Men mycket har hänt och tiden har löpt ifrån honom. Fast han nu har mycket bråttom sprättar han upp kuvertet med papperskniven. Han står under det tickande vägguret av mahogny och betraktar bilden av sig själv som fåne och blindstyre. Stas förolämpning viner till som om en lucka öppnades till en storm i Antarktis.

Han tar stöd mot mahognyklockan.

Sen kastar han en blick på väggklockans visare och släpper bilden på skrivbordet. Han är lätt andfådd när han äntrar podiet framför sitt auditorium. På främsta bänken sitter en kolsvart student, ovanligt intelligent, han heter Jomo Kenyatta och kommer raka vägen från en kultur utan klockor och tid. Kikuyu, vill Bron minnas. Han får tänka på det medan han talar så att han inte sårar den tidlösa – och efter hans egen mening lyckligare – kulturen.

Efter föreläsningen flanerar han med en kopp te i handen över den välklippta gräsmattan omgiven av en skara av sina studenter. De kommer från hela världen. Studentskorna – de kvinnliga studenterna har blivit flera med åren – är påfallande begåvade. Han blir stående under ett träd med den mörklockiga Gwendolyn som har för avsikt att resa till Indien:

Vad anser ni egentligen om antropologiskt fältarbete för kvinnor? Är det inte en nackdel att vara ute ensam som kvinna?

Tvärtom, svarar han, det är en stor fördel. Det är alltid kvinnorna som avslöjar hemligheterna. Inte förrän jag vid ett tillfälle bröt armen på Boyowa och föreföll löjlig och hjälplös förbarmade sig kvinnorna i byn över mig. Hade jag själv varit kvinna hade allt gått mycket lättare från första början.

Gwendolyn är fräknig och flörtig. Han uppskattar att slänga käft med henne. Men montaget som Stas sände färgar samtalet, och flera samtal under de närmaste dagarna, med en strimma av oro.

Polackerna, deras idealism, han står inte ut med den!

De förblir nostalgiker, romantiker och småborgarchauvinister. Stas har inte rört sig från Zakopane. Inte flyttat sig ur fläcken. Tänk om han hade vågat bosätta sig i Paris, skulle han inte då ha varit en målare av världsformat? Eller i New York eller London eller Rom? Men nej, han bor kvar. I sitt gamla föräldrahem till på köpet, det framgick av adressen.

Är bilden som Stas sände ett försök att återknyta kontakten?

Det är möjligt. Han misstänker nästan det. Varför skulle Stas annars höra av sig. Men en nidbild som denna går det inte att svara på. Är den avsedd att vara humoristisk? Nej, det är omöjligt. *Finis amitiae.* Men vänskapen tog slut redan för många år sen. Då gjorde det verkligt ont. Vad ska han göra åt det nu? Nu är det för sent.

Fan ta denne Zarathustra för pigor och kor.

Småstadsdemiurgen. Tatrabergens egen Lucifer!

Karikatyren som Stas sände blir liggande under en hög tidningar med svarta rubriker om det spända världsläget, och glöms bort.

Men strax anländer ett nytt brev med Stanisław handstil på kuvertet. Bronisław sprättar upp det, denna gång med lätt motvilja.

Nu är tonen en helt annan, också typiskt för Stas. Hans kalejdoskop roterar oavbrutet, stenarna kastas om, nya mönster som kan förblandas med verkligheten uppstår: *Honourable Mister Proffessor!*

Felstavat, som många andra ord i fortsättningen.

Även denna gång envisas Stas med att bruka sin erbarmliga engelska som om Bron inte förstod polska. Stas har nu, dessvärre en aning sent, skriver han, fått reda på att Bron blivit änkling. Han vill uttrycka sitt djupt kända beklagande. Ja, det var ju vänligt. Och verkligen en smula sent. Det är flera år sen Ellie gick bort. Men kondoleanserna, visar det sig, är bara en förevändning för Stas att få ömka sig själv. Han har också mist sin hustru efter många års äktenskap – på vilket sätt framgår inte, inte heller när det ägde rum – och är nu lika uppriven som när hans första fästmö dog.

Han är i själva verket nära galenskap av förtvivlan.

Vad är livet, vad konsten, vad filosofin? etcetera och så vidare.

Bron ögnar hastigt igenom de välbekanta frågorna. Ja, tills han når fram till döden. Stas vill dö, framgår det.

Det var originellt. Har Stas någonsin talat om annat än döden? Hans första ord i vaggan måste ha handlat om den. Bron tänder en cigarrett för att kunna ta sig igenom denna upprivna och förvirrade, ömsom engelskt felstavade och ömsom polskt snirklande men hela tiden i rapidfart framstörtande epistel. Den kränger hit och dit, med inskjutna meningar där i sin tur ett antal bisatser pressats in. Man blir yr i huvudet, ja sjösjuk, av att ta sig igenom slingret innan man – alltför sällan – räddas av en punkt. Då andas Bron tacksamt ut.

Han askar av cigarretten och fortsätter läsningen.

Fyra sidor av full storm. Ibland underhållande, det får medges. Några gånger brister han till och med i skratt. Det är när han ser Stas i en hatt som liknar en svamp och inte olik en gammal krabba som kippar efter andan i vågskvalpet av det moderna tänkandet i kretsen av professor Ingardens så briljanta lingvister. Där sitter han, krabban i svamphatten, och blänger. När han öppnar munnen förstår ingen av seminariedeltagarna vad han säger.

Till brevet har Stas bifogat en maskinskriven kopia av ett avsnitt ur sitt senaste filosofiska utkast som handlar om "monadismen".

Det är andfått och påstridigt och snurrigt. Bronisław låter blicken kana genom det och fram till slutorden. I dem hävdar Stas att han noga följer med i den samtida filosofin. Skulle den värderade *Mister*

Proffessor, som säkert känner både Russell och Carnap och Ayer personligen – Jeremy Bentham är väl lyckligen död och uppstoppad? – kunna tänka sig att för min räkning...

Här släpper Bronisław papperen, han får bråttom.

Han måste till Oxford dit han är bjuden på middag.

Han är redan försenad och får ta en droska till stationen.

Under tågresan – frodiga gräsmattor, välansade häckar och blomsterrabatter, engelsmännen möblerar landskapet som andra sina dockskåp – tänker han på annat, framför allt på sin förestående resa till USA. Bara ett kort ögonblick, det är när han stiger av tåget, drar en svag men distinkt känsla genom honom.

Han känner mycket väl igen den.

Den har också ett namn. Men namnet kan inte sammanfatta den.

Denna känsla som blåser genom honom är mjuk men har skarpa uddar. Den kallas sorg.

Inte heller detta brev från Stas går det att svara på. Det saknar öppning, grind och ingångsport.

Ett nytt brev anländer nästan omgående. Nu är tonen snorkig, i den mån Stas nu förmår vara snorkig på engelska, hans ordval är skrattretande.

Ni, *Mister Proffessor*, som sveper in er i er världsberömdhet som andra i sin morgonrock, tycks av allt att döma genom skvaller från illasinnade ha fått för er att kasta en fläck på *mig*, vilket är både befängt och obefogat!

Det står still i Brons huvud. Vad då för en fläck?

Man kunde annars ha tänkt sig, fortsätter Stas, att bli tillsänd ett exemplar av det ryktbara verket om de liderliga infödingarnas sexualliv. Jag har givetvis – för obeskrivbart dyra umgälder – införskaffat boken på ett av Warszawas mest välsorterade avyttringsställen för så kallad vetenskaplig litteratur.

Men på grund av olyckliga omständigheter som jag här inte närmare går in på – det skulle föra oss in i diverse labyrinter ur vilka vi inte så fort skulle hitta ut – har jag sedermera gått boken förlustig (mitt arkiv och en stor del av mitt bibliotek är kort sagt för närvarande utom räckhåll för mig).

Utan förhoppning om svar, er före detta vän S. (Se vidare ark 2.)

Ark 2 är ett formulär att ifylla med överstrykningsmöjligheter:
Jag önskar/ önskar inte att framdeles stå i kontakt.
Mina känslor för er är varma/ likgiltiga/ fientliga.
Jag sänder er snarast/ aldrig i livet min bok.
Ni skulle inte förstå den/ genast missuppfatta den/ kunna förväntas
utsätta den för dilettantisk kritik.
Er vän/ vedersakare/ fiende/ Bronisław

Det är natt. Bron reser sig från skrivbordet och slår upp fönstret. Trädens augustigrönska rör sig inte. Inte ett prassel. Bara denna ihärdiga och påträngande doft av engelsk park, engelsk fuktighet och dunkel.

Han hör svagt grodorna från dammen.

Fönstren runt universitetsgården är svarta. Bara ur ett enda kastas ett grönaktigt skimmer över gräsmattan, det är från byggnaden mitt emot hans. Rektangeln är det enda som förråder att han inte är ensam i världen. Någon annan professor sitter som han själv böjd över böcker och papper och försöker nagla fast sina flyktiga tankar. Själv har han nyss avslutat konceptet till föreläsningsserien som han ska ge i Amerika.

Han sträcker på armarna och masserar sina trötta händer. Han fyller lungorna med grönfuktigt syre. Nu tänker han svara Stas. Ja, i denna natt. Sen reser han. Biljetterna till USA har han redan i fickan.

Om inte Stas hade funnits?

Vad hade det då blivit av Bron?

Tja, förmodligen hade han ännu varit kvar i Kraków. Han hade kanske varit professor i något dött språk. Eller i historia. Möjligen i matematik. Det var Stanisław som en dag kom släpande med Frazer, *The Golden Bough*, och kastade den på bordet framför Bronisław. Läsningen hade gjort Stas vimmelkantig, och han babblade febrigt om myter och glömda symboler. Och Bronisław väcktes ur en lång domning som var hans stillastående ungdom.

Han följde Stas pekfinger med blicken. Och där låg hela världen utbredd framför honom. Skatten och det gyllene skinnet. Skeppet Argos som de tillsammans skulle äntra. Ja, de skulle bort och iväg och åt det håll dit Stas finger pekade. Till det guldskimrande svarta Afrika. Till Asien som dånar av vibrerande gongslag mot glänsande koppar.

De skulle iväg som moderna argonauter och finna världen och sig själva och kärleken.

Stas beskrev upphetsat Gauguins målningar från Tahiti medan de snavade fram i snögloppet i Kraków, han hade sett ett par av dem. Brunhyade kvinnor. Glänsande gudabeläten. De skulle givetvis resa tillsammans. Till Tahiti? Eller till Australien? Svårt att säga vart de skulle. Men helt säkert mycket långt bort. Tillsammans och åt samma håll. Men med helt olika mål, tycks det honom nu. Stanisławs resa till Österlandet ledde rätt in i själens labyrinter.

Hans eget mål var en smula nyktrare. Framför allt var han mer förutseende. Han tog sig till London. Han studerade etnografi och skrev sin avhandling. Allt detta för att förverkliga drömmen.

Om man ska vara noga: Stanisławs dröm.

Men så småningom helst utan Stas.

De delade en dröm. Eller gjorde de inte det?

Jo. De delade den. Som två bröder. Sen klövs drömmen i två delar. Stas befann sig i den ena halvan. Och Bron i den andra. Vad berodde det på, förutom Stas personlighet? Bron lutar sig mot fönsterkarmen i arbetsrummet och lyssnar till "blurp" och "bo-omp" och "bu-opp" från grodorna i den gröna och ogenomskinliga dammen i universitetsparken. Språket, tänker han.

Och vad är språket? Människan kan inte klara sig utan ord.

Men man måste veta att ett ord inte är en liten säck av exakt innebörd. Ett ord är också en kniv. Något som avgränsar, trasar sönder och beskär. Han *vet* vad Stas menade med "ren form", i varje fall inbillar han sig det. Han visste det nog då också. Ren form är det som finns utanför tiden. Det är ögonblicket då orden ännu vilar på tungan. Inget har sagts. *Allt* vill komma till uttryck. *Allt* bultar, pulserar och skälver i munnen. Sen utsägs något, och en ynka liten flisa av alltet ramlar fram ur människans käft.

En pusselbit av helheten. För det mesta en vantolkning eller en missuppfattning. Ibland till och med en lögn. Något orent i motsats till "ren form". Men utan orden som försöker återge verkligheten så exakt som det bara är möjligt är människan tillspillogiven.

Stas i svamphatten. Stas som en gammal krabba bland de unga lingvisterna. Stas som sörjer sin hustru i Zakopane. Hela livet har denna envetna, snurriga och oregerliga människa sökt efter ett språk som inte stängs in av orden.

Ett språk som låter anden förbli hel och oskadd.

Det var Stas dröm. Och Bron delade den. Ja, ett tag.

Ville han inte en gång i sin ungdom bära fram Boyowas totalitet till sina läsare i Europa som i en skimrande skål? *Allt* skulle finnas där! Gudar och underjord. Män och kvinnor. Han sprang kors och tvärs över Boyowa, otålig, törstande efter sanningen, efter poesin, efter den gåtfulla förbindelsen... Men när han efter många år satte ifrån sig skålen på någon av Europas akademiska bardiskar var den tom. Den fantastiska helhet som var Boyowa kunde han inte överbringa.

Inte med ord och begrepp. Inte genom alla sina många vetenskapliga verk. Han stod själv utanför, med näsan tryckt mot skålens väggar av glas. Och så småningom dämpades hans anspråk en smula. Nu har han fullbordat ett livsverk som tillerkänner honom en position som en av den moderna antropologins grundare. Med det får han låta sig nöja. Ja, han är nöjd.

Men utan Stas dröm hade han inte blivit antropolog.

Inte kommit till Boyowa. Inte stått vid detta fönster och lyssnat till dessa engelska grodor. Han ville inte ha med Stas på resan. Han visste hur den skulle sluta. Det stora grälet de hade i Australien var ofrånkomligt. Men det var inte bara han och Stas som skildes. Det var något annat som slogs sönder. Och det är som om han själv stod i skuld.

Inte till Stas. Nej, han är inte skyldig Stanisław något. Även om hans livsväg inte skulle ha blivit densamma utan Stas och utan boken av Frazer och utan Stas ivriga pekfinger mot världen, så har han helt på egen hand format sin bana. Ändå är det som om han har svikit något. Vem? Eller vad?

Han stänger fönstret. Grodornas konsert tystnar.

Bronisław kastar en blick mot pappershögarna på skrivbordet. Där ligger de många obesvarade breven. De olästa uppsatserna som han borde hinna säga något om till studenterna innan han reser till USA. Och de små förmanande lapparna från miss Eelie om telefonsamtalen han borde hinna ringa...

När han satt sig på skrivbordsstolen överväldigas han av trötthet. Han lägger ansiktet i handflatorna och sitter orörlig en lång stund.

En nattfjäril väsnas mot lampans veckade skärm.

Han kikar försiktigt och mellan två fingrar mot studentuppsatserna och examinationsprotokollen och breven... Nej. Han hinner inte skriva till Stas. Vad i helvete är det som ansätter honom med plötsliga skuldkänslor? Det liknar ett slags surrande strax utanför hörseln. Det liknar en otillfredsställelse. Eller en sorts hunger. Han är nöjd med vad han har åstadkommit. Är han inte det?

Han är in i döden trött, han vill inte resa till USA, han vill göra något annat... Det är så dags nu när han redan har biljetterna i fickan. Vem bestämmer över hans liv? Tiden. Vad gör han åt det? Föreläser om den. Det är fullkomligt skrattretande.

Wa, wa, wa. Så ropar själen.

Den vill hitta en kropp att leva i. Men han misshandlar själens boning. Han längtade efter att själv förvandlas. Och gjorde han det? Nej. Han är likadan som alltid. Uttorkad, nära nog skrumpen.

En gammal urkramad citron.

Men Stas, den dårfinken! Runt Stas finns alltid virvelströmmar av liv. Ja, inte minst när han utgjuter sig om döden. Inget livar upp Stas så som tanken på den. Ur den sörplar han oavbrutet nytt liv. Han ser Stas i forellbäcken uppe i Tatra. De magra och brunbrända benen. Blicken som stint stirrar ner i det forsande vattnet. Det ljusa håret som liknar en krona av guld i solskenet.

Och nu lyfter Stas handen: jo, det finns fisk!

Pekfingret mot munnen. Håll käft, Bronio. Rör dig inte.

Och sen den blixtsnabba rörelsen med håven, och fisken som i en gnistrande sky av vattendroppar sprattlar i luften.

Satan, Bronio, jag fick den! jag har den!

Kanske kunde han föreslå sin dotter Zofia, nu snart vuxen, att göra den där fotvandringen i Skottland som de ofta har talat om men som aldrig blir av? Det skulle kanske pigga upp honom. Mariella skulle förstås bli besviken. De har kommit överens om att resa till Island efter USA, Mariella vill måla vulkaner. Han kan inte hantera alla dessa kvinnor. Han räcker inte till för dem.

Ingen av oss har kunnat hantera kvinnorna, Stas.

Han måste röja av skrivbordet före avresan.

Bronisław buntar raskt ihop alla papperen på skrivbordet och kör in dem bland böckerna i bokhyllan. Nu är skrivbordet städat och rent. Det gick fort. Han kan gå hem och sova. Men där är Mariella i färd med packningen för resan till USA, han skulle bara vara i vägen för hennes energi...

Och, herregud, Stas.

Om brevet inte blir skrivet nu så blir det aldrig skrivet. Det behövs ju bara några meningar. Kanske är det för bildens skull, bilden på näthinnan av Stas i forellbäcken i Tatra, som han tänder en cigarrett och skruvar ett papper i maskinen.

Det blir inte formuläret på ark 2, en provokation.

Det blir inte heller några kärleks- eller vänskapsförklaringar.

Stas är oberäknelig, lynnig och impulsiv. Han kunde kränkas av ett skiljetecken. Eller råka i extas över en alltför vänlig bisats och komma resande till London i sin svamphatt och insistera på att bli presenterad för professor Russell...

Det kan bara bli ett kort och en smula avmätt brev, några rader för gammal vänskaps skull (och naturligtvis på engelska). Bron gör sig inga illusioner. Stas bryr sig inte om honom. Inte egentligen. Han är bara intresserad av sitt eget förflutna. Och där fanns en Bronisław. Ett spöke. En tvilling. En spegel.

Dear and most distinguished – vad då?

Mister Painter? Mister Philosopher?

Allt kan missuppfattas, tolkas som överlägsenhet eller förstucket löje. Flygfät surrar runt lampan. Bronisław vill skriva vänligt. Med känsla för Stas stora ömtålighet. Men inte undfallande. Nej, absolut inte. Han vill skriva några rader med exakt avvägd distans.

Humoristiskt, om möjligt. Med glimten i ögat.

Han grubblar länge. Han skriver till slut: *Dear Maestro*.

Jag har många gånger tidigare i livet kunnat anklaga Er för försumlighet, *my most honoured Maestro*, när det gällde brevskrivning, uppehållande av kontakt eller meddelande av ens de enklaste livstecken. Nu finner jag att Ni anklagar mig för samma sak. Låt oss säga att det jämnar ut sig. Jag kan inte försvara mig. Jag kan bara försäkra att den av Er önskade boken – mitt blygsamma bidrag till antropologin – givetvis anländer med snaraste postgång, min sekreterare kommer inte att glömma det.

Med stort intresse har jag tagit del av Era senaste filosofiska tankar om "monadismen", i själva verket så intresserat att jag vid avslutad läsning fann mig själv vara halvt monadiserad. Naturligtvis ska jag, så fort tillfälle bjuds, för Er räkning införskaffa de önskade autograferna från kollegerna Russell och Carnap. (Ja, professor Bentham är uppstoppad och skriver inte mer.)

Låt mig tacka för kondoleanserna med anledning av min hustrus död. Jag returnerar mina egna och djupt kända.

Bronisław.

Hur inleddes andra världskriget?

Uppdraget att inleda detta krig – vars utbrott nu måste infogas – gavs åt en Sturmbahnführer inom tyska säkerhetstjänsten vid namn Alfred Helmut Naujocks. Det var den 31 augusti 1939 i den tyska lilla staden Gleiwitz. Exakt klockan åtta på kvällen – den var sval och stilla – ledde Naujocks sina mannar mot radiostationen.

Truppen bestod av straffångar som utlovats benådning om expeditionen utföll lyckosamt. I rapporten som Naujocks senare skrev kallade han sina män för "konservburkarna". Det var täcknamnet. Efter ett kort handgemäng med ett par häpna vakter trängde Naujocks in i radiohuset tätt följd av sina konservburkar. Man sparkade upp dörren till studion där sändning pågick.

Radioprogrammet avbröts och radiolyssnarna fick sig ett kort men kärnfullt anförande till livs. Inte på tyska, på polska. Naujocks hade personligen och kärleksfullt studerat in inslaget. Det var som sagt kärnfullt, och polskt och patriotiskt.

Konservburkarna sjöng därefter – i kör och under viss trängsel vid sockerbiten – en eggande sång till det polska fosterlandets ära. Naujocks avfyrade ett par pistolskott som inte skadade någon men åstadkom ett par fula hål i taket. Sen avlägsnade man sig.

På gatan hade en del nyfikna samlats, mest för att manskap ur SS ställt upp maskingevär där. När konservburkarna sprang ut ur radiohuset mejades de ner till sista man. Det var över på mindre än en minut. Naujocks försvann i sällskap med SS-männen. När ekot från kpistsalvorna sugits upp av husväggarna var kvällen stilla som förut.

Väl på plats kunde den yrvakna polisen bara konstatera fakta: ett antal män i polska uniformer låg framför radiohuset i sitt eget blod och peppade av kulor. I Gleiwitz insåg man inte omedelbart vidden av det inträffade.

Men innan natten blivit morgon kom Tredje Rikets svar på den polska arméns attack. Först väcktes det gamla slagskeppet Schleswig Holstein, ärrat av sjöslag och försänkt i drömmar på Gdansks redd. Hon råkade vara där på vänskapsvisit och riktade i gryningen kanonerna mot den polska förläggningen på Westerplatte.

Exakt klockan 4.40 avfyrades den första skottsalvan.

Då var redan de tyska bombplanen på väg.

Så lekfullt, nästan lättsinnigt, kan världens förstörelse inledas.

Klockan 5.20 flög den första eskadern, ett fyrtiotal plan, in över Kraków och släppte sin last. Också det sömniga Zakopane väcktes.

Klockan 6.30 fälldes bomber över Częstochowa av trettio plan.

Klockan 8.30 fick Lwów, norr om Drohobycz, besök av trettiosex bombspyende maskiner. Lublin bombades vid lunchtid, Bydgoszcz klockan 13.25. Poznań fick besök i tre vågor, först på morgonen klockan 7.30, vid lunchtid klockan 12.40 och sen klockan 16.00.

Planen kom i grupper om olika storlek, fyrtio, femton, nio, sju eller tre maskiner. Olkusz, Nowy Dwór, Warka...

De fällde sin bomblast, försvann och kom tillbaka.

Kielce, Radom, Garwolin... Klockan 17.00 hade Kraków hemsökts i fem omgångar. Stadens byggnader föll samman som korthus. Det brann överallt. Tjocka och stickande rökar. Redan tidigt på dagen vällde flyktingströmmar ut ur staden.

Och ur alla andra polska städer.

De gick till fots, de drog på kärror och barnvagnar.

De som kom från öster och söder mötte snart strömmarna av folk som kom från norr och väster. Landsvägarna blev inom kort fullpackade. Dagen var solig, vacker och varm. Under den första dagen regnade bomberna ur himlen utan uppehåll. Dånet var öronbedövande. Husen störtade samman som urtidsdjur som faller på knä.

Bränder som spred sig.

Kväljande rökmoln. Panik bland de flyende människorna.

Böner uppsändes mot en likgiltig himmel. Lukten av ammoniak som människan utsöndrar i dödsskräck blandades med brandröken.

Bronisław sitter med örat tryckt mot radioapparaten i Cambridge, Massachusetts, och följer de knastrande nyhetsutsändningarna. Wehrmacht bryter snabbt och omedelbart in över landets gränser. Trupperna väller fram från norr, väster och söder, och med eldkastare, stridsvagnar och störtbombare. Det handlar om en helt ny sorts krigföring: det totala kriget.

Blitzkrieg, kallar tyskarna det för.

Första etappen är Polen. Där är skörden nyss avslutad. Ljungen blommar på fälten utanför Kraków. Landet är oförberett, häpet och yrvaket. Och det polska kavalleriet mobiliseras mot det tyska pansaret.

När förra kriget bröt ut befann han sig på den vildsinta oceanen mellan Ceylon och Perth, obeskrivliga vattenrörelser och sen ett utdraget viskande ljud ur djupblå vattenväggar... Det kriget var ett förstörelseverk som världen inte har hämtat sig från. Nu fortsätter det där det avbröts senast.

Bara så mycket vidrigare.

Det tar två veckor, kanske lite mer, för tyskarna att krossa det desperata polska motståndet. Hästar mot flygplan. Salongsgevär mot bombarmador. Denna tapperhet, den är löjeväckande. Den är fullkomligt hjärtslitande, och Bronisław vill snyfta och gråta. Han vill tala sitt modersmål.

Han vill äta borsjtj, blinier och piroger.

Han vill hem. Hem? Så har han inte tänkt på många år. Men snart finns inte längre något Polen. Fortfarande spridda stridigheter. Sen tystnar nyheterna om motståndet. Warszawa är krossat, sönderbombat, skjutet i hjärtat. Tyskarna är effektiva: vetenskapsmän, journalister och politiker förs omedelbart bort och mördas, berättar en kollega, en emigrerad polack, på universitetet.

På gatan utanför tegelvillan i Cambridge som Bronisław och Mariella har hyrt flanerar människor med sina knähundar under lönnarna som om inget hänt. Barn rullar tunnband. Studenter bär böcker under armen. De flesta vet inte var hans hemland ligger på kartan.

Polen kapitulerar den 27 september.

Sin mors grav besökte han aldrig. Inte heller fick han uppleva Polens korta tid av frihet. Varför såg han inte till att Zofia, Maya och Iza lärde sig polska? Med heta läppar och tomt hjärta sitter han vid skrivbordet och plockar bland posten som miss Eelie har eftersänt: affärsbrev från USA, prospekt från Frankrike, Italien, Schweiz, handskrivna kuvert från Kenya och Brasilien.

Här ett brev från Polen. Han sliter genast upp det.

Hjärtat sjunker. Nej, inte från Stas.

Ett brev från Jagelloniska universitetet i Kraków, de vill ha en gästföreläsning. De har bett honom om det förr. Han har aldrig hörsammat inbjudningarna. Nu är han beredd att resa, och omedelbart! Men nu går det inte. I Cambridge blir lönnarna gula och röda. Han slits sönder av sin oro för döttrarna, kvar i England. Och varför i helvete ingriper inte stormakterna?

USA ställer sig neutralt. Frankrike och England förklarar Tyskland krig. Och sen följer samväldesländerna efter. Sydafrika, Canada och Australien... (Ack Ellie! käraste Ellie Rose).

Sovjet tågar in i Polen österifrån.

Bronisław känner på nytt av hjärtat.

Han får stickningar i fingertopparna.

I vanlig ordning styckas Polen, denna gång mellan stormakterna Tyskland och Sovjetunionen. Käraste Stasio... skriver Bronisław, fast inte på papper, bara i tankarna. Han går till drugstoren, till universitetet och till tobaksaffären eller promenerar med Mariella längs den sävliga floden som flyter ut i Boston Bay och skriver på ett långt brev till Stas i sina tankar.

Älskade Stas... Om du kan så förlåt att min tystnad blev så lång, jag vet inte helt varför... Men om du hade känt Ellie... Om min hustru Ellie Rose hade fått leva skulle hon ha förklarat alltsammans för dig... Du var min bror och min skugga... Din hånfullhet och din snabba tunga... Det hände att jag var rädd för ditt förakt, Stasio... Mina brister är många, Stasio, jag tålde ingen medtävlare.

Stas! Var så vänlig och överlev detta satans krig!

Vad tänker du på, Bobbie? frågar Mariella.

Hon kallar honom så, han har aldrig förstått varför.

Hon går vid hans sida med långa steg, rosiga kinder och klara ögon. Oktoberhimlen över Cambridge är slät som ett stycke siden. Den skiftar mellan brandgult i gryningen, isgrönt i middagssolen och svartgrått i skymningen. De har inget bättre att ta sig för än att gå utmed denna flod under Amerikas tomma himmel. I flodkröken dyker ett par kanoter med studenter upp, smala och svarta streck mot det silvriga vattnet.

Bronisław har inget att svara sin hustru.

Han tänker på Stas. Om honom vet Mariella ingenting. Nej, inte ens att han finns. Bronisław vill hem. Så fort det förbannade kriget är över. Vad som än händer. Även om Polen då är tyskt eller ryskt. Då ska de ha ett mycket långt samtal, han och Stas. Ett oändligt och tidlöst. På den öppna verandan i Zakopane. Med massor av vodka.

Mannen längtar väl efter en bror, sa Ellie en gång.

Mariella talar om något, om deras hemresa till London.

Bronisław lyssnar illa. Han är upptagen av den märkliga och senkomna sanning som oron för Stanisławs liv har fört till honom och spolat upp på hans klippiga och otillgängliga kuster. Mer än något annat tycks den västerländske mannen frukta kärleken till sin vän. Ur denna skräck stiger förfärliga ting, högdragenhet och förakt.

Och sen alla slags demoner.

Men man kan kanske faktiskt en dag genomskåda dem.

Från Polen! Ett brev bland de andra som miss Eelie har eftersänt.

Ja, från Stas! Bronisław river upp det med tänderna.

Det är skrivet före krigsutbrottet, hinner han hastigt notera:

Idiota! (Inte engelska denna gång, oskrymtad polska.)

Tror du att jag bad dig om Russells *autograf*?!? Inbillar du dig att jag är grafolog? Det är jag inte. Möjligen grafoman.

Jag bad dig, min käre Brontosaurie, om ett *fotografi*, om du kunde uppbringa ett sånt. *Konterfejet, ditt arsel!* Jag har mycket svårt att förstå en människas tankar om jag inte samtidigt studerar ansiktet. Det där begriper du väl inte. Men så är det. Jag förstår inte Russell helt och hållet, han är alldeles för pragmatisk för mig, för klok och för välförståndig. Men jag ville ändå ge mannen en chans.

Tack för din bok, den anlände mycket snabbt. Din sekreterare måste vara en verklig pärla (det är inte min).

Jag läser den just nu och tycker mycket om den.

Stanisław.

Krigen ligger inkapslade i varandra som i en kokong och vecklas ut och flyger över markerna på svarta och fladdrande vingar. Och fast krigen är så lika varandra – Babylon och Jerusalem, Troja och Ninive, de döda utströdda som sandkorn, skeletten vitnade av solen och sköljda av regnen – så måste ibland flödet av tid hejdas i sitt enformiga lopp.

Det är till det vi har berättelserna.

De lämnade Polen och flydde österut.

På vägen till stationen gick de under Krystynas fönster.

Det var Stanisław och Bella och två resväskor. Det var ännu mörkt ute, och Krystynas fönster var stängt som i brådska, ett stycke av den vita gardinen hade klämts fast under karmen. Trängseln på stationen var obeskrivlig. Först efter många timmar och flera avgångar av evakueringstågen kom de med på ett av dem. Det var Stas och Bella och vid det laget också den unge Adam, som var skådespelare och bar på sin gitarr, och Józef, som ägde tryckeriet på Krochmalnagatan, och hans hustru Lili, som var apotekare och bar glasögon med skarpt röda bågar. Fullpackade tågvagnar.

Nyss hade de legat tätt tryckta mot varann i Bellas smala säng.

De hörde rop från gatan och Bella knäppte på radion. Sen kom hon på fötter och snodde fram och tillbaka i rummet och skrek.

Stanisław låg kvar under täcket och ville ogärna stiga upp.

Han befann sig på nytt i Warszawa, denna gång med Brunos gröna mapp. Han hade besökt galleristerna, och några gånger stått under Krystynas fönster – halvöppet, ljusblänk och gungande mörker och en vit gardinslinga – innan han gick vidare. Och Bellatrix – han kallade henne så – var kraftig och ljushyllt och en gång en stor förälskelse.

Det var när hon spelade i en av hans pjäser innan den lades ner efter två framträdanden på skådespelarnas begäran, dock inte Bellas.

På den tiden var Bellatrix gift med regissören, en vän till Stas.

Som hade ett förhållande med Krystyna. Som i sin tur bedrog denne vän med Stas, som på så vis var trolös mot Bella... Men när han dök upp med mappen under armen blev hon glad. Hon hade klippt sitt röda hår mycket kort men luktade som han mindes av lavendel. Och han upptäckte på nytt hur väl mannens och kvinnans kroppar passar samman, ja som om de sågats ut med lövsåg till ett pussel.

Inbuktningar, utbuktningar...

Och när Bellatrix så oväntat rycktes loss ur hans armar ville han inte genast på nytt överlämnas till sitt eget ensamma pussel. Men Bellatrix skrek. Och från gatan hördes höga rop och därefter kom sirenerna. Och sen var kriget ett faktum. Bellatrix snubblade runt med händerna för öronen. Sirenerna var genomträngande och radion dånade. Hon drog täcket av Stas.

Och han hittade sina byxor och knäppte knapparna i sin skjorta med ödsligt hjärta. Han tog sin hatt. Och han sprang så fort benen bar honom genom gatorna. Överallt människor, var kom de alla ifrån?, och dessutom hästar, spårvagnar och överfulla bilar. Det var ett helvetiskt larm.

Stanisław fick stå i kö en god stund.

Han är otålig och hjärtat slår mycket hårt. Han blir undersökt av en äldre läkare med glest skägg, och sen av en yngre och fjunig med en smal och hög protokollsbok framför sig på bordet. De finner honom vara i dålig kondition: plattfotad, tung andhämtning, alltför fet, en hälta i vänstra benet, och överårig. Ja, han är femtiotre. Men är detta verkligen rätt stund att hänga upp sig på den sortens detaljer?

Beklagar. Nästa, varsågod.

Vad gör ni, försöker ni skapa den ideala polska armén? I detta ögonblick? På tröskeln till sönderfallet?

Vill herrn vara så vänlig och stiga åt sidan.

Den äldre läkaren, en getabock med ormtunga och gul blick, ser Stanisław kallt in i ögonen. Den unge och fjunige får röda flammor på halsen. I inskrivningslokalen luktar det svett och karbol. Trängseln bakom Stas tilltar. Han ser sig om. Inte alla är unga, han ser farbröder minst lika gamla som han själv. Han kramar ihop svamphatten till en boll och kastar den i bordet framför den fjunige. Han lutar sig fram och ropar att om de finner defekter hos honom så har han ådragit sig dem på de vitryska slagfälten! Han slogs för Polens frihet medan unge herrn ännu pinkade i blöjorna.

Han är officer! Dekorerad för tapperhet i fält.

Och med stor erfarenhet av underrättelsearbete.

Man behöver för helvete inte sätta in honom bland snabblöparna i infanteriet om han nu anses dra efter andan för tungt eller vara för plattfotad för den platta polska terrängen. Ta reson, mina herrar! Det kan vara en fråga om veckor eller timmar innan vi är besegrade, nu behövs varje karl som kan gå själv, skriv in mig i rullorna, krigsplacera mig, sinka oss för satan inte!

Era papper, befaller den gulögde geten.

Men de finns i Zakopane. Han bär dem inte på sig.

Det tyska anfallet kom oväntat, inte bara för Polen utan också dessvärre för honom själv. Han beklagar det mycket, ropar han till geten, det var en försummelse av honom att inte infinna sig med uniformen putsad och stövlarna blankade och hela sitt curriculum vitae. Var god skriv in mig och säg vart jag ska bege mig!

Ovanför deras huvuden hörs redan flygplanen.

Och ute på gatan vanvettsskriken.

Den grova sjuksköterskan, illa uthuggen ur något granitblock, tar Stas hatt och tränger sig med den i handen mot utgången. Han avförs. Han skriker och fäktar och svär. Men han kastas ut.

Sen sitter han på trottoarkanten mitt i Beelsebubsymfonin. Kärror och bilar. Springande fötter. Knuffar och rop. Hästar som frustar och gnäggar och faller i sken. Han betraktar sina dammiga tåhättor. Han vickar en smula på dem. Han vet sig inte ha varit med om ett större nederlag, det får bli det sista. Inom honom rasar sanden från ett osynligt sandtag mot sin botten.

Han böjer nacken bakåt och kisar mot himlen.

Bombplan, men de passerar.

Han går runt på gatorna sen, och suger med ögonen in staden där han – ja, för femtiotre år sen – såg dagens ljus. Wisłas gula och branta sandbankar. De svävande broarna. Kyrkorna där guldet gnistrar lite.

Den stora sjöjungfrun med det höjda svärdet. Och Zamek Królewski med ett blått och rosa skimmer över kullerstenen framför slottet.

Septembersus i platanerna.

Och i Saski-parken en liten svart snigel som ihärdigt tar sig fram över grusgången vid bänken där han sitter och vilar benen en stund. Han linkar hem till Bellatrix. De packar två kappsäckar med det nödvändigaste.

Kupéerna var överfyllda liksom tågkorridorerna. Gråt och barn-skrik och oroliga gläfs från hundar. De rullade sakta ut från Warsza-was centralstation och österut. Utanför tågfönstren skred bulliga vita moln med fromt knäppta händer i procession över den blå himmels-mattan.

Flockar av singlande flyttfåglar fyllde en stund hela synfältet. Sen följde stubbåkrar med övergivna kärror bland skylarna. Flodblänk några gånger. Och väldiga träd som emellanåt lyfte på kjolarna och sprang bredvid tåget så fort som rötterna bar dem. Efter många tim-mar bromsade tåget in. Det var nu sent på eftermiddagen, ännu stark sol. Man befann sig i Brześć vid floden Bug. Alla tvingades stiga av. Evakueringståget återvände mot Warszawa.

En gång hette staden Brest-Litovsk. Ryssarna slöt fred med tyskar-na här, det var under förra kriget. Stanisław påminde de andra om det. Han befann sig den gången i S:t Petersburg, fast omdöpt till Pet-rograd. (Hos Olga och Natasja. Djup snö ute, kallt och blåsigt, och mycket tunna sängtäcken.)

Kanske borde man numera säga: i Leningrad.

De fann ett litet pensionat i stadens utkant med plats för dem alla fem eftersom de kunde betala. Andra tågpassagerare var mindre lycko-samma. Under natten nådde de tyska bomplanen Brześć. Pensiona-tets ena vägg rasade till följd av krevaderna. Köksavdelningen för-vandlades till en hög ved. Det dammade av murbruk och kalk.

Av dånet förlorade Stanisław hörseln.

Hur Bellatrix än skrek nådde hennes röst inte fram till honom. Han satt i sängen och blinkade förvirrat mot väggen som inte fanns.

Då tog hon honom i armen och drog upp honom.

De stod bredvid varandra invid det gapande hålet som varit en vägg och såg ut över bakgården där det mesta hade försvunnit under krossade bjälkar och bråte och järnkrampor. Det rykte av damm i det spinkiga gryningsljuset. Värdens bruna häst låg död med uppåtvänd och sönderfläkt buk utanför vad man fick anta varit stallet.

Harmagedon, yttrade Stas med tordönsstämma.

Det var platsen där sju av Guds vredesskålar hälldes ut över jorden, och vidriga sårnader sprack upp på dem som tillbad vilddjuret. Och vattnen blev till blod, och solen svedde människornas hud, och ur vilddjurets käft kom onda andar som liknade paddor, och sen kom ljungeldar och dunder. Till slut rämnade den väldiga staden i tre delar.

Alla andra städer störtade därefter samman.

Var fan ligger Harmagedon? snyftade Bellatrix.

Stanisław hörde inte vad hon sa. Han svepte sängtäcket om Bellatrix där hon stod. Han vaggade henne med armarna hårt runt henne. Hon hackade tänder och grät. Men de levde. De gick genom staden med kappsäckarna sen, och med Brunos mapp ombunden av snören, Bellatrix i sin alltför varma blå vinterkappa för att lätta på vikten. Ödeläggelsen var mycket stor.

Kratergropar med husrester. Människolik och döda hundar.

I solljuset stod dammet över bombhålen stilla utan att vilja falla till marken. Allt var besynnerligt. Allt var välbekant som på ett gammalt foto. Tystnad. Små slingor av damm, små remsor av gråt.

Nu återstod bara landsvägen. Till fots, alltså.

Vägen var het och dammig. Också blåklinten och den röda klövern vid dikesrenen hade täckts över av en brungrå hinna av damm.

Många gick åt samma håll som de. Gamla gummor. Mödrar med spädbarn i armarna. Oxar med flakvagnar. Grupper av svartklädda judar. På vissa ställen gick hela familjer samlade. Men här vandrade också ensamma unga flickor och övergivna åldringar. Stor brådska. En oändlig ström av människor, vart skulle de alla ta vägen?

Bombplanen dök mycket lågt och när de fällde sin last skrek människorna i dödsfruktan och kastade sig handlöst till marken. Snart låg söndertrasade lik längs vägen och också ute på fälten. Redan efter några dagar var de uppsvullna och stinkande.

Små flugsvärmar steg och föll runt dem.

Kan du höra mig? ropade Bellatrix med jämna mellanrum.

Ja! Stanisław hörde henne.

Senare hörde han också vägrenens blommor viska till varann, och himlen som susade som när man trampar på en orgel, och ljudet av många fötter som travar på utan mål, det låter som när en orkester stämmer instrumenten före konserten. Det enda han inte kunde uppfånga var den vidriga ton som vilddjurets flygmaskiner anmälde sin ankomst med.

Bellatrix drog honom då med sig och de kastade sig till marken.

Händerna över skallen. Hakan i vägdammet. Förnedrande. Stas fick skammen i munnen. Helst ville han spy.

Vad lämna efter sig? Brunos gröna mapp eller en kappsäck?

De hade denna natt sovit i en lada fullproppad med människor. De hade somnat och väckts av vrålen från den unga mamman som vandrat hela dagen med den nyfödda i famnen och den tunga säcken på ryggen. Benen stela av skräck. Blicken mekaniskt framför fötterna i dammet, för att mot kvällen finna att hon tappat barnet, hon kramade ett tomt tygskynke.

Hon vrålade besinningslöst. Hon ville vända om.

Hon måste tillbaka. Ja, ända tills någon i mörkret slog henne till tystnad. Bellatrix hörde därefter bara syrsorna och det avlägsna dånet som lät som en motorcykeleskader, åt vilket håll var den på väg, var det tyskarna? Hon sträckte ut handen för att röra vid Stas.

Men han var borta.

Stanisław klev flåsande över de många kropparna i ladan för att finna mamman som hade skrikit. Somliga svor åt honom och andra hyssjade. Motorcyklarna, det kunde vara tyskarna, snälla herrn, håll er lugn, tänk på oss andra. Men viskningarna och de skräckslagna bönerna hörde han inte.

Jag följer er tillbaka, ropade han blint ut i mörkret.

Han fick inget svar. Men Bellatrix hörde honom. Hon hittade honom där han satt i gräset utanför ladan med korslagda ben och rökte. Det var en av de sista cigarretterna i paketet. Hon rökte också en cigarrett, mest för att döva hungern. Det var tyst. Motorcyklarna hördes inte längre. Det doftade av klöver och koskit runt dem. Genom lövverket i det skyhöga trädet såg de silvermolnen och bakom dem månens vita skiva.

Hon kanske gick ensam tillbaka, sa Stanisław.

Hon kanske ligger därinne i ladan och vill överleva, svarade Bellatrix med munnen tätt intill hans förlamade öra.

Mig gör det inget att dö, sa Stanisław.

Inte mig heller, svarade Bellatrix vid hans öra.

Det var uppriktigt, han hörde det. Då sträckte han ut handen och rörde vid hennes kortklippta hår. Det var strävt som på en strävhårig tax.

Hör du syrsorna? frågade Stas, en smula för högt.

Nej, svarade Bellatrix med fingret över läpparna.

Lika bra, sa Stas efter en stund.

I förundran, det var verkligen en smula häpnadsväckande, fann han att förälskelsen i Bellatrix inte hade gått över utan vuxit.

Mappen eller resväskan?

Var inte löjlig, sa Bellatrix. Var tänker du egentligen avyttra hans teckningar? På vilken vägg ska du hänga dem? Hon tog ifrån Stanisław Brunos gröna mapp och gick tillbaka med den till ladan. Stanisław haltade efter. Det var sent på förmiddagen och ladan var tom, bara några tygstycken låg övergivna i den nertrampade halmen. Mellan de glesa plankorna silade ett eftertänksamt ljus.

Bruno är en mycket märkvärdig artist, sa Stanisław.

Vi får hoppas att en konstälskare finner mappen, svarade Bellatrix.

Hennes blommiga klänning var sönderriven och hennes ansikte var smutsigt. Det var inte bara förälskelse. Det påminde om kärlek, en oväntad kärlek. Stas fann det sällsamt och värt att anteckna till arkivet, om han haft tillgång till det, att han skulle befinna sig på flykt tillsammans med denna lugna och storvuxna kvinna, inte helt olik en ko. Ja, en smula lik Zeus hustru, den koögda Hera.

I Bellatrix närhet blev han lugn. Också det hade varit värt att notera i de bortblåsta annalerna.

Det var högt i tak som i en katedral i ladan. Och luften var strimmig av det tankfulla solljuset. De lutade Brunos mapp mot en bjälke.

Här vandrade nu Brunos långbenta butiksflickor, fnittrande och fräcka, med sina ögonkast över axeln. Man hörde sorlet av deras röster från gatan ända in på horhuset, där en högklackad demon smällde med piskan ovanför det hänförda barnet som var målaren. Ja, alltmedan smalhöftade manliga expediter med dova dunsar vecklade upp tygbalar i de underjordiska butikerna. Ett lokomotiv utan lokförare passerade Drohobycz i natten. Det lämnade efter sig en pust av ånga och sorg.

Allt var egentligen slut men de gick vidare.

Lili satt en stund på en uppochnedvänd tunna utanför fähuset där de sovit och putsade sina glasögon med en flik av blusen. I sänkan bortom åkern guppade Adams och Józefs huvuden som bollar. De drog upp sina lemmar ur någon osynlig grop, först bröstkorgarna, sen byxbenen, till slut de värkande och såriga fötterna. De bar en vattenhink mellan sig på en pinne.

Under armen höll Adam en svartnad brödlimpa fastklämd.

De hade gjort klokt i att stanna några timmar, här fanns en bonde som låtit sig övertalas att sälja ett bröd för – hur mycket? – en näve diamanter, tyvärr våra sista, svarade Józef.

Nej, för min gitarr, meddelade Adam.

De saknade den redan medan de tuggade i sig brödet.

De drack vatten och fyllde sina flaskor och blaskade av sig under en vidsträckt himmel där en fågelflock övade inför den förestående långa vinterresan. Sen fick de gå ensamma på landsvägen ett tag, mirakulöst uttrasslade ur den tätt vävda kedjan av människor på flykt.

Ett stycke fick de skjuts med en oxvagn.

En linhårig flicka i sjalett satt på kuskbrädan och ville inte ta betalt. Mot middagstid gick de på nytt i flyktingströmmen och under bomber. Geten i inskrivningslokalen fick rätt. Stanisław var inte stridsfähig. Han sackade efter, med smärtor i bröstet och värk i knäna.

Till och med Józef, ingen ungdom heller, klarade sig bättre.

Flera gånger återvände Bellatrix för att försöka ta ifrån Stas kappsäcken. Han vägrade att släppa den. Han lade sig ovanpå den i dikesrenen. Då satte sig Bellatrix i gräset bredvid honom och grät en skvätt.

Varför gråter du, Bellatrix?

Buskarna på andra sidan vägen stod med uppsträckta armar och liknade balettdansöser i väntan på applådtacket. Men Bellatrix hade ingen lust att applådera. Hennes ansikte var svullet. Hennes onda tand värkte. Hon var arg. Ja, över förnedringen och förödmjukelsen som det innebar att springa för livet som skrämda kaniner mot ett mål som inte fanns.

Hon snyftade och svor och var ursinnig.

Stas kisade mot himlen. Små vita molntrasor befann sig på flykt åt samma håll som de. På nytt hade han kastats in i ett skådespel som någon annan hade författat. En mästare eller en klåpare? Svårt att säga, av allt att döma det senare, och hur mycket kan egentligen aktörerna förbättra texten?

Jag vill dö, snyftade Bellatrix med hakan mot knäna.

Säg bara till när det är dags, sa Stas, jag är redo.

Bellatrix snöt sig. Hon följde hans blick. De små vita molnen löpte oförtrutet vidare österut. Ett par svagt gula färgstråk hade nyckfullt kletats ut under dem. Men högre upp var himlen blå. Och längst upp ovanför deras huvuden var den helt vit. På fältet bakom deras ryggar råmade en ko. Längre bort fanns det städer med gator och hus och kyrkspiror. Hur långt som helst kunde vilddjuret inte förfölja dem.

Än är det inte dags, sa Bellatrix.

Då spelar vi våra roller ett tag till, sa Stas.

Ett litet tag, svarade Bellatrix.

Adam kom springande tillbaka. Han var orakad och smutsig och utan gitarr. Han drog hårdhänt upp Stanisław och slängde kappsäcken över axeln. Han ingick också i pjäsen, liksom de ihärdiga molnen och de spretiga buskarna och vägen som trofast rullades upp framför dem. Adam tog också Bellas väska och sprang före dem hela sträckan till Józef och Lili som väntade på en sten i vägkröken.

De sov i diken. En natt i ett illaluktande bondkök. En annan natt i sänkan mot en sömnig liten å där de kunde tvätta sig i skydd av mörkret. Det blev kyligare.

Adam stal en natt, med risk för sitt liv, en höna.

Bellatrix tog resolut ifrån Stas kappsäcken. Han höll fast i det längsta. Då såg hon på honom med sina stora koögon, lite gult närmast pupillen: Om du kan släpa med dig din egen vikt är redan det storartat. Med väskan är du slut före morgondagen. Hon hade rätt.

Men Stanisław tog tillbaka väskan.

Han gungade den fram och tillbaka och lät den med ett vrål fara över diket. Med den försvann hans lexikon, hans kalsonger, hans kostym och konservburkarna som de lyckats få tag på i en lanthandel, men även romanerna av Conrad och pjäsen som han hade tänkt läsa högt ur för Bellatrix när de kom fram – fram, var då? – av den märkvärdige svensken, Strindberg, med titeln Ett drömspel.

Den var genial, hävdade Stas.

Och i ett drömspel vandrade de själva.

En väska mer eller mindre spelade ingen roll. Nu kunde han i stället bära Bellas. Ja, lätt som i drömmen. Indras medlidsamma dotter skulle hjälpa honom. Men Bellatrix blev upprörd över hans tilltag med resväskan. De hade ett våldsamt gräl om saken, deras enda, mitt på landsvägen. Stanisław flaxade med armarna och fäktade med sin käpp och använde tordönsstämman. Skulle han låta en kvinna kånka på hans väska? Aldrig! Så förvekligad var han inte.

Hellre ville han skära halsen av sig.

Din bortskämda kretin, ropade Bellatrix.

Hon knackade sig i huvudet för att visa på hans bristfälliga förståndsgåvor. Hon höll fast i sin egen väska som Stas försökte ta ifrån henne och lyckades undgå hans väderkvarnsarmar. Sen kröp hon storgråtande över diket. Hon släpade väskan efter sig för att Stanisław inte skulle få tag i den. Kvistar med vassa taggar slet fler hål i klänningen. I den blå kappan fastnade kardborrar.

Stanisław satt kvar på dikesrenen och betraktade sädesfältet på andra sidan vägen. Grå himmel denna dag och blåst. Det var oskördat. Kanske var ägarna döda, kanske var de på flykt. Ljusare områden spred sig över fältet i oregelbundna fläckar, det var där axen böjdes av blåsten. Längst bort där stråna stod glesast spred sig en blåaktig dimma. Han följde blåstens väg med ögonen. Han var för trött för att röra sig, gå vidare eller vilja något.

Han lät sig falla baklänges och sträckte ut armarna.

Och himlen liknade sädesfältet. Däruppe fanns uppsprickande ljusa fläckar. De liknade frätsår eller sjuk hud i den gråaktiga himmelsraggen. Han insåg att han inte skulle orka gå mycket längre. Varken med eller utan väska. Lika bra. Bellatrix fick fortsätta ensam. Det var nu slut. Hans tankar flöt som stora bubblor.

Hans liv hade varit en fars. Mycket väsen för ingenting.

Bronio, vad gjorde Bron i detta ögonblick? Åt stekta ägg förmodligen, med bacon. *Świnie kochałem!* Men vad gjorde det att Bronio var ett svin? Om Bronisław var ett svin hade Stanisław likväl älskat honom. Man får aldrig ångra den kärlek man har hyst. Då är man själv ett svin och föraktlig. Han förlät storsint Bronio, som ju ändå hade sänt honom en bok till slut. Förlåten var också Krystyna, den första såväl som den andra.

Ja, liksom alla andra kvinnor.

Tankebubblor, stora och blanka, steg upp ur Stanisław medan han låg på dikesrenen och såg den grå himlen sänka sig. Allt var förlåtet och man kunde dra ett streck över det hela. Och lille Bruno? På vilken dikesren vilade han nu sina korta ben? Vi råkas alla i mytens håla. Där blir allt nytt och förunderligt.

Stanisław låg på rygg och skrattade åt alltihop.

Den sjuka och uppfrätta himlen blinkade mot honom.

Ja. Stanisław var också förlåten.

Det var en häpnadsväckande känsla. Den spred sig vänligt genom hans trötta lemmar. Så enkelt var det alltså att dö. Och Bellatrix, hans goda fe? Stas vred på huvudet men Bellatrix syntes ingenstans till. Då vältrade han sig runt på mage och satte händerna i marken. De måste trots allt säga adjö till varandra. Med en kraftansträngning tog han sig över diket, krälande och krypande på alla fyra.

Och där satt hon, hans stora och vackra Bellatrix.

På huk mitt i stubbåkern. Och med båda väskorna öppna.

Vinden slet i Bellatrix korta hår. Hon snyftade och snorade medan hon försökte packa om deras tillhörigheter i en enda kappsäck. Han ålade fram mot henne medelst hasning. Han betraktade henne med huvudet i handflatorna. Känslan av försoning lämnade honom inte.

Bellatrix, min sista kärlek, sa han.

Hjälp mig, svarade Bellatrix hårt.

Jag fortsätter inte längre, sa Stas.

Vilka av böckerna vill du behålla? frågade Bellatrix.

Ingen, svarade Stas. De såg varandra in i ögonen. Himlen sänkte sig ytterligare en bit. Den lade sig runt Bellatrix axlar som en gråvåt sjal. De hörde Adam gorma från vägen, först lågt och hest, sen som en bandhund. Den snälle Adam sprang fram och tillbaka på vägen och letade efter dem.

Bellatrix, lämna mig, bönföll Stas.

Hon skakade ihärdigt på huvudet. Nej, Stas. Inte än.

Hon var oresonlig. Då blev han för skams skull tvungen att hjälpa henne. Bort med alla böckerna! De flög med flaxande sidor över åkern. Iväg med penslarna, bort med kostymen, ajöss till Bellatrix kjol och hennes skrymmande och högklackade skor. Sen farväl – härligt och underbart – till Stanisławs samling av foton.

Kvar blev det lätta, det helt nödvändiga.

Och det tunga som var konserverna och vattenflaskan.

De gick nu nästan ensamma på vägen. Och sen helt ensamma. Stas bar någon gång resväskan, men oftast var det Bellatrix. Under flera dagar hade flygplanen hållit sig borta.

En eftermiddag närmade de sig en stad.

Silhuetten framträdde allt tydligare. Ett kyrktorn visade sig som ett vanvettigt segertecken. När solen sjönk stack det hål på himlen. Ett ljusrött sken föll rakt ner ur den. I skymningen korsade de ett svart-grått fält. Och en bit från stadsgränsen fann de en död fågel.

Den var stor, ungefär som ett nyfött människobarn.

Blåsten slet en smula i de smutsvita bröstfjädrarna.

Det är en stork, konstaterade Józef.

En död stork är ett dåligt omen, tillade han.

Bellatrix sa emot. Men det var ovedersägligt att det var en stork. De stod runt den döda fågeln en stund som när man står vid en nära anhörigs grav, sen gick de vidare i riktning mot byggnaderna vid hori-sonten. Stadens namn var Jeziory.

Detta var gränslandet, det vill säga polska Ukraina.

I denna stad, närmast en by, med en kyrka, ett rådhus och ett sten-lagt litet torg – och också en ekbevuxen kulle mot söder – fann de att de var framme. De skaffade husrum. Det var i ett grått och hukande stenhus nära torget. Av sin värdinna, en bondhustru med röda kinder, fick de reda på vad de redan insett. Att Polen var krossat. Att rege-ringen hade lämnat landet.

Men ännu pågick, fick de veta, strider mot tyskarna.

Den polska armén, slagen och skingrad, vägrade att ge upp.

De fick ett visst förtroende för denna kvinna. Hon skulle nog inte ange några judar på flykt. Några av dem var ju det. I själva verket alla utom Stanisław. Men kvinnan skulle nog inte ange dem.

Det finns inget dåligt som inte kan bli sämre, sa Stas. Men de andades ut för ett ögonblick.

I huset fanns ett dragspel. Adam spelade för värdfolket och deras tysta och storögda barn. Bellatrix tvättade Stanisław i bykkaret bakom huset. Sen tvättade han henne. Det var vidsträckta områden av hull som blev allt halkigare av såpan. Han älskade med henne på lakan som doftade rent. Bellatrix bredde ut sig under honom som en stor och sömnig kontinent.

Han föll huvudstupa ner i sömnen.

Det hade gått sjutton dagar sen krigsutbrottet. De hade inte sovit ostörda en enda natt. Han drömde ingenting. Han simmade bara lojt omkring i vit mjölk. Men när de kom ner till de andra nästa morgon satt Józef och Lili och Adam raka som spikar vid bordet.

De lyssnade spänt. Till vad?

Flygplan, fast från fel håll. Österifrån.

Därpå hörde de svagt ljudet från granatkrevader. Stanisław kände med ett visst illamående igen det torra knackandet. Deras värdinna kom in i köket, het och upphetsad, och bekräftade vad de själva insåg. Den sovjetiska armén anföll Polen. Stalin från öst. Och Hitler från väst. De hade slutit en överenskommelse, den nationalsocialistiske diktatorn och den nationalbolsjevikiske, om att dela landet mellan sig.

Stanisław tuggade på det ljusa ukrainska brödet.

Hans kropp kändes uttorkad, utrunnen och utspilld. Det fanns ingen bräsch i muren. Ingen reva. Deras flykt hade varit meningslös. Det var nu slut. Färdigt.

Vollbracht, säger Jesus Kristus på korset.

I varje fall enligt Johann Sebastian Bach.

Es ist vollbracht. Och han ger upp andan.

Nu räcker det, sa Stanisław till Bellatrix.

Ja, svarade hon och torkade munnen med baksidan av handen.

Stanna du här, sa han till henne när de blivit ensamma. Säg att du är judinna, det vill säga om bolsjevikerna hinner hit först. Men om de tyska svinpälsarna kommer först säger du som det är, att du är en arisk prinsessa från Persien. Förlåt att jag överger dig.

Bellatrix betraktade ådringen på bordsskivan, de fina och buktande linjerna som sägs räkna åren, och virvlarna där kvistar har suttit, och de mörkare fläckarna av kåda. Hon lät fingrarna löpa över upphöjningarna och de nästan omärkliga fördjupningarna i träet. När hon blundade kunde hon känna hela mönstret med fingertopparna. Det var som att läsa blindskrift. För varje minut åts marken under deras fötter upp. De satt på ett näs omgivet av vatten. Det slukade meter efter meter. Inom kort skulle näset vara översvämmat.

Vad tyckte du bäst om i det här livet? frågade Bellatrix.

Stanisław tänkte efter. Att få lämna det, svarade han sen och log.

Men näst bäst var att få simma i din vita mjölk, Bellatrix.

Genom det öppna fönstret hörde Bellatrix en get, och sen de torra och flacka grenatkrevaderna, och sen en ödslig höstkråka. Hon kastade en blick på sitt armbandsur.

Klockan var inte ens åtta på morgonen.

Jag följer med dig, sa hon.

De gick ut ur Jeziory arm i arm. Stas svängde sin käpp.

Ännu prunkade trädgårdarna, gula och röda höstblommor. De såg oredinga stånd av klöver och prästkragar. På husväggarna klängde murgrönan och vid staketen stod knotiga träd med fullmogna blålila plommon. Det fanns ett stänk av kyla i luften. Stas stannade ibland och stödde sig mot käppen. Han andades tungt. När Bellatrix vred på huvudet fann hon att en katt följde efter dem. Den var liten och svart med vitt bröst och den höll svansen högt.

Ett annat århundrade än detta hade varit bättre, sa Stanisław.

Ja, vilket som helst, tillade han. Sextonhundratalet, kanske?

De vandrade uppför den lilla sluttningen där de sett ekar växa. Det var knappast en kulle, mer en mjukt uppåtsluttande båglinje mot horisonten. Bellatrix kastade en blick över axeln. Men katten följde inte efter dem längre. De fann en ekdunge. Mjukt gräs. De satte sig under det högsta trädet. Redan hade det släppt ifrån sig ekollon, ovala frukter med skrovliga små hättor.

Bellatrix stödde sin rygg mot ekstammen. Ännu frös hon inte. Hon blundade mot höstsolen. Stas öppnade påsen han burit med sig. Ur en burk hällde han ut vita tabletter i handflatan.

Han svalde den ena efter den andra.

Vad är det där? frågade Bellatrix.

Fenedrin, svarade Stanisław.

Varför tar du dem?

De gör att blodet flyter hastigare genom ådrorna, sa han.

På det sättet rinner det fortare ur mig. Han tänkte öppna sina ådror med ett rakblad som också fanns i påsen. Och jag då? sa Bellatrix. Ge mig också av fenedrintabletterna. Det är inget fel på din blodhastighet, svarade Stas och log. Sen behövde han vatten.

Han hade medfört en liten kastrull, den tillhörde deras värdinna, men glömt att ta med en vattenflaska. Med kastrullen i handen begav han sig nerför sluttningen åt andra hållet. Där flöt ån. Bellatrix låg kvar på rygg och blundade. Hon lade händerna över skötet. Hon frågade sig om hon ångrade sig. Men nej, det fanns inget att ångra.

Hastiga och tilltrasslade minnesfragment drog fram över ögonlockens insida. Sen återkom Stanisław. Han löste upp arton tabletter luminal i åvattnet, och två tabletter som han kallade cybalgin. Hon hade inte hört talas om preparatet.

Men hon antog att han visste vad han gjorde.

De låg sida vid sida i det mjuka gräset.

De sa inte mycket. De höll varandra i hand och betraktade eklöven. Ungefär klockan elva på förmiddagen drack de innehållet i kastrullen. De satt mitt emot varandra i gräset, en klunk var i taget tills det var slut. Bellatrix log mot Stas.

Han låg senare stödd på armbågen och betraktade hennes ansikte. Över hennes panna flimrade skuggorna från tusentals eklöv. Han rörde vid skuggorna med fingertoppen.

Du är vacker, Bellatrix. Och storartad.

Ja. Du också, Stasio. Vi är storartade båda två.

Han gjorde en grimas med sitt gummiansikte. Sen log han. Sen försökte han snitta upp pulsådrorna i handlederna. Hon lade sig på sidan och såg på. Hon såg de tunna jacken som rakbladet efterlämnade. Men det kom inget blod. Där ser du, sa Stas, jag är helt utrunnen.

Så konstigt, svarade Bella. Hennes tunga slant en aning.

Jag visste väl det, sa Stas nyktert, att jag var blodlös.

Han skar sig ihärdigt i ljumsken. Inte heller därifrån flöt något blod. Han drog upp byxorna igen. Men Bella flöt iväg på ett vatten, behagligt och lätt gungande. Det fanns mörka undervattensväxter vid stränderna. De grep efter henne.

Hon väcktes av att Stas hårt skakade hennes axel.

Somna inte, lämna mig inte ensam!

Nej, nej, sluddrade Bella.

Tiden som hon flöt på hade, behagfullt och omtänksamt, förvandlats till en flod, och ovanför hennes ansikte gled stora och genomskinliga såpbubblor blåsta av ett osynligt barn genom slingan på ett fint och böjligt grässtrå. I varje bubbla fanns skimrande små rektanglar av ljus. De skiftade i violett, purpur och djupgrönt. Ljusreflexer och speglingar. Men såpbubblorna brast, den ena efter den andra. Och de efterlämnade ett beskt litet skum i hennes mun.

Hon hörde Stanisław tala. Det gör inte något om du somnar, Bellatrix, hörde hon honom säga med det nyktra och resonliga tonfallet. Om du somnar skär jag strupen av mig. Det är inte så dramatiskt som det låter.

Det är inte svårt heller.

Man skär inte av hela strupen, bara en åder... han nämnde det latinska namnet... hon glömde det omedelbart. Hon hörde honom säga... avlägset, alltmer såpbubbleaktigt... hans röst svällde, drogs ihop, dubblerades, ekade på ett underligt sätt... man skär inte av hela strupen... sa han... man öppnar bara en enda åder. Det går bra om man vet hur man ska göra.

Allt skulle gå bra. Om han bara höll sig lugn.

Inget att vara rädd för. Aldrig vara rädd, sa han.

Bellatrix somnade. Hon vaknade av att hon satt på ena skinkan med handen i marken och kastade upp. Det var en våldsam uttömning. När hon trevade efter Stanisław på sin andra sida fanns han inte. Hon fick bara ekollon i händerna och några kvistar. Hon låg på magen i mörkret och trevade efter honom men han hade gått sin väg. Hon somnade om.

När hon vaknade var det gryning.

Hon låg på rygg och såg upp i det gungande lövverket. Hon såg tusen sinom tusen eklöv. Och bakom dem grenar. Och mellan grenarna morgonljuset, grått och en aning luddigt. Allt var fuktigt. Hennes kappa. Hennes panna och hår. Det var morgondaggen.

Hennes huvud vilade på något. En kudde.

När hon kände efter fann hon att det var Stanisławs prydligt hopvikta kavaj. Han måste ha stoppat in den under hennes huvud under natten utan att hon märkt det. Hon drog fram den. Då fick hon syn på honom. Han låg på rygg bredvid henne. Hans vänstra ben var lite uppdraget. Hans högra arm var krökt vid armbågen. Handflatan var barnsligt öppen. Hans ögon och hans mun var också öppna. I hans vänliga ansikte fanns befrielse.

Stas! ropade hon. Vakna!

Han vaknade inte. Ekollon hade regnat över honom.

Hon försökte begrava honom genom att samla jord med händerna och hälla över honom... det gick inte. Då ville hon tvätta hans ansikte med vatten ur kastrullen. Men vattnet var slut. Hon var snurrig och illamående. Hon hörde flygplansdån. Hon såg inget, himlen var molntäckt. Hon samlade eklöv. Hon försökte täcka hans ansikte med dem. Hon kände sig mycket svag.

Hon såg dubbelt. Det var två Stas som låg framför henne.

Hon blev inte särskilt förvånad. Ja, det hade Stas ofta talat om, att människan rymmer många. Hon kröp på knä bort från de två gestalterna. Hon ville samla ihop hans manuskriptblad. Det var viktigt, hon kunde inte låta dem flyga omkring i det ukrainska gräset... Han var en så begåvad författare, man måste ge ut honom, läsa honom, spela honom... efter kriget... i framtiden... Hon fann inga papper.

Men hon hittade Stanisławs käpp.

Hon satt där under eken, hjälplös, med käppen i knät.

Där fann Józef och Adam henne. Hon mindes inte vad som hänt. Adam sopade bort ekollon från Stas. Józef lyfte försiktigt undan eklöven från hans ansikte. Sen stödde de på var sin sida Bellatrix utför den mjuka sluttningen mot Jeziory. Den var grön, bara här och var fanns gulnade färgfläckar.

Höga grässtrån med tunga ax och genomskinliga vippor böjde sig mjukt för deras steg. Bruna höstfjärilar lyfte ur gräset runt dem.

Kyrkklockorna började av någon anledning att ringa.

Det var en ljus och hög klang som från små leksaksklockor.

De rödbrusiga och blåögda ukrainare som höll på att avsluta eftermiddagshandeln – potatis, rovor och lök – följde med smala blickar de två magra judarna som ledde kvinnan över torget. Mot dem kom den kortvuxna Lili haltande i stövlarna hon fått låna, alldeles för stora men med plats för de söndertrasade fötterna. Det mest uppseendeväckande med denna kvinna var emellertid inte hennes främmande utseende utan de skarpt röda glasögonbågarna. Något liknande hade inte skådats i Jeziory.

Bella! ropade Lili gällt.

Hon linkade fram över gatstenen. Bella, Bella!

Och när hon nått fram slog hon armarna om Bellatrix. Hon omfamnade den stora kroppen, hon vaggade den fram och tillbaka medan tårarna strömmade över hennes kinder.

Prästen i Jeziory var en gammal herre i svart långkjol med silverkors i kedja runt halsen. Hans ögon var goda och medlidsamma. Vilken konfession hade den döde?

Vår vän var en stor skämtare, sa Józef.

Han var kristen, svarade Lili hastigt.

Var han? Och inte hindu, buddist, animist, schaman eller något annat och okänt, av honom själv uppfunnet? Dock trodde de att denne vänlige präst nog också skulle ha begravt en hebré eller en vilsegången indian. Prästen var diskret, han accepterade vad de sa, att det rört sig om hjärtat. Och så var det också, det handlade faktiskt om hjärtat. Runt Stanisław sönderskurna strupe hade Lili virat sin blå halsduk. Han låg i en kista av ohyvlade furuplankor.

Hans ansikte var rofyllt som om han till sist kommit fram. Det hade inte de andra gjort och begravningen fick av den anledningen bli hastig. Två små bypojkar och en liten flicka, syskonbarn till prästen, sjöng för honom i långa och oberäkneliga tonslingor. Ibland stillnade sången. Sen tog den fatt i någon osynlig trådända och började på nytt.

Det var vackert med de höga barnrösterna.

Han fick vila under ett träkors som Adam spikat samman och där han med pennkniven skurit in namn och dödsdatum. Födelseåret var de alla osäkra på, även Bella. Hellre än att ta miste lät de honom vara ofödd. På kyrkogården fanns annars bara ortodoxa kors. De stod mycket tätt och mellan dem växte ogräs. Slingerväxterna med de blekvioletta blommorna fanns överallt, och stånd av vilda prästkragar som vajade i blåsten.

När hon inte längre såg hans ansikte, kistlocket lades på, lyfte Bella blicken. Och där, på kyrkogårdsmuren, satt katten, svart och med vitt bröst, och putsade sin tass. Det var den lilla katten som hade följt henne och Stas hela vägen ut ur Jeziory med elegant vajande svansspets. Och nu hade den infunnit sig till begravningsceremonin. Det tröstade Bellatrix.

Ja, en liten smula. Och så var det över och katten var borta. Hon kände av svagheten, den kom och gick. Lili, Józef och Adam ämnade sig till Moskva. Där var risken för pogromer mindre än i Ukraina, trodde de. Bella hade tänkt följa dem. Sen ändrade hon sig. Hon lämnade samma dag staden. Hon kom till slut till Warszawa. Det mesta som hon var med om under vandringen – den blev lång – hade hon velat slippa.

Men när hon lämnade Jeziory med den enda väskan i handen hörde hon fortfarande klangen från de två kyrkklockorna.

Den var av finaste silver.

Ciselerad. Uthamrad, och tunn som ett flor.

Först var klangen nästan ohörbar.

Sen återkom den med full styrka. När de två klockornas klang mötte varandra steg en hälsning ur Stas hjärta mot henne. Klockklangen gick rätt in i henne, rakt in i det bultande och ängsliga människohjärtat.

Sen hämtade de ju hem Stanisław. Det bör berättas. Det tog tid innan det ägde rum, men det gick inte med mindre. Det var när historien gjort ett nytt kast med sin svans och Polen på nytt var fritt. Då anlände en liten expedition, en förtrupp, till Jeziory för att leta rätt på honom. De var inte många, en liten skara människor som rest med tåg och landsvägsbuss och utstått ett oändligt trassel vid gränsen.

Det regnade, ett fint men mycket genomträngande regn.

Det var den sympatiske professor Brummel i grön vindtygsjacka, regissör i Kraków. Och det var doktor Beaurain, psykoanalytiker, ett yrke som efter murens fall på nytt började finna sina utövare i Polen, iförd en elegant trenchcoat som han köpt i Paris. Det var Fidious Ugenta, vars förfäder ägt vidsträckta marker någonstans inte långt härifrån. Själv var han professor i medicin i Warszawa. Det var förstås också doktor Irena Korbowa, initiativtagaren, klädd i varma långbyxor och genomskinlig regnkappa.

Hon var professor i litteraturhistoria i Kraków.

Och slutligen var det en ung amerikanska, nyss fyllda tjugotre, som gått på polsk språkkurs och lyssnat till Korbowas föreläsningar. Hon var rundkindad och närsynt och bar kraftiga glasögon. Varför hon ingick i gruppen var till en början en smula oklart men berodde på ingripande av den viljestarka fru Korbowa. Och de gick tidigt på morgonen i samlad tropp längs den leriga huvudgatan i det envisa regnet, i hopp om att finna ett matställe, vilket som helst, som kunde servera dem någon sorts frukost.

Det var inte lätt, visade det sig.

Jeziory var en bedrövlig håla.

Professor Ugenta underhöll dem med historier från familjegodset – nu givetvis en kolchos – där hans farmor som tyckt om alla sorters spel hade ägnat sitt liv åt att processa vid domstolarna i Minsk, Kiev och Königsberg tills hon förlorat all familjens egendom, inklusive byar och sjöar och själar.

Brummel skrattade så att ögonen tårades och fick inte eld i pipan. Det var för blött. Trädstammarna var hala och blanka. Utmed husväggarna sipprade fukt och från de trasiga taken droppade det dystert ner i smutsiga hinkar vid gavlarna. Framför husen bökade skitiga grisar. Några våta hundar följde efter dem och skakade på pälsarna och gav dem en dusch. Själva luften dröp av väta som en ourvriden trasa.

Irena Korbowa skrattade inte åt Ugentas historier.

Hennes blick vandrade från de knotiga träden med sina blöta lövtrasor till de fallfärdiga husrucklen längs gatan. Trasiga ungar stod vid staketen och stirrade. Ett och annat ansikte skymtade genom smutsiga rutor. Med vilket tålamod uthärdar inte människorna ödet och makten, tänkte Korbowa. Hon kände sig beklämd. Ja, över fattigdomen, smutsen och okunnigheten. Och förtvivlad när hon tänkte på vad människor här utstått, först kriget, sen fånglägren och deportationerna och terrorn, och slutligen radioaktiviteten efter Tjernobyl.

Jeziorys invånare befolkade en planet någonstans i yttersta rymden, avstängda som de varit från utvecklingen.

Och här hade han dött, ensam och på flykt.

Irena Korbowa fick upp näsduken och snöt sig. När gatan började övergå i en landsväg, här tog Jeziory slut, korsade en mager ko vägen. De stannade till liksom kon. Denna kossa gjorde sig ingen brådska. Hon nafsade lojt i den bruna grässträngen i vägens mitt och viftade undan höstflugorna med svansen. Flickan Helly som bodde på Manhattan höll sig lite avvaktande bakom de andra.

Men kon blängde bara på dem, en aning fientligt.

Sen lyfte kon sin mule och gav ifrån sig ett hjärtskärande bröl.

Stanisław hade, likt masken i äpplet, grävt sig fram genom tiden.

Det visade sig att han, denne galning, hade haft fullkomligt rätt i nästan allt. Hans pjäser hade börjat spelas i dunkla källare redan på 50-talet. Hans målningar, de få som fanns kvar – hans arkiv hade försvunnit i ruinerna under tyskarnas bombning av Warszawa – var dyrgripar. Hans romaner hade först översatts till västliga språk. Därefter hade de börjat utges också hemma.

Hans landsmän häpnade över hans klarsynthet och intuition.

Stas hade sett hur människorna trängtade efter att slippa den besvärliga friheten. Ingenting har marterat mänskligheten så mycket som den. Ju fler frågor människan ställt sig, desto fler har gåtorna blivit. Människan har genom sitt tänkande blivit det ensamma djuret. Och nu kom lösningen på all denna ensamhet i form av ett kinesiskt lyckopiller! Det hade – insåg Stas sentida läsare i Polen – slående likheter med den nya marxistiska läran som efter kriget hade hälsats med jubel av många och senare förtryckt dem alla.

Också den hade befriat människan från att behöva tänka själv.

Stanisław hade från första början och med öppna ögon genomskådat totalitarismen. Han var antinazist innan någon hört talas om Hitler och antistalinist långt före Stalin. En av hans möjligen alltför ordrika romaner handlade om en kines som hade uppfunnit ett lyckopiller. Och kineserna, som disciplinerade och tysta hade kommit marscherande över de oändliga asiatiska vidderna, behövde tack vare pillret knappast avlossa ett skott för att få hela världen på knä. Konformismen och likformigheten togs emot med glädje.

Varför lever människan? Och för vad?

Filosofier och religioner har försökt att ge svar. Men svaren är inget annat än storslagna epitafier över människans tillkortakommanden. Så fort en fråga tycks besvarad dyker en annan upp och kullkastar den. De flesta svalde kinesens piller – som de senare slukade den marxistiska lyckoläran – med en klunk vatten och stor lättnad. Det kinesiska pillret befriade dem från de plågsamma mänskliga omättlighetskänslorna.

Till slut också, visade det sig, från all deras mänsklighet.

Pillret var, fann Stanisławs sentida läsare, mycket likt kommunismen. Och dessa sentida läsare – som när de äntligen fick läsa honom hade genomlevat femtio år av exakt det tillstånd han beskrivit – älskade honom. Han blev en idol. Och så småningom en legend.

Var dog han? Under vilka omständigheter? Var fanns skelettet?

När det sovjetiska imperiet gett upp andan – som vanligt på grund av de uppstudsiga polackerna, denna gång några varvsarbetare i Gdansk – och Polen på nytt intagit sin plats bland Europas fria nationer, ville man förstås ha hem honom, det som fanns kvar av honom.

Ja, Stanisław skulle hittas och föras hem!

Regissör Brummel var entusiastisk över idén men råkade genast i luven på doktor Korbowa. Hon var den första som hade skrivit en doktorsavhandling om Stanisław och ville gärna bestämma allt, inte minst vilka som skulle delta i expeditionen.

Den borde bestå av litteraturforskare, ansåg hon.

Men Brummel tog bakom hennes rygg kontakt med professor Ugenta. Man måste absolut ha med sig en skelettexpert. Och medicinprofessorn Ugenta i Warszawa var genast med på noterna.

Doktor Jerzy Beaurain var självskriven. I varje fall ansåg han det själv. Han hade varit Korbowas älskare under studentåren.

Men framför allt hade hans farfar varit landets förste psykoanalytiker och behandlat Stanisław, av allt att döma dock utan större framgång. Beaurain hade emellertid ärvt sin farfars journaler och ville nu ge ut en bok om både Stanisław och om psykoanalysens historia på polsk botten. Brummel fann – ju hetsigare diskussionerna med Korbowa blev om vilka som skulle delta – att psykodynamiken under en resa som denna kunde bli svårhanterlig.

En psykoanalytiker kunde komma att behövas.

Fler än dessa fyra borde de dock inte vara, ansåg Brummel. Men i sista stund såg Korbowa till att den lilla förtruppen utvidgades med ytterligare en medlem. Det var en av hennes studenter i polska, amerikanskan Helly. Hon hade inga som helst kvalifikationer förutom att vara dotterdotter till en ungdomsvän till Stanisław. Detta fann Korbowa vara en sorts ödets utsträckta pekfinger mot själva hjärtat av deras uppdrag.

Snurrigt, sa Brummel. Det är ju helsnurrigt, fru Korbowa.

Men han orkade inte med fler gräl med henne.

Och när allt kom omkring utgjorde de bara en frivillig förtrupp.

Om de lyckades hitta honom skulle det vara en sensation, och då skulle andra och större krafter sättas i rörelse. De lämnade Kraków en morgon tidigt i oktober.

Gula löv singlade i luften och landade på Brummels axlar när han vandrade genom Planty. Han strök sig över mustascherna och såg upp mot den guldfärgade himlen och kände sig upprymd.

Han bar en ryggsäck och i handen sin tjocka portfölj.

Den var fylld av intyg med stämplar från inrikesministeriet, och dokument med överenskommelser mellan utrikesministrar och presidenter i de båda länderna, och utfästelser om ekonomisk kompensation till Ukraina från diverse internationella stiftelser – däribland Soros Foundation – om företaget utföll lyckosamt.

Om de fann Stanisław skulle nästa steg tas, flygtransport av kvarlevorna hem, obduktion, och därefter statsbegravning på kyrkogården i Zakopane i närvaro av presidenten. Och Brummel skulle ha premiär på sin nya uppsättning – en pjäs av Stanisław – i Kraków.

Han stod på perrongen i den klara höstluften och vägde från ena foten till den andra och var lycklig.

Det enda sättet att förstå en konstnär är att inandas hans verk, intuitivt och med alla sinnen öppna. Bara så undgår man den döda bokstaven. Bara så upphävs gränsen till de döda och det förflutna. Vår uppgift som människor är att befria oss från formerna och förbli levande. Att insupa nuet!

Och Brummel gjorde det.

Han svor vid Stas minne att inte låta sig irriteras av de andra.

Nej, inte ens av den nervösa Korbowa. När de andra anlände till perrongen, en efter en, tycktes de ha fattat liknande beslut. Man omfamnade varandra och kysste varandra. Och tåget lämnade stationen. Vattenblänk ur lugna floder. Blåst i stora trädkronor.

Det oskyddade slättlandet sträckte sig mot horisonten.

Trädgårdarna prunkade av höstblommor, röda, brandgula och violetta. Här hade många ockupationsarméer dragit fram. Nu var det stilla. Ja, det var fred.

En flock fåglar plöjde sig genom gräset med uppsträckta halsar.

Vildgäss! Och flocken lyfte och flög.

Det saknades inte ämnen för konflikter.

Vårt kära kadaver led enligt min farfar av embryokomplex, sa den snorkige Beaurain medan tåget skakade sig fram.

Han skrattade åt sin egen replik.

Embryokomplex? sa Irena Korbowa oförstående och lyfte blicken ur sin bok och betraktade honom över glasögonen, vad är det?

Idag skulle vi väl säga omnipotensfantasier, sa Beaurain och gnäggade. Korbowa tittade ut genom tågfönstret. Gässen flög söderut. Beaurain var odräglig. Han hade varit det redan som ung. Kadaver, sa han. Och genast överfölls Korbowa av morbida fantasier. Rännilar av vatten under jorden. Bortfrätt hud och uppätna ögon.

Hon ville inte tänka på det.

Hon hade visserligen skrivit sin doktorsavhandling om dödslängtan i Stanisław verk. Men hon hade också sett det som ett stort passionsdrama med stadierna död, uppståndelse och liv. Beaurain var som ung en hängiven kommunist. Hon också, de begrep inte bättre. Nu kände hon med en stöt av obehag igen en egenskap som förenade den unge och den äldre Beaurain: cynismen.

Varför blir vissa män – oftast är det män – alltmer cyniska när de åldras? Till slut bryts de av som en torr kvist. Det gjorde henne på sätt och vis ont om Beaurain. Omnipotensfantasier. Det var allt vad han kunde säga. Men Stanisław fann genom närheten till döden i själva verket kraft till ständig förnyelse.

Det är besynnerligt, tänkte Korbowa med ett stygn av smärta, hur vår civilisation dödar livet med sina ord och begrepp. I synnerhet män i Beaurains ålder (han var två år yngre än hon) gör allt vad som står till buds för att fly från sin egen dödsskräck. Hon betraktade Beaurain och hade en vass och dräpande replik på tungan då hennes ögon mötte Brummels grå och lugna. Brummel sög på sin otända pipa. Han gjorde dämpande rörelser med handflatan bakom Beaurains rygg.

Korbowa suckade och svalde repliken.

De skulle kanske snart stå inför kvarlevorna av en man som betytt mycket för dem alla. Ingen av dem skulle kunna återvända exakt som den de varit. De skulle ha förvandlats. Också den bornerade Beaurain om han inte var en usling. Men kanske var han det.

Professor Ugenta satt och bläddrade i en vetenskaplig medicinsk tidskrift, amerikansk, om uppgrävningar av historiska berömdheter som Voltaire, Carolus XII, Darwin och Napoleon. Artikeln kommenterade också några som i likhet med filosofen Jeremy Bentham inte hade *grävts* utan *stoppats* upp. Dit hörde egyptiska faraoner och senare hjältar som Lenin och Ho Chi Minh.

Ugenta läste högt för dem ur artikeln och skrattade hjärtligt.

Vetenskapen har nu kommit så långt i exakthet, sa han, att man kan fastställa allt som de döda – också de mångtusenårigt döda – har lidit av. Felvuxna lemmar. Tandvärk. Ryggsmärtor. Senilitet. Inkontinens. För tidig sädesavgång och så vidare, sa Ugenta.

How horrible you are! utbrast amerikanskan.

Absolutely disgusting!

Ugenta teg. Tåget skakade sig allt närmare gränsen.

Ska människan inte få behålla sina hemligheter? vidtog amerikanskan på sin komiska polska. Hon var upprörd och såg sårat på Ugenta med sina bruna och barnsliga ögon. Han svarade inte. Han ryckte bara på axlarna. Utanför tågfönstret sprang vita björkstammar emot honom i klungor och i brådska.

Det fria landet bortom Atlanten där Helly fötts och som polackerna längtat så hett efter hade på något mirakulöst vis lyckats frambringa generationer av fullkomligt humorfria individer. Var det frihetens och välståndets pris?

Jag tror inte, svarade Ugenta vänligt, att vår vän Stanisław skulle ha haft så mycket emot en kemisk analys. Sina hemligheter strödde han ut i sina verk.

Människan bestäms av sin *soul*, invände Helly med hetta.

Självfallet, sa Ugenta medgörligt. Hans själ aktar jag mig noga för att analysera. Jag vill bara ha reda på hur han dog. Sa Ugenta.

Det blev tyst i kupén en lång stund.

Snart skulle de vara i Lwów. Där hade Fidious Ugenta sett dagens ljus. Det var före kriget. Lwów var då ännu polskt.

Där talades som i Babylon alla språk. Och judar, ukrainare och vitryssar levde sida vid sida med polackerna. I Lwów fanns en stor katedral, mindes han. Och varje sommar tyngdes hallonbuskarna mot marken av söta bär. De åts med socker och grädde av den lille Fidious och hans snälla mormor som hade otroligt mjuka händer.

Humlorna surrade. Tiden stod still.

Sen blev mormor ihjälslagen av en tysk soldat.

Efter kriget deporterades alla. Ja, alla polacker som överlevt. Fulla tåglaster till Katowice. Ugenta var nio år. Och hans födelsestad försvann inte bara genom tågfönstret bakom honom utan på andra sidan om en gräns, sovjetisk. Fram till nu, då den plötsligt befann sig i Ukraina. Detta är vad som kallas för historia.

Medan Ugenta tyst fortsatte att läsa artikeln om analyser av berömda mäns kvarlevor föll ett vemodigt regn inne i honom. Han välsignade artikelförfattarens torra ton. Historia, det blir för mycket av den!

Stanisław böcker och pjäser begrep han sig inte på. Det var för mycket upptåg, för många exklamationer, på tok för många ord och för mycket historia i dem. Men han förstod desperationen.

Ja, vid gud, han delade den.

Han hade försökt lugna sig med torra tankar. Han ville nu ta reda på med vilket gift Stanisław ändat sitt liv. Det skulle kunna bli en artikel i någon vetenskaplig tidskrift. Men Ugenta hade inte behövt bekymra sig över mötet med Lwów. Allt de såg där var en förhörslokal med fuktskadade väggar.

Imbecilla frågor och misstänksamma blickar.

Det var tillståndet i det fria Ukraina.

Oändliga meningsutbyten innan Brummel kunde mobilisera tillräckligt med stillsam vrede för att få loss dem. Det tog flera timmar. Då var de utmattade. Det var natt och ett omtänksamt mörker dolde staden, som Ugenta vid närmare eftertanke inte önskade återse.

Det luktade vanvård och sovjetiska rengöringsvätskor i den ukrainska järnvägsvagn de skulle fortsätta i. En funktionär kom för att förvandla sätena till liggplatser. Hon vräkte buttert ut knöliga madrasser åt dem.

Sen kom hon med te i smutsiga glas, och de såg liggande på rygg och sörplande te ut över landet som var insvept i dimma. Först vit, senare gråaktig. Helly låg på rygg med armarna korsade under huvudet. I tågkorridoren svävade en otäck lukt av vitkål från kantinen. Hon hade lärt sig att urskilja den bland alla andra främmande dofter.

Hon tyckte att hon själv var en sorts obehaglig lukt.

Var det fel av henne att följa med på denna resa?

Reskamraternas ansikten var slutna som övergivna bensinmackar i södra Californien. Såna hade hon fått nog av. Utled på all andefattigdom hade hon sökt sig till ursprungsfolken, besökt inuiterna i Alaska och studerat de svartas soulmusik i Harlem. I indiantält i södra Californien hade hon följt med schamanerna till underjorden medan det slogs på trummor och man andades in tung rökelse.

Men så fort man gick ut ur schamantältet stod bensinmackarna där. Och längre bort de rostiga bensinpumparna. Tröstlösa, med böjda nackar och utslagna armar.

Allt man såg var obeskrivligt fult och övergivet och bortkastat.

Hon hade rest till Europa för att hitta något annat, framför allt sina rötter. De var helt försvunna, visade det sig, bortsopade och bortslarvade, ända tills hon av en slump råkat nämna för doktor Korbowa att Bronisław var hennes morfar. Korbowa var den enda polska människa som hade talat med henne. Ja, och inte med vrångbilden av en bortskämd studentska från USA.

Bland studenterna i Kraków kände hon sig illa till mods.

De var fasaväckande moderna och rökte cigarretter hela tiden. De talade en sorts kodat och ironiskt språk som hon inte begrep. Men allt som intresserade henne fann de ointressant, inte minst negrer och indianer. Hon förstod sin morfar som gett sig av till Söderhavet och aldrig återvänt till Polen. Tyvärr hade hon inte träffat denne morfar. Men hon tänkte att hon kunde komma de förlorade rötterna lite närmare om hon deltog i bärgningen av hans vän ur underjorden.

Denne underjordiske vän intresserade henne.

Hon hade sett ett par av hans pjäser i Brummels regi. De hade nära nog försatt henne i trance. De var *soul* tvärsigenom. Och *aoum*. Denne Stanisław hade en humor som var halsbrytande. Aoum finns överallt. De japanska munkarna sjunger aoum i sina japanska trädgårdar. Judarna mumlar aoum i kaddishen över de döda.

Sufiernas poesi är aoum hela vägen.

Aoum är soul. Men soul är också kropp.

Och allt det var precis vad hon fann hos Stanisław.

De fick kliva av tåget i Żytomir. Tåget gick inte längre.

De kunde kanske hitta en buss, sa någon. Men det var sent och det gick inga fler bussar denna dag. De övernattade på ett Intouristhotell med en bar på översta våningen. Dit fick man klättra uppför en illa snickrad trätrappa vars trappsteg var klädda med en sliten röd matta. Mest av allt liknade den den sorts trappor som leder upp till hönshus på landet. Alla var trötta och ville sova.

Bara Beaurain klättrade uppför trappan till baren.

Som en höna, tänkte han. Nej, som en tupp.

Han satt i sin franska trenchcoat i baren med en oläst tidning framför sig. Han tvivlade alltmer på psykoanalysen. Nej, han tvivlade på sig själv. Nej, han förtvivlade. Radion stod på och spelade skrällig rysk rockmusik. Servitrisen som till slut närmade sig bar högklackade skor, trasiga nätstrumpor och hade blonderat hår.

Det gick inte att få whisky.

Inte heller gin och tonic. Ölet var slut.

Men vodka fanns förstås som alltid.

Ja tack, en vodka.

Amerikanskan, den lilla Helly, var lustig. Irena Korbowa hade berättat om henne i telefon innan de gav sig av. Helly leddes till Stas grav av sin morfar, liksom han själv leddes dit av sin farfar. Detta kom honom att känna sig vagt förbunden med henne. Hon hade nötbruna ögon. Inte helt olika en vacker hunds. Beaurain tyckte om hundar. De är pålitligare och mer trofasta än människor. Även Irena hade hundögon när hon var en ung studentska. Då hade Irenas ögon starkt påmint om en cockerspaniels.

Vart tog Irena Korbowas vackra ögon sen vägen?

Man såg dem inte bakom glasögonen. Livet är kanske ett enda långt försök att före döden förbinda oss med de döda, tänkte Beaurain, redan en smula berusad. Men än mer, tänkte han, försöker vi nog att förbinda oss med det som vi övergav och dödade inom oss.

Naturligtvis tänkte han skriva en artikel eller bok om Stanisław psykoanalys hos hans farfar. Men resan var för hans del mest en botgöring. För vad? Det visste han inte. Jo, han visste. Flickan med nätstrumporna återkom med ytterligare en vodka. Hon blinkade mot honom. Såg han fel? Nej, hon blinkade. Kära lilla vän, ville han säga till henne, jag förstår om du behöver dollar eller złoty, men framför dig sitter en man som är djupt deprimerad.

En man som har gjort kvinnorna mycket illa.

Inte ens ni borde ta i honom med tång.

Beaurain vände bort blicken. Och servitrisen gick sin väg.

Han hade före resan inte förstått hur mycket han längtade efter att bli förlåten. Stas hade varit hans farfars patient, och kanske haft embryokomplex, men framför allt varit ett offer för det polska hjältemodet och idealismen, så omöjlig att leva upp till. Själv hade Beaurain grundligt trampat samma idealism under fötterna och blivit angivare, ja sjungit för säkerhetstjänsten, visserligen kortvarigt.

Och därefter svikit Korbowa med cockerspanielblicken.

Sen inte kunnat finna någon ro. Till slut drivits till studiet av själens svartaste sidor med sig själv som studieobjekt. Räckte det inte som botgöring? Uppenbarligen inte. Han ville bikta sig. Inte för någon präst, för Irena Korbowa. Han ville säga till henne att utan idealism finns ingen som helst moral utan bara förtappelse. Och utan tro finns ingen moral. Detta sekel lurade oss, Irena.

Fan ta hela det förbannade seklet!

Han skulle vilja falla i Irenas famn och få förlåtelse. Han krävde att hon nu, i detta ögonblick, skulle klättra uppför hönstrappan och sätta sig bredvid honom och låta sig bjudas på en vodka. Det gjorde hon inte. Inte ens lilla Helly klampade upp till baren i sina klumpiga adidasskor så att han kunde få bjuda henne på en cocacola, som förstås inte fanns. Till och med de ukrainska affärsmännen i illasittande konfektionskostymer som suttit vid bardisken hade gått och lagt sig.

Bara han själv satt kvar och söp.

Han höjde det tomma glaset mot servitrisen. Hon satt på en barpall under högtalaren och rökte och lyssnade till de ryska rockmusikerna. Och de klapprade med grytlocken och vrålade. Till slut uppmärksammade hon honom. Hon gled ner från pallen, en vacker och mjuk rörelse, och släntrade över till honom.

Hon lutade sig på armbågarna över bardisken.

Och – ja! – blinkade.

Vad heter ni? frågade Beaurain, oväntat grumligt.

Tamara, svarade hon.

Bussen var sönderrostad och saknade fjädringar. Det drog kallt från alla håll. De hostade och nös. De for genom uppmarschområdet för historiens alla arméer. Det fanns inget att se. Skog och åter skog. Sen fält och åter fält. Sen träskmarker och sjöar. Brummel hade ont i skinkorna efter timmarna på bussätet som föreföll stoppat med de knöliga resterna av planekonomin.

Det finns bara en väg in i en stor konstnärs verk.

Det är att andas det, tänkte han envist.

Ja, andningen är allt. Brummel bet i pipskaftet som han höll mellan de skallrande tänderna. Han tänkte på sin kommande uppsättning. Och sen på resmålet. Han längtade efter att få vidröra Stanisław benknotor lika hett som en törstande trängtar efter vatten. De hade andats fram Stas verk, han och hans skådespelare.

Han överlät åt andra att slita och riva i detaljerna.

Korbowa, Beaurain, Helly och Ugenta, vad sökte de?

Man kunde inte räkna upp allt som världen skulle leta efter hos Stas i hopp om att få se sitt ansikte. Kanske är det viktigt med fakta. Brummel var en försonlig själ och uteslöt det inte. Ibland behövs hundra kalenderbitare för att en visionär ska kunna drabbas av sin enda vision. Stanisław själv hörde till faktasamlarna.

Han samlade fler fakta än han kunde härbärgera.

Tyvärr gick hans arkiv och fotosamling och de flesta av hans mål-

ningar upp i rök under Warszawaupproret. Brummels nästa uppsätt-
ning av Stas skulle bli ett sorgespel. Ett rekviem. Med nykomponerad
musik. Och med den sista färden, flykten in i Ukraina, som ramberät-
telse. Stas egen text, men interfolierad av hans dödsvandring.

Bombplanen över flyktingarnas huvuden på skenor ovanför åskå-
darnas huvuden. Mycket teknik förstås.

Men framför allt poesi och musik.

En totalupplevelse. Ett spel om envar.

Fast de nästan gett upp hoppet kom de fram. De anlände i gryningen
till Jeziory. Bussen gnisslade och stannade framför rådhuset. De klev
stelbenta ut ur den och såg sig om i det tunna morgonljuset.

Herregud, var det här han dog? De svalde och blinkade.

Sen stod de på kyrkogården vid den sönderrasade muren. Kyrkan
hade varit sädesupplag under kriget. Två järnvägsspår ledde ännu in
i den, fast nu nersjunkna i marken. Ett par gummor stirrade på dem
och gick in i kyrkan. Den stod visserligen upprätt.

Mycket mer var det inte.

De hade sett kullen med ekarna.

Den mycket gamla skådespelerskan, vad hette hon, hade i en inter-
vju berättat om hans död under en ek. Den stod kvar. Men gravkorsen
på kyrkogården var omkullslagna eller ruttna. Det bruna gräset växte
över dem. Allt dröp av väta och kråkorna skrek. Läkaren som de hit-
tat, en medelålders man med en svart lapp över ena ögat, slog uppgi-
vet ut med händerna. Intygen hade varit tillfyllest, polisen hade gett
tillstånd, och staden gladdes över bidraget från Soros Foundation.
Men hur finna graven?

De fem pojkarna som de anställt vilade på sina spadar.

Kråkorna lät mycket otäcka.

Det började på nytt att regna. Detta ukrainska smög sig in i överallt.
Vid ruinerna av kyrkmuren och framför kyrkan hade nyfikna Jeziory-
bor samlats. Irena Korbowa gick omkring och sparkade håglöst
bland de vissna löven. Brummel satt på kyrktrappan och skyndade sig
att dra rök genom pipan innan den på nytt slocknade. Ugenta förde
invecklade diskussioner med stadsläkaren.

Nog måste det finnas någon förteckning över gravarna?

Register och dödsattester? Någon sorts arkiv?

Ja, jo. Men denna begravning hade ägt rum praktiskt taget på krigets första dag, var det inte så? Man hade väl haft annat att tänka på.

Till slut kom hon. Det var Beaurain som spårat upp henne.

Han förde själv henne till kyrkogården och höll henne lätt runt armbågen. Hans trenchcoat var genomblöt. Men han nickade hurtigt och vinkade. Det var en gammal kvinna med blå ögon. Det grå håret hängde i våta stripor under sjaletten. Hon såg surmulen och rödögd ut. Ja, som om hon gråtit mycket.

På fötterna bar hon stora mansstövlar. Över axlarna hängde en våt sjal. Men hon tog dem alla i hand. Och de såg små skrattrynkor spricka upp runt de blå ögonen när hon log. Da, da. Hon mindes alltsammans. Nästan som igår, fast hon bara varit en helt liten flicka.

Denna gamla kvinna hade varit syskonbarn till prästen och hade sjungit för den döde under jordfästningen, hon och två av hennes bröder. Båda hade dött under kriget.

Det hade varit en vacker höstdag med hög luft. Kyrkklockorna, de fanns ännu då, hade ringt. Alla hade varit mycket tagna. Och ledsna.

Sen dog så många.

Men hon mindes den döde, hans vackra ansikte. Och den vita blomman han hållit i händerna. Hon kom också ihåg platsen för hans grav. Utan att tveka ledde hon dem dit och pekade ut den. Den låg helt nära muren, det som varit muren. De föll allesammans på knä på gravkullen. Korbowa grät. Brummel kände sig yr, nästan som om blixten träffat honom. Helly tänkte på sin morfar och undrade om han kunde känna med sin överallt närvarande soul att hon nu kysste marken på hans vän Stanisławs grav.

Ugenta, själv häpen över sitt knäfall, fann en halvt upprutnad träplanka långt nere under de vissna löven, det måste vara resterna av korset. Han såg frågande upp mot flickan, det vill säga den gamla kvinnan, som sjungit för den döde Stanisław. Da, da, nickade hon.

Ja, de hade rest ett enkelt kors av trä på hans grav.

Då grät också Beaurain. Det var för första gången på många år. Han skämdes inte för det, han var bara häpen. Och sen glad. Ja, så lycklig att han omfamnade Irena Korbowa vid sin sida. De nyfikna Jezioryborna drog sig närmare. De diskuterade och rökte papyrosser.

De fem pojkarna med sina spadar klev fram.

Det hade bara behövts en, högst två, för arbetet. Men när man fått klart för sig vad det gällde hade pojke efter pojke infunnit sig med sin spade. De hade inte haft hjärta att säga nej. Men inte fler än fem.

De fem satte spadarna i jorden.

I det ögonblicket, märkte Korbowa, upphörde regnet.

Molntäcket sprack upp. Ett glest litet ljus visade sig på himlen. Grästovor och jord for upp på spadarna. Sen några stenbumlingar. Sen trärester, mycket ruttna. Och sen Stanisław. Nu grät Korbowa högljutt. Och även Helly, så häftigt att hennes glasögon blev suddiga. Brummel tog emot kraniet. Han torkade av det med jackärmen.

Han pressade läpparna mot det.

Sen lade han sin kind mot det. Det var mycket mjukt, liksom avslipat av havsvatten. Ugenta låg på alla fyra nere i graven och såg till att allt kom upp. Ingenting fick fattas. Han räknade ben och knotor. Med en liten pensel borstade han bort jord och skräp från skelettdelarna. Brummel tog emot dem och lade försiktigt ner dem i plåtasken. Till slut nickade Ugenta mot Brummel ur graven medan han torkade händerna med näsduken.

Jezioryborna betraktade dem under dödstystnad.

Allt fanns med. De hade fått upp hela Stas.

Senare vandrade Beaurain runt kyrkogården med armen runt den gråtande Korbowa. Hon lutade kinden mot hans våta trenchcoat. Hon hade fått rätt. De fick vara med om något som förändrade dem alla.

På kvällen satt de i köket hos den lilla flickan som nu var en gammal kvinna och som en gång sjungit för Stanisław det vackraste hon kunnat. Många samlades denna afton i den gamla kvinnans kök. Man berättade minnen för varandra och för främlingarna.

Man sjöng vemodiga ukrainska sånger. Man drack mycket vodka. Hela tiden dök det upp ytterligare någon granne med ännu en flaska och ännu ett nybakat bröd som det ångade från. Helly lyssnade till sångerna och vaggade lite.

Luften var full av *aoum*. Utan uppehåll.

Senare kom två helikoptrar för att hämta honom och dem alla. Brummel satte sig i den ena med plåtlådan. Också Helly fick plats där och professor Ugenta. De två andra följde efter i nästa helikopter. Kanske biktade sig Jerzy Beaurain för Irena Korbowa under flygturen till Minsk. Det hör inte till historien.

Men en annan sak som därefter inträffade hör dit. Professor Ugenta ringde från universitetet i Warszawa till sin vän Brummel i Kraków. Men regissör Brummel var mitt uppe i en repetition, meddelade telefonisten i teaterväxeln, gäller det något viktigt?

Det är mycket viktigt, svarade Ugenta.

Brummel var mycket irriterad när han sprang upp och ner för de trånga trapporna på teatern och sen genom korridoren och uppför den branta trappan för att nå telefonen på sitt tjänsterum. Det gnisslade med tekniken. Allt annat var som det skulle, men de små bombplanen med svarta hakkors uppe i taket krånglade, liksom flygplanen med den röda stjärnan som skulle löpa från motsatt håll i sina skenor över åskådarnas huvuden.

Ja, det var ett förbannat krånglande med tekniken.

Och när planen väl kom loss, vilket några gånger inträffade, var det med ett skrammel som fick aktörerna att tappa koncepterna och glömma sina repliker. Och eftersom Stanisławs pjäser bygger på *timing* – allt måste ske i exakt rätt ögonblick – fick aktörerna aldrig in *timingen* i kroppen utan stod bara och stirrade upp i taket.

Sen började de skratta.

Det är en gammal teater, sa chefsteknikern tålmodigt.

Visst, det var en gammal och ärevördig teater.

Den var så gammal att hela värmesystemet hade frusit sönder och huvudrollsinnehavaren som skulle spela Stas hade fått blåskatarr. Det var svårt att få pengar till att laga rören. Det var ju inte som på den gamla goda tiden längre då man bara rekvirerade vad man behövde.

Den gamla goda tiden?

Nej, för helvete! vrålade Brummel till chefsteknikern.

Ni förstår mycket väl vad jag menar, var nu snäll och få igång värmen. Teknikern invände att det skulle ta veckor i anspråk. Och hade inte Brummel nyss sagt att det var ohyggligt bråttom med bombplanen? Så där gick det på. Premiären närmade sig. Den hade också sin timing. Den skulle äga rum dagen efter jordfästningen i Zakopane, också den i närvaro av presidenten.

Allt måste klaffa men hur skulle de hinna?

Våt av svett och flåsande sjönk Brummel ner på stolen i sitt murriga lilla regissörsrum uppe under taket. Ugenta låg tyst och väntade på honom i luren på skrivbordet. Men Brummel var tvungen att hämta andan ett tag innan han lyfte den till örat. Han tryckte bägge händerna över hjärtat som slog som besatt och försökte andas lugnt.

En hjärtinfarkt just nu skulle sitta fint.

Ja, en hjärtinfarkt var väl precis vad man kunde vänta sig.

Hallå, sa Brummel i telefonluren till Ugenta. Vad vill du?

Ciao, gamle vän, sa Ugenta. Det är inte han.

Det är inte vem? sa Brummel och torkade nacken.

Jag vet inte vem det inte är, sa Ugenta. Men det är inte Stanisław.

Vad då inte Stanisław? frågade Brummel.

Din idiot. Som vi tog med oss hem, svarade Ugenta.

Brummels hjärta började slå mycket hårt. En buss dundrade förbi teatern nere på gatan. Sen hörde han kyrkklockorna från Stary Rynek. Städerskan skramlade med sin hink ute i korridoren. Hela världen var ett enda jävla skrammel.

Allra mest skramlade Brummels eget hjärta.

Jag förstår inte, sa han.

Han drog oss vid näsan, din idiot! skrek Ugenta i luren. Han spelade oss ett av sina spratt, käre vän! Han ligger kvar och räcker lång näsa åt oss. Den som vi tog med hem är arton år, högst tjugo! Vad gör vi nu, tycker du?

Brummel sänkte luren. Han tittade på den. Han satte luren till örat igen och svalde. Han hörde Ugentas tunga andhämtning. Han tänkte på presidenten som var på väg till begravningshögtidligheterna, och på den utländska pressen och televisionsbolagen. Han tänkte också på de eländiga bombplanen. Och på värmesystemet.

Sen fattade han sitt beslut.

Det finns bara en sak att göra, sa han i luren.

Vad? sa Ugenta och höll andan.

Begrava, sa Brummel och lade på.

I andra änden av telefonlinjen började Ugenta skratta. Han satt i sin stol på universitetskliniken i Warszawa med luren mot bröstkorgen och skrattade. Han reste sig och tog på sig ytterrock och hatt. Ännu skrattande gick han förbi sin sekreterare, och genom korridorerna och nerför stentrapporna och ut i det friska vintervädret.

Han gick till sin favoritrestaurang.

Där beställde han en middag med konjak redan till förrätten.

Han kunde inte sluta skratta. Han skrattade så att han kiknade och hostade och fick ont i bröstet. Och sen skrattade han igen. Om ni nånsin kommer till Warszawa och går på restaurang och ser en man sitta och skratta hejdlöst för sig själv vid ett bord, då är det Ugenta.

Begravningen blev högtidlig och gripande. Över Zakopane lyste en vacker vintersol. Presidenten drog i sin stora mustasch och bar sig åt som han skulle och talade väl.

Många hade infunnit sig. Kultureliten förstås.

Aktörer, både gamla och unga. Regissörer, målare och författare. Många poeter, litteraturforskare och kritiker. Och utländska journalister, däribland en kulturredaktör i Frankfurter Allgemeine som bar båglösa modeglasögon och var gripen och sen skrev en artikel som illustrerades av en serie fotografier som Stanisław tagit av sig själv i spegeln under det att han föreställde Lenin, Majakovskij, Isadora Duncan, Albert Einstein och Sigmund Freud, alla fångade på pricken.

Men också lokalbefolkningen hade kommit.

Det var vadmalsklädda goraler med ståtliga örnnäsor. Det var skidlärare från vintersportcentret. Det var vackra och brunbrända kvinnliga turistguider, och butiksbiträden och bibliotekarier och skollärare. Det var en del mycket gamla män och kvinnor som hade sett Stanisław på gatorna när de var små.

De hälsade alla bygdens son välkommen hem.

Många var rörda och grät. Och bergen i Tatra var blå och snöfälten var rentvättade och gnistrande. Ugentas blick sökte några gånger under ceremonin Brummels. Men Brummels annars så vänliga och öppna ansikte var slutet. Hans hustru stod bredvid honom och var rörd. Brummel ändrade inte en min. Han tänkte på bombplanen som på osynliga små skenor skulle flyga över parketten och påminna publiken om hur dyrbar friheten är. Timingen under genrepet hade varit perfekt. Aktörerna flög som fåglar i luften. Musiken var vacker. Och Stas sista vandring till Jeziory och döden fanns infogad i hans egen text och var starkt berörande. Allt var som det skulle.

Brummel vägrade att möta Ugentas blick.

Då beslöt sig Ugenta för att inte bry sig om Brummel. Han koncentrerade sina tankar på den unge man, en ukrainsk herde eller lantarbetare, som vigdes till den sista vilan av den polska kyrkans främste tjänare, och fick lyssna till presidentens tackord för hans insats för det fria Polen, och vars kista höljdes i blommor, rosor och nejlikor och liljor, av människor som inte hade känt honom men som ville ära och tacka honom. Alltsammans var en mycket stark manifestation.

Fann Ugenta. Och helt i Stanisławs stil.

Sen skrattade Ugenta igen, det var tillsammans med Helly när de stötte ihop med sina tallrikar vid begravningsbuffén på krogen Morskie Oko. Han hade kommit att uppskatta denna unga amerikanska. På sitt fördomsfulla polska vis hade han trott att alla amerikanska feminister hatade män och var lesbiska. Men Helly hatade inte alls männen.

Han fick nu tillfälle att be henne om ursäkt.

Och hon skrattade mycket glatt.

Hon ansåg att man borde skratta så mycket man orkade på ett begravningskalas fyllt av så mycket aoum som detta. De dansade till och med. Det var när det lokala musikbandet som Irena Korbowa skakat fram klämde i med en argentinsk tango. Då bjöd Ugenta upp. Ingen av dem kunde dansa tango. Men det gjorde mindre.

Här i Polen, sa Ugenta när de trasslade till stegen, dansades det mycket tango före kriget. Apachedans kallades det.

Apacherna är indianer, sa Helly.

Varför inte, svarade Ugenta lättsinnigt. Polacker är också en sorts indianer. Han kände sig ung och glad. Ta över världen, sa han lite senare när de försökte sig på en vals. Vilka då? frågade Helly. Ni kvinnor, sa Ugenta. Det har vi redan gjort, svarade Helly och skrattade igen. Hon var en förtjusande flicka, Bronisław unga dotterdotter, som nu skulle till Australien och söka sina rötter även där.

Och nattens mörker sänkte sig över Zakopane.

Sen blev det ett nytt sekel, och Helly kom tillbaka till Zakopane. På nyårsnatten stod hon i hotellfönstret vid floden och tyckte att livet var förunderligt.

På broräcket balanserade två unga pojkar över floden.

Ovanför deras huvuden exploderade fyrverkerierna i gröna ormar och violetta stjärnregn. Till slut var himlen en enda stor och svepande kjol av gnistrande tyll. Helly höll andan. Men de klarade det. Först hoppade den ene ner från räcket och gjorde en segergest som en boxare med båda armarna i luften.

Och sen hoppade den andre ner från broräcket.

De omfamnade varandra och kysste varandra och hälsade så det nya millenniet innan de gick sin väg, antagligen för att se efter vart flickorna hade tagit vägen.

Han sitter på en bänk i Central Park, Manhattan. De övertalade honom ju att stanna, att inte återvända till England – fullt krig i Europa, de flesta länder ockuperade av tyskarna, engelsmännen bjuder motstånd men varför skulle han utsätta sig för bomberna? – utan stanna tills kriget var över, och vara *guest professor* i Cambridge, Massachusetts, United States of America.

Han lyckades med en kraftansträngning att få döttrarna över Atlanten. Och de klarade ubåtarna, Zofia, Maya och lilla Iza.

De gick över landgången i gåsmarsch med högt lyftade fötter som för att inte överraskas av ormar och skorpioner på den främmande kontinenten. Och Bronisław stod på kajen bredvid Mariella, blicken fastnaglad vid flickorna och landgången där högt uppe, hans hjärta bultade av förväntan. Och de tog in på hotell över natten i New York, och åt på restaurang och pratade i mun på varandra, och sen gick de på jazzklubb och lyssnade till Duke Ellington, och allt var bra, kolossalt och underbart bra. Och sen inte så bra.

Det gnisslade som från ett skevande vagnshjul. Det var irriterande och nervpåfrestande, vad var det? Något hade satt sig på tvären.

Ja, som ett fiskben i halsen. Bronisław blev illa till mods.

Och sen blev han ledsen, irriterad och arg.

På bänken intill hans sitter en skrynklig häxa insvept i olikfärgade sjalar och matar råttorna. Det är inte råttor, ser han i ögonvrån. Det är Central Parks berömda ekorrar. Han vänder bort blicken. Han vill ogärna bli tilltalad av den förryckta människan.

Han vill tala med Ellie Rose.

De glesa löven i parken prasslar med torra läppar.

Ellie skulle ha benat ut och tolkat och översatt mellan honom och döttrarna. Hon skulle ha kommit med råd och berättat för honom hur det är att vara en ung kvinna – det som en man har så svårt att föreställa sig – och till slut talat om för honom vad han borde göra och lugnat honom. Men Ellie Rose är död.

Och sorgen över hennes död överföll honom nyss utan förvarning. Det var på Broadway där den kröker och följer parken. Han kom från mötet med professor Bertz då en hel korg av gammal sorg, uppskjuten, undanträngd och bortmotad, tömdes över hans huvud. Det stack till i hjärtat. Han fick vika av in i den vintriga parken, nästan folktom, och tyckte att han själv höll på att blåsa bort som ett torrt löv innan han hittade den smutsiga bänken.

Kära Ellie, hur bör en god far vara?

Han vet det inte, han som knappt haft någon.

Hans far efterlämnade bara minnet av en skugga i det dunkla ljuset från en skrivbordslampa, och en vag och ihållande känsla av skuld. Som Ellies far – en gnällig despot, en självömkande förtryckare – vill han inte bli. Vad säger doktor Freud? Oidipuskomplexet som förefaller enkelt och överskådligt, logiskt som reguladetri när det gäller små pojkar, är oklart och ogenomskådligt när det handlar om små flickor.

Han har snuddat vid tanken på att skriva till Freuds dotter Anna, psykoanalytiker som fadern – han har hastigt mött henne i London – och fråga vad hon anser om fäder och döttrar.

Men när han mindes Anna, en nästan skrattretande kopia av pappan, och totalt ointresserad av andra herrar än fadern, slog han tanken ur hågen. Anna Freud har kanske oidipuskomplex. Elektrakomplex. Alla sorters komplex.

Men inte hans döttrar!

De försöker inte tränga bort Mariella. De uppträder inte förföriskt mot sin far, de viker bara åt sidan. Han längtar efter dem så att han känner sig sjuk. Och det fast de nu är här, hos honom, i USA. Vad är det för en sjukdom? Kanske är det flickornas barndom han längtar till, den fick han knappt tid att uppleva. Nu är det så dags.

Ellie, hjälp mig, kvider hjärtat.

Hans döttrar har kastat sig i Amerikas armar i stället för i hans. Amerika! Detta mischmasch av kulturer och tungomål och förvridna rötter. Allt hoprört till en soppa under de vita Colgateleendena. Colgate, en världsvinnande succé! I Amerika är ingenting tragiskt.

Allt är *fine, swell* och *super* och *absolutely fine.*

Bronisław vägrar att le. Han får värk i käkmusklerna av ansträngningen att låta bli. Han vill *inte* att hans döttrar ska bli amerikanskor. Men vad ska de egentligen bli?

Kultur. Det är ständig förändring. Det är gradvis anpassning och långsam diffusion av mänsklighetens alla skiftande mönster... ingenting står stilla, allt ändras hela tiden och ingenting utan anledning. Men västvärldens tekniska försprång är för stort. Västvärlden liknar en drucken Goliat. Han skulle vilja utträda ur denna civilisation, var finns avskedsblanketten?

Han vet vad han saknar. Det är inte sina döttrars barndom utan sin egen. Europa, och helst före första världskriget. Sen drogs proppen till badkaret ur. Första världskriget var en förstörelse och ett själamord. Nu pågår det andra. Han sörjer ett Polen som inte finns. Han saknar sin mor. Och Stanisław och alla andra vänner som numera är långt borta eller döda.

Varje morgon går han – en uppskattad och efterfrågad *senior lecturer* – förbi den hysteriskt leende Colgatereklamen i gathörnet, och sen förbi det glättade monumentet av George Washington, och sen förbi de tanklösa lönnarna och de skrytsamma tegelbyggnaderna, och vet att han gladeligen skulle byta bort alltsammans för en enda kväll med Stas i Zakopane. Men från honom inte ett ord.

Inte på flera år. Nej, inte sen krigsutbrottet. Och Ellie Rose hör av sig genom att vrida en kniv i hans hjärta. Bara prasslet från döda löv svarar på alla frågor.

Trädstammarna i Central Park vill inte stå stilla. De rör sig som om de hela tiden bytte plats med varandra. Längre bort ligger en konstgjord sjö med snattrande änder. Han vill kliva ut ur sin samtid. Hans egen tid håller på att rinna ut. *So what?* prasslar löven. Kvinnan på bänken intill babblar med ekorrarna som man talar med små ouppfostrade barn. De små djuren klättrar runt i hennes knä. Hon är vrickad.

Det är många i Amerika. *So what, so what?*

Han borde resa sig från bänken.

Fortsätta till Grand Central Station. Ta tåget till Boston.

Åka hem till Mariella i Cambridge.

Men han vill inte. Han vill sitta kvar där han sitter.

Han har nyss haft ett samtal med en yngre kollega från Polen, Steven Bertz, professor i teoretisk fysik, medlem av the Manhattan Group, därtill underrättelseman, som har berättat för honom om tillståndet i hans gamla hemland. Det var inte bara värre än vad han trott. Det var så fasansfullt att hans hjärta förlamades.

Och sen kom den onda kniven.

Polen, en dödsfabrik. En grav för Europas judar.

De allierade vet mycket väl vad som pågår. Så varför sätter de inte stopp? Varför bombar de inte vägarna till dödslägren och järnvägsspåren? Bronisław ropade det högt vid bordet. Och Bertz, en ung man i grön pullover, glosögd och med illasittande tänder och förmodligen själv av judisk börd, lyfte blicken och betraktade honom.

Sen ryckte han på axlarna.

Han suckade och sög en stund på sin underläpp.

De allierade har kanske inget emot det, svarade Bertz stilla.

Bronisław kom på fötter. Han gick runt i professor Bertz fula vardagsrum på Amsterdam Avenue utan att se och utan att höra och stötte emot kollegans bokhyllor och stolar och snubblade över hans tidningshögar och många hemligstämplade rapporter på golvet. Utanför Bertz fönster fanns en blek liten sol. Han fick andnöd. Demokratin, var den kanske inte längre värd något? Skulle de allierade medverka till mordet på judarna? Han var rasande. Han kände sig skyldig. Till slut stannade han och stod orörlig med händerna i byxfickorna och såg ut genom Bertz otvättade fönster. Där hängde den underligt bleka lilla solen på en spik i himlen av gråbleka rökar.

Solen gungade till. Sen försvann den.

Han lämnade Bertz våning. Han vek av från Amsterdam Avenue och in på Broadway. Runt honom trängdes tutande bilar och astmatiska bussar. Han gick i en oändlig ström av bleka och trötta fotgängare. Hans huvud var tomt, bara några lösa tankar skramlade.

Sen lade han märke till en stor schäfer, en blindhund.

Den berörde honom illa. Sen såg han en svart kvinna med många barn vid händerna och också i famnen, hur många armar hade denna kvinna egentligen? Han vek planlöst in i ett av de blanka varuhusen och passerade diskarna med dyrbara parfymer och oljor och skönhetspreparat, skulle han köpa något till Mariella? Han betraktade blonderade och blodlösa expediter utan att se dem och gick ut igen. Han travade vidare längs stenmuren.

På andra sidan Broadway såg han flera beväpnade polismän.

Och då överföll honom saknaden efter Ellie med en sån häftighet att hans knän nästan vek sig under honom. Ellie Rose, hon har verkligen hållit sig borta. Ja, i många år. Varför har hon valt just detta ögonblick för att göra sig påmind? Och nu har han sjunkit ner på denna slitna parkbänk, ja, förträfflig, här vill han sitta.

Kom till mig med kniven. Vrid om bara.

Du var god mot mig, Ellie. Men övergav mig.

Överlämnade mig till vad? Till världen. Och världen är ingenting annat än världen. Den blir alltmera bara världen. Historien är en störtsjö av grymheter. Ingen kan kliva ut ur den. En gång gjorde människan det. Det var hemligheten med Boyowa. Där stod man i förbindelse med tidlösheten. Från en ort utanför tiden fick människan en gång friheten som gåva.

Deras myter handlade om det. Som den om kanoten som oväntat stiger upp ur vulkanens kägla och gör sin hisnande färd över himlavalvet och över den blå havsarmen mot Amphletterna. Eller myten om Tudavas mamma som faller ut ur tiden i en grotta och befruktas av stalaktiten. Deras myter berättade om friheten – det tog tid innan han förstod det – och om det oförutsedda och oförklarliga.

Friheten är inte människans uppfinning.

Den är henne given som gåva. Från en ort utanför tiden. Är det i själva verket inte vad alla de stora skapelsemyterna berättar om? Människan fick friheten som en frukt. På villkor, förstås, att hon inte åt upp den. Hon fick inte tro sig vara skaparens like. Men att friheten var förbunden med detta villkor glömde hon. Då blev världen alltmera bara världen.

Ingen utgångsdörr. Ju mer världen är bara världen, desto mer blir tiden och historien människans fängelse. Ingen dörr att ta sig ut genom, Ellie! Människan är inspärrad i ett ekande gravvalv. Myterna förstår ingen längre, de har kastats på sophögen. Det enda som återstår för människan som är instängd i tiden är att äta av världen.

Frossa på den.

Stoppa magen full av dess rikedomar, förtära den!
Leva av den i stället för i den.

Han själv har inte kunnat leva i världen. Han fann ingen grönskande
ö. Han beslöt en gång – det var i ungdomen på Boyowa – att den arki-
mediska punkten för hans forskning skulle bli familjen. Där formas
människan. Där får hon lära sig myterna. Där föds hennes samvete, ja
hela etiken. Men Bronisław har inte ens kunnat hålla samman sin
egen familj.

So what? susar det i hans hörselgångar.

So what? viskar vinden som blåser vissna löv i strängar över det
frusna gräset. Vad i helvete spelar hans eget liv för roll? Gud finns el-
ler finns inte. Vad har det för betydelse? Man kunde kalla orten utan-
för tiden för Gud. Ett begrepp är nödvändigt för det som tanken inte
kan omfatta.

Gud. Eller ett område av det mänskliga psyket?

Det spelar ingen roll. Hur man än vill se det så finns Gud i världen.
Detta är inte ett osakligt påstående eller ett ovetenskapligt. Friheten
kommer från en plats utanför tiden, säger skapelsemyterna. Och om
människan missbrukar friheten blir den fruktansvärd. De ville bygga
ett torn som räckte ända upp i himlen. De försökte inta den plats som
var skaparens. Empire State Building, han har varit uppe i det.

Med Mariella, som hisnade och skrek och var utom sig.

Själv såg han bara myrstacken därnere. Människorna var insekter,
krälande och krypande och fastklibbade vid världen. Tornet i Babel.
Och var låg Babel? I världen som bara är värld.

Kan man inte tolka myterna – säger han numera till sina studenter
– som uttryck för den nödvändiga och frivilliga begränsningen av
människans frihet i världen som är en förutsättning för kulturen, kan
man inte heller förstå de mänskliga kulturernas grundvalar. Utan att
inse sin frihets begränsning blir människan ofri. Sina medmänniskors
oansvariga bödel. Hans studenter förstår honom inte. De har fått lära
sig att bara den som inte tror på något är fri.

Men de tror förstås på stjärnbaneret. På nationen.

På logiken och på ideologierna. Och på tekniken.

Detta krig är en industriell produktion av död och förintelse. Grun-
dad på en pseudomyt *made in Germany*. En fasaväckande skrattspe-

gel för mänskligheten. Han själv är medskyldig. Han borde ha ropat högt på torgen att vetenskapen inte räcker för att tolka världen! Människan måste också lära sig att leva i den. Och inte bara av den.

Försökte han då inte? Han har skrivit och föreläst om nödvändigheten av att förstå andra kulturer. Han har uppehållit sig vid den långsamma diffusionen av föreställningar och sedvänjor. Ingen kultur bär ensam svaret på mänsklighetens gåtor. Och numera får missionärer och kolonialfunktionärer tack vare honom undervisning i antropologi i London.

Vad förslog väl det? Allt han ville blev bara tomma ord.

De blåser bort med vinden. Och tiden tickar på utan fäste. Goliat trampar på, i detta ögonblick som german, och med fradga runt munnen. Han hade velat skriva en bok till, en sista: om grunden för en universell etik. *So what?* Världen skulle inte förstå den.

Hans studenter får blanka och tomma ögon när han föreläser om tiden och förstår inte vad han säger. Det gör ingen som själv är fånge i den pesudomyt som har trängt undan alla andra, myten om framsteget. Inte ens de berömda amerikanska teologer som Bronisław har talat med förstår vart han vill komma.

Men de tror benhårt på framsteget.

So what? susar luften och det frostbitna gräset.

So what, so what? gnisslar trädens svartblanka grenar.

Bronisław hör ljudet av smutsvatten som rusar genom världens stora avlopp och som forsar allt snabbare och drar med sig allt och nu också honom själv. Han dränks av illaluktande smutsvatten, lika gott... och sen kommer kniven tillbaka... en våg av förfärlig smärta...

Ellie!

När han slår upp ögonen står ekorrhäxan vid hans bänk och skakar i hans axel. Himlen ovanför henne är en vit gasbinda. Tantens ögon flackar oroligt bakom det grönprickiga floret på hennes fåniga hatt. *Hey, mister... you don't feel very well, do you?*

Hon är en av Amerikas många galningar, han vill slippa dem.

Det kändes nyss som om ett tunnband spändes runt bröstet och drogs till. Han tar långsamt av hatten och torkar med näsduken av hattbandets insida. Han torkar också av sin nacke, en våg av svett sköljde nyss över honom. Han vill säga åt kärringen att ge fan i honom men tungan lyder inte. Den känns torr och svullen och som en främmande tingest i munnen.

Vill ni ha något att dricka? frågar tanten.

Nej, svarar Bronisław så bestämt han förmår – det låter rätt ynkligt – och lutar sig mot bänkens ryggstöd. Låt mig bara vara ifred.

Ni ropade ett namn, säger ekorrtanten och låter förebrående.

Gjorde jag? svarar Bronisław. Och vad angår det er?

O.K. It's a free country, mister.

Han följer henne med blicken medan hon återvänder till sin bänk i sina sladdriga och underliga kjolar. Ekorrarna skuttar runt hennes pjäxor. Ja, hon bär pjäxor som en skidlöpare. Ett par av djuren klättrar upp i hennes knä. Den djärvaste vill upp på hennes hatt. Och hon smackar med tungan och pratar och pladdrar imbecillt med djuren. När hon möter Bronisławs blick svartnar hennes egna ögon bakom floret. Han har förorättat och kränkt henne och hon tuggar mekaniskt på: *I don't give a shit about you, mister!*

Bronisław grinar tacksamt mot henne.

Smärtan lägger sig. Efter en stund ber han henne om ursäkt för sitt tonfall nyss. Det är för att lugna henne. Denna dam är en flygande häxa, en av sorten mulukwausi, de som fladdrar omkring och ställer till oreda. Så dövar väl tanten sin amerikanska ensamhet. Bronisław lägger handen på sitt bröst. Det är dags att låta professor Schnitzler i Cambridge göra en ny kardiologisk kontroll. Men det är inget fel på hans hjärta. Han inbillar sig bara, kommer professor Schnitzler att säga som han brukar.

Men ekorrhäxan vill inte lämna honom ifred.

I don't give a damn for your apologies, går hon på med sin gälla röst, fjädern i hennes grammofon förefaller nyuppdragen. Hon sitter käpprak på sin bänk för att inte störa det lilla djuret vars små tassar sliter i hennes hattflor. *Just sit there and talk to yourself.* Jag trodde att ni inte mådde bra. Sköt ni ert så sköter jag mitt.

Sit there and die, mister!

Bronisław nickar och vänder bort blicken.

Trädstammarna har lugnat sig. De står som japanska silhuetter mot det vita och frostiga gräset. Borta vid muren strövar några flamsiga ungdomar runt. Och hundägare, bland dem en ung flicka i skotskrutig väst. Mössan är skarpröd, ett utropstecken. En rultig tax lufsar omkring framför henne. Taxen bär också en skotskrutig väst. Dock ingen mössa. Han bryr sig inte om dem.

Han vill bara vara ifred en liten stund.

Kvinnor. Nej, han har inte kunnat hantera dem. Han har inte kunnat säga nej till dem. Men döttrar är nu en särskild sorts kvinnor.

I synnerhet i Amerika där de ska vara frigjorda.

Ja, frigör er bara, säger han till sina egna.

Och så spelar han schack med Zofia och klår henne. De tar ett parti till på hennes begäran. Nu sitter hon böjd över schackbrädet med inåtvänd blick. Hon kliar sig frånvarande på halsen. Hon grubblar så länge att det börjar krypa i skinnet på honom. Och sen öppnar hon med en springare.

Det där är riskabelt, påpekar hennes far vänligt och faderligt.

Men hon tar båda hans löpare och ett av hans torn och förföljer envetet hans dam. Bronisław blir het om kinderna. Han tycks ha varit för tankspridd och ouppmärksam i början. Nu koncentrerar han sig. Han vill vinna. Han vet inte riktigt hur det går till men hon slår honom. Och sen en gång till. Han genomskådar inte hennes öppningstaktik. Då blir han förbannad.

Inte på henne naturligtvis. På sig själv.

När han säger det ber Zofia honom om ursäkt. Över det blir han ännu mer irriterad. Hon har slagit honom i schack. Hon borde vara lycklig och segerstolt. I stället ber hon om ursäkt med spänt ansikte. Inbillar hon sig att hon har gjort honom nedslagen genom att vinna? Det är så befängt att han skrattar högt åt henne.

Zofia ser förfärad ut.

Men Bronisław är irriterad – på sig själv förstås.

Över att han har tillåtit henne att överlista honom. Hennes ögonlock blir svullna under samtalet. Det handlar inte om schack utan om något annat, förstår han. Han frågar då hur hon egentligen har det på sitt college, med sina datingpartners och med sina lärare? Han får inga vettiga svar. Zofia är en båt som niger vid ilastning. Man slinter och tappar fotfästet och till slut också avsikten. Det finns inget riktigt motstånd hos Zofia, bara något som flyter undan och bort. I det finns ingen frigörelse, påpekar hennes far.

De samtalar men lyckas inte reda ut något.

Nästa parti spelar hon illa, han vinner och ingen är glad.

Han har utforskat främmande kulturer, i Söderhavet, i Afrika och i Sydamerika. Men det antropologiska problem som fadern och hans döttrar i västvärlden utgör går han uppenbarligen bet på. Det är som om fadern på en och samma gång ska besegras och hållas på gott humör. Han blir förvirrad av Zofias vaghet. Man får tydligen inte utmana sin far, då är man prisgiven.

Åt vad, Ellie?

Med Iza förhåller det sig precis tvärtom.

Hon omfamnar honom och överöser honom med kyssar.

Hon är långbent och skranglig och en kelsjuk katt. Hon går på highschool i Cambridge och bor hemma hos dem och gör Mariella vansinnig genom att ta så mycket plats. Bronisław tillhåller Iza, fast diskret, att inte strö ut alla sina tillhörigheter i huset och att inte prata med så hög röst.

När han nästa gång smeker henne helt lätt över håret kastar hon ilsket med hårflätan och stänger in sig i badrummet. Vad har han gjort henne? Ingenting, svarar Iza dovt bakom den låsta dörren. Han står kvar utanför den med hängande armar. Till slut går han sin väg.

Iza är ett vatten där det blåser från alla håll, ostadiga vågor och nyckfulla bränningar. Han blir nervös, han tappar rodret.

Maya däremot hör sällan av sig från sitt college i Mellanvästern. Hon gitter knappt skicka ett vykort hem. Alla ger de honom skuldkänslor. Det tycks vara den västerländske faderns plikt att bära földerna av sina förfäders förtryck av kvinnan i form av ett ständigt dåligt samvete, tänker han upproriskt.

Men när han försöker tala med Mariella om sina skuldkänslor slår hon bort det. De är bara bortskämda, Bobby. Sprid inte din dysterhet omkring dig. Du är på dåligt humör på grund av kriget. Bry dig inte om alla trivialiteter med dina döttrar, ägna dig åt det som är viktigt.

Kom ihåg att du är en stor vetenskapsman, Bobby!

Mariella tycker om stora länder, stora tavlor och stora män. Yngre kvinnor vill ofta leva med stora män har han märkt, och varför det? Han önskar inte kliva in i de stora byxor som Mariella håller fram åt honom. Vad är det för ohygglig slagskugga som fadern kastar över den västerländska civilisationen? Det grubblade han på redan i ungdomen när han såg med vilka lätta steg kvinnorna på Boyowa gick över jordens yta.

Din uppgift, sa Ellie Rose till honom, är att förklara varför kvinnan inte får plats på männens karta. Och han önskar numera mycket hett att – om så bara för ett enda ögonblick – få klä av sig sin hud och dra på sig en ung kvinnas.

Så hjälp mig då, Ellie!

Maya är den värsta av dem. Hon är påstridig och halsstarrig och envis och sårar honom utan att ens begripa det.

Jo, pappa. Polackerna är visst antisemiter!

Bronisław lade ifrån sig kniv och gaffel och stirrade med avsmak på T-bonesteken. Och Maya – med kortklippt och amerikanskt permanentat hår, verkligen mycket fult och missklädsamt – märkte inte ens hur illa berörd han blev. Antisemiter? Det hade Maya hört på sitt college av en rumskamrat vars mamma var judinna från Polen.

Vad visste Maya om Polen och dess uppslitande historia? Ingenting! Först efter en stund märkte han att han hade höjt rösten under sin föreläsning. Men Mayas okunnighet var uppseendeväckande. Han fick förklara allt för henne. Ända från judarnas fördrivning ur

Spanien, och vem tog emot dem? Vilket land i Europa var det enda som lät dem invandra fritt? Maya såg tyst mot en punkt bakom hans axel. Han fick vrida på huvudet för att se efter vad hon så envist stirrade på.

En metallglänsande jukebox.

Någon lade i en dime och en fånig blues strömmade ut i lokalen:

Baby, it's cold outside...

Baby, it's rainin'...

Vad har du gjort med håret? frågade Bronisław. Maya behagade inte svara. Nå, han såg ju själv vad hon gjort med sitt hår. Han skar surmulet i sin stek. Före kriget hade han ibland ironiserat över sina landsmän, nu vore det oanständigt. Allt störtat i gruset, och för vilken gång i ordningen... Han sa det till Maya. Han påpekade att han hade bjudit henne på söndagsmiddag i Cambridge, på restaurang till på köpet, för att de skulle samtala förtroligt när hon äntligen kom på besök, och så här blev det!

Maya blev för ovanlighetens skull tyst.

Sen slog hon oväntat händerna för ansiktet och brast i storgråt. Han försökte trösta henne, han visste inte riktigt för vad. Men Maya lät sig inte tröstas. Han följde henne till stationen. Hon sa när de korsade en gata att hon kände sig ensam. Vem är inte ensam? svarade hennes far kyligt. Hon snörvlade hela vägen. Han såg hennes bleka lilla ansikte bakom tågfönstret där hon fördes bort från honom till sitt college. Han vinkade.

Och hon vinkade. I den där fula frisyren.

Hon trodde väl att hon var söt i den.

Ja, han är ett svin.

Ni ser ut som ett spöke, säger ekorrhäxan på bänken bredvid.

Jag är ett spöke, svarar Bronisław utan att se på henne.

Jag visste väl det, säger häxan utan förvåning.

Tillsammans är vi två spöken, konstaterar Bronisław trankilt.

Han håller på att förlora känseln i tårna. Men han vill sitta kvar en stund och vara ifred. När Ellie Rose dog gifte han om sig. Med Mariella. Och Mariella älskar inte hans döttrar. Det kan man inte begära, de är inte hennes. Han har inte heller begärt det.

Men han har blivit på dåligt humör.

Det har han låtit gå ut över döttrarna.

Han har blivit irriterad. Inte bara på dem. Också på flickornas eviga saknad och sorg efter Ellie. Det är omänskligt av honom men det är så. Vad beror det på? Är han svartsjuk på den döda? Ja, henne kan de idealisera i minnet. Men sin far som är i livet nonchalerar de.

Hur kom det sig att männen på Boyowa kunde vara så kärleksfulla mot de barn som de inte ens trodde att de var fäder till? Detta provocerade honom. Han minns det.

Fadern, vem *är* han egentligen? Vilken roll förväntas han spela?

Men kanske har döttrarnas längtan efter Ellie påmint honom för mycket om den sorg som han själv avskurit sig från? Nej. Mariella har rätt, det är kriget. Hjärtat, han har känt av det ända sen krigsutbrottet. Liksom stickningarna i fingertopparna. Nyss välkomnade han smärtan i bröstet som så oväntat förde Ellie närmare. Men han får inte tillbaka det levande minnet av henne.

Han minns bara den goda och änglalika och osannolikt tålmodiga Ellie. Det var rollen som hon valde att spela innan hon dog. Den blev till slut outhärdlig. Och denna goda och tålmodiga Ellie har han använt som ett lugnande piller, en *tranquillizer,* i många år.

Hjälp mig med flickorna, Ellie, ge mig goda råd och lugna min oro.

Det fanns en gång en annan och skarpare Ellie.

Vart tog hon vägen?

Nu sitter hon där på bänken. Ja, på parkbänken på Bronisław andra sida har Ellie Rose slagit sig ner. Han ser förstås i syne, Ellie lurar honom som vanligt. Men han ser henne tydligt. Hon bär en grönrutig vinterkappa och en hatt med pälsbräm. Profilen, han känner mycket väl igen den.

Bronisław sluter häftigt ögonen.

Han förstår sig inte på Ellies förvandlingar.

Han gifte sig en gång med en flicka i Melbourne med rött hår och ögon som kunde smalna till vassa knivar. De punkterade hans väluppfostrade yta. Han kunde lita på hennes uppriktighet. Den var inte alltid behaglig. Men den var välgörande.

Hon kastade med håret och satte honom på plats.

Är det en danspartner i tango du vill ha eller en hustru?

Han hör helt tydligt hennes röst.

Är det en oskuld du söker, Bronyo, har du kommit fel, men varför inte försöka med en annons i Melbourne Times? Själv föredrar jag dig framför dina välpressade byxor. Om jag nu måste välja.

Det tog tid innan han insåg att en kvinna kan inrymma lika mycket frihet som en man, men när han förstått det älskade han Ellie. Hennes vrede, sällan visad men existerande, satte en gräns för hans förlöpningar och svårbehärskade humör. Till slut också för hans melankoli. I Ellies närhet känner han ingen skuld.

Visst kan du ha två kvinnor till fästmö, Bronyo.

Du som är så storslagen. Men räkna inte med mig som den ena.

Hon läker klyvnaden i honom. Hon har en förunderlig förmåga att förlåta synder. I Ellies sällskap är han inte längre Dorian Gray och hans porträtt. Han är helt enkelt Bronyo. De är som två planeter, Ellie och han. Gravitationen ser till att de inte störtar in i varandra och förintar varandra.

Men de släpper inte heller varandras banor.
En vacker bild, två himlakroppar.

Vad hände sen? Ellies sjukdom, han förbannar den!
Hon övergav honom, det var på grund av sjukdomen.
Bronisław blir rasande på nytt. Han öppnar ögonen för att utplåna
Ellie. Men hon låter sig inte utplånas. Det är Ellie Rose som sitter där
på den andra bänken, den vid buskaget. Ja, det är Ellie. Hon har kört
ner händerna i kappfickorna och vickar lite på skorna. Under hatten
med pälsbrämet skymtar hennes röda hår. Han reser sig och går bort
till henne. Nu ska hon väl försvinna och flyga bort eller visa sig vara
en annan. Men när han kommit fram till bänken vid buskaget är det
verkligen Ellie Rose som ser upp mot honom.
Det förefaller som om hon har väntat på honom. Hon är allvarsam
och en smula tankfull och ler inte.
Men sätt dig, Bronyo, säger hon lugnt.
Och Bronisław ser att det inte är den goda, änglalika och tappra
Ellie som sitter där, utan den friska. Då behöver han inte lägga band
på sin vrede. Han gör det inte heller. Han står vid bänken och är ra-
sande och orden far ur honom huller om buller. Han säger henne rakt
upp i ansiktet hur det var. Den där satans sjukdomen! Han tålde den
inte. Den blev hans rival! Något förfärligt började gro i honom.
Ett ondsint och elakt frö.
Du var hela tiden beundransvärd, Ellie, ett helgon nästan!
Du försökte dölja sjukdomen för mig, varför gjorde du det?
Jag började tycka illa om din tapperhet. Till slut hatade jag den.
Ellie Rose svarar inte. Hon ser ut över gräsmattan där vita flingor
har börjat falla. Bronisław står inte ut med hennes tystnad. Han drar
hårdhänt upp henne från bänken. Han håller henne i armen och drar
henne med sig på parkstigen. Han går så fort på stigen under träden
att Ellie knappt hinner med. Till slut märker han det och hejdar sina
steg. Han andas mycket häftigt. Det gör Ellie också.
Hon drar sig undan hans grepp. Hon lutar sig mot en trädstam. När
hon vänder huvudet mot Bronisław är hennes ögon hårda.
Jag gav dig och flickorna all min omtanke, Bronyo.
Omtanke? Jag blev bara tankspridd av din förbannade välvilja, El-
lie. Tankspridd och okoncentrerad. Vad skulle jag göra med den?

Vad jag är trött på ditt dåliga samvete, svarar Ellie kort.

Hennes ord rappar till och svider. Men hon har rätt. Fröet som grodde var skulden. Det var samvetskvalen för den vanmäktiga vrede han kunde känna mot Ellie för att hon var sjuk. Alla breven: Tänk inte på mig, Bronyo, tänk på dig själv. Roa dig du, jag har det bra.

Friheten som Ellie en gång hade ägt sipprade ur henne som ur en läckande kran.

Du gav mig inte omtanke, Ellie, utan undergivenhet, förklädd till tapperhet. Du gjorde dig oåtkomlig.

Bronyo, varför är du inte uppriktig? svarar Ellie genast.

Hennes ögon är fortfarande hårda. Ja, kalla.

Du bedrog mig ju, säger Ellie spotskt.

Hon lutar sig mot trädstammen och betraktar honom oavvänt med en blick som är vass och obönhörlig.

Ja. Visst bedrog han henne.

Inget är så förödande som skulden.

Han visste det, därför försökte han göra sig kvitt skuldkänslorna. Han reste mycket och arbetade utan rast eller ro. Naturligtvis hände det att han träffade andra kvinnor. Vad skulle han ta sig till? Han kände sig bortstött av Ellie och visste inte hur kan skulle kunna nå fram till henne. Man kan knappast förebrå honom för att han försökte visa Ellie hänsyn när de väl träffades.

Du bedrog mig med Mariella, säger Ellie med klar röst.

Ellie fordrar uppriktighet av honom. Då ska hon också få uppriktighet. Ja, så mycket hon tål. Inte bara med Mariella utan också med andra kvinnor, svarar Bronisław.

Men med Mariella när du hade det som svårast.

Det var för att fly bort från självföraktet och skuldkänslorna som han bar sig åt som han gjorde. Och hur bar han sig åt? Svinaktigt. Ja, det finns väl inget annat ord. När Ellie som var hans käraste och närmaste människa låg och dog – han hade fått telegram från doktorn vad han nu hette, Genzer, om att han genast borde komma – valde han att hålla sig borta.

På ett hotell i Venedig. Med Mariella. De dansade. Drack vin.

Skrattade åt vad som helst, matade duvor på piazzettan och flamsade. Han berättar det utan omsvep för Ellie.

Men det gör så ont att minnas detta svek – det slutgiltiga – att han får vända sig bort och pressa båda händerna mot munnen för att inte släppa ut jämmern. Det har kostat stor energi att hålla minnet av Ellies dödsnatt borta. Under all denna bråte – hoptvinnade härvor av skuld och självförakt och insikt om sin egen trolöshet – har han begravt minnet av den levande Ellie.

Stackars Bronyo, säger Ellie Rose kort.

Du tycker verkligen mycket synd om dig själv, säger hon och låter trött. Men när han vänder sig mot henne igen står hon inte längre vid trädstammen. Hon går på stigen i sin grönrutiga kappa. Han känner så väl igen Ellies sätt att gå – tårna pekar en smula inåt, axlarna är raka som en pojkes, och hon rör sig lätt – att han blir en smula rörd. Hon har hunnit en bra bit bort från honom på stigen. Men han har ingen svårighet att hinna upp henne.

Han går vid Ellies sida och tiger.

Han betraktar hennes vita nästipp under den pälsbrämade hatten. Hon har på sig stövletter som han aldrig förut har sett, när köpte hon dem? Ja, visst har han tyckt synd om sig själv, vem kan förebrå honom för det? Han skulle vilja skaka Ellie mycket hårt. Ja, lappa till henne för att få henne att förstå hur svårt det var att mista den Ellie som han förälskat sig i.

Men plötsligt stannar Ellie upp.

Nu ska jag säga dig hur det var, säger hon.

Hon sätter sig på en löjlig häst av trä. Ja, de har hamnat i en lekpark. Klumpiga hästar och giraffer och elefanter fryser på gräsmattan och längre bort finns en översnöad rutschkana. Ellies ögon är vassa. Hennes ansikte är vitare än vanligt. Det beror på att också Ellie är arg. Det gör inte Bronisław något. Tvärtom, han välkomnar hennes vrede. Den gör dem till jämlikar. Han vill höra vad Ellie har att säga. Sen ska han svara henne. Det här grälet har de länge skjutit upp.

Nu ska de äntligen ha det.

Du såg på mig med ögon som inte såg, säger Ellie.

Du ville inte veta vad som hände med mig. Du var väl rädd. Men när du någon gång verkligen öppnade dina ögon och såg mig, gjorde din blick mig ful. Du såg inte mig, bara mitt elände. Och då angrep sjukdomen min frihet. Till slut visste jag knappt vem jag var. Jag tappade bort mig själv, och det var värre än något annat. Mariella, tror du inte att jag visste om er affär? Men Bronyo!

Din vän Stas har rätt, du är en man hemfallen åt melankoli och självmedlidande, säger Ellie. Jag var klarsynt men du hånade mig för min dumhet. Du är en man utan förtroende för andra, Bronyo. Sjukdomen var varken ditt fel eller mitt. Som du bar dig åt hade jag det bättre utan dig. Du såg åt sidan och låtsades inte om något och kom med bortförklaringar och skrattade åt mig.

Men du har fel på en punkt och det vill jag att du ska erkänna, säger Ellie med ett annat tonfall. Ja, en smula mjukare, tycker han.

Jag övergav dig inte.

Och var du än befann dig så var du hos mig när jag dog, Bronyo.

Bronisław hör änderna snattra långt borta. Och sen ett flygplan högt uppe. Han känner sig plötsligt mycket törstig. *Wa, wa, wa,* ylar själen. Den bor på de dödas ö. Vid lekparkens staket finns en dricksfontän, ser han. Han går dit med korta små steg. Han försöker tänka på annat. På Mexico, dit han snart ska resa med Mariella för att avsluta sitt senaste forskningsprojekt. På att han borde skicka ett telegram till Marcellino innan han reser. Tankarna fladdrar hit och dit.

Det är sant, han har inte haft mycket förtroende.

Han hade förtroende för Ellie. Och sen inte längre.

Ur dricksfontänen kommer en liten stråle. Det kylslagna vattnet isar hans tunga. Han har försökt hålla smärtan borta. Han ville inte sörja Ellie när hon dog. Han anade väl att smärtan kunde bli ett hav som skulle dränka honom. Ju mer han försökt undgå smärtan, desto mer har han förstelnats. Utan att han märkte hur det gick till murades ett fängelse runt honom.

Och sen når smärtan fram till Bronisław.

Ja, han var hos Ellie när hon dog!

Det var en natt av fasa. Han står vid dricksfontänen och minns den. Han famnade Mariella och hans läppar kysste Ellie. Han grät utan uppehåll inombords. Hans strupe var en torr öken. Hur mycket han än drack i Venedig kunde han inte släcka sin törst. Det var inte Ellies dödsnatt utan hans egen. Hela kroppen värkte. Det flimrade för ögonen. Han flamsade och skämtade med Mariella.

Hon somnade till slut.

Själv gick han i timmar omkring på gatorna i regnet.

Sen stod han vid hotellfönstret och skakade och drack.

Först vatten. Sen whisky. Han darrade utan uppehåll.

Det var en frossa, en feber. Han bad med torra läppar: Gode Gud, låt inte detta ske. På något sätt hade han ändå föreställt sig att Ellie en dag skulle bli frisk. Att sjukdomen var övergående. Att den var en ond dröm bara. Han försökte tänka bort den. Tränga ut den ur sitt medvetande. Han kunde inte resa till henne efter doktorns telegram. Hur skulle han ha kunnat göra det?

Han ville inte på allvar tro att hon skulle kunna lämna honom. Om han höll sig undan och sysslade med sitt, tänkte han i åratal, skulle det en dag komma ett telegram med ett helt annat innehåll: Bronyo, jag är frisk. Nu kommer jag till London, var snäll och möt mig på stationen. Hur kunde han lura sig så? Men han gjorde det. Denna natt i Venedig hann verkligheten upp honom.

Hon skulle dö. Och han själv skulle förintas.

Är det möjligt att dö mitt i livet?

Han gjorde det. Det var efter fasans natt i Venedig. Han gifte om sig. Han fortsatte att skriva och föreläsa. Men ingenting berörde honom längre. Nej, inte på allvar. Han var utestängd från de levandes krets. Bara oron för Stanisław skakade liv i honom för ett kort tag.

Men Stas hörde aldrig av sig mer.

Han kan inte vara en god far för sina döttrar, inte en uppmärksam make åt Mariella. Inte förrän han låter smärtan göra vad den vill med honom.

Ja, Ellie, vill han ropa, naturligtvis var jag hos dig när du dog! Han vill slå armarna om henne. Han vill kyssa henne och gråta mot hennes hals över livets tillkortakommanden och sin egen skräck. Han vill andas värme i hennes vita ansikte, och aldrig släppa henne mer. De ska trösta varandra över hur svårt det var. Men när han vänder sig om är hon borta. Han tycker sig se hennes ryggtavla mellan träden. Han vill springa ifatt henne men smärtan river i hans bröst med rovdjurständer.

Han flämtar och dricker. Ekorrhäxan står böjd över honom, han kan inte värja sig mot henne. Han dricker och hostar och svär. På andra sidan om honom är det tomt. Där Ellie nyss satt finns ingenting, inte ens en parkbänk. Han försöker få luft i lungorna. Han vinkar avvärjande mot tanten.

Det gör hela tiden förfärligt ont i bröstet.

Men han lyckas få häxan att återvända till sin egen bänk.

Hon har plockat fram sandwiches ur sina papperspåsar, ser han, bor hon på denna bänk i Central Park? Hon mumsar och tuggar. Det är möjligt att vi båda två är spöken, säger hon mellan tuggorna som om hon återtog samtalet.

Men ni är sannerligen ett ovanligt härsklystet spöke.

Mot sin vilja lystrar han, vad sa hon?

Ni har rätt, svarar han sen.

Vem är ni egentligen? frågar häxan och pillar fram en ny sandwich.

Nevermore, svarar Bronisław.

Ni ska dö snart, mister Nevermore, säger häxan.

Då kastar Bronisław en skarp blick mot henne.

Hon sitter där som förut med hårtestarna bakom hattfloret med gröna prickar, insvept i sina brokiga sjalar, och äter sandwiches och sparkar med pjäxorna. Hon ser rosig och nyter ut. Han drar efter andan. Han ska resa sig från bänken och gå.

När han kommit hem till Cambridge ska han skicka ett telegram till Marcellino, mannen med motorcykeln, inför sina sista intervjuer i byarna i Sierra Madre. Sen ska han och Mariella packa och ge sig av. Han är förfärligt glad över mötet med Ellie Rose. Han bryr sig inte om hur verkligt det var. Men det var verkligt. Det värmde honom.

Han känner sig ännu varm och lycklig av det.

Han lever! Han lyssnar till fraset från flingorna som tar mark. Han hör också bussarna och de gälla bilhornen och sen de avlägsna sirenerna från en brandbil, eller kanske är det en ambulans.

Mest hör han fraset från de små snöflingorna som landar i gräset och på buskarna. Somliga hamnar i hans ögonfransar och smälter och liknar tårar. Och bortom suset från flingorna hör han den ofantliga rymden sjunga.

Er hustru fick lida mycket på grund av er, mister Nevermore, säger ekorrhäxan och samlar smulor åt sina ekorrar i handflatan.

Ni svamlade om den förenade personligheten, vad menade ni egentligen? Inte ens resan till Polen fick hon göra. För att inte tala om allt annat hon ville.

Och er vän som älskade er förödmjukade ni helt i onödan.

Mister Nevermore. Ja, så är det, mister Nevermore.

Bronisławs hjärta slår häftigt mot bröstkorgens insida. Vem är denna mulukwausi, en hörselvilla bara eller en ond demon? Varför ska hon fortsätta att lägga sig i hans angelägenheter? Han har gjort upp med sitt liv helt på egen hand, varför lämnar häxan honom inte ifred? Han tänker inte stanna kvar längre i Central Park. Han har suttit på den kalla bänken alldeles för länge, mer än en timme, ser han när han kastar en blick på sin armbandsklocka.

Han ska resa sig och gå sin väg.

Men han har svårt att få hjärtat att lugna sig. Det sliter till i hans bröstkorg. Sen kastar sig hjärtat mot revbenen som om det ville ut, vad har tagit åt det? Han har plötsligt fått mycket svårt att andas. Finns då ingen förlåtelse för det liv som vi tvingas leva?

Sen tror han att han ska kvävas.

Han kommer på fötter men kniven är snabbare.

Han sitter på motorcykeln med armarna runt mestisens beniga kropp. Dånet är öronbedövande. Marcellino tippar motorcykeln i kurvorna och reser upp fordonet igen. De störtar fram som i en racer-tävling genom det steniga mexikanska landskapet. Trummor och trä-pipor och nakna fötter som stampar i jorden och gälla kvinnoröster. Indianerna sjöng förr upp solen ur djupen och dimmorna. Och solen liknade ett genomskinligt fisköga på en metkrok.

Sen började den blöda. Ett djuprött snitt.

Hela dalen färgades mörkt röd som av någons hjärteblod...

Bronyyoo... viskar Ellie.

Han hör det tydligt och blir på nytt ofantligt glad. Men han kan inte svara, han måste hålla sig fast på motorcykeln med armarna runt Marcellinos röda skjorta. Tiden i Mexico är en stor och sömnig ko. Grödor och skördar... Solar och månar... Djurtid, kotid. De sjöng upp solen ur djupen, dessa indianer, sen fick de klockor, eller deras arbets-givare fick det. De revs ut ur något. Sen stod de nakna och värnlösa... Kvinnotrasor, de unga indianskorna i hamnstäderna... Barnen har hårda små ansikten och tigger...

... Marcellino kör alldeles för fort.

Bronisław uppskattar det men måste hålla sig fast med all kraft. Sen har han fastnat i något, en kaktus. Det är mörkt. Han har visst gått ut ur huset och rakt ut i natten och skjortan har fastnat i kaktu-sens vassa taggar. Han är mycket berusad, han klappar om den hygg-liga kaktusen och får taggar i handflatorna, var finns nu huset och Mariella? Bronyyoo... men det är inte Ellies röst.

Det är Stas som viskar i tältet, och varför detta mörker, vem har släckt ljuset? Han trevar efter knappen på väggen.

Mestisen kör verkligen som en vettvilling. Bronisław ser ingenting och hans fingrar kan inte få tag på strömbrytaren. Under de violetta och låga molnen kretsar svarta fåglar. Gamar, vrålar Marcellino över axeln. Sen bromsar han in utanför huset, och där står Mariella med färgfläckar på byxorna. Hon får stödja honom till trappan, där sjunker han ner... solen tömmer ett glas svalka.

Han får skratta högt åt Stas som låter sig så lik, eller är det Ellie? Mestisen kör i vansinnesfart över slätten. Det höga och sträva gräset piskar mot vader och höfter och daskar honom i ansiktet. I det svaga skenet syns insektssvärmar som lyfter ur grästovorna och omvärver indianskorna, underligt småvuxna och framåtböjda under sina enorma flätade korgar... en ström av små kvinnor stiger upp ur jorden...

Under staden ligger en annan stad, Tenochtitlan, och under aztekernas gamla stad finns ännu en stad och under den ytterligare en, det är stad på stad ända från begynnelsen... vad bär de små kvinnorna upp ur underjorden i sina korgar?

Sötpotatis, majs, silver och guld...

Gräset svischar mot kängorna. Små svarta moln stiger och faller ovanför gräset, ryggsäcken känns tyngre nu och geväret slår honom mot höften för varje steg.

Det är bara att gå, man vet inte mot vilket mål.

Solen är utrunnen och blek, ett oskickligt stekt ägg.

När han vrider på nacken ser han att Stas vandrar bredvid honom på vägen mot Toowoomba. Han bär en damhatt med grönprickigt flor till skydd mot solen, ett typiskt infall av Stas. Han har en kvinnas själ påstod någon, vem? Harlekindräkten har han också dragit på sig... Små djur sitter i klungor på hans skuldror, det är ekorrar. Andra djur klamrar sig fast på hans rygg. I Stas fotspår skuttar små ekorrar som hinner ifatt honom och klänger och klättrar uppför hans ben.

Men Bronisław är glad att Stas tagit sitt förnuft till fånga.

De grälade nyss om vägen, och för varje riktning Bron föreslog valde Stas den motsatta, och när Bron av ren utmattning gav efter, ändrade sig Stas. Så har det alltid varit. Stas har velat utforska alla riktningar och använt Bron som motsägarröst och därefter gjort som han själv ville från början. Tröttsamt och odrägligt, men den här gången gav inte Bron efter utan gick resolut åt sitt eget håll.

Då nyktrade faktiskt Stas till.

Han sansade sig och vände om och följde efter Bron.

De går tysta bredvid varandra. Bron känner sig lätt om hjärtat.
Gräset susar och viskar runt dem.

De har naturligtvis ett mål. Ja, självfallet, de är ju på väg till Ellie. Det är osäkert var hon finns. I en eller annan grotta, i någon ruskig klyfta ur vilken de har att befria henne. Landskapet är utplattat och utmanglat som ett gulnat lakan, var finns egentligen grottorna? Landskapet är gränslöst med oändliga och vikande horisonter, det finns inga hinder för ögat...

Bara en mjukt skiftande evighet av genomsläpplig gulaktighet... som om ingen gittat tänka en tanke och sätta stopp...

Ditt arsel! säger Stanisław.

Förtydliga dig, svarar Bronisław vänligt.

Han tänker inte låta Stas förstöra hans goda humör. Man vet aldrig riktigt var man har Stas. Men nu går Stas här bredvid honom, och över detta är Bron mycket glad, och inte minst för att Stas bär sig förnuftigt åt.

Du försökte trava iväg åt ditt eget håll, ditt arsel, säger Stas, utan en tanke på mig. Din förbannade envisa åsna! Det var för väl att du till slut kom på bättre tankar och vände om och följde efter mig.

Utan mig hade du varit förlorad, tillägger han.

Ja, eller du, säger Bronisław efter en kort tystnad.

Ja, jag naturligtvis, svarar Stanisław muntert.

Han grinar glatt mot Bron under sitt hattflor. De gröna prickarna flimrar och hoppar och det är en smula svårt att urskilja hans ögon. Jag hade förstås varit förlorad utan dig, upprepar Stas, det är självfallet, gamle Pladdersław, det har jag aldrig förnekat, men hade du brytt dig om att jag gick under?

Dussintals blanka och klara och kolsvarta ögon vänds mot Bronisław. De små ekorrarna ser oroade och uppfordrande ut.

Ja, svarar Bronisław, jag hade blivit mycket ledsen.

Ekorrarna släpper honom genast med blicken som om de tappat allt intresse för honom och stirrar som förut mot horisonten som små spanare i masttoppen på ett gungande skepp. Men horisonten syns inte, allt flyter samman som på ett blött papper... gulskimrande, utflytande, utan konturer...

Din förbannade gamla Brontosaurie, säger Stas.

I hans röst finns så mycket värme att Bron känner sig het som vid en kolkamin efter en utflykt till Nordpolen.

Det är helt enkelt ett faktum, förtydligar sig Bron.

Engelsmännen, säger Stas, degraderar för det mesta sanningar till fakta, men när en sanning reducerats till ett faktum, Bronio, tappar den allt av intellektuellt värde.

Du har rätt, säger Bronisław efter en stund.

Det vet jag, svarar Stas, och jag vet också vad du menar.

De travar på i det gula landskapet. Vad som än händer kommer de inte att svika varandra. En gång var de ensamma, sen fann de varandra. Utan varandras stöd och uppfinningsrikedom kan de inte heller leta rätt på Ellie Rose, som på ett eller annat sätt gått vilse i denna utflytande akvarell, eller är det de själva? Var finns grottan som de ska frita henne ur?

Jag hoppas vi hittar henne, säger Bronisław efter en stund.

Naturligtvis hittar vi henne, svarar Stanisław, oroa dig inte.

Jag älskar henne väldigt mycket, säger Bron, och hans strupe snörs samman av rörelse. Han vet att det är sant.

Käraste Bronio, tro mig, jag dyrkar henne, svarar Stas.

Dyrkar *du* henne? frågar Bron en smula oroad.

Bronio, jag dyrkar henne, svarar Stas trött, tvivla aldrig på det.

När Bronisław kastar en blick mot vännen förefaller denne förtröstansfull, samlad och lugn. Javisst, Stas älskar också Ellie Rose, Bronisław kan inte tvivla på det. Sen ligger de bredvid varandra i tältet. Det är natt. Man hör inget utom lite lövprassel och ett eller annat skri från en osynlig fågel. Tack vare Stas stora trofasthet finns det inte längre något som skevar och gnisslar.

Bronisław älskar Ellie med en kärlek som är självklar.

Också deras tre döttrar. Och så Stas, förstås.

Alltsammans är mycket enkelt. Han är sömnig. De har vandrat mycket långt denna dag utan att det kostat dem särskilt stor ansträngning. Stas kapriser och koketterier (damhatten!) gör att man aldrig får tråkigt i hans sällskap. Man blir ständigt underhållen och får skratta, så länge man bara inte försöker dra sig undan. Under alla hans infall och bisarrerier flyter en stor och gul och solblank flod av kärlek. Det är det märkvärdiga med Stanisław.

Bron sträcker ut sin arm och låter den vila över Stas bröstkorg.

Och Stas rör sig en smula i halvsömnen och muttrar något ohörbart och lägger sin hand på Brons arm. Så somnar de. Just innan Bron glider iväg på sömnens svarta vatten hör han på nytt helt tydligt Ellies röst, så nära hans öra som om hon fanns hos honom inne i tältet.

Bronnyooo...! viskar Ellie.

Det finns en liten skämtsam förebråelse i rösten, han vet vad den betyder. Det är att han inte ska anstränga sig så förbannat för att förstå allt. Framför allt ska han inte tro sig kunna fånga Ellie Rose i sina formuleringars nät. Ett hönsnät har du, säger Ellie, ett bra och förträffligt hönsnät, Bronyo. Men för det första är jag ingen höna. Du får inte tag i mig så, möjligen ett par fjädrar. För det andra är jag mycket större än ditt nät, jag ryms inte i det...

I morgon hittar vi Ellie, Stas och jag, och befriar henne ur grottan.

Det är Bronisławs sista och lyckliga tanke.

Och de första stjärnorna tänds över New York. Det är inte stjärnor utan den elektriska belysningen i skyskraporna men det liknar stjärnor. Ambulansen backar långsamt upp mot parkbänken. Två poliser i läderjackor underhålls av den gamla damen som larmade dem och sen väntade på dem.

Det tog tid innan de kom.

Han ligger nedanför parkbänken under ett fint täcke av snö. Damen som matar ekorrar i parken har troget vakat över honom.

I Innsbruck pissar i samma ögonblick två tyska soldater på Ellies grav. Hon fick begravas där, fader Giacomo vägrade att jordfästa henne i byn på grund av hennes felaktiga tro... de är mycket unga dessa soldater, och druckna, de fryser och längtar hem.

Det är den kalla krigsvintern 1942.

Tyskland är segerrikt på alla fronter.

I Drohobycz springer den lille målaren med andan i halsen från ghettot där man har föst in honom tillsammans med alla de andra judarna och hem till sin bostad för att hämta några penslar... en snäll gestapoman har gett honom tillåtelse. Men en mindre snäll gestapoman får i detta ögonblick syn på honom och skickar en gevärskula efter honom på gatan.

Han dör omedelbart. Nu snöar det också på honom.

I Jeziory ligger snön metertjock över den lilla kyrkogården där Stanisław vilar sina trötta ben, och alla ljus i byn är släckta.

Poor devil, säger ambulansföraren och tänder en cigarrett.

Ambulansen står på gräsmattan med motorn påslagen.

I strålkastarljuset framträder de smala och nakna trädstammarna och alla de små grässtråna som är stela av frost och håller andan.

Sjukvårdaren knäpper upp den dödes rock och lägger örat mot hans bröst. Han var så trevlig, säger damen till poliserna, han var så belevad och artig... han hade ett så vackert leende. Ambulansföraren släcker cigarretten under klacken och drar fram båren ur ambulansen. Sjukvårdaren hjälper honom.

Gå hem nu, säger den ene polisen till den gamla damen medan ambulansen långsamt rullar ut ur parken. Inga sirener, det behövs inte. Man hör bara ljudet av motorn. Sen uppslukas det av bullret och dånet i den stora staden som nästan aldrig sover men vars stjärnor lyser upp natten.

Till Maciej

Med tack till Mia, Sinja, Lennart, Per, Bisse, Hanna och Maria

STOCKHOLM 1998–2000